El conde de Montecristo (II)

El conde
de Montecristo (II)

Alejandro Dumas

Título original: *Le Comte de Monte-Cristo*
© Santillana Ediciones Generales, S. L.
© De la traducción:
Carlos de Arce
© De esta edición:
2004, Diario EL PAÍS, S. L.
Miguel Yuste, 40
28037 Madrid

Traducción: Carlos de Arce
Diseño de la colección: Manuel Estrada

ISBN Obra completa: 84-96246-52-3
ISBN: 84-96246-53-1
Depósito legal: M-411-2004
Impreso en España por Mateu Cromo, S. A., Pinto (Madrid)

Queda prohibida, salvo excepción prevista en la ley, cualquier forma de reproducción, distribución, comunicación pública y transformación de esta obra sin contar con autorización de los titulares de la propiedad intelectual. La infracción de los derechos mencionados puede ser constitutiva de delito contra la propiedad intelectual (arts. 270 y sgts. del Código Penal).

Índice

VOLUMEN I

Marsella - La llegada 13
El padre y el hijo 23
Los Catalanes 31
El complot 43
El banquete de bodas 50
El sustituto del procurador del rey 64
El interrogatorio 75
El castillo de If 88
La noche de los esponsales 101
El despacho de las Tullerías 108
El ogro de Córcega 117
El padre y el hijo 126
Los Cien Días 134
El prisionero furioso y el loco 144
El número 34 y el 27 156
Un sabio italiano 175
La celda del abate 186
El tesoro 206
El tercer acceso 219
El cementerio del castillo de If 230
La isla de Tiboulen 236
Los contrabandistas 249

La isla de Montecristo	258
Asombro	267
El desconocido	278
El Albergue del Puente del Gard	285
El relato	299
Los registros de las cárceles	314
La casa Morrel	321
El 5 de septiembre	335
Italia - Simbad el Marino	352
Despertar	378
Bandidos romanos	385
Aparición	419
La *Mazzolata*	443
El carnaval de Roma	459
Las catacumbas de San Sebastián	480
La cita	499
Los convidados	506
El almuerzo	527
La presentación	540
El señor Bertuccio	554
La casa de Auteuil	560
La *vendetta*	568
La lluvia de sangre	591
El crédito ilimitado	604
El tiro tordo	617
Ideología	629
Haydée	641
La familia Morrel	646
Píramo y Tisbe	657
Toxicología.	668
Robert el Diablo	685
El alza y la baja	701

El mayor Cavalcanti 713
Andrea Cavalcanti 725
El huerto de alfalfa 738

VOLUMEN II

El señor Noirtier de Villefort 13
El testamento 22
El telégrafo 31
El medio de librar a un jardinero
   de los lirones que comían sus melocotones 41
Los fantasmas 52
La cena 62
El mendigo 74
Escena conyugal 84
Proyectos de matrimonio 95
El despacho del procurador del rey 106
Un baile de verano 118
Los informes 127
El baile 138
El pan y la sal 148
La señora de Saint-Méran 153
La promesa 166
El panteón de la familia Villefort 196
El sumario 207
Los progresos de Cavalcanti hijo 220
Haydée 232
Nos escriben de Janina 254
La limonada 274
La acusación 286
La habitación del panadero retirado 292

La fractura	311
La mano de Dios	326
Beauchamp	333
El viaje	341
El juicio	354
La provocación	369
El insulto	376
La noche	387
El encuentro	396
La madre y el hijo	409
El suicidio	416
Valentine	426
La confesión	435
El padre y la hija	448
El contrato	458
El camino de Bélgica	470
El Albergue de la Campana y la Botella	477
La ley	491
La aparición	502
Locusta	510
Valentine	517
Maximilien	524
La firma Danglars	534
El cementerio de Père Lachaise	546
El reparto	561
El lago de los leones	578
El juez	587
La audiencia	598
La acusación	605
Expiación	613
La partida	623
El pasado	637

Peppino.	651
El menú de Luigi Vampa	663
El perdón	671
El 5 de octubre	678

El señor Noirtier de Villefort

He aquí lo sucedió en la casa del procurador del rey después de marcharse la señora Danglars y su hija, y mientras tenía lugar la conversación que dejamos transcrita.

El señor de Villefort había entrado en la habitación de su padre, seguido de la señora de Villefort; en cuanto a Valentine, ya sabemos dónde se encontraba.

Después de haber saludado al anciano los dos esposos y una vez despedido a Barrois, antiguo criado que llevaba más de veinticinco años al servicio del anciano, tomaron asiento a sus costados.

El señor Noirtier, sentado en su gran sillón de ruedas, en el que le colocaban por la mañana para retirarlo por la noche, situado delante de un espejo que reflejaba todo el aposento y le permitía ver, sin intentar el menor movimiento imposible, quién entraba y salía de la estancia; el señor Noirtier, inmóvil como un cadáver, miró con sus ojos inteligentes y vivos a sus hijos, cuya ceremoniosa reverencia le anunciaba algún paso oficial inesperado.

La vista y el oído eran los dos únicos sentidos que aún animaban como dos llamas a aquella materia humana que casi pertenecía a la tumba; de estos dos sentidos sólo uno podía revelar la vida interior de la estatua; la vista, que denunciaba esta vida interior y se parecía a una de esas luces lejanas que durante la noche muestran al viajero perdido en su desierto, que aún existe un ser viviente velando en medio de aquel silencio y aquella oscuridad.

Así, pues, en aquellos ojos negros del viejo Noirtier, cuyas cejas negras contrastaban con la blancura de su larga cabellera que le caía sobre los hombros; en aquellos ojos se habían concentrado toda la actividad, toda la destreza, toda la fuerza y toda la inteligencia que antes estuvo repartida por el cuerpo y el espíritu. Cierto que el gesto del brazo, el sonido de la voz y la actitud del cuerpo faltaban, pero aquellos ojos lo suplían todo: ordenaba con los ojos, agradecía con los ojos; era un cadáver con los ojos vivientes, y nada más espantoso, a veces, que aquel rostro de mármol en el que los ojos se encendían de cólera o brillaban de alegría. Sólo tres personas sabían comprender el lenguaje del pobre paralítico; eran Villefort, Valentine y el antiguo criado. Pero como Villefort no veía más que raramente a su padre, y, por así decirlo, cuando no tenía más remedio, y no procuraba complacerle comprendiéndole, toda la felicidad del anciano reposaba en su nieta, y Valentine había logrado, a fuerza de cariño y constancia, comprender con la mirada todos los pensamientos de Noirtier. A este lenguaje mudo o ininteligible para otro, ella respondía con toda su voz, toda su fisonomía y toda su alma; de manera que se entablaban diálogos animados entre aquella joven y esta pretendida arcilla, casi convertida en polvo, que, sin embargo, era un hombre de un talento inmenso, de una penetración inaudita y de una voluntad tan poderosa como puede serlo el alma encerrada en una materia que ha perdido el poder de ser obedecida.

Valentine había resuelto el extraño problema de comprender el pensamiento del anciano haciéndole entender el suyo; gracias a este estudio, bien raro en las cosas corrientes de la vida, ni siquiera dejaba de entender el menor deseo de aquella alma viviente o la necesidad de aquel cadáver medio insensible.

En cuanto al criado, como desde hacía más de veinticinco años servía a su amo, conocía tan bien todas sus costumbres que rara vez Noirtier tenía necesidad de pedirle algo.

Por consiguiente, Villefort no tenía necesidad ni de una ni del otro para entenderse con su padre en la extraña conversación que acababa de provocar. También conocía a la perfección el vocabulario del anciano, y si no se servía de él con más frecuencia era por fastidio y por indiferencia. Dejó, pues, que Valentine bajase al jardín y despidió a Barrois, y tras haberse sentado a la derecha de su padre, dejó que la señora de Villefort se sentase a su izquierda.

—Señor, no se asombre de que Valentine no haya subido con nosotros y que haya alejado a Barrois, porque la conferencia que vamos a tener juntos es de las que no pueden sostenerse delante de una muchacha o de un criado. La señora de Villefort y yo tenemos algo que comunicarle.

El rostro de Noirtier permaneció impasible durante este preámbulo, mientras que, por el contrario, la mirada de Villefort intentaba penetrar hasta lo más profundo de los pensamientos del anciano.

—Este comunicado —continuó el procurador del rey, en su tono helado que parecía no admitir réplica—, estamos seguros, la señora de Villefort y yo de que le agradará.

La mirada del anciano continuaba atónita; se limitaba a escuchar y nada más.

—Señor, casamos a Valentine —indicó Villefort.

Una figura de cera no hubiese permanecido más fría ante esta noticia que el rostro del anciano.

—La boda tendrá lugar antes de tres meses —añadió Villefort.

La mirada del anciano continuó inanimada.

La señora de Villefort tomó la palabra a su vez, y se apresuró a añadir:

—Hemos pensado que esta noticia sería de su interés, señor; por otra parte, Valentine siempre ha parecido merecer su afecto; así, pues, sólo nos falta decir el nombre del joven que le hemos destinado. Es uno de los más honorables partidos a que puede aspirar Valentine; posee fortuna, tiene un buen nombre y perfectas garantías de felicidad en la conducta y en los gustos, y su nombre no debe serle desconocido. Se trata del señor Franz de Quesnel, barón d'Epinay.

Villefort, durante estas palabras de su mujer, miraba con más atención que nunca al anciano. Cuando la señora de Villefort pronunció el nombre de Franz, los ojos de Noirtier, que su hijo conocía tan bien, se estremecieron y sus pupilas se dilataron como hubiesen podido hacerlo los labios para dejar escapar alguna palabra, y lanzaron chispas.

El procurador del rey que conocía las antiguas relaciones de enemistad pública entre su padre y el de Franz, comprendió ese fuego y esa agitación; pero, no obstante, los dejó pasar inadvertidos, y tomó la palabra donde la había dejado su mujer:

—Señor, es importante que, próximo como se encuentra Valentine a cumplir los diecinueve años, pensemos establecerla. No obstante, no le hemos olvidado en nuestras conferencias y nos hemos asegurado de antemano que el marido de Valentine aceptaría vivir, si no a nuestro lado porque tal vez incomodaríamos a unos jóvenes esposos, al menos con usted, a quien Valentine quiere tanto y cuyo cariño parece devolverle; vivirá, pues, junto a ellos, de modo que no perderá ninguna de sus costumbres y en cambio tendrá dos hijos que le cuiden en vez de uno.

La mirada de Noirtier pareció ensangrentarse.

Seguramente pasaba algo espantoso en el alma de este anciano; ciertamente, el grito de dolor y de cólera subía a su garganta, y no pudiendo estallar, le ahogaba, porque su rostro se enrojeció y sus labios se amorataron.

Villefort abrió tranquilamente una ventana, mientras decía:

—Hace aquí mucho calor, y este calor puede dañar al señor Noirtier.

Luego regresó, pero sin sentarse.

—Este matrimonio es del agrado del señor d'Epinay y de su familia —añadió la señora de Villefort—. Por otra parte, su familia sólo se compone de un tío y una tía. Su madre murió el momento de traerle al mundo, y su padre fue asesinado en el año 1815, es decir, cuando el niño apenas tenía dos años; esta boda, por tanto, sólo depende de su voluntad.

—Asesinato misterioso —dijo Villefort—, y cuyos autores han permanecido ignorados, aunque la sospecha haya parecido abatirse sobre muchas personas.

Noirtier hizo tal esfuerzo que sus labios parecieron contraerse para sonreír.

—Ahora bien —continuó Villefort—, los verdaderos culpables, aquellos que saben que cometieron el crimen, aquellos sobre los cuales puede recaer la justicia de los hombres durante su vida y la justicia de Dios tras su muerte, serían dichosos encontrándose en nuestro lugar y tener una hija que ofrecer al señor d'Epinay para apagar hasta la apariencia de sospecha.

Noirtier se había calmado con un esfuerzo que no se hubiera esperado de aquel cuerpo destrozado.

—Sí, comprendo —respondió con la mirada a Villefort, y en esta mirada expresaba el profundo desdén y la cólera inteligente.

Por su parte, Villefort respondió a esta mirada con un ligero encogimiento de hombros.

Después hizo una indicación a la señora de Villefort para que se levantase.

—Ahora, señor, reciba todos mis respetos —dijo la señora de Villefort—. ¿Desea que Edouard venga a presentarle los suyos?

Se había convenido que el anciano expresase su aprobación cerrando los ojos, su negativa guiñándolos repetidas veces, y cuando miraba al cielo, era que deseaba decir algo.

Si llamaba a Valentine, cerraba el ojo derecho solamente.

Si llamaba a Barrois, cerraba el izquierdo.

A la proposición de la señora de Villefort guiñó los ojos vivamente.

La señora de Villefort, acogida por una evidente negativa, se mordió los labios.

—Entonces, ¿quiere que le envíe a Valentine? —preguntó.

—Sí —señaló el anciano, cerrando los ojos rápidamente.

Los señores de Villefort saludaron y salieron dando la orden de que llamasen a Valentine.

Poco después entró Valentine, toda sonrosada aún por la emoción en el cuarto del señor Noirtier. Le bastó una mirada para comprender cuánto sufría su abuelo y cuántas cosas tenía que decirle.

—¡Oh, papaíto! —exclamó—. ¿Qué te sucede? Te han molestado, ¿no es cierto? Y estás colérico.

—Sí —hizo cerrando los ojos.

—¿Y contra quién? ¿Contra mi padre? No. ¿Contra la señora de Villefort? No. ¿Contra mí?

El anciano hizo seña de que sí.

—¿Contra mí? —agregó Valentine, asombrada.

El anciano repitió la seña.

—¿Y qué te he hecho, pues, mi querido papaíto? —exclamó Valentine.

Ninguna respuesta. La joven continuó:

—No te he visto en todo el día. ¿Es que te han contado algo de mí?

—Sí —dijo la mirada del anciano con vivacidad.

—Déjame que piense. Dios mío, te juro, papaíto... ¡Ah! El señor y la señora de Villefort acaban de salir de aquí, ¿no es cierto?

—Sí.

—¿Y han sido ellos quienes te han dicho algo molesto? ¿Qué ha sido? ¿Quieres que vaya a preguntárselo para que me excuse ante ti?

Negó con un gesto.

—¡Oh! Pero te espantas. ¿Qué habrán podido decirte, Dios mío?

Y meditó.

—¡Ah, ya caigo! —exclamó, y bajando la voz a la vez que se acercaba al anciano, dijo—: ¿Han hablado de mi matrimonio, acaso?

—Sí —replicó la mirada enojada.

—Comprendo; me echas en cara mi silencio... ¡Oh! Mira, es que me habían recomendado que no te dijese nada; tampoco a mí me habían hablado de ello, y en cierto modo sorprendí este secreto por indiscreción; por eso estuve reservada contigo. Perdóname, buen papá.

La mirada volvió a ser fija y átona, pareciendo responder: «No es tan sólo tu silencio lo que me aflige».

—Entonces, ¿qué es? —preguntó la muchacha—. ¿Crees, acaso, que te abandonaría, buen papá, y que mi matrimonio me haría olvidadiza?

—No —dijo el anciano.

—Entonces, ¿te han dicho que el señor d'Epinay consentía en que viviésemos juntos?

—Sí.

—¿Por qué te enfadas, entonces?

Los ojos del anciano adoptaron una expresión de infinita dulzura.

—Sí, comprendo —dijo Valentine—. ¿Porque me quieres?

El anciano hizo signo de que sí.

—¿Y temes que sea desdichada?

—Sí.

—¿No quieres a Franz?

Los ojos repitieron tres o cuatro veces su negativa.

—Entonces, ¿estás muy afligido, buen papá?

—Sí.

—Pues bien, escucha —dijo Valentine, poniéndose de rodillas ante Noirtier y pasándole los brazos alrededor del cuello—. Yo también estoy afligida, porque tampoco quiero a Franz d'Epinay.

Un rayo de alegría brilló en los ojos del abuelo.

—Cuando quise retirarme a un convento, te acordarás de que te enfadaste mucho conmigo.

Una lágrima humedeció el párpado seco del anciano.

—Pues bien —prosiguió Valentine—, era para escapar a este matrimonio que causa mi desesperación.

La respiración de Noirtier se hizo cada vez más anhelante.

—Entonces, ¿este matrimonio también a ti te disgusta, mi buen padre? ¡Oh, Dios mío! Si pudieses ayudarme, si entre ambos pudiésemos romper este proyecto… Pero tú no puedes hacer nada contra ellos. Tú, que sin embargo, tienes un espíritu tan vivo y una voluntad tan firme, pero cuando se trata de luchar te encuentras tan débil o más que yo… ¡Ay! Tú hubieses sido para mí un protector tan poderoso en tus días de fuerza y salud; pero hoy no puedes más que comprenderme y regocijarte o afligirte conmigo. Ésta es la última felicidad que Dios se ha olvidado de quitarme con las otras.

Ante estas palabras, hubo tal expresión de malicia y profundidad en los ojos de Noirtier, que la muchacha creyó leer:

«Te equivocas, porque aún puedo hacer mucho por ti».

—¿Puedes hacer algo por mí, querido papaíto? —tradujo Valentine.

—Sí.

Noirtier levantó los ojos al cielo. Era la señal convenida entre él y Valentine cuando deseaba alguna cosa.

—¿Qué quieres, mi querido padre? Veamos.

Valentine buscó un instante en su espíritu, expresó luego en voz alta sus pensamientos a medida que se le iban presentando en su mente, y viendo que a todo lo que decía su abuelo respondía no, dijo:

—Recurramos a los grandes medios, ya que soy tan tonta.

Entonces recitó, una tras otra, todas las letras del alfabeto, desde la A hasta la N, mientras sus ojos interrogaban la expresión del paralítico; en la N, Noirtier hizo señas de que sí.

—¡Ah! —dijo Valentine—. La cosa que deseas empieza por N. Es con la N, ¿verdad? Pues bien, veamos que hay con la N. Na, ne, ni, no...

—Sí, sí, sí —dijo el anciano.

—¡Ah! ¿Es «no»?

—Sí.

Valentine fue a buscar un diccionario y lo depositó en un pupitre delante de Noirtier; lo abrió, y cuando vio la mirada del anciano puesta sobre las hojas, su dedo recorrió con viveza de arriba abajo las columnas.

El ejercicio, después de seis años que Noirtier había caído en aquel lastimoso estado, le hacía tan fácil el trabajo que inmediatamente adivinaba el pensamiento del anciano, como si él mismo buscase en el diccionario.

A la palabra «notario», Noirtier hizo señas de alto.

—Notario —dijo ella—. ¿Quieres un notario, buen papá? El anciano hizo señas de que, efectivamente, era un notario lo que quería—. ¿Hay que enviar en busca de un notario? —preguntó Valentine.

—Sí —dijo el paralítico.

—¿Debe saberlo mi padre?

—Sí.

—¿Tienes prisa por tener tu notario?

—Sí.

—Entonces mandaré que vayan a buscártelo enseguida. ¿Es eso lo que tú deseas?

—Sí.

Valentine corrió a la campanilla y llamó a un criado para rogarle que hiciese venir al señor y a la señora de Villefort a la habitación de su abuelo.

—¿Estás contento? —preguntó Valentine—. Sí, lo creo... Bueno, ha sido fácil encontrar esto, ¿verdad?

Y la muchacha sonrió a su abuelo como hubiese podido hacerlo a un niño.

El señor de Villefort entró precedido de Barrois.

—¿Qué quiere usted, señor? —preguntó al paralítico.

—Señor, mi abuelo quisiera un notario —dijo Valentine.

Ante esta petición extraña y sobre todo inesperada, el señor de Villefort cambió una mirada con el paralítico.

—Sí —dijo este último, con una firmeza que indicaba que con la ayuda de Valentine y de su viejo servidor, que ahora sabía lo que deseaba, estaba dispuesto a sostener un combate.

—¿Quiere usted un notario? —preguntó Villefort.

—Sí.

—¿Y para qué? —Noirtier no respondió.

—Pero ¿para qué necesita un notario? —preguntó Villefort.

La mirada del paralítico permaneció impasible, y por consiguiente, muda, lo que quería decir: «Persisto en mi deseo».

—Para jugarnos alguna mala pasada —dijo Villefort—. ¿Es que merece la pena?

—Pero, en fin, si el señor quiere un notario, será porque lo necesita —dijo Barrois, pronto a insistir con la perseverancia propia de los criados antiguos—. Así pues, voy a buscar un notario.

Barrois no reconocía más dueño que Noirtier y no admitía que sus órdenes fuesen contrarrestadas por nada.

—Sí, quiero un notario —señaló el anciano, cerrando los ojos con un aire de desafío y como si hubiese dicho: «Veamos quién se atreverá a negarme lo que deseo».

—Vendrá un notario, ya que usted se empeña en quererlo, señor; pero yo me excusaré ante él y usted mismo se disculpará, porque la escena será sumamente ridícula.

—No importa, yo voy a buscarle —dijo Barrois.

Y el viejo servidor salió triunfante.

El testamento

En el momento en que Barrois salió, Noirtier miró a Valentine con aquel interés malicioso que anunciaba tantas cosas. La muchacha comprendió aquella mirada y Villefort también, porque su frente se oscureció y sus cejas se fruncieron.

Tomó una silla y se instaló en la habitación del paralítico dispuesto a esperar.

Noirtier le miraba con una perfecta indiferencia; pero con el rabillo del ojo había indicado a Valentine que no se inquietase y que también se quedara.

Tres cuartos de hora después, el criado regresó con el notario.

—Señor, usted ha sido requerido por el señor Noirtier de Villefort —dijo Villefort, tras los primeros saludos—. Una parálisis general le ha quitado el uso de los miembros y de la voz, y sólo nosotros, a duras penas, conseguimos entender algunos de sus pensamientos.

Noirtier hizo con el ojo una llamada tan imperativa y seria a Valentine, que ésta replicó inmediatamente:

—Yo, señor, comprendo todo lo que quiere decir mi abuelo.

—Es cierto —añadió Barrois—. Todo absolutamente todo, como le decía al señor cuando veníamos.

—Permítame, señor, y usted también, señorita —dijo el notario, dirigiéndose a Villefort y a Valentine—, éste es uno de esos casos en los que el oficial público no puede proceder desconsideradamente sin asumir una responsabilidad peligrosa. La primera necesidad para que un acto sea válido es que el notario esté convencido de que ha interpretado fielmente la voluntad de quien la dicta. Ahora bien, yo no puedo estar seguro de la aprobación o no de un cliente que no habla; y como el objeto de sus deseos y de sus repugnancias, visto su mutismo, no puede serme aclarado, mi ministerio es inútil y sería ejercido con ilegalidad.

El notario dio un paso para retirarse. Una imperceptible sonrisa de triunfo se dibujó en los labios del procurador del rey. Por su parte, Noirtier miró a Valentine con tal expresión de dolor, que ella se interpuso en el camino del notario.

—Señor —dijo ella—, el lenguaje que yo hablo con mi abuelo es algo que se puede aprender fácilmente, y lo mismo que yo lo comprendo, puede conducirle a usted a entenderlo. ¿Qué necesita usted, veamos, para llegar al convencimiento de la voluntad de mi abuelo?

—Lo que es necesario para que los actos sean válidos, señorita —respondió el notario—. Es decir, la certeza de la aprobación o negativa. Se puede estar enfermo del cuerpo, pero es necesario estar sano de espíritu.

—Pues bien, señor, con dos señas se convencerá de que mi abuelo no ha gozado nunca mejor que ahora de su completa inteligencia. El señor Noirtier, privado de la voz y del movimiento, cierra los ojos cuando quiere decir sí, y los guiña muchas veces cuando quiere decir no. Ya sabe lo suficiente para conversar con el señor Noirtier, inténtelo.

La mirada que lanzó el anciano a Valentine era tan tierna y expresaba tal reconocimiento que hasta fue comprendida por el mismo notario.

—¿Ha oído y comprendido lo que acaba de decir su nieta, señor? —preguntó el notario.

Noirtier cerró suavemente los ojos y los abrió al cabo de un instante.

—¿Y aprueba usted lo que ha dicho ella? Es decir, que los signos indicados por ella son los que le ayudan a que comprendan sus pensamientos?

—Sí —hizo de nuevo el anciano.

—¿Ha sido usted quien me mandó llamar?

—Sí.

—¿Para hacer su testamento?

—Sí.

—¿Y no quiere usted que me vaya sin haber hecho testamento?

El paralítico guiñó vivamente y repetidas veces sus ojos.

—Bien, señor. ¿Comprende usted ahora? —preguntó la muchacha—. Su conciencia quedará tranquila.

Pero antes de que el notario pudiese responder, Villefort le llevó aparte.

—Señor —le dijo—, ¿cree usted que un hombre pueda soportar impunemente un choque físico tan terrible como el experimentado por el señor Noirtier de Villefort sin que la parte moral haya recibido un grave ataque?

—Eso no es precisamente lo que me inquieta, señor —respondió el notario—. Pero me pregunto cómo llegaremos a adivinar sus pensamientos a fin de provocar las respuestas.

—Ya ve usted, pues, que es imposible —dijo Villefort.

Valentine y el anciano oían esta conversación. Noirtier detuvo su mirada tan fija y firme sobre Valentine, que era evidente la exigencia de una respuesta.

—Señor, no se inquiete por eso —dijo ella—. Por más difícil que sea o parezca descubrir el pensamiento de mi abuelo, yo se lo revelaré de manera que no le quede duda alguna. Hace seis años que estoy junto al señor Noirtier, y que él lo diga, si en ese tiempo uno solo de sus deseos no he podido comprenderlo.

—No —respondió el anciano.

—Intentémoslo, pues —dijo el notario—. ¿Acepta usted a esta señorita por intérprete?

El paralítico respondió que sí.

—Bien, veamos, señor, ¿qué desea usted de mí y qué clase de acto quiere que haga?

Valentine nombró todas las letras del alfabeto hasta la T. A esta letra, la elocuente mirada de Noirtier la detuvo.

—La letra T es la que pide el señor —dijo el notario—. La cosa está bien clara.

—Espere —dijo Valentine, y volviéndose a su abuelo, añadió—: Ta... te...

El anciano la detuvo a la segunda de estas sílabas.

Entonces, Valentine cogió el diccionario y a la vista del notario, atento, buscó entre las páginas.

—Testamento —señaló su dedo detenido por la mirada de Noirtier.

—¡Testamento! —exclamó el notario—. La cosa es bien sencilla; el señor quiere testar.

—Sí —hizo Noirtier por varias veces.

—Esto sí que es maravilloso, señor, convenga en ello —dijo el notario a Villefort.

—En efecto —replicó éste—, y mucho más maravilloso será el testamento; porque, en fin, creo que los artículos no se redactarán palabra por palabra sin la inteligente intervención de mi hija. Ahora bien, Valentine puede estar un poco interesada en este testamento para que pueda ser un intérprete adecuado a las oscuras voluntades del señor Noirtier de Villefort.

—No, no —hizo el paralítico.

—¡Cómo! —dijo el señor de Villefort—. ¿Valentine no está interesada en su testamento?

—No —hizo Noirtier.

El notario, encantado por esta prueba que se proponía contar a todo el mundo con los detalles de este pintoresco episodio, dijo:

—Señor, nada me parece más fácil ahora que lo que hace un momento consideraba como una cosa imposible; este testamento será un testamento místico, es decir, previsto y autorizado por la ley, con tal de que sea leído ante siete testigos, aprobado por el testador y cerrado por el notario. En cuanto al tiempo, apenas si durará lo que un testamento ordinario; hay, en principio, las fórmulas consagradas y que siempre son las mismas, y en cuanto a los detalles, la mayoría serán dados por el estado mismo de los asuntos del testador, y por usted, que habiéndolos administrado, los conocerá. Además, para que esta acta permanezca intatacable, vamos a darle la más completa autenticidad; uno de mis compañeros me ayudará y, contra la costumbre, asistirá al dictado. ¿Está usted satisfecho, señor? —añadió el notario, dirigiéndose al anciano.

—Sí —respondió Noirtier, contento por haber sido comprendido.

«¿Qué piensa hacer?», se preguntó Villefort, a quien su elevada posición imponía tanta reserva, y que por otra parte no lograba adivinar las intenciones de su padre.

Se volvió, pues, para enviar en busca del segundo notario designado por el primero; pero Barrois, que ya había oído todo y comprendido el deseo de su amo, ya había marchado.

Entonces el procurador del rey mandó decir a su mujer que acudiese.

Al cabo de un cuarto de hora, todo el mundo estaba reunido en la habitación del paralítico, y el segundo notario había llegado.

En pocas palabras, los dos oficiales ministeriales se pusieron de acuerdo. Se leyó a Noirtier una fórmula de testamento, y luego, para empezar, por así decirlo, la investigación de su inteligencia, el primer notario se enfrentó al anciano, y le dijo:

—Cuando se hace un testamento, señor, es en favor de alguien.

—Sí —hizo Noirtier.

—¿Tiene usted alguna idea de la cantidad a que asciende su fortuna?

—Sí.

—Voy a nombrar varias cifras que ascenderán sucesivamente; me detendrá cuando alcance la que usted crea que es la suya.

—Sí.

Existía en este interrogatorio una especie de solemnidad; además, la lucha de la inteligencia contra la materia había sido tan visible... Y si no era una cosa sublime, sí resultaba un espectáculo curioso.

Se formó un círculo alrededor de Noirtier; el segundo notario estaba sentado a una mesa, dispuesto a empezar a escribir; el primer notario se mantenía ante él e interrogaba.

—Su fortuna sobrepasa los trescientos mil francos, ¿no es así? —preguntó.

Noirtier hizo señas de que sí.

—¿Posee usted cuatrocientos mil francos? —preguntó el notario.

Noirtier permaneció inmóvil.

—¿Quinientos mil?

La misma inmovilidad.

—¿Seiscientos mil? ¿Setecientos mil? ¿Ochocientos mil? ¿Novecientos mil?

Noirtier hizo señas de que sí.

—Posee usted novecientos mil francos
—Sí.

—¿En inmuebles? —preguntó el notario.

Noirtier hizo señas de que no.

—¿En inscripciones de renta?

Noirtier hizo señas de que sí.

—¿Esas inscripciones se encuentran en sus manos? —una mirada dirigida a Barrois hizo salir al viejo criado, que regresó al instante con un cofrecillo—. ¿Permite usted que abra esta cajita? —preguntó el notario.

Noirtier hizo señas de que sí.

Abrieron la caja y encontraron novecientos mil francos en inscripciones sobre el gran libro.

El primer notario pasa una por una cada inscripción a su colega; la cuenta estaba como había dicho Noirtier.

—Esto está bien —dijo—. Es evidente que no puede tener la cabeza más firme y despejada.

Volviéndose después al paralítico, dijo:

—Así, pues, usted posee novecientos mil francos de capital, que de la manera que están colocados deben producirle cuarenta mil libras de renta, ¿no?

—Sí —hizo Noirtier.

—¿A quién desea usted dejar esta fortuna?

—¡Oh! —exclamó la señora de Villefort—. Sobre eso no hay duda. El señor Noirtier sólo quiere a su nieta, la señorita Valentine de Villefort; ella es quien le cuida desde hace seis años; ha sabido cautivar con sus asiduos cuidados el afecto de su abuelo y casi diré su reconocimiento; es justo, pues, que recoja el premio a su devoción.

La mirada de Noirtier lanzó rayos como si no se hubiese dejado engañar por las intenciones que la señora de Villefort le suponía.

—¿Deja, pues, a la señorita Valentine los novecientos mil francos que posee? —preguntó el notario, que creía no tener más que registrar esta cláusula, pero que deseaba asegurarse del asentimiento de Noirtier, y quería hacer constar su afirmación ante todos los testigos de aquella extraña escena.

Valentine había retrocedido un paso y lloraba con los ojos bajos; el anciano la contempló un instante con una expresión de profunda ternura; luego se volvió al notario y guiñó los ojos de la manera más significativa.

—¿No? —dijo el notario—. ¡Cómo! ¿No es la señorita Valentine de Villefort a quien nombra su heredera universal?

Noirtier hizo señas de que no.

—¿No se equivoca? —exclamó el notario, asombrado—. ¿Ha dicho no?

—No, no —repitió Noirtier.

Valentine levantó la cabeza; estaba estupefacta, no porque la desheredase, sino por haber provocado los sentimientos que dictaban semejante acto.

Pero Noirtier la miró con una expresión de tan profunda ternura, que ella exclamó:

—¡Oh! Mi buen padre, ya veo; sólo me quitas tu fortuna, pero me conservas en tu corazón.

—¡Oh, sí! Ciertamente —parecieron decir los ojos del paralítico que se cerraban con una expresión que no podía engañar a Valentine.

—¡Gracias, gracias! —murmuró la muchacha.

Sin embargo, esta negativa hizo nacer en el corazón de la señora de Villefort una esperanza inesperada; se aproximó al anciano.

—Entonces, ¿es a su nieto Edouard de Villefort a quien deja su fortuna, querido señor Noirtier? —preguntó la madre.

El guiño de ojos fue terrible, casi expresaba odio.

—No —dijo el notario—. Entonces, ¿es a su señor hijo, aquí presente?

—No —replicó el anciano.

Los dos notarios se miraron estupefactos; Villefort y su mujer se sonrojaron, uno de vergüenza y la otra de cólera.

—Pero ¿qué te hemos hecho, padre? —dijo Valentine—. ¿Es que ya no nos quieres?

La mirada del anciano pasó rápidamente sobre su hijo y su nuera y se detuvo sobre Valentine con una expresión de profunda ternura.

—Bien —dijo ella—, si me quieres, veamos, buen padre, procura unir ese amor a lo que haces ahora. Tú me conoces y sabes que nunca he pensado en tu fortuna; por otra parte, dicen que soy rica por la parte de mi madre, muy rica; explícate.

Noirtier fijó su mirada ardiente sobre la mano de Valentine.

—¿Mi mano? —preguntó ella.

—Sí —hizo Noirtier.

—¡Su mano! —repitieron todos los asistentes.

—¡Ah, señores! Ya ven ustedes que todo es inútil, y que mi pobre padre está loco —dijo Villefort.

—¡Oh! Ya comprendo —dijo de repente Valentine—. Mi matrimonio. ¿No es eso, buen padre?

—Sí, sí, sí —repitió tres veces el paralítico, lanzando brillo cada vez que levantaba los párpados.

—Tú no quieres que me case, ¿no es cierto?

—Sí.

—Pero eso es absurdo —dijo Villefort.

—Perdón, señor —dijo el notario—. Todo esto es muy lógico y me hace el efecto de que concuerda perfectamente.

—¿No quieres que me case con Franz d'Epinay?

—No, no lo quiero —expresó la mirada del anciano.

—¿Y usted desheredará a su nieta porque hace un matrimonio contra su gusto? —inquirió el notario.

—Sí —respondió Noirtier.

—¿De modo que sin ese matrimonio ella sería la heredera?

—Sí.

Entonces se produjo un profundo silencio en torno al anciano.

Los dos notarios se consultaban; Valentine, con las manos juntas, miraba a su abuelo con una sonrisa de agradecimiento; Villefort se mordía sus delgados labios; la señora de Villefort no podía contener un sentimiento de alegría que, pese a su deseo, se retrató en su semblante.

Villefort, rompiendo aquel silencio, dijo:

—Pero me parece que soy el único juez de las conveniencias que favorecen esta unión; el único dueño de la mano de mi hija; quiero que ella se case con el señor Franz d'Epinay, y se casará.

Valentine se dejó caer llorando en un sillón.

—Señor —dijo el notario, dirigiéndose al anciano—, ¿qué piensa hacer usted con su fortuna en el caso en que la señorita Valentine se casase con el señor Franz?

El anciano permaneció inmóvil.

—Cuenta usted con disponer de ella, ¿no es cierto?

—Sí —hizo Noirtier.

—¿En favor de algún miembro de su familia?

—No.
—Entonces, ¿en favor de los pobres?
—Sí.
—Pero, ¿sabe usted que la ley se opone a que despoje totalmente a su hijo? —inquirió el notario.
—Sí.
—¿No dispondrá, pues, de la parte que la ley autoriza a separar?

Noirtier permaneció inmóvil.
—¿Continúa usted disponiendo de todo?
—Sí.
—Pero después de su muerte impugnarán el testamento.
—No.
—Mi padre me conoce, señor —dijo Villefort—, y sabe que su voluntad será sagrada para mí; además, comprende que en mi posición no puedo pleitear contra los pobres.

La mirada de Noirtier expresó el triunfo.
—¿Qué decide usted, señor? —preguntó el notario a Villefort.
—Nada, señor, es una resolución que ha adoptado mi padre, y sé que mi padre nunca cambia de opinión. Así, pues, me resigno. Esos novecientos mil francos saldrán de la familia para enriquecer a los hospitales; pero no cederé a un capricho de anciano, y obraré según mi conciencia.

Y Villefort se retiró con su esposa, dejando a su padre libre de testar como quisiera.

Aquel mismo día fue hecho el testamento; se buscaron los testigos, fue aprobado por el anciano, cerrado en su presencia y depositado en casa del señor Deschamps, notario de la familia.

El telégrafo

Los señores de Villefort supieron, al regresar a su casa, que el conde de Montecristo había venido a hacerles una visita, y les esperaba en el salón. La señora de Villefort, muy emocionada para entrar tan de repente, pasó a su tocador mientras el procurador del rey, más seguro de sí, se dirigió directamente al salón.

Por muy dueño que fuese de sus emociones, por bien que supiera componer su rostro, el señor de Villefort no pudo apartar del todo la nube que oscurecía su frente para que el conde, cuya sonrisa brillaba radiante, no se diese cuenta de aquel aspecto sombrío y pensativo.

—¡Oh, Dios mío! —dijo Montecristo después de los primeros saludos—. ¿Qué tiene usted, señor de Villefort? ¿He llegado en el momento en que extendía alguna acusación demasiado capital?

Villefort trató de sonreír.

—No, señor conde —dijo—, aquí no hay más víctima que yo. Soy yo quien pierde su proceso y ha sido la casualidad, el empecinamiento, la locura, quien lanzó la requisitoria.

—¿Qué quiere decir? —preguntó Montecristo con un interés perfectamente interpretado—. ¿Le ha llegado a ocurrir a usted algo realmente grave?

—¡Oh, señor conde! —dijo Villefort con una calma llena de amargura—. No vale la pena hablar de ello; casi nada, una simple pérdida de dinero.

—En efecto —respondió Montecristo—, una simple pérdida de dinero es bien poca cosa para una fortuna como la que usted posee, y con un espíritu filosófico y elevado como el suyo.

—Así, pues —respondió Villefort—, no es la cuestión de dinero la que me preocupa, aunque después de todo novecientos mil francos bien valen un lamento o por lo menos un poco de despecho. Pero lo que más me hiere, sobre todo, es la disposición de la suerte, la casualidad, la fatalidad, no sé como llamar a la fuerza que dirige el golpe que me sacude y que destruye mis esperanzas de fortuna y el porvenir de mi hija, por el capricho de un anciano caído en el infantilismo.

—¡Oh, Dios mío! ¿Qué es, pues? —exclamó el conde—, novecientos mil francos, usted lo ha dicho. Pero, en verdad, como usted también dice, la suma merece ser lamentada hasta por un filósofo. ¿Y quién le causa ese pesar?

—Mi padre, de quien ya le hablé.

—El señor Noirtier. ¡Verdaderamente! Pero usted me había dicho, me parece, que estaba completamente paralítico, y que todas sus facultades estaban atrofiadas.

—Sí, sus facultades físicas, porque no puede moverse, ni puede hablar, y a pesar de todo eso, sin embargo, piensa y actúa, como usted ve. Le he dejado hace cinco minutos, y en estos momentos está ocupado en dictar su testamento a sus notarios.

—Pero, entonces, ¿habla?

—Mucho mejor, se hace comprender.

—¿Cómo puede ser eso?

—Con la ayuda de la mirada; sus ojos han continuado viviendo, y ya ve usted, matan.

—Amigo mío —dijo la señora de Villefort que acababa de entrar—, ¿acaso no exagera un poco la situación?

—Señora... —dijo el conde inclinándose.

La señora de Villefort saludó con su más grata sonrisa.

—Pero ¿qué es lo que me dice el señor de Villefort? —preguntó Montecristo—. ¡Qué incomprensible desgracia!

—Incomprensible es la palabra —replicó el procurador del rey encogiéndose de hombros—. ¡Un capricho de viejo!

—¿Y no hay medio de hacerle desistir de esa idea?

—No —dijo la señora de Villefort—. Incluso depende de mi marido que ese testamento, en lugar de hacerse en detrimento de Valentine, sea hecho, por el contrario, en su favor.

El conde, viendo que los esposos empezaban a hablar por parábolas, se hizo el distraído y miró con atención suma y la aprobación más tácita a Edouard que vertía tinta en el bebedero de los pájaros.

—Querida mía —dijo Villefort respondiendo a su mujer—, ya sabe que me gusta poco situarme en casa como un patriarca y que jamás creí que la suerte del universo dependiese de un movimiento de mi cabeza. Sin embargo, importa que mis decisiones sean respetadas por mi familia, y que ni la locura de un anciano ni el capricho de una niña destruyan un proyecto fijo en mi mente desde hace muchos años. El barón d'Epinay era mi amigo, usted lo sabe, y una alianza con su hijo es de lo más conveniente.

—¿Cree usted —dijo la señora de Villefort— que Valentine está de acuerdo con él?... En efecto..., ella siempre ha sido opuesta a este matrimonio, y no me asombraría que todo lo que acabamos de ver y oír no sea la ejecución de un plan concebido por ellos.

—Señora —dijo Villefort—, no se renuncia así como así a una fortuna de novecientos mil francos.

—Ella renunciaría al mundo, señor, ya que hace un año quería entrar en un convento.

—No importa —replicó Villefort—. Digo que ese matrimonio debe celebrarse, señora.

—¿A pesar de la voluntad en contra de su padre? —dijo la señora de Villefort, atacando otra cuerda—. ¡Eso es muy grave!

Montecristo hacía cara de no escuchar, pero no se perdía ni una palabra de cuanto se decía.

—Señora —repuso Villefort—, puedo decir que siempre he respetado a mi padre, porque al sentimiento natural de la descendencia se une en mí la conciencia de su superioridad moral; porque, en fin, un padre es sagrado doblemente, por ser nuestro creador y como nuestro dueño; pero hoy debo renunciar a reconocer una inteligencia en el anciano que, por un simple recuerdo de odio al padre, persigue así al hijo. Continuaré respetando al señor Noirtier, sufriré sin quejarme su castigo pecuniario que me inflige; pero permaneceré inmutable en mi decisión, y el mundo apreciará de qué lado está la razón. En consecuencia, casaré a mi hija con el barón Franz d'Epinay, porque este matrimonio es, en mi opinión, bueno y honorable, y porque en definitiva quiero casar a mi hija con quien me place.

—¡Y qué! —dijo el conde, al cual el procurador del rey había solicitado constantemente la aprobación con la mirada—.

¡Y qué! ¿El señor Noirtier deshereda, dice usted, a la señorita Valentine porque va a casarse con el barón Franz d'Epinay?

—¡Ah, Dios mío! Sí, sí, señor; ésa es la razón —dijo Villefort, encogiéndose de hombros.

—La razón visible, al menos —añadió la señora de Villefort.

—La razón real, señora. Créame, conozco a mi padre.

—¿Concibe, pues, eso? —respondió la joven mujer—. ¿En qué, le pregunto, el señor D'Epinay disgusta más que otro al señor Noirtier?

—En efecto —dijo el conde—, yo conocí al señor Franz d'Epinay, el hijo del general Quesnel, ¿no es cierto?, que fue hecho barón d'Epinay por el rey Carlos X.

—Justamente —repuso Villefort.

—Pues bien, es un joven encantador, al menos me lo parece.

—Eso no es más que un pretexto, estoy segura —dijo la señora de Villefort—. Los ancianos son muy tercos en sus afectos, y el señor Noirtier no quiere que su nieta se case.

—Pero —dijo Montecristo—, ¿no conoce usted alguna causa de ese odio?

—¡Oh, Dios mío! ¿Quién puede saberlo?

—¿Alguna antipatía política, tal vez?

—En efecto, mi padre y el padre del señor d'Epinay vivieron en los tiempos tormentosos, que yo no he visto más que en sus últimos días —dijo Villefort.

—¿Su padre no era bonapartista? —preguntó Montecristo—. Creo recordar que usted me dijo algo sobre eso.

—Mi padre ha sido jacobino ante todas las cosas —replicó Villefort, dejándose arrastrar por la emoción fuera de los límites de la prudencia—, y la túnica de senador que Napoleón le echó sobre los hombros no hizo más que disfrazar al antiguo hombre, pero sin cambiarlo. Cuando mi padre conspiraba, no era por el emperador, sino contra los Borbones; porque mi padre tenía eso de terrible, jamás combatió por las utopías irrealizables, sino por las cosas factibles, y aplicó a la consecución de estas cosas tangibles aquellas terribles teorías de la Montagne, que no retroceden ante nada.

—Pues bien —dijo Montecristo—, vea usted, es eso. El señor Noirtier y el señor d'Epinay se habrán encontrado en el terreno político. El general d'Epinay, aunque había servido bajo Napoleón, en el fondo era de sentimientos realistas, y,

¿no fue el mismo que asesinaron una noche saliendo de un club napoleónico al que le habían atraído con la esperanza de encontrar en él a un hermano?

Villefort miró al conde casi con terror.

—¿Acaso me engaño? —preguntó Montecristo.

—No, señor —dijo la señora de Villefort—, y ésa, al contrario, es la causa justa, usted lo acaba de decir; y para acabar con esas viejas rencillas, el señor de Villefort tuvo la idea de hacer que se casasen dos muchachos cuyos padres se odiaban.

—¡Sublime idea! —alabó Montecristo—. Una idea llena de caridad y que todo el mundo debía aplaudir. En efecto, sería bonito ver a la señorita Noirtier de Villefort llamarse señora de Franz d'Epinay.

Villefort se estremeció y miró a Montecristo como si hubiese querido leer en el fondo de su corazón la intención que le había dictado aquellas palabras que acababa de pronunciar.

Pero el conde conservaba su acogedora sonrisa estereotipada sobre sus labios; y esta vez, a pesar de la profundidad de su mirada, el procurador del rey no vio más allá de la epidermis.

—Así pues —prosiguió Villefort—, aunque sea una gran desgracia para Valentine el perder la fortuna de su abuelo, no creo, sin embargo, que por eso se deshaga el matrimonio; no creo que el señor d'Epinay retroceda ante una cuestión de dinero; tal vez, mejor que la suma, vea el sacrificio que hago por cumplir mi palabra, y calculará que Valentine, que por otra parte, es rica por su madre, administrada por los señores de Saint-Méran, sus abuelos maternos, que la quieren tiernamente.

—Y que merecen ser amados y que los cuiden como Valentine hace con el señor Noirtier —dijo la señora de Villefort—. Además, van a venir a París dentro de un mes a lo máximo, y Valentine, después de tal afrenta, quedará dispensada de enterrarse, como lo ha hecho hasta ahora, junto al señor Noirtier.

El conde escuchó complacido la voz discordante de aquellos orgullos heridos y de aquellos intereses marchitos.

—Pero me parece —dijo Montecristo, tras un instante de silencio—, y le pido perdón de antemano por lo que voy a decir; me parece que si el señor Noirtier deshereda a la señorita de Villefort, culpable de querer casarse con un joven a cuyo padre ha detestado, no tiene que reprochar lo mismo a este querido Edouard.

—¿No es cierto, señor? —exclamó la señora de Villefort, con una entonación difícil de describir—. ¿Verdad que es injusto, odiosamente injusto? Ese pobre Edouard también es tan nieto del señor Noirtier como Valentine y, sin embargo, si Valentine no fuese a casarse con el señor d'Epinay, el señor Noirtier le hubiese dejado todos sus bienes; y además, en fin, Edouard también lleva el nombre de la familia, lo cual no impide, aun suponiendo que Valentine sea efectivamente desheredada por su abuelo, que ella aún sea tres veces más rica que él.

Asestado este golpe, el conde escuchó y no habló más.

—Mire —prosiguió Villefort—, mire, señor conde, dejemos estas pequeñas miserias de familia, se lo ruego; sí, es cierto, mi fortuna aumentará la renta de los pobres, que ahora son los verdaderos ricos. Sí, mi padre me habrá frustrado una esperanza legítima sin razón; pero yo habré actuado como hombre de sentido, de corazón. El señor d'Epinay, a quien he prometido la renta de esa suma, la recibirá aunque para ello deba imponerme las mayores privaciones.

—Sin embargo —prosiguió la señora de Villefort—, volviendo a la única idea que llevaba en el fondo de su corazón, tal vez sería mejor confiar esta desgracia al señor d'Epinay, y que devuelva su palabra.

—¡Oh! Eso sería una gran desgracia —exclamó Villefort.

—¿Una gran desgracia? —repitió Montecristo.

—Sin duda —repuso Villefort suavizándose—, un matrimonio fallido, incluso por razones de dinero, desfavorece mucho a una joven; además, antiguos rumores que yo quería apagar pueden tomar más consistencia. Pero, no, no sucederá nada. El señor d'Epinay es un hombre honrado y aún se verá más comprometido por haber sido desheredada Valentine que antes; de otra manera sólo actuaría como un avaro: no, eso no es posible.

—Pienso como el señor de Villefort —dijo Montecristo fijando su mirada en la señora de Villefort—, y si fuese lo bastante amigo de ustedes para permitirme darle un consejo, le invitaría, ya que el señor d'Epinay va a volver, según me han dicho, a anudar este asunto tan fuertemente que no pueda desatarse; le comprometería de tal manera que su única salida sería la honorable del señor de Villefort.

Este último se levantó transportado por una especie de alegría visible, mientras que su esposa palidecía ligeramente.

—Bien —dijo—, he aquí todo lo que pedía, y me enorgulleceré de la opinión de un consejero como usted —dijo tendiendo la mano a Montecristo—. Así, pues, que todo el mundo considere lo de hoy como no sucedido; nada ha cambiado nuestros proyectos.

—Señor —dijo el conde—, el mundo, a pesar de lo injusto que es, sabrá apreciar su resolución, estoy seguro de ello; sus amigos se enorgullecerán y el señor d'Epinay, aun debiendo tomar a la señorita de Villefort sin dote, cosa que no debería ser, estará encantado por entrar en una familia que sabe elevarse a la altura de tales sacrificios por cumplir su palabra y su deber.

Diciendo estas palabras, el conde se puso en pie y se dispuso a marcharse.

—¿Nos deja usted, señor conde? —preguntó la señora de Villefort.

—No tengo más remedio, señora; sólo venía a recordarles su promesa para el sábado.

—¿Temía que la hubiésemos olvidado?

—Usted es muy amable, señora; pero el señor de Villefort tiene tan graves y a veces tan urgentes ocupaciones...

—Mi marido ha dado su palabra, señor —dijo la señora de Villefort—, y ya acaba de ver como la mantiene cuando le toca perder, con mayor razón la mantendrá cuando le toca ganar.

—¿Y será la reunión —preguntó Villefort— en su casa de los Campos Elíseos?

—No —dijo Montecristo—, y esto hace que tenga más mérito su asistencia: es en el campo.

—¿En el campo?

—Sí.

—¿Y dónde? Cerca de París, ¿no es cierto?

—A las puertas, a una media hora de la barrera, en Auteuil.

—¿En Auteuil? —exclamó Villefort—. ¡Ah! Es cierto, mi esposa me dijo que usted vivía en Auteuil, porque ella vino de su casa. ¿Y en qué sitio de Auteuil?

—Calle de la Fontaine.
—¿Calle de la Fontaine? —repuso Villefort con voz ahogada—. ¿Y en qué número?
—En el 28.
—Pero —exclamó Villefort—, ¿ha sido a usted a quien han vendido la casa del señor de Saint-Méran?
—¿El señor de Saint-Méran? —preguntó Montecristo—. Entonces, ¿esa casa pertenecía al señor de Saint-Méran?
—Sí —repuso la señora de Villefort—. ¿Y creería usted una cosa, señor conde?
—¿Cuál?
—Usted encuentra esa casa bonita, ¿no es cierto?
—Encantadora.
—Pues bien, mi marido nunca ha querido habitarla.
—¡Oh! —agregó Montecristo—. En verdad, señor, es una prevención cuya causa no puedo adivinar.
—No me gusta Auteuil, señor —respondió el procurador del rey, haciendo un esfuerzo sobre sí mismo.
—Pero no seré tan desdichado, al menos lo espero —dijo con inquietud Montecristo— para que esa antipatía me prive de la dicha de recibirle.
—No, señor conde... Créame que haré todo lo posible —balbució Villefort.
—¡Oh! —respondió Montecristo—. No admito excusas. El sábado a las seis, le espero, y si no viene, creeré, ¿qué sé yo?, que hay sobre esa casa deshabitada desde hace veinte años alguna tradición lúgubre o alguna leyenda sangrienta.
—Iré, señor conde, iré —dijo con viveza Villefort.
—Gracias —dijo Montecristo—. Ahora es preciso que me permitan despedirme de ustedes.
—En efecto, dijo que no tenía más remedio que abandonarnos, señor conde —dijo la señora de Villefort—, e incluso, creo, que iba a decirnos la causa cuando se interrumpió para pasar a otra idea.
—Es cierto, señora —admitió Montecristo—, pero no sé si me atreveré a decir dónde voy.
—¡Bah! Pierda ese temor.
—En realidad voy como un papanatas a visitar una cosa que me ha hecho pensar horas enteras.
—¿Cuál?

—Un telégrafo. A fe mía que es malo, pero ya he dado mi palabra.

—¿Un telégrafo? —repitió la señora de Villefort.

—¡Oh, Dios mío! Sí, un telégrafo. En ocasiones he visto al borde del camino, sobre un montecillo y a pleno sol, levantarse esos brazos negros y alargados como patas de un inmenso coleóptero, y nunca sin emoción, se lo juro, porque pensaba que esos signos extraños recorren el espacio con precisión y llevan a trescientas leguas la voluntad desconocida de un hombre sentado ante una mesa, a otro hombre sentado en el otro extremo de la línea en otra mesa, se dibujaban sobre el gris de las nubes o el azul del cielo, por la única fuerza del capricho de ese jefe todopoderoso; entonces creía en los genios, en las sílfides, en los gnomos, y, en fin, en los poderes ocultos, y me reía. Ahora bien, nunca tuve deseos de ver de cerca a esos gruesos insectos de vientre blanco y patas negras y delgadas, porque temía encontrar bajo sus alas de piedra el pequeño genio humano, bien alimentado, muy pedante, atiborrado de ciencia, de cábalas o de magia. Pero he aquí que un buen día me entero de que el pequeño motor de cada telégrafo era un pobre diablo empleado por mil doscientos francos anuales, ocupado todo el día en mirar, no al cielo como un astrónomo, no al agua como un pescador, ni al paisaje como un cabeza vacía, sino al insecto de vientre blanco y patas negras, su correspondiente, colocado a cuatro o cinco leguas de él. Entonces sentí mucha curiosidad por ver de cerca esta crisálida viviente y asistir a la comedia que desde el fondo de su cascarón da a la otra crisálida, tirando, uno tras otro, de algunos cabos de hilos.

—¿Y va ahora a eso?

—Sí.

—¿A qué telégrafo? ¿Al del Ministerio del Interior o al del Observatorio?

—¡Oh, no! Ahí encontraría a personas que me forzarían a comprender cosas que deseo ignorar, y que me explicarían, a pesar mío, un misterio que ignoran. ¡Peste! Quiero conservar todavía las ilusiones que tengo sobre los insectos; ya es suficiente con haber perdido las que tenía de los hombres. Así, pues, no iré al telégrafo del Ministerio ni al del Observatorio. Lo que necesito es un telégrafo al aire libre, para encontrar en él al hombre honrado petrificado en su torre.

—Es usted un extraño gran señor —dijo Villefort.
—¿Qué línea me aconseja que estudie?
—Pues la más ocupada en estos momentos.
—Bueno. Es la de España, ¿no?
—Justamente. ¿Quiere una carta del ministro para que le expliquen?...
—No —dijo Montecristo—, ya que como le he dicho, no quiero comprender nada. En el momento en que entienda algo, ya no habrá telégrafo, no habrá más que una señal del señor Duchatel o del señor Montalivert, transmitida al prefecto de Bayona a través de dos palabras griegas: *tele graphos*. Es el insecto de patas negras y la palabra espantosa lo que deseo conservar en toda su pureza y en toda mi veneración.
—Pues vaya, porque dentro de dos horas será de noche y ya no verá nada.
—Diablos, me asusta. ¿Cuál es el más próximo?
—¿En el camino de Bayona?
—Sí, vaya por el de Bayona.
—El de Chàtillon.
—¿Y después del de Chàtillon?
—El de la torre de Montlhéry, creo.
—Gracias. ¡Hasta la vista! El sábado les contaré mis impresiones.

A la puerta, el conde se encontró con los dos notarios que acababan de desheredar a Valentine, y que se retiraban encantados de haber hecho un acto que no podía más que reportarles mucho honor.

El medio de librar a un jardinero de los lirones que comían sus melocotones

No fue aquella misma tarde, como había dicho, sino a la mañana siguiente. El conde de Montecristo salió por la barrera del Infierno, tomó el camino de Orleáns, pasó el pueblo de Linas sin detenerse en el telégrafo que, justamente en el momento en que pasaba el conde, movía sus largos brazos descarnados, y llegó a la torre de Montlhéry situada, como se sabe, en el punto más elevado de la llanura de este nombre.

Al pie de la colina, el conde echó pie a tierra, y, por un pequeño sendero circular de dieciocho pulgadas de ancho, empezó a ascender la montaña; llegado a la cima se encontró detenido por un huerto, en el cual los frutos verdes habían sucedido a las flores rosas y blancas.

Montecristo buscó la puerta del pequeño recinto y no tardó en encontrarla. Era una especie de enrejado de madera, girando sobre goznes de mimbre y cerrándose con un clavo y un cordel. En un instante el conde comprendió el mecanismo de la puerta y la abrió.

Entonces, el conde se encontró en un pequeño huerto de unos veinte pies de largo por doce de ancho, limitado por una parte, por la valla en la cual estaba encajada la ingeniosa máquina que describimos como puerta, y por el otro por la vieja torre cubierta de hiedra sembrada de nabillos y alelíes.

Nadie hubiera creído, al verla tan cuidada y florida, como una abuela a quien acuden sus nietecillos a desear que los festeje, que podría contar muchos dramas terribles si uniese una voz a los oídos amenazadores que un antiguo proverbio atribuye a las paredes.

Se recorría esta huerta siguiendo una avenida cubierta de arena roja, en la cual mordía, con unos tonos que hubiesen entusiasmado a Delacroix, nuestro Rubens moderno, una mata de grueso boj con varios años de antigüedad. Esta avenida tenía la forma de un 8, y giraba enlazándose de manera que en un huerto de veinte pies se pudiese hacer un paseo de sesenta. Nunca Flora, la riente y fresca diosa de los buenos hortelanos latinos, había sido honrada con un cultivo tan minucioso y tan puro como el que se le rendía en este pequeño recinto.

En efecto, de veinte rosales que componían el parterre, ni una hoja llevaba la huella de la mosca, ni un tallo el racimo de pulgones verdes que desolan y roen las plantas que crecen en un terreno húmedo. Y no era, sin embargo, porque faltase humedad en este huerto: la tierra negra como el lodo y el opaco follaje de los árboles lo pregonaban bien; además, la humedad ficticia hubiese suplantado enseguida a la natural, gracias a un tonel lleno de agua estancada cavado en uno de los rincones del huerto, y en el cual permanecían sobre una capa verde, una rana y un sapo que, por incompatibilidad de humor, siempre se volvían la espalda en los dos puestos opuestos del círculo.

Además, no había ni una hierba en la avenida, ni un yerbajo parásito en las orillas; un ama de casa cuidadosa y limpia con los geranios, los cactos y los rododendros de su jardinera de porcelana, no prestaría más atención que el dueño, hasta entonces invisible, de aquel recinto.

Montecristo se detuvo después de haber cerrado la puerta enganchando la cuerda en el clavo, y abarcó de una mirada toda la propiedad.

«Parece —se dijo—, que el hombre del telégrafo es aficionado a la jardinería o se dedica apasionadamente a la agricultura».

De repente tropezó con un bulto oculto tras una carretilla cargada de follaje; aquel bulto se incorporó dejando escapar una exclamación que denotaba su asombro, y Montecristo se encontró frente a un hombre de unos cincuenta años que recogía fresas que iba colocando sobre hojas de parra.

Había doce hojas de parra y casi otras tantas fresas.

El buen hombre, al levantarse, estuvo a punto de dejar caer las fresas, las hojas y el plato.

—¿Hace usted recolección, señor? —dijo Montecristo sonriendo.

—Perdón, señor —respondió el buen hombre llevándose la mano a su gorra—. No estoy allá arriba, es cierto, pero acabo de descender hace un instante.

—No le estorbaré en nada, amigo mío —dijo el conde—. Coja sus fresas, si todavía le queda alguna.

—Aún faltan diez —dijo el hombre—, porque ya tengo once y tenía veintiuna, cinco más que el año pasado. Pero no es para asombrarse, la primavera ha sido cálida este año y lo que necesitan las fresas, ya sabe usted, señor, es calor. Por eso, en vez de las dieciséis que recogí el año pasado, tengo este año, ya ve usted, once cogidas, doce, trece, catorce, quince, dieciséis, diecisiete, dieciocho. ¡Oh, Dios mío! Me faltan dos. Ayer aún estaban, señor, estaban, estoy bien seguro porque las conté. Habrá sido el hijo de la tía Simona quien me las ha quitado; lo he visto rondar por aquí esta mañana. ¡Ah, el granuja! Robar en un huerto. No sabe bien adónde puede conducirle.

—En efecto —dijo Montecristo—, eso es grave, pero usted tendrá en cuenta la juventud del delincuente y su gusto.

—Cierto —dijo el jardinero—, pero no por eso es menos grave. Pero, le pido perdón una vez más, señor. ¿Acaso es algún jefe a quien hago esperar de este modo?

E interrogaba con mirada temerosa al conde y a su frac azul.

—Tranquilícese, amigo mío —dijo el conde con esa sonrisa tan terrible y tan acogedora que sabía poner, y que esta vez sólo expresaba bondad—, no soy ningún jefe que venga a inspeccionarle, sino un simple viajero llevado por la curiosidad y que empieza a reprocharse su visita al ver que le hace perder su tiempo.

—¡Oh! Mi tiempo no vale mucho —replicó el buen hombre con sonrisa melancólica—. Sin embargo, es el tiempo del Gobierno y no debería perderlo; pero había recibido la señal que me anunciaba que podía descansar una hora —echó un vistazo al cuadrante solar, porque había de todo en la torre de Montlhéry, incluso cuadrante solar—, y ya ve usted, aún tengo diez minutos por delante; y además mis fresas estaban maduras y un día más... Por otra parte, ¿creería usted, señor, que los lirones me las comen?

—¡Oh, no! Jamás lo hubiese creído —respondió seriamente Montecristo—. Es una mala vecindad, señor, particularmente para usted que no se come los lirones confitados en miel como hacían los romanos.

—¡Ah! ¿Los romanos se los comían? —exclamó el jardinero—. ¿Se comían los lirones?

—He leído eso en *Petronio* —dijo el conde.

—¿De veras? Eso no debe ser bueno, aunque digan gordo como un lirón. Y no es para asombrarse, señor, el que los lirones estén gordos, ya que duermen todo el santo día y no se despiertan más que para comer toda la noche. Fíjese, el año pasado tenía cuatro albaricoqueros; pues me destrozaron uno. Tenía un briñón, uno solo; es cierto que es un fruto raro. Pues bien, señor, me devoraron la mitad del lado de la muralla; un briñón soberbio y que era excelente. Jamás comí cosa igual.

—¿Lo comió? —preguntó Montecristo.

—Claro, la mitad que dejaron, ya lo comprenderá. Era exquisito, señor. ¡Ah, diantre! Esos señores no escogen los peores bocados. Lo mismo que el hijo de la tía Simona, no ha cogido las peores fresas, no. Pero este año —continuó el horticultor—, esté tranquilo, porque eso no sucederá, aunque tenga que pasarme la noche en vela cuando los frutos estén maduros.

Montecristo había visto bastante. Cada hombre tiene su pasión mordiéndole en el fondo del corazón, como cada fruto su gusano; la de aquel hombre de telégrafos, era la horticultura. Se puso a coger las hojas de parra que ocultaban los racimos del sol, y se conquistó el corazón del jardinero por ello.

—¿El señor ha venido a ver el telégrafo? —dijo.

—Sí, señor, si no está prohibido por los reglamentos.

—¡Oh! Nada de prohibido —dijo el jardinero—, ya que no tiene nada de peligroso, pues nadie sabe ni puede saber lo que decimos.

—Eso me dijeron, efectivamente —repuso el conde—, que usted repetía señales que ni siquiera entendía.

—Ciertamente, señor, y prefiero más que sea así —dijo riendo el hombre del telégrafo.

—¿Por qué lo prefiere?

—Porque de esta manera no tengo ninguna responsabilidad. Soy una máquina y no otra cosa, y con tal de que funcione, no me piden más.

«¡Diablos! —se dijo Montecristo para sí—. ¿Es que por casualidad habré dado con un hombre sin ambición? ¡Diantre! Sería una mala suerte».

—Señor —dijo el jardinero echando un vistazo a su cuadrante solar—, los diez minutos acaban de expirar. ¿Le gustaría subir conmigo?

—Le sigo.

Montecristo entró en la torre dividida en tres pisos; el bajo contenía algunos instrumentos de labranza, como layas, rastrillos y regaderos apoyados contra las paredes: era todo el mobiliario.

El segundo era la habitación corriente, o más bien nocturna del empleado; contenía escasos y pobres utensilios, una cama, una mesa, dos sillas, una palangana de barro, además algunas hierbas secas colgadas del techo, que el conde reconoció como guisantes de olor y judías de España, cuyas semillas guardaba el buen hombre en sus vainas; había etiquetado todo esto con el cuidado de un maestro botánico del Jardín de las Plantas.

—¿Se necesita pasar mucho tiempo para estudiar la telegrafía, señor? —preguntó Montecristo.

—No es largo el estudio, sino el ser supernumerario.

—¿Y cuánto se recibe de sueldo?

—Mil francos, señor.

—Eso no es mucho.

—No; pero dan alojamiento, como usted ve —Montecristo echó un vistazo al cuarto.

—¡Con tal de que no pierda su alojamiento! —murmuró.

Pasaron al tercer piso: era la habitación del telégrafo. Montecristo miró los dos puños de hierro con la ayuda de los cuales el empleado hacía funcionar la máquina.

—Es muy interesante —dijo—, pero a la larga es una vida que debe parecerle un poco insípida, ¿no?

—Sí, al principio esto da tortícolis a fuerza de mirar; pero al cabo de un año o dos uno se acostumbra; además, tenemos dos horas de recreo y nuestros días de permiso.

—¿Días de permiso?

—Sí.

—¿Cuáles?

—Aquéllos en que hace niebla.

—¡Ah! Es normal.

—Ésos son mis días de fiesta; entonces desciendo al jardín y planto, podo, cavo, siembro; en fin, se pasa el rato.

—¿Cuánto tiempo lleva usted aquí?

—Diez años y cinco más de supernumerario, hacen quince.

—¿Y tiene usted?

—Cincuenta y cinco.

—¿Cuánto tiempo de servicio necesita para obtener su pensión?

—¡Oh, señor! Veinticinco años.

—¿Y de cuánto es esa pensión?

—De cien escudos.

—¡Pobre humanidad! —murmuró Montecristo.

—¿Decía usted, señor? —preguntó el empleado.

—Digo que todo esto es muy interesante.

—¿El qué?

—Todo lo que usted me enseña... ¿Y usted no comprende nada absolutamente de esos signos?

—Nada absolutamente.

—¿No ha intentado descifrarlos alguna vez?

—Nunca; ¿para qué?

—Sin embargo, hay señales que le dirigen a usted directamente.

—Sin duda.

—¿Y ésas sí las comprende?

—Siempre son las mismas.

—¿Y qué dicen?

—No hay novedad... Tiene usted una hora... o hasta mañana.

—¡Vaya una cosa bien inocente! —dijo el conde—. Pero mire, ¿no es aquél su compañero poniéndose en movimiento?

—¡Ah, es cierto! Gracias, señor.

—¿Y qué le dice? ¿Es algo que usted comprende?

—Sí, me pregunta si estoy listo.

—¿Y usted le responde?

—Con un signo que al mismo tiempo anuncia a mi correspondiente de la derecha que estoy listo, e invita a mi correspondiente de la izquierda a que se prepare a su vez.

—Es muy ingenioso —dijo el conde.

—Va a verlo ahora —replicó orgulloso el buen hombre—. Dentro de cinco minutos va a hablar.

—Entonces, aún tengo cinco minutos —dijo Montecristo—, más tiempo del que necesito. Mi querido señor, permítame que le haga una pregunta.

—Diga.

—¿Ama la jardinería?

—Con pasión.

—¿Y sería usted feliz si en lugar de poseer una terraza de veinte pies tuviera un huerto de dos fanegas?

—Señor, haría un paraíso terrestre.

—¿Vive mal con sus mil francos?

—Bastante mal, pero vivo.

—Sí, pero usted no tiene más que un miserable jardín.

—¡Ah! Es cierto. El jardín no es grande.

—Y además de ser tan pequeño, está poblado de lirones que se lo comen todo.

—¡Vaya! Eso es una plaga.

—Dígame, si usted tuviese la desdicha de girar la cabeza cuando el correspondiente de la derecha funcionase...

—No le vería.

—Entonces, ¿qué sucedería?

—Que no podría repetir sus señales.

—¿Y luego?

—Sucedería, que no habiéndolas repetido por negligencia, se me impondría una multa.

—¿De cuánto?

—De cien francos.

—La décima parte de su sueldo. ¡Qué bonito!

—¡Ah! —exclamó el empleado.

—¿Le ha ocurrido eso? —preguntó Montecristo.

—Una vez, señor, una vez que injertaba un rosal avellana.

—Bien. Ahora, ¿si usted cambiase alguna señal o transmitiese otra?

—Entonces, es diferente. Me despedirían y perdería mi pensión.

—¿Trescientos francos?

—Cien escudos, sí, señor; así, pues, comprenderá que jamás haría algo semejante.

—¿Ni por quince años de su sueldo? Fíjese, eso merece pensarse, ¿no?

—¿Por quince mil francos?

—Sí.
—Señor, usted me asusta.
—¡Bah!
—Señor, ¿quiere usted tentarme?
—¡Justamente! Quince mil francos, ¿comprende?
—Señor, déjeme mirar a mi correspondiente de la derecha.
—Al contrario, no lo mire, y fíjese en esto.
—¿Y qué es eso?
—¡Cómo! ¿No conoce usted estos papeles?
—¡Billetes de Banco!
—Exacto. Y hay quince.
—¿Y de quién son?
—Suyos, si los quiere.
—¡Míos! —exclamó el empleado con sofoco.
—¡Oh, Dios mío! Sí, para usted totalmente.
—Señor, mi correspondiente de la derecha empieza a moverse.
—Déjelo que se mueva.
—Señor, usted me ha distraído y voy a ser multado.
—Eso le costará cien francos; ve usted como tiene interés en coger mis quince billetes de Banco.
—Señor, el correspondiente de la derecha se impacienta y redobla sus señales.
—Déjelo hacer y cójalos.

El conde puso el paquete en la mano del empleado.

—Ahora —dijo—, esto no es todo: con sus quince mil francos usted no vivirá.
—Siempre tendré mi puesto.
—No, usted lo perderá; porque va a hacer otro signo diferente al de su correspondiente.
—¡Oh, señor! ¿Qué me propone?
—Una chiquillada.
—Señor, a menos que sea forzado...
—Pienso obligarle, efectivamente.

Y Montecristo sacó de su bolsillo otro paquete.

—Aquí tiene otros diez mil francos —dijo—, con los quince que ya tiene en el bolsillo, sumarán veinticinco. Con cinco mil francos usted se comprará una bonita casita y dos fanegas de tierra; y con los restantes se hará una renta de mil francos.
—¡Un jardín de dos fanegas!

—Y mil francos de renta.
—¡Dios mío! ¡Dios mío!
—Pero, cójalos.

Y Montecristo puso a la fuerza los diez mil francos en la mano del empleado.

—¿Qué debo hacer?
—Nada difícil.
—Pero...
—Repita estos signos.

Montecristo sacó de su bolsillo un papel sobre el cual había trazados tres signos y otros tantos números indicando el orden en que debían ejecutarse.

—No será largo, como puede ver.
—Sí, pero...
—Pero por este golpe tendrá árboles.

El golpe se ejecutó; sofocado y sudando a gotas gordas, el buen hombre transmitió uno tras otro los signos dados por el conde a pesar de las espantosas dislocaciones del correspondiente de la derecha que, no comprendiendo nada de aquel cambio, empezaba a creer que el hombre se había vuelto loco.

En cuanto al correspondiente de la izquierda, repitió, concienzudamente las mismas señales, que fueron recogidas definitivamente en el Ministerio del Interior.

—Ahora, ya es usted rico —dijo Montecristo.
—Sí —respondió el empleado—, pero a qué precio.
—Escuche, amigo mío —dijo Montecristo—, no quiero que tenga remordimientos. Créame, porque se lo juro, usted no ha causado mal a nadie y ha servido a los designios de Dios.

El empleado miraba los billetes de Banco, los palpaba, los contemplaba; estaba pálido, rojo; al fin se precipitó a su cuarto para beber un vaso de agua; pero no tuvo tiempo de llegar hasta la fuente y se desvaneció en medio de sus judías secas.

Cinco minutos después de llegar la noticia telegráfica al Ministerio, Debray hizo enganchar los caballos a su cupé y corrió a casa de los Danglars.

—¿Su marido tiene cupones del empréstito español? —preguntó a la baronesa.

—Ya lo creo. Tiene unos seis millones.
—Que los venda al precio que sea.
—¿Por qué?
—Porque don Carlos se ha escapado de Bourges y ha entrado en España.
—¿Cómo sabe eso?
—¡Pardiez! —exclamó Debray encogiéndose de hombros—. ¿Cómo sé las noticias?

La baronesa no se lo hizo repetir dos veces; corrió junto a su marido, el cual corrió a su vez a casa de su agente de cambio y le ordenó que vendiese a toda costa.

Cuando todos vieron que Danglars vendía, los fondos españoles bajaron inmediatamente. Danglars perdió quinientos mil francos, pero se deshizo de todos sus cupones.

Aquella noche se leyó en el *Messager*:

Despacho telegráfico. — El rey don Carlos ha escapado de la vigilancia que se ejercía sobre él en Bourges, y ha entrado en España por la frontera de Cataluña. Barcelona se ha sublevado en su favor.

Durante toda la noche no se habló más que de la previsión de Danglars, que había vendido sus cupones, y de la dicha del agiotista, que no perdía más que quinientos mil francos con semejante golpe.

Aquellos que habían conservado sus cupones, o comprado los de Danglars, se consideraron arruinados y pasaron una mala noche.

Al día siguiente se leyó en el *Moniteur*:

No existía ningún fundamento para que el *Messager* anunciarse ayer la huida de don Carlos y la sublevación de Barcelona. El rey don Carlos no ha abandonado Bourges, y la península goza de la más profunda tranquilidad.

Un signo telegráfico, mal interpretado a causa de la niebla, ha dado lugar a este error.

Los fondos subieron al doble de lo que habían bajado. Esto causó a Danglars, entre la pérdida y el dejar de ganar, la diferencia de un millón.

—¡Bueno! —exclamó Montecristo a Morrel, que se encontraba en su casa en el momento en que se anunciaba la extraña jugada de Bolsa en la que Danglars fue víctima—. Acabo de hacer, por veinticinco mil francos, un descubrimiento por el que hubiese pagado cien mil.

—¿Qué acaba de descubrir? —preguntó Maximilien.

—Acabo de descubrir el medio de librar a un jardinero de los lirones que le comían sus melocotones.

Los fantasmas

A primera vista y examinada desde fuera, la casa de Auteuil no tenía nada de espléndida, ni nada de lo que se podía esperar de una vivienda destinada al magnífico conde de Montecristo; pero esta sencillez dependía de lo voluntad del dueño, quien había ordenado que nada se cambiase en el exterior; para convencerse, no había más que contemplar el interior. En efecto, nada más abierta la puerta cambiaba el panorama.

El señor Bertuccio se superó a sí mismo en gusto a decoración y en la rápida ejecución; como en otros tiempos el duque d'Antin hizo abatir en una noche una avenida de árboles que interrumpía la panorámica de Luis XIV, el señor Bertuccio en tres días hizo plantar un patio totalmente nuevo, con sus hermosos álamos y sicomoros traídos con sus bloques de raíces, sombreando la fachada principal de la casa, ante la cual, en vez de un enlosado medio cubierto de hierbas, se extendía el césped, cuyas placas habían sido colocadas aquella misma mañana formando una amplia alfombra en la que aún se percibían las gotas de agua con que fue regado.

Por lo demás, las órdenes procedían del conde; él mismo había entregado a Bertuccio un plano en el que indicaba el número y el lugar en que debían ser plantados los árboles, la forma y el espacio para el césped que debía sustituir a las baldosas.

Vista así, la casa resultaba desconocida, y el mismo Bertuccio protestaba de ello, metida, como lo estaba, en su cuadro de verdor.

El intendente no se hubiese molestado si le hubieran dejado realizar algunas transformaciones en el jardín; pero el conde le había prohibido terminantemente tocar nada. Bertuccio se desquitó abarrotando de flores las antesalas, las escaleras y las chimeneas.

Lo que anunciaba la extrema habilidad del intendente y la profunda ciencia del dueño, uno para servir y el otro para hacerse obedecer, era que aquella casa, abandonada desde hacía veinte años, tan sombría y tan triste aún la víspera, tan impregnada como estaba de ese molesto olor que puede llamarse el perfume del tiempo, había adquirido en un día, con el aspecto de la vida, el aroma que prefería su dueño; pero es que el conde, al llegar allí había colocado bajo su mano sus libros y sus armas, bajo sus ojos sus cuadros preferidos; en las antesalas, los perros cuyas caricias le eran gratas, y los pájaros cuyos cantos amaba; y toda aquella casa, despertaba de su largo sueño como el palacio de la Bella durmiente del bosque, vivía, cantaba y se expandía al igual que esas casas que nos son queridas desde hace muchos años y en las cuales, cuando por desgracia las abandonamos, se queda involuntariamente una parte de nuestra alma.

Los criados iban y venían alegres por aquel hermoso patio: unos encargados de las cocinas, deslizándose, como si siempre hubiese estado habitada la casa, por las escaleras restauradas la víspera, y los otros poblando las cocheras, en donde los coches, numerados y colocados, parecían instalados allí desde hacía cincuenta años; y en las caballerizas, en donde los caballos en el pesebre respondían relinchando a los palafreneros que les hablaban con mucho más respeto del que ponen muchos criados al hablar a sus dueños.

La biblioteca estaba dispuesta en dos cuerpos, a ambos lados de la pared, y contenía unos dos mil volúmenes aproximadamente; todo un compartimento se destinaba a las novelas modernas, y la que había aparecido la víspera se encontraba situada en su sitio, pavoneándose en su encuadernación roja y oro.

Al otro lado de la casa, haciendo juego con la biblioteca, se hallaba el invernadero, lleno de plantas raras y floridas en sus amplias macetas japonesas, y en el centro del invernadero, maravilla a la vez para los ojos y el olfato, un billar que parecía haber sido abandonado una hora antes por los jugadores, que habían dejado al descuido las bolas sobre el tapiz.

Sólo una habitación había sido respetada por el magnífico Bertuccio. Ante esta cámara, situada en el ángulo izquierdo del primer piso, y a la cual se podía subir por la gran escalera y salir por la escalera secreta, los criados pasaban con curiosidad y Bertuccio con terror.

A las cinco en punto llegó el conde seguido de Alí ante la casa de Auteuil. Bertuccio ansiaba esta llegada con una impaciencia mezclada de inquietud; esperaba algunos cumplidos y temía un fruncimiento de cejas.

Montecristo descendió en el patio, recorrió toda la casa y dio la vuelta al jardín, silencioso y sin hacer el menor gesto de aprobación ni de descontento.

Sólo al entrar en su dormitorio, situado al lado opuesto de la habitación cerrada, extendió la mano hacia el cajón de un mueblecito en madera de rosa que ya había visto en su primera visita.

—Esto no puede servir más que para poner los guantes —dijo.

—En efecto, Excelencia —respondió Bertuccio, contento—. Ábralo y encontrará los guantes.

En otros muebles, el conde aún encontró lo que esperaba hallar: frascos, cigarros, joyas.

—Bien —dijo.

Y Bertuccio se retiró con el alma satisfecha; tan grande, poderosa y real era la influencia de aquel hombre sobre cuanto le rodeaba.

A las seis en punto se oyó patear a un caballo delante de la puerta de entrada; era nuestro capitán de *spahis* que llegaba en su *Medeah*.

Montecristo le esperaba en la escalinata, le sonrió ampliamente.

—¡Estoy seguro de ser el primero! —le gritó Morrel—. Lo he hecho adrede para estar un instante a solas con usted. Julie y Emmanuel le envían mil recuerdos. ¡Ah! Pero ¿sabe que esto es magnífico? Dígame, conde, ¿sus criados cuidarán bien mi caballo?

—Esté tranquilo, mi querido Maximilien, son entendidos.

—Es que necesita descanso. ¡Si supiese el tren que ha traído! Parecía una tromba.

—¡Peste! Ya lo creo, es un caballo de cinco mil francos —dijo Montecristo en el tono que pondría un padre hablando con su hijo.

—¿Lo lamenta usted? —dijo Morrel con franca sonrisa.

—¿Yo? ¡Dios me libre! —respondió el conde—. No. Sólo sentiría que el caballo no fuese bueno.

—Sí que lo es, mi querido conde. El señor de Chateau Renaud, el hombre más entendido de Francia, y el señor Debray, que monta los árabes del Ministerio, corren detrás de mí en estos momentos, y están algo distanciados, como puede ver, y aún les pisan los talones los caballos de la baronesa Danglars, que van a un trote con el que podrían hacerse tranquilamente seis leguas en una hora.

—Entonces, ¿le vienen siguiendo? —preguntó Montecristo.

—Fíjese, ahí están.

En efecto, en aquel mismo momento, un cupé con el tiro humeante y dos caballos de silla sin aliento llegaron ante la verja de la casa, que se abrió ante ellos. Inmediatamente el cupé describió un círculo y fue a detenerse en la escalinata seguido de los dos caballeros.

En un instante, Debray echó pie a tierra y se precipitó a la puerta. Ofreció su mano a la baronesa, que al descender le hizo un gesto imperceptible para otro que no fuese Montecristo.

Pero el conde no se perdía detalle, y en aquel gesto vio relucir un billete blanco tan imperceptible como el gesto, que pasó, con una destreza que indicaba la costumbre de esta maniobra, de la mano de la señora Danglars a la del secretario del ministro.

Tras su mujer descendió el banquero, pálido como si hubiese salido de un sepulcro en vez de bajar de su cupé.

La señora Danglars echó en torno suyo un vistazo rápido e investigador que sólo Montecristo supo comprender, y en el cual abarcó el patio, el peristilo y la fachada de la casa; después, reprimiendo una ligera emoción, que hubiese asomado a su rostro si le estuviera permitido palidecer, subió la escalinata diciendo a Morrel:

—Señor, si fuese usted uno de mis amigos, le preguntaría si vende su caballo.

Morrel sonrió de una manera lamentable, y se volvió hacia Montecristo como para rogarle que le sacase del embarazo en que se encontraba.

El conde le comprendió.

—¡Ah, señora! —respondió—. ¿Por qué no me ha dirigido a mí una petición semejante?

—Con usted, señor —dijo la baronesa—, no se puede desear nada, porque hay la seguridad de obtenerlo. Por eso lo he hecho al señor Morrel.

—Desgraciadamente —repuso el conde—, he sido testigo de que el señor Morrel no puede ceder su caballo; su honor está comprometido en conservarle.

—¿Cómo puede ser eso?

—Apostó domar a *Medeah* en el espacio de seis meses. Comprenderá ahora, baronesa, que si se deshace de él antes del plazo fijado, no sólo perdería, sino que aún dirían que tiene miedo; y un capitán de *spahis*, incluso para complacer el capricho de una mujer hermosa, lo que en mi opinión es una de las cosas más sagradas del mundo, no puede dejar que corra semejante rumor.

—Ya ve usted, señora... —dijo Morrel dirigiendo a Montecristo una sonrisa de agradecimiento.

—Además, me parece —dijo Danglars con un tono zumbón mal disimulado por su sonrisa hosca— que ya tiene bastantes caballos como ésos.

La señora Danglars no tenía la costumbre de dejar sin respuesta semejantes ataques, y, sin embargo, para gran asombro de los jóvenes, pareció no oír nada y no respondió.

Montecristo sonreía ante aquel silencio, que delataba una humildad desacostumbrada, mientras enseñaba a la baronesa dos inmensos jarrones de China, en los cuales serpenteaban vegetaciones marinas de un grueso y un trabajo tal que sólo la naturaleza pudo poner aquella riqueza, aquella savia y aquella gracia.

La baronesa estaba maravillada.

—¡Eh! Pero se podría plantar dentro un castaño de las Tullerías —dijo—. ¿Cómo han podido conseguir semejantes enormidades?

—¡Ah, señora! —replicó Montecristo—. No hay que preguntarnos eso a nosotros, fabricantes de estatuas y vasos de muselina; éste es un trabajo de otros tiempos, una especie de obra de los genios de la tierra y del mar.

—¿Cómo? ¿A qué época puede pertenecer?

—No lo sé; sólo he oído decir que un emperador de China hizo construir un horno expresamente; y que en dicho horno, uno tras otro se hicieron cocer doce jarrones semejantes a éstos. Dos se rompieron bajo los ardores del fuego; los otros diez se descendieron a trescientas brazas bajo el mar. El mar, que sabía lo que se esperaba de él, echó sobre ellos, bejucos, retorció corales, incrustó sus conchas; todo quedó cimentado por doscientos años bajo esas profundidades, porque una revolución se llevó al emperador que quiso hacer el experimento, y no dejó más que el acta en la que constataba la cocción de los jarrones y su descenso al fondo del mar. Al cabo de doscientos años se encontró esa acta y se pensó en sacar los vasos. Los buzos fueron, con máquinas especiales, a descubrirlas en la bahía en que se arrojaron; pero de las diez sólo encontraron tres, las otras habían sido arrastradas y partidas por las olas. Me gustan estos jarrones, en el fondo de los cuales me imagino monstruos informes, espantosos, misteriosos y parecidos a los que ven los buceadores solamente, que han fijado su mirada apagada y fría, y en los que durmieron infinidad de peces que se refugiaban en ellos para huir de la persecución de sus enemigos.

Durante este tiempo, Danglars, poco amigo de las curiosidades, arrancaba maquinalmente y una a una, las flores de un magnífico naranjo; cuando concluyó con el naranjo se dirigió a un cactos, pero entonces, el carácter menos fácil del cactos le picó ultrajantemente.

Entonces se estremeció y se frotó los ojos como si hubiera salido de un sueño.

—Señor —le dijo Montecristo sonriendo—, usted, que es amante de los cuadros y que tiene tan magníficas cosas, no le recomiendo los míos. Sin embargo, aquí tiene dos Hobbema, un Paul Potter, un Mieris, dos Gerard Dow, un Rafael, un Van Dyck, un Zurbarán y dos o tres Murillos, que son dignos de serle presentados.

—¡Vaya! —dijo Debray—. Aquí hay un Hobbema que conozco.

—¡Ah! ¿De veras?

—Sí, vinieron a ofrecérselo al museo.

—Que no tiene ninguno, según creo —aventuró Montecristo.

—No, y que, sin embargo, se negó a comprar éste.

—¿Por qué? —preguntó Chateau Renaud.

—¡Qué encantador eres! Porque el Gobierno no es lo bastante rico para estas cosas.

—¡Ah, perdón! —dijo Chateau Renaud—. Siempre oigo hablar de cosas por ese estilo, y aún no he podido acostumbrarme.

—Ya llegará —dijo Debray.

—No lo creo —respondió Chateau Renaud.

—¡El mayor Bartolomeu Cavalcanti! ¡El señor vizconde Andrea Cavalcanti! —anunció Bautista.

Un cuello de raso negro, saliendo de las manos del fabricante, una barba fresca, unos bigotes grises, la mirada tranquila, un uniforme de mayor adornado con tres placas y cinco cruces, en fin, una presencia irreprochable de antiguo soldado, formaban la nueva apariencia del mayor Bartolomeu Cavalcanti, aquel tierno padre que ya conocemos.

Junto a él, cubierto de ropa flamantemente nueva, avanzaba, con la sonrisa en los labios, el vizconde Andrea Cavalcanti, aquel respetuoso hijo que también conocemos.

Los tres jóvenes hablaban juntos; sus miradas se dirigieron al padre y al hijo, y se detuvieron más tiempo sobre este último, al que examinaron detalladamente.

—¿Cavalcanti? —dijo Debray.

—¡Bonito nombre! —dijo Morrel—. ¡Peste!

—Sí —agregó Chateau Renaud—, es cierto; esos italianos tienen buenos nombres, pero visten mal.

—Eres muy estricto, Chateau Renaud —dijo Debray—. Esas ropas son de un excelente sastre, y completamente nuevas.

—Ahí está, justamente, mi reproche. Ese señor tiene aspecto de vestirse hoy por primera vez.

—¿Quiénes son estos señores? —preguntó Danglars al conde de Montecristo.

—Ya lo ha oído, los Cavalcanti.

—Eso me revela su nombre, nada más.

—¡Ah! Es cierto, usted no está al corriente de nuestra nobleza italiana; quien dice Cavalcanti, habla de estirpe de príncipes.

—¿Gran fortuna? —preguntó el banquero.

—Fabulosa.

—¿Qué hacen ellos?

—Tratan de comérsela sin que lleguen al final. Además, tienen crédito sobre usted, según me dijeron cuando vinieron a verme antes de ayer. Yo mismo les invité a que fueran a verle. Voy a presentárselos.

—Pero, me parece que hablan muy correctamente el francés —dijo Danglars.

—El hijo fue educado en un colegio de Midi, en Marsella o las inmediaciones, creo. Lo notarán en el entusiasmo.

—¿Por qué? —preguntó la baronesa.

—Por las francesas, señora. Hasta está dispuesto a encontrar esposa en París.

—¡Bonita idea tiene! —dijo Danglars encogiéndose de hombros.

La señora Danglars miró a su marido con una expresión que, en otra ocasión, hubiese sido presagio de tormenta; pero se calló por segunda vez.

—El barón parece muy sombrío hoy —dijo Montecristo a la señora Danglars—. ¿Acaso es que quieren hacerle ministro?

—No, todavía no, que yo sepa. Creo más bien que habrá jugado en la Bolsa, y le haya tocado perder, y por eso no sabe con quién desfogar su mal humor.

—El señor y la señora de Villefort —gritó Bautista.

Las dos personas anunciadas entraron. El señor de Villefort, a pesar de su dominio sobre sí mismo, estaba visiblemente conmovido. Al tocar su mano, Montecristo notó que temblaba.

«Decididamente no hay como las mujeres para disimular», se dijo Montecristo al mirar a la señora Danglars, que sonreía al procurador del rey y besaba a su mujer.

Después de los primeros saludos, el conde vio a Bertuccio, hasta entonces ocupado de la parte del *office*, que se deslizaba a un saloncito de espera contiguo.

Fue junto a él.

—¿Qué quiere, señor Bertuccio? —le preguntó.

—Su Excelencia no me ha dicho el número de convidados.

—¡Ah! Es cierto.

—¿Cuántos cubiertos?

—Cuente usted mismo.

—¿Ha llegado todo el mundo, Excelencia?

—Sí.

Bertuccio echó un vistazo a través de la puerta entreabierta.

Montecristo le observaba atentamente.

—¡Ah, Dios mío! —exclamó.

—¿Qué pasa? —preguntó el conde.

—¡Aquella mujer!... ¡Aquella mujer!

—¿Cuál?

—Aquella que tiene un vestido blanco y tantos diamantes..., la rubia.

—¿La señora Danglars?

—No sé como la llaman, pero es ella, señor; es ella.

—¿Quién es ella?

—¡La mujer del jardín! Aquella que estaba embarazada. La que se paseaba esperando..., esperando...

Bertuccio se quedó con la boca abierta, pálido y con los cabellos erizados.

—¿Esperando a quién?

Bertuccio, sin responder, señaló a Villefort con el dedo, casi con el mismo gesto con que Macbeth señaló a Banquo.

—¡Oh..., oh! —murmuró al fin—. ¿Ve usted?

—¿Qué? ¿Quién?

—¡Él!

—¿Él?... ¿El señor procurador del rey, Villefort? Sin duda lo veo.

—Pero ¿es que no lo he matado?

—¡Vaya! Me parece que va a volverse loco, mi bravo Bertuccio —dijo el conde.

—Entonces, ¿no está muerto?

—¡Pues, no! No está muerto, ya lo está viendo; en vez de golpear entre la sexta y la séptima costilla del lado izquierdo, habrá golpeado más alto o más bajo; y esas gentes de la justicia, tienen el alma atornillada al cuerpo; o tal vez sea que no es cierto lo que me contó, que sea un sueño de su mente o una alucinación de su espíritu; tal vez se haya adormecido digiriendo mal su venganza: le habrá pesado en el estómago, habrá tenido una pesadilla y eso fue todo. Veamos, recobre su calma y cuente: el señor y la señora de Villefort, dos; el señor y la señora Danglars, cuatro; el señor de Chateau Renaud, el señor Debray y el señor Morrel, siete; el mayor Bartolomeu Cavalcanti, ocho.

—¡Ocho! —repitió Bertuccio.

—¡Espere, hombre! Espere un poco. ¡Qué prisa tiene en marcharse, diablos! Se olvida uno de mis invitados. Mire un poco hacia la izquierda..., vea..., el señor Andrea Cavalcanti, aquel joven de frac negro que contempla la Virgen de Murillo y que ahora se vuelve.

Esta vez Bertuccio inició un grito que la mirada de Montecristo ahogó en sus labios.

—¡Benedetto! —murmuró en voz baja—. ¡Qué fatalidad!

—Ya están sonando las seis y media, señor Bertuccio —dijo seriamente el conde—. Es la hora en que di orden de sentarse a la mesa; ya sabe que no me gusta esperar.

Y Montecristo regresó al salón en donde le esperaban sus convidados, mientras Bertuccio llegaba hasta el comedor apoyándose contra las paredes.

Cinco minutos más tarde se abrieron las dos puertas del salón. Bertuccio apareció, y haciendo como Vatel en Chantilly, un último y heroico esfuerzo, dijo:

—El señor conde está servido.

Montecristo ofreció el brazo a la señora de Villefort.

—Señor de Villefort —dijo—, haga de caballero con la baronesa Danglars, se lo ruego.

Villefort obedeció y se pasó al comedor.

La cena

Era evidente que al pasar al comedor un mismo sentimiento animaba a todos los convidados. Se preguntaban qué extraña influencia los había conducido a todos a aquella casa, y, sin embargo, por asombrados e inquietos que se encontrasen algunos, ninguno hubiese querido no asistir.

Y a pesar de lo reciente de las relaciones, la posición excéntrica y aislada, la fortuna desconocida y casi fabulosa del conde, obligaban a los hombres a ser circunspectos, y a las mujeres a no entrar en aquella casa en la que no había mujeres para recibirlas. Y, sin embargo, hombres y mujeres habían pasado, unos sobre la circunspección y las otras sobre las conveniencias; y la curiosidad, azuzándoles con su irresistible aguijón, había llevado a todos.

Hasta los Cavalcanti, padre e hijo, el uno a pesar de su seriedad y el otro de su desenvoltura, parecían preocupados por reunirse en casa de aquel hombre, del cual no podían comprender sus intenciones, con otros hombres que veían por primera vez.

La señora Danglars había hecho un movimiento al ver, bajo la invitación de Montecristo, como el señor de Villefort se aproximaba a ofrecerle el brazo, y el señor de Villefort sintió turbarse su mirada bajo sus gafas de oro al sentir el brazo de la baronesa apoyándose en el suyo.

Ninguno de estos dos movimientos escapó al conde, que ya, en esta simple toma de contacto entre individuos, tenía, como observador de esta escena, un gran interés.

El señor de Villefort tenía a su derecha a la señora Danglars y a su izquierda a Morrel.

El conde estaba sentado entre la señora de Villefort y Danglars.

Los otros asientos los ocupaban Debray, entre Cavalcanti padre y Cavalcanti hijo, y Chateau Renaud, sentado entre la señora de Villefort y Morrel.

La comida fue magnífica; Montecristo había procurado destruir completamente la simetría parisién para satisfacer aún más la curiosidad de sus convidados que el apetito. Lo que les ofreció fue un festín oriental, pero oriental a la manera que podrían serlo los festines de las hadas árabes.

Todos los frutos que las cuatro partes del mundo podían derramarse intactos y sabrosos en el cuerno de la abundancia de Europa estaban amontonados en pirámides en los vasos de China y en las copas del Japón. Las aves raras con la parte brillante de su plumaje, los pescados monstruosos extendidos en bandejas de plata, todos los vinos del archipiélago, del Asia Menor y del Cabo, encerrados en botellas de formas extrañas, cuya vista aún parecía aumentar su sabor, desfilaron como en una de esas revistas que Apicio pasaba con sus convidados ante aquellos parisienses que comprendían muy bien que pudieran gastarse mil luises en una cena de diez personas, pero a condición de que, como Cleopatra, se comiesen perlas, o que, como Lorenzo de Médicis, se bebiese oro fundido.

Montecristo vio el asombro general, y se echó a reír y a burlarse en voz alta.

—Señores —dijo—, convendrán ustedes, ¿no es cierto?, que cuando se llega a cierto grado de fortuna no hay nada más necesario que lo superfluo, como estas damas admitirán que llegando a cierto grado de exaltación no hay nada más positivo que el ideal. Ahora bien, y prosiguiendo este razonamiento, ¿qué es lo más maravilloso? Aquello que no comprendemos. ¿Cuál es un bien verdaderamente deseable? Aquel que no podemos tener. Ahora bien, ver cosas que no puedo comprender, y procurarme cosas imposibles de tener constituyen el estudio de toda mi vida. He llegado a ello con dos medios: el dinero y la voluntad. Persigo mi capricho, por ejemplo, con la misma perseverancia que usted, señor Danglars, pone en crear una línea de ferrocarril; que usted, señor de Villefort, pone en condenar a un hombre a muerte; que usted, señor Debray, en pacificar un reino; que usted, señor de Chateau Renaud, en agradar a una mujer; y que usted señor Morrel, en domar un caballo que nadie pudo montar. Así, por ejemplo, ven ustedes esos dos peces, nacidos, uno a cincuenta leguas de San Petersburgo, y el otro a cinco leguas de Nápoles. ¿No es divertido tenerlos reunidos en la misma mesa?

—¿Qué clase de peces son ésos? —preguntó Danglars.

—Aquí, el señor de Chateau Renaud, que ha vivido en Rusia, podrá decirle el nombre de uno —respondió Montecristo—. Y aquí, el mayor Cavalcanti, que es italiano, le dirá el del otro.

—Éste es —dijo Chateau Renaud—, si no me engaño, un esturión.

—Maravilloso.

—Y éste de aquí —dijo Cavalcanti—, es una lamprea.

—Eso mismo. Ahora, señor Danglars, pregunte a esos dos señores en dónde se pescan esos dos peces.

—Pues —dijo Chateau Renaud—, los esturiones se pescan solamente en el Volga.

—Pues yo no conozco— dijo Cavalcanti— más que el lago Fusaro, en donde se pesquen lampreas de este tamaño.

—Bien, exactamente; uno viene del Volga y el otro del lago de Fusaro.

—¡Imposible! —exclamaron a la vez todos los convidados.

—Pues bien, esto, precisamente, es lo que me divierte —dijo Montecristo—. Soy como Nerón: *cupitor impossibilium*; y he aquí por qué ustedes también se divierten en estos momentos; en fin, el hecho es que esta carne, que tal vez en realidad no valga lo que la de la perca y la del salmón, les va a parecer exquisita en estos momentos; y es que en sus mentes les resultaba imposible procurársela y, sin embargo, aquí está.

—Pero ¿cómo han hecho para transportar esos dos peces a París?

—¡Oh, Dios mío! Nada más sencillo: trajeron esos dos peces, cada uno en un gran tonel acolchado, uno de cañas y hierbas del río, y el otro de juncos y plantas del lago; fueron puestos en un furgón hecho ex profeso; han vivido así, el esturión doce días y la lamprea ocho; y ambos aún vivían cuando mi cocinero los ha cogido para hacer morir a uno en leche y al otro en vino. ¿No lo cree usted, señor Danglars?

—Por lo menos lo dudo —respondió Danglars sonriendo.

—¡Bautista! —dijo Montecristo—. Haz que traigan el otro esturión y la otra lamprea; ya sabe, los que han venido en los otros toneles y aún viven.

Danglars abrió los ojos espantado; los demás aplaudieron. Cuatro criados trajeron dos toneles guarnecidos de plantas marinas, en cada uno de los cuales palpitaba un pez semejante a los que tenían servidos en la mesa.

—Pero ¿por qué dos de cada especie? —preguntó Danglars.

—Porque uno podía morir —respondió con sencillez Montecristo.

—¡Es usted verdaderamente prodigioso! —dijo Danglars—. Hacen bien en decir los filósofos que es soberbio ser rico.

—Y sobre todo, tener ideas —añadió la señora Danglars.

—¡Oh! No me otorgue este honor, señora, ya era muy corriente entre los romanos, y Plinio cuenta que se enviaba de Ostia a Roma, con un relevo de esclavos que lo llevaban en la cabeza, peces de la especie que se llamaba *mulus*, y que por la descripción que han hecho, probablemente sea la dorada. También era un lujo tenerlo vivo, y un espectáculo muy divertido verlo morir, porque mientras moría cambiaba tres o cuatro veces de color, y, como un arco iris que se evapora, pasaba por todas las tonalidades del prisma, tras lo cual lo enviaban a las cocinas. Su agonía constituía parte de su mérito. Si no se le veía vivo, los despreciaban muertos.

—Sí —dijo Debray—, pero no hay más que siete u ocho leguas de Ostia a Roma.

—¡Ah! Eso es cierto —replicó Montecristo—. Pero ¿cuál sería el mérito si al cabo de mil ochocientos años después de Lúculo no se hiciese algo mejor que él?

Los dos Cavalcanti estaban estupefactos, pero tuvieron el buen sentido de no decir nada.

—Todo esto es formidable —dijo Chateau Renaud—, sin embargo, lo que más admiro, lo confieso, es la admirable prontitud con que usted es servido, ¿no es cierto, señor conde, que no hace más que seis u ocho días que compró esta casa?

—A fe mía, todo lo más —respondió Montecristo.

—Pues bien, estoy seguro de que en esos ocho días ha sufrido una completa transformación; porque, si no me equivoco, tenía otra entrada, y el patio estaba enlosado y vacío, mientras que hoy es un magnífico césped rodeado de árboles que parecen tener cien años.

—¿Qué quiere usted? Me gusta lo verde y lo umbrío —dijo Montecristo.

—En efecto —intervino la señora de Villefort—, en otros tiempos se entraba por una puerta que daba a la carretera, y el día de mi milagroso salvamento, fue por ella, lo recuerdo, por donde me hizo entrar en la casa.

—Sí, señora —respondió Montecristo—. Pero luego he preferido una entrada que me permita ver el bosque de Bolonia a través de la verja.

—¿En cuatro días? —dijo Morrel—. ¡Es un prodigio!

—En efecto —añadió Chateau Renaud—, de una vieja casa hacer una nueva; eso es algo milagroso; porque era una casa muy vieja y muy triste. Recuerdo haber sido encargado por mi madre para que la visitase cuando el señor de Saint-Méran la puso en venta, hace dos o tres años.

—¿El señor de Saint-Méran? —dijo la señora de Villefort—. Pero ¿pertenecía esta casa al señor de Saint-Méran antes de que usted la comprase?

—Parece que sí —respondió Montecristo.

—¿Cómo parece? ¿Es que no sabe a quién se la compró?

—A fe mía, que no. Mi intendente es el encargado de todos esos detalles.

—Y es cierto que hace por lo menos diez años que no está habitada —dijo Chateau Renaud—. Daba mucha tristeza verla con sus persianas cerradas, sus puertas atrancadas y la hierba en el patio. En verdad, si no hubiese pertenecido al suegro del procurador del rey, se la hubiese podido tomar por una de esas casas malditas en las que se ha cometido un gran crimen.

Villefort, que hasta entonces no había probado los tres o cuatro vasos de vinos extraordinarios colocados ante él, cogió uno al azar y se lo bebió de un trago.

Montecristo dejó transcurrir un instante; después, en medio del silencio que siguió a las palabras de Chateau Renaud, dijo:

—Es extraño, señor barón, pero incluso ese mismo pensamiento lo tuve la primera vez que entré; y esta casa me pareció tan lúgubre, que nunca la hubiese comprado si mi intendente no hubiese realizado la compra por mí. Probablemente el pillo ha recibido alguna propina del escribano.

—Y tan seguro —balbució Villefort tratando de sonreír—, pero créame que estoy de acuerdo con esa corrupción. El señor de Saint-Méran quiso vender esta casa, porque permaneciendo tres o cuatro años más deshabitada, hubiese quedado en ruinas.

Esta vez fue Morrel quien palideció.

—Había sobre todo —continuó Montecristo—, una habitación. ¡Ah, Dios mío! Muy simple en apariencia, una habitación como las demás, tapizada de damasco rojo, que me pareció, no sé por qué, dramática en extremo.

—¿Y eso por qué? —preguntó Debray—. ¿Por qué dramática?

—¿Es que uno puede darse cuenta de las cosas instintivas? —replicó Montecristo—. ¿No hay sitios donde parece que se respira tristeza? ¿Por qué? No se sabe nada; por un encadenamiento de recuerdos, por un capricho de la imaginación que nos conduce a otros tiempos, a otros lugares y que no tienen nada que ver con el tiempo y el lugar en que nos encontramos. Tanto es así, que esa habitación me recordaba admirablemente a la de la marquesa de Ganges o a la de Desdémona. ¡Miren, ya que hemos acabado, voy a enseñársela! Luego descenderemos a tomar café al jardín. Tras la cena, el espectáculo.

Montecristo hizo un signo interrogatorio a sus invitados; la señora de Villefort se puso en pie, Montecristo hizo otro tanto, y todo el mundo siguió su ejemplo.

Villefort y la señora Danglars permanecieron un instante como clavados en sus sitios; se interrogaron con la mirada, frías, mudas y heladas.

—¿Ha oído usted? —dijo la señora Danglars.

—Hay que ir —respondió Villefort levantándose y ofreciéndole el brazo.

Todo el mundo se había esparcido por la casa, empujados por la curiosidad, porque pensaban que la visita no se limitaría a aquella habitación, y que al mismo tiempo se recorrería el resto de aquella mansión, de la cual Montecristo había hecho un palacio. Se lanzaron, pues, por las puertas abiertas. Montecristo esperó a los dos rezagados;

después, cuando pasaron ante él, cerró la marcha con una sonrisa que, si hubiesen podido comprenderla, habría espantado más a sus convidados que la habitación que esperaban ver.

Se empezó, en efecto, por recorrer los apartamentos, las habitaciones amuebladas a lo oriental con divanes y almohadones en vez de camas, con pipas y armas por todos muebles; los salones adornados con los más bellos cuadros de los viejos maestros; los gabinetes con telas de China, de colores caprichosos, de dibujos fantásticos, y tisús maravillosos; por fin se llegó a la famosa habitación.

No tenía nada de particular, a no ser que, al anochecer, apenas estaba iluminada y conservaba toda su vetustez cuando las demás habían revestido una nueva apariencia.

Estas dos cosas bastaban, en efecto, para darle un carácter lúgubre.

—¡Uf! —exclamó la señora de Villefort—. ¡Es realmente espantosa!

La señora Danglars trató de balbucir algunas palabras que no se entendieron.

Se hicieron muchas observaciones, las cuales dieron por resultado que, en efecto, la habitación de damasco rojo tenía un aspecto siniestro.

—¿No es cierto? —inquirió Montecristo—. Vean esta cama, qué bizarramente colocada, qué sombrío y sangriento aspecto. Y esos retratos al pastel, que la humedad ha hecho palidecer; ¿no parecen decir con sus labios apagados y sus ojos espantados: ¡Hemos visto!?

Villefort se puso pálido, la señora Danglars cayó sobre una silla ancha situada junto a la chimenea.

—¡Oh! —dijo la señora de Villefort sonriendo—. ¡Y tiene usted el valor de sentarse en esa silla donde posiblemente se cometió el crimen!

La señora Danglars se levantó rápidamente.

—Y además —dijo Montecristo—, esto no es todo.

—¿Aún hay más? —preguntó Debray a quien la emoción de la señora Danglars no le pasaba desapercibida.

—¡Ah, sí! ¿Qué hay ahora? —preguntó Danglars—. Porque hasta ahora, confieso, que no he visto gran cosa. ¿Y usted, señor Cavalcanti?

—¡Ah! —dijo éste—. Nosotros tenemos en Pisa la torre de Ugolin; en Ferrara la prisión de Tasso, y en Rimini la habitación de Francesca y Paolo.

—Sí, pero ustedes no tienen esta escalerita —dijo Montecristo abriendo una puerta disimulada por el tapizado—. Mírela, y dígame lo que piensa.

—¡Qué escalera más siniestra! —dijo Chateau Renaud riendo.

—Lo cierto es —dijo Debray—, que no sé si es el vino de Chio el que trae la melancolía, pero veo esta casa completamente negra.

En cuanto a Morrel, después de que se habló de la dote de Valentine, había permanecido triste y no había pronunciado una palabra.

—Imagínense ustedes —dijo Montecristo—, un Otelo o un abate de Ganges cualquiera, descendiendo paso a paso, en una noche sombría y tormentosa, por esta escalera con un fúnebre bulto que se apresura a ocultar de la vista de los hombres, pero no de la de Dios.

La señora Danglars medio se desmayó en brazos de Villefort, que también se vio obligado a apoyarse contra la pared.

—¡Ah, Dios mío! Señora —exclamó Debray—, ¿qué tiene usted? ¡Qué pálida está!

—¿Que qué es lo que tiene? —dijo la señora de Villefort—. Es muy sencillo; ocurre que el señor de Montecristo nos cuenta estas historias espantosas con la intención, sin duda, de hacernos morir de miedo.

—Pues claro —dijo Villefort—. Eso es, conde, usted asusta a estas damas.

—¿Qué tiene usted? —repitió en voz baja Debray a la señora Danglars.

—Nada, nada —dijo ésta haciendo un esfuerzo—. Tengo necesidad de aire, eso es todo.

—¿Quiere usted descender al jardín? —preguntó Debray ofreciendo su brazo a la señora Danglars, y avanzando hacia la escalera disimulada.

—No —dijo ella—, no. Aún prefiero estar aquí.

—En verdad, señora —dijo Montecristo—. ¿Es en serio ese terror?

—No, señor —dijo la señora Danglars—. Pero tiene usted una manera de exponer las cosas que dan la sensación de que fuesen realidad.

—¡Oh, Dios mío! Sí —dijo Montecristo—. Todo esto es cuestión de imaginación; porque también, ¿por qué no podía representarse esta habitación como una buena y honrada estancia de una madre de familia? ¿Esa cama, con esos tapizados color púrpura, como una cama visitada por el hada Lucina, y esa escalera misteriosa, como el pasaje por donde, suavemente y para no turbar el sueño reparador de la embarazada, pasa el médico, la nodriza o el mismo padre llevando al niño que duerme?

Esta vez la señora Danglars, en vez de tranquilizarse con esta dulce descripción, lanzó un gemido y se desvaneció por completo.

—La señora Danglars se encuentra mal —balbució Villefort—. Tal vez sea mejor llevarla a su coche.

—¡Oh, Dios mío! —dijo Montecristo—. ¡Y yo he olvidado mi frasco!

—Yo tengo el mío —dijo la señora de Villefort.

Y entregó a Montecristo un frasco lleno de un licor rojizo parecido a aquel cuya bienhechora influencia empleó el conde sobre Edouard.

—¡Ah! —dijo Montecristo cogiéndolo en sus manos.

—Sí —murmuró la señora de Villefort—, lo he probado siguiendo sus instrucciones.

—¿Y le ha dado resultado?

—Ya lo creo.

Habían llevado a la señora Danglars a la habitación contigua. Montecristo dejó caer una gota de licor rojo en los labios de ella y enseguida volvió en sí.

—¡Oh! —dijo ella—. ¡Qué sueño más espantoso!

Villefort le estrechó fuertemente la mano para hacerla comprender que no había sido un sueño.

Se buscó al señor Danglars; pero, poco dispuesto a las impresiones poéticas, había descendido al jardín y charlaba con el señor Cavalcanti padre, de un proyecto de ferrocarril de Livorna a Florencia.

Montecristo parecía desesperado; tomó el brazo de la señora Danglars y la condujo al jardín, en donde encontraron al señor Danglars tomando café entre los señores Cavalcanti, padre e hijo.

—En verdad, señora —le dijo el conde—, ¿es cierto que la he asustado?

—No, señor; pero ya sabe usted que las cosas nos impresionan según el estado de ánimo en que nos encontramos.

Villefort se esforzó en reír.

—Y entonces —dijo—, basta con una suposición, con una quimera.

—Pues bien —dijo Montecristo—, ustedes me creerán, si quieren, pero yo tengo la impresión de que se ha cometido un crimen en esta casa.

—Tenga cuidado —dijo la señora de Villefort—, tenemos aquí al procurador del rey.

—A fe mía —respondió Montecristo—, puesto que las cosas están así, aprovecharé para hacer una declaración.

—¿Una declaración? —dijo Villefort.

—Sí, y ante testigos.

—Todo esto es muy interesante —dijo Debray—. Y si realmente hay un crimen, vamos a hacer una digestión admirable.

—Pues, sí, hay un crimen —añadió Montecristo—. Vengan por aquí, señores; venga, señor de Villefort. Para que la declaración sea válida, debe ser hecha ante las autoridades competentes.

Montecristo cogió el brazo de Villefort y al mismo tiempo que estrechaba bajo el suyo el brazo de la señora Danglars, arrastró al procurador del rey hasta el mismo plátano, cuya sombra era la más espesa.

Los demás convidados les siguieron.

—Fíjese —dijo Montecristo—, aquí, en este mismo sitio (golpeó la tierra con el pie), aquí, para rejuvenecer estos árboles demasiado viejos, hice que cavasen para poner abono; pues bien, mis trabajadores, al cavar, han desenterrado un cofre o más bien las cerraduras del cofre, en medio de las cuales estaba el cadáver de un niño recién nacido. Esto no son fantasmagorías, al menos eso espero.

Montecristo sintió crisparse el brazo de la señora Danglars, y estremecerse el puño de Villefort.

—¿Un niño recién nacido? —repitió Debray—. ¡Diablos! Esto sí que se pone serio, al menos lo parece.

—Pues bien —dijo Chateau Renaud—, no me equivocaba cuando pretendía hace un momento que las casas tienen un alma y un rostro como el de los hombres, y por eso llevan en su fisonomía un reflejo de sus entrañas. La casa estaba triste porque tenía remordimientos; y si ella tenía remordimientos, es porque escondía un crimen.

—¡Oh! ¿Quién dice que sea un crimen? —replicó Villefort intentando un último esfuerzo.

—¡Cómo! ¿Un niño enterrado vivo en un jardín, no es un crimen? —exclamó Montecristo—. ¿Cómo llama usted a una acción semejante, señor procurador del rey?

—Pero ¿quién ha dicho que fue enterrado vivo?

—¿Por qué lo enterraron aquí, si estaba muerto? Este jardín nunca ha sido un cementerio.

—¿Qué hacen a los infanticidas de este país? —preguntó ingenuamente el mayor Cavalcanti.

—¡Oh, Dios mío! Se les corta buenamente la cabeza —respondió Danglars.

—¡Ah! Se les corta la cabeza —dijo Cavalcanti.

—Ya lo creo... ¿No es eso, señor de Villefort? —preguntó Montecristo.

—Sí, señor conde —respondió éste con un acento que no tenía nada de humano.

Montecristo vio que las dos personas para las cuales había preparado aquella escena ya no podían soportar más; y no queriendo llevar la cuestión demasiado lejos, dijo:

—Pero, señores, me parece que olvidamos el café —y condujo a sus convidados hacia la mesa situada en medio del césped.

—Verdaderamente, señor conde —dijo la señora Danglars—, me avergüenza confesar mi debilidad, pero todas esas espantosas historias me han transtornado; déjeme sentarme, se lo ruego.

Y cayó sobre una silla.

Montecristo la saludó y se aproximó a la señora de Villefort.

—Creo que la señora Danglars aún tiene necesidad de su frasco —dijo.

Pero antes de que la señora de Villefort se aproximase a su amiga, el procurador del rey ya había dicho al oído a la señora Danglars:

—Es preciso que le hable.
—¿Cuándo?
—Mañana.
—¿Dónde?
—En mi despacho..., en el estrado, si quiere, aún es el sitio más seguro.
—Iré.
En aquel momento se acercó la señora de Villefort.
—Muchas gracias, mi querida amiga —dijo la señora Danglars, tratando de sonreír—. No ha sido nada, y ya me siento mucho mejor.

El mendigo

La velada se prolongaba; la señora de Villefort había manifestado su deseo de regresar a París, cosa que no se había atrevido a hacer la señora Danglars a pesar del evidente malestar que experimentaba.

Ante la petición de su esposa, el señor de Villefort se apresuró a dar la primera señal de partida. Ofreció una plaza en su landó a la señora Danglars, a fin de que disfrutase del cuidado de su mujer. El señor Danglars, por su parte, no prestaba ninguna atención a lo que sucedía, embebido en una conversación industrial de las más interesantes con el señor Cavalcanti.

Montecristo, al pedir el frasquito a la señora de Villefort, se dio cuenta de que el señor de Villefort se inclinó sobre la señora Danglars; y, guiado por la situación, adivinó que le había dicho algo, aunque hubiese hablado tan bajo que apenas si la señora Danglars pudo oírle.

Dejó marchar, sin expresar ningún arreglo, a Morrel, Debray y Chateau Renaud en sus caballos, y montar a las dos damas en el landó del señor de Villefort; por su parte, Danglars, cada vez más encantado de Cavalcanti, padre, le invitó a subir con él en su cupé.

En cuanto a Andrea Cavalcanti, se acercó a su tílburi, que le esperaba ante la puerta, y junto al cual un *groom*, que exageraba los adornos de la moda inglesa, sostenía, poniéndose de puntillas sobre sus botas, el enorme caballo color gris oscuro.

Andrea no había hablado mucho durante la cena, porque era un joven muy inteligente, y, naturalmente, había experimentado el temor de pronunciar alguna tontería ante aquellos convidados ricos y poderosos, entre los cuales sus ojos vivaces no veían con gusto a un procurador del rey.

Enseguida había simpatizado con el señor Danglars, quien, después de una rápida ojeada al viejo mayor de cuello tieso y a su hijo, aún bastante tímido, pensó que se las entendía con algún nabab llegado a París para que su hijo único se perfeccionase en la vida mundana.

Había contemplado con una complacencia indecible el enorme diamante que brillaba en el dedo meñique del mayor; porque el mayor, a fuerza de hombre prudente y experimentado, por miedo a que le sucediera algún accidente a sus billetes de Banco, los convirtió inmediatamente en un objeto de valor. Luego, tras la cena y siempre bajo el pretexto de la industria y los viajes, había preguntado a padre e hijo sobre su manera de vivir; y el padre y el hijo, prevenidos de que era en casa de Danglars donde se les abría el crédito, se mostraron encantadores y llenos de afabilidad para con el banquero hasta el punto de que hubiesen estrechado las manos de los criados, si no se hubieran contenido, de tan necesitados como estaban de expresar agradecimiento.

Una cosa sobre todo aumentó la consideración, casi diríamos la veneración de Danglars por Cavalcanti. Éste, fiel al principio de Horacio: *nil admirari*, se había contentado, como se ha visto, con dar prueba de su ciencia, al decir en qué lago se pescaban las mejores lampreas. Luego se había comido su parte sin decir ni una palabra. Danglars dedujo que esta clase de suntuosidades eran familiares al ilustre descendiente de los Cavalcanti, quien probablemente se alimentaba en Luca de truchas traídas de Suiza y de langostas que le enviarían de Bretaña por medio de procedimientos semejantes a los que había utilizado el conde para que le trajeran lampreas del lago Fusaro y esturiones del río Volga. Así, pues, acogió con una bondad harto pronunciada estas palabras de Cavalcanti:

—Mañana, señor, tendré el honor de hacerle una visita de negocios.

—Y yo, señor —había respondido Danglars—, estaré encantado en recibirle.

Tras lo cual propuso a Cavalcanti, si esto no le privaba de separarse demasiado de su hijo, de acompañarlo al Hotel de los Príncipes.

Cavalcanti respondió que, desde hacía mucho tiempo, su hijo tenía la costumbre de llevar vida de soltero, por consiguiente, tenía sus caballos y sus carruajes propios, y que, no habiendo venido juntos, no veía dificultad alguna en que se marcharan por separado.

El mayor, pues, subió al carruaje de Danglars, y el banquero se sentó a su lado, cada vez más encantado de las ideas de orden y de economía de aquel hombre que, sin embargo, destinaba a su hijo cincuenta mil francos anuales, lo que suponía una fortuna de quinientas o seiscientas mil libras de renta.

Andrea, por su parte, empezó, para darse tono, riñendo al *groom* porque en vez de acudir a recogerle a la escalinata, junto a la puerta de salida, le había causado la molestia de caminar treinta pasos en busca de su tílburi.

El *groom* recibió la amonestación con humildad; cogió para contener al caballo que pateaba de impaciencia, el bocado con la mano izquierda, alargó con la derecha las riendas a Andrea, que las tomó y apoyó ligeramente su bota charolada sobre el estribo.

En aquel momento se apoyó una mano sobre su hombro. El joven se volvió, creyendo que Danglars o Montecristo habían olvidado decirle alguna cosa, y pretendían hacerlo en el momento de partir.

Pero, en vez de uno y del otro, descubrió un rostro extraño, tostado por el sol, enmarcado en una barba de modelo, con los ojos brillantes como carbunclos y una sonrisa burlona que se extendía en una boca en la que relucían, colocados en su sitio y sin que faltase uno solo, treinta y dos dientes blancos, agudos y hambrientos como los de un lobo o un chacal.

Un pañuelo a cuadros encarnados cubría aquella cabeza de cabellos grisáceos y crespos; un chaquetón de lo más mugriento y destrozado cubría aquel gran cuerpo delgado y huesudo, en él parecía que los huesos, como en un esqueleto, debían tintinear al caminar. En fin, la mano que se apoyó en el hombro de Andrea, y que fue la primera cosa que vio el joven, le pareció de una dimensión gigantesca. El joven examinó aquel rostro a la luz de la linterna de su tílburi; si lo reconoció o solamente fue sorprendido por el horrible aspecto de aquel interlocutor, es algo que no sabremos decir; pero el hecho es que se estremeció y retrocedió con viveza.

—¿Qué quiere de mí? —dijo.

—¡Perdón! Paisano —respondió el hombre llevándose la mano a su pañuelo encarnado—, tal vez le moleste, pero es que quiero hablarle.

—No se mendiga por la noche —dijo el *groom* haciendo un movimiento para desembarazar a su amo de aquel inoportuno.

—No mendigo, muchachito —dijo el hombre desconocido al criado con una sonrisa irónica y a la vez tan espantosa que éste se apartó—. Solamente deseo decir dos palabras a su amo que me encargó un recado hace casi quince días.

—Veamos —dijo a su vez Andrea esforzándose para que el sirviente no se diera cuenta de su turbación—. ¿Qué es lo que quiere? Dígalo rápido, amigo.

—Querría..., querría... —dijo en voz baja el hombre del pañuelo rojo—, que usted se tomase la molestia de evitarme el regresar a pie a París. Estoy muy cansado, y como no he cenado tan bien como *tú*, apenas si puedo tenerme en pie.

El joven se estremeció ante aquella extraña familiaridad.

—Pero, en fin —le dijo—, veamos qué quiere.

—Pues bien, quiero que me dejes montar en tu hermoso coche, y que me lleves.

Andrea palideció, pero no respondió.

—¡Oh, Dios mío! Sí —dijo el hombre del pañuelo metiendo sus manos en sus bolsillos y mirando al joven con ojos provocadores—, es una idea que se me ha ocurrido, ¿entiendes, mi pequeño Benedetto?

Al oír este nombre, el joven reflexionó, porque se aproximó a su *groom* y le dijo:

—A este hombre, efectivamente, le encargué que me hiciese una comisión, cuyo resultado tiene que contarme. Vaya a pie hasta la barrera y allí coja un cabriolé, para no retrasarse mucho.

El lacayo se alejó sorprendido.

—Déjeme al menos acercarme a la sombra —dijo Andrea.

—¡Oh! En cuanto a eso, yo mismo voy a conducirte a un sitio muy hermoso. Espera —dijo el hombre del pañuelo encarnado.

Y tomó el caballo por el bocado, y condujo el tílburi a un lugar en el que efectivamente, resultaba imposible que nadie viese el honor que le concedía Andrea.

—¡Oh! —le dijo—. No vayas a creer que es por el honor de montar en un precioso coche, no; sólo es porque estoy cansado y además, porque tengo que decirte dos palabritas.

—Vamos, suba —dijo el joven.

Era una lástima que no fuese de día, porque hubiese resultado un espectáculo curioso el de aquel mendigo, sentado tranquilamente sobre los almohadones bordados, junto al joven y elegante conductor del tílburi.

Andrea llevó su caballo hasta la última casa del pueblo sin decir una sola palabra a su compañero, quien, por su parte, sonreía y guardaba silencio, como si se sintiera feliz por pasearse en tan buen carruaje.

Una vez fuera de Auteuil, Andrea echó un vistazo en torno suyo para asegurarse, sin duda, de que nadie podía verlos ni oírlos; y entonces, deteniendo su caballo y cruzándose de brazos ante el hombre del pañuelo encarnado, le dijo:

—¡Vaya! ¿Por qué viene a turbarme en mi tranquilidad?

—Pero, y tú mismo, muchacho, ¿por qué desconfías de mí?

—¿Y en qué he desconfiado de usted?

—¿En qué? ¿Y lo preguntas? Nos separamos en el puente de Var, tú me dijiste que ibas a viajar por el Piamonte y por Toscana, y en vez de eso te vienes a París.

—¿Y eso en qué puede molestarle?

—En nada; por el contrario, incluso espero que me sirva de mucho.

—¡Ah, ah! —exclamó Andrea—. Es decir, que especula conmigo.

—¡Vamos! Ya están llegando las palabras gruesas.

—Pues sería una equivocación, maese Caderousse, se lo advierto.

—¡Oh, Dios mío! No te molestes, pequeño; ya debes saber lo que es la desgracia, y la desgracia le hace a uno celoso. Te creía recorriendo el Piamonte y la Toscana, obligado a hacer de *faccino* o de cicerone. Te compadecía desde el fondo de mi corazón como compadecería a mi hijo. Ya sabes que siempre te he llamado mi pequeño.

—¿Y qué más? ¿Qué más?

—¡Paciencia, muchacho!

—Ya tengo paciencia; vamos, acabe.

—Y de pronto te veo pasar la barrera de los monigotes, con un *groom*, con un tílburi, con trajes flamantes y nuevos. ¡Vaya, vaya! Pero ¿has descubierto una mina o adquirido el cargo de agente de cambio?

—De modo que, como confiesa, está celoso, ¿no es así?

—No, estoy contento; tan contento que he querido darte mi enhorabuena, pequeño. Pero como no estaba adecuadamente vestido, he tomado mis precauciones para no comprometerte.

—¡Bonitas precauciones! —dijo Andrea—. Me habla delante de un criado.

—¡Eh! ¿Y qué quieres, mi pequeño? Te abordo cuando puedo cogerte. Tienes un caballo muy vivo y un tílburi muy ligero; y de por sí eres resbaladizo como una anguila; si no te hubiese cogido esta noche, corría el riesgo de no encontrarte nunca.

—Pues ya está viendo que no me escondo.

—Dichoso tú; yo también quisiera decir otro tanto. Yo sí me escondo, sin contar que tenía miedo de que no me reconocieses; pero me reconociste —añadió Caderousse con su mala sonrisa—. Vamos, eres muy gentil.

—Veamos —dijo Andrea—. ¿Qué es lo que necesita?

—Ya no me tuteas, y eso está mal, Benedetto, entre viejos camaradas. Ten cuidado, que vas a hacer que me vuelva exigente.

Esta amenaza apaciguó la cólera del joven; el viento de la contrariedad acababa de soplar encima de él.

Puso su caballo al trote.

—Te haces mal tú mismo, Caderousse —dijo—, poniéndote así con un viejo camarada, como decías antes; tú eres marsellés y yo soy...

—¿Sabes ahora lo que eres?

—No, pero he sido criado en Córcega; tú eres viejo y terco, y yo soy joven y testarudo. Entre gentes como nosotros la amenaza es mala, y todo debe hacerse amablemente. ¿Tengo yo la culpa si la suerte, que continúa siéndote adversa, me favorece ahora a mí?

—¿Así que la suerte es buena? Aquél no era un *groom* prestado, ni este tílburi tampoco es prestado, ni los trajes que tenemos, ¿verdad? Bien, tanto mejor —dijo Caderousse con ojos brillantes de codicia.

—¡Oh! Ya lo estás viendo y lo sabes bien, puesto que me abordas —dijo Andrea animándose cada vez más—. Si tuviese un pañuelo como el tuyo a la cabeza, un chaquetón mugriento sobre los hombros y los zapatos agujereados en los pies, no me reconocerías.

—¡Ves cómo me desprecias, pequeño, y te equivocas! Ahora que te he encontrado nada me impide estar vestido como cualquier otro, ya que conozco tu buen corazón: si tú tienes dos trajes, tú me darás uno. Antes bien te daba yo mi parte de sopa y de judías cuando tenías hambre.

—Es cierto —dijo Andrea.

—¡Qué apetito tenías! ¿Sigues teniéndolo tan bueno?

—Pues sí —respondió Andrea riendo.

—¡Cómo habrás comido en casa de ese príncipe de donde sales!

—Ése no es un príncipe, sino solamente un conde.

—¿Un conde? Pero rico, ¿no?

—Sí, pero no te fíes; es un señor que no resulta agradable.

—¡Oh, señor! Estate tranquilo. No tengo proyectos para con el conde; los dejaré para ti solo. Pero —añadió Caderousse adoptando aquella irónica sonrisa que ya había aparecido en sus labios—, tendrás que darme alguna cosa para eso, ya comprendes.

—Veamos, ¿qué necesitas?

—Creo que con cien francos al mes...

—¿Qué?

—Viviría...

—¿Con cien francos?

—Pero mal, ya lo comprendes; pero con...

—¿Con?

—Ciento cincuenta francos, estaré muy contento.

—Aquí tienes doscientos —dijo Andrea.

Y puso en la mano de Caderousse diez luises de oro.

—Bueno —dijo Caderousse.

—Preséntate en casa del conserje todos los primeros de mes y tendrás otro tanto.

—¡Vamos! ¡Aún quieres humillarme!

—¿Cómo es eso?

—Tú me pones en relación con la servidumbre; no, no lo entiendes, no quiero tratar más que contigo.

—Está bien, sea; pídemelo a mí, y todos los primeros de mes, mientras yo cobre mi renta, tú tendrás la tuya.

—¡Vamos, vamos! Veo que no me había engañado y que eres un buen muchacho. Es una bendición cuando se tiene la dicha de dar con personas como tú. Veamos, cuéntame tu buena estrella.

—¿Qué necesidad tienes tú de saber eso? —preguntó Cavalcanti.

—¡Bueno! ¿Todavía con desconfianzas?

—No. Pues bien, he encontrado a mi padre.

—¿Un padre de verdad?

—¡Diablos! Mientras pague...

—Tú creerás y le honrarás; es justo. ¿Cómo se llama tu padre?

—El mayor Cavalcanti.

—¿Y está contento contigo?

—Hasta ahora parece que le soy suficiente.

—¿Y quién te ha hecho encontrar a ese padre?

—El conde de Montecristo.

—¿Es el dueño de cuya casa sales?

—Sí.

—Oye, trata de colocarme en su casa como pariente tuyo, ya que tiene oficinas.

—Está bien, le hablaré de ti; pero, mientras tanto, ¿qué vas ha hacer tú?

—¿Yo?

—Sí, tú.

—Eres muy bueno al ocuparte de eso —dijo Caderousse.

—Me parece, ya que te tomas interés por mí —replicó Andrea—, que, yo, a mi vez, bien puedo tomar algunos informes.

—Es muy natural... Voy a alquilar una habitación en una casa honrada, a vestirme con un traje decente, a hacer que me afeiten todos los días, y a ir a leer los periódicos al café. Por la noche entraré en cualquier espectáculo con el jefe de claque, y adoptaré el aspecto de un panadero retirado; ése es mi sueño.

—¡Vamos, eso está bien! Si quieres poner ese proyecto en ejecución y obrar con prudencia, todo irá a las mil maravillas.

—¡Ves, señor Bossuet!... ¿Y tú, en qué vas a convertirte?... ¿En par de Francia?

—¡Eh eh! —exclamó Andrea—. ¿Quién sabe?

—El señor mayor Cavalcanti tal vez lo es..., pero desgraciadamente el heredarlo está abolido.

—¡Déjate de política, Caderousse!... Y ahora que tienes lo que quieres, y hemos llegado, salta del coche y desaparece.

—No, mi querido amigo.

—¿Cómo que no?

—Pero ¿acaso sueñas, pequeño? Con un pañuelo rojo a la cabeza, casi sin zapatos, sin documentación de ninguna clase y diez napoleones de oro en el bolsillo, me detendrían irremediablemente en la barrera. Entonces estaría obligado, para justificarme, a decir que tú me habías entregado estos diez napoleones; entonces exigirían informes, pesquisas; sabrían que he abandonado Tolón sin despedirme, y me volverían a llevar de brigada en brigada hasta la orilla del Mediterráneo. Volvería a convertirme, pura y simplemente, en el número 106, y adiós mi sueño de parecerme a un panadero retirado. No, hijo mío; prefiero permanecer honradamente en la capital.

Andrea frunció las cejas; el hijo putativo del mayor Cavalcanti tenía, como él mismo había pregonado, muy malas ideas. Se detuvo un instante, echó una rápida ojeada alrededor suyo, y cuando su mirada concluía de describir el círculo investigador, su mano descendió inocentemente hacia su bolsillo, en donde empezó a acariciar la culata de una pistola.

Mientras tanto, Caderousse, que no perdía de vista a su compañero, pasó sus manos a su espalda y abrió suavemente una larga navaja que siempre llevaba consigo por lo que pudiera suceder.

Los dos amigos, como se ve, eran dignos el uno del otro, y se comprendieron; la mano de Andrea salió inofensivamente de su bolsillo y subió hasta su bigote rubio, que acarició algunos segundos.

—¡Bueno, Caderousse! —dijo—. ¿De modo que vas a ser feliz?

—Haré todo lo posible —respondió el posadero del Puente del Gard guardando su navaja en su manga.

—Vamos, vamos, y entremos, pues, en París. Pero ¿cómo vas a hacer para pasar la barrera sin levantar sospechas? Me parece que con tu aspecto aún corres más riesgo en coche que yendo a pie.

—Espera —dijo Caderousse—, ahora lo verás.

Cogió el sombrero de Andrea, la holapanda de ancho cuello que el *groom* encargado del tílburi había dejado en su sitio, y se la puso, tras lo cual adoptó la postura ceñuda de un lacayo de casa bien al que conduce el amo en persona.

—Y yo —dijo Andrea—, ¿voy a quedarme con la cabeza descubierta?

—¡Psh! —dijo Caderousse—. Hace tanto viento que el aire se pudo llevar tu sombrero.

—Vamos, pues —dijo Andrea—, y acabemos de una vez.

—¿Y quién es el que te detiene? —dijo Caderousse—. Supongo que no soy yo.

—¡Chut! —hizo Cavalcanti. Atravesaron la barrera sin incidentes.

A la primera calle transversal, Andrea detuvo su caballo y Caderousse saltó a tierra.

—¡Y bien! —dijo Andrea—. ¿Y el capote de mi criado, y mi sombrero?

—¡Ah! —respondió Caderousse—. No querrás que corra el riesgo de acatarrarme, ¿verdad?

—Pero ¿y yo?

—Tú aún eres joven; yo, en cambio, ya empiezo a hacerme viejo. ¡Hasta la vista, Benedetto!

Y se metió en la callejuela, por donde desapareció.

—¡Ay! —exclamó Andrea lanzando un suspiro—. ¡No se puede ser completamente feliz en este mundo!

Escena conyugal

Los tres jóvenes se habían separado en la plaza de Luis XV, es decir, Morrel tomó por los bulevares, Chateau Renaud se fue por el puente de la Revolución, y Debray siguió por el muelle.

Morrel y Chateau Renaud, con todas las probabilidades, regresaron a sus respectivos hogares, como aún se dice en la tribuna de la Cámara en los discursos bien hechos, y en el teatro de la calle Richelieu, en las obras bien escritas; pero no sucedió lo mismo a Debray. Una vez llegado al portillo del Louvre, torció a la izquierda, atravesó el Carrousel a gran trote, enfiló la calle Saint-Roch, desembocó en la de la Michodiére y llegó a la puerta del señor Danglars en el momento en que el landó del señor de Villefort, tras depositar a él y a su esposa en el barrio de Saint Honoré, se detenía para dejar a la baronesa en su casa.

Debray, como hombre familiarizado con la casa, entró el primero en el patio, echó las bridas a las manos de un palafrenero y luego fue a la puerta a recibir a la señora Danglars, a la cual ofreció el brazo para volver a sus habitaciones.

Una vez cerrada la puerta y la baronesa y Debray en el patio:

—¿Qué tiene, Herminie? —inquirió Debray—. ¿Por qué se turbó tanto ante aquella historia, o más bien ante aquella fábula que contó el conde?

—Porque estaba horriblemente predispuesta esta noche, amigo mío —respondió la baronesa.

—No, Herminie —replicó Debray—, no querrá que crea eso. Por el contrario, estaba en las mejores disposiciones cuando llegó a casa del conde. Al señor Danglars sí se le veía algo mustio, es cierto; pero ya sé el caso que usted da a su mal humor. Alguien le ha hecho algo. Cuéntemelo, ya sabe que no soportaré nunca que le causen ninguna impertinencia.

—Se equivoca, Lucien, se lo aseguro —repuso la señora Danglars—. Las cosas son como le digo, además del mal humor que ha percibido y del cual no creía que valiese la pena hablar.

Era evidente que la señora Danglars se hallaba bajo la influencia de una de esas irritaciones nerviosas, de las que apenas pueden darse cuenta las mismas mujeres, o que, como había adivinado Debray, había experimentado alguna conmoción oculta que no deseaba confesar a nadie. Como hombre acostumbrado a conocer los humores como uno de los elementos de la vida femenina, no insistió más y esperó el momento oportuno, bien de un nuevo interrogatorio o de una confesión espontánea.

A la puerta de su habitación, la baronesa encontró a la señorita Cornelia.

La señorita Cornelia era la camarera de confianza de la baronesa.

—¿Qué ha hecho mi hija? —preguntó la señora Danglars.

—Ha estudiado toda la noche —respondió la señorita Cornelia—, y luego se acostó.

—Sin embargo, me parece que oigo su piano.

—Es la señorita Louise d'Armilly, que está tocando mientras la señorita está en la cama.

—Bien —dijo la señora Danglars—, venga a desvestirme.

Entraron en el dormitorio. Debray se recostó sobre un gran diván, y la señora Danglars entró en su tocador acompañada de la señorita Cornelia.

—Mi querido Lucien —dijo la señora Danglars a través de la puerta del tocador—, ¿se sigue usted quejando de que Eugéne no le hace el honor de dirigirle la palabra?

—Señora —replicó Lucien jugando con el perrito de la baronesa, el cual, reconociéndole como amigo de la casa, tenía la costumbre de hacerle caricias—, no soy el único en hacer tales recriminaciones, y creo haber oído a Morcerf quejarse a usted el otro día de que no podía sacar una palabra a su novia.

—Es cierto —dijo la señora Danglars—, pero creo que una de estas mañanas cambiará todo, y que usted verá a Eugéne entrando en su despacho.

—¿En mi despacho?

—Es decir, en el Ministerio.

—¿Y eso, por qué?

—Para pedirle un contrato en la Ópera, jamás he visto tal apasionamiento por la música. ¡Eso es ridículo en una persona de mundo!

Debray sonrió.

—Pues bien —dijo—, que venga con el consentimiento del barón y el suyo; le haremos un contrato y trataremos de pagarle según sus aptitudes, aunque somos muy pobres para pagar un talento tan notable como el suyo.

—Puede irse, Cornelia —dijo la señora Danglars—. Ya no la necesito.

Cornelia desapareció y un instante después la señora Danglars salió de su tocador con una encantadora *negligèe*, y fue a sentarse junto a Lucien.

Luego, pensativa, se puso a acariciar al pequeño perro.

Lucien la contempló un instante en silencio.

—Veamos, Herminie —dijo al cabo de unos segundos—, respóndame con franqueza; hay algo que le hiere, ¿no es cierto?

—Nada —respondió la baronesa.

Y sin embargo, como se ahogaba, se levantó, trató de respirar y fue a mirarse a un espejo.

—Estoy que causo miedo esta noche —dijo ella.

Debray se levantó sonriendo para ir a tranquilizar sobre este punto a la baronesa cuando de repente se abrió la puerta.

El señor Danglars apareció; Debray volvió a sentarse.

Al ruido de la puerta se volvió la señora Danglars, y miró a su marido con un asombro que no se molestó en disimular.

—Buenas noches, señora —dijo el banquero—. Buenas noches, señor Debray.

La baronesa creyó que aquella visita imprevista significaba un especie de deseo de reparar las palabras amargas que se le escaparon al barón a lo largo de aquella jornada.

Se armó, pues, de un aire de dignidad, y se volvió hacia Lucien sin responder a su marido.

—Léame algo, señor Debray —dijo.

Debray, a quien esta visita había inquietado un poco al principio, recobró su calma como la baronesa y alargó la mano hacia un libro que estaba marcado con un cortaplumas de lámina nacarada e incrustada en oro.

—Perdón —dijo el banquero—, pero va a fatigarse demasiado, baronesa, velando hasta tan tarde; son las once y el señor Debray vive muy lejos.

Debray se quedó estupefacto, no porque el tono de Danglars no fuese totalmente tranquilo y cortés; sino, en fin, porque a través de aquella calma y aquella diplomacia, se percibía un vivo deseo, desacostumbrado, de contrariar aquella noche la voluntad de su esposa.

La baronesa también se quedó sorprendida y manifestó su asombro con una mirada que, sin duda, hubiese dado que pensar a su marido, si éste no tuviese los ojos puestos en un periódico en el cual buscaba el cierre de la Bolsa.

Así, pues, esta mirada tan terrible fue lanzada inútilmente y falló completamente su efecto.

—Señor Lucien —dijo la baronesa—, le declaro que no tengo el menor deseo de dormir, y tengo infinidad de cosas que contarle esta noche; por tanto, va a pasarse la noche escuchándome, aunque tenga que dormir de pie.

—A sus órdenes, señora —dijo flemáticamente Lucien.

—Mi querido señor Debray —dijo a su vez el banquero—, no se esfuerce, se lo ruego, en escuchar las locuras de la señora Danglars, porque lo mismo podrá escucharlas mañana; pero esta noche es mía, me la reservo, y la consagraré, si usted me lo permite, a charlar de graves intereses con mi mujer.

Esta vez el golpe era tan directo y caía con tanto aplomo que aturdió a Lucien y a la baronesa; ambos se interrogaron con la mirada, como para buscar un recurso contra aquella agresión; pero el irresistible poder del dueño de la casa triunfó e hizo ganar al marido.

—No vaya a creer que le despido, mi querido Debray —continuó Danglars—. No, ni por lo más remoto; pero una circunstancia imprevista me fuerza a desear tener esta misma noche una conversación con la baronesa. Esto me sucede en tan extrañas ocasiones que no es para que se me guarde rencor.

Debray balbució algunas palabras, saludó y salió mordisqueándose las uñas como Nathan en *Athalie*.

—Es increíble —dijo cuando la puerta se hubo cerrado tras de sí—. ¡Cuán fácilmente saben dominarnos estos maridos que, sin embargo, encontramos tan ridículos!

Lucien se había marchado y Danglars se instaló en su sitio, sobre el diván, cerró el libro abierto, y, adoptando una postura horriblemente pretenciosa, continuó jugando con el perrito. Pero como el animal no tenía por él la misma simpatía que por Debray, le quiso morder. Danglars lo agarró por la piel del cuello y lo arrojó al otro lado de la habitación, sobre una gran silla.

El perrito lanzó un grito mientras viajaba por el espacio; pero una vez llegó a su destino, se parapetó tras un cojín, y, estupefacto como estaba ante un trato tan desacostumbrado, se mantuvo mudo y sin moverse.

—¿Sabe usted, señor —dijo la baronesa sin pestañear—, que hace progresos? Ordinariamente es usted un grosero; pero esta noche está brutal.

—Es que esta noche estoy de peor humor que de ordinario —respondió Danglars.

Herminie miró al banquero con supremo desdén. Corrientemente sus miradas exasperaban al orgulloso Danglars; pero esta noche parecía que apenas las prestaba atención.

—¿Y qué me importa a mí su mal humor? —respondió la baronesa irritada ante la impasibilidad de su marido—. ¿Acaso me atañen esas cosas? Cómase sus malos humores o enciérrelos en su despacho; y ya que tiene empleados a quienes paga, eche sobre ellos su mal humor.

—No —respondió Danglars—, está usted desvariando en sus consejos, señora, así que ya no los seguiré más. Mis oficinas son mi Pactolo, como dice, según creo, el señor Desmoutiers, y no quiero alterar su curso ni turbar su calma. Mis empleados son personas honradas que me ganan mi fortuna y a quienes pago sueldos infinitamente más bajos de lo que se merecen, si los apreciase por lo que me aportan; por consiguiente, no me enfadaré con ellos; contra quien he de encolerizarme, es contra las personas que se comen mi dinero, que revientan mis caballos y arruinan mi caja.

—¿Y quiénes son los que arruinan su caja? Explíquese más claro, señor, se lo ruego.

—¡Oh! Esté tranquila, aunque hable en enigma no pienso hacer que pierda el tiempo buscando la palabra —replicó Danglars—. Las personas que arruinan mi caja son aquellas que tiran quinientos mil francos en una hora.

—No le comprendo, señor —dijo la baronesa tratando de disimular, a la vez, la emoción de su voz y el rubor de su rostro.

—Por el contrario, me entiende usted muy bien —dijo Danglars—, pero si su mala voluntad continúa, le diré que acabo de perder setecientos mil francos sobre el empréstito español.

—¡Ah, vaya! —dijo la baronesa irónicamente—. ¿Y es a mí a quien hace responsable de esa pérdida?

—¿Por qué no?

—¿Acaso es culpa mía si ha perdido usted setecientos mil francos?

—En todo caso, no es mía.

—De una vez por todas, señor —replicó agriamente la baronesa—, le he dicho que no me hable de caja; es un lenguaje que no he aprendido ni en casa de mis padres ni en la de mi primer marido.

—¡Ya lo creo, diablos! —exclamó Danglars—. Ni unos ni el otro tenían un céntimo.

—Razón de más para que no haya aprendido en sus casas esa jerga de la banca, que aquí me destroza los oídos desde la mañana a la noche. Ese ruido de escudos que se cuentan y vuelven a contarse me es odioso, y el sonido de su voz aún me resulta más desagradable.

—¡En verdad que resulta extraño! —dijo Danglars—. ¡Y yo que creía que se tomaba el más vivo interés en mis operaciones!

—¿Yo? ¿Y qué ha podido hacerle creer semejante tontería?

—Usted misma.

—¡Ah! ¿Yo?

—Sin duda.

—Me gustaría saber en qué ocasión he podido hacerle creer tal cosa.

—¡Oh! Es bien fácil. En el mes de febrero último usted me habló la primera de los fondos de Haití; había soñado que un barco entraba en el puerto de El Havre, y que este barco traía la noticia de que iba a efectuarse un pago que ya se creía remitido a las calendas griegas. Yo creí en la lucidez de su sueño e hice comprar bajo mano todos los cupones que pude encontrar sobre la deuda de Haití; gané cuatrocientos mil francos, de los cuales cien mil se le entregaron a usted religiosamente. De ellos, ha hecho usted lo que le dio la gana y a mí no me interesa.

»En marzo se trataba de una concesión de ferrocarriles. Tres sociedades se presentaban ofreciendo garantías legales. Usted me dijo que su instinto, y aunque usted lo considere extraño a las especulaciones, creo, por el contrario, que está muy desarrollado en estas materias; usted me dijo que su instinto le hacía creer que el privilegio sería concedido a la sociedad del Mediodía.

»Inmediatamente me hice inscribir por los dos tercios de las acciones de esa sociedad. El privilegio le fue concedido, en efecto; como usted había previsto, las acciones triplicaron su valor y yo me guardé un millón, del cual doscientos cincuenta mil francos le fueron entregados. ¿Cómo ha empleado usted esa suma?

—Pero ¿adónde pretende usted llegar, señor? —exclamó la baronesa, estremeciéndose de despecho e impaciencia.

—Calma, señora, ya llegamos.

—¡Qué felicidad!

—En abril, usted fue a cenar a casa del ministro; se habló de España y usted oyó una conversación secreta; se trataba de la expulsión de don Carlos, y yo compré los fondos españoles. La expulsión tuvo lugar y gané seiscientos mil francos el día en que Carlos V pasó el Bidasoa. De esos seiscientos mil francos, usted cobró cincuenta mil escudos; eran suyos y usted dispuso de ellos a su capricho, y tampoco le pido cuentas; pero no es menos cierto que usted ha recibido quinientas mil libras este año.

—Y bien, ¿qué más, señor?

—¡Ah, sí! Más. Pues bien, justamente es después de todo esto cuando falla la cosa.

—Tiene usted unas maneras de decir, en verdad...

—Las que sirven para mis ideas, es cuanto necesito... Después, hace unos tres días, usted habló de política con el señor Debray, y creyó ver en sus palabras que el rey don Carlos entró en España; entonces yo vendo mi renta, la noticia se esparce, cunde el pánico y yo no vendo más, lo doy; al día siguiente se afirma que la noticia es falsa, y yo he perdido setecientos mil francos.

—¿Y qué?

—Pues bien, ya que le doy la cuarta parte cuando gano, usted tiene que dármela cuando pierdo; la cuarta parte de setecientos mil francos, son ciento setenta y cinco mil francos.

—Pero lo que me está diciendo es una extravagancia, y, en verdad, no veo por qué mezcla al señor Debray en toda esta historia.

—Porque si usted no tiene, por casualidad, esos ciento setenta y cinco mil francos que le reclamo, tendrá que pedírselos a sus amigos, y el señor Debray es uno de ellos.

—¡Cómo! —exclamó la baronesa.

—¡Oh! Nada de gestos, ni de gritos, ni de dramas modernos, señora, si no me forzará a decirle que ya veo al señor Debray regocijándose con las quinientas mil libras que usted le ha dado este año, y diciéndose que al fin ha encontrado lo que los más hábiles jugadores jamás supieron descubrir, es decir, una ruleta en la que se gana sin poner nada en juego y en la que no se arriesga nada cuando se pierde.

La baronesa parecía estallar.

—¡Miserable! —dijo—. ¿Se atrevería usted a decir que no sabía nada de lo que me reprocha hoy?

—Yo no digo que no lo supiese o dejara de saberlo, sólo le digo, y fíjese bien en mi conducta desde hace cuatro años que usted no es mi esposa ni yo soy su marido, fíjese si no ha sido consecuente consigo misma. Algún tiempo antes de nuestra ruptura, usted quiso estudiar música con ese famoso barítono que ha debutado con tanto éxito en el Teatro Italiano; yo quise estudiar baile con esa bailarina que se creó tanta reputación en Londres. Eso me ha costado, tanto para mí como para usted, unos cien mil francos, aproximadamente. No he dicho nada, porque es preciso que haya armonía en los matrimonios. Cien mil francos para que el hombre y la mujer conozcan a fondo el baile y la música, no es muy caro. Enseguida, he aquí que le desagrada la música y desea estudiar la diplomacia con un secretario del ministro; yo la dejo estudiar. Usted comprende; ¿qué me importa a mí ya que usted pague las lecciones que aprende de su bolsillo? Pero hoy me doy cuenta de que usted saca del mío y que su aprendizaje me puede costar setecientos mil francos por mes. ¡Alto ahí, señora! Eso no puede seguir así. O el diplomático da sus lecciones gratis, y yo lo toleraré, o no pone más el pie en su casa, ¿entiende, señora?

—¡Ah, esto es demasiado, señor! —exclamó Herminie, sofocada—. Sobrepasa los límites de lo innoble.

—Pero ya veo con placer que usted no se queda de ese lado, y que voluntariamente obedece aquel axioma del código: «La mujer debe seguir a su marido».

—¡Injurias!

—Tiene razón; parémonos en los hechos y razonemos fríamente. Yo nunca me he mezclado en sus asuntos más que para su bien; haga usted lo mismo. Mi caja no le interesa, ¿no es así? Bien, pues opere con la suya y no llene ni vacíe la mía. Además, ¿quién sabe si todo esto no es una estocada política; si el ministro, furioso al verme en la oposición, y celoso de mis simpatías populares, no se entiende con el señor Debray para arruinarme?

—¡Lo cual es probable!

—Pues claro; ¿quién ha visto algo semejante..., una falsa noticia telegráfica, es decir, lo imposible o casi? Signos completamente diferentes dados por los dos telégrafos... Está hecho expresamente para mí.

Humildemente, la baronesa dijo:

—Señor, usted no ignora, me parece, que ese empleado fue despedido, incluso me habló de procesarle, que se dio la orden de detención, y que esa orden se hubiese ejecutado si no se hubiera sustraído a las primeras pesquisas por medio de una huida que prueba su locura o su culpabilidad... Eso es un error.

—Sí, que hace reír a los necios, que hace pasar una mala noche al ministro, que hace emborronar pliegos de papel a los secretarios de Estado, y que a mí me cuesta setecientos mil francos.

—Pero, señor —dijo Herminie, de pronto—, ya que todo eso, según usted, procede del señor Debray, ¿por qué en vez de decírselo a él directamente viene a decírmelo a mí? ¿Por qué acusa usted al hombre y reprende a la mujer?

—¿Acaso conozco yo al señor Debray? —dijo Danglars—. ¿Acaso quiero conocerlo? ¿Es que quiero saber o seguir sus consejos? ¿Acaso soy yo quien juega? No, es usted la que hace todo esto, y no yo.

—Pero me parece que dado que usted también se aprovecha...

Danglars se encogió de hombros.

—¡Qué criaturas más locas son, en verdad, estas mujeres que se creen genios porque han desarrollado una o diez intrigas que no se han proclamado en todo París! Pero suponga que hubiese ocultado sus desórdenes a su propio marido, lo cual es el ABC del oficio, porque la mayor parte del tiempo los maridos no quieren ver, y no sería más que una pálida copia de lo que hacen la mitad de sus amigas, las mujeres de mundo. Pero no sucede lo mismo conmigo; yo he visto siempre en dieciséis años y tal vez me haya ocultado algún pensamiento, pero jamás un movimiento, una acción o una falta. Mientras que usted, por su parte, se felicitaba por su ingenio y habilidad, y creía firmemente que me engañaba, ¿qué ha resultado? Que gracias a mi pretendida ignorancia, desde el señor de Villefort hasta el señor Debray, ninguno de sus amigos ha dejado de temblar ante mí. Y ni uno de ellos ha dejado de tratarme como el dueño de la casa, lo que pretendía ante usted; ni ninguno se ha atrevido a decirle de mí lo que yo mismo digo hoy. Le permito que me tenga por odioso, pero le impediré que me tome por ridículo y, sobre todo, le prohibo que me arruine.

Hasta el momento en que fue pronunciado el nombre de Villefort, la baronesa había mostrado cierta arrogancia; pero al oír aquel nombre palideció y se levantó como impulsada por un resorte, extendiendo los brazos como para conjurar una aparición, y dio tres pasos hacia su marido como para arrancar el fin del secreto que no conocía, o que tal vez por algún cálculo odioso, como todos los que planeaba Danglars, no quería dejar escapar por completo.

—¡El señor de Villefort! ¿Qué significa? ¿Qué quiere decir?

—Eso quiere decir, señora, que el señor de Nargonne, su primer marido, no siendo un filósofo ni un banquero, o tal vez siendo ambas cosas a la vez, y viendo que no tenía ningún partido que sacar del procurador del rey, se mató de tristeza o de cólera al encontrarla embarazada de seis meses tras una ausencia de nueve. Soy brutal, no sólo lo sé, sino que me jacto de ello; es uno de mis medios para obtener éxitos comerciales. ¿Por qué en vez de matar se mató él mismo? Porque no tenía ninguna caja que salvar. Pero yo me debo a mi dinero. El señor Debray, mi socio, me ha hecho perder setecientos mil francos, que soporte su parte de pérdida y continuaremos nuestros negocios; si no, que se declare insolvente de esas ciento setenta y cinco mil libras y que imite a los que quiebran, que desaparezca. ¡Oh, Dios mío! Es un muchacho encantador, lo sé, cuando sus noticias son exactas; pero cuando no lo son, hay cincuenta en el mundo que valen más que él.

La señora Danglars estaba aterrada; sin embargo, hizo un supremo esfuerzo para responder a este último ataque. Cayó sobre un sillón pensando en Villefort, en la escena de la comida, en aquella extraña serie de desgracias que desde hacía unos días se abatían una tras otra sobre su casa cambiando en escandalosos debates la tranquilidad del matrimonio.

Danglars ni siquiera la miró, aunque ella hizo lo posible por desmayarse. Abrió la puerta del dormitorio sin añadir una sola palabra y regresó a su habitación; de tal suerte que la señora Danglars, cuando volvió en sí de su medio desvanecimiento, pudo creer que había tenido una mala pesadilla.

Proyectos de matrimonio

Al día siguiente de esta escena, a la hora que Debray acostumbraba a escoger para hacer una visita, cuando iba a su despacho, a la señora Danglars, su cupé no apareció en el patio.

A esa hora, es decir, a las doce y media, la señora Danglars pidió su coche y salió.

Danglars, colocado detrás de una cortina, espiaba esta salida que esperaba. Dio la orden de que le previniesen cuando regresara la señora; pero a las dos aún no había vuelto.

A las dos pidió sus caballos, se dirigió a la Cámara y se hizo inscribir para hablar contra el presupuesto.

De las doce a las dos, Danglars había permanecido en su despacho abriendo su correspondencia, oscureciéndose cada vez más, amontonando cifra tras cifra y recibiendo, entre otras visitas, al mayor Cavalcanti, que, siempre tan tieso y tan puntual, se presentó a la hora anunciada la víspera para concluir su asunto con el banquero.

Al salir Danglars de la Cámara, que había dado violentas muestras de agitación y que, sobre todo, había estado más sarcástico que nunca contra el Ministerio, volvió a subir a su coche y ordenó al cochero que le condujese al número 30 de la avenida de los Campos Elíseos.

Montecristo estaba en su casa; sólo que tenía una visita y rogó a Danglars que le esperase un momento en el salón.

Mientras esperaba el banquero, se abrió la puerta y vio entrar a un hombre vestido con hábitos que, en vez de esperar como él, le saludó, entró en el interior de los aposentos y desapareció.

Un poco después volvió a abrirse la puerta por la cual había desaparecido el fraile, y apareció Montecristo.

—Perdón, mi querido barón, pero uno de mis buenos amigos, el abate Busoni, que usted habrá visto pasar, acaba de llegar a París; hacía mucho tiempo que no nos veíamos, y no he tenido valor para dejarlo inmediatamente. Espero que en favor del motivo me disculpe el haberle hecho esperar.

—¡Cómo! —dijo Danglars—. Yo soy el indiscreto, por llegar en mal momento, y voy a retirarme.

—Nada de eso; al contrario, siéntese usted. Pero ¡Dios mío! ¿Qué le sucede? Parece usted muy disgustado; en verdad que me asusta. Un capitalista melancólico es como los cometas, siempre presagia una gran desgracia al mundo.

—Me parece, mi querido señor —dijo Danglars—, que la mala suerte está sobre mí desde hace varios días, y que no recibo más que siniestros.

—¡Ah, Dios mío! —exclamó Montecristo—. ¿Es que ha tenido usted alguna pérdida en la Bolsa?

—No, ya me recuperaré en algunos días. Se trata, sencillamente, de una bancarrota en Trieste.

—¿De veras? ¿No será por casualidad su quebrado Jacopo Manfredi, verdad?

—¡Justamente! Figúrese a un hombre que hacía, desde no sé cuánto tiempo, de ochocientos a novecientos mil francos anuales en negocios conmigo. Jamás dejaba un impagado, ni siquiera un retraso; un muchacho que pagaba como un príncipe... que paga. Me aventuré a adelantarle un millón... ¡Y hete aquí que mi diablo de Jacopo Manfredi hace suspensión de pagos!

—¿De veras?

—Es una fatalidad inaudita. Le giro por seiscientas mil libras que me devuelven impagadas, y aún soy portador de cuatrocientos mil francos en letras de cambio firmadas por él y pagaderas a fines del corriente en casa de su corresponsal en París. Estamos a 30, envío a cobrarlas, y el corresponsal ha desaparecido. Con mi asunto de España, me ha proporcionado un mes desastroso.

—Pero ¿ha sido verdaderamente una pérdida su asunto de España?

—Seguro, setecientos mil francos fuera de mi caja, simplemente.

—¿Cómo diablos ha podido cometer semejante error, siendo un perro viejo?

—¡Eh! Es culpa de mi mujer. Soñó que don Carlos había entrado en España; ella siempre cree en sus sueños. Se trata de magnetismo, según explica ella, y cuando ella sueña con algo, ese algo, asegura ella, tiene que suceder. Bajo esta convicción le permito jugar: ella tiene su caja y su agente de cambio: juega y pierde. Es cierto que no se trata de dinero mío el que juega. Sin embargo, eso no importa, ya sabe usted que cuando setecientos mil francos salen del bolsillo de la mujer, el marido siempre se resiente de ello. ¡Cómo! ¿No sabía esto? Pues ha sido un asunto que ha dado mucho ruido.

—Sí, había oído hablar algo, pero ignoraba los detalles; soy un ignorante en todos estos asuntos de Bolsa.

—¿No juega?

—¿Yo? ¿Y cómo quiere que juegue? Yo, que apenas puedo arreglar mis rentas, me vería obligado a coger a un agente y a un cajero, además de tener mi intendente. Pero a propósito de esa historia de España, me parece que la baronesa no había soñado enteramente la historia de la entrada de don Carlos. Los periódicos trajeron algo de eso, ¿no es así?

—¿Cree usted en los periódicos?

—Yo no; pero me parece que ese honesto *Messager* es una excepción en la regla, y que no anuncia más que noticias ciertas, noticias telegráficas.

—Pues bien, ahí está lo inexplicable —replicó Danglars—. Es que la entrada de don Carlos era, efectivamente, una noticia telegráfica.

—De modo que es un millón setecientos mil francos lo que pierde usted en este mes —dijo Montecristo.

—No aproximadamente, sino que ésa es la cifra exacta.

—¡Diablos! Para una fortuna de tercer orden, es un rudo golpe —dijo Montecristo, con compasión.

—¡De tercer orden! —exclamó Danglars, un poco humillado—. ¿Qué diablos entiende usted por eso?

—Sin duda —continuó Montecristo—, yo divido las fortunas en tres categorías: fortuna de primer orden, de segundo orden y de tercero. Llamo fortuna de primer orden a aquella que se compone de tesoros que se tienen a mano, tierras, minas, rentas sobre Estados como el de Francia, Austria e Inglaterra, con tal de que esos tesoros, esas minas y esas rentas formen un total de cien millones. Llamo fortuna de segundo orden a las explotaciones manufactureras, las empresas por asociación, los virreinatos y los principados que no sobrepasan el millón quinientos mil francos de renta, formando un capital de unos cincuenta millones. Y por fin, llamo fortuna de tercer orden a los capitales que fructifican por intereses compuestos, las ganancias dependientes de la voluntad de otro o de los cambios de suerte, de que una bancarrota ataque o una noticia telegráfica estremezca; las especulaciones eventuales, las operaciones sometidas, en fin, a ese cambio, a esa fatalidad que podría llamarse fuerza menor y que comparada con la mayor es una fuerza natural; y todo esto formando un capital ficticio o real de una quincena de millones. ¿No es poco más o menos esta su situación?

—¡Diablos, sí! —respondió Danglars.

—Lo que resulta que con seis fines de mes como éste —continuó imperturbable Montecristo—, una casa de tercer orden estará en la agonía.

—¡Oh! ¡Va muy deprisa! —exclamó Danglars, con una sonrisa muy pálida.

—Pongamos siete meses —replicó Montecristo, en el mismo tono—. Dígame, ¿ha pensado alguna vez en esto? Siete veces un millón setecientos mil francos hacen doce millones, aproximadamente, ¿no? Pues bien, tiene usted razón, porque con semejantes reflexiones nadie comprometería sus capitales, que son al financiero lo que la piel al hombre civilizado. Nosotros tenemos nuestros hábitos más o menos suntuosos, y ése es nuestro crédito; pero cuando el hombre muere, no le queda más que su piel, lo mismo que al salir de los negocios usted no posee como bien real más que cinco o seis millones como máximo; porque las fortunas de tercer orden no representan más que el tercio o un cuarto de su apariencia, como la locomotora de un tren no es, en medio del humo que la envuelve, y la engrandece, más que una máquina de más o menos fuerza. Pues bien, sobre esos cinco millones que constituyen su activo real, acaba usted de perder casi dos, que disminuyen por su parte su fortuna ficticia o su crédito; es decir, mi querido señor Danglars, que su piel acaba de ser abierta por una sangría que, reiterada cuatro veces, le arrastraría a la muerte. ¡Eh, eh! Ponga atención, mi querido señor Danglars. ¿Tiene necesidad de dinero? ¿Quiere que yo se lo preste?

—¡Qué mal calculador es usted! —exclamó Danglars, llamando en su ayuda a toda la filosofía y todo el disimulo de la apariencia—. A estas horas, el dinero ha entrado en mis arcas por otras especulaciones que han salido bien. La sangre escapada por la sangría ha entrado por la nutrición. He perdido una batalla en España, he sido batido en Trieste; pero mi armada naval de la India habrá tomado algunos galones; mis peones de México habrán descubierto alguna mina.

—¡Muy bien, muy bien! Pero la cicatriz continúa, y a la primera pérdida se volverá a abrir.

—No, porque camino sobre seguro —prosiguió Danglars, con la verbosidad del charlatán que trata de encomiar su crédito—. Para que eso sucediese, sería necesario que sucumbieran tres Gobiernos.

—¡Diantre! Eso ya se ha visto.

—¡Que la tierra no produjese!

—Acuérdese de las siete vacas gordas y las siete vacas flacas.

—O que el mar se retirase, como en tiempos del Faraón; y aún quedan muchos mares, y los barcos podrían dejarlos para convertirse en caravanas.

—Tanto mejor, tanto mejor, querido señor Danglars —dijo Montecristo—. Y veo que me he equivocado, porque usted entra en las fortunas de segundo orden.

—Creo poder aspirar a ese honor —dijo Danglars, con una de esas sonrisas estereotipadas que producían en Montecristo el efecto de una de esas lunas pastosas con la que los malos pintores decoran sus ruinas—. Pero ya que estamos hablando de negocios —añadió, encantado de encontrar un motivo de cambio en la conversación—, dígame algo sobre lo que pueda hacer por el señor Cavalcanti.

—Pues darle dinero, si tiene un crédito sobre usted y ese crédito le parece bueno.

—¡Excelente! Se presentó esta mañana con un bono de cuarenta mil francos, pagadero a la vista contra usted, firmado por Busoni, y enviado por usted a mí con su endoso. Ya comprenderá que le entregué inmediatamente sus cuarenta billetes.

Montecristo hizo un movimiento de cabeza que indicaba toda su aprobación.

—Pero eso no es todo —continuó Danglars—. Ha abierto a su hijo un crédito en mi casa.

—Sin indiscreción, ¿cuánto señala al joven?

—Cinco mil francos al mes.

—Sesenta mil francos al año. Ya me lo sospechaba —dijo Montecristo, encogiéndose de hombros—. Esos Cavalcanti son unos roñosos. ¿Qué quiere que haga un joven con cinco mil francos al mes?

—Pero usted comprenderá que si el joven necesita algunos miles más...

—No lo haga, el padre se lo dejaría a su cuenta; usted no conoce a estos multimillonarios ultramontanos: son verdaderos avaros. ¿Y por quién le ha abierto ese crédito?

—¡Oh! Por la casa Fenzi, una de las mejores de Florencia.

—No quiero decir que usted perderá, no faltaría más; pero, no obstante, manténgase en los términos de la carta.

—¿No tendría usted confianza en ese Cavalcanti?

—¿Yo? Le entregaría diez millones por su firma. Ése entra en las fortunas de segundo orden, de las que le hablaba hace un momento, mi querido señor Danglars.

—¡Y con eso, cómo es tan simple! Le habría tomado por un mayor y nada más.

—Y le hubiese hecho un honor; porque tiene usted razón, no se le pagaría por la cara. Cuando lo vi por primera vez, me produjo el efecto de un antiguo teniente enmohecido bajo sus charreteras. Pero todos los italianos son iguales, se parecen a viejos judíos cuando no deslumbran como los magos de Oriente.

—El joven es mejor —dijo Danglars.

—Sí, un poco tímido, tal vez; pero en realidad me ha parecido más conveniente. Estaba inquieto.

—¿Por qué?

—Porque usted lo vio en mi casa nada más entrar en sociedad, según me han dicho. Ha viajado con un preceptor muy severo, y jamás ha venido a París.

—Todos esos italianos de nobleza tienen la costumbre de casarse entre ellos, ¿no es cierto? —preguntó negligentemente Danglars—. Les gusta asociar sus fortunas.

—Acostumbran a hacerlo así, es cierto; pero Cavalcanti es tan extraño que no hace nada igual a los demás. Nadie me quitará de la cabeza que ha traído a su hijo a Francia con ánimo de que encuentre una esposa.

—¿Cree usted?

—Estoy seguro.

—¿Y ha oído usted hablar de su fortuna?

—No se trata de otra cosa; sólo que unos le conceden millones y otros pretenden que no posee ni un céntimo.

—¿Y cuál es su opinión?

—No se funde en lo que le diga; es algo muy personal.

—Pero, en fin...

—Mi opinión, la mía, es que todos esos viejos podestás, todos esos antiguos *condottieris*, porque los Cavalcanti han mandado ejércitos y gobernado provincias; mi opinión, le decía, es que han enterrado los millones en los rincones que sólo sus antepasados conocen y que revelan a sus primogénitos de generación en generación; y la prueba es que todos son amarillos y secos como sus florines del tiempo de la República, de los cuales conservan el reflejo a fuerza de guardarlos.

—Perfecto —dijo Danglars—. Y eso es tanto más cierto, puesto que no se les conoce una pulgada de tierra a esas gentes.

—En todo caso, muy poca; yo le aseguro que los Cavalcanti no tienen más que un palacio en Luca.

—¡Ah! Tienen un palacio —dijo Danglars, riendo—. Eso ya es algo.

—Sí, y todavía lo alquilan al ministro de Hacienda, mientras que él habita en una casucha. ¡Oh! Ya se lo he dicho, creo que es un hombre bien agarrado.

—Vamos, vamos, usted no le lisonjea.

—Escuche, apenas lo conozco; creo haberlo visto tres veces en mi vida. Lo que sé lo debo al abate Busoni y por él mismo; esta mañana me hablaba de sus proyectos respecto a su hijo, y me dejaba entrever que quería encontrar un medio, bien en Francia o en Inglaterra, de hacer fructificar sus millones en vez de dejar durmiendo esos fondos considerables en Italia, que es un país muerto. Pero fíjese bien que, a pesar de que yo tengo una gran confianza personal en el abate Busoni, no respondo de nada.

—No importa, gracias por el cliente que me ha enviado; es un nombre muy hermoso para inscribirlo en mi registro, y mi cajero, cuando le expliqué lo que eran los Cavalcanti, se sintió muy orgulloso. A propósito, y éste es un simple detalle de curiosidad, cuando esas personas casan a sus hijos, ¿les dan dotes?

—¡Oh, Dios mío! Eso varía. He conocido a un príncipe italiano, rico como una mina de oro, uno de esos primeros títulos de Toscana, que cuando sus hijos se casaban a su gusto, les daba millones, y cuando lo hacían a su pesar, se contentaba con darles una renta de treinta escudos al mes. Admitamos que Andrea se casase a gusto de su padre, posiblemente le diese dos o tres millones. Si fuese con la hija de un banquero, por ejemplo, tal vez se tomase algún interés por la casa del suegro de su hijo; pero por el contrario, suponga que su nuera le disgustara, ¡buenas noches! El padre Cavalcanti pone la mano en la llave, cierra su cofre con doble vuelta y ya está maese Andrea obligado a vivir como un hijo de familia parisiense, marcando las cartas o cargando los dados.

—Entonces ese muchacho encontrará una princesa bávara o peruana; querrá una corona cerrada, un Eldorado atravesado por el Potosí.

—No, todos esos grandes señores del otro lado de los montes se casan generalmente con simples mortales; son como Júpiter, les gusta cruzar las razas. ¡Ah, vaya! ¿Acaso quiere usted cazar a Andrea, mi querido señor Danglars, para hacerme tantas preguntas?

—Pues a fe mía que no me parecería una mala especulación, y yo soy un especulador —dijo Danglars.

—Pero ¿eso no podrá ser con la señorita Danglars, supongo? ¿No querrá usted que ese pobre Andrea muera estrangulado por Alberto?

—¿Alberto? —dijo Danglars, encogiéndose de hombros—. ¡Ah, sí! No le importará mucho esto.

—Pero es el prometido de su hija, me parece.

—Es decir, que el señor de Morcerf y yo hemos hablado algunas veces de este matrimonio; pero la señora de Morcerf y Alberto...

—¿No irá a decirme que ese es un mal partido?

—¡Eh, eh! La señorita Danglars vale tanto como el señor de Morcerf, eso me parece.

—La dote de la señorita Danglars será espléndida, en efecto, y no lo dudo, sobre todo si el telégrafo no hace más locuras.

—¡Oh! No es solamente la dote. Pero, dígame, a propósito...

—¿Qué?

—¿Por qué no ha invitado a Morcerf y a su familia a su cena?

—Ya lo hice, pero objetó un viaje a Dieppe con la señora de Morcerf, a quien han recomendado el aire de mar.

—Sí, sí, debe serle muy bueno —dijo Danglars, riendo.

—¿Y por qué?

—Porque es el aire que respiró en su juventud.

Montecristo dejó pasar esta frase sin prestarle atención.

—Pero, en fin, si Alberto no es tan rico como la señorita Danglars, no puede negar usted que lleva un buen apellido —dijo el conde.

—Sea, pero lo quiero tanto como el mío —dijo Danglars.

—Cierto, su nombre es popular, y ha adornado el título con lo que ha creído lo honra; pero usted es un hombre inteligente para no haber comprendido que, según ciertos prejuicios muy poderosamente enzarzados para que se les extirpe, la nobleza de cinco siglos vale más que la de veinte años.

—Y he aquí, justamente, por qué —dijo Danglars, con una sonrisa que trataba de ser irónica—, he aquí por qué preferiría al señor Andrea Cavalcanti al señor Alberto de Morcerf.

—Pero, no obstante, supongo que los Morcerf no son menos que los Cavalcanti —dijo Montecristo.

—¿Los Morcerf? Mire, mi querido conde —prosiguió Danglars—, usted es un hombre galante, ¿no es cierto?

—Eso creo.

—Y, además, conocedor de blasones.

—Un poco.

—Pues bien, mire el color del mío; es más sólido que el blasón de Morcerf.

—¿Cómo es eso?

—Porque yo, si no soy barón de nacimiento, al menos me llamo Danglars.

—¿Y qué?

—Mientras que él no se llama Morcerf.

—¿Cómo que no se llama Morcerf?
—Ni remotamente.
—Pero ¿entonces?
—A mí alguien me ha hecho barón, de manera que lo soy; pero él se ha hecho conde por las buenas, de suerte que no lo es.
—Imposible.
—Escuche, mi querido conde —continuó Danglars—. El señor de Morcerf es mi amigo, o más bien mi conocido desde hace treinta años; usted sabe que yo no hago gala de mis armas, ya que jamás olvido de donde he salido.
—Eso prueba una gran humildad o un gran orgullo —dijo Montecristo.
—Pues bien, cuando yo era un escribiente, Morcerf era un simple pescador.
—Y entonces, ¿cómo se llamaba?
—Fernando.
—¿Tan corto?
—Fernando Mondego.
—¿Está usted seguro?
—¡Pardiez! Me vendió bastante pescado para que no le conozca.
—Entonces, ¿por qué le da a su hija?
—Porque Fernando y Danglars son dos advenedizos, dos ennoblecidos, dos enriquecidos y que en el fondo valen lo mismo, salvo en ciertas cosas, sin embargo, que han dicho de él y no de mí.
—¿El qué?
—Nada.
—¡Ah, sí! Comprendo. Eso que me dice me refresca la memoria a propósito del nombre de Fernando Mondego. He oído pronunciar ese nombre en Grecia.
—¿A propósito del asunto de Alí-Pachá?
—Exacto.
—He aquí el misterio —prosiguió Danglars—, y le confieso que hubiese dado cualquier cosa por descubrirlo.
—Eso no es difícil, si usted tiene gran interés en ello.
—¿Cómo?
—Sin duda tiene usted algún corresponsal en Grecia, ¿no es así?

—¡Pardiez!

—¿En Janina?

—Por todas partes.

—Pues bien, escriba a su corresponsal de Janina y pregúntele qué papel ha interpretado en la catástrofe de Alí-Tebelín un francés llamado Fernando.

—¡Tiene usted razón! —exclamó Danglars, levantándose con viveza—. Escribiré hoy mismo.

—Hágalo.

—Voy a hacerlo.

—Y si tiene usted alguna noticia escandalosa...

—Se lo comunicaré.

—Me dará un gran placer.

Danglars se lanzó fuera de la vivienda, y apenas atravesó la puerta subió de un salto a su coche.

El despacho del procurador del rey

Dejemos al banquero regresar al gran trote de sus caballos y sigamos a la señora Danglars en su excursión matinal.

Ya dijimos que a las doce y media, la señora Danglars pidió sus caballos y salió en coche.

Se dirigió del lado del barrio de Saint-Germain, cogió la calle Mazarine y fue a detenerse en el pasaje del Pont Neuf.

Descendió y atravesó el pasaje. Iba vestida con mucha sencillez, como conviene a una mujer de gusto que sale de mañana.

En la calle Guenegaud subió a un fiacre dando la calle de Harlay como término de su carrera.

Apenas estuvo dentro del coche sacó de su bolsillo un velo negro muy tupido que se echó sobre su sombrero de paja; después se puso el sombrero en la cabeza y comprobó con placer, mirándose en un espejo de bolsillo, que no se podía ver de ella más que su piel blanca y las pupilas brillantes de sus ojos.

El fiacre cogió por el Pont Neuf y entró por la plaza Dauphine en el patio de Harlay; fue pagado al abrir la puerta, y la señora Danglars se abalanzó a la escalera, que franqueó con ligereza, para llegar enseguida a la sala de los Pasos Perdidos.

Por la mañana hay muchos asuntos y también muchas personas ocupadas en el palacio; estas personas no se fijan mucho en las mujeres; la señora Danglars atravesó, pues, la sala de los Pasos Perdidos sin ser más notada que las otras diez mujeres que esperaban a sus abogados.

Había mucho trabajo en la antecámara del señor de Villefort; pero la señora Danglars no tuvo ni necesidad de pronunciar su nombre; nada más aparecer un ujier se levantó, se acercó a ella, le preguntó si era la persona a quien esperaba el procurador del rey, y ante su respuesta afirmativa, la condujo por un corredor reservado, al despacho del señor de Villefort.

El magistrado escribía, sentado en su sillón y de espaldas a la puerta, oyó abrirse ésta y al ujier pronunciar estas palabras: «¡Entre, señora!», y la puerta se cerró sin que hiciese ningún movimiento; pero apenas sintió alejarse los pasos del ujier, se volvió con viveza, fue a echar los cerrojos, corrió las cortinas y examinó cada rincón de su despacho.

Después, cuando comprobó que no podía ser visto ni oído, y, por consiguiente, podía estar tranquilo, dijo:

—Gracias, señora; gracias por su puntualidad. Y le ofreció una silla que la señora Danglars aceptó, porque el corazón le latía tan fuertemente que se sentía sofocada.

—Hace mucho tiempo, señora —dijo el procurador del rey, sentándose a su vez y dando una vuelta en su sillón para enfrentarse a la señora Danglars—, que no he tenido el placer de hablar a solas con usted, y con gran sentimiento mío, nos volvemos a encontrar para conversar de un asunto muy penoso.

—Sin embargo, señor, ya ve que he venido a su primera llamada, aunque seguramente esta conversación sea más penosa para mí que para usted.

Villefort sonrió amargamente.

—Es cierto —dijo, respondiendo más a su propio pensamiento que a las palabras de la señora Danglars—, es bien cierto que todas nuestras acciones dejan sus huellas en nuestro pasado, unas sombrías y otras luminosas. También es verdad que todos nuestros pasos se parecen a la marcha de un reptil sobre la arena, y dejan su surco. ¡Ay! Para muchos, ese surco es de lágrimas.

—Señor —dijo la señora Danglars—, usted comprenderá mi emoción, ¿no es cierto? Evítela, se lo ruego. Esta habitación, por la que tantos culpables temblorosos y avergonzados han pasado; este sillón en el que me siento, a mi vez avergonzada y temblorosa... ¡Oh! Fíjese... Necesito de toda mi razón para no ver en mí una mujer culpable y en usted un juez amenazador.

Villefort sacudió la cabeza, y lanzando un suspiro, replicó:

—Y yo me digo que mi puesto no está en este sillón del juez, sino más bien en el banquillo del acusado.

—¿Usted? —dijo la señora Danglars, asombrada.
—Sí, yo.
—Creo que por su parte, señor, su puritanismo exagera la situación —dijo la señora Danglars, cuyos hermosos ojos se encendieron con un brillo fugitivo—. Esos surcos de los que hablaba hace un instante, fueron trazados por una juventud ardiente. En el fondo de las pasiones, más allá del placer, siempre hay un poco de remordimiento; por eso el Evangelio, esa fuente eterna de los desgraciados, nos ha dado, a nosotras, pobres mujeres, el sostén de la admirable parábola de la hija pecadora y de la mujer adúltera. Así, pues, le confieso, que recordando esos delirios de mi juventud, pienso a veces que Dios me los perdonará, sino por la excusa, al menos por la compensación que se encuentra en todos mis sufrimientos. Pero usted, ¿qué tiene que temer de todo esto, ustedes, hombres a quien todo el mundo disculpa y a quienes el escándalo ennoblece?

—Señora, usted me conoce, yo no soy un hipócrita, o al menos no hago el hipócrita sin motivo —replicó Villefort—. Si mi frente es severa, se debe a las desgracias que la han ensombrecido; si mi corazón está petrificado, es con el fin de poder soportar los choques que ha recibido. Yo no era así en mi juventud, ni en la noche de mis esponsales cuando nos hallábamos todos sentados alrededor de una mesa en la calle del Cours, en Marsella. Pero después todo ha cambiado en mí y alrededor mío; mi vida se ha gastado en perseguir cosas difíciles y se ha roto en las dificultades que voluntaria o involuntariamente se encontraban situadas en mi camino. Es raro que lo que se desee ardientemente no esté prohibido para aquellos de quienes se quiere obtener o para aquellos a quienes se intenta arrebatar. Así, pues, la mayoría de las malas acciones de los hombres aparecen ante ellos disfrazadas bajo la forma específica de la necesidad; después, una vez cometida la acción en un momento de delirio, de temor o de exaltación, se reconoce que se hubiera evitado pasando junto a ella. Al medio que hubiese sido bueno emplear, el que no se ha visto porque se estaba ciego, ahora se presenta fácil y sencillo; entonces usted se dice: ¿Cómo no he hecho esto en lugar de aquello? Ustedes, señoras, por el contrario, rara vez se sienten atormentadas por estos remordimientos, porque raramente sus decisiones les pertenecen, sus desgracias casi siempre les son impuestas y sus faltas, por lo regular, son el crimen de otro.

—En todo caso, señor, convenga —respondió la señora Danglars—, en que he cometido una falta, aquella falta fue personal, y ayer recibí un severo castigo.

—¡Pobre mujer! —dijo Villefort, estrechándole la mano—. Fue demasiado severa para sus fuerzas, porque estuvo dos veces a punto de desmayarse, y sin embargo...

—¿Qué?

—Pues bien, debo decirle... Reúna todo su ánimo, señora, porque aún no hemos llegado al final.

—¡Dios mío! —exclamó la señora Danglars, espantada—. ¿Hay aún más?

—Usted sólo ve el pasado, y ciertamente es sombrío. Pues bien, imagínese un futuro todavía más oscuro..., espantoso en verdad..., posiblemente sangriento.

La baronesa conocía la calma de Villefort; se quedó tan aterrada por su exaltación que abrió la boca para gritar, pero el grito murió en su garganta.

—¿Cómo ha podido resucitar ese horrible pasado? —exclamó Villefort—. ¿Cómo desde el fondo de la tumba y de nuestros corazones, ha podido salir para palidecer nuestras mejillas y enrojecer nuestras frentes?

—¡Ay! Sin duda fue la casualidad —dijo Herminie.

—¿La casualidad? —replicó Villefort—. No, no, señora... ¡Ahí no hay nada de casualidad!

—Pero ¿no es una casualidad, fatal es cierto, la que ha conducido esto? ¿No es una casualidad que el conde de Montecristo comprase aquella casa? ¿No es casualidad que mandase cavar las tierras? ¿No es casualidad, en fin, que aquel desdichado niño fuese desenterrado de debajo los arboles? Pobre criatura inocente, salida de mí a quien nunca pude dar un beso, y por quien tantas lágrimas he derramado... ¡Ah! Todo mi corazón voló cuando el conde habló de aquellos queridos despojos encontrados bajo las flores.

—Pues bien, no, señora; y aquí es donde está lo terrible —respondió Villefort, con voz sorda—. No; no ha habido despojos encontrados bajo las flores. No, no hay niño desenterrado. No, no hace falta llorar, ni siquiera gemir. ¡Hay que echarse a temblar!

—¿Qué quiere decir? —exclamó la señora Danglars, estremeciéndose por completo.

—Quiero decir que Montecristo, cavando al pie de aquellos árboles, no ha podido encontrar ni esqueleto de niño, ni cerradura de cofre, porque debajo de esos árboles no había ni lo uno ni lo otro.

—¡No había ni lo uno ni lo otro! —repitió la señora Danglars, fijando sobre el procurador del rey sus ojos desorbitados por el terror—. ¡No había ni lo uno ni lo otro! —repitió de nuevo como la persona que trata de fijar las ideas que se le escapan por el sonido de las palabras y el ruido de la voz.

—¡No! —dijo Villefort, dejando caer su frente entre sus manos—. No y mil veces no.

—Pero ¿es que no depositó usted al pobre niño, señor? ¿Por qué me engañó? ¿Con qué intención, dígamelo?

—Fue allí, sí; pero escúcheme, señora, y me compadecerá, porque he llevado veinte años el fardo de dolores que voy a contarle sin echar la menor culpa sobre usted.

—¡Dios mío! Me espanta. Pero no importa... Hable, le escucho.

—Ya sabe lo que sucedió aquella noche dolorosa en que usted estaba en el lecho expirando, en aquella habitación de damasco rojo, mientras que yo, casi tan anhelante como usted, esperaba su alumbramiento. El niño vino, me fue entregado sin movimiento, sin aliento, sin voz; le creímos muerto.

La señora Danglars hizo un movimiento rápido, como si pretendiese lanzarse fuera del sillón.

—Le creímos muerto —repitió—, lo metí dentro de una caja que debía sustituir al ataúd, descendí al jardín, cavé una fosa y lo enterré rápido. Apenas acabé de cubrir la fosa cuando el brazo del corso cayó sobre mí. Vi como se levantaba una sombra y como relucía un rayo. Sentí un dolor y quise gritar, pero un estremecimiento helado me recorrió todo el cuerpo y me ahogó la voz en la garganta... Caí moribundo y me creí muerto. Nunca olvidaré su sublime valor cuando una vez vuelto en mí me arrastré sin fuerzas hasta el pie de la escalera, en donde, expirante usted también, salió a recogerme. Era preciso guardar silencio sobre la terrible tragedia; usted tuvo valor para regresar a su casa sostenida por su nodriza; un duelo fue el pretexto de mi herida. Contra todo lo que podíamos esperar, el secreto se mantuvo oculto entre ambos. Me transportaron a Versalles, durante tres meses estuve entre la vida y la muerte; al fin, cuando ya parecía volver a la vida, me recomendaron el sol y los aires del Mediodía. Cuatro hombres me llevaron de París a Chalon, haciendo seis leguas diarias. La señora de Villefort seguía la camilla en su coche. En Chalon me pusieron sobre el Saone, de aquí pasé al Rhone, y por el solo impulso de la corriente, descendí hasta Arlés; en Arlés volví a mi litera y continué mi camino hacia Marsella. Mi convalecencia duró seis meses; no oí hablar más de usted ni me atreví a informarme sobre usted. Cuando regresé a París supe que, habiendo enviudado del señor de Nargonne, se había casado con el señor Danglars.

»¿En qué estuve pensando desde el momento en que me volvió el conocimiento? Siempre en la misma cosa, siempre en aquel cadáver infantil que cada noche se elevaba del seno de la tierra y apareciendo encima de la fosa me amenazaba con el gesto y con la mirada. Así, pues, apenas llegué a París, me informé; la casa no había sido habitada desde que habíamos salido de ella, pero acababa de ser alquilada por nueve años. Fui a buscar al inquilino, fingiendo tener un gran deseo de no ver pasar a manos extrañas aquella casa que pertenecía al padre y a la madre de mi mujer; ofrecí una indemnización para que rompieran el trato, me pidieron seis mil francos; yo hubiese dado diez mil, hubiese dado veinte mil. Les tenía encima, e hice firmar al instante la autorización; después, cuando tuve esta cesión tan deseada, corrí a todo galope para Auteuil. Nadie, desde que yo había salido, entró en la casa.

»Eran las cinco de la tarde, subí a la habitación roja y esperé la noche.

»Allí, todo lo que me decía desde hacía un año en mi continua agonía se me representó más amenazante que nunca en mi imaginación.

»Aquel corso que me había declarado *vendetta*, que me había seguido de Nimes a París; aquel corso que estaba oculto en el jardín, que me había atacado, me vio cavar la fosa y enterrar al niño; podía llegar a conocerla, tal vez la conociese... ¿No le haría pagar algún día el secreto de aquel terrible asunto? ¿No sería para él una venganza más dulce cuando supiese que yo no había muerto de su puñalada? Era, pues, urgente que antes de nada hiciese desaparecer las huellas de ese pasado, que destruyese todo vestigio material; ya había demasiada realidad con mis recuerdos.

»Por eso había anulado la escritura de arrendamiento, por haber ido y por eso esperaba.

»Llegó la noche, dejé que oscureciese bastante; yo estaba sin luz en aquel dormitorio, en donde las ráfagas de viento hacían temblar los postigos, tras los cuales siempre creía ver algún espía emboscado; de vez en cuando me estremecía y me parecía que detrás de mí, en aquella cama, se repetían los gemidos suyos, y no me atrevía a volverme. Mi corazón latía en medio del silencio, y lo sentía latir tan violentamente que temía que se abriese mi herida; al fin percibí como se extinguían todos los ruidos, uno tras otro, de la campiña. Comprendí que ya no tenía nada que temer, que no podía ser visto ni oído, y me decidí a descender.

»Escuche, Herminie, me consideraba un hombre tan valiente como cualquier otro, pero cuando retiré de mi pecho aquella llavecita de la escalera que tanto queríamos y que usted quiso atar a un anillo de oro; cuando abrí la puerta, cuando a través de las ventanas vi una pálida luna arrojando sobre los escalones en espiral una larga banda blanca semejante a un espectro, me pegué a la pared y estuve a punto de gritar. ¡Creí que iba a volverme loco!

»En fin, conseguí dominarme. Descendí la escalera peldaño a peldaño; lo único que no pude dominar fue un extraño temblor de rodillas. Me agarré al pasamanos, si lo hubiese soltado un segundo me habría precipitado.

»Llegué a la puerta de abajo; afuera, junto a la puerta, había una azada apoyada contra la pared. Me había provisto de una linterna sorda; en medio del césped me detuve para iluminarlo, y luego continué mi camino.

»Noviembre tocaba a su fin, todo el verdor del jardín había desaparecido, los árboles no eran más que esqueletos con largos brazos descarnados, y las hojas muertas gritaban con la arena bajo mis pisadas.

»El espanto me sobrecogía hasta tal punto que aproximándome al macizo saqué una pistola de mi bolsillo y la monté. Siempre creía que la figura del corso aparecía a través de las ramas.

»Iluminé el macizo con mi linterna; estaba vacío. Eché una mirada alrededor mío, me hallaba completamente solo; ningún ruido turbaba el silencio de la noche, a no ser el canto de una lechuza que lanzaba su chillido agudo y lúgubre como una llamada a los fantasmas de la noche.

»Sujeté mi linterna a una rama que ya había visto antes, en el mismo lugar en que me detuve a cavar la fosa.

»La hierba, durante el verano, crece muy espesa en aquel sitio, y en otoño no hay nadie allí para segarla. Sin embargo, un sitio menos cubierto me llamó la atención; era evidente que allí habían removido la tierra. Me puse a trabajar.

»¡Al fin había llegado la hora tan esperada desde hacía un año!

»Tanto como esperaba, como trabajaba, como sondeaba a cada trozo de césped, creyendo sentir la resistencia al otro extremo de la laya, y nada. Sin embargo, hice un agujero dos veces más grande que el primero. Creí haberme engañado, haberme equivocado de sitio; me orienté, miré los árboles, traté de reconocer los detalles que me habían guiado. Una brisa fría y aguda silbaba a través de las ramas despojadas, y no obstante, el sudor bañaba mi frente. Me acordaba que recibí la puñalada en el momento en que apisonaba la tierra para cubrir la fosa; aplastando aquella tierra, me apoyé contra un sauce; tras de mí había una roca artificial destinada a servir de banco a los paseantes; al caer, mi mano que acababa de dejar el sauce, rozó la frialdad de aquella piedra. A mi derecha se encontraba el sauce, tras de mí la roca. Caí colocándome del mismo modo, me levanté y me puse a cavar y a agrandar el agujero. ¡Nada! ¡Siempre nada! El cofre no estaba.

—¿No estaba el cofre? —murmuró la señora Danglars, sofocada por el espanto.

—No crea que me limité a esa única tentativa —prosiguió Villefort—. No. Busqué por todo el macizo; pensaba que el asesino, habiendo desenterrado el cofre y creyendo que sería un tesoro, se quiso apoderar de él y se lo habría llevado; luego, al darse cuenta de su error, habría hecho, a su vez, un agujero y lo habría ocultado. Nada. Luego se me ocurrió la idea de que tal vez lo había, pura y simplemente, arrojado en cualquier rincón. Ante esta última hipótesis, decidí esperar mi nuevo día para continuar mi búsqueda. Regresé a la habitación y esperé.

—¡Oh, Dios mío!

—Una vez llegó el día bajé de nuevo. Mi primera visita fue al macizo; esperaba encontrar huellas que se me hubiesen escapado con la oscuridad. Había removido la tierra en una superficie de más de veinte pies cuadrados. Un día apenas hubiese llegado a un jornalero para hacer lo que yo había hecho en una hora. Nada, no vi absolutamente nada. Entonces me puse a buscar el cofre, según la suposición de que lo hubiese arrojado a algún rincón. Éste debía estar por el camino que conducía a la puerta de salida; pero la nueva investigación resultó inútil como la primera, y con el corazón encogido, regresé al macizo, que tampoco me dejaba ninguna esperanza.

—¡Oh! —exclamó la señora Danglars—. Era para volverse loco.

—Lo esperaba en cualquier instante, pero no tuve esa dicha —dijo Villefort—. Sin embargo, reuniendo todas mis fuerzas y por consiguiente mis ideas, me pregunté: «¿Por qué se habrá llevado ese hombre el cadáver?».

—Usted lo ha dicho —replicó la señora Danglars—. Para tener una prueba.

—¡Ah, no, señora! No podía ser así; no se guarda un cadáver durante un año, se le enseña a un magistrado y se le hace una declaración. Ahora bien, nada de todo esto había sucedido.

—¿Luego, entonces...? —preguntó Herminie, palpitante.

—Entonces, existe algo más terrible, más fatal y espantoso para nosotros; y es que el niño posiblemente estuviese vivo y el asesino lo haya salvado.

La señora Danglars lanzó un grito terrible, y cogiéndose a las manos de Villefort, dijo:

—¡Mi hijo está vivo! ¡Ha enterrado a mi hijo vivo, señor! Usted no estaba seguro de que mi hijo estuviese muerto y lo ha enterrado vivo... ¡Ah!

La señora Danglars se había levantado y estaba de pie ante el procurador del rey, cuyas manos estrechaba entre las suyas con ademán amenazador.

—¿Qué sé yo? Le digo esto como le diría otra cosa —respondió Villefort, con una mirada fija que indicaba que aquel hombre tan poderoso casi estaba alcanzando los límites de la desesperación y la locura.

—¡Ah! Mi hijo, mi pobre hijo —exclamó la baronesa, cayendo de nuevo en su silla y ahogando sus sollozos en un pañuelo.

Villefort volvió en sí, y comprendió que para aplacar la tempestad maternal que se cernía sobre su cabeza tenía que comunicar a la señora Danglars el terror que experimentaba también él.

—Comprenderá, entonces, que si eso es así, estamos perdidos —prosiguió, levantándose a su vez y aproximándose a la baronesa para hablarle en voz más baja—. Ese niño vive y alguien lo sabe; alguien posee nuestro secreto; y ya que Montecristo habla delante de nosotros de un niño desenterrado en donde aquel niño no estaba, el secreto lo tiene él.

—¡Dios! ¡Dios justo, Dios vengador! —murmuró la señora Danglars.

Villefort no respondió más que con una especie de rugido.

—Pero ¿y ese niño, ese niño, señor? —repitió la madre, obstinada.

—¡Oh, cuánto lo he buscado! —añadió Villefort, retorciéndose los brazos—. ¡Cuántas veces lo he llamado en mis largas noches sin sueño! ¡Cuántas veces he deseado una riqueza real para comprar un millón de secretos a un millón de hombres, y encontrar mi secreto entre los suyos! En fin, un día que cogí la azada por centésima vez, me pregunté también por centésima vez qué había podido hacer el corso con el niño; un niño entorpece la huida de un fugitivo. Tal vez al darse cuenta de que aún estaba vivo, lo había arrojado al río.

—¡Oh, imposible! —exclamó la señora Danglars—. Se asesina a un hombre por venganza; pero no se ahoga a un niño a sangre fría.

—Probablemente lo había metido en la inclusa —indicó Villefort.

—¡Oh, sí, sí! —exclamó la baronesa—. Mi hijo está ahí, señor.

—Corrí al hospicio y supe que aquella misma noche del 20 de septiembre, un niño había sido depositado en el torno; iba envuelto en la mitad de una pañoleta de tela fina, partida con intención. Aquella mitad llevaba una media corona de barón y la letra H.

—¡Eso es, eso es! —exclamó la señora Danglars—. Toda mi ropa estaba marcada así; el señor de Nargonne era barón, y yo me llamo Herminie. ¡Gracias, Dios mío! ¡Mi hijo no está muerto!

—No, no está muerto.

—¡Y me lo dice así! Me dice eso sin temer matarme de alegría, señor. ¿Dónde está? ¿Dónde se encuentra mi hijo?

Villefort se encogió de hombros.

—¿Acaso lo sé? —dijo—. ¿Y si lo supiese, se cree que le haría pasar por estas pruebas como si fuera un dramaturgo o un novelista? ¡No, ay, no! No lo sé. Una mujer, hacía unos seis meses, aproximadamente, había acudido a reclamar el niño con la otra mitad de la pañoleta. Aquella mujer había presentado todas las garantías que exige la ley, y se lo entregaron.

—Pero había que informarse sobre esa mujer, descubrirla.

—¿Y qué se imagina usted que he estado haciendo, señora? Simulé una instrucción criminal, y empleé todos los medios que la policía tenía para descubrirla. Se encontraron sus huellas hasta Chalon y allí se perdían.

—¿Perdidas?

—Sí, perdidas; perdidas para siempre.

La señora Danglars había escuchado este relato con un suspiro, una lágrima y un grito para cada circunstancia.

—¿Y eso es todo? —dijo ella—. ¿Se ha limitado usted a eso?

—¡Oh, no! —dijo Villefort—. Nunca he cesado de buscar, de inquirir, de informarme. No obstante, desde hace dos o tres años he descansado. Pero hoy voy a empezar nuevamente con más perseverancia y encarnizamiento que nunca; y lo conseguiré, ya lo verá; porque no es la conciencia lo que me impulsa, sino el miedo.

—Pero el conde de Montecristo no sabe nada —replicó la señora Danglars—. Si así fuera, no nos buscaría, me parece, como lo hace.

—¡Oh! La maldad de los hombres es muy profunda —dijo Villefort—, porque es mayor que la bondad de Dios. ¿Se fijó usted en los ojos de ese hombre mientras nos hablaba?

—No.

—Pero ¿no lo ha examinado con atención alguna vez?

—Sin duda. Es extraño, pero eso es todo. Sólo una cosa me extrañó, y es que de toda aquella comida tan exquisita que nos dio, no tocó nada; de ningún plato quiso tomar su parte.

—Sí, sí —dijo Villefort—. También me di cuenta de eso. Si hubiese sabido lo que sé ahora, yo tampoco hubiese probado nada; habría creído que intentaba envenenarnos.

—Y se hubiese engañado por completo, como lo está viendo.

—Sí, sin duda; pero, créame, ese hombre tiene sus proyectos. He aquí por qué he querido verla, por qué he querido hablarle y por qué he querido prevenirla contra todo y especial contra él. Dígame —continuó Villefort, fijando más profundamente sus ojos en la baronesa—. ¿Ha hablado a alguien de nuestras relaciones?

—Nunca, a nadie.

—Ya me comprende —agregó afectuosamente Villefort—. Cuando digo a nadie, perdóneme esta insistencia, es a nadie en el mundo, ¿no es verdad?

—¡Oh! Sí, sí, comprendo muy bien —dijo la baronesa, sonrojándose—. ¡Jamás! Se lo juro.

—¿No tiene usted la costumbre de escribir por las noches lo que ha pasado durante la mañana? ¿No lleva ningún diario?

—No... ¡Ay! Mi vida pasa arrastrada por la frivolidad; yo misma la olvido.

—¿No soñará usted en voz alta, que sepa al menos?

—Tengo el sueño de un niño, ¿no se acuerda?

La púrpura apareció en el rostro de la baronesa, y la palidez invadió el de Villefort.

—Es cierto —dijo tan bajo que apenas se entendió.

—¿Y bien? —preguntó la baronesa.

—Pues bien, comprendo lo que me toca hacer —agregó Villefort—. Antes de ocho días sabré todo lo concerniente al señor de Montecristo, de dónde viene, adónde va, y por qué habla delante de nosotros de niños desenterrados en su jardín.

Villefort pronunció estas palabras con un acento que hubiese estremecido al conde si hubiese podido oírle.

Después estrechó la mano que la baronesa vacilaba en darle, y la acompañó con respeto hasta la puerta.

La señora Danglars volvió a coger un fiacre, que la condujo al pasaje, al otro lado del cual encontró su coche y a su cochero, que mientras la esperaba dormitaba apaciblemente en su puesto.

Un baile de verano

El mismo día y sobre la misma hora en que la señora Danglars hacía la visita que hemos descrito al despacho del procurador del rey, una calesa de viaje entró en la calle de Helder, franqueó la puerta del número 27 y se detuvo en su patio.

Al cabo de un instante se abrió la puerta, y la señora de Morcerf descendió apoyada en el brazo de su hijo.

Apenas Alberto hubo acompañado a su madre a sus aposentos, pidió un baño, y sus caballos, después de ponerse en manos de su ayuda de cámara, se hizo conducir a los Campos Elíseos, a casa del conde de Montecristo.

El conde le recibió con su sonrisa habitual. Era una cosa extraña; nunca se podía adelantar un paso en el corazón o en el espíritu de aquel hombre. Los que intentaban, si se puede decir así, forzar la barrera de su intimidad se encontraban con un muro.

Morcerf, que corría a su encuentro con los brazos abiertos, los dejó caer al verle, y a pesar de su sonrisa amistosa, no se atrevió más que a tenderle la mano.

Por su parte, Montecristo se la tocó, como hacía siempre, pero sin estrechársela.

—Y bien —dijo—. Aquí me tiene, querido conde.

—Sea bien venido.

—He llegado hace una hora.

—¿De Dieppe?

—De Treport.

—¡Ah! Es cierto.

—Y mi primera visita ha sido para usted.

—Es una gentileza de su parte —dijo Montecristo, como si hubiese dicho otra cosa.

—¿Y bien? Veamos, ¿qué noticias hay?

—¿Noticias? ¿Y me pregunta usted eso a mí, a un extraño?

—Yo me entiendo; cuando yo pregunto por noticias, quiero decir si usted ha hecho algo por mí.

—¿Me encargó usted alguna cosa? —dijo Montecristo, jugando a la inquietud.

—Vamos, vamos, no simule indiferencia —dijo Alberto—. Se dice que hay avisos simpáticos que atraviesan las distancias. Pues bien, en Treport recibí una descarga eléctrica; usted, si no ha trabajado, al menos ha pensado en mí.

—Es muy posible —dijo Montecristo—. En efecto, he pensado en usted; pero la corriente magnética de que yo era conductor, lo confieso, obraba independientemente de mi voluntad.

—¿De veras? Cuénteme eso, se lo ruego.

—Es fácil, el señor Danglars cenó en mi casa.

—Ya lo sé, pues para huir de su presencia mi madre y yo salimos de viaje.

—Pero cenó con el señor Andrea Cavalcanti.

—¿Su príncipe italiano?

—No exageremos. El señor Cavalcanti sólo se da el título de vizconde.

—¿Se lo da, dice usted?

—Digo, se lo da.

—Entonces, ¿no lo es?

—¿Y acaso lo sé? Se lo da, yo se lo doy, y todos se lo dan; ¿no es como si lo tuviese?

—¡Qué hombre más extraño! Bueno, ¿y qué?

—Pues bien, ¿qué?

—El señor Danglars cenó aquí.

—Sí.

—¿Con su vizconde Andrea Cavalcanti?

—Con el vizconde Andrea Cavalcanti, su padre el marqués, la señora Danglars, el señor y la señora de Villefort, personas encantadoras; el señor Debray, Maximilien Morrel y después aún... espere... ¡Ah! El señor Chateau Renaud.

—¿Se habló de mí?

—No se dijo ni una palabra.

—Tanto peor.

—¿Por qué? Me parece que si se olvidaron de usted, han hecho, al actuar así, lo que usted deseaba.

—Mi querido conde, si no se ha hablado nada de mí, es que pensaban mucho en mí, y por eso estoy desesperado.

—Qué le importa, puesto que la señorita Danglars no se encontraba entre los que pensaban así. Claro, que es cierto que ella podía pensar en su casa.

—¡Oh! En cuanto a eso, estoy seguro de que no; y si pensaba, sería de la misma manera en que yo pensé en ella.

—¡Enternecedora simpatía! —dijo el conde—. Entonces, ¿la detesta usted?

—Escuche —dijo Morcerf—, si la señorita Danglars fuese mujer que se apiadase del martirio que yo no sufro por ella y me recompensase fuera de las convenciones matrimoniales concertadas entre nuestras familias, me sentiría encantado. En resumen, creo que la señorita Danglars sería una amante encantadora; pero como esposa..., ¡diablos!

—De modo que ésa es su manera de pensar sobre su futura —dijo Montecristo, riendo.

—¡Oh, Dios mío! Sí, un poco brutal, es cierto, pero al menos es exacta. Ahora bien, ya que no puedo hacer ese sueño realidad; como para llegar al fondo es preciso que la señorita Danglars se convierta en mi esposa, es decir, que viva conmigo, que piense cerca de mí, que cante junto a mí, que haga versos y música a diez pasos de mí, y todo eso durante el resto de mi vida, entonces me aterro. Una amante, mi querido conde, se abandona; pero una esposa, ¡peste!, eso ya es otra cosa; eso se guarda eternamente, de cerca o de lejos. Ahora bien, resulta espantoso guardar siempre a la señorita Danglars, aunque sea de lejos.

—Sí que es difícil, vizconde.

—Sí, porque a menudo pienso en una cosa imposible.

—¿Cuál?

—En encontrar para mí una mujer como mi padre encontró una para él.

Montecristo palideció y miró a Alberto mientras jugaba con unas magníficas pistolas, cuyos gatillos hizo saltar rápidamente.

—Así que su padre ha sido muy feliz —dijo.

—Ya conoce usted mi opinión acerca de mi madre, señor conde: un ángel del cielo; aún puede verla bella, siempre espiritual, mejor que nunca. Acabo de llegar de Treport; para cualquier otro hijo, ¡Dios mío!, acompañar a su madre hubiera sido una condescendencia o una pesadez para mí; he pasado cuatro días con ella más que satisfecho, más tranquilo y más poético que si hubiese llevado conmigo a Treport a la reina Mab o a Titania.

—Es una perfección desesperante, y provoca en todos los que le escuchan graves deseos de permanecer soltero.

—Justo —agregó Alberto—, porque sabiendo que existe en el mundo una mujer completa, no tengo ganas de casarme con la señorita Danglars. ¿Se ha fijado usted alguna vez cómo nuestro egoísmo reviste de colores brillantes todo lo que nos pertenece? El diamante que tornasolaba en el escaparate de Marle o de Fossin se hace mucho más hermoso cuando es nuestro diamante; pero si la evidencia le obliga a reconocer que hay uno de aguas más puras, y que usted está condenado a llevar eternamente ese diamante inferior al otro, ¿comprende el sufrimiento?

—¡Mundano! —murmuró el conde.

—He aquí por qué saltaría de alegría el día en que la señorita Eugéne se diese cuenta de que no soy más que un mezquino átomo, y que apenas tengo tantos cientos de miles de francos como ella millones.

Montecristo sonrió.

—Yo había pensado en otra cosa —continuó Alberto—. Franz ama las cosas excéntricas, y a pesar suyo, he querido enamorarlo de la señorita Danglars; pero en cuatro cartas que le he escrito en el más entusiasta de los estilos, Franz me ha respondido imperturbable: «Soy excéntrico, es cierto; pero mi excentricidad no va hasta retirar mi palabra cuando la he dado».

—He ahí lo que se llama el sacrificio de la amistad: dar a otro la mujer que no se querría más que a título de amante.

Alberto sonrió.

—A propósito —continuó—, este querido Franz regresa; pero eso poco le importa, puesto que no aprecia a Franz, ¿no es cierto?

—¿Yo? —dijo Montecristo—. ¡Oh, mi querido vizconde! ¿De dónde ha sacado que yo no quiero a Franz? Yo amo a todo el mundo.

—Y yo estoy comprendido en todo el mundo. Gracias.

—¡Oh! No confundamos —dijo Montecristo—. Amo a todo el mundo en la manera en que Dios nos ordena amar a nuestro prójimo, cristianamente; pero yo no odio más que a ciertas personas. Volvamos al señor Franz d'Epinay. Dice usted, pues, que ya viene.

—Sí, llamado por el señor de Villefort, tan deseoso, por lo que parece, de casar a la señorita Valentine como el señor Danglars lo está en casar a la señorita Eugéne. Decididamente, parece que es un oficio muy fatigoso el de padre de hijas casaderas; hasta hace pensar que les da fiebre y que sus pulsos laten noventa veces por minuto mientras no se vean libres de tal carga.

—Pero el señor d'Epinay no se parece a usted; toma su mal con paciencia.

—Mejor que eso, lo toma en serio; se pone corbatas blancas y hasta habla de su familia. Por lo demás, tiene en gran estima a todos los Villefort.

—Merecida, ¿no es cierto?

—Ya lo creo. El señor de Villefort siempre ha pasado por un hombre severo, pero justo.

—En buena hora —dijo Montecristo—. Al menos ya hay uno al que no trata usted como a ese pobre señor Danglars.

—Tal vez sea porque no me veo obligado a casarme con su hija —respondió Alberto, riendo.

—En verdad, mi querido señor, es usted de una fatuidad escandalosa —dijo Montecristo.

—¿Yo?

—Sí, usted. Coja un cigarro.

—Con mucho gusto. ¿Y por qué soy fatuo?

—Porque no hace más que defenderse y debatirse contra el matrimonio con la señorita Danglars. ¡Y Dios mío, deje que las cosas marchen y posiblemente no será usted el primero en retirar su palabra!

—¡Bah! —exclamó Alberto, abriendo mucho los ojos.

—Sin duda, señor vizconde, nadie le hará casarse a la fuerza, ¡qué diablo! Veamos, seriamente —agregó Montecristo cambiando de entonación—, ¿tiene usted deseos de romper?

—Daría cien mil francos por eso.

—Pues bien, alégrese; el señor Danglars está dispuesto a dar el doble por conseguir el mismo fin.

—¿Es cierta esa dicha? —dijo Alberto, que no obstante decir esto, no pudo impedir que una ligera nube oscureciese su frente—. Pero, mi querido conde, ¿tiene motivos el señor Danglars?

—¡Ah! Aquí está la naturaleza orgullosa y egoísta. Enhorabuena, ya encontré el hombre que quiere destruir el amor propio de otros a hachazos, y grita porque le agujerean el suyo con una aguja.

—No. Pero me parece que el señor Danglars...

—Debe estar encantado con usted, ¿no es cierto? Pues bien, el señor Danglars es un hombre de muy mal gusto, eso queda convenido, pero aún está más encantado con otro...

—¿Y quién es?

—Yo no lo sé; estudie, mire, coja alusiones a su paso y aprovéchese de ellas.

—Bien, comprendo. Escuche, mi madre... No. No es mi madre, me equivoco. Mi padre ha tenido la idea de dar un baile.

—¿Un baile en esta época del año?

—Los bailes de verano están a la moda.

—Aunque no lo estuviesen, si la condesa lo quiere, lo estarían.

—No está mal. Ya comprenderá, son bailes de pura sangre; los que se quedan en París en pleno mes de julio son los verdaderos parisienses. ¿Quiere usted encargarse de una invitación para los señores Cavalcanti?

—¿Cuándo será el baile?

—El sábado.

—El señor Cavalcanti padre se habrá marchado.

—Pero el señor Cavalcanti hijo permanece. ¿Quiere usted encargarse de traer al señor Cavalcanti hijo?

—Escuche, vizconde, yo no lo conozco.

—¿Que usted no le conoce?

—No. Yo lo vi por primera vez hace tres o cuatro días, y no respondo de nada.

—Pero usted lo recibe, ¿no?

—Yo es otra cosa; me ha sido recomendado por un buen abate que tal vez ha podido ser engañado. Invítele directamente, eso está bien, pero no me diga que se lo presente; si fuese a casarse más tarde con la señorita Danglars podría acusarme de manejos y querría cortarme el cuello. Además, aún no sé si iré yo.

—¿Adónde?

—A su baile.

—¿Por qué no habría de venir?

—En principio, porque aún no me ha invitado.

—He venido expresamente a traerle su invitación.

—¡Oh! Es muy halagador; pero puedo estar comprometido.

—Cuando le haya dicho una cosa, usted será lo bastante amable para sacrificarnos todos los compromisos.

—Dígala.

—Mi madre se lo ruega.

—¿La señora condesa de Morcerf? —replicó Montecristo estremeciéndose.

—¡Ah! Le prevengo, conde —dijo Alberto—, que la señora de Morcerf habla libremente conmigo; y si usted no ha sentido vibrar esas fibras simpáticas de que le hablaba antes, es porque carece totalmente de ellas, pues durante cuatro días no hemos dejado de hablar de usted.

—¿De mí? ¡En verdad, usted me halaga!

—Escuche, es un problema de su empleo cuando se es un problema viviente.

—¡Ah! ¿Así que soy un problema para su madre? En verdad que la habría creído más razonable para dedicarse a tales especulaciones de imaginación.

—Problema, mi querido conde; problema para todos, para mi madre como para los demás; problema aceptado, pero no adivinado; usted siempre permanece en estado de enigma. Tranquilícese. Mi madre sólo me pregunta siempre cómo es que usted es tan joven. Creo que en el fondo, mientras la condesa G... le toma por lord Ruthwen, mi madre lo tiene por Cagliostro o el conde de Saint-Germain. La primera vez que venga a ver a la señora de Morcerf, confírmela en esta opinión. Eso no le será difícil, pues tiene la piedra filosofal de uno y el espíritu del otro.

—Le doy las gracias por haberme prevenido —dijo el conde sonriendo—. Trataré de ponerme a la altura de todas las suposiciones.

—Así, pues, ¿vendrá el sábado?

—Ya que la señora de Morcerf me lo ruega.
—Es usted encantador.
—¿Y el señor Danglars?
—¡Oh! Él ya ha recibido la triple invitación; mi padre se ha encargado de ello. También trataremos de que asista el gran Aguesseau, el señor de Villefort; pero no se espera.
—No hay que desesperarse nunca, dice el proverbio.
—¿Baila usted, señor conde?
—¿Yo?
—Sí, usted. ¿Qué hay de asombroso en que usted baile?
—¡Ah! En efecto, en tanto no se haya franqueado la cuarentena... No, no bailo; pero me gusta ver bailar. Y la señora de Morcerf, ¿baila ella?
—Jamás; tanto mejor, hablarán. Ella tiene tantos deseos de hablar con usted.
—¿De veras?
—¡Palabra de honor! Y le aseguro que es usted el primer hombre por el cual ha manifestado mi madre tanta curiosidad.

Alberto cogió su sombrero y se levantó; el conde le acompañó hasta la puerta.

—Una cosa me reprocho —dijo deteniéndole en lo alto de la escalinata.
—¿Cuál?
—Que he sido indiscreto. No debí hablarle así del señor Danglars.
—Al contrario, continúeme hablando; hábleme así con frecuencia, siempre; pero de la misma manera.
—Bien. Me tranquiliza usted. A propósito, ¿cuándo llega el señor d'Epinay?
—Pues dentro de cinco o seis días a lo más tardar.
—¿Y cuándo se casa?
—Inmediatamente lleguen el señor y la señora de Saint-Méran.
—Tráigamelo usted cuando se encuentre en París. Aunque usted pretenda que no le aprecio, le aseguro que estaré encantado de verle.
—Bien, sus órdenes serán ejecutadas, señor.
—¡Hasta la vista!
—Hasta el sábado, en todo caso; seguro, ¿no es cierto?
—¡Cómo no! He dado mi palabra.

El conde siguió con la vista a Alberto y saludándole con la mano. Después, cuando hubo montado en su faetón, se volvió y al encontrar a Bertuccio tras él, le preguntó:
—¿Y bien?
—Ella fue al palacio —respondió el intendente.
—¿Permaneció mucho tiempo?
—Una hora y media.
—¿Y ha regresado a su casa?
—Directamente.
—Bien, mi querido señor Bertuccio —dijo el conde—. Y ahora, si quiere seguir un consejo que voy a darle, vaya a Normandía a buscar el terreno de que ya le he hablado.

Bertuccio saludó y como sus deseos estaban en perfecta armonía con la orden recibida, partió aquella misma tarde.

Los informes

El señor de Villefort cumplió la palabra dada a la señora Danglars, y sobre todo a sí mismo, procurando indagar de qué manera el conde de Montecristo pudo saber la historia de la casa de Auteuil.

El mismo día escribió a un tal señor de Boville, quien, después de haber sido inspector de prisiones, estuvo agregado, en un cargo superior, a la policía de seguridad, para obtener los informes que deseaba; y éste, le pidió dos días para saber con certeza lo que podía averiguar.

Expirados los dos días, el señor de Villefort recibió la nota siguiente:

La persona que se llama el conde de Montecristo es conocido muy particularmente de lord Wilmore, rico extranjero que viene a París algunas veces y que se encuentra aquí en estos momentos; y también lo conoce el abate Busoni, sacerdote siciliano de gran reputación en Oriente, donde ha hecho muchas buenas obras.

El señor de Villefort respondió ordenando le diesen los informes más rápidos y exactos sobre aquellos extranjeros; al día siguiente por la tarde sus órdenes habían sido cumplidas y he aquí los informes recibidos:

El abate, que no estaba en París más que para un mes, vivía detrás de San Sulpicio, en una casita compuesta de un solo piso encima de la planta baja; cuatro piezas, dos arriba y dos abajo, formaban todo el alojamiento, del cual era el único inquilino.

Las dos piezas de abajo se componían de un comedor con una mesa, dos sillas y aparador de nogal, y de un salón enmaderado pintado de blanco, sin adornos, sin alfombras y sin reloj. Se veía, por sí solo, que el abate se limitaba a los objetos de más estricta necesidad.

Es cierto que el abate habitaba preferentemente el salón del primero. Este salón estaba lleno de libros de teología y pergaminos, en medio de los cuales se le veía enterrarse, decía su ayuda de cámara, durante meses enteros, y en realidad era menos un salón que una biblioteca.

Este criado miraba a los visitantes a través de una especie de portillo, y cuando el rostro le era desconocido o no le gustaba, respondía que el señor abate no estaba en París, con lo cual muchos quedaban satisfechos al saber que el abate viajaba con frecuencia y permanecía mucho tiempo de viaje.

Por otra parte, tanto si estaba en su casa como si no, tanto si estaba en El Cairo o en París, el abate daba siempre y el portillo servía de limosnero que el criado distribuía incesantemente en nombre de su amo.

La otra habitación, situada junto a la biblioteca, era un dormitorio. Una cama sin cortinajes, cuatro sillones y un canapé de terciopelo de Utrech formaban con un reclinatorio todo el mobiliario.

En cuanto a lord Wilmore, vivía en la calle Fontaine Saint Georges. Era uno de esos ingleses turistas que se gastan toda su fortuna en viajes. Tenía alquilada la habitación en que vivía, a la cual iba a pasar solamente dos o tres horas diarias, y en donde dormía raras veces. Una de sus manías era la de no querer hablar la lengua francesa, a pesar de que la escribía con gran corrección.

Al día siguiente en que estos preciosos informes llegaron al procurador del rey, un hombre, que descendió del coche en la esquina de la calle Ferou, fue a llamar a una puerta pintada de verde oliva y preguntó por el abate Busoni.

—El señor abate salió esta mañana —respondió el criado.

—No puedo conformarme con esa respuesta —dijo el visitante—, porque vengo de parte de una persona para la cual siempre está en casa. ¿Quiere usted pasarme al abate Busoni?

—Ya le he dicho que no está —repitió el criado.

—Entonces, cuando venga, entréguele esta tarjeta y este papel. ¿Estará esta tarde a las ocho el señor abate?

—¡Oh! Sin duda, señor, a menos que el señor abate trabaje; entonces sería como si hubiese salido.

—Entonces vendré esta tarde a la hora convenida —replicó el visitante.

Y se retiró.

En efecto, a la hora indicada regresó el mismo hombre en el mismo carruaje que, esta vez, en lugar de detenerse en la esquina de la calle Ferou, lo hizo ante la puerta verde. Llamó, le abrieron y entró.

Ante las muestras de respeto que el criado tuvo con él, comprendió que la carta había hecho el efecto deseado.

—¿Está en casa el señor abate? —preguntó.

—Sí, trabaja en la biblioteca; pero espera al señor —respondió el sirviente.

El desconocido subió una escalera bastante estrecha, y ante una mesa cuya superficie estaba inundada de la luz que concentraba una gran pantalla, mientras el resto de la estancia permanecía en la penumbra, descubrió al abate, con ropa eclesiástica y la cabeza cubierta por uno de aquellos capuchones bajo los cuales encerraban sus cráneos los sabios de la Edad Media.

—¿Es al señor Busoni a quien tengo el honor de dirigirme? —preguntó el visitante.

—Sí, señor —respondió el abate—. ¿Y usted es la persona que el señor de Boville, antiguo intendente de prisiones, me envía de parte del prefecto de policía?

—Justamente, señor.

—¿Uno de sus agentes encargados en la seguridad de París?

—Sí, señor —respondió el desconocido con una especie de vacilación, y sobre todo con cierto rubor.

El abate se ajustó las grandes gafas que le cubrían, no sólo los ojos, sino las sienes, y volviendo a sentarse indicó al visitante que se sentase a su vez.

—Le escucho, señor —dijo el abate con un acento italiano de lo más pronunciado.

—La misión que me ha sido encargada, señor —prosiguió el visitante sopesando cada una de sus palabras, como si tuviese miedo a pronunciarlas—, es de verdadera confianza y delicada para quien la cumple y ante quien debe cumplirla.

El abate se inclinó.

—Sí —añadió el desconocido—, su probidad, señor abate, es tan conocida por el señor prefecto de policía que desea saber de usted, como magistrado, una cosa que interesa a esta seguridad pública en nombre de la cual vengo a preguntarle. Esperamos, pues, señor abate, que no haya lazos de amistad ni de consideración humana que puedan inducirle a desvirtuar la verdad a la justicia.

—Con tal, señor, de que las cosas que le interese saber no perjudiquen a mis escrúpulos de conciencia. Soy sacerdote, y los secretos de confesión, por ejemplo, deben quedar entre mí y la justicia de Dios, y no entre mí y la justicia humana.

—¡Oh! Esté tranquilo, señor abate —dijo el desconocido—. En cualquier caso pondremos su conciencia a cubierto.

A estas palabras el abate acercó hacia sí la pantalla y la levantó del lado opuesto de manera que, iluminando por completo el rostro del desconocido, el suyo permanecía en la sombra.

—Perdón, señor abate —dijo el enviado del prefecto de policía—, pero esa luz me fatiga horriblemente la vista. El abate bajó el cartón verde.

—Ahora, señor, le escucho; hable.

—Llego a los hechos. ¿Conoce usted al señor conde de Montecristo?

—¿Querrá usted hablar del señor Zaccone, supongo?

—¡Zaccone!... ¿No se llama Montecristo?

—Montecristo es un nombre de tierra, o más bien el nombre de una roca y no el de una familia.

—Pues bien, sea; no discutamos sobre las palabras, y ya que el señor de Montecristo y el señor Zaccone son el mismo hombre...

—Absolutamente el mismo.

—Hablemos del señor Zaccone.

—Sea.

—Le preguntaba si lo conocía.

—Mucho.

—¿Quién es?

—El hijo de un rico armador de Malta.

—Sí, lo sé bien; eso es lo que dicen; pero como puede comprender, la policía no puede contentarse con «lo que dicen».

—No obstante —añadió el abate con una sonrisa muy afable— cuando «lo que dicen» es la verdad, todo el mundo tiene que contentarse y la policía debe hacer lo que todo el mundo.

—Pero ¿está usted seguro de lo que dice?
—¡Cómo! ¡Y tan seguro!
—Fíjese, señor, que yo no sospecho de ninguna manera de su buena fe. Le digo, ¿está usted seguro?
—Escuche, he conocido al señor Zaccone padre.
—¡Ah, ah!
—Sí, y siendo niño, he jugado más de diez veces con su hijo en sus varaderos de construcción.
—Pero, sin embargo, ese título de conde...
—Ya sabe usted que eso se compra.
—¿En Italia?
—En todas partes.
—Pero y esas riquezas que son tan inmensas, por lo que dicen siempre.
—¡Oh! En cuanto a eso —respondió el abate—, inmensa es la palabra.
—¿Cuánto cree que posee, usted que lo conoce?
—¡Oh! Tendrá muy bien ciento cincuenta o doscientas mil libras de renta.
—¡Ah! Eso sí es razonable —dijo el visitante—. Pero se habla de tres o cuatro millones.
—Doscientas mil libras de renta, señor, hacen exactamente cuatro millones de capital.
—¡Pero se habla de tres o cuatro millones de renta!
—¡Oh! Eso no puede creerse.
—¿Y usted conoce bien su isla de Montecristo?
—Ciertamente; todo el mundo que viene de Palermo, de Nápoles o de Roma a Francia, por mar, la conoce, ya que se pasa junto a ella y se ve al pasar.
—Es una morada encantadora, por lo que se afirma.
—Aquello es una roca.
—¿Y por qué ha comprado el conde aquella roca?
—Justamente para ser conde. En Italia, para ser conde, hace falta tener un condado.
—Usted, sin duda, habrá oído hablar de las andanzas de juventud del señor Zaccone.
—¿Del padre?
—No, del hijo.
—¡Ah! Aquí es donde empiezan mis inseguridades, porque en esa época es donde he perdido de vista a mi joven camarada.

—¿Ha hecho la guerra?
—Creo que ha servido.
—¿En qué ejército?
—En la marina.
—Veamos, ¿usted no es su confesor, verdad?
—No, señor. Creo que es luterano.
—¿Cómo luterano?
—Digo que creo; no afirmo nada. Por otra parte, creía que la libertad de culto estaba restablecida en Francia.
—Sin duda; tampoco de momento nos interesan sus creencias, sino sus acciones. En nombre del señor prefecto de policía, le intimo a decir cuanto sepa.
—Pasa por un hombre muy caritativo. Nuestro Santo Padre, el Papa, lo ha hecho caballero de Cristo, favor que no concede más que a los príncipes, por los eminentes servicios que ha prestado a los cristianos de Oriente; tiene cinco o seis cordones conquistados por sus servicios prestados a los príncipes y a los Estados.
—¿Los lleva puestos?
—No, pero está muy orgulloso de ellos; dice que prefiere más las recompensas concedidas a los benefactores de la humanidad que las concedidas a los destructores de los hombres.
—Así, pues, ¿ese hombre es cuáquero?
—Justamente, es cuáquero, pero sin el gran sombrero y el traje marrón, claro está.
—¿Se le conocen amigos?
—Sí, porque tiene por amigos a todos los que le conocen.
—Pero, en fin, ¿tiene algún enemigo?
—Sólo uno.
—¿Cómo se llama?
—Lord Wilmore.
—¿Dónde está?
—En París en estos momentos.
—¿Y puede darme algunos informes?
—Preciosos. Estaba en la India por la misma época en que estuvo Zaccone.
—¿Sabe usted dónde vive?
—En algún sitio de la Chaussée d'Antin; pero ignoro la calle y el número.
—¿Está usted a mal con ese inglés?

—Yo amo a Zaccone y él lo detesta; nos tratamos con mucha frialdad a causa de eso.

—Señor abate, ¿cree usted que el conde de Montecristo haya venido a Francia antes de este viaje que ha hecho a París?

—¡Ah! Tocante a eso puedo responderle pertinentemente. No, señor, jamás ha venido puesto que se dirigió a mí hace unos seis meses para obtener los informes que deseaba. Por mi parte, como yo ignoraba en qué época estaría en París a punto fijo, le dirigí al señor Cavalcanti.

—¿Andrea?

—No; Bartolomeu, el padre.

—Muy bien, señor. Ya no me queda más que pedirle una cosa, y le conmino, en nombre del honor de la humanidad y la religión, a que me responda sin rodeos.

—Diga, señor.

—¿Sabe usted con qué fin compró el señor conde de Montecristo la casa de Auteuil?

—Ciertamente, porque me lo ha dicho.

—¿Y por qué fue, señor?

—Pues para hacer un hospital de locos semejante al que fundó el barón de Pisani en Palermo. ¿Conoce usted ese hospital?

—De nombre, sí, señor.

—Es una magnífica institución.

Y al concluir esta palabra, el abate saludó al desconocido como persona que desea que comprendan que no le molestaría reemprender su interrumpido trabajo.

El visitante, bien porque comprendiese la indirecta o porque hubiese concluido sus preguntas, se levantó a su vez.

El abate lo acompañó hasta la puerta.

—Usted da ricas limosnas —dijo el visitante—, y aunque se dice rico, me atreveré a ofrecerle alguna cosa para sus pobres; por su parte, ¿tendría a bien aceptar mi ofrecimiento?

—Gracias, señor; sólo hay una cosa de la que soy muy celoso en este mundo, y es que todo el bien que haga provenga de mí.

—Pero, sin embargo...

—Es una resolución irrevocable. Pero busque, señor, y encontrará. ¡Ay! En el camino de todo hombre rico existen muchas miserias que necesitan socorro.

El abate saludó por última vez abriendo la puerta; el desconocido saludó a su vez y salió.

El coche le condujo directamente a casa del señor de Villefort.

Una hora más tarde el coche salía de nuevo y esta vez se dirigía hacia la calle Fontaine Saint Georges. En el número 5 se detuvo. Allí era donde vivía lord Wilmore.

El desconocido había escrito a lord Wilmore para pedirle una cita que éste le fijó a las diez. Así, pues, como enviado del señor prefecto de policía llegó a las diez menos diez; le dijeron que lord Wilmore, que era la exactitud y la puntualidad en persona, aún no había llegado, pero que llegaría a las diez en punto.

El visitante esperó en el salón. Este salón no poseía nada notable y era como todos los salones de las casas alquiladas con muebles.

Una chimenea con dos vasos de Sevres modernos, un reloj con un Amor tensando un arco, un espejo en dos pedazos; de cada lado de este espejo había un grabado representando, uno a Homero acompañado de su guía, y el otro a Belisario pidiendo limosna; un papel gris sobre gris, un mueble de paño encarnado labrado en negro; tal era el salón de lord Wilmore.

Estaba iluminado por dos globos de cristal esmerilado que no esparcían más que una luz muy débil, la cual parecía muy a propósito para los ojos fatigados del enviado del señor prefecto de policía.

Al cabo de diez minutos de espera, el reloj dio las diez; en la quinta campanada se abrió la puerta y apareció lord Wilmore.

Lord Wilmore era un hombre más bien alto que bajo, con extrañas patillas rojizas, la tez blanca y los cabellos rubios canosos. Estaba vestido con toda la excentricidad inglesa, es decir, llevaba un frac azul con botones de oro y alzacuello picado, como se llevaba en 1811; un chaleco de cachemira blanco y un pantalón de mahón tres pulgadas más corto, pero que un sujetapié del mismo paño impedía que subiese a la rodilla.

Su primera palabra al entrar fue:

—Usted sabe, señor, que no hablo francés.

—Sé, por lo menos, que no le agrada hablar nuestra lengua —respondió el enviado del señor prefecto de policía.

—Pero usted puede hablarlo —añadió lord Wilmore—, porque aunque no lo hablo, lo entiendo.

—Y yo —agregó el visitante cambiando de idioma— hablo con bastante soltura el inglés para sostener la conversación en dicha lengua. No se moleste, señor.

—*Hao!* —exclamó lord Wilmore con esa entonación que sólo es propia de los naturales de la Gran Bretaña.

El enviado del prefecto de policía mostró a lord Wilmore su carta de presentación. Este la leyó con una flema muy inglesa; después, cuando concluyó su lectura, dijo en inglés:

—Comprendo, comprendo muy bien.

Entonces empezaron los interrogatorios.

Fueron aproximadamente las mismas preguntas que habían sido dirigidas al abate Busoni. Pero como lord Wilmore, en su calidad de enemigo del conde de Montecristo, no puso contención como lo hiciera el abate, fueron mucho más extensas; contó la juventud de Montecristo, que, según él, a la edad de diez años entró al servicio de uno de aquellos pequeños soberanos de la India que hacían la guerra a los ingleses; allí había sido donde Wilmore lo había encontrado por primera vez, y ambos habían combatido uno contra otro. En aquella guerra Zaccone había sido hecho prisionero y enviado a Inglaterra, pero en presidio se había escapado a nado. Entonces habían empezado sus viajes, sus duelos y sus pasiones; por entonces llegó la insurrección griega y se enroló en las filas de los griegos. Mientras estaba en el servicio había descubierto una mina de plata en las montañas de Tesalia, pero se había guardado de comunicar a nadie tal descubrimiento. Después de Navarino, y cuando el Gobierno griego quedó consolidado, pidió al rey Otón un privilegio de explotación para aquella mina; el permiso le fue concedido. De allí procedía aquella inmensa fortuna que podía, según lord Wilmore, ascender a uno o dos millones de renta; fortuna, que no obstante, podía acabarse de golpe si la mina dejaba de producir.

—Pero —preguntó el visitante—, ¿sabe usted por qué ha venido a Francia?

—Quiere especular con el ferrocarril —dijo lord Wilmore—, y además, como es un químico hábil y un físico no menos distinguido, ha descubierto un nuevo telégrafo cuya aplicación persigue.

—¿Cuánto se gasta aproximadamente al año? —preguntó el enviado del señor prefecto de policía.

—¡Oh! Quinientos o seiscientos mil francos, todo lo más —dijo lord Wilmore—. Es un avaro.

Era evidente que el odio hacía hablar al inglés, y que, no sabiendo qué reprochar al conde, hacía hincapié en su avaricia.

—¿Sabe usted qué quiere hacer con su casa de Auteuil?

—Sí, claro está.

—¿Y bien? ¿Qué sabe usted?

—¿Se refiere a con qué fin la ha comprado?

—Sí.

—Pues bien, el conde es un especulador que se arruinará en ensayos y utopías; pretende que hay en Auteuil, en las proximidades de la casa que acaba de adquirir, una corriente de agua mineral que puede competir con las aguas de Bagneres de Luchon y de Cauterets. Quiere hacer de su adquisición un *bad haus*, como dicen los alemanes. Ya ha removido dos o tres veces todo su jardín para encontrar la famosa corriente de agua; y como no ha podido descubrirla, lo verá usted, como de aquí a poco tiempo, compra las casas que rodean la suya. Ahora bien, como yo le deseo, espero que con su ferrocarril, con su telégrafo eléctrico o con su explotación de baños, se arruine. Voy a gozarme con su quiebra, que no tardará en llegar un día u otro.

—¿Y por qué le detesta usted? —preguntó el visitante.

—Le detesto —respondió lord Wilmore—, porque a su paso por Inglaterra ha seducido a la esposa de uno de mis amigos.

—Pero si usted le detesta, ¿por qué no trata de vengarse de él?

—Ya me batí tres veces con el conde —dijo el inglés—; la primera vez a pistola, la segunda a espada y la tercera a sable.

—¿Y cuáles fueron los resultados de esos duelos?

—La primera vez me rompió el brazo; la segunda vez me atravesó el pulmón, y la tercera, me hizo esta herida.

El inglés bajó el cuello de su camisa que le subía hasta las orejas, y mostró una cicatriz cuya encarnadura indicaba que no era muy antigua.

—De manera que lo detesto mucho —repitió el inglés—, y no morirá, estoy seguro, más que a mis manos.

—Pero —dijo el enviado del prefecto de policía—, usted no toma el camino de matarlo, al menos eso me parece.

—*Hao!* —exclamó el inglés—. Todos los días voy al tiro, y cada dos días, Grisier viene a mi casa.

Era cuanto quería saber el visitante, o más bien parecía ser todo lo que sabía el inglés. El agente se levantó, pues, y, tras haber saludado a lord Wilmore, quien le respondió con la tiesura y la cortesía inglesa, se retiró.

Por su parte, lord Wilmore, después de oír que se cerraba tras él la puerta de la calle, entró en su dormitorio, en el que en dos minutos se despojó de sus cabellos rubios, de sus patillas rojizas, su falsa mandíbula y su cicatriz, para recuperar sus cabellos negros, el tinte mate y los dientes de perlas del conde de Montecristo.

Es cierto, que por su parte, fue el señor de Villefort y no el enviado del señor prefecto de policía quien entró en casa del señor de Villefort.

El procurador del rey se quedó un poco más tranquilo con esta doble visita, que, por lo demás, no le había revelado nada tranquilizante, pero que tampoco entresacó nada más inquieto. Resultó, pues que por primera vez desde la cena de Auteuil consiguió dormir la noche siguiente con alguna tranquilidad.

El baile

Se había llegado ya a los días más cálidos de julio cuando se presentó, a su vez, en la orden del día, aquel sábado en que debía tener lugar el baile del señor de Morcerf.

Eran las diez de la noche: los árboles del jardín de la vivienda del conde se destacaban con vigor sobre un cielo en el que se deslizaban, descubriendo una sábana de azul sembrada de estrellas de oro, los últimos vapores de una tormenta que había estado presente amenazadora durante todo el día.

En los salones de la planta baja se oía ruido de música y se bailaba el vals y el galop, mientras que ráfagas deslumbrantes de luz pasaban tajantes a través de las aberturas de las persianas.

El jardín estaba entregado en aquel momento a una docena de criados, a quienes la dueña de la casa, tranquilizada por el tiempo que cada vez se serenaba más, acababa de ordenar que preparasen la cena.

Hasta entonces se había dudado en si se cenaría en el comedor o bajo una larga tienda de dril levantada sobre el césped. Aquel hermoso cielo tachonado de estrellas, acababa de decidir el proceso en favor de la tienda y del césped.

Se iluminaban las alamedas del jardín con farolillos de colores, como es costumbre en Italia, y se sobrecargó de bujías y de flores la mesa de la cena, como es costumbre en todos los países en que se comprende el lujo de la mesa, el más raro de todos los lujos cuando se lo quiere presentar completo.

En el momento en que la condesa de Morcerf entraba en sus salones, después de haber dado sus últimas órdenes, los salones empezaron a llenarse de invitados atraídos por la encantadora hospitalidad de la condesa, más que por la posición distinguida del conde; porque estaban seguros de antemano que aquella fiesta ofrecería, gracias al buen gusto de Mercedes, algunos detalles dignos de ser contados o imitados.

La señora Danglars, a quien los acontecimientos que ya hemos relatado habían inspirado una gran inquietud, dudaba en ir a casa de la señora de Morcerf, cuando por la mañana su coche se cruzó con el de Villefort. Villefort le hizo una seña y ambos coches se detuvieron, y a través de las puertas, el procurador del rey preguntó:

—Irá usted a casa de la señora de Morcerf, ¿no es cierto?

—No —había respondido la señora Danglars—. Estoy muy afligida.

—Hace mal —añadió Villefort, con una mirada significativa—. Sería importante que la viesen allí.

—¡Ah! ¿Lo cree así? —preguntó la baronesa.

—Ya lo creo.

—En ese caso, iré.

Y los dos carruajes volvieron a proseguir sus caminos divergentes. La señora Danglars, pues, había acudido no sólo engalanada con su propia belleza, sino deslumbrante de lujo; entraba por una puerta en el momento en que Mercedes aparecía por otra.

La condesa destacó a Alberto para que saliese al encuentro de la señora Danglars; Alberto se adelantó, saludó a la baronesa y le dedicó unos merecidos cumplidos a su tocado antes de cogerla del brazo para acompañarla al sitio que deseara escoger.

Alberto miraba alrededor suyo.

—¿Busca usted a mi hija? —le preguntó sonriendo la baronesa.

—Lo confieso —dijo Alberto—. ¿Habrá cometido la crueldad de no traérnosla?

—Tranquilícese; ha encontrado a la señorita de Villefort y se han cogido del brazo. Mire, ahí aparecen siguiéndonos con sus vestidos blancos, una con un ramillete de camelias y la otra con uno de jazmines. Pero, dígame...

—¿Qué busca usted a su vez? —preguntó Alberto, sonriendo.

—¿No vendrá esta noche el conde de Montecristo?

—¡Diecisiete! —respondió Alberto.

—¿Qué quiere decir usted?

—Quiero decir que esto marcha muy bien —añadió el vizconde, riendo—, y que usted es la decimoséptima persona que me ha hecho la misma pregunta. ¡Vaya con el conde! Le daré mi enhorabuena.

—¿Y responde a todo el mundo como a mí?

—¡Ah! Es cierto, no le he respondido. Tranquilícese usted, señora, tendremos al hombre de moda; somos unos privilegiados.

—¿Estuvo usted ayer en la Ópera?

—No.

—Pues él estaba.

—¡Ah! ¿De veras? ¿Y el excéntrico hombre ha hecho alguna nueva originalidad?

—¿Puede mostrarse sin eso? Elssler bailaba en *El Diablo Cojuelo*, la princesa griega estaba deslumbrante. Después de la función, puso una magnífica sortija en la cola de un ramillete y lo arrojó a la encantadora bailarina, quien apareció en el tercer acto, para darle las gracias, con la sortija en el dedo. ¿Y tendrá a su princesa griega?

—No, es preciso que se prive de ella. Su posición en la casa del conde no es muy fija.

—Mire, déjeme aquí y vaya a saludar a la señora de Villefort —dijo la baronesa—. Veo que se muere de ganas por hablarle.

Alberto saludó a la señora Danglars y avanzó hacia la señora de Villefort, que abría la boca a medida que se aproximaba.

—Apuesto —dijo Alberto, interrumpiéndola— a que sé lo que va a decirme.

—¡Ah! ¿Por ejemplo? —dijo la señora de Villefort.

—Si lo adivino, ¿me lo confesará?

—Sí.

—¿Palabra de honor?

—Palabra.

—Usted iba a preguntarme si el conde de Montecristo ha llegado o iba a venir, ¿no es eso?

—En absoluto. Eso no es lo que me inquieta en estos momentos. Iba a preguntarle si había recibido usted alguna noticia del señor Franz.

—Sí, ayer.

—¿Qué le decía?

—Que salía al mismo tiempo que su carta.
—Bien. Ahora, el conde.
—El conde vendrá, esté tranquila.
—¿Sabe usted que Montecristo tiene otro nombre?
—No, no lo sabía.
—Montecristo es el nombre de una isla y tiene un nombre de familia.
—Jamás lo oí pronunciar.
—Pues bien, estoy más enterada que usted; se llama Zaccone.
—Es posible.
—Y es maltés.
—También es posible.
—Hijo de un armador.
—¡Oh! Pero, en verdad, usted debe contar todo eso en voz alta, tendría un gran éxito.
—Ha servido en la India, explota una mina de plata en Tesalia y viene a París para instalar un establecimiento de aguas minerales en Auteuil.
—Pues bien, enhorabuena —dijo Morcerf—. ¡Ésas sí que son noticias! ¿Me permite usted que las repita?
—Sí, pero poco a poco, y una a una, sin decir que proceden de mí.
—¿Y eso por qué?
—Porque casi es un secreto sorprendido.
—¿A quién?
—A la policía.
—Entonces esas noticias se despachaban...
—Ayer noche en casa del prefecto. París está conmovido, ya lo comprenderá, a la vista del lujo inusitado del conde, y la policía ha tomado informes.
—Bien. No le faltaba más que detener al conde por vagabundo, bajo el pretexto de que es muy rico.
—A fe mía que pudo haberle sucedido muy bien si los informes no hubieran sido tan favorables.
—¡Pobre conde! ¿Se habrá imaginado el peligro que ha corrido?
—No lo creo.
—Entonces, es de caridad advertírselo. Cuando llegue no dejaré de hacerlo.

En aquel momento un apuesto joven de ojos vivos, cabellos negros y bigote lustroso, acudió a saludar respetuosamente a la señora de Villefort. Alberto le estrechó la mano.

—Señora —dijo Alberto—, tengo el honor de presentarle al señor Maximilien Morrel, capitán de *spahis*, y uno de nuestros buenos y, sobre todo, bravos oficiales.

—Ya he tenido el placer de encontrar al señor en Auteuil, en casa del conde de Montecristo —respondió la señora de Villefort, girándose con marcada frialdad.

Esta respuesta y sobre todo el tono en que fue hecha, dejaron helado a Morrel; pero una compensación le estaba preparada: al volverse descubrió en el quicio de la puerta una hermosa y blanca figura cuyos ojos dilatados y sin expresión aparente se fijaban en él, mientras que el ramillete de jazmines subía lentamente a sus labios.

Este saludo fue comprendido por Morrel, que, con la misma expresión en la mirada, aproximó a su vez su pañuelo a su boca; y las dos estatuas vivientes, cuyos corazones latían tan rápidamente bajo el mármol aparente de sus rostros, separados uno de otro por toda la anchura del salón, se olvidaron un instante, o más bien olvidaron a todo el mundo en aquella muda contemplación.

Hubiesen podido permanecer más tiempo perdidos uno en el otro sin que nadie se diese cuenta de su olvido, porque el conde de Montecristo acababa de llegar.

Ya lo hemos dicho, el conde, ya fuese por prestigio ficticio, o por prestigio natural, llamaba la atención en todas partes donde se presentaba; no era por su frac negro, irreprochable en su corte, pero sencillo y sin condecoraciones; no era por su chaleco blanco, sin ningún bordado, ni tampoco por su pantalón entallado de la manera más delicada, por lo que llamaba la atención; era su tez mate, sus cabellos negros y ondulados, era su rostro sereno y puro, era su mirada profunda y melancólica, era, en fin, su boca delineada con una finura maravillosa, y que adoptaba tan fácilmente la expresión de un altivo desdén, lo que hacía que todas las miradas se fijasen en él.

Podía haber hombres más hermosos, pero ciertamente no los había más *significativos*, y perdonadnos esta expresión. En el conde todo quería decir algo y tenía su valor; porque la costumbre del pensamiento útil había dado a sus rasgos, a la expresión de su rostro y al más insignificante de sus gestos, una flexibilidad y una firmeza incomparables.

Y además, nuestro mundo parisién es tan extraño, que no hubiese dado importancia alguna a todo esto si no se le hubiese servido todo en una misteriosa historia dorada por una inmensa fortuna.

En fin, el conde avanzó bajo el peso de las miradas y a través de los saludos hasta llegar ante la señora de Morcerf que, delante de la chimenea adornada de flores, lo había visto aparecer por un espejo colocado enfrente a la puerta y se había preparado para recibirlo.

Ella se volvió, pues, hacia él con una sonrisa compuesta en el mismo momento en que él se inclinaba ante ella.

Sin duda ella creyó que el conde iba a hablarle; tal vez, por su parte, el conde pensó que ella iba a dirigirle la palabra; pero por ambas partes permanecieron mudos, tal banalidad, sin duda, les pareció indigna de ellos; y, tras un cambio de saludos, Montecristo se dirigió hacia Alberto, que acudía a él con la mano abierta.

—¿Ha visto usted a mi madre? —preguntó Alberto.

—Acabo de tener el honor de saludarla —dijo el conde—, pero no he podido descubrir a su padre.

—Mire, habla de política allí, en aquel grupo de grandes celebridades.

—En verdad —dijo Montecristo—, ¿aquellos señores que están allí son celebridades? ¡Quién lo diría! ¿Y de qué clase? Hay celebridades de todas clases, como usted sabe.

—En primer lugar hay un sabio, aquel señor alto, seco; ha descubierto en la campiña de Roma una especie de lagarto que tiene una vértebra más que los otros, y ha venido a comunicarlo al Instituto. La cosa ha sido discutida mucho tiempo, pero al fin quedó el gran señor igualmente seco. La vértebra causó mucha sensación en el mundo sabio; el gran señor no era más que caballero de la Legión de Honor, y le han nombrado oficial.

—¡Enhorabuena! —dijo Montecristo—. He ahí una cruz que me parece dada muy sabiamente. Entonces, ¿si encuentra una segunda vértebra le nombrarán comendador?

—Probablemente —dijo Morcerf.

—¿Y aquel otro que ha tenido la singular idea de vestirse un frac azul bordado de verde, qué ha podido hacer?

—Aquél no ha tenido la idea de vestir con ese frac; ha sido la República, la cual, como usted sabe, era algo artista y quiso dar un uniforme a los académicos, por lo cual rogó a David que les diseñara un frac.

—¡Ah! —exclamó Montecristo—. Así que ese señor es académico.

—Desde hace ocho días forma parte de la docta asamblea.

—¿Y cuál es su mérito, su especialidad?

—¿Su especialidad? Creo que introduce alfileres en la cabeza de los conejos, que hace comer granza a las gallinas y que saca con las ballenas la médula espinal de los perros.

—¿Y es de la Academia de Ciencias por eso?

—No, de la Academia Francesa.

—Pero ¿qué tiene eso que ver en la Academia Francesa?

—Voy a decírselo, al parecer...

—¿Sus experimentos han permitido dar un gran paso a la ciencia, no es así?

—No, pero escribe en un estilo muy bello.

—Eso debe —dijo Montecristo— halagar enormemente el amor propio de los conejos a los que clava alfileres en la cabeza, de las gallinas cuyos huesos tiñe de rojo y a los perros cuya médula espinal saca.

Alberto se echó a reír.

—¿Y aquel otro? —preguntó el conde.

—¿Aquel otro?

—Sí, el tercero.

—¡Ah! ¿El de la levita azul claro?

—Sí.

—Ese es un colega del conde, que acaba de oponerse apasionadamente a que la Cámara de los Pares tenga uniforme; ha tenido un gran éxito en la tribuna respecto a eso; estaba a mal con las gacetas liberales, pero su noble oposición a los deseos de la corte acaba de acomodarlo con ellas. Se habla de nombrarlo embajador.

—¿Y cuáles son sus títulos en su dignidad de par?

—Ha hecho dos o tres óperas cómicas, cogido cuatro o cinco acciones en el *Siècle*, y votado cinco o seis años por el Ministerio.

—¡Bravo, vizconde! —dijo Montecristo riendo—. Es usted un cicerone encantador. Ahora me prestará un servicio, ¿no es así?

—¿Cuál?

—No me presente a esos señores, y si le piden que me presente, avíseme.

En aquel momento el conde sintió que le ponían una mano sobre el brazo; se volvió y era Danglars.

—¡Ah! Es usted, barón —dijo.

—¿Por qué me llama barón? —dijo Danglars—. Sabe bien que no utilizo mi título. No soy como usted, vizconde; usted lo tiene, ¿no es así?

—Ciertamente —respondió Alberto—, ya que si no fuese vizconde no sería nada; mientras que usted puede sacrificar tranquilamente su título de barón porque siempre le quedará el de millonario.

—Lo que me parece el más hermoso título bajo el reinado de Julio —agregó Danglars.

—Desgraciadamente —dijo Montecristo—, no se es millonario toda la vida como se es barón, par de Francia o académico; díganlo los millonarios Frank y Poulmann, de Francfort, que acaban de quebrar.

—¿De veras? —dijo Danglars palideciendo.

—Palabra. He recibido la noticia esta misma tarde con un correo. Tenía algo así como un millón en su casa; pero, advertido a tiempo, he exigido el reembolso hace un mes aproximadamente.

—¡Ay, Dios mío! —añadió Danglars—. Han girado sobre mí doscientos mil francos.

—Pues bien, ya está prevenido; su firma vale un cinco por ciento.

—Sí, pero he sido prevenido demasiado tarde —dijo Danglars—. He hecho honor a su firma.

—¡Bueno! —exclamó Montecristo—. He ahí otros doscientos mil francos que han ido a reunirse...

—¡Chist! —dijo Danglars—. No hable de esas cosas —y aproximándose a Montecristo añadió—: Sobre todo ante el señor Cavalcanti hijo —y el banquero, al pronunciar estas palabras, se giró sonriendo del lado del joven.

Morcerf había abandonado al conde para ir a hablar a su madre. Danglars le dejó para saludar a Cavalcanti hijo, y Montecristo se encontró solo un instante.

Sin embargo, el calor empezaba a ser excesivo.

Los criados circulaban en los salones con las bandejas llenas de frutos y helados.

Montecristo se enjugó el rostro con su pañuelo, pero retrocedió cuando la bandeja pasó por delante de él, y no tomó nada para refrescarse.

La señora de Morcerf no perdía de vista a Montecristo. Vio pasar la bandeja sin que la tocase; incluso se dio cuenta del movimiento que hizo para alejarse.

—Alberto —dijo ella—, ¿has notado una cosa?

—¿Cuál, madre mía?

—Que el conde nunca ha querido aceptar una comida en casa del señor de Morcerf.

—Sí, pero ha aceptado almorzar en mi casa, pues por ese almuerzo hizo su entrada en sociedad.

—En tu casa no es en casa del conde —murmuró Mercedes—, y desde que está aquí no hago más que observarlo.

—¿Y qué?

—Pues bien, que todavía no ha tomado nada.

—El conde es muy sobrio.

Mercedes sonrió tristemente.

—Acércate a él —dijo ella—, y a la primera bandeja que pase, insístele.

—¿Y eso por qué, madre mía?

—Hazme ese favor, Alberto —dijo Mercedes.

Alberto besó la mano a su madre y fue a situarse cerca del conde.

Otra bandeja pasó cargada como las anteriores; ella vio insistir a Alberto ante el conde, incluso cogió un helado y se lo presentó, pero Montecristo lo rechazó obstinadamente.

Alberto regresó junto a su madre; la condesa estaba muy pálida.

—Bien —dijo ella—. Ya ves, lo ha rechazado.

—Sí, pero ¿en qué puede preocuparla eso?

—Ya lo sabes, Alberto, las mujeres somos muy singulares. Hubiera visto con placer que el conde cogiese algo en mi casa, aunque no fuese más que un grano de granada. Tal vez no esté habituado a las costumbres francesas; tal vez sus preferencias sean por otra cosa.

—¡Dios mío, no! Le he visto en Italia comer de todo; sin duda se encuentra indispuesto esta noche.

—Pues —dijo la condesa— teniendo la costumbre de habitar en climas cálidos, tal vez sea menos sensible al calor que los demás.

—No lo creo, porque se quejaba de ahogarse, y preguntaba por qué, ya que se han abierto las ventanas, no se abrieron, también, las celosías.

—En efecto —dijo Mercedes—, ése es un medio de asegurarme si su abstinencia es una postura adoptada.

Y salió del salón.

Un instante después las persianas se abrieron, y, a través de los jazmines y las clemátides que adornaban las ventanas, se pudo ver todo el jardín iluminado con los farolillos y la cena servida bajo la tienda.

Bailarines y bailarinas, jugadores y conversadores lanzaron un grito de gozo: todos aquellos pulmones alterados respiraron con delicia el aire que entraba en oleadas.

Al mismo tiempo, Mercedes reapareció, más pálida de lo que había salido, pero con esa firmeza de rostro que era notable en ella en ciertas circunstancias. Se dirigió directamente al grupo cuyo centro lo formaba su marido.

—No encadene a estos señores aquí, señor conde —dijo ella—. Preferirán, ya que no juegan, respirar el aire del jardín en vez de ahogarse aquí.

—¡Ah, señora! —dijo un viejo general muy galante, que había cantado: *Partamos para Siria* en 1809—. No iremos solos al jardín.

—Está bien —dijo Mercedes—. Voy a dar el ejemplo.

Y se volvió hacia Montecristo.

—Señor conde —dijo—, ¿me hace el honor de ofrecerme su brazo?

El conde vaciló casi a las simples palabras; después miró un instante a Mercedes. Aquel momento tuvo la rapidez del rayo y sin embargo, a la condesa le pareció que duraba un siglo; tantos pensamientos había puesto Montecristo en aquella mirada.

Ofreció su brazo a la condesa; ella se apoyó, o para decirlo mejor, lo rozó con su mano delicada, y ambos descendieron uno de los escalones de la escalinata rodeada de rododendros y de camelias.

Tras ellos, y por otra escalinata, se lanzaron al jardín, con ruidosas exclamaciones de placer, una veintena de paseantes.

El pan y la sal

La señora de Morcerf entró con su compañero bajo una bóveda de follaje; esta bóveda era una alameda de tilos que conducía a un invernadero.

—Hacía demasiado calor en el salón, ¿no es cierto, señor conde? —dijo ella.

—Sí, señora; y su idea de hacer que abriesen puertas y ventanas ha sido excelente.

Al concluir estas palabras el conde se dio cuenta de que la mano de Mercedes temblaba.

—Pero usted, con ese vestido ligero y sin otro abrigo alrededor del cuello que ese echarpe de gasa, tal vez pase frío —dijo él.

—¿Sabe adónde le llevo? —dijo la condesa sin responder a la observación de Montecristo.

—No, señora —respondió éste—, pero ya ve que no hago resistencia.

—Al invernadero, que puede ver allá, al final de la alameda que seguimos.

El conde miró a Mercedes como para interrogarla, pero ella continuó su camino sin decir nada, y a su lado Montecristo permaneció mudo.

Llegaron al edificio, todo adornado de magníficos frutos que, desde principios de julio, alcanzaban su madurez bajo aquella temperatura siempre calculada para remplazar al calor del sol, tan frecuentemente ausente de entre nosotros.

La condesa abandonó el brazo de Montecristo y fue a coger de una cepa un racimo de uvas moscatel.

—Tenga, señor conde —dijo ella con una sonrisa tan triste que se podía ver que estaba a punto de llorar—. Tenga, nuestras uvas de Francia, que no son comparables, ya lo sé, a sus uvas de Sicilia y de Chipre, pero usted será indulgente con nuestro pobre sol del norte.

El conde se inclinó y dio un paso hacia atrás.

—¿Me lo desprecia? —dijo Mercedes con voz temblorosa.

—Señora —respondió Montecristo—, le ruego que tenga a bien excusarme, pero nunca como moscatel.

Mercedes dejó caer el racimo suspirando. Un melocotón magnífico colgaba en una espaldera vecina, madurado, como la cepa de viña, por aquel calor artificial del invernadero. Mercedes se aproximó al fruto aterciopelado y lo cogió.

—Coja este melocotón, entonces.

Pero el conde hizo el mismo gesto de rechazo.

—¡Oh! Tampoco —dijo ella con un acento tan doloroso que se percibía que ahogaba un sollozo—. En verdad soy una desdichada.

Un prolongado silencio siguió a esta escena; el melocotón, como las uvas, había rodado entre la arena.

—Señor conde —dijo al fin Mercedes mirando a Montecristo con ojos suplicantes—. Existe una conmovedora costumbre árabe que hace amigos eternos a aquellos que han compartido el pan y la sal bajo el mismo techo.

—La conozco, señora —respondió el conde—, pero estamos en Francia y no en Arabia; y en Francia no hay amistades eternas como tampoco hay particiones de la sal y del pan.

—Pero, en fin —dijo la condesa palpitante y con los ojos fijos en los de Montecristo, a cuyo brazo casi se agarró convulsivamente con sus dos manos—. Nosotros somos amigos, ¿no es cierto?

La sangre se agolpó en el corazón del conde, que se puso pálido como un muerto, luego ascendió del corazón a la garganta, invadió sus mejillas y sus ojos nadaron en la oleada durante unos segundos, como los de un hombre que ha sufrido un desvanecimiento.

—Ciertamente somos amigos, señora —replicó—. Además, ¿por qué no habríamos de serlo?

Este tono estaba tan lejos del que deseaba la señora de Morcerf que se volvió para dejar escapar un suspiro, que más parecía un gemido.

—Gracias —dijo ella.

Y se puso a caminar nuevamente. Así fueron dando la vuelta al jardín sin pronunciar una sola palabra.

—Señor —agregó de pronto la condesa, después de diez minutos de paseo silencioso—. ¿Es cierto que ha visto usted tanto, que ha viajado tanto y que ha sufrido tanto?

—He sufrido mucho, sí, señora —respondió Montecristo.

—Pero ¿ahora es usted feliz?

—Sin duda —respondió el conde—, porque nadie me oye quejarme.

—¿Y su dicha presente le dulcifica más el alma?

—Mi felicidad actual iguala mi miseria pasada —dijo el conde.

—¿No es usted casado? —preguntó la condesa.

—¿Yo, casado? —replicó Montecristo estremeciéndose—. ¿Quién ha podido decirle eso?

—No me lo han dicho, pero varias veces le han visto acompañar a la Ópera a una joven y hermosa mujer.

—Es una esclava que compré en Constantinopla, señora; una hija de príncipe, a la que trato como hija mía al no tener más afecto en el mundo.

—Así que vive solo.

—Vivo solo.

—¿No tiene usted un hermano..., un hijo..., un padre?

—No tengo a nadie.

—¿Cómo puede vivir así, sin tener nada que lo ate a esta vida?

—No es culpa mía, señora. En Malta amé a una joven con la que iba a casarme cuando vino la guerra y me llevó lejos de ella como un torbellino. Creí que ella me amaba lo suficiente para esperarme, para permanecer fiel incluso a mi tumba. Cuando regresé ya estaba casada. Esta es la historia de todo hombre que ha pasado por los veinte años. Posiblemente tenía el corazón más delicado que los demás, y he sufrido más que ellos en mi puesto, y eso es todo.

La condesa se detuvo un momento, como si tuviese necesidad de aquella parada para respirar.

—Sí —dijo ella— y aquel amor quedó en su corazón... No se ama más que una vez... ¿Y ha visto usted alguna vez a aquella mujer?

—Nunca

—¡Nunca!
—No regresaré jamás al país en que ella estaba.
—¿A Malta?
—Sí, a Malta.
—Entonces, ¿aún continúa en Malta?
—Supongo.
—¿Y la ha perdonado usted lo que le ha hecho sufrir?
—A ella, sí.
—Pero sólo a ella. ¿Usted continúa odiando a aquellos que le han separado de ella?

La condesa se situó frente a Montecristo; aún tenía en la mano un trozo del racimo de uvas.

—Tenga —le dijo.
—No como moscatel, señora —respondió Montecristo, como si no se hubiese tratado aquel tema entre ellos.

La condesa arrojó el racimo a un macizo próximo con un gesto de desesperación.

—¡Inflexible! —murmuró.

Montecristo permaneció tan impasible como si el reproche no le hubiese sido dirigido.

Alberto apareció corriendo en aquel momento.

—¡Oh! Madre mía —dijo—. Una gran desgracia.
—¿Qué? ¿Qué ha sucedido? —preguntó la condesa irguiéndose como si, tras el sueño, volviese a la realidad—. ¿Has dicho una desgracia? En efecto, tienen que suceder desgracias.

—El señor de Villefort está aquí.
—¿Y qué?
—Viene a buscar a su esposa y a su hija.
—¿Y eso por qué?
—Porque la señora marquesa de Saint-Méran acaba de llegar a París trayendo la noticia de que el señor de Saint-Méran murió al abandonar Marsella, en la primera parada. La señora de Villefort, que estaba muy alegre, no quería ni comprender ni creer en esta desgracia; pero la señorita Valentine, a las primeras palabras y pese a las precauciones adoptadas por su padre, lo ha adivinado todo: este golpe la ha tirado por tierra como un trueno, y ha caído desvanecida.

—¿Y qué es el señor de Saint-Méran de la señorita Villefort? —preguntó el conde.

—Su abuelo materno. Venía para apresurar el matrimonio de Franz y de su nieta.

—¡Ah! Cierto.

—¡Y la boda de Franz retrasada! ¿Por qué el señor de Saint-Méran no sería también el abuelo de la señorita Danglars?

—¡Alberto, Alberto! —dijo la señora de Morcerf en un tono de dulce reproche—. ¿Cómo dices eso? ¡Ah, señor conde! Usted, por quien él tiene tan gran consideración, dígale que ha hablado mal.

Dio unos pasos hacia adelante.

Montecristo la miró tan extrañamente y con una expresión a la vez tan soñadora y tan lleno de afectuosa admiración, que ella retrocedió sobre sus pasos.

Entonces ella le cogió la mano al mismo tiempo que cogía la de su hijo, y juntando ambas, dijo:

—Somos amigos, ¿no es cierto?

—¡Oh! Su amigo, señora, no tengo esa pretensión —dijo el conde—, pero, en todo caso, soy su más respetuoso servidor.

La condesa partió con una indecible congoja; y antes de que hubiese dado diez pasos, el conde la vio llevarse el pañuelo a los ojos.

—¿Es que no está usted de acuerdo con mi madre? —preguntó Alberto, con asombro.

—Al contrario —respondió el conde—, ya que acababa de decirme delante de usted que somos amigos.

Y volvieron al salón que acababan de abandonar Valentine y el señor y la señora de Villefort.

No hace falta decir que Morrel también salió tras ellos.

La señora de Saint-Méran

En efecto, una escena lúgubre acababa de suceder en la casa del señor de Villefort.

Después de la partida de las dos damas para el baile, adonde por más que insistió la señora de Villefort no consiguió que su marido la acompañase, el procurador del rey se encerró como tenía por costumbre, en su despacho con una pila de legajos que hubiesen espantado a otro, pero que en este caso apenas bastaban para satisfacer su robusto apetito de trabajador.

Pero esta vez, los legajos eran pura fórmula. Villefort no se encerraba para trabajar, sino para reflexionar; y, cerrada la puerta y dada la orden de que no se le molestase para nada, se sentó en su sillón y se puso a repasar, una vez más, en su memoria todo lo que, desde hacía siete u ocho días, hacía derramarse la copa de sus sombríos pesares y de sus amargos recuerdos.

Entonces, en lugar de atacar los legajos apilados ante él, abrió un cajón de su escritorio, tocó uno secreto, y sacó el paquete de sus notas personales, manuscritos preciosos, entre los cuales tenía clasificados y etiquetados con cifras sólo conocidas por él los nombres de todos aquellos que, en su carrera política, en sus asuntos de negocios, en sus persecuciones del estrado o en sus amores misteriosos, se habían convertido en sus enemigos.

El número era tan formidable hoy que había empezado a temblar; y, sin embargo, todos aquellos nombres, por poderosos y formidables que fuesen, le habían hecho sonreír muchísimas veces, como sonríe el viajero que desde la elevada cumbre de la montaña mira a sus pies los picos agudos, los caminos impracticables y las aristas de los precipicios junto a los cuales, para llegar, ha tenido que caminar tanto y tan penosamente.

Cuando hubo repasado en su memoria todos aquellos nombres, cuando los hubo releído bien, cuando los hubo estudiado y comentado sobre las listas, sacudió la cabeza.

«No —murmuró—, ninguno de estos enemigos habría esperado paciente y laboriosamente hasta el día en que estamos, para venir a aplastarme con este secreto. Algunas veces, como dice Hamlet, el ruido de las cosas más profundamente escondidas sale de la tierra, y, como los fuegos del fósforo, corren locamente en el aire; pero esas son llamas que iluminan un instante para desvanecerse. La historia habrá sido contada por el corso a cualquier sacerdote, que la habrá relatado a su vez. El señor de Montecristo la habrá sabido y para aclararlo...

»Pero ¿a qué viene el indagar? —prosiguió Villefort al cabo de un instante de reflexión—. ¿Qué interés tiene el señor de Montecristo, el señor Zaccone, hijo de un armador de Malta, explotador de una mina de plata en Tesalia, que acude por primera vez a Francia, en aclarar un hecho sombrío, misterioso e inútil como éste? En medio de los informes incoherentes que me ha dado ese abate Busoni y ese lord Wilmore, por ese amigo y ese enemigo, sólo una cosa queda bien clara, precisa y patente a mis ojos: en ningún tiempo, en ningún caso y en ninguna circunstancia ha podido haber el menor contacto entre él y yo».

Pero Villefort se decía estas palabras sin creérselas. Lo más terrible para él, no era la revelación, porque podía negar o incluso responder; le inquietaba poco aquel *Mane, Thecel, Phares*, que aparecía de pronto en letras de sangre sobre las paredes; lo que más le inquietaba era conocer al cuerpo al que pertenecía la mano que las había trazado.

En el momento en que trataba de tranquilizarse, y en que, en lugar de aquel porvenir político entrevisto algunas veces en sus sueños de ambición se proponía, por temor a despertar aquel enemigo adormecido tanto tiempo, tener un futuro restringido a las alegrías del hogar, se oyó el ruido de un coche en el patio; luego escuchó en la escalera el caminar de una persona de edad, después los sollozos y los ¡ay! de los criados cuando quieren parecer interesados en el dolor de sus amos.

Se apresuró a descorrer el cerrojo de su despacho e inmediatamente, sin ser anunciada, entró una vieja señora, su chal sobre el brazo y su sombrero en la mano. Sus cabellos blancos descubrían una frente mate como el marfil amarillento, y sus ojos, cuyos ángulos la edad había surcado de arrugas profundas, casi desaparecían bajo la hinchazón del llanto.

—¡Oh, señor! —dijo ella—. ¡Ah, señor, qué desgracia! Yo también moriré. ¡Oh, sí! Seguro que moriré.

Y, cayendo sobre el sillón más próximo a la puerta, estalló en sollozos.

Los criados, de pie en el umbral y sin atreverse a alejarse, miraban al antiguo servidor de Noirtier, quien, habiendo oído ruido en la habitación de su amo, también se apresuró y se mantenía detrás de los otros. Villefort se levantó y corrió hacia su suegra, pues era ella.

—¡Oh, Dios mío! Señora —preguntó—. ¿Qué ha sucedido? ¿Qué la transtorna así? ¿No la acompaña el señor de Saint-Méran?

—El señor de Saint-Méran ha muerto —dijo la anciana marquesa sin preámbulos, sin expresión y con una especie de estupor.

Villefort retrocedió un paso y golpeó sus manos, una contra otra.

—¡Muerto! —balbució—, ¿muerto, así..., súbitamente?

—Hace ocho días —continuó la señora de Saint-Méran— subimos juntos en un coche después de comer. El señor de Saint-Méran estaba indispuesto desde hacía algunos días, sin embargo, la idea de volver a ver a nuestra querida Valentine le tenía animoso, y pese a sus dolores, tenía deseos de partir. A seis leguas de Marsella, después de tomar sus acostumbradas pastillas, se apoderó de él un sueño tan profundo que no me parecía natural; sin embargo, dudé en despertarlo cuando me pareció que su rostro se amorataba y las venas de sus sienes latían más violentamente que de costumbre. No obstante, como la noche estaba encima y no veía muy bien, le dejé dormir; muy pronto lanzó un grito sordo y desgarrador, como el de un hombre que sufre en sueños, y volvió de un brusco movimiento su cabeza hacia atrás. Llamé al ayuda de cámara, hice que se detuviese el postillón, llamé al señor de Saint-Méran, le hice respirar mi frasco de sales, pero todo estaba concluido: estaba muerto, y al lado de su cadáver llegué a Aix.

Villefort permaneció estupefacto y con la boca abierta.

—¿Y sin duda, llamaría usted a un médico?

—Inmediatamente; pero como ya le he dicho, era demasiado tarde.

—Sin duda; pero al menos podía reconocer de qué enfermedad murió el pobre marqués.

—¡Dios mío! Sí, señor; me lo dijo. Al parecer fue una apoplejía fulminante.

—¿Y entonces, qué hizo usted?

—El señor de Saint-Méran siempre había dicho que si moría lejos de París, deseaba que su cuerpo fuese conducido al panteón de la familia. Lo hice meter en un ataúd de plomo, y le precedo sólo algunos días.

—¡Oh, Dios mío! ¡Pobre madre! —dijo Villefort—. ¡Semejantes cuidados después de tal golpe, y a su edad!

—Dios me ha dado fuerzas suficientes para llegar hasta el fin; por otra parte, mi querido marqués, seguro que hubiese hecho por mí lo que yo hago por él. Es cierto que desde que lo dejé allá, creo que me he vuelto loca. No puedo llorar; es cierto que a mi edad ya no hay lágrimas, según dicen; sin embargo, me parece que en tanto se sufra debería llorarse. ¿Dónde está Valentine, señor? Por ella veníamos. Quiero ver a Valentine.

Villefort pensó que sería espantoso responder que Valentine se encontraba en el baile; solamente dijo a la marquesa que su nieta había salido con su madrastra y que iba a visitarlas.

—Inmediatamente, señor, inmediatamente, se lo ruego —dijo la anciana dama.

Villefort tomó del brazo a la señora de Saint-Méran y la condujo a sus aposentos.

—Descanse un poco —dijo—, madre mía.

La marquesa levantó la cabeza a esta palabra, y viendo que aquel hombre le recordaba su hija tan querida que revivía para ella en Valentine, se sintió conmovida por el nombre de madre, se deshizo en lágrimas y cayó de rodillas en un sillón en el que hundió su cabeza venerable.

Villefort la recomendó a los cuidados de las doncellas mientras el viejo Barrois volvía todo asustado junto a su dueño; porque nada espanta tanto a los viejos como cuando la muerte abandona un instante su lado para ir a golpear a otro viejo. Luego, mientras la señora de Saint-Méran continuaba arrodillada y rezando, envió a buscar un coche y él mismo fue a recoger a casa de la señora de Morcerf a su esposa y a su hija. Estaba tan pálido cuando apareció en la puerta del salón que Valentine corrió a él gritando:

—¡Oh! Padre mío, ¿ha sucedido alguna desgracia?

—Tu abuela acaba de llegar, Valentine —dijo el señor de Villefort.

—¿Y mi abuelo? —preguntó la muchacha temblando.

El señor de Villefort no respondió y se limitó a ofrecer el brazo a su hija.

Fue a tiempo; Valentine, sobrecogida de un vértigo, vaciló; la señora de Villefort se apresuró a sostenerla, y ayudó a su marido a transportarla hacia el coche, diciendo:

—¡Qué extraño es eso! ¡Quién lo hubiera sospechado! ¡Oh! Sí. ¡Qué cosa más extraña!

Y toda aquella familia desolada desapareció así, arrojando su tristeza, como un velo negro, sobre los demás convidados.

Al pie de la escalera. Valentine encontró a Barrois esperándola.

—El señor Noirtier desearía verla esta noche —le dijo en voz baja.

—Dígale que iré en cuanto salga del cuarto de mi abuela —dijo Valentine.

La joven, en la delicadeza de su alma, había comprendido que quien más necesidad tenía de ella en aquel instante era la señora de Saint-Méran.

Valentine encontró a su abuela en la cama; mudas caricias, gemidos, suspiros entrecortados y lágrimas ardientes fueron los únicos detalles para contar de esta entrevista, a la cual asistía, cogida del brazo de su marido, la señora de Villefort, llena de respeto, al menos aparente, para la pobre viuda.

Al cabo de un instante, ella se inclinó al oído de su marido:

—Con su permiso —dijo—, será mejor que me retire, pues mi presencia parece que aún aflije más a su suegra.

La señora de Saint-Méran la oyó.

—Sí, sí —dijo ella al oído de Valentine—, que se vaya, pero tú quédate.

La señora de Villefort salió, y Valentine permaneció sola junto al lecho de su abuela, porque el procurador del rey, consternado con esta muerte imprevista, siguió a su mujer.

Entretanto Barrois había subido la primera vez al cuarto de Noirtier; éste había oído todo el ruido que se hacía en la casa y envió, como ya dijimos, al viejo servidor para informarse.

A su vuelta, aquel ojo tan vivo y sobre todo tan inteligente, interrogó al mensajero:

—¡Ay, señor! —dijo Barrois—. Ha sucedido una gran desgracia. La señora de Saint-Méran está aquí y su marido ha muerto.

El señor de Saint-Méran y Noirtier jamás habían tenido una gran amistad; sin embargo, ya se sabe el efecto que siempre causa en un viejo la muerte de otro viejo.

Noirtier dejó caer su cabeza sobre su pecho, como un hombre acabado o como un hombre que piensa, luego cerró un solo ojo.

—¿La señorita Valentine? —dijo Barrois.

Noirtier hizo señas de que sí.

—Está en el baile, el señor ya lo sabe, pues ella vino a despedirse muy arreglada.

Noirtier cerró de nuevo su ojo izquierdo.

—Sí, ¿quiere usted verla?

El anciano hizo señas de que era aquello lo que deseaba.

—Pues bien, irán a buscarla enseguida a casa de la señora de Morcerf; yo la esperaré a su regreso, y le diré que suba a verlo, ¿no es así?

—Sí —respondió el paralítico.

Barrois espió el regreso de Valentine, y, como ya vimos, le expuso el deseo de su abuelo.

En virtud de lo expuesto, Valentine subió al cuarto de Noirtier al salir de junto la señora de Saint-Méran, quien, a pesar de lo agitada que estaba, terminó sucumbiendo a la fatiga y se durmió con sueño febril.

Habían acercado al alcance de su mano una mesita sobre la que pusieron un jarro de naranjada, su bebida habitual, y un vaso.

Luego, como ya dijimos, la muchacha había abandonado la cama de la marquesa para subir junto a Noirtier.

Valentine fue a besar al anciano, que la miraba tan tiernamente que la muchacha sintió nuevamente llenarse sus ojos de lágrimas.

El anciano insistió con su mirada.

—Sí, sí —dijo Valentine—, quieres decir que todavía tengo un buen abuelo, ¿no es eso?

El anciano respondió que efectivamente era eso lo que su mirada quería decir.

—¡Ay! Felizmente —agregó Valentine—, sin eso, ¿qué sería de mí?

Era la una de la madrugada, Barrois que tenía deseos de irse a dormir, hizo observar que después de una noche tan dolorosa todo el mundo tenía necesidad de reposo. El anciano no quiso decir que su único descanso consistía en ver a su nieta; así pues, despidió a Valentine, a quien, efectivamente, el dolor y el cansancio le daban aspecto de sufrimiento.

Al día siguiente, al entrar en el cuarto de su abuela, Valentine encontró a ésta en la cama; la fiebre no se había calmado; por el contrario, un fuego sombrío brillaba en los ojos de la anciana marquesa, y ella parecía presa de una violenta irritación nerviosa.

—¡Oh, Dios mío! Mi buena mamá, ¿sufre más? —exclamó Valentine dándose cuenta de todos los síntomas de su agitación.

—No, hija mía, no —dijo la señora de Saint-Méran—, pero esperaba con impaciencia que llegases para enviarte a buscar a tu padre.

—¿Mi padre? —preguntó Valentine inquieta.

—Sí, quiero hablarle.

Valentine no se atrevió a oponerse al deseo de su abuela, cuya causa ignoraba, y un instante después entró Villefort.

—Señor —dijo la señora de Saint-Méran sin emplear ningún circunloquio, y como si creyese temer que el tiempo le faltaba—, se trata, usted nos lo escribió, de casar a esta niña.

—Sí, señora —respondió Villefort—. Es más que un proyecto, es una convicción.

—¿Su yerno se llama Franz d'Epinay?

—Sí, señora.

—¿Y es el hijo del general d'Epinay, que era de los nuestros y que fue asesinado unos días antes de que el usurpador regresase de la isla de Elba?

—Es ese mismo.

—¿Su alianza con la nieta de un jacobino no le repugna?

—Nuestras disensiones civiles, afortunadamente se han extinguido, madre mía —dijo Villefort—. El señor d'Epinay era casi un niño a la muerte de su padre; conocía muy poco al señor Noirtier, y lo verá si no con placer, al menos con indiferencia.

—¿Es un buen partido?

—Bajo todos los aspectos.

—¿Es joven...?

—Goza de la consideración general.

—¿Es conveniente?

—Es uno de los hombres más distinguidos que conozco.

Durante toda esta conversación, Valentine permanecía muda.

—Pues bien, señor —dijo después de algunos segundos de reflexión la señora de Saint-Méran—, es preciso que se apresure, porque no tengo mucho tiempo de vida.

—¡Usted, señora! ¡Usted, buena mamá! —exclamaron a la vez el señor de Villefort y Valentine.

—Sé lo que digo —replicó la marquesa—. Es preciso que se apresure a fin de que, no habiendo madre, haya, por lo menos, su abuela para bendecir ese matrimonio. Soy la única que existe del lado de mi pobre Renée, que usted ha olvidado tan pronto, señor.

—¡Ah, señora! —dijo Villefort—. Olvida usted que había que dar una madre a esta pobre niña, que no la tenía.

—¡Una madrastra no es nunca una madre, señor! Pero no se trata de eso ahora, sino de Valentine; dejemos los muertos en paz.

Todo esto se decía con tal volubilidad y tal acento, que había algo en esta conversación que se parecía a un principio de delirio.

—Se hará según su deseo, señora —dijo Villefort—, y mayormente cuando su deseo está de acuerdo con el mío. Tan pronto llegue el señor d'Epinay a París...

—Mi buena madre —dijo Valentine—, las conveniencias de luto tan reciente... ¿Querría usted hacer un matrimonio bajo tan tristes auspicios?

—Hija mía —interrumpió la abuela con viveza—, sobran esos razonamientos inútiles que impiden a los espíritus débiles construir sólidamente su futuro. Yo también fui casada en el lecho de muerte de mi madre, y no he sido desgraciada por eso.

—¡Todavía esa idea de muerte, señora! —agregó Villefort.

—¡Todavía! ¡Y siempre!... Le digo que voy a morir, ¿entiende? Pues bien, antes de morir, quiero haber visto a mi yerno; quiero ordenarle que haga feliz a mi nieta; quiero leer en sus ojos si piensa obedecerme; en fin, deseo conocerle —continuó la abuela con una expresión espantosa—. Para venir desde el fondo de mi tumba a encontrarle si no es lo que debe ser, ni hace lo que debe hacer.

—Señora —dijo Villefort—, tiene que alejar de su mente esas ideas exaltadas, que bordean la locura. Los muertos, una vez enterrados en sus tumbas, descansan sin volver a levantarse más.

—¡Oh! Sí, sí, buena madre, cálmese —dijo Valentine.

—Y yo, señor, le digo que no es nada como usted cree. Esta noche he dormido con un sueño terrible; porque dormía como si mi alma ya hubiese salido de mi cuerpo; mis ojos, que me esforzaba en abrir, se cerraban a pesar mío; y, sin embargo, sé bien que todo eso parece imposible, sobre todo a usted, señor. Pues bien, con mis ojos cerrados he visto, en el mismo lugar en que usted se encuentra, viniendo de ese rincón en que hay una puerta que da al tocador de la señora de Villefort, he visto entrar sin ruido una forma blanca —Valentine lanzó un grito.

—Era la fiebre que la agitaba, señora —dijo Villefort.

—Dude si quiere, pero estoy segura de lo que digo; he visto una forma blanca, y como si Dios temiese que yo rechazase el testimonio de uno solo de mis sentidos, he oído remover mi vaso, mire, mire ese mismo que está ahí, sobre la mesita.

—¡Oh! Buena madre, era un sueño.

—Se parecía tan poco a un sueño que cuando alargué la mano hacia la campanilla la sombra desapareció. Entonces entró la doncella con una luz. Los fantasmas no se aparecen más que a los que deben verlos: era el alma de mi marido. Pues bien, si el alma de mi marido ha venido para llamarme, ¿por qué mi alma no habría de venir para defender a mi hija? Los lazos aún son más directos, me parece.

—¡Oh, señora! —dijo Villefort, conmovido, a su pesar, hasta el fondo de sus entrañas—. No dé crédito a esas ideas tan lúgubres. Usted vivirá con nosotros, vivirá largo tiempo feliz, amada, honrada y le haremos olvidar...

—¡Jamás, jamás, jamás! —dijo la marquesa—. ¿Cuándo regresa el señor d'Epinay?

—Lo esperamos de un momento a otro.

—Está bien; en cuanto haya llegado, avíseme. Apresurémonos, apresurémonos. Luego, también quisiera ver a un notario para asegurarme de que todos nuestros bienes pasarán a Valentine.

—¡Oh! Madre mía —murmuró Valentine apoyando sus labios sobre la frente calenturienta de la abuela—. ¿Quiere que muera? ¡Dios mío! Tiene usted fiebre. No es a un notario al que se debe llamar, sino a un médico.

—¿Un médico? —dijo ella encogiéndose de hombros—. Yo no sufro, sólo tengo sed, eso es todo.

—¿Qué bebe usted, buena mamá?

—Como siempre, ya lo sabes bien, mi naranjada. Mi vaso está sobre la mesita, pásamelo, Valentine.

Valentine sirvió naranjada de la jarra en el vaso y lo tomó con cierto temor para entregárselo a su abuela, porque era el mismo vaso que ella pretendía fue tocado por la sombra.

La marquesa vació el vaso de un solo trago.

Después se volvió sobre su almohada repitiendo:

—¡El notario, el notario!

El señor de Villefort salió. Valentine se sentó junto a la cabecera de su abuela. La pobre muchacha parecía tener gran necesidad para ella misma del médico que recomendaba para su abuela. Un sonrojo parecido a una llama abrasaba sus mejillas, su respiración era corta y anhelante, y su pulso latía como si tuviese fiebre.

Y es que pensaba, la pobre niña, en la desesperación de Maximilien cuando supiese que la señora de Saint-Méran, en vez de ser una aliada, actuaba, sin saberlo, como si fuera su enemiga.

Más de una vez Valentine había pensado en decir todo a su abuela, y no hubiese dudado si Maximilien Morrel se hubiese llamado Alberto de Morcerf o Raoul de Chateau Renaud; pero Morrel era de origen plebeyo, y Valentine conocía el desprecio que la orgullosa marquesa de Saint-Méran tenía por todo lo que no pertenecía a su raza. Su secreto, por consiguiente, en el momento en que debía aflorar, era hundido en su corazón por aquella triste certeza de que lo revelaría inútilmente, y que una vez conocido éste por su padre y su madrastra todo estaría perdido.

Transcurrieron así casi dos horas. La señora de Saint-Méran dormía con un sueño ardiente y agitado. Se anunció al notario.

Aunque este anuncio fue hecho en voz muy baja, la señora de Saint-Méran se incorporó sobre su almohada.

—¿El notario? —dijo—. ¡Qué venga, que venga!

El notario se encontraba a la puerta y entró.

—Márchate, Valentine —dijo la señora de Saint-Méran—, y déjame con el señor.

—Pero, madre mía...

—Márchate, márchate.

La muchacha besó a su abuela en la frente y salió con el pañuelo en los ojos.

A la puerta encontró al ayuda de cámara que le dijo que el médico esperaba en el salón.

Valentine descendió rápidamente. El médico era un amigo de la familia, y al mismo tiempo uno de los hombres más hábiles de la época; quería mucho a Valentine, a quien había visto venir al mundo. Tenía una hija de la misma edad que la señorita de Villefort, pero nacida de una madre tísica; su vida era un continuo temor respecto a su hija.

—¡Oh! —dijo Valentine—. Querido señor de Avrigny, le esperábamos con suma impaciencia. Pero, antes que nada, ¿cómo se encuentra Madelaine y Antoinette?

Madelaine era la hija del señor de Avrigny, y Antoinette su sobrina.

El señor de Avrigny sonrió tristemente.

—Antoinette, muy bien —dijo— y bastante bien Madelaine. Pero, usted me envió a buscar, ¿no es eso? Supongo que no será por su padre ni por la señora de Villefort que estén enfermos, ¿verdad? En cuanto a usted, aunque se vea que no puedo hacer nada por sus nervios, presumo que no tiene necesidad de mí más que para recomendarle que no se deje llevar demasiado por su imaginación en divagaciones.

Valentine se sonrojó; el señor de Avrigny llevaba la ciencia de la adivinación casi hasta el milagro, porque era uno de esos médicos que siempre tratan lo físico por la parte moral.

—No —dijo ella—, es para mi pobre abuela. Ya sabe usted la desgracia que nos ha ocurrido, ¿verdad?

—No sé nada —respondió el señor de Avrigny.

—¡Ay! —dijo Valentine conteniendo sus sollozos—. Mi abuelo ha muerto.

—¿El señor de Saint-Méran?

—Sí.

—¿Súbitamente?

—De un ataque de apoplejía fulminante.

—¿De una apoplejía? —repitió el médico.

—Sí. De manera que a mi pobre abuela se le ha metido la idea de que su marido, a quien no ha abandonado nunca, la llama y ella quiere ir a reunirse con él. ¡Oh, señor de Avrigny, le recomiendo encarecidamente a mi pobre abuela!

—¿Dónde se encuentra?

—En su habitación con el notario.

—¿Y el señor Noirtier?

—Siempre lo mismo, una lucidez de espíritu perfecta, pero la misma inmovilidad y el mismo mutismo.

—¿Y el mismo cariño por usted, no es cierto, mi querida niña?

—Sí —dijo Valentine suspirando—. Me quiere mucho.

—¿Quién no ha de quererla?

Valentine sonrió tristemente.

—¿Y qué experimenta su abuela?

—Una excitación nerviosa muy extraña, un sueño agitado y raro. Esta mañana pretendía que, durante su sueño, su alma había salido de su cuerpo y la miraba dormir: es el delirio. Pretendió haber visto un fantasma entrando en su habitación y haber oído el ruido que hacía el pretendido fantasma tocando su vaso.

—Es extraño —dijo el doctor—. No sabía que la señora de Saint-Méran padeciese esas alucinaciones.

—Es la primera vez que la he visto así —dijo Valentine—, y esta mañana me ha causado mucho miedo; creí que estaba loca. Y mi padre, también; usted ya conoce a mi padre por su seriedad, pues bien, mi padre también parecía muy impresionado.

—Vamos a verla —dijo el señor de Avrigny—. Lo que usted me dice parece muy extraño.

El notario descendía; vinieron a avisar a Valentine de que su abuela estaba sola.

—Suba —dijo ella al doctor.

—¿Y usted?

—¡Oh! Yo no me atrevo; me prohibió que enviase a buscarlo. Además, usted ya lo ha dicho, estoy muy fatigada, febril, indispuesta, y voy a dar una vuelta por el jardín para tranquilazarme.

El doctor estrechó la mano de Valentine, y mientras él subía a la habitación de su abuela, la muchacha descendía la escalinata.

No tenemos necesidad de decir que parte del jardín constituía el paseo favorito de Valentine. Después de haber dado dos o tres vueltas por el parterre que rodeaba la casa, después de recoger una rosa para ponérsela en la cintura o en los cabellos, se metió bajo la alameda sombría que conducía al banco, y del banco a la verja.

Esta vez Valentine dio dos o tres vueltas, según su costumbre, alrededor de sus flores, pero sin recogerlas; la tristeza de su corazón, que aún no había tenido ocasión de desahogarse con nadie, rechazaba aquel sencillo ornamento. Luego se encaminó hacia su avenida. A medida que avanzaba le pareció oír una voz que pronunciaba su nombre. Se detuvo asombrada.

Entonces aquella voz llegó más clara a su oído y pudo reconocer la de Maximilien.

La promesa

En efecto, era Morrel, que desde la víspera no podía vivir. Con ese instinto particular de los amantes y de las madres, había adivinado que iba a pasar algo en casa de Villefort después del regreso de la señora de Saint-Méran y de la muerte del marqués; algo que interesaba a su amor por Valentine.

Como se verá, sus presentimientos se habían realizado, y ya no era una simple inquietud lo que le conducía tan preocupado y tan tembloroso a la verja de los castaños.

Pero Valentine no estaba advertida de esta espera de Morrel; no era aquélla la hora en que solía acudir corrientemente, y fue una pura casualidad, o si se quiere mejor, una feliz coincidencia, lo que la condujo al jardín. Cuando ella apareció Morrel la llamó, y ella corrió a la verja.

—¿Tú a estas horas? —dijo ella.

—Sí, pobre amiga —respondió Morrel—. Vengo a buscar y a traer malas noticias.

—¡Esta es la casa de la desgracia! —dijo Valentine—. Habla, Maximilien. Pero te aseguro que la suma de dolores ya es bastante.

—Querida Valentine —dijo Morrel tratando de contener su propia emoción para hablar adecuadamente—, escúchame bien, te lo ruego, porque todo lo que voy a decirte es grave. ¿En qué época piensas casarte?

—Escucha —dijo a su vez Valentine—, no quiero ocultarte nada, Maximilien. Esta mañana se ha hablado de mi matrimonio, y mi abuela, con la cual había contado como un apoyo que no me fallaría, no sólo se ha pronunciado a favor de ese matrimonio, sino que desea tanto el regreso del señor d'Epinay que al día siguiente de su llegada ya será firmado el contrato.

Un penoso suspiro abrió el pecho del joven, quien miró larga y tristemente a la muchacha.

—¡Ay! —añadió en voz baja—. Es espantoso oír decir tranquilamente a la mujer que se ama: «El momento de tu suplicio está fijado, tendrá lugar dentro de unas horas; pero no importa, es preciso que sea así, y por mi parte, no opondré ninguna oposición». Pues bien, ya que me dices que nada más se espera al señor d'Epinay para firmar el contrato, puesto que tú serás de él al día siguiente de su llegada; mañana serás suya, porque el señor d'Epinay llegó a París esta mañana.

Valentine lanzó un grito.

—Estaba en casa del conde de Montecristo hará una hora —dijo Morrel—. Hablábamos, él del dolor de tu casa y yo del tuyo, cuando de pronto entró un coche en el patio. Escucha, hasta entonces no creía en los presentimientos, Valentine; pero ahora es preciso creer. Al oír el ruido de aquel coche tuve un estremecimiento; enseguida oí pasos en la escalera. Los retumbantes pasos del comendador no asustaron tanto a don Juan, como me aterrorizaron aquéllos a mí. En fin, la puerta se abrió; Alberto de Morcerf entró primero, e iba a dudar de mí, iba a creer que me había equivocado, cuando tras él apareció otro joven al que exclamó el conde: «¡Ah! El señor barón d'Epinay!». Todas mis fuerzas y todo mi ánimo los reuní para contenerme. Tal vez palidecí, o seguramente temblé; pero estoy seguro de que permanecí con la sonrisa en los labios. Pero cinco minutos después salí sin haber oído ni una sola palabra de lo que se dijo durante aquel tiempo; estaba anonadado.

—¡Pobre Maximilien! —murmuró Valentine.

—Y aquí estoy, Valentine. Veamos, ahora, respóndeme como al hombre a quien van a sentenciar a muerte o a vida. ¿Qué piensas hacer?

Valentine bajó la cabeza; estaba anonadada.

—Escucha —dijo Morrel—, ya no es la primera vez que piensas en la situación a que hemos llegado: es grave, perentoria, suprema. No creo que sea el momento de abandonarse a un dolor estéril: eso está bien para los que quieren sufrir a su gusto y beberse a gusto sus lágrimas. Hay personas para eso, y Dios, sin duda, tendrá en cuenta en el cielo su resignación en la tierra; pero el que se sienta con voluntad de luchar no pierde un tiempo precioso y devuelve inmediatamente a la suerte el golpe que le ha dado. ¿Tienes deseos de luchar contra tu mala suerte, Valentine? Dilo, porque eso es lo que vengo a preguntarte.

Valentine se estremeció y miró a Morrel con ojos espantados. Aquella idea de oponerse a su padre, a su abuela, y a toda su familia, ni siquiera se le había ocurrido.

—¿Qué me estás diciendo, Maximilien? —preguntó Valentine—. ¿A qué llamas tú luchar? ¡Oh! Estás diciendo un sacrilegio. ¿Cómo? ¿Luchar yo contra una orden de mi padre, contra el deseo de mi abuela moribunda? ¡Eso es imposible!

Morrel hizo un movimiento.

—Eres demasiado noble de corazón para comprenderme, y me entiendes tan bien, mi querido Maximilien, que te veo reducido al silencio. ¡Luchar yo! ¡Dios me libre! No, no; guardo todas mis fuerzas para luchar contra mí misma y para beber mis lágrimas, como dices. En cuanto a afligir a mi padre y a turbar los últimos momentos de mi abuela, ¡nunca!

—Tienes toda la razón —dijo flemáticamente Morrel.

—¡Cómo me dices eso, Dios mío! —exclamó Valentine, herida.

—Te digo eso, como hombre que te admira, señorita —replicó Maximilien.

—¡Señorita! —exclamó Valentine—. ¡Señorita! ¡Oh, el egoísta! Me ves en la desesperación y finges no comprenderme.

—Te equivocas, y por el contrario, te comprendo perfectamente. Tú no quieres contrariar al señor de Villefort, tampoco quieres desobedecer a la marquesa, y mañana firmarás el contrato que debe unirte a tu marido.

—Pero, ¡Dios mío! ¿Es que puedo hacer otra cosa?

—No hay que acudir a mí, señorita, porque soy un mal juez en esta causa, y mi egoísmo me cegará —respondió Morrel, cuya voz sorda y sus puños cerrados anunciaban su creciente desesperación.

—¿Qué me hubieses propuesto, entonces, Morrel, si me hubiese encontrado dispuesta a aceptar tu proposición? Veamos, responde. No se trata de decir haces mal, hay que dar un consejo.

—¿Dices en serio eso, Valentine, te debo dar ese consejo? Dilo.

—Seguramente, querido Maximilien, porque si es bueno lo seguiré. Ya sabes perfectamente que soy devota de tu cariño.

—Valentine —dijo Morrel acabando de desprender una tabla medio desunida—. Dame tu mano en prueba de que perdonas mi cólera. Tengo la cabeza trastornada, ya lo ves, y desde hace una hora sólo se me ocurren ideas insensatas. ¡Oh! En el caso en que rechazases mi consejo.

—¿Y bien, ese consejo?

—Ahora, Valentine.

La muchacha levantó los ojos al cielo y lanzó un suspiro.

—Soy libre —añadió Maximilien—, soy bastante rico para nosotros dos; te juro que serás mi esposa antes de que mis labios se hayan posado sobre tu frente.

—Me haces temblar —dijo la muchacha.

—Sígueme —continuó Morrel—. Te llevo a casa de mi hermana, que es digna de ser tu hermana; nos embarcaremos para Argelia, para Inglaterra, para América, si no quieres que nos retiremos juntos a cualquier provincia en donde esperaremos para regresar a París cuando nuestros amigos hayan vencido la oposición de tu familia.

Valentine sacudió la cabeza.

—Ya me lo suponía, Maximilien —dijo ella—. Ése es un consejo de insensato, y yo aún lo sería más si no te detuviese inmediatamente con esta única palabra: imposible, Morrel, imposible.

—¿Seguirás, pues, tu suerte, tal como sea y sin siquiera intentar combatirla? —dijo Morrel ensombrecido.

—Sí, aunque debiese morir.

—¡Pues bien, Valentine! —replicó Maximilien—. Volveré a repetir que tienes razón. En efecto, yo soy el loco, y tú me demuestras que la pasión ciega los espíritus más justos. Gracias, pues, ya que tú razonas sin pasión. Sea, ya está entendido; mañana serás irrevocablemente prometida al señor Franz d'Epinay, no por esa formalidad teatral inventada para desenredar las obras de teatro y que llaman firma del contrato, sino por tu propia voluntad.

—¡De nuevo me desesperas, Maximilien! —dijo Valentine—. Una vez más, revuelves el puñal en la herida. ¿Qué harías tú, dilo, si tu hermana escuchase un consejo como el que acabas de darme?

—Señorita —añadió Morrel con una sonrisa amarga—. Soy un egoísta, tú lo has dicho, y en mi calidad de egoísta, no pienso en lo que harían los demás en mi caso, sino en lo que haré yo. Pienso que hace un año que te conozco y que he puesto, desde el día en que te conocí todas mis esperanzas de felicidad en tu amor; que llegó un día en el que me dijiste que me amabas, y que desde entonces cifré todas mis esperanzas futuras en tu posesión: eso era mi vida. Ahora ya no pienso nada, me digo, sólo, que la suerte ha cambiado, que esperaba ganar el cielo y que lo he perdido. Todos los días sucede que un jugador pierde, no sólo lo que tenía, sino hasta lo que no tiene.

Morrel pronunció estas palabras con mucha calma; Valentine le miró un instante con sus grandes ojos interrogadores, tratando de no dejar penetrar en los de Morrel la turbación que iba sintiendo en el fondo de su pecho.

—Pero, en fin, ¿qué vas a hacer? —preguntó Valentine.

—Voy a tener el honor de decirte adiós, señorita, poniendo a Dios, que oye mis palabras y lee en mi corazón, por testigo de que te deseo una vida tranquila, muy feliz y muy completa para que no haya sitio para mi recuerdo.

—¡Oh! —murmuró Valentine.

—Adiós, Valentine, adiós —dijo Morrel inclinándose.

—¿Adónde vas? —gritó alargando su mano a través de la verja y cogiendo a Maximilien por su traje, pues la muchacha comprendía que la calma de su amado no podía ser real—. ¿Adónde vas?

—Voy a ocuparme de no aportar una nueva turbación a tu familia, y dar un ejemplo que podrán seguir todos los hombres honrados y devotos que se encuentren en mi posición.

—Antes de dejarme, dime qué vas a hacer, Maximilien.

El joven sonrió tristemente.

—¡Oh! Habla, habla —pidió Valentine—. Te lo ruego.

—¿Tu resolución ha cambiado, Valentine?

—No puede cambiar, desdichado. ¡Lo sabes perfectamente! —exclamó la muchacha.

—Entonces, adiós, Valentine.

Valentine sacudió la verja con una fuerza que nadie le hubiera creído; y como Morrel se alejaba, pasó sus dos manos a través de la verja y las juntó retorciéndose los brazos.

—¿Qué vas a hacer? ¡Quiero saberlo! —exclamó ella—. ¿Adónde vas?

—¡Oh! Estate tranquila —dijo Maximilien deteniéndose a tres pasos de la puerta—, mi intención es la de no hacer responsable a nadie de los rigores de mi suerte. Otro te amenazaría con ir al encuentro de Franz, provocarlo y batirse con él, pero eso es insensato. ¿Qué tiene que ver Franz en todo esto? Me ha visto esta mañana por primera vez y ya se ha olvidado de mí; ni siquiera sabía que existía cuando se hizo el convenio entre vuestras familias para que uno fuese del otro. No tengo nada contra Franz, y te lo juro, no iré en su busca.

—Pero ¿con quién la vas a tomar? ¿Conmigo?

—¿Contigo, Valentine? ¡Oh, Dios me libre! La mujer es sagrada; y la mujer que se ama, una santa.

—Entonces, ¿será sobre ti, desdichado?

—¿No soy yo el culpable, acaso? —dijo Morrel.

—Maximilien —dijo Valentine—. Maximilien, ven aquí, lo quiero.

Maximilien se aproximó con una dulce sonrisa, y a no ser por su palidez, se hubiese creído que estaba en su estado normal.

—Escúchame, mi querida, mi adorada Valentine —dijo con su voz melodiosa y grave—, las personas como nosotros que nunca han tenido que enrojecer ante los hombres, ni delante de sus padres ni ante Dios; las personas como nosotros pueden leer en el corazón de uno o del otro como en un libro abierto. No me he dado a lo novelesco, ni soy un héroe romántico, ni me pongo como un Manfredo ni un Antony; pero sin palabras, sin protestas y sin juramentos, he puesto mi vida en ti; tú me faltas, y obras con mucha razón, te lo he dicho y lo repito en fin, tú me faltas y mi vida está perdida. Desde el momento en que tú te alejas de mí, Valentine, yo me quedo solo en el mundo. Mi hermana es feliz junto a su marido; su marido no es más que mi cuñado, es decir un hombre emparentado conmigo según las leyes sociales; nadie tiene, pues, necesidad de mí en la tierra y mi existencia es inútil. He aquí lo que haré: voy a esperar hasta el último segundo a que estés casada, porque no quiero perder la sombra de una de esas casualidades imprevistas que a veces nos guarda el azar. El señor Franz puede morir de aquí a entonces, puede caer un rayo en el altar en el momento de aproximaros; en fin, todo parece posible para un condenado a muerte, y para él no son imposibles los milagros que tratan de salvar la vida. Esperaré, pues, hasta el último momento, y cuando mi desgracia sea cierta, sin remedio, sin esperanza, escribiré una carta confidencial a mi cuñado, otra al prefecto de policía para comunicarle mi deseo, y en un rincón de cualquier bosque, en la orilla de cualquier fosa o al borde de cualquier río, me saltaré la tapa de los sesos; tan seguro como soy el hijo del hombre más honrado que haya vivido en Francia.

Un estremecimiento convulsivo agitó los miembros de Valentine; dejó la verja que agarraba con sus manos, sus brazos cayeron a sus costados, y dos gruesas lágrimas corrieron por sus mejillas.

El joven permaneció delante de ella, sombrío y resuelto.

—¡Oh! Por piedad, por piedad —dijo ella—. Vivirás, ¿verdad?

—No, palabra de honor —dijo Maximiliem—. Pero ¿qué te importa? Tú habrás cumplido con tu deber, y tu conciencia no te remorderá.

Valentine cayó de rodillas conteniendo su corazón que se destrozaba.

—Maximilien —dijo ella—, Maximilien, amigo mío, mi hermano sobre la tierra, mi verdadero esposo en el cielo, te lo ruego; haz como yo, vive con el sufrimiento. Un día u otro tal vez nos reunamos.

—¡Adiós, Valentine! —repitió Morrel.

—¡Dios mío! —exclamó Valentine levantando sus manos al cielo con sublime expresión—. Ya lo ves, he hecho todo lo posible para ser una hija sumisa; he rogado, suplicado, implorado; él no ha escuchado mis ruegos ni mis súplicas ni mis lágrimas. ¡Pues bien! —continuó ella enjugándose las lágrimas y recobrando su firmeza—. Pues bien, no quiero morir de remordimientos, prefiero morir de vergüenza. Tú vivirás, Maximilien, y yo no seré de nadie más que de ti. ¿A qué hora? ¿En qué momento? ¿Es inmediatamente? Habla, ordena, estoy lista.

Morrel, que nuevamente había dado unos pasos para alejarse, regresó, y, pálido de alegría, el corazón palpitante de gozo, alargó a través de la verja sus dos manos a Valentine.

—Valentine —dijo—, querida amiga, no debes hablarme así, o si no déjame morir. ¿Por qué te has de entregar a la violencia si me amas como yo te amo? ¿Me obligas a vivir por compasión, no es eso? En ese caso, prefiero morir.

—En realidad —murmuró Valentine—. ¿Quién me ama en el mundo? Él. ¿Quién me ha consolado en todos mis dolores? Él. ¿Sobre quién reposan mis esperanzas, sobre quién se detiene mi vista espantada, sobre quién descansa mi corazón afligido? Sobre él, siempre sobre él. Pues bien, tú tienes razón, a tu vez; Maximilien, te seguiré, abandonaré la casa paterna, todo. ¡Cuán ingrata soy! —exclamó Valentine sollozando—. ¡Todo!... ¡Incluso me olvidaba de mi abuelo!

—No —dijo Maximilien—, tú no le abandonarás. El señor Noirtier ha demostrado simpatía por mí, según dijiste; pues bien, antes de huir le dirás todo; su consentimiento será tu escudo ante Dios; después, cuando estemos casados, vendrá con nosotros y en vez de un hijo tendrá dos. Me has dicho como le hablabas y te respondía; también yo aprenderé muy pronto ese lenguaje de los signos, sí, Valentine. ¡Oh! Te lo juro, en vez de la desesperación que no espera, te prometo la felicidad.

—¡Oh! Mira, Maximilien, mira cuán grande es tu poder sobre mí que casi me haces creer en lo que dices, y sin embargo, lo que me estás diciendo es insensato, porque mi padre me maldecirá, jamás me perdonará. Así, pues, escúchame, Maximilien, si por artificio, por súplica, por accidente, qué sé yo; en fin, si por algún medio se retrasase la boda, me esperarías, ¿no es cierto?

—Sí, te lo juro, como tú me juras que ese horrible matrimonio no se celebrará nunca, y que, aún arrastrándote ante el magistrado, y ante el sacerdote, ¿dirás que no?

—Te lo juro, Maximilien, por lo más sagrado del mundo, por mi madre.

—Entonces, esperaremos —dijo Morrel.

—Sí, esperaremos —replicó Valentine, que respiraba ante esta palabra—. Hay tantas cosas que pueden salvar a dos desgraciados como nosotros.

—Me fío de ti, Valentine —dijo Morrel—, todo lo que hagas estará bien hecho; sólo si son desoídas tus súplicas, si tu padre, si la señora de Saint-Méran exigen que el señor d'Epinay sea llamado mañana a firmar el contrato...

—Entonces, tienes mi palabra, Morrel.

—En vez de firmar...

—Vendré a reunirme contigo y huiremos; pero de aquí a entonces no tentemos a Dios, Morrel; no nos veamos más. Es milagroso, providencial que no hayamos sido sorprendidos; si supiesen que nos vemos no tendríamos ninguna salida.

—Tienes razón, Valentine; pero cómo saber...

—Por el notario, el señor Deschamps.

—Le conozco.

—Y por mí. Te escribiré, créeme. ¡Dios mío! Este matrimonio, Maximilien, me es tan odioso como a ti.

—Bien, bien. Gracias, mi Valentine adorada —añadió Morrel—. Entonces está dicho todo; una vez sepa la hora, vendré aquí, tú saltarás ese muro en mis brazos; la cosa no puede ser más fácil. Un coche nos esperará en la puerta del huerto, tú subirás conmigo, te conduciré a casa de mi hermana; allí, desconocidos si así te conviene o pregonándolo si así lo deseas, demostraremos nuestra fuerza y nuestra voluntad, y no nos dejaremos degollar como el cordero que no se defiende más que con suspiros.

—Sea —dijo Valentine—, a mi vez, yo te diré: Maximilien, lo que hagas estará bien hecho.

—¡Oh!

—¿Y bien? ¿Estás contento de tu mujer? —dijo tristemente la joven.

—Mi Valentine adorada, es poco decir que sí.

—Dilo siempre.

Valentine se había aproximado, o más bien había acercado sus labios a la verja, y sus palabras se deslizaban con su aliento perfumado hasta los labios de Morrel, que pegaba su boca al otro lado de la fría e inexorable pared.

—Hasta la vista —dijo Valentine arrancándose a aquella dicha—. Hasta la vista.

—¿Tendré una carta tuya?

—Sí.

—¡Gracias, querida mujer! ¡Hasta la vista!

Se escuchó el ruido de un beso inocente y perdido y Valentine escapó bajo los tilos.

Morrel oyó los últimos ruidos de su falda rozando la alameda, de sus pies haciendo crujir la arena, y levantó los ojos al cielo con una inefable sonrisa para dar gracias al Creador por permitir que le amasen así, y desapareció a su vez.

El joven regresó a su casa y esperó durante todo lo que quedaba de día y durante toda la jornada del día siguiente sin recibir nada. Al fin, hacia las diez de la mañana del siguiente día, cuando iba a dirigirse a casa del notario señor Deschamps, recibió por Correos una carta que reconoció como de Valentine, aunque nunca había visto su letra.

Estaba concebida en los siguientes términos:

Lágrimas, súplicas y ruegos no han conseguido nada. Ayer, durante dos horas estuve en la iglesia de Saint Philippe du Roule, y durante dos horas he rogado a Dios con todo mi corazón; Dios es tan insensible como los hombres, y la firma del contrato se ha fijado para esta noche a las nueve.

No tengo más que una palabra, como no tengo más que un corazón, Morrel, y esa palabra te ha sido dada: ese corazón es tuyo.

Esta noche, pues, a las nueve menos cuarto, en la verja.

Tu mujer,

VALENTINE DE VILLEFOR

P. D. — Mi pobre abuela va de mal en peor; ayer, su exaltación se hizo delirio; hoy, su delirio se volvió casi locura.

¿Me querrás mucho, no es cierto, Morrel, para hacerme olvidar que la he abandonado en este estado?

Creo que se oculta a mi abuelo Noirtier que la firma del contrato debe celebrarse esta noche.

Morrel no se limitó a los informes que le daba Valentine; fue a casa del notario, que le confirmó la noticia de la firma del contrato para aquella noche a las nueve.

Después pasó por casa de Montecristo; allí aún supo más. Franz había acudido a anunciarle la solemnidad; por su parte, la señora de Villefort había escrito al conde para rogarle que le excusara si no le invitaba; pero la muerte del señor de Saint-Méran y el estado en que se encontraba su viuda ponían aquella reunión un velo de tristeza con el cual no quería ensombrecer la frente del conde, a quien deseaba toda clase de felicidad.

La víspera, Franz había sido presentado a la señora de Saint-Méran, que había abandonado el lecho para esta presentación y que volvió a acostarse enseguida.

Morrel, es fácil de comprender, estaba en un estado de agitación que no podía escapar a la mirada penetrante del conde; también Montecristo estuvo con él más afectuoso que nunca; tan cordial que Maximilien estuvo a punto de decirle todo en dos o tres ocasiones. Pero se acordó de la promesa dada a Valentine, y su secreto permaneció en el fondo de su corazón.

El joven releyó veinte veces durante el día la carta de Valentine. Era la primera vez que ella le escribía, ¡y en qué ocasión! Cada vez que releía esta carta, Maximilien renovaba en el propósito de hacer feliz a Valentine. En efecto, ¡qué temeridad tiene la joven que toma una resolución tan valerosa! ¡Qué abnegación no merece de parte de aquel a quien se ha sacrificado todo! ¡Y cómo realmente para su amante debe ser el primero y más digno objeto de su culto! A la vez es reina y mujer, y no hay alma suficiente para darle gracias y amarla.

Morrel pensaba, con inexplicable agitación, en el momento en que Valentine llegase a decirle:

—¡Aquí me tienes, Maximilien! ¡Cógeme!

Había organizado todo para la huida; dos escalas habían sido ocultadas en la cabaña del huerto; un cabriolé que debía conducir personalmente Maximilien, esperaba, sin criados y sin luces, al volver la primera calle encenderían las linternas, porque no era cosa de que, por exceso de precauciones, cayesen en manos de la policía.

De vez en cuando se estremecía el cuerpo de Morrel; pensaba en el instante en que, al lado de la tapia, ayudaría a Valentine en su descenso, y en que la sentiría temblorosa y abandonada en sus brazos como jamás la había cogido al tomarla de la mano y besar la punta de su dedo.

Pero cuando llegó la tarde, cuando Morrel sintió que se aproximaba la hora, experimentó la necesidad de estar solo; su sangre hervía, las simples preguntas, la sola voz de un amigo le hubiese irritado; se encerró en su casa y trató de leer, pero su mirada se deslizaba por las páginas sin comprender nada; acabó por arrojar el libro y volver a proyectar por segunda vez su plan, sus escalas y su huerto.

Al fin llegó la hora.

Jamás hombre enamorado dejó a los relojes hacer tan tranquilizante su recorrido; Morrel atormentó a los suyos hasta que dieron las siete y media desde las seis. Entonces se dijo que era hora de partir, que las nueve eran realmente la hora de la firma del contrato, pero que sin duda alguna Valentine no esperaría aquella firma inútil; en consecuencia, Morrel, después de haber salido de la calle Meslay a las siete y media de su reloj, entró en el huerto cuando daban las ocho en Saint Philippe du Roule.

El caballo y el cabriolé fueron ocultados tras una pequeña cabaña en ruinas en la cual solía esconderse Morrel.

Poco a poco fue declinando el día, y las hojas del jardín se apelmazaron en gruesas matas de un negro opaco.

Entonces, Morrel salió de su escondite y fue a mirar, con el corazón palpitante, por el agujero de la verja; aún no había nadie.

Las ocho y media sonaron.

Transcurrió una media hora de espera; Morrel se paseaba de un lado a otro, y a intervalos cada vez más breves acudía a mirar por entre los tablones. El jardín se oscurecía cada vez más; pero en la oscuridad buscaba inútilmente la falda blanca, y en el silencio escuchaba en vano el ruido de pasos.

La casa que se percibía a través del follaje permanecía sombría y no presentaba ninguna de las características de una casa que se abre para un acontecimiento tan importante como es la firma de un contrato de bodas.

Morrel consultó su reloj, que marcaba las nueve y tres cuartos; pero casi inmediatamente la misma voz del reloj, ya oída dos o tres veces, rectificó el error de su reloj dando las nueve y media.

Ya era media hora de espera más de lo que había fijado la misma Valentine; ella dijo las nueve, más bien antes que después.

Éste fue el momento más terrible para el corazón del joven, sobre el cual cada segundo caía como un martillo de plomo.

El más débil ruido del follaje, el menor susurro del viento llegados a su oído le hacían subir el sudor a su frente; entonces, estremeciéndose, se agarraba a su escala, y para no perder tiempo, ponía el pie sobre el primer peldaño.

En medio de estas alternativas de temor y esperanza, en medio de estas dilaciones y de estos encogimientos de corazón, sonaron las diez en la iglesia.

«¡Oh! —murmuró Maximilien, con terror—. Es imposible que la firma de un contrato dure tanto tiempo, a menos que haya acontecimientos imprevistos. He calculado todas las probabilidades y el tiempo que llevan las formalidades; algo ha pasado».

Y entonces, tan pronto se paseaba con agitación delante de la verja como iba a apoyar su frente sobre el hierro helado. ¿Se había desvanecido Valentine después del contrato o había sido detenida en su fuga? Éstas eran las únicas hipótesis en que podía pensar el joven y las dos le desesperaban.

Se obstinó en la idea de que en medio de su huida habían faltado las fuerzas a Valentine, y ella había caído desvanecida en medio de cualquier alameda.

—¡Oh! Si es así, la perdería por culpa mía —exclamó, abalanzándose a lo alto de la escala.

El demonio había soplado esta idea que no le dejaba y le seguía atormentando con esa tenacidad que hace de ciertas dudas convicciones al cabo de un instante de pensar en ellas. Sus ojos que buscaban en la oscuridad creyeron percibir, bajo la sombría alameda, un objeto yaciente; Morrel se aventuró hasta a llamarla, y le pareció que el viento le traía hasta una queja inarticulada.

Al fin sonó la media a su vez; era imposible esperar más tiempo, todo era posible; las sienes de Maximilien latían con fuerza, espesas nubes pasaban ante sus ojos; montó sobre la tapia y saltó al otro lado.

Estaba en casa de Villefort, y acababa de entrar en ella por escalamiento; pensó en las consecuencias que podía tener semejante acción, pero no había llegado hasta allí para retroceder.

En un instante se puso al otro lado del macizo. Desde aquel punto se divisaba la casa.

Entonces, Morrel se aseguró de una cosa que ya había supuesto al deslizar su mirada a través de los árboles, que en vez de las luces que pensaba ver brillar en todas las ventanas, como es natural en los días de ceremonia, no vio más que la masa gris y velada todavía por una gran cortina sombría que proyectaba una nube inmensa interpuesta ante la luna.

Una luz pasaba de cuando en cuando como perdida, por delante de tres ventanas del primer piso. Esas tres ventanas pertenecían a los aposentos de la señora de Saint-Méran.

Otra luz permanecía inmóvil tras de los cortinajes rojos. Estos cortinajes eran los del dormitorio de la señora de Villefort.

Morrell adivinó todo esto. Infinidad de veces, para seguir a Valentine con su pensamiento a todas las horas del día, infinidad de veces, decíamos, se había hecho el plano de aquella casa y sin haberla visto la conocía.

El joven aún se asustó más ante esta oscuridad y aquel silencio que por la ausencia de Valentine.

Perdido, loco de dolor, decidió arrostrarlo todo para volver a ver a Valentine y asegurarse de la desgracia que presentía, cualquiera que fuese. Morrel alcanzó los límites del macizo y se disponía a atravesar lo más rápidamente posible el parterre, completamente descubierto, cuando un sonido de voces bastante alejadas, pero que el viento le traía, llegó hasta él.

A este ruido dio un paso atrás; casi había salido del enramado, y volvió a internarse en él permaneciendo inmóvil y completamente silencioso en la oscuridad.

Su resolución había sido tomada: si era Valentine sola, la advertiría a su paso; si iba acompañada, al menos la vería y se aseguraría de que no le había sucedido ninguna desgracia; si eran extraños, escucharía algunas palabras de su conversación y llegaría a comprender aquel misterio, incomprensible hasta el momento.

Entonces salió la luna de la nube que la ocultaba, y sobre la puerta de la escalinata, Morrel vio aparecer a Villefort seguido de un hombre vestido de negro. Ambos descendieron los peldaños y avanzaron hacia el macizo. No habían dado cuatro pasos cuando Morrel reconoció en aquel hombre vestido de negro al doctor d'Avrigny.

Al verlos venir hacia él, el joven retrocedió maquinalmente ante ellos hasta que encontró el tronco de un sicomoro que formaba el centro del macizo; allí se vio obligado a detenerse.

Pronto dejó de rechinar la arena bajo la pisada de los dos paseantes.

—¡Ah, mi querido doctor! —dijo el procurador del rey—. El cielo se declara en contra de mi casa. ¡Qué muerte más horrible! ¡Qué rayo! No trate de consolarme... ¡Ay! La herida está demasiado viva y es muy profunda. ¡Muerte, muerte!

Un sudor frío heló la frente del joven e hizo rechinar sus dientes. ¿Quién, pues, había muerto en la casa que el mismo Villefort consideraba maldita?

—Mi querido señor de Villefort —respondió el médico, con un acento que aumentaba el terror del joven—. No le he traído hasta aquí para consolarle, sino para todo lo contrario.

—¿Qué quiere decir? —preguntó el procurador del rey asustado.

—Me refiero a que tras la desgracia que acaba de sucederle, aún hay algo tal vez mucho más grande.

—¡Oh, Dios mío! —murmuró Villefort, juntando las manos—. ¿Qué va a decir todavía?

—¿Estamos completamente solos, amigo mío?

—¡Oh, sí! Bien solos. Pero ¿qué significan todas estas precauciones?

—Significan que tengo una confidencia terrible que hacerle —dijo el doctor—. Sentémonos.

Villefort cayó más que se sentó en un banco. El doctor permaneció de pie delante de él, con una mano apoyada sobre su hombro. Morrel, muerto de espanto, tenía una mano sobre su frente y con la otra contenía su corazón, del que temía que oyesen sus latidos.

«¡Muerta, muerta!», repetía su pensamiento con la voz de su corazón.

Y el mismo se sentía morir.

—Hable, doctor, le escucho —dijo Villefort—. Golpee, estoy preparado a todo.

—La señora de Saint-Méran sin duda era anciana, pero gozaba de una salud excelente.

Morrel respiró por primera vez desde hacía diez minutos.

—La tristeza la ha matado —dijo Villefort—. Sí, la tristeza, doctor. ¡Esa costumbre de vivir cuarenta años con el marqués!

—No ha sido la tristeza, mi querido Villefort —dijo el doctor—. La tristeza puede matar, aunque los casos sean raros, pero no mata en un día, ni tampoco en unas horas y menos en diez minutos.

Villefort no respondió nada; sólo levantó la cabeza que había tenido bajada hasta entonces, y miró al doctor con ojos espantados.

—¿Estuvo usted presente durante la agonía? —preguntó el señor d'Avrigny.

—Sin duda —respondió el procurador del rey—. Usted me dijo en voz baja que no me alejase.

—¿Ha notado usted los síntomas del mal a que ha sucumbido la señora de Saint-Méran?

—Ciertamente; la señora de Saint-Méran ha tenido tres ataques sucesivos en pocos minutos, y cada vez han sido más próximos y graves. Cuando usted llegó la señora de Saint-Méran ya hacía unos minutos que estaba jadeante; había tenido una crisis que yo tomé por un simple ataque de nervios; pero empecé a espantarme realmente cuando la vi incorporarse sobre su lecho, con los miembros y el cuello tiesos. Entonces, al ver su cara, comprendí que la cosa era más grave de lo que creía. Pasada la crisis busqué sus ojos, pero no los encontré. Usted tenía el pulso, contaba los latidos y apareció la segunda crisis, cuando usted aún no se había vuelto hacia mí. Esta segunda crisis fue peor que la primera: los mismos movimientos nerviosos se reprodujeron, y la boca se contrajo y se volvió violácea. A la tercera, expiró. Ya, desde el fin de la primera, había reconocido el tétanos; usted me confirmó en esta opinión.

—Sí, delante de todo el mundo —replicó el doctor—. Pero ahora estamos solos.

—¿Qué va usted a decirme, Dios mío?

—Que los síntomas del tétanos y del envenenamiento por materias vegetales son absolutamente los mismos.

El señor de Villefort se levantó sobre sus pies; después, tras un instante de inmovilidad y de silencio, volvió a caer sobre el banco.

—¡Oh, Dios mío! —dijo—. Doctor, ¿piensa usted bien en lo que me ha dicho?

Morrel no sabía si estaba soñando o despierto.

—Escuche —dijo el doctor—, conozco la importancia de mi declaración y el carácter del hombre a quien se la hago.

—¿Es al magistrado o al amigo a quien habla? —preguntó Villefort.

—Al amigo, al amigo sólo en este momento; la relación que existe entre los síntomas del tétanos y del envenenamiento por sustancias vegetales son tan idénticos que si me hiciese firmar lo que he dicho, dudaría. Así, pues, se lo repito; no es al magistrado a quien me dirijo, sino al amigo. Pues bien, al amigo le digo: durante los tres cuartos de hora que ha durado la agonía he estudiado las convulsiones y la muerte de la señora de Saint-Méran. Pues bien, en mi convicción, no sólo la señora de Saint-Méran ha muerto envenenada, sino que aún diría, sí, diría qué veneno la ha matado.

—¡Señor, señor!

—Todo ha sido, como usted vio, somnolencia interrumpida por crisis nerviosas, sobreexcitaciones cerebrales y torpeza de los centros. La señora de Saint-Méran ha sucumbido ante una violenta dosis de brucina o de estricnina, que por casualidad, sin duda, o por equivocación, han podido administrarle —Villefort cogió la mano del doctor.

—¡Oh, eso es imposible! —dijo—. Estoy soñando, Dios mío... Sueño. Es espantoso oír decir cosas semejantes a un hombre como usted. En el nombre del cielo, se lo suplico, querido doctor, dígame que puede equivocarse.

—Sin duda, claro que puedo; sin embargo...

—¿Sin embargo?

—Que no lo creo.

—Doctor, tenga piedad de mí; desde hace algunos días me suceden tantas cosas inauditas, que creo posible volverme loco.

—¿Ha visto algún otro, que no haya sido yo, a la señora de Saint-Méran?

—Nadie.

—¿Han enviado a casa del farmacéutico alguna receta que no me haya sido sometida a consulta?

—Ninguna.

—¿La señora de Saint-Méran tiene enemigos?

—No se los conozco.

—¿Quién puede tener interés en su muerte?

—No, Dios mío, no; mi hija es su única heredera, sólo Valentine... ¡Oh! Si semejante pensamiento pudiera ocurrírseme, me apuñalaría para castigar a mi corazón por haber podido abrigar un solo instante semejante pensamiento.

—¡Oh! —exclamó a su vez el señor d'Avrigny—. Mi querido amigo, Dios me libre de acusar a nadie, no hablo más que de un accidente, compréndalo bien, de un error. Pero accidente o error, el hecho es el que habla en voz baja a mi conciencia, y el que quiere que mi conciencia hable alto. Infórmese usted.

—¿A quién? ¿Cómo? ¿De qué?

—Veamos... Barrois, el viejo criado, ¿no se habrá equivocado y habrá dado a la señora de Saint-Méran alguna poción preparada para su amo?

—¿Para mi padre?

—Sí.

—Pero ¿cómo puede envenenar a la señora de Saint-Méran una poción preparada para el señor Noirtier?

—Nada más sencillo. Usted ya sabe que en ciertas enfermedades los venenos se convierten en un remedio; la parálisis es una de esas enfermedades. Hará cosa de unos tres meses, después de haber empleado todo para devolver el movimiento y la palabra al señor Noirtier, me decidí a intentar un último medio desde hace tres meses, dijo, lo trato con brucina; así, pues, en la última poción ordené que entrasen seis centigramos; estos seis centigramos no tienen acción sobre los miembros paralíticos del señor Noirtier, y a los cuales, por otra parte, ya está acostumbrado por las sucesivas dosis; pero seis centigramos bastan para matar a otra persona.

—Mi querido doctor, no existe ninguna comunicación entre el aposento del señor Noirtier y el de la señora de Saint-Méran, y Barrois jamás ha entrado en el dormitorio de mi suegra. En fin, doctor, le diré que, a pesar de que sepa que es usted el hombre más concienzudo y el más hábil del mundo, y aunque en cualquier circunstancia su palabra sea para mí una llama que me guía al igual que la luz del sol. Pues bien, doctor... Tengo necesidad, a pesar de esta convicción, de apoyarme en este axioma *errare humanum est*.

—Escuche, Villefort —dijo el doctor—, ¿existe alguno de mis compañeros en quien tenga usted tanta confianza como en mí?

—¿Por qué dice eso? ¿Adónde quiere usted llegar?

—Llámele, le diré lo que he visto, lo que he notado, y haremos la autopsia.

—¿Y usted encontrará rastros de veneno?

—No, nada de veneno; no he dicho eso, pero constataremos la alteración del sistema nervioso, reconoceremos la asfixia patente, incontestable, y diremos: querido Villefort, si es por negligencia como ha sucedido, vigile a sus criados; si es por odio, vigile a sus enemigos.

—¡Oh, Dios mío! ¿Qué me propone usted d'Avrigny? —respondió Villefort, abatido—. Desde el momento en que haya otro en el secreto, vendrá una encuesta necesariamente, y una encuesta en mi casa, ¡imposible! Por lo tanto —continuó el procurador del rey, recobrándose y mirando al médico con inquietud—, por lo tanto, si usted quiere, si lo exige absolutamente, lo haré. En efecto, posiblemente deba esperar las consecuencias de este asunto; mi carácter me lo ordena. Pero, doctor, me ve usted abatido de dolor, e introducir en mi casa tanto escándalo después de tanto dolor... ¡Oh, mi mujer y mi hija morirían! Y yo, doctor, usted lo sabe, no llega un hombre a ser procurador del rey durante veinticinco años sin acarrearse buen número de enemigos; los míos son numerosos. Este asunto constituiría para ellos un triunfo que les haría saltar de alegría, y a mí me cubriría de vergüenza. Doctor, perdóneme estas ideas mundanas... Si usted fuese un sacerdote, no me atrevería a decirle esto; pero usted es un hombre, usted conoce a los hombres... Doctor, doctor, usted no me ha dicho nada, ¿no es cierto?

—Mi querido señor de Villefort —respondió el doctor, conmovido—, mi primer deber es la humanidad. Yo hubiese salvado a la señora de Saint-Méran si la ciencia hubiera tenido poder para hacerlo, pero ella está muerta y me debo a los vivos. Enterremos en lo más profundo de nuestros corazones este secreto. Me permitiré, si alguien indaga, que se impute a mi ignorancia el silencio que he guardado sobre esto. Sin embargo, señor, busque continuamente, busque activamente, porque puede que esto no se detenga ahí. Y cuando usted haya encontrado al culpable, si usted lo logra, yo le diré: usted es magistrado, haga lo que le parezca.

—¡Oh, gracias, gracias, doctor! —dijo Villefort, con una alegría indecible—. Jamás he tenido un amigo mejor que usted.

Y como si temiera que el doctor d'Avrigny se retractase de esta concesión, se levantó y lo acompañó hacia la casa.

Ambos se alejaron.

Morrel, como si tuviese necesidad de respirar, sacó su cabeza de entre las ramas; la luna iluminó aquel rostro tan pálido que se le hubiese tomado por un fantasma.

—¡Dios me proteja! —dijo—. Pero... y Valentine... ¡Pobre amiga! ¿Resistirá ella tanto dolor?

Diciendo estas palabras, miraba alternativamente a las cortinas rojas y a las tres ventanas de los cortinajes blancos.

La luz casi había desaparecido por completo de la ventana de las cortinas rojas. Sin duda, la señora de Villefort acababa de apagar su lámpara y sólo la lamparilla enviaba sus reflejos a los cristales.

En la extremidad del edificio vio abrirse una de las tres ventanas de cortinas blancas. Una bujía colocada sobre la chimenea arrojó fuera algunos rayos de su pálida luz, y una sombra fue a acodarse un instante en el balcón.

Morrel se estremeció; le pareció haber escuchado un sollozo.

No era extraño que aquella alma ordinariamente tan animosa y tan fuerte, ahora se turbase y se exaltara ante las dos pasiones humanas más fuertes, el amor y el miedo, y se debilitase al punto de sufrir alucinaciones supersticiosas.

Aunque era imposible que la mirada de Valentine lo distinguiese, oculto como estaba, creyó oírse llamar por la sombra de la ventana; su espíritu turbado se lo decía, y su corazón ardiente lo repetía. Aquel doble error era una realidad irresistible, y por uno de esos incomprensibles impulsos juveniles, saltó fuera de su escondite, y en dos zancadas, aun a riesgo de ser visto, o de asustar a Valentine, a riesgo de dar la alarma ante cualquier grito escapado a la muchacha, franqueó el parterre que la luna hacía amplio y blanco como un lago, y alcanzó la fila de macetas de naranjos que se extendían a lo largo de la casa, subió los peldaños de la escalinata, y empujó la puerta, que se abrió sin resistencia.

Valentine no le había visto; sus ojos levantados al cielo seguían una nube plateada que se deslizaba en el azul, y cuya forma era la de una sombra que ascendía al cielo; su espíritu poético y exaltado le decía que era el alma de su abuela.

Entretanto, Morrel había atravesado la antesala y encontrado la rampa de la escalera; las alfombras extendidas sobre los escalones amortiguaban sus pasos; por otra parte, Morrel había llegado a tal punto de exaltación que la presencia del señor de Villefort incluso no le hubiese asustado. Si el señor de Villefort se hubiese presentado ante él, su resolución estaba tomada: se acercaría a él y le confesaría todo, rogándole que le escuchase y aprobase aquel amor que unía a su hija y a él; Morrel estaba loco.

Por suerte, no vio a nadie.

Entonces fue cuando le sirvieron realmente las descripciones que Valentine le había dado del plano interior de la casa; llegó sin accidente a lo alto de la escalera, y una vez allí, cuando se orientaba, un sollozo, del que reconoció la expresión, le indicó el camino que debía seguir; se volvió, una puerta entreabierta dejaba llegar hasta él un reflejo de luz y el sonido de la voz sollozante. Empujó la puerta y entró.

Al fondo de una alcoba, bajo la sábana blanca que cubría su cabeza y dibujaba su forma, yacía la muerta, más espantosa aún a los ojos de Morrel desde la revelación del secreto que el azar quiso entregarle.

Al lado de la cama, de rodillas, la cabeza hundida en los cojines de una amplia tumbona, se estremecía Valentine deshecha en sollozos, extendiendo por encima de su cabeza, que no se veía, sus dos manos juntas y tiesas.

Había abandonado la ventana que continuaba abierta, y rezaba en voz alta con acentos que hubiesen conmovido al corazón más insensato; la palabra se escapaba de sus labios rápida, incoherente, ininteligible de tanto dolor como cerraba su garganta con sus quemantes apretones.

La luna se deslizaba a través de la abertura de las persianas, hacía palidecer la claridad de la bujía y azulaba con tintes fúnebres aquel cuadro de desolación.

Morrel no pudo resistir aquel espectáculo; no era de una piedad ejemplar, ni fácil de impresionar, pero Valentine sufriendo, llorando, retorciéndose los brazos ante él, era más de lo que podía soportar en silencio. Lanzó un suspiro, murmuró un nombre, y una cabeza anegada en llanto y amoratada por el terciopelo del sillón, una cabeza de Madelaine de Corregio, se levantó y quedó vuelta hacia él.

Valentine le vio y no manifestó ningún asombro. No existían más emociones intermedias en un corazón desolado por la suprema desesperación.

Morrel alargó la mano a su amiga. Valentine, por toda excusa de no haberlo ido a buscar, le mostró el cadáver yaciendo bajo la sábana, y empezó a sollozar.

Ni uno ni otro se atrevían a hablar en aquella habitación. Cada uno duda en romper aquel silencio que parecía ordenar la muerte, de pie en un rincón y con el dedo sobre los labios.

Por fin, Valentine fue la primera en romperlo.

—Amigo —dijo ella—, ¿cómo estás aquí? ¡Ay! Yo te diría, sé bien venido, si no fuese la muerte quien te ha abierto la puerta de esta casa.

—Valentine, estaba allí desde las ocho y media —dijo Morrel, con voz temblorosa y las manos juntas—. No te veía venir, la inquietud se apoderó de mí, salté por encima del muro y penetré en el jardín. Entonces oí las voces que hablaban del fatal accidente...

—¿Qué voces? —dijo ella.

Morrel se estremeció, porque toda la conversación del doctor y del señor de Villefort apareció en su memoria, y a través de la sábana creía ver aquellos brazos retorcidos, aquel cuello tieso y aquellos labios amoratados.

—La voz de tus criados me lo comunicaron todo —dijo.

—Pero venir hasta aquí significa perdernos, amigo mío —dijo Valentine, sin espanto y sin cólera.

—Perdóname —respondió Morrel en el mismo tono—. Me retiraré.

—No. Te encontrarían, quédate —dijo Valentine.

—Pero ¿y si vienen?

La muchacha sacudió la cabeza.

—Nadie vendrá —dijo—. Estate tranquilo, ésa es nuestra salvaguardia.

Y ella enseñó la forma del cadáver moldeado por la sábana.

—Pero ¿qué ha sucedido al señor d'Epinay? Dímelo, te lo suplico —añadió Morrel.

—El señor Franz llegó para firmar el contrato en el momento en que mi querida abuela daba su último suspiro.

—¡Ay! —dijo Morrel, con un sentimiento de alegría egoísta, porque pensaba que aquella muerte retardaba indefinidamente el matrimonio de Valentine.

—Pero lo que aumenta mi dolor —continuó la muchacha, como si esta emoción debiese recibir en el mismo instante su castigo— es que mi pobre abuela, al morir, ordenó que terminasen mi boda lo más pronto posible. ¡También ella, Dios mío, creyendo protegerme, ha actuado contra mí!

—Escucha —dijo Morrel.

Los dos jóvenes guardaron silencio.

Se oyó abrir una puerta, y unos pasos resonaron en el pasillo y en los peldaños de la escalera.

—Es mi padre que sale de su despacho —dijo Valentine.

—Y que acompaña al doctor —añadió Morrel.

—¿Cómo sabes tú que es el doctor? —preguntó Valentine, asombrada.

—Lo supongo —dijo Morrel

Valentine miró al joven.

Entretanto, se oyó la puerta de la calle cerrándose. El señor de Villefort dio una vuelta a la llave en la del jardín y luego subió la escalera.

Llegó hasta la antesala, se detuvo un instante, como si dudase de si debía entrar en sus habitaciones o en la de la señora de Saint-Méran. Morrel se colocó detrás de un postigo. Valentine no hizo ningún movimiento; se hubiese dicho que un supremo dolor la ponía por encima de todos los ordinarios.

El señor de Villefort entró en sus aposentos.

—Ahora —dijo Valentine— ya no puedes salir ni por la puerta del jardín ni por la de la calle.

Morrel miró a la muchacha con asombro.

—Ahora —prosiguió ella— no hay más que una salida permitida y segura: la del aposento de mi abuelo —ella se levantó—. Ven —dijo.

—¿Adónde? —preguntó Maximilien.

—Junto a mi abuelo.

—¿Yo con el señor Noirtier?

—Sí.

—¿Tú sueñas, Valentine?

—Estoy soñando desde hace tiempo. No tengo más que ese amigo en el mundo, y ambos tenemos necesidad de él. Ven.

—Ten cuidado, Valentine —dijo Morrel, vacilando ante lo que le ordenaba la muchacha—. Ya se me ha caído la venda de los ojos. Al venir aquí he cometido una locura. ¿Conservas bien toda tu razón, querida amiga?

—Sí —dijo Valentine—, y no tengo más que un escrúpulo en el mundo, dejar solos los restos de mi pobre abuela, que me encargué de guardar.

—Valentine, la muerte es sagrada por sí misma —dijo Morrel.

—Sí —respondió la muchacha—. Además, tardaremos poco, vamos.

Valentine atravesó el corredor y descendió una pequeña escalera que conducía al apartamento de Noirtier. Morrel la seguía de puntillas. Llegados al descansillo del piso, encontraron al viejo criado.

—Barrois, cierre la puerta y no deje entrar a nadie —dijo Valentine.

Ella pasó la primera.

Noirtier, aún en su sillón, estaba atento al menor ruido, informado por su viejo servidor de todo lo que pasaba, y fijaba sus miradas ávidas en la entrada de la habitación; vio a Valentine y su mirada brilló.

Había en el caminar y en la actitud de la joven algo grave y solemne que llamó la atención del anciano. Así, pues, sus ojos brillantes se convirtieron en interrogadores.

—Querido padre —dijo ella, con voz grave—, escúchame bien, sabes que mi buena mamá Saint-Méran ha muerto hace una hora, y ya no tengo, excepto a ti, más persona a quien amar en este mundo.

Una expresión de infinita ternura pasó por los ojos del anciano.

—Por lo tanto, a ti solo debo confesar mis pesares y mis esperanzas, ¿no es así?

El paralítico hizo signo de que sí.

Valentine cogió a Maximilien de la mano y le dijo:

—Entonces, mira bien a este señor.

El anciano fijó su mirada escrutadora y ligeramente asombrada sobre Morrel.

—Es Maximilien Morrel —dijo ella—, el hijo de ese honrado negociante de Marsella, del que tú, sin duda, has oído hablar.

—Sí —hizo el anciano.

—Es un apellido irreprochable, que Maximilien está a punto de hacer glorioso, porque a sus treinta años es capitán de *spahis* y oficial de la Legión de Honor.

El anciano hizo signos de que lo recordaba.

—Pues bien, buen papá —dijo Valentine, poniéndose de rodillas ante el anciano y señalando a Maximilien con la mano—, yo le amo y no seré más que suya. Si me obligan a casarme con otro, me dejaré morir o me mataré.

Los ojos del paralítico expresaron todo un mundo de pensamientos tumultuosos.

—Tú quieres a Maximilien Morrel, ¿no es cierto, buen papá? —preguntó la muchacha.

—Sí —hizo el anciano inmóvil.

—¿Y puedes protegernos a nosotros, que también somos tus hijos contra la voluntad de mi padre?

Noirtier fijó su mirada inteligente sobre Morrel, como para decirle:

«Eso, según».

Maximilien comprendió.

—Señorita, usted tiene un deber sagrado que cumplir en la habitación de su abuela. ¿Quiere permitirme tener el honor de hablar un instante con el señor Noirtier?

—Sí, sí, eso es —dijo la mirada del anciano. Después miró a Valentine con inquietud.

—¿Quieres decir cómo hará para comprenderte, buen papá?

—Sí.

—¡Oh! Estate tranquilo; hemos hablado muchas veces de ti y sabe muy bien cómo te hablo.

Después se volvió hacia Maximilien con una adorable sonrisa, aunque estaba velada por una profunda tristeza.

—Él sabe todo lo que yo sé —dijo ella.

Valentine se levantó, aproximó una silla para Morrel, recomendó a Barrois que no dejase entrar a nadie, y después de haber abrazado cariñosamente a su abuelo y decir adiós tristemente a Morrel, partió.

Entonces Morrel, para probar a Noirtier que tenía la confianza de Valentine y que conocía todos sus secretos, cogió el diccionario, la pluma y el papel, y colocó todo esto sobre una mesa en la que había una lámpara.

—Pero primeramente permítame, señor, que le cuente quién soy, cómo amo a Valentine y cuáles son mis deseos respecto a ella —dijo Morrel.

—Le escucho —hizo Noirtier.

Era un espectáculo imponente el de este anciano, fardo inútil en apariencia y convertido en el único protector, el único apoyo y el solo juez de dos jóvenes amantes, hermosos, fuertes y que entraban en la vida.

Su fisonomía, marcada por una nobleza y una austeridad notables, imponía a Morrel, que empezó su relato vacilando.

Entonces contó cómo había conocido y había amado a Valentine, y cómo ella, en su aislamiento y desgracia, había acogido la oferta de su devoción. Le dijo cuál había sido su origen, su posición y su fortuna; y más de una vez, cuando interrogaba la mirada del paralítico, ésta le respondía:

—Está bien, continúe.

—Ahora que le he dicho todo, señor, mi amor y mis esperanzas, ¿debo decirle mis proyectos? —inquirió Morrel, cuando concluyó la primera parte de su relato.

—Sí —hizo el anciano.

—Pues bien, he aquí lo que habíamos resuelto.

Y entonces contó todo a Noirtier; como un cabriolé esperaba en el huerto, cómo contaba raptar a Valentine, conducirla a casa de su hermana, casarse, y en una respetuosa espera aguardar el perdón del señor de Villefort.

—No —dijo Noirtier.

—¿No? —repitió Morrel—. ¿No es así como debe hacerse?

—No.

—Entonces, ¿este proyecto no tiene su asentimiento?

—No.

—Bien, hay otro medio —dijo Morrel.

La mirada interrogadora del anciano preguntó:

—¿Cuál?

—Iré al encuentro del señor Franz d'Epinay —continuó Maximilien—. Estoy contento de poder decirle esto durante la ausencia de la señorita de Villefort, y me comportaré con él de modo que se vea obligado a ser un hombre galante.

La mirada de Noirtier continuó interrogándole.

—¿Que qué haré?

—Sí.

—Pues verá. Iré en su busca, como le decía, le contaré los lazos que me unen a la señorita Valentine; si es un hombre delicado, probará su nobleza renunciando por sí mismo a la mano de su prometida, y mi amistad y nuestro afecto por él le seguirán hasta la muerte. Si se niega, bien porque le impulse el interés o porque un falso orgullo le haga insistir, después de haberle probado que molestaría a mi mujer, que Valentine me ama y que no puede amar a otro, me batiría con él dándole todas las ventajas, y lo mataría o me mataría. Si le mato, no se casará con Valentine; si me mata, estaré completamente seguro de que Valentine no se casará con él.

Noirtier consideraba, con un placer indecible, aquella noble y sincera fisonomía sobre la que se retrataban todos los sentimientos que sus palabras expresaban, añadiendo con la expresión de un buen rostro todo lo que el color añade a un dibujo sólido y verdadero.

No obstante, cuando Morrel hubo concluido de hablar, Noirtier cerró los ojos varias veces, lo que era, como se sabe, la manera de decir no.

—¿No? —dijo Morrel—. ¿Así que desaprueba este segundo proyecto, como rechazó el primero?

—Sí, lo desapruebo —indicó el anciano.

—Entonces, ¿qué hago, señor? —preguntó Morrel—. Las últimas palabras de la señora de Saint-Méran han sido para que el matrimonio de su nieta no se retrasase, ¿debo dejar que las cosas se cumplan?

Noirtier permaneció inmóvil.

—Sí, comprendo —dijo Morrel—. Debo esperar.

—Sí.

—Pero toda dilación nos perderá, señor —replicó el joven—. Sola Valentine y sin fuerza, la obligarán como a un chiquillo. Entré aquí subrepticiamente para saber qué había sucedido, he sido admitido milagrosamente por usted, y razonablemente no puedo esperar que esta buena suerte se repita. Créame, no hay más que esos dos partidos que le he propuesto; perdone esta vanidad a mi juventud, dígame cuál es el mejor. ¿Autoriza a la señorita Valentine a que se confíe a mi honor?

—No.

—¿Prefiere que vaya en busca del señor d'Epinay?

—No.

—Pero ¡Dios mío! ¿De quién vendrá ese socorro que esperamos del cielo?

El anciano sonrió con los ojos, como tenía costumbre de hacerlo cuando le hablaban del cielo. Siempre habían quedado algunas ideas de ateísmo en el antiguo jacobino.

—¿La casualidad? —replicó Morrel.
—No.
—¿De usted?
—Sí.
—¿De usted?
—Sí —repitió el anciano.
—¿Comprende usted bien lo que le pido, señor? Perdone mi insistencia, porque mi vida está en su respuesta. ¿Vendrá nuestra salvación de su parte?
—Sí.
—¿Está usted seguro?
—Sí.
—¿Responde usted?
—Sí.
Y había tal firmeza en la mirada que daba esta afirmación que no había manera de dudar de la voluntad, pero sí del poder.
—¡Oh! Gracias, señor, muchas gracias. Pero a menos que un milagro le devuelva la palabra, el gesto y el movimiento, ¿cómo podrá usted, encadenado a ese sillón, usted, mudo e inmóvil, cómo podrá oponerse a ese matrimonio?
Una sonrisa iluminó el semblante del anciano, sonrisa extraña la de aquellos ojos en un rostro inmóvil.
—Así, pues, ¿debo esperar? —preguntó el joven.
—Sí.
—Pero ¿y el contrato?
Apareció la misma sonrisa.
—¿Quiere usted decirme que no será firmado?
—Sí —indicó Noirtier.
—Así, pues, el contrato no será firmado —exclamó Morrel—. ¡Oh! Perdone, señor, pero el anuncio de una gran dicha permite dudar un poco. ¿El contrato no será firmado?
—No —indicó el paralítico.
A pesar de esta seguridad, Morrel dudaba. Aquella promesa de un anciano impotente resultaba tan extraña que en lugar de provenir de una fuerza de voluntad podía surgir de una debilidad de los órganos ¿No es natural que el insensato que ignora su locura pretenda realizar cosas que están por encima de sus fuerzas? El débil habla de los fardos que le-

vanta, el tímido de los gigantes que afronta, el pobre de los tesoros que maneja, y el más humilde campesino, a cuenta de su orgullo, se llama Júpiter.

Sea que Noirtier hubiese comprendido la indecisión del joven; sea que no añadiese completa fe a la docilidad que había demostrado, lo miró con fijeza.

—¿Qué quiere usted, señor? —preguntó Morrel—. ¿Que le renueve mi promesa de no hacer nada?

La mirada de Noirtier continuó fija y firme, como para decirle que una promesa no era suficiente. Luego pasó su mirada del rostro a la mano.

—¿Quiere que se lo jure, señor? —preguntó Maximilien.

—Sí —indicó el paralítico, con la misma solemnidad—. Lo quiero.

Morrel comprendió que el anciano daba una gran importancia a este juramento.

Extendió la mano y dijo:

—Sobre mi honor, le juro esperar lo que usted decida para actuar contra el señor d'Epinay.

—Bien —indicaron los ojos fijos del anciano.

—Ahora, señor, ¿ordena usted que me retire? —preguntó Morrel.

—Sí.

—¿Sin ver a la señorita Valentine?

—Sí.

Morrel hizo ademán de estar dispuesto a obedecer.

—Ahora, ¿permite usted, señor, que su hijo le bese como lo ha hecho hace un momento su hija?

No había duda al ver la expresión de los ojos de Noirtier.

El joven posó sobre la frente del anciano sus labios en el mismo lugar en que la muchacha había puesto los suyos.

Después saludó una segunda vez al anciano y salió.

En el rellano se encontraba el viejo servidor, avisado por Valentine; éste esperaba a Morrel y le guió por las revueltas de un pasillo sombrío que conducía a una puertecita que daba al jardín.

Llegado a él, Morrel alcanzó la verja; por la alameda llegó en un instante a lo alto del muro; y por su escala, en un segundo, estuvo en el huerto de alfalfa, en donde esperaba su cabriolé.

Subió a él, y agobiado por tantas emociones, pero con el corazón más tranquilo, entró a medianoche en la calle Meslay se echó sobre su lecho y durmió como si estuviese sumido en una profunda borrachera.

El panteón de la familia Villefort

A los dos días de estas escenas, una considerable multitud se encontraba reunida hacia las diez de la mañana en la puerta del señor de Villefort, y ya se había visto pasar una larga fila de carruajes de luto y particulares a lo largo de todo el barrio de Saint Honoré y de la calle de la Pepinière.

Entre aquellos vehículos había uno de forma extraña, y que parecía haber hecho un largo viaje. Era una especie de furgón pintado de negro que había sido uno de los primeros en encontrarse en aquella fúnebre cita.

Entonces se informaron y se supo que, por una coincidencia extraña, aquel coche encerraba el cadáver del señor de Saint-Méran, y aquellos que habían acudido para un solo entierro se encontraron que seguirían a dos cadáveres.

El número de personas era grande; el marqués de Saint-Méran, uno de los dignatarios más celosos y fieles del rey Luis XVIII y del rey Carlos X, había conservado muchos amigos que, unidos a las personas que las conveniencias sociales ponían en relación con Villefort, formaban un acompañamiento considerable.

También se avisó a las autoridades y se consiguió que se hicieran dos comitivas al mismo tiempo. Un segundo coche, adornado con la misma pompa mortuoria, fue conducido ante la puerta del señor de Villefort, el ataúd transportado del furgón a la carroza fúnebre.

Los dos cuerpos debían inhumarse en el cementerio de Père Lachaise, donde desde hacía mucho tiempo el señor de Villefort había mandado construir el panteón destinado a la sepultura de toda su familia.

En aquel panteón ya había depositado el cuerpo de la pobre Renée, que su padre y su madre iban a acompañar al cabo de diez años de separación.

París, siempre curioso, siempre conmovido por las pompas fúnebres, contempló con religioso silencio el paso del espléndido cortejo que acompañaba a su última morada a dos de los nombres de aquella antigua aristocracia, los más célebres para el espíritu tradicional, para la seguridad del comercio y para la devoción obstinada a los principios.

En el mismo coche del duelo, Beauchamp, Alberto y Chateau Renaud hablaban de aquella muerte tan repentina.

—Yo aún vi el año pasado a la señora de Saint-Méran en Marsella —decía Chateau Renaud—. Regresaba de Argelia; era una mujer destinada a vivir cien años gracias a su perfecta salud, a su ánimo siempre atento y a su actividad prodigiosa. ¿Qué edad tenía?

—Sesenta y seis años —respondió Alberto—. Por lo menos eso me ha asegurado Franz. Pero no es la edad lo que mata, sino la melancolía que sintió por la muerte del marqués. Al parecer, después de esa muerte que la ha quebrantado violentamente, no había recobrado completamente la razón.

—Pero, en fin, ¿de qué ha muerto? —preguntó Beauchamp.

—De una congestión cerebral, al parecer, o de una apoplejía fulminante. ¿No es eso la misma cosa?

—Poco más o menos.

—¿De apoplejía? —dijo Beauchamp—. Es difícil de creerlo. La señora de Saint-Méran, a quien he visto una o dos veces en mi vida, era menuda, de forma delgada y de constitución más nerviosa que sanguínea. Son raras las apoplejías que se producen por la tristeza en cuerpos de una constitución semejante a la de la señora de Saint-Méran.

—En todo caso —dijo Alberto—, sea cual fuere la enfermedad que la mató ahí queda el señor de Villefort, o más bien la señorita Valentine, o todavía mejor, nuestro amigo Franz, en posesión de una magnífica herencia: ochenta mil libras de renta, según creo.

—Herencia que será casi doblada a la muerte de ese viejo jacobino de Noirtier.

—Ahí tienen a un abuelo tenaz —dijo Beauchamp—. *Tenacem propositi virum*. Ha apostado contra la muerte a que enterraba a todos sus herederos. Y lo conseguirá, palabra. Es el viejo convencional del 93 que decía a Napoleón en 1814:

»—Usted decae porque su imperio es una espiga joven cansada de tanto crecer. Coja la República por tutora, regresemos con una buena constitución a los campos de batalla y le prometo quinientos mil soldados, otro Marengo y un segundo Austerlitz. Las ideas no mueren, señor; se adormecen de vez en cuando, pero se despiertan más fuertes que antes.

—Al parecer —dijo Alberto—, los hombres son para él como las ideas; sólo me inquieta una cosa: saber cómo se acomodará Franz d'Epinay con un abuelo que no puede pasarse sin su mujer. Pero ¿dónde está Franz?

—Se encuentra en el primer coche, con el señor de Villefort, que ya lo considera como de la familia.

En cada uno de los coches que seguía al duelo la conversación era más o menos parecida; se asombraban de dos muertes tan próximas y tan rápidas, pero nadie se imaginaba el terrible secreto que había revelado, en su paseo nocturno, el doctor d'Avrigny al señor de Villefort.

Al cabo de una hora de marcha, aproximadamente, se llegó a la puerta del cementerio; el tiempo era apacible, pero sombrío, y, por consiguiente, en armonía con la fúnebre ceremonia que iba a celebrarse. Entre los grupos que se dirigían hacia el panteón de la familia, Chateau Renaud reconoció a Morrel, que había venido solo en su cabriolé; caminaba solo, muy pálido y silencioso, por el caminito bordeado de cipreses.

—¿Tú aquí? —dijo Chateau Renaud, pasando su brazo bajo el del joven capitán—. ¿Así, pues, conocías al señor de Villefort? ¿Cómo es posible si jamás te he visto por su casa?

—No era al señor de Villefort a quien conocía —respondió Morrel—, sino a la señora de Saint-Méran.

En aquel momento se les unió Alberto acompañado de Franz.

—El lugar está muy mal escogido para una presentación —dijo Alberto—, pero no importa, ya que no somos supersticiosos. Señor Morrel, permítame que le presente al señor d'Epinay, un excelente compañero de viaje con el cual he dado la vuelta a Italia. Mi querido Franz, el señor Maximilien Morrel, un excelente amigo que hemos adquirido en tu ausencia, y del cual oirás pronunciar su nombre siempre que tenga que hablar de un buen corazón, un buen talento y de amabilidad.

Morrel tuvo un momento de indecisión. Se preguntó si no era una condenable hipocresía dirigir un saludo amistoso al hombre que combatía sordamente; pero su juramento y la gravedad de las circunstancias acudieron a su mente, y se esforzó en no dejar que apareciese nada en su rostro para saludar a Franz.

—La señorita de Villefort está muy triste, ¿no es cierto? —dijo Debray a Franz.

—¡Oh, señor! —respondió Franz—, con una tristeza inexplicable; esta mañana estaba tan deshecha que apenas pude reconocerla.

Estas sencillas palabras destrozaron el corazón de Morrel. Aquel hombre había visto a Valentine y le había hablado.

Entonces fue cuando el joven y fogoso oficial tuvo necesidad de todas sus fuerzas para contener el deseo de violar su juramento.

Cogió del brazo a Chateau Renaud y lo llevó rápidamente hacia el panteón, delante del cual los empleados de la funeraria acababan de depositar los dos ataúdes.

—Magnífica habitación —dijo Beauchamp, echando una mirada al mausoleo—. Palacio de verano y palacio de invierno. Tú lo habitarás a tu vez, mi querido d'Epinay, porque pronto serás de la familia. Yo, en mi calidad de filósofo, quiero una casita de campo, una quinta bajo los árboles y nada de tantas piedras talladas sobre mi pobre cuerpo. Al morir diré a los que me rodeen lo que Voltaire escribía a Piron: *Eo rus,* y todo habrá concluido... Vamos, ¡voto a bríos! Ánimo, Franz, tu mujer hereda.

—En verdad, Beauchamp —dijo Franz—, eres insoportable. Los asuntos políticos te han acostumbrado a reírte de todo, y los hombres que llevan los negocios tienen la costumbre de no creer en nada. Pero, en fin, Beauchamp, cuando tengas el honor de encontrarte con los hombres ordinarios, y la dicha de abandonar un instante la política, trata de recoger tu corazón que has dejado en el paragüero de la Cámara de Diputados o en la Cámara de los Pares.

—¡Oh, Dios mío! —dijo Beauchamp—. ¿Qué es la vida? Un alto en la antesala de la muerte.

—Me pone enfermo este Beauchamp —dijo Alberto, y se retiró unos pasos con Franz, dejando a Beauchamp en sus disertaciones filosóficas con Debray.

El panteón de la familia de Villefort formaba un cuadrado de piedras blancas de una altura de veinte pies aproximadamente; una separación interior dividía en dos compartimientos la familia de Saint-Méran y la familia Villefort, y cada compartimiento tenía su puerta de entrada.

No se veía como en otras tumbas esos innobles cajones sobrepuestos, en los que una económica distribución encierra a los muertos con una inscripción que parece un rótulo; todo lo que se veía desde un principio por la puerta de bronce era una antesala severa y sombría, separada por una pared de la verdadera tumba.

Era, en medio de esta pared, en donde se abrían las dos puertas de que hablamos, y que comunicaban con las sepulturas de Villefort y de Saint-Méran.

Allí podían exhalarse en libertad los gemidos de dolor sin que los paseantes juguetones, que hacen de Père Lachaise una excursión campestre o una cita de amor, fuesen a turbar con sus cantos, sus gritos o sus carreras la muda contemplación o la plegaria bañada en lágrimas del habitante del panteón.

Los dos ataúdes entraron en el panteón de la derecha, que era el de la familia Saint-Méran; fueron colocados sobre caballetes preparados y que esperaban su depósito mortal; Villefort, Franz y algunos parientes próximos fueron los únicos que penetraron en el santuario.

Como las ceremonias religiosas habían sido celebradas en la puerta, y no había discursos que pronunciar, los asistentes se separaron enseguida; Chateau Renaud, Alberto y Morrel se retiraron por un lado, y Debray y Beauchamp por otro.

Franz se quedó con el señor de Villefort a la puerta del cementerio; Morrel se detuvo con el primer pretexto que se le ocurrió; vio salir a Franz y al señor de Villefort en un coche de duelo, y concibió un mal presagio de aquella unión. Volvió a París, y aunque iba en el mismo coche que Chateau Renaud y Alberto, no oyó ni una palabra de lo que dijeron los dos jóvenes.

En efecto, en el momento en que Franz iba a dejar al señor de Villefort, éste le había dicho:

—Señor barón, ¿cuándo volveré a verle?

—Cuando usted quiera, señor —había respondido Franz.

—Lo más pronto posible.

—Estoy a sus órdenes, señor. ¿Le agradaría que regresásemos juntos?

—Si eso no le causa ninguna molestia.

—Ninguna.

Y así fue cómo el futuro suegro y el futuro yerno subieron en el mismo coche, y que Morrel, al verlos pasar, concibió, con razón, graves inquietudes.

Villefort y Franz regresaron al barrio de Saint Honoré.

El procurador del rey, sin ver a nadie, sin hablar ni a su mujer ni a su hija, hizo pasar al joven a su despacho y le indicó una silla.

—Señor d'Epinay —le dijo—, debo recordarle, y el momento tal vez no es el más apropiado como podría creerse en principio, pero la obediencia a los muertos es la primera ofrenda que debe depositarse sobre su tumba. Debo, pues, recordarle el deseo expresado antes de ayer por la señora de Saint-Méran en su lecho de muerte: que el matrimonio de Valentine no sufra retraso. Ya sabe usted que los asuntos de la difunta están perfectamente en regla; que su testamento asegura a Valentine toda la fortuna de los Saint-Méran; el notario me enseñó ayer las actas que permiten redactar de una manera definitiva el contrato matrimonial. Puede usted ver al notario y decirle de mi parte que le enseñe esas actas. El notario es el señor Deschamps, plaza de Beauveau, en el barrio de Saint Honoré.

—Señor —respondió d'Epinay—, tal vez no es el momento para la señorita Valentine, hundida como está en el dolor, para pensar en un esposo; en verdad, temería...

—Valentine —interrumpió Villefort—, no tendrá más vivo deseo que el de cumplir la última voluntad de su abuela; así, pues, los obstáculos no llegarán por esa parte, se lo aseguro.

—En ese caso, señor —respondió Franz—, como tampoco vendrán por la mía, puede usted actuar a su conveniencia; mi palabra está empeñada, y la cumpliré, no solamente con gusto, sino contento.

—Entonces —dijo Villefort—, nada más nos detiene. El contrato debía firmarse hace tres días, lo encontraremos preparado; se puede firmar hoy mismo.

—Pero ¿y el duelo? —dijo dudando Franz.

—Esté tranquilo, señor —replicó Villefort—, no será en mi casa donde se abandonen las conveniencias. La señorita de Villefort podrá retirarse a su tierra de Saint-Méran, digo su tierra porque la propiedad es suya. Allí, dentro de ocho días, si usted quiere, sin ruido, sin alardes ni fausto puede concluirse el matrimonio civil. Era deseo de la señora de Saint-Méran que su nieta se casase en aquella tierra. Una vez acabada la boda, señor, usted puede regresar a París mientras su esposa permanecerá el tiempo de su luto con su madrastra.

—Como usted quiera, señor —dijo Franz.

—Entonces —agregó Villefort—, tómese la molestia de esperar media hora; Valentine descenderá al salón. Enviaré a buscar al señor Deschamps, leeremos y firmaremos el contrato en la misma sesión, y esta tarde la señora de Villefort conducirá a Valentine a su tierra, en donde la encontraremos dentro de ocho días.

—Señor —dijo Franz—, tengo una cosa que pedirle.

—¿Cuál?

—Desearía que Alberto de Morcerf y Raoul de Chateau Renaud estén presentes en esa firma; ya sabe usted que son mis testigos.

—Una media hora basta para avisarlos. ¿Quiere ir a buscarlos usted mismo, o desea que vayan en su busca?

—Prefiero ir yo, señor.

—Le esperaré, pues, dentro de media hora, barón, y en ese tiempo Valentine estará lista.

Franz saludó al señor de Villefort y salió.

Apenas se cerró la puerta de la calle tras el joven, Villefort envió a prevenir a Valentine para que descendiese al salón dentro de media hora, pues la esperaban el notario y los testigos del señor d'Epinay.

Esta inesperada noticia produjo gran sensación en la casa. La señora de Villefort no quería creerlo, y Valentine fue sacudida como si la hubiese caído un rayo.

Puso una mirada alrededor suyo como en busca de alguien a quien pedir socorro.

Quiso descender junto a su abuelo, pero encontró en la escalera al señor de Villefort, que la cogió por el brazo y la condujo al salón.

En la antesala Valentine encontró a Barrois, y lanzó al viejo servidor una mirada desesperada.

Un instante después entró en el salón la señora de Villefort acompañada del pequeño Edouard. Era evidente que la joven mujer había tenido su parte en la tristeza de la familia; estaba pálida y parecía horriblemente fatigada.

Se sentó, cogió a Edouard sobre sus rodillas, y de vez en cuando apretaba, con movimientos casi convulsivos, contra su pecho a aquel niño en el cual parecía centrar toda su vida.

Enseguida se oyó el ruido de dos coches que entraban en el patio.

Uno era el del notario, y el otro el de Franz y sus amigos.

En un instante estuvo reunido todo el mundo en el salón.

Valentine estaba tan pálida que se veían las venas azules de sus sienes marcándose alrededor de sus ojos y de sus mejillas.

Franz tampoco podía evitar una emoción muy viva.

Chauteau Renaud y Alberto se miraron con asombro; la ceremonia que acababan de celebrar les parecía menos triste que la que iba a empezar.

La señora de Villefort se había colocado a la sombra, tras una cortina de terciopelo, y, como estaba constantemente inclinada sobre su hijo, resultaba difícil leer en su rostro lo que pasaba por su corazón.

El señor de Villefort, como siempre, permanecía impasible.

El notario, tras haber, con la metodicidad propia de las gentes de leyes, colocado los papeles sobre la mesa, de haber ocupado su sitio en un sillón, y haber levantado sus gafas, se giró a Franz:

—¿Es usted el señor Franz de Quesnel, barón d'Epinay? —preguntó, aunque lo sabía perfectamente.

—Sí, señor —respondió Franz.

El notario se inclinó.

—Debo prevenirle, señor —dijo—, y esto de parte del señor de Villefort, que su matrimonio proyectado con la señorita de Villefort ha cambiado las disposiciones del señor Noirtier respecto a su nieta, y que le niega toda la fortuna que debía heredar. Apresurémonos a añadir —continuó el notario—, que el testador, no teniendo derecho a separar más que una parte y habiendo quitado todo, hará que el testamento no resista un ataque y sea declarado nulo y como no hecho.

—Sí —dijo Villefort—, sólo que prevengo de antemano al señor d'Epinay que, mientras yo viva, el testamento de mi padre nunca será atacado; mi posición me prohibe toda sombra de escándalo.

—Señor —dijo Franz—, me disgusta que, delante de la señorita Valentine, se haya suscitado semejante cuestión. Jamás me he informado sobre la cantidad de su fortuna, que, por reducida que sea, siempre será más considerable que la mía. Lo que mi familia ha buscado en la alianza con la de Villefort, es la consideración; lo que yo busco, es la felicidad.

Valentine hizo un gesto imperceptible de agradecimiento, mientras dos lágrimas silenciosas corrían a lo largo de sus mejillas.

—Por otra parte, señor —dijo Villefort dirigiéndose a su futuro yerno—, aparte de esa pérdida de una parte de sus esperanzas, este testamento inesperado no tiene que herirle personalmente; todo se explica por la debilidad de espíritu del señor Noirtier; lo que desagrada a mi padre, no es que la señorita de Villefort se case con usted, sino que se case: un matrimonio con cualquier otro le hubiese inspirado la misma tristeza. La vejez es egoísta, señor, y la señorita de Villefort es para el señor Noirtier una fiel compañía que no le podrá dedicar la señora baronesa d'Epinay. El desdichado estado en que se encuentra mi padre hace que se le hable raras veces de asuntos serios, cuya debilidad de espíritu no le permitiría seguirlos, y estoy perfectamente convencido de que aún ahora, conservando el recuerdo de que su nieta se casa, el señor Noirtier ha olvidado hasta el nombre de aquel que va a ser su nieto.

Apenas había concluido estas palabras el señor de Villefort, a las que respondió Franz con un saludo, se abrió la puerta del salón y Barrois apareció.

—Señores —dijo con una voz extrañamente firme para un servidor que se dirige a sus amos en una circunstancia tan solemne—. Señores, el señor Noirtier de Villefort desea hablar inmediatamente con el señor Franz de Quesnel, barón d'Epinay.

También él, como el notario, y a fin de que no pudiese haber equivocación de persona, dio todos los títulos al prometido.

Villefort se estremeció, la señora de Villefort dejó caer a su hijo de encima de las rodillas, Valentine se levantó pálida y muda como una estatua.

Alberto y Chateau Renaud cambiaron una segunda mirada, aún más asombrada que la primera.

El notario miró a Villefort.

—Es imposible —dijo el procurador del rey—. Además, el señor d'Epinay no puede abandonar el salón en este momento.

—Es, precisamente en este momento —replicó Barrois con la misma firmeza—, que el señor Noirtier, mi amo, desea hablar de asuntos importantes con el señor Franz d'Epinay.

—¿Así que ahora habla mi buen papá Noirtier? —preguntó Edouard con su habitual impertinencia.

Pero esta salida ni siquiera hizo sonreír a la señora de Villefort; tan preocupados estaban los ánimos y tan solemne parecía la situación.

—Diga al señor Noirtier —respondió Villefort—, que lo que solicita no puede ser.

—Entonces, el señor Noirtier previene a estos señores —repuso Barrois—, que se hará traer a este salón.

El asombro llegó a su colmo.

Una especie de sonrisa se dibujó en el rostro de la señorita de Villefort. Valentine, aún a pesar suyo, levantó los ojos al cielo en acción de gracias.

—Valentine —dijo el señor de Villefort—, vete a saber, te lo ruego, qué significa este nuevo capricho de tu abuelo.

Valentine se apresuró a dar unos pasos para salir, pero el señor de Villefort la retuvo.

—Espera —dijo—, te acompaño.

—Perdón, señor —dijo Franz a su vez—. Me parece que, dado que es a mí a quien quiere ver el señor Noirtier, soy yo quien debe acudir; por otra parte, estaría encantado de presentarle mis respetos, ya que no he tenido ocasión de solicitar ese honor.

—¡Oh, Dios mío! —exclamó Villefort con una inquietud visible—. No se moleste.

—Excúseme, señor —dijo Franz en tono de hombre que ha tomado una decisión—. Deseo no desperdiciar esta ocasión de probar al señor Noirtier su equivocación al concebir contra mí una repugnancia que estoy decidido a vencer con mi profundo afecto.

Y, sin dejarse detener más tiempo por Villefort, Franz se levantó a su vez y siguió a Valentine, que ya descendía la escalera con la alegría de un náufrago que logra agarrarse a una roca.

El señor de Villefort siguió a ambos.

Chateau Renaud y Morcerf cambiaron una tercera mirada, más asombrada aún que las dos primeras.

El sumario

Noirtier esperaba, vestido de negro e instalado en su sillón.

Cuando los tres personajes que esperaba ver hubieron entrado, miró la puerta, que su ayuda de cámara cerró inmediatamente.

—Pon atención —dijo Villefort a Valentine, que no podía ocultar su alegría—, si el señor Noirtier quiere comunicar cosas que impidan tu matrimonio, te prohibo que las entiendas.

Valentine se sonrojó, pero no respondió nada.

Villefort se aproximó a Noirtier.

—Aquí está el señor Franz d'Epinay —le dijo—. Lo ha llamado, señor y acude a sus deseos. Sin duda deseábamos esta entrevista desde hacía tiempo, y estaré encantado de que ella pruebe cuán poco fundada está su oposición al matrimonio de Valentine.

Noirtier no respondió más que por una mirada que estremeció a Villefort.

Con sus ojos hizo señas a Valentine de que se acercase.

En un momento, gracias a los medios que acostumbraba a utilizar en las conversaciones con su abuelo, pudo encontrar la palabra clave.

Entonces consultó la mirada del paralítico, que se posó sobre el cajón de un pequeño mueble situado entre las dos ventanas.

Abrió el cajón y encontró efectivamente, una llave.

Cuando tuvo aquella llave, que el viejo le señaló que era lo que pedía, los ojos del paralítico se dirigieron hacia un viejo secreter olvidado desde hacía muchos años, y que no encerraba, según creían, más que papeles inútiles.

—¿Es preciso que abra el secreter? —preguntó Valentine.

—Sí —indicó el anciano.

—¿Tengo que abrir los cajones?
—Sí.
—¿Los de los lados?
—No.
—¿El del centro?
—Sí.

Valentine lo abrió y sacó un rollo de papeles.
—¿Es esto lo que quiere, buen padre? —preguntó ella.
—No.

Sacó sucesivamente todos los demás papeles hasta que dejó completamente vacío el cajón.
—Pero ahora ya está vacío —dijo ella.

Los ojos de Noirtier se posaron en el diccionario.
—Sí, buen papá, te comprendo —dijo la muchacha. Y ella repitió una tras otra cada letra del alfabeto hasta la S en que Noirtier la detuvo.

Abrió el diccionario y buscó hasta llegar a la palabra secreto.
—¡Ah! ¿Tiene un secreto? —dijo Valentine.
—Sí —indicó Noirtier.
—¿Y quién conoce ese secreto?

Noirtier miró a la puerta, por la cual había salido el criado.
—¿Barrois? —dijo ella.
—Sí —indicó Noirtier.
—¿Tengo que llamarle?
—Sí.

Valentine fue a la puerta y llamó a Barrois.

Durante este tiempo, el sudor de la impaciencia corría por la frente de Villefort mientras Franz permanecía estupefacto de asombro.

El viejo servidor apareció.
—Barrois —dijo Valentine—, mi abuelo me ha ordenado que coja la llave de esta consola, abra este secreter y saque este cajón; ahora hay un secreto en este cajón, y parece ser que usted lo conoce, ábralo.

Barrois miró al anciano.
—Obedezca —dijo el ojo inteligente de Noirtier.

Barrois así lo hizo. Un doble fondo se abrió y presentó un legajo de papeles atados con una cinta negra.
—¿Es esto lo que quiere, señor? —preguntó Barrois.

—Sí —indicó Noirtier.
—¿A quién debo entregar estos papeles? ¿Al señor de Villefort?
—No.
—¿A la señorita Valentine?
—No.
—¿Al señor Franz d'Epinay?
—Sí.

Franz, asombrado, dio un paso hacia adelante.
—¿A mí, señor? —dijo.
—Sí.

Franz recibió los papeles de manos de Barrois, y, echando una mirada sobre la cubierta, leyó:

Para que se deposite después de mi muerte en casa de mi amigo el general Durand; que cuando él mismo muera, legue este paquete a su hijo, con la intención de que lo conserve como encerrando un papel de la mayor importancia.

—Y bien, señor —preguntó Franz—, ¿qué quiere que haga con este papel?
—Que lo conserve escondido como está, sin duda —dijo el procurador del rey.
—No, no —replicó con viveza Noirtier.
—¿Quieres, por casualidad, que el señor lo lea? —preguntó Valentine.
—Sí —respondió el anciano.
—Entienda, señor barón, mi abuelo le ruega que lea ese papel —dijo Valentine.
—Entonces, sentémonos —indicó Villefort con impaciencia—, porque esto durará algún tiempo.
—Siéntese —indicó la mirada del anciano. Villefort se sentó, pero Valentine permaneció de pie al lado de su padre, apoyada en su silla, y Franz de pie ante él.

Tenía el misterioso papel en la mano.
—Lea —dijeron los ojos del anciano.

Franz deshizo el sobre y un gran silencio se hizo en la habitación. En medio de este silencio leyó:
—«Extracto del sumario de una reunión del club bonapartista de la calle de Saint Jacques, celebrada el 5 de febrero de 1815».

Franz se detuvo.

—¡El 5 de febrero de 1815! ¡Es el día en que mi padre fue asesinado!

Valentine y Villefort permanecieron mudos; sólo el ojo del anciano dijo claramente:

—Continúe.

—Pero al salir de ese club —prosiguió Franz—, mi padre desapareció.

La mirada de Noirtier continuó diciendo:

—Lea.

El prosiguió la lectura:

—Los firmantes Louis Jacques Beaurepaire, teniente coronel de artillería, Etienne Duchampy, general de brigada, y Claude Lecharpal, director de las aguas y bosques.

»Declaran que el 4 de febrero de 1815, llegó una carta de la isla de Elba que recomendaba a la bondad y la confianza de los miembros del Club Bonapartista al general Flavian de Quesnel, quien, habiendo servido al emperador desde 1804 a 1815, debía ser devoto a la dinastía napoleónica, a pesar del título de barón que Luis XVIII acababa de agregar a sus tierras d'Epinay.

»En consecuencia una nota fue dirigida al general de Quesnel, en la que se le rogaba asistir a la sesión del día siguiente, 5. La nota no indicaba ni la calle ni el número de la casa en que debía celebrarse la reunión; no llevaba ninguna firma, pero anunciaba al general que, si deseaba estar listo, le irían a recoger a las nueve de la noche.

»Las reuniones tenían lugar de las nueve de la tarde a la medianoche.

»A las nueve, el presidente del club se presentó en casa del general; el general estaba listo; el presidente le dijo que una de las condiciones de su introducción era que ignoraría en todo momento el lugar de la reunión, y que se dejaría vendar los ojos jurando que no trataría de levantarse la venda.

»El general de Quesnel aceptó la condición, y prometió por su honor no tratar de ver adónde le conducirían.

»El general había mandado preparar su coche; pero el presidente le dijo que era imposible utilizarlo ya que no valía la pena vendar los ojos del amo si el cochero los mantenía abiertos y reconocía las calles por las cuales pasarían.

»—¿Entonces, cómo lo haré? —preguntó el general.

»—Yo tengo mi coche —respondió el presidente.

»—¿Está tan seguro de su cochero que le confía un secreto que juzga imprudente decir al mío?

»—Nuestro cochero es un miembro del club —dijo el presidente—. Seremos conducidos por un consejero de Estado.

»—Entonces —dijo riendo el general—, corremos el riesgo de volcar.

»Consignamos este dato para probar que el general no fue obligado a asistir a la reunión, y que acudió a ella por su propia voluntad.

»Una vez subidos al coche, el presidente recordó al general su promesa de dejarse vendar los ojos. El general no puso ningún reparo ante esta formalidad: un pañuelo, preparado a este efecto en el coche, cumplió su cometido.

»Durante el trayecto el presidente creyó notar que el general trataba de mirar bajo su venda, y le recordó su juramento.

»—¡Ah! Es cierto —dijo el general.

»El coche se detuvo delante de una avenida de la calle de Saint Jacques. El general descendió apoyado en el brazo del presidente, cuya dignidad ignoraba y a quien tomaba por un simple miembro del club. Se atravesó la avenida, se subió un piso, y se entró en la sala de deliberaciones.

»La sesión había empezado. Los miembros del club advertidos de la especie de presentación que debía tener aquella noche, acudieron en masa. Llegado al centro de la sala, el general fue instado a despojarse de la venda. Inmediatamente obedeció la invitación y pareció muy asombrado al encontrar tal cantidad de personas conocidas en una sociedad cuya existencia ni siquiera había sospechado hasta entonces.

»Se le interrogó sobre sus sentimientos, pero se limitó a responder que las cartas de la isla de Elba ya les habrían informado...

Franz se interrumpió.

—Mi padre era realista —dijo—. No había necesidad de preguntarle sus sentimientos; eran conocidos.

—Y de ahí —dijo Villefort—, venía mi alianza con su padre, mi querido señor Franz; se hacen alianzas fácilmente cuando se comparten las mismas opiniones.

—Lea —continuó diciendo la mirada del anciano.

Franz prosiguió:

—El presidente, entonces, tomó la palabra para conminar al general a expresarse más explícitamente; pero el señor de Quesnel respondió que desearía, ante todo, saber qué deseaban de él.

»Entonces le fue comunicado al general que aquella misma carta de la isla de Elba le recomendaba al club como un hombre con cuyo concurso podía contarse. Un párrafo completo exponía el probable regreso de la isla de Elba, y prometía una nueva carta con más amplios detalles a la llegada del *Faraón*, barco perteneciente al armador Morrel, de Marsella, y cuyo capitán estaba a la entera disposición del emperador.

»Durante la lectura de todo esto, el general, con quien se había creído contar como con un hermano, dio, por el contrario, muestras de descontento y de visible repugnancia.

»Concluida la lectura, permaneció silencioso y con las cejas fruncidas.

»—¿Y bien? —preguntó el presidente—. ¿Qué dice usted a esta carta, señor general?

»—Digo que hace muy poco tiempo —respondió—, que he prestado juramento al rey Luis XVIII, para tenerlo que violar ya en beneficio del ex emperador.

»Esta vez su respuesta era demasiado clara para poder engañarse acerca de sus sentimientos.

»—General —dijo el presidente—, para nosotros no hay Luis XVIII ni ex emperador. Sólo hay Su Majestad el emperador y rey, alejado desde hace diez meses de Francia y de su Estado por la violencia y la traición.

»—Perdón, señores —dijo el general—, es posible que para ustedes no haya un rey Luis XVIII, pero lo hay para mí; dado que me ha hecho barón y mariscal de campo, y nunca olvidaré que a su feliz regreso a Francia debo tales títulos.

»—Señor —dijo el presidente en el tono más serio y levantándose—, tenga cuidado con lo que dice; sus palabras nos demuestran claramente que se han equivocado respecto a usted en la isla de Elba, y que nos han engañado. La comunicación que se le hizo gozaba de la confianza que se tenía en usted, y por consecuencia en un sentimiento que le honra. Ahora estamos en un error: un título y un grado le han atado al nuevo Gobierno que queremos derrocar. Nosotros no le obligamos a que nos preste su ayuda; nosotros no enrolamos a nadie contra su voluntad y su conciencia; pero nosotros le exigimos que actúe como un caballero, aun en el caso en que no esté dispuesto a ayudarnos.

»—¿Llama usted caballero a conocer su conspiración y no revelarla? Yo llamo a eso ser cómplice. Ya ve usted que también soy más franco que usted...

—¡Ah! Padre mío —dijo Franz interrumpiéndose—. Ahora comprendo por qué te han asesinado.

Valentine no pudo impedir echar una mirada sobre Franz; el joven estaba verdaderamente hermoso en su entusiasmo filial.

Villefort se paseaba de un lado a otro de la estancia por detrás de él.

Noirtier seguía con los ojos la expresión de cada uno, y conservaba su actitud digna y severa.

Franz volvió al manuscrito y continuó:

—Señor —dijo el presidente—, se le ha rogado que acudiera al seno de la asamblea, no le han traído a la fuerza; se le propuso vendarle los ojos, y usted aceptó. Cuando accedió a esta doble petición usted sabía perfectamente que nosotros no nos ocupábamos de asegurar en el trono a Luis XVIII, para lo cual no nos hubiésemos tomado la molestia de ocultarnos de la policía. Ahora, usted lo comprenderá, sería muy cómodo ponerse una máscara, con ayuda de la cual se sorprenden los secretos de las personas y quitársela después para perder a los que han confiado en usted. No, no, va a decirnos ahora francamente si es usted del rey que casualmente reina en este momento o de Su Majestad el emperador.

»—Soy realista —respondió el general—. He prestado juramento a Luis XVIII y lo mantendré.

»Aquellas palabras fueron seguidas por un murmullo general, y se pudo ver, por las miradas de gran número de miembros del club, que todos tenían vivos deseos de hacer arrepentirse al señor d'Epinay de sus imprudentes palabras.

»El presidente se levantó de nuevo e impuso silencio.

»—Señor —le dijo—, usted es un hombre demasiado serio y sensato para no comprender las consecuencias de la situación en que nos encontramos, y su misma franqueza nos dicta las condiciones que nos quedan por tomar. Así, pues, va a jurar usted bajo su honor, que no revelará a nadie lo que ha oído.

»El general llevó su mano a la espada y gritó:

»—Si usted habla de honor, empiece por no desconocer sus leyes y no imponga nada por la fuerza.

»—Y usted, señor —continuó el presidente con una calma más terrible que la cólera del general—, no toque su espada, es un consejo que le doy.

»El general echó alrededor suyo miradas que demostraban un principio de inquietud. Sin embargo, aún no se doblegó; por el contrario, reuniendo todas sus fuerzas, dijo:

»—No juraré.

»—Entonces, señor, usted morirá —respondió tranquilamente el presidente.

»El señor d'Epinay se puso pálido: miró una segunda vez alrededor suyo; varios miembros del club cuchicheaban y buscaban sus armas bajo sus capas.

»—General —dijo el presidente—, esté tranquilo; se encuentra usted entre personas de honor que trataran por todos los medios de convencerle antes de llegar al último extremo; pero usted mismo lo ha dicho, también se encuentra entre conspiradores, usted posee nuestro secreto y tiene que devolvérnoslo.

»Un silencio lleno de significado siguió a estas palabras; y como el general no respondió nada:

»—¡Cierren las puertas! —dijo el presidente a los ujieres.

»El mismo silencio de muerte sucedió a sus órdenes.

»Entonces, el general avanzó, y haciendo un violento esfuerzo sobre sí mismo, dijo:

»—Tengo un hijo, y debo pensar en él al hallarme entre asesinos.

»—General —dijo con nobleza el jefe de la asamblea—, un solo hombre siempre tiene el derecho de insultar a cincuenta: es el privilegio de la debilidad. Sólo que hace mal en usar ese derecho. Créame, general, jure y no nos insulte.

»El general, una vez más dominado por esta superioridad del jefe de la asamblea, vaciló un instante; pero, al fin, avanzó hasta el escritorio del presidente.

»—¿Cuál es la fórmula? —preguntó.

»—Aquí está:

»"Yo juro por mi honor, no revelar a nadie en el mundo lo que he visto y oído el 5 de febrero de 1815, entre las nueve y las diez de la noche, y declaro merecer la muerte si violo mi juramento".

»El general pareció sufrir un estremecimiento nervioso que le impidió responder durante unos segundos; al fin, sobreponiéndose a su repugnancia manifiesta, pronunció el juramento exigido, pero en una voz tan baja que apenas se le oyó; así, pues, varios miembros exigieron que lo repitiese en voz alta y clara, lo cual hizo.

»—Ahora deseo retirarme —dijo el general—. ¿Estoy al fin libre?

»El presidente se levantó, designó tres miembros de la asamblea para acompañarlo, y subió en coche con el general, después de haberle vendado los ojos. Entre los tres miembros se hallaba el cochero que lo había traído.

»Los demás miembros del club se separaron en silencio.

»—¿Adónde quiere que le conduzcamos? —le preguntó el presidente.

»—A cualquier sitio con tal de librarme de su presencia —respondió el señor d'Epinay.

»—Señor —replicó entonces el presidente—, tenga cuidado, ya no está en la asamblea y se encuentra con hombres solos; no los insulte, si no quiere hacerse responsable de sus palabras.

»Pero en vez de comprender este lenguaje, el señor d'Epinay respondió:

»—Usted siempre es tan valiente en su coche como en su club, por la razón, señor, de que cuatro hombres siempre son más fuertes que uno solo.

»El presidente mandó detenerse el coche.

»En aquel momento se encontraba exactamente en el muelle de los Ormes, en donde se halla la escalera que desciende al río.

»—¿Por qué manda parar aquí? —preguntó el señor d'Epinay.

»—Porque señor, usted ha insultado a un hombre —dijo el presidente—, y ese hombre no quiere dar un paso más sin pedirle lealmente una reparación.

»—Todavía una manera de asesinar —dijo el general encogiéndose de hombros.

»—Nada de ruido, señor —respondió el presidente—, si no quiere que le mire como a uno de esos hombres que usted mismo acaba de designar, es decir, como un cobarde que toma su debilidad por escudo. Usted está solo, y uno solo le responderá; usted tiene una espada al cinto y yo otra en mi bastón; usted no tiene testigos, uno de esos caballeros lo será. Ahora, si eso le conviene, pruebe a quitarse la venda.

»El general se arrancó el pañuelo que tenía sobre sus ojos.

»—Por fin —dijo—, voy a saber con quién voy a entendérmelas.

»Se abrió la puerta y los cuatro hombres descendieron...

Franz se interrumpió una vez más. Enjugó un sudor frío que perlaba su frente; había algo espantoso en ver al hijo, tembloroso y pálido, leyendo en voz alta los detalles, ignorados hasta entonces, de la muerte de su padre.

Valentine juntó las manos como si estuviese rezando.

Noirtier miraba a Villefort con una expresión casi sublime de desprecio y orgullo.

Franz continuó:

—Era, como hemos dicho, el 5 de febrero. Desde hacía tres días helaba a cinco o seis grados; la escalera estaba enteramente cubierta de hielo; el general era grueso y alto, el presidente le ofreció el lado de la barandilla para descender.

»Los testigos les seguían detrás.

»Hacía una noche sombría, el terreno de la escalera al río estaba húmedo de nieve y escarcha; se veía correr el agua, negra, profunda y llevando algunos trozos de hielo.

»Uno de los testigos fue a buscar una linterna a un barco de carbón, y a la luz de ésta se examinaron las armas.

»La espada del presidente, que era sencillamente como lo había dicho, una espada que llevaba en un bastón, era más corta que la de su adversario, y no tenía guardamanos.

»El general d'Epinay propuso que se echasen a suerte las armas; pero el presidente respondió que habiendo sido él quien provocó, lo lógico era que cada uno se sirviese de sus armas.

»Los testigos trataron de insistir; el presidente les impuso silencio.

»Se colocó la linterna en el suelo: los dos adversarios se pusieron a cada lado; empezó el combate.

»La luz hacía de las dos espadas dos rayos. En cuanto a los hombres apenas si se veían de tan espesa como era la sombra.

»El general pasaba por una de las mejores espadas del ejército. Pero fue presionado tan vivamente desde las primeras estocadas, que se rompió y al romperse cayó.

»Los testigos le creyeron muerto; pero su adversario, que sabía que no le había tocado, le ofreció la mano para ayudarle a levantarse. Esta circunstancia, en vez de calmar, irritó al general, que arremetió a su vez contra su adversario.

»Pero su contrincante no retrocedió ni una pulgada, recibiéndole con su espada. Tres veces el general retrocedió, encontrándose demasiado comprometido, y volvió a la carga.

»A la tercera vez volvió a caer.

»Se creyó que había resbalado, como la primera vez; sin embargo, los testigos, viendo que no se levantaba, se aproximaron a él e intentaron ponerle en pie; pero el que le cogió por el cuerpo sintió bajo su mano un calor húmedo. Era sangre.

»El general, que casi estaba desvanecido, recobró sus sentidos.

»—¡Ah! —dijo—, me ha despachado algún espadachín, algún maestro de armas de regimiento.

»El presidente, sin responder, se aproximó al testigo que sostenía la linterna, y, levantándose la manga, mostró su brazo atravesado por dos heridas; después, abriendo su levita y desabotonando su chaleco, enseñó su costado cubierto de sangre de una tercera herida.

»Sin embargo, ni siquiera había lanzado un suspiro.

»El general d'Epinay entró en agonía y expiró cinco minutos después...

Franz leyó estas últimas palabras con una voz tan ahogada que apenas pudo entendérsele; después de haberlas leído se detuvo, pasó su mano por sus ojos como para apartar una nube.

Pero después de un breve silencio, continuó:

—El presidente subió la escalera después de haber guardado su espada en el bastón; un rastro de sangre marcaba su camino sobre la nieve. Aún no estaba en lo alto de la escalera cuando oyó un chapoteo sordo en el agua: era el cuerpo del general que los testigos acababan de arrojar al río tras comprobar que estaba muerto.

»El general, pues, ha sucumbido en un duelo leal y no en una emboscada, como podría sospecharse.

»En fe de lo cual hemos firmado el presente para establecer la verdad de los hechos, temiendo que llegue un momento en que alguno de los actores de esta escena terrible se encuentre acusado de asesinato con premeditación de prevaricación a las leyes del honor.

Firmado: BEAUREPAIRE, DUCHAMPY y LECHARPAL

Cuando Franz concluyó la lectura, tan terrible para un hijo; cuando Valentine, pálida de emoción, hubo enjugado una lágrima; cuando Villefort, temblando y saltando en su rincón, hubo tratado de conjurar la tempestad por medio de miradas suplicantes dirigidas al anciano implacable:

—Señor —dijo d'Epinay a Noirtier—, ya que usted conoce esta terrible historia en todos sus detalles, ya que usted la ha hecho atestiguar por firmas honrosas, ya que, en fin, parece interesarse usted por mí, aunque su interés sólo me ha sido revelado por el dolor, no me niegue una última satisfacción; dígame el nombre del presidente del club, que yo sepa, al fin, quién ha matado a mi pobre padre.

Villefort buscó, como espantado, el picaporte de la puerta; Valentine que había comprendido antes que nadie la respuesta del anciano, y que con frecuencia había visto su antebrazo con dos cicatrices de espada, retrocedió un paso.

—¡En nombre del cielo, señorita! —pidió Franz dirigiéndose a su novia—. Únase a mí, que yo sepa el nombre de ese hombre que me hizo huérfano a los dos años.

Valentine permaneció inmóvil y muda.

—Mire, señor —dijo Villefort—, créame, no prolongue más esta terrible escena. Los nombres, por otra parte, han sido ocultados adrede. Mi padre mismo no conoce a ese presidente, y, si lo conociese no sabría decirlo: los nombres propios no se encuentran en el diccionario.

—¡Oh, desgracia! —exclamó Franz—. La única esperanza que me ha sostenido en toda esta lectura, y que me ha dado fuerzas para llegar hasta el final, era conocer, al menos, el nombre de quien ha matado a mi padre. ¡Señor, señor! —exclamó volviéndose a Noirtier—. ¡En nombre del cielo! Haga lo que usted pueda..., llegue, se lo suplico, a indicarme, a hacerme comprender...

—Sí —respondió Noirtier.

—¡Oh, señorita, señorita! —exclamó Franz—. Su abuelo ha hecho señas de que podía indicarme... a ese hombre... Ayúdeme..., lo comprende..., préstame su ayuda...

Noirtier miró el diccionario.

Franz lo cogió con un temblor nervioso, y pronunció sucesivamente las letras del alfabeto hasta la Y.

A esta letra, el anciano hizo señas de que sí.

—¡Y! —repitió Franz.

El dedo del joven se deslizó sobre las palabras; pero a todas respondía Noirtier con un signo negativo.

Valentine ocultaba su cabeza entre sus manos. Al fin Franz llegó a la palabra YO.

—Sí —indicó el anciano.

—¡Usted! —exclamó Franz, cuyos cabellos se erizaron en su cabeza—. ¡Usted, señor Noirtier! ¿Fue usted quien mató a mi padre?

—Sí —respondió Noirtier fijando en el joven una mirada majestuosa.

Franz cayó sin fuerzas sobre un sillón.

Villefort abrió la puerta y huyó, porque acababa de tener la idea de ahogar la poca existencia que aún había en el corazón del terrible anciano.

Los progresos de Cavalcanti hijo

Mientras tanto, el señor Cavalcanti padre había partido para volver a su servicio, no en el del ejército de Su Majestad el emperador de Austria, sino en la ruleta de los baños de Luca, en donde era uno de los más asiduos cortesanos.

No hace falta decir que se llevaba con la más escrupulosa exactitud hasta el último céntimo de la suma que le había sido acordada por su viaje y por la manera majestuosa y solemne con la cual había interpretado su papel de padre.

Andrea había heredado a su marcha todos los papeles que confirmaban que tenía el honor de ser el hijo del marqués Bartolomeu y de la marquesa Oliva Corsinari.

Estaba, pues, casi anclado en esta sociedad parisiense, tan fácil para recibir extraños y para tratarlos, no por lo que son, sino según lo que ellos quieren ser.

Además, ¿qué se pide a un joven en París? Que hable un poco su lengua, que se vista convenientemente, que sea buen jugador y que pague en oro.

No hace falta decir que esto es menos difícil para un extraño que para un parisiense.

Andrea, pues, había adquirido en quince días una posición bastante buena; le llamaban señor conde, se decía que tenía cincuenta mil libras de renta, y se hablaba de tesoros inmensos de su señor padre, enterrados, decían, en las canteras de Saravezza.

Un sabio, ante el cual se mencionó esta última circunstancia, declaró haber visto las canteras y esto dio un gran peso a las afirmaciones hasta entonces difusas y que desde entonces tomaron la consistencia de la realidad.

Estaba allí, en ese círculo de la sociedad parisiense en que introducimos a nuestros lectores, cuando Montecristo acudió una tarde a visitar al señor Danglars. Éste había salido, pero se propuso al conde que subiera a ver a la baronesa, que estaba visible, lo cual aceptó.

La señora Danglars, después de la cena de Auteuil y de los acontecimientos que siguieron no podía oír pronunciar el nombre de Montecristo sin una especie de estremecimiento nervioso. Si la presencia del conde no seguía al anuncio de su nombre, la sensación dolorosa se hacía más intensa; si por el contrario el conde aparecía, su semblante abierto, sus ojos brillantes, su amabilidad, su galantería, incluso para la señora, ocultaban inmediatamente hasta la última impresión de temor; a la baronesa le parecía imposible que un hombre tan encantador a la vista alimentase contra ella malos deseos; por otra parte, los corazones más corrompidos no pueden creer en el mal si no lo consideran apoyado en algún interés; el mal inútil y sin causa repugna como una anomalía.

Cuando Montecristo penetró en el tocador en que ya entraron nuestros lectores, y en el que la baronesa seguía con mirada bastante inquieta los dibujos que le pasaba su hija después de haberlos mirado con el señor Cavalcanti hijo, su presencia produjo el efecto ordinario, y recibió al conde poco después de haberse trastornado un poco.

El conde, por su parte, abarcó toda la escena de una ojeada.

Junto a la baronesa, sentada en una butaca, se encontraba Eugéne, y Cavalcanti estaba a su lado, en pie.

Cavalcanti, vestido de negro como un héroe de Goethe, con zapatos de charol y medias de seda blanca a la moda, pasaba una mano bastante blanca y muy cuidada por sus cabellos rubios, en medio de los cuales relucía un diamante que, a pesar de los consejos de Montecristo, el vanidoso joven no había podido resistir el deseo de ponérselo en el dedo.

Este movimiento iba acompañado de miradas asesinas lanzadas a la señorita Danglars, y de suspiros enviados en la misma dirección que las miradas.

La señorita Danglars era siempre la misma, es decir, bella, fría y tiesa. Ni una de aquellas miradas, ni uno de aquellos suspiros se le escapaban; se podía decir que resbalaban sobre la coraza de Minerva, coraza que algunos filósofos pretenden que a veces recubre el pecho de Safo.

Eugéne saludó fríamente al conde, y aprovechó las primeras preocupaciones de la conversación para retirarse a su salón de estudio, en donde muy pronto se oyeron dos voces alegres y reidoras, mezcladas a los primeros acordes de un piano. Así supo Montecristo que la señorita Danglars prefería a su compañía y la del señor Cavalcanti, la de la señorita Louise de Armilly, su maestra de canto.

Entonces fue cuando, mientras hablaba con la señora Danglars y parecía absorto por la encantadora conversación, se dio cuenta de la solicitud del señor Andrea Cavalcanti, de su manera de ir a escuchar música junto a la puerta que no se atrevía a franquear, y de manifestar su admiración.

Pronto regresó el banquero. Su primera mirada fue para Montecristo, es cierto, pero la segunda se la dedicó a Andrea.

En cuanto a su esposa, la saludó a la manera que suelen hacerlo ciertos maridos, y de la cual los solteros no podrán hacerse una idea hasta que se publique un código muy extenso sobre la conyugalidad.

—¿Esas señoritas no le han invitado a interpretar música con ellas? —preguntó Danglars a Andrea.

—¡Ay! No, señor —respondió Andrea, con un suspiro más notable que todos los anteriores.

Danglars avanzó inmediatamente hacia la puerta de comunicación, y la abrió.

Entonces se vio a dos muchachas sentadas en la misma silla, ante el piano. Cada una acompañaba con una mano, ejercicio al cual se habían acostumbrado por capricho, y en el que habían adquirido mucha habilidad.

La señorita de Armilly, quien entonces se dejaba ver, formaba con Eugéne, gracias al cuadro de la puerta, uno de esos lienzos vivientes como tienen costumbre a hacer en Alemania; era de una belleza muy notable, o más bien de una gentileza exquisita. Era delgada y rubia como un hada, con grandes cabellos rizados que caían sobre su cuello, un poco largo, como Perugino suele poner en sus vírgenes, y de ojos velados por la fatiga. Se decía que tenía el pecho débil y que, como Antonia en el *Violón de Cremona*, moriría un día cantando.

Montecristo hundió en este gineceo una mirada rápida y curiosa; era la primera vez que veía a la señorita de Armilly, de la cual había oído hablar con frecuencia en la casa.

—¿Y bien? —preguntó el banquero a su hija—. ¿Estamos excluidos nosotros?

Entonces condujo al joven al saloncito y, bien por casualidad, bien por astucia, detrás de Andrea empujó la puerta de manera que, desde el sitio de Montecristo y la baronesa, no se pudiese ver nada; pero, como el banquero siguió a Andrea, la señora Danglars no pareció darse cuenta de esta circunstancia.

Poco después el conde oyó la voz de Andrea resonando a los acordes del piano, acompañando una canción corsa.

Mientras el conde escuchaba y sonreía por esta canción que le hacía olvidar a Andrea para acordarse de Benedetto, la señora Danglars ponderaba a Montecristo la fuerza de voluntad de su marido que aquella misma mañana, en una quiebra milanesa, había perdido tres o cuatrocientos mil francos.

Y en efecto, el elogio era merecido; por si el conde no hubiese sabido por la baronesa o tal vez por uno de sus procedimientos propios, el rostro del barón no le hubiese dicho una palabra.

«¡Bien! —pensó Montecristo—. Ya empieza a ocultar lo que pierde. Hace un mes lo pregonaba».

Después, en voz alta, dijo el conde:

—¡Oh! Señora, el señor Danglars conoce tan bien la Bolsa que volverá a coger siempre lo que pueda perder por otra parte.

—Veo que usted participa del error general —dijo la señora Danglars.

—¿Cuál es ese error? —preguntó Montecristo.

—Que el señor Danglars juega, cuando por el contrario no juega nunca.

—¡Ah, sí! Es cierto, señora. Recuerdo que el señor Debray me dijo... A propósito, ¿qué ha sido del señor Debray? Hace tres o cuatro días que no le he visto.

—Y yo tampoco —dijo la señora Danglars con un aplomo milagroso—. Pero usted había empezado una frase que ha quedado incompleta.

—¿Cuál?

—El señor Debray le ha dicho, pretendía usted...

—¡Ah! Es cierto. El señor Debray me dijo que era usted la que se sacrificaba al demonio del juego.

—Tuve ese gusto durante algún tiempo, lo confieso —dijo la señora Danglars—, pero ya no lo hago más.

—Pues hace mal, señora. ¡Oh, Dios mío! Las suertes de la fortuna son precarias, y si yo fuese mujer, y por casualidad lo fuera de un banquero, por mucha confianza que tuviese en la dicha de mi marido, porque en cuanto a especulación todo es suerte o desgracia; pues, por mucha confianza que tuviese en la dicha de mi marido, empezaría por asegurarme una fortuna independiente, aunque tuviese que adquirirla poniendo mis intereses en manos que me fuesen desconocidas.

La señora Danglars se sonrojó a pesar suyo.

—Mire —dijo Montecristo como si nada hubiese visto—, se habla de una jugada muy buena que ha sido hecha ayer en los bonos de Nápoles.

—No los tengo —dijo con viveza la baronesa—, y ni siquiera los he tenido; pero en verdad ya es bastante hablar tanto de Bolsa, señor conde; parecemos dos agentes de cambio. Hablemos un poco de esos pobres de Villefort, tan atormentados en estos momentos por la fatalidad.

—¿Qué les ha sucedido, entonces? —preguntó Montecristo, con una ingenuidad perfecta.

—Pero si usted lo sabe; después de haber perdido al señor de Saint-Méran tres o cuatro días después de su partida de Marsella, acaban de perder a la marquesa tres o cuatro días después de su llegada.

—¡Ah! Es cierto —dijo Montecristo—. Supe eso; pero como dice Claudio a Hamlet, es una ley de la naturaleza; sus padres habían muerto antes que ellos, y los lloraron; ellos murieron antes que sus hijos, y sus hijos les llorarán.

—Pero eso no es todo.

—¡Cómo no es todo!

—No. Usted sabía que iban a casar a su hija.

—Con el señor Franz d'Epinay... ¿Acaso ha fallado el matrimonio?

—Ayer por la mañana, al parecer, Franz les ha devuelto la palabra.

—¡Ah! ¿De veras? ¿Y se conocen las causas de esa ruptura?

—No.

—¡Qué me anuncia usted, señora! ¿Y cómo acepta el señor de Villefort todas esas desgracias?

—Como siempre, como un filósofo.

En ese momento, Danglars regresó solo.

—¿Y bien? —dijo la baronesa—. ¿Deja usted al señor Cavalcanti con su hija?

—Y a la señorita de Armilly —replicó el banquero—, ¿por quién la toma?

Después, girándose hacia Montecristo:

—Un joven encantador ese príncipe Cavalcanti, ¿no es cierto, señor conde? Pero ¿es en verdad príncipe?

—Yo no respondo —dijo Montecristo—. A mí me presentaron a su padre como marqués, y será conde; pero me parece que ni siquiera él tiene gran pretensión en ese título.

—¿Por qué? —dijo el banquero—. Si es príncipe, hace mal en no vanagloriarse de ello. A cada uno lo suyo. No me gusta los que reniegan de su origen.

—¡Oh! Usted es un demócrata puro —dijo Montecristo, sonriendo.

—Pero fíjese a lo que se expone —dijo la baronesa—. Si el señor de Morcerf viniese por casualidad, encontraría al señor Cavalcanti en una habitación en la cual él, siendo novio de Eugéne, jamás ha tenido permiso para entrar.

—Hace bien en decir por casualidad —replicó el banquero—, porque en verdad se diría que se le ve muy raramente, y que es la casualidad la que nos lo trae.

—En fin, si viniese y encontrara a ese joven junto a nuestra hija, podría disgustarse.

— ¿Él? ¡Oh, no. Dios mío! Usted se engaña, el señor Alberto no nos concede el honor de mostrarse celoso de su novia; no la ama tanto como para eso. Por otra parte, ¿qué me importa que se disguste o no?

—Sin embargo, en el punto en que estamos...

—Sí, en el punto en que estamos... ¿Quiere saber en qué punto estamos? Cuando el baile de su madre, sólo bailó una sola vez con mi hija, en tanto que el señor Cavalcanti lo hizo tres veces y él ni siquiera se dio cuenta de ello.

—El señor vizconde Alberto de Morcerf —anunció el ayuda de cámara.

La baronesa se levantó con viveza. Hizo ademán de pasar al salón de estudios para advertir a su hija, cuando Danglars la detuvo por el brazo.

—Déjelo —dijo.

Ella lo miró, asombrada.

Montecristo fingió no haber visto este juego de escena.

Entró Alberto, estaba muy apuesto y muy alegre. Saludó a la baronesa con gracia, a Danglars con familiaridad, y a Montecristo con afección; después se volvió hacia la baronesa.

—¿Me permite, señora —le dijo—, preguntarla cómo se encuentra la señorita Danglars?

—Muy bien —respondió con viveza Danglars—. En este momento interpreta música en su saloncito con el señor Cavalcanti.

Alberto conservó su aspecto tranquilo e indiferente; tal vez sintiese algún despecho interior, pero percibía la mirada de Montecristo fija en él.

—El señor Cavalcanti tiene una hermosa voz de tenor —dijo—, y la señorita Eugéne una magnífica de soprano, sin contar que toca el piano como Thalberg. Debe ser un concierto encantador.

—Lo es —dijo Danglars—, porque concuerdan a maravilla.

Alberto pareció no haber notado este equívoco tan grosero, pero la señora Danglars se sonrojó.

—Yo también —continuó el joven— soy músico, al menos según dicen mis maestros. Pues bien, cosa extraña, nunca he pedido acordar mi voz con otra, y con la de soprano aún menos que con las otras.

Danglars sonrió de una manera que significaba: «¡Anda, enfádate!».

—Así, pues —dijo esperando llegar al objetivo deseado—, el príncipe y mi hija causaron ayer la admiración general. ¿No estaba usted ayer, señor de Morcerf?

—¿Qué príncipe? —preguntó Alberto.

—El príncipe Cavalcanti —replicó Danglars, que se obstinaba en dar aquel título al joven.

—¡Ah, perdone! —dijo Alberto—. Ignoraba que fuese príncipe. ¿Así que el príncipe Cavalcanti cantó ayer con la señorita Eugéne? En verdad debió ser seductor, y lamento vivamente no haber oído eso. Pero no pude asistir a su invitación, me vi obligado a acompañar a la señora de Morcerf a casa de la baronesa de Chateau Renaud, donde cantaban los alemanes.

Después, tras un silencio, y como si no se tratase de nada, añadió Morcerf:

—¿Me será permitido presentar mis respetos a la señorita Danglars?

—¡Oh! Espere, espere, se lo suplico —dijo el banquero deteniendo al joven—. Oiga usted esa deliciosa cavatina; tat, ta, ta, ti, ta, ti, ta, ta. Es enternecedor, ahora va a concluir... Un segundo. Perfecto. ¡Bravo, bravísimo, bravo!

Y el banquero se puso a aplaudir con frenesí.

—En efecto —dijo Alberto—, es exquisito, y resultaría imposible comprender mejor la música de su país de lo que lo hace el príncipe Cavalcanti. Ha dicho usted príncipe, ¿no es cierto? Por otra parte, si no es príncipe, ya lo será; eso es fácil en Italia. Pero volviendo a nuestros encantadores cantantes, debería hacernos un favor, señor Danglars: sin prevenir que hay un extraño, niegue a la señorita Danglars y al señor Cavalcanti que empiecen otro trozo. Es algo tan delicioso gozar de la música a cierta distancia, en una penumbra, sin ser visto, sin ver, y, por consiguiente, sin molestar al músico, que así puede entregarse al instinto de su genio y al entusiasmo de su corazón.

Esta vez Danglars se quedó desconcertado por la flema del joven.

Cogió a Montecristo aparte.

—Y bien —le dijo—, ¿qué dice usted de nuestro enamorado?

—¡Diantre! Me parece frío, eso es indudable. Pero ¿qué quiere usted? Está comprometido.

—Sin duda estoy comprometido, pero a dar mi hija a un hombre que la quiera y no a un hombre que no la ame. Ve usted eso, frío como el mármol, orgulloso como su padre; si por lo menos fuese rico, si tuviese la fortuna de los Cavalcanti, aún pasaría eso por alto. A fe mía que no he consultado a mi hija; pero si ella tuviese buen gusto...

—¡Oh! —dijo Montecristo—. No sé si es mi amistad por él lo que me ciega, pero le aseguro que el señor Morcerf es un joven encantador, que hará feliz a su hija, y que tarde o temprano llegará a algo; porque, en fin, la posición de su padre es excelente.

—¡Hum! —dijo Danglars.

—¿Por qué lo duda?

—Siempre queda ese pasado..., ese pasado oscuro.

—Pero el pasado del padre no concierne al hijo.
—¡Si tal, si tal!
—Veamos, no se acalore. Hace un mes encontraba excelente realizar ese matrimonio... Usted comprenderá, yo estoy desesperado; ha sido en mi casa en donde vio al joven Cavalcanti, que no conozco, se lo repito.
—Yo sí lo conozco —dijo Danglars—, y eso basta.
—¿Lo conoce usted? Entonces, ¿ha tomado usted informes acerca de él? —preguntó Montecristo.
—No hace falta nada de eso, y a simple vista se aprecia quién es. En principio es rico.
—Yo no lo aseguro.
—Usted responde por él, sin embargo.
—De cincuenta mil libras, de una miseria.
—Tiene una educación distinguida.
—¡Hum! —murmuró a su vez Montecristo.
—Es músico.
—Todos los italianos lo son.
—Vaya, conde, usted no es muy justo con ese muchacho.
—Bien, sí, lo confieso; veo con disgusto que, conociendo sus compromisos con los Morcerf, venga aquí a interponerse y a abusar de su fortuna.

Danglars se echó a reír.
—¡Oh! Qué puritano es usted —dijo—. Pero si eso se hace todos los días en el mundo.
—Sin embargo, usted no puede romper así, mi querido señor Danglars; los Morcerf cuentan con este matrimonio.
—¿Cuentan?
—Positivamente.
—Entonces, que hablen. Usted debería insinuar dos palabritas acerca de esto al padre, mi querido conde; usted que es tan amigo de la casa.
—¿Yo? ¿De dónde diablos ha sacado usted eso?
—Pues en su baile. ¿Cómo? Me parece que la condesa, la orgullosa Mercedes, la desdeñosa catalana, que apenas se digna abrir la boca a sus más antiguos conocidos, le cogió del brazo, salió con usted al jardín, tomó por las alamedas y no reapareció hasta media hora más tarde.
—¡Ah, barón, barón! —dijo Alberto—. Nos impide usted escuchar. Para un melómano como usted, ¡qué barbarie!

—Está bien, está bien, señor burlón —dijo Danglars.
Luego, volviéndose hacia Montecristo:
—¿Se encargará usted de decirle eso al padre?
—Con mucho gusto, si así lo desea.
—Pero que esta vez se haga de una manera explícita y definitiva, sobre todo que me pida a mi hija, que señale una fecha, que declare sus condiciones económicas; en fin, que se entienda, que pueda desenvolverse; pero, entienda usted, nada de retrasos.
—Está bien, haremos eso.
—No le diré que lo espero con entusiasmo, pero, en fin, lo espero. Un banquero, ya lo sabe usted, debe ser esclavo de su palabra.

Y Danglars lanzó uno de esos suspiros que lanzaba Cavalcanti hijo una media hora antes.
—¡Bravo, bravísimo, bravo! —gritó Morcerf parodiando al banquero y aplaudiendo al final del trozo.

Danglars empezó a observar a Alberto de reojo, cuando vinieron a decirle un recado en voz baja.
—Enseguida vuelvo —dijo el banquero a Montecristo—. Espéreme, tal vez tenga algo que comunicarle dentro de poco.
Y salió.

La baronesa aprovechó la ausencia de su marido para empujar la puerta del salón de estudios de su hija, y se vio levantarse como un resorte a Andrea, que estaba sentado ante el piano con la señorita Eugéne.

Alberto saludó sonriendo a la señorita Danglars, quien, sin manifestar la menor turbación, le devolvió el saludo con su frialdad acostumbrada.

Cavalcanti pareció evidentemente turbado; saludó a Morcerf, que le devolvió el saludo con la mayor impertinencia del mundo.

Entonces, Alberto empezó a hacer mil elogios acerca de la voz de la señorita Danglars, y sobre el sentimiento que experimentaba, según lo que acababa de oír, por no haber asistido a la velada de la víspera.

Cavalcanti, abandonado, tomó aparte a Montecristo.
—Vamos —dijo la señora Danglars—, basta de música y de cumplidos; vayamos a tomar el té.
—Ven, Louise —dijo la señorita Danglars a su amiga.

Se pasó al salón contiguo, donde, efectivamente, estaba preparado el té.

En el momento en que empezaban a dejar las cucharas, a la manera inglesa, en la taza, la puerta se abrió y Danglars apareció visiblemente agitado.

Montecristo, sobre todo, notó esta agitación e interrogó con la mirada al banquero.

—Bien —dijo Danglars—, acabo de recibir mi correo de Grecia.

—¡Ah, ah! —hizo el conde—. ¿Ha sido llamado por eso?

—Sí.

—¿Cómo está el rey Otón? —preguntó Alberto, en el tono más jovial.

Danglars le miró de reojo, sin responderle, y Montecristo se volvió para ocultar la expresión de piedad que acababa de aparecer en su rostro y que se borró al instante.

—Nos iremos juntos, ¿no es así? —dijo Alberto al conde.

—Sí, si usted quiere —respondió éste.

Alberto no podía comprender aquella mirada del banquero; así, pues, volviéndose a Montecristo, que había comprendido perfectamente, dijo:

—¿Ha visto usted cómo me mira?

—Sí —respondió el conde—. Pero ¿encuentra usted algo especial en su mirada?

—Ya lo creo; pero ¿qué quiere decir con sus noticias de Grecia?

—¿Cómo quiere que sepa eso?

—Porque, a lo que presumo, usted tiene relaciones con ese país.

Montecristo sonrió como se sonríe siempre que quiere evitarse la respuesta.

—Vea —dijo Alberto—, ahí se aproxima hacia usted; iré a hacer un cumplido a la señorita Danglars por su camafeo; mientras tanto, el padre tendrá ocasión de hablarle.

—Si le hace algún cumplido, hágalo por su voz, al menos —dijo Montecristo.

—No, eso se lo hará todo el mundo.

—Mi querido vizconde —dijo Montecristo—, es usted la fatuidad de la impertinencia.

Alberto avanzó hacia Eugéne con la sonrisa en los labios.

Durante este tiempo, Danglars se inclinó al oído del conde.

—Me dio usted un excelente consejo —dijo—. Existe toda una horrible historia acerca de esas dos palabras: Fernando y Janina.

—¡Ah, ya! —dijo Montecristo.

—Sí, ya le contaré esto; pero llévese al joven, ahora me encontraría muy molesto con él.

—Es lo que hago; me acompaña. Ahora, ¿quiere que le envíe al padre?

—Más que nunca.

—Bien.

El conde hizo una seña a Alberto.

Ambos saludaron a las damas y salieron. Alberto, con un aire totalmente indiferente respecto a los desprecios de la señorita Danglars; Montecristo reiterando a la señora Danglars sus consejos sobre la prudencia que debe tener la mujer del banquero de asegurar su porvenir.

El señor Cavalcanti permaneció siendo dueño del campo de batalla.

Haydée

Apenas los caballos del conde dieron la vuelta a la esquina del bulevar, Alberto se giró hacia el conde, soltando una carcajada demasiado ruidosa para no ser forzada.

—¿Y bien? —le dijo—. Le preguntaré como el rey Carlos IX preguntaba a Catalina de Médicis después de San Bartolomeu: «¿Cómo encontró la representación de mi papel?».

—¿A propósito de qué? —preguntó Montecristo.

—Pues a propósito de la instalación de mi rival en casa del señor Danglars.

—¿Qué rival?

—¡Pardiez! ¿Qué rival? Su protegido, el señor Andrea Cavalcanti.

—¡Oh! Nada de bromas fáciles, vizconde; yo no protejo al señor Andrea, y menos ante el señor Danglars.

—Y ése sería el reproche que le haría si el joven tuviese necesidad de protección. Pero, afortunadamnte para mí, puede pasarse sin ella.

—¡Cómo! ¿Cree usted que le hace la corte?

—Le responderé: pone los ojos en blanco cada vez que suspira runruneos amorosos; aspira a la mano de la orgullosa Eugéne. ¡Vaya, si casi hago un verso! Palabra, no es culpa mía. No importa, lo repito: aspira a la mano de la orgullosa Eugéne.

—¿Y eso qué importa si no piensa más que en usted?

—No diga eso, mi querido conde; me maltrata por todas partes.

—¿Cómo por todas partes?

—Sin duda; la señorita Eugéne apenas me ha respondido, y la señorita de Armilly, su confidente, ni siquiera lo ha hecho.

—Sí, pero el padre le adora —dijo Montecristo.

—¿Él? Todo lo contrario, no ha hecho más que clavarme puñaladas; puñaladas que sólo tocan la manga, es cierto; puñaladas de tragedia, pero que él creía buenas y muy reales.

—Los celos indican el cariño.

—Sí, pero yo no estoy celoso.

—Él lo está.

—¿De quién? ¿De Debray?

—No, de usted.

—¿De mí? Apuesto a que antes de ocho días me da con las puertas en las narices.

—Se equivoca, mi querido vizconde.

—¿Una prueba?

—¿La quiere?

—Sí.

—Estoy encargado de rogar al señor conde de Morcerf que dé un paso definitivo ante el barón.

—¿Quién se lo ha encargado?

—El mismo barón.

—¡Oh! —exclamó Alberto con toda la zalamería de que era capaz—. No hará usted eso, ¿verdad, mi querido conde?

—Se equivoca, Alberto, lo haré puesto que se lo he prometido.

—Vamos —dijo Alberto con un suspiro—, parece que usted está deseoso de casarme.

—Trato de estar a bien con todo el mundo; pero, a propósito de Debray, no lo he visto con la baronesa.

—Hay disgusto.

—¿Con la señora?

—No, con el señor.

—Entonces, ¿se ha dado cuenta de algo?

—¡Ah! ¡Vaya broma!

—¿Cree usted que lo sospechaba? —dijo Montecristo con una ingenuidad encantadora.

—¡Ah, vaya! Pero ¿de dónde viene usted, mi querido conde?

—Del Congo, si usted quiere.

—Eso aún no está muy lejos.

—¿Acaso conozco yo a los maridos parisienses?

—¡Eh! Mi querido conde, los maridos son los mismos en todas partes; desde el momento en que usted ha estudiado al individuo en cualquier país, conoce la raza.

—Pero, entonces, ¿qué causa ha podido disgustar a Danglars con Debray? Parecían entenderse muy bien —dijo Montecristo con mayor ingenuidad.

—¡Ah! Aquí entramos en los misterios de Isis, y yo no soy un iniciado. En cuanto el señor Cavalcanti hijo sea de la familia, le puede preguntar eso.

El coche se detuvo.

—Ya hemos llegado —dijo Montecristo—. No son más que las diez y media, suba.

—Con mucho gusto.

—Mi coche le llevará.

—No, gracias, mi cupé ha debido seguirnos.

—En efecto, ahí está —dijo Montecristo saltando a tierra.

Ambos entraron en la casa; el salón estaba iluminado y pasaron a él.

—Prepárenos té, Bautista —dijo Montecristo.

Bautista salió sin decir una palabra. Dos segundos más tarde reapareció con una bandeja totalmente servida y que, como en las colaciones mágicas, parecía salir de la tierra.

—En verdad —dijo Morcerf—, lo que más admiro de usted, mi querido conde, no es su riqueza, seguramente hay personas más ricas que usted; no es su talento, Beaumarchais no tendrá más, pero sí tanto; es su manera de ser servido sin que le repliquen, al minuto, al instante mismo, como si adivinaran, por el modo en que usted llama, lo que desea tener, y como si siempre desease encontrarlo listo.

—Lo que dice es algo cierto. Conocen mis costumbres. Por ejemplo, ahora verá: ¿no desea usted hacer algo mientras bebe el té?

—¡Pardiez! Desearía fumar.

Montecristo se aproximó al timbre y llamó una vez.

Al cabo de un segundo se abrió una puerta particular y apareció Alí con dos pipas turcas llenas de excelente latakia.

—Es maravilloso —dijo Morcerf.

—Pues, no, es muy sencillo —replicó Montecristo—. Alí sabe que al tomar té o café tengo la costumbre de fumar; sabe que he pedido té y que entré con usted, oye que le llamo y no duda en el motivo; como es de un país en que la hospitalidad se ejerce, sobre todo, con la pipa, en vez de una trae dos.

—Cierto, es una explicación como cualquier otra; pero no es menos cierto que no hay más que usted... ¡Oh! Pero ¿qué oigo?

Y Morcerf se inclinó hacia la puerta, por la cual entraban, efectivamente, sonidos parecidos a los de una guitarra.

—A fe mía, mi querido vizconde, que usted está condenado esta noche a la música; ha escapado del piano de la señorita Danglars para caer en la guzla de Haydée.

—¡Haydée! ¡Qué nombre más adorable! ¿Existen mujeres que verdaderamente se llaman Haydée en otro sitio que no sea en los poemas de lord Byron?

—Ciertamente; Haydée es un nombre muy raro en Francia, pero bastante corriente en Albania y en Epiro; es como si usted dijese, por ejemplo, castidad, pudor, inocencia; es una especie de nombre de bautismo, como dicen sus parisienses.

—¡Oh, es encantador! —dijo Alberto—. Cómo me gustaría ver a nuestros franceses llamándose señorita Bondad, señorita Silencio, señorita Caridad cristiana. Dígame, si la señorita Danglars, en vez de llamarse Claire Marie Eugéne, como se llama, se llamase señorita Castidad Pudor Inocencia Danglars, ¡diablos! ¿Qué efecto causaría al leer las amonestaciones?

—¡Loco! —dijo el conde—. No bromee tan alto, Haydée podría oírle.

—¿Y se molestaría?

—No —dijo el conde con su aire altivo.

—¿Es buena persona? —preguntó Alberto.

—Eso no es bondad, es deber; una esclava no se molesta con su dueño.

—¡Vamos, vamos! No bromee usted también. ¿Acaso aún hay esclavos?

—Sin duda, ya que Haydée es la mía.

—En efecto, usted no hace nada ni tiene nada como los demás. ¡Esclava del señor conde de Montecristo! Es una posición en Francia. A juzgar por la manera que tiene usted de remover el oro, es un puesto que debe valer cien mil escudos al año.

—¡Cien mil escudos! La pobre muchacha ha poseído mucho más que todo eso; vino al mundo encima de tesoros, al lado de los cuales los de *Las mil y una noches* son muy poca cosa.

—Así, pues, ¿es realmente una princesa?
—Usted lo ha dicho, y una de las más importantes de su país.
—Me lo suponía. Pero ¿cómo se ha convertido en esclava una gran princesa?
—¿Cómo Dionisio el Tirano llegó a ser maestro de escuela? La casualidad de la guerra, mi querido vizconde, el capricho de la suerte.
—¿Y su nombre es un secreto?
—Para todo el mundo, sí; pero no para usted, querido vizconde, que es de mis amigos y que no lo dirá; ¿no es cierto que me promete callarlo?
—¡Oh! Palabra de honor.
—¿Conoce usted la historia del pachá de Janina?
—¿De Alí Tebelín? Sin duda, puesto que a su servicio hizo mi padre su fortuna.
—Es cierto, lo había olvidado.
—¿Y bien, qué es Haydée de Alí Tebelín?
—Su hija, sencillamente.
—¡Cómo! ¿La hija de Alí Pachá?
—Y de la bella Vasiliki.
—¿Y es su esclava?
—¡Oh! Dios mío, sí.
—¿Cómo es eso?
—¡Diantre! Un día que pasaba por el mercado de Constantinopla la compré.
—¡Eso es espléndido! Con usted, mi querido conde, no se vive; se sueña. Ahora escuche, es muy indiscreto lo que voy a pedirle.
—Dígalo.
—Pero ya que usted sale con ella, ya que la acompaña a la ópera...
—¿Qué más?
—¿Puedo arriesgarme a pedirle esto?
—Puede arriesgarse a pedirme todo.
—Pues bien, mi querido conde, preséntame a su princesa.
—Con mucho gusto; pero con dos condiciones.
—Las acepto por adelantado.
—La primera es que nunca confiará a nadie esta presentación.

—Muy bien —Morcerf extendió la mano—. Lo juro.

—La segunda, es que usted no le dirá que su padre ha servido al suyo.

—También lo juro.

—Perfectamente, vizconde. Se acordará de estos dos juramentos, ¿verdad?

—¡Oh! —exclamó Alberto.

—Muy bien. Le sé hombre de honor.

El conde llamó de nuevo sobre el timbre; Alí reapareció.

—Advierte a Haydée —le dijo— de que iré a tomar el café con ella, y hazle comprender que le pido permiso para presentarle a uno de mis amigos.

Alí se inclinó y salió.

—Así pues, queda convenido que no habrá preguntas directas, mi querido vizconde. Si usted desea saber alguna cosa, consúltemelo a mí, y yo se la preguntaré a ella.

—Conforme.

Alí reapareció por tercera vez y mantuvo la cortina levantada, para indicar a su amo y a Alberto que podían pasar.

—Entremos —dijo Montecristo.

Alberto pasó una mano por sus cabellos y se atusó el bigote; el conde recogió su sombrero, se puso sus guantes y precedió a Alberto en el aposento que guardaba, como un centinela avanzado, Alí, y que defendían, como un puesto, las tres camareras francesas mandadas por Myrtho.

Haydée esperaba en la primera pieza, que era el salón, con sus ojos dilatados por la sorpresa; porque era la primera vez que otro hombre, que no fuese Montecristo, llegaba hasta ella. Se encontraba sentada en un sofá, en un rincón, las piernas cruzadas bajo ella, y se había hecho, por así decirlo, un nido en las telas de seda rayadas y bordadas, las más ricas de Oriente. Junto a ella, estaba el instrumento cuyos sonidos la habían delatado; lucía encantadora.

Al ver a Montecristo se levantó con esa doble sonrisa de hija y de amante que no pertenecía más que a ella; Montecristo se le acercó y le tendió la mano, sobre la cual, y como de costumbre, ella apoyó sus labios.

Alberto se había quedado a la puerta, bajo la impresión de aquella belleza extraña que veía por primera vez y de la cual no podía hacerse ninguna idea en Francia.

—¿A quién me traes? —preguntó en romaico la muchacha a Montecristo—. ¿Un hermano, un amigo, un simple conocido o un enemigo?

—Un amigo —dijo Montecristo en el mismo idioma.

—¿Su nombre?

—El conde Alberto; es el mismo que saqué de manos de los bandidos en Roma.

—¿En qué lengua quieres que le hable?

Montecristo se volvió a Alberto.

—¿Sabe usted el griego moderno? —preguntó al joven.

—¡Ay! —dijo Alberto—. Ni siquiera el griego antiguo, mi querido conde. Jamás Homero y Platón han tenido más pobre, y hasta me atrevería a decir más desdeñoso discípulo.

—Entonces —dijo Haydée, demostrando con su pregunta que efectivamente había entendido la de Montecristo y la respuesta de Alberto—, hablaré en francés o italiano, si mi señor quiere que yo hable.

Montecristo reflexionó un instante.

—Hablarás en italiano —dijo.

Después, volviéndose a Alberto, añadió:

—Es lástima que no entienda el griego antiguo ni el moderno, porque Haydée habla los dos admirablemente; la pobre muchacha se verá obligada a hablarle en italiano, lo que posiblemente le dará una falsa idea de ella.

Hizo una seña a Haydée.

—Sea bien venido, amigo, que llega con mi señor y dueño —dijo la muchacha en excelente toscano, con ese dulce acento romano que hace de la lengua de Dante tan sonora como la de Homero—. ¡Alí, café y pipas!

Y Haydée indicó con la mano a Alberto que se aproximara mientras Alí se retiraba para ejecutar las órdenes de su dueña.

Montecristo enseñó a Alberto dos sillas plegables y cada uno cogió la suya para acercarla a una especie de velador, en cuyo centro había una pipa turca, rodeada de flores naturales, dibujos y álbumes de música.

Alí entró llevando el café y las pipas; a Bautista le estaba prohibida la entrada en esta parte de la vivienda.

Alberto rechazó la pipa que le presentaba el nubio.

—¡Oh! Cójala, cójala —dijo Montecristo—. Haydée es casi tan civilizada como una parisiense. El habano le es desagradable, porque no le gustan los malos olores; pero el tabaco oriental es un perfume, ya lo sabe.

Alí salió.

Las tazas de café estaban preparadas; sólo había que añadir azúcar en la de Alberto. Montecristo y Haydée tomaban el licor árabe a la manera de éstos, es decir, sin azúcar.

Haydée alargó la mano y cogió con la punta de los dedos, rosas y delgados, la taza de porcelana del Japón, que se llevó a los labios con el ingenuo placer de un niño que bebe o come una cosa amada.

Al mismo tiempo, entraron dos mujeres llevando dos bandejas cargadas de helados y sorbetes que depositaron en dos mesitas destinadas al efecto.

—Mi querido anfitrión, y usted, señora —dijo Alberto en italiano—, excusen mi estupefacción. Estoy aturdido, y es muy natural; he aquí que encuentro el Oriente, el verdadero Oriente, no ese desafortunado que he visto, sino el que he soñado en el seno de París; hace un momento oía rodar los ómnibus y tintinear las campanillas de los vendedores de limonada. ¡Oh, señora!... Aunque no sepa hablar en griego, su conversación, unida a este ambiente mágico, me ofrece una velada que no olvidaré nunca.

—Hablo bastante bien el italiano para hablar con usted, señor —dijo tranquilamente Haydée—, y haré todo lo posible, si usted ama el Oriente, para que lo encuentre aquí.

—¿De qué puedo hablar? —preguntó en voz baja Alberto a Montecristo.

—Pues de todo lo que usted quiera: de su país, de su juventud, de sus recuerdos; además, si usted lo prefiere, de Roma, de Nápoles o de Florencia.

—¡Oh! —exclamó Alberto—. Sería una lástima tener una griega delante para hablarle solamente de todo lo que se hablaría a una parisiense; déjeme hablarle de Oriente.

—Hágalo, mi querido Alberto; es la conversación que le resulta más agradable.

Alberto se volvió hacia Haydée.

—¿A qué edad, señora, abandonó usted Grecia? —preguntó.

—A los cinco años —respondió Haydée.

—¿Y se acuerda usted de su patria? —preguntó Alberto.

—Cuando cierro los ojos vuelvo a ver todo lo que había visto. Hay dos miradas, la del cuerpo y del espíritu. La mirada del cuerpo a veces puede olvidar, pero la del alma recuerda siempre.

—¿Y cuál es la época más lejana que usted puede recordar?

—Apenas caminaba; mi madre, que se llamaba Vasiliki, que quiere decir real —añadió la muchacha levantando la cabeza—, mi madre me cogía de la mano, y cubiertas ambas por el velo, después de haber echado en el fondo de nuestras bolsas todo el oro que poseíamos, nos íbamos a pedir limosnas para los prisioneros, diciendo: «Aquel que da a los pobres, presta al Eterno». Luego, cuando nuestra bolsa estaba llena, regresábamos a palacio y sin decir nada a mi padre, enviábamos todo el dinero que nos habían dado, tomándonos por pobres mujeres, al ecónomo del convento, que lo repartía entre los prisioneros.

—Y en esa época, ¿qué edad tenía usted?

—Tres años —dijo Haydée.

—Entonces, ¿se acuerda usted de todo lo que ha sucedido en torno suyo después de los tres años de edad?

—De todo.

—Conde —dijo en tono bajo Morcerf a Montecristo—, debería permitir a la señora que nos contase alguna cosa de su vida. Usted me ha prohibido hablarle de mi padre, pero tal vez me hable ella, y no sabe usted lo feliz que sería oyendo salir su nombre de una boca tan bonita.

Montecristo se volvió a Haydée, y por un fruncimiento de cejas le indicó que prestase la máxima atención a la recomendación que iba a hacerle, y le dijo en griego:

—*Patros men, aten, me de anoma prodotu kai prodosiam, eipe emin.* *

Haydée lanzó un suspiro prolongado, y una nube sombría pasó por su frente tan pura.

—Le repetía que usted es un amigo, y que ella no tiene que ocultar nada ante usted.

—Así, pues —dijo Alberto—, aquel viejo peregrinaje en favor de los prisioneros es su primer recuerdo. ¿Cuál es el otro?

---

* Palabra por palabra: «De tu padre la suerte, mas no el nombre del traidor ni la traición, cuéntanos».

—¿El otro? Me veo bajo la sombra de los sicomoros, cerca de un lago del cual aún percibo, a través del follaje, el espejo tembloroso; contra el más viejo y más espeso se hallaba apoyado mi padre, sentado en almohadones, y yo, niña todavía, mientras mi madre estaba echada a sus pies, jugaba con su barba blanca que descendía sobre su pecho, y con el alfanje de empuñadura de diamantes que llevaba a la cintura; luego, de vez en cuando, venía un albanés que le decía algunas palabras a las que yo no prestaba atención, y a las cuales respondía en el mismo tono de voz: «¡Mata!», o «¡Perdónale!».

—Es extraño —dijo Alberto— oír tales cosas en labios de una muchacha fuera del teatro y pudiendo decir: esto no es una ficción. ¿Y cómo, con ese horizonte tan poético —añadió Alberto—, cómo, con ese pasado maravilloso, encuentra Francia?

—Creo que es un hermoso país —dijo Haydée—, pero yo veo Francia tal cual es, porque la veo con ojos de mujer, mientras que me parece que, por el contrario, mi país, el cual no he visto más que con ojos de niña, siempre está envuelto en una niebla luminosa o sombría, según mis ojos lo hagan una dulce patria o un lugar de amargos sufrimientos.

—Siendo tan joven, señora —dijo Alberto cediendo a su pesar, a la pujanza de la vulgaridad—, ¿cómo ha podido sufrir?

Haydée volvió los ojos hacia Montecristo, quien, con un gesto imperceptible, murmuró:

—*Eipe.* *

—Nada compone el fondo del alma como los primeros recuerdos y, aparte de los dos que acabo de decirle, todos los recuerdos de mi juventud son tristes.

—Hable, hable, señora —dijo Alberto—. Le juro que la escucho con una inexplicable dicha.

Haydée sonrió tristemente.

—¿Quiere usted que pase a mis otros recuerdos? —preguntó ella.

—Se lo ruego —dijo Alberto.

—Pues bien, yo tenía cuatro años cuando una tarde fui despertada por mi madre. Estábamos en el palacio de Jani-

---

* Cuenta.

na; me cogió de los almohadones en que descansaba y, al abrir mis ojos, vi los suyos llenos de lágrimas.

»Me llevó sin decirme nada.

»Viéndola llorar, estuve a punto de hacerlo yo.

»—¡Silencio, niña! —dijo ella.

»Con frecuencia, a pesar de los consuelos o las amenazas maternales, como ocurre con todos los niños, continuaba llorando; pero, esta vez, había en la voz de mi madre tal entonación de terror que me callé al instante.

»Me condujo rápidamente.

»Entonces vi que descendíamos una amplia escalera; delante de nosotras, todas las mujeres de mi madre llevaban los cofres, los saquitos, los objetos de adorno, las joyas, las bolsas de oro, y descendían la misma escalera, o más bien se precipitaban por ella.

»Tras ella iba una guardia de veinte hombres, armados con grandes fusiles y pistolas, y vestidos con ese uniforme que ustedes conocen en Francia desde que Grecia llegó a ser nación.

»Había algo siniestro, créame —añadió Haydée, sacudiendo la cabeza y palideciendo ante este recuerdo—, en aquella larga fila de esclavas y mujeres medio aturdidas por el sueño, o al menos así me lo imaginaba yo, que tal vez creía a las demás somnolientas porque yo me había despertado así.

»En la escalera corrían sombras gigantescas que las antorchas de abeto hacían temblar en las bóvedas.

»—¡Que se apresuren! —dijo una voz en el fondo de la galería.

»Esta voz hizo inclinarse a todo el mundo como el viento hace ondear un campo de espigas a su paso.

»A mí me hizo estremecer.

»Aquella voz era la de mi padre.

»Iba el último, vestido con sus espléndidas ropas, llevando en la mano la carabina que vuestro emperador le había dado; y, apoyado sobre su favorito Selim, nos empujaba delante de él como un pastor hace con su rebaño perdido.

»Mi padre —dijo Haydée levantando la cabeza—, era un hombre ilustre que Europa ha conocido bajo el nombre de Alí Tebelín, pachá de Janina, y ante el cual temblaba Turquía.

Alberto, sin saber por qué, se estremeció al oír estas palabras pronunciadas con un indefinible acento de altivez y dignidad; le pareció que algo sombrío y espantoso brillaba en los ojos de la muchacha cuando, al igual que una pitonisa evoca un espectro, ella despertó el recuerdo de aquella sangrienta figura, a la que su terrible muerte hizo aparecer gigantesca a los ojos de la Europa contemporánea.

—Enseguida —continuó Haydée—, se detuvo la marcha; estábamos al pie de la escalera y al borde de un lago. Mi madre me estrechaba contra su pecho palpitante, y yo vi, a dos pasos detrás de ella, a mi padre echando miradas inquietas a todas partes.

»Delante de nosotros se extendían cuatro escalones de mármol, y al pie del último se balanceaba una barca.

»Desde donde estábamos se veía levantarse en medio del lago una masa negruzca; era el quiosco al cual nos dirigíamos.

»Este quiosco me parecía estar a una distancia considerable, tal vez a causa de la oscuridad.

»Descendimos a la barca. Me acuerdo que los remos no hacían ningún ruido al tocar el agua; me incliné a mirarlos: estaban envueltos en los cinturones de nuestros palicaros.

»Aparte de los remeros no había en la barca más que mujeres, mi padre, mi madre, Selim y yo.

»Los palicaros habían quedado al borde del lago, arrodillados sobre el último escalón, y haciendo, para el caso de que hubiesen sido perseguidos, un parapeto con los otros tres.

»Nuestra barca avanzaba como el viento.

»—¿Por qué va tan rápida la barca? —pregunté a mi madre.

»—¡Cállate, hija! —dijo ella—. Es que huimos.

»No lo comprendí. ¿Por qué huía mi padre, el topodoroso, él, ante quien generalmente huían los demás, él, que había adoptado la divisa: "¡Me odian, pero me temen!".

»En efecto, era una fuga que mi padre emprendía en el lago. Después me dijo que la guarnición del castillo de Janina, fatigada de un largo servicio...

Aquí Haydée detuvo su expresiva mirada sobre Montecristo, cuyos ojos no la perdían de vista. La muchacha continuó lentamente, como alguien que inventa o suprime.

—Decía usted, señora —replicó Alberto, que prestaba la mayor atención a este relato—, que la guarnición de Janina, fatigada por un largo servicio...

—Había tratado con el seraskier Kurchid, enviado por el sultán para apoderarse de mi padre; entonces fue cuando mi padre tomó la resolución de retirarse, tras haber enviado al sultán un oficial franco, en quien tenía mucha confianza, al asilo que se había preparado desde hacía tiempo, y que llamaba kataphigion, es decir, su refugio.

—Y ese oficial —preguntó Alberto—, ¿se acuerda usted de su nombre, señora?

Montecristo cambió con la muchacha una mirada rápida como un rayo, y que pasó desapercibida para Morcerf.

—No —dijo ella—, no me acuerdo; pero tal vez más tarde me acuerde y entonces se lo diré.

Alberto fue a pronunciar el nombre de su padre, cuando Montecristo levantó suavemente su dedo en señal de silencio; el joven se acordó de su juramento y se calló.

—Bogábamos hacia aquel quiosco.

»Una planta baja adornada de arabescos, bañaba sus terrazas en el agua, y un primer piso que daba sobre el lago, he aquí todo lo que ofrecía de visible este palacio.

»Pero debajo de esa planta baja, prolongándose en la isla, había un subterráneo, y una amplia caverna a la que nos condujeron a mi madre, a mí y a nuestras mujeres, y deslizaron, haciendo un solo montón, sesenta mil bolsas y doscientos toneles; había en las bolsas veinticinco millones en oro, y en los barriles treinta mil libras de pólvora.

»Junto a aquellos barriles estaba Selim, el favorito de mi padre; vigilaba día y noche con una lanza en la mano al extremo de la cual ardía una mecha continuamente; tenía la orden de hacer saltar todo: quiosco, guardias, pachá, mujeres y oro a la primera señal de mi padre.

»Me acuerdo de que nuestros esclavos conocían aquella horrible vecindad y se pasaban los días y las noches rezando, llorando y gimiendo.

»En cuanto a mí, siempre veo al joven soldado de tez pálida y ojos brillantes; y cuando el ángel de la muerte descienda sobre mí, estoy segura de que reconoceré a Selim.

»No podré decir cuánto tiempo permanecimos así; por aquel entonces aún ignoraba lo que era el tiempo. Algunas veces, pero raramente, mi padre nos llamaba, a mi madre y a mí, a la terraza del palacio; eran mis horas de fiesta, pues en el subterráneo no veía más que sombras gimientes y doloridas, además de la mecha encendida de Selim. Mi padre sentado delante de una gran abertura, fijaba su mirada sombría sobre las profundidades del horizonte, interrogando cada punto negro que aparecía sobre el lago, mientras que mi madre, medio recostada junto a él, apoyaba su cabeza sobre su hombro, y yo jugaba a sus pies y admiraba, con esos asombros de la infancia que aún agrandan los objetos, las escarpaduras del Pindo, que se elevaban en el horizonte, los castillos de Janina, sobresaliendo blancos y angulosos de entre las aguas azules del lago, las espesuras inmensas de verdes oscuros, pegadas como líquenes a las rocas de la montaña, que de lejos parecían musgos y de cerca eran abetos gigantescos y mirtos inmensos.

»Una mañana mi padre nos envió a buscar; lo encontramos bastante tranquilo, pero más pálido que de costumbre.

»—Ten paciencia, Vasiliki, hoy acabará todo; hoy llega la firma del señor, y mi suerte estará decidida. Si la gracia es completa volveremos a entrar triunfantes en Janina; si la noticia es mala, huiremos esta noche.

»—Pero ¿y si no nos dejan huir? —dijo mi madre.

»—¡Oh! Estate tranquila —respondió Alí sonriendo—, Selim y su mecha encendida me responden de ello. Ellos quisieran que yo muriese, pero no con ellos.

»Mi madre no respondió más que con suspiros a estos consuelos, que no salían del corazón de mi padre.

»Le preparó agua helada, que bebía a cada momento porque desde su retiro al quiosco estaba abrasado por una fiebre ardiente; perfumó su barba blanca y encendió la pipa que algunas veces, durante horas enteras, seguía distraídamente con los ojos el humo que se dispersaba en el aire.

»De repente hizo un movimiento tan brusco que yo me sobrecogí de miedo.

»Después, sin apartar la vista del punto que llamaba su atención, solicitó su anteojo.

»Mi madre se lo pasó, más blanca que el estuco en que se apoyaba.

»Yo vi temblar la mano de mi padre.

»—¡Una barca...! ¡Dos...! ¡Tres...! —murmuró mi padre—. ¡Cuatro!

»Y se levantó cogiendo sus armas para llenar de pólvora, lo recuerdo bien, las cazoletas de sus pistolas.

»—Vasiliki —dijo a mi madre con un estremecimiento visible— he aquí el instante que decidirá de nosotros; dentro de media hora sabremos la respuesta del sublime emperador. Retírate al subterráneo con Haydée.

»—No quiero abandonarle —dijo Vasiliki—. Si usted muere, mi señor, yo moriré también.

»—¡Vete junto a Selim! —gritó mi padre.

»—¡Adiós, señor! —murmuró mi madre obedeciendo y doblándose como abrumada por la proximidad de la muerte.

»—¡Acompañen a Vasiliki! —dijo mi padre a sus palicaros.

»Pero yo, a quien habían olvidado, corrí a él y eché mis manos a su cuello; me vio e inclinándose, puso sus labios sobre mi frente.

»Al descender, distinguimos a través del emparrado de la terraza las barcas que se agrandaban en el lago, y que, poco a poco, de puntos negros ya parecían pájaros rozando la superficie de las aguas.

»Entretanto, en el quiosco, veinte palicaros sentados a los pies de mi padre y ocultos por la madera de la balaustrada, espiaban con ojos sangrientos la llegada de las barcas, y tenían preparados sus largos fusiles incrustados de nácar y de plata; había gran número de cartuchos esparcidos por el pavimento; mi padre miraba su reloj y se paseaba con angustia.

»Esto fue lo que más me chocó cuando abandoné a mi padre después del último beso que recibí de él.

»Mi madre y yo atravesamos el subterráneo. Selim continuaba en su puesto; nos sonrió tristemente. Fuimos en busca de los almohadones al otro lado de la cueva y regresamos a sentarnos junto a Selim. En los grandes peligros los corazones fieles se buscan, y, aun siendo tan niña, percibía instintivamente que una gran desgracia se cernía sobre nuestras cabezas.

Alberto había oído contar con frecuencia, no por su padre que no hablaba nunca, sino por extraños, la historia de los últimos momentos del visir de Janina; había leído diferentes relatos sobre su muerte; pero esta historia, llena de vida por la persona y la voz de la muchacha, aquel tierno acento y aquella melancólica elegía, le infundían a la vez un encanto y un horror inexplicables.

En cuanto a Haydée, llena de tan terribles recuerdos, había cesado de hablar un instante; su frente, como una flor que se inclina en día de tormenta, se había doblegado sobre su mano, y sus ojos, perdidos en el vacío, aún parecían ver en el horizonte el Pindo verdeante y las aguas azules del lago de Janina, espejo mágico que reflejaba el sombrío cuadro que describía.

Montecristo la miraba con una indefinible expresión de interés y de piedad.

—Continúa, hija mía —le dijo el conde en lengua romaica.

Haydée levantó la frente, como si las palabras sonoras que acababa de pronunciar Montecristo le hubiesen sacado de un sueño, y prosiguió diciendo:

—Eran las cuatro de la tarde; pero aunque el día estuviese puro y brillante afuera, nosotras estábamos hundidas en la sombra del subterráneo.

»Sólo una luz brillaba en la cueva, parecida a una estrella temblorosa en el fondo del cielo negro: la mecha de Selim. Mi madre era cristiana, y rezaba.

»Selim repetía de vez en cuando aquellas palabras sagradas:

»—¡Dios es grande!

»Sin embargo, mi madre aún tenía alguna esperanza. Al descender había creído ver al franco que fue enviado a Constantinopla, y en el cual mi padre ponía toda su confianza, porque sabía que los soldados del sultán francés eran, por lo general, nobles y generosos. Ella avanzó unos pasos en la escalera y escuchó.

»—Se aproximan —dijo—. Con tal de que traigan la paz y la vida.

»—¿Qué temes, Vasiliki? —respondió Selim con su voz tan suave y fiera a la vez—. Si no traen la paz, les daremos la muerte.

»Pero yo, que era tan pequeña y tan inocente, tenía miedo de aquel coraje que encontraba feroz e insensato, y me asustaba de parecerse al Dionisos de la antigua Creta.

»Y reavivaba la llama de su lanza con un gesto que le hacía aquella muerte espantosa en el aire y en las llamas.

»Mi madre experimentaba las mismas impresiones, porque la sentía estremecerse.

»—¡Dios mío! ¡Dios mío, mamá! —exclamé—. ¿Es que vamos a morir?

»Y ante mi voz el llanto y las plegarias de las esclavas aumentaron.

»—¡Hija mía! —me dijo Vasiliki—. Dios te libre de llegar a desear esta muerte que temes hoy.

»Luego en voz baja, preguntó:

»—Selim, ¿cuál es la orden de tu dueño?

»—Si me envía su puñal, es que el sultán rechaza recibirlo perdonado, y yo prendo el fuego; si me envía su anillo, es que el sultán le perdona, y yo no enciendo la pólvora.

»—Amigo —replicó mi madre—, cuando llegue la orden de tu amo, si te envía el puñal, en lugar de matarnos a las dos con muerte tan espantosa, te presentaremos el cuello y nos matarás antes con el mismo puñal.

»—Sí, Vasiliki —respondió tranquilamente Selim.

»De pronto oímos grandes gritos; escuchamos: eran gritos de alegría; el nombre del franco que había sido enviado a Constantinopla resonaba repetido por los palicaros; era evidente que traía la respuesta del sublime emperador, y que la respuesta era favorable.

—¿Y usted no se acuerda de ese nombre? —preguntó Morcerf, dispuesto a ayudar a la narradora.

Montecristo le hizo una seña.

—No me acuerdo —respondió Haydée.

»El ruido aumentaba; se oían pasos cada vez más próximos; descendían la escalera del subterráneo.

»—¿Quién eres? —gritó Selim—. Pero, seas quien seas, no des un paso más.

»—¡Gloria al sultán! —dijo la sombra—. Se ha concedido la gracia al visir Alí; y no sólo ha salvado la vida, sino que también se le devuelven sus bienes y su fortuna.

»Mi madre lanzó un grito de alegría y me estrechó contra su corazón.

»—¡Alto! —le dijo Selim viendo que ella se disponía a salir—. Ya sabes que me falta el anillo.

»—¡Tienes razón! —dijo mi madre, y cayó de rodillas levantándome hacia el cielo, como si al mismo tiempo que rezaba por mí quisiera elevarme hasta Él.

Y por segunda vez Haydée se detuvo vencida por la emoción; el sudor inundaba su frente pálida, y su voz ahogada parecía no poder franquear su garganta seca.

Montecristo vertió un poco de agua helada en un vaso y se lo presentó diciéndole con una dulzura en la que se percibía cierto tono de orden:

—¡Ánimo, hija mía!

Haydée se enjugó sus ojos y su frente, y prosiguió diciendo:

—Durante aquel tiempo nuestros ojos habituados a la oscuridad, habían reconocido al enviado del pachá: era un amigo.

»Selim lo había reconocido, pero el bravo joven no sabía más que una cosa: obedecer.

»—¿En nombre de quién vienes? —preguntó.

»—Vengo en nombre de nuestro señor, Alí Tebelín.

»—Si vienes en nombre de Alí, sabrás lo que debes entregarme, ¿no?

»—Sí —dijo el enviado—, y te traigo su anillo.

»Al mismo tiempo levantó su mano por encima de su cabeza; pero estaba muy lejos y no había mucha claridad para que Selim pudiera, desde donde estábamos, distinguir y reconocer el objeto que le presentaban.

»—No veo lo que tienes —dijo Selim.

»—Aproxímate —dijo el mensajero—, o me acercaré yo.

»—Ni uno ni otro —respondió el joven soldado—. Deposita en el sitio en que estás tú, y bajo ese rayo de luz, el objeto que me enseñas, y retírate hasta que lo haya visto.

»—Sea —dijo el mensajero.

»Y se retiró después de haber depositado el signo de reconocimiento en el lugar indicado.

»Y nuestro corazón palpitaba, porque el objeto parecía ser, efectivamente, un anillo. Pero ¿era el anillo de nuestro señor?

»Selim, teniendo siempre en la mano su mecha encendida, se acercó a la abertura, se inclinó radiante bajo el rayo de luz y recogió la señal.

»—¡El anillo del señor! —dijo besándolo—. ¡Está bien!

»Y volviendo la mecha contra el suelo, la pisó y la apagó.

»El mensajero lanzó un grito de alegría y golpeó en sus manos. A esta señal, cuatro soldados del seraskier Kurchid corrieron y Selim cayó atravesado por cinco puñaladas. Cada uno había clavado en él su puñal.

»Y enseguida, embriagados por su crimen, aunque pálidos de miedo, se precipitaron por el subterráneo, buscando por todas partes si había fuego, y apoderándose de los sacos de oro.

»Durante este tiempo mi madre me cogía entre sus brazos, y, ágil saltó por entre las sinuosidades que sólo nosotras conocíamos, hasta llegar a una escalera disimulada del quiosco, en el cual reinaba un tumulto espantoso.

»Las salas bajas estaban completamente pobladas por los *tchodoars* de Kurchid, es decir, por nuestros enemigos.

»En el momento en que mi madre iba a empujar la puertecita, oímos resonar, terrible y amenazante, la voz del pachá.

»Mi madre pegó su ojo a las hendiduras de las tablas; una abertura se hallaba delante de mí y pude mirar.

»—¿Qué quieren? —decía mi padre a las personas que tenían un papel con caracteres de oro en la mano.

»—Lo que deseamos —respondió uno de ellos—, es comunicarte la voluntad de Su Alteza. ¿Ves este documento?

»—Lo veo —respondió mi padre.

»—Pues bien, léelo; pide tu cabeza.

»Mi padre lanzó una carcajada más espantosa de lo que hubiese sido una amenaza; aún no había cesado cuando dos disparos salieron de sus manos y mataba a dos hombres.

»Los palicaros que estaban echados alrededor de mi padre, cara al suelo, se levantaron entonces e hicieron fuego; la habitación se llenó de ruido, de llamas y de humo.

»Al mismo tiempo el fuego empezó al otro lado, y las balas vinieron a agujerear las tablas alrededor de nosotras.

»¡Oh! Qué hermoso y grande estaba el visir Alí Tebelín, mi padre, en medio de las balas, la cimitarra empuñada y el rostro negro de pólvora. ¡Cómo huían sus enemigos!

»—¡Selim, Selim! —gritaba—. Guardián del fuego, ¡cumple tu deber!

»¡Selim está muerto! —respondió una voz que parecía surgir de las profundidades del quiosco—. Y tú, mi señor Alí, estás perdido.

»Al mismo tiempo se oyó una detonación sorda y el piso voló en mil pedazos alrededor de mi padre.

»Los *tchodoars* dispararon a través del suelo. Tres o cuatro palicaros cayeron muertos de abajo arriba por las heridas que recibieron por todo el cuerpo.

»Mi padre rugió, hundió sus puños por los agujeros de las balas y arrancó toda una tabla.

»Pero en el mismo instante, por aquella abertura, veinte disparos estallaron a la vez, y la llama, saliendo como del cráter de un volcán, alcanzó y prendió las colgaduras del techo.

»En medio de todo aquel tumulto, en medio de aquellos gritos terribles, dos disparos muy diferentes a todos, dos gritos más desgarradores que todos los gritos, me helaron de terror. Aquellas dos explosiones hirieron mortalmente a mi padre, y él fue quien lanzó los gritos.

»No obstante permaneció de pie, agarrado a una ventana. Mi madre sacudía la puerta para ir a morir con él; pero la puerta estaba cerrada por dentro.

»Alrededor de él, todos los palicaros se retorcían en las convulsiones de la agonía; dos o tres, que estaban sin heridas o heridos ligeramente se arrojaron por las ventanas. Al mismo tiempo todo el piso se partió destrozado desde abajo. Mi padre cayó sobre una rodilla; en el mismo instante veinte brazos se alargaron armados de sables, pistolas y puñales, y veinte manos hirieron a la vez a un hombre solo, y mi padre desapareció en el torbellino de fuego, atizado por aquellos demonios rugientes, como si el infierno se hubiese abierto bajo sus pies.

»Me sentí caer a tierra: era mi madre que caía desvanecida.

Haydée dejó caer sus dos brazos mientras lanzaba un gemido y miraba al conde como para preguntarle si estaba satisfecho de su obediencia.

El conde se levantó, acudió a ella, la tomó de la mano y le dijo en romaico:

—Descansa, mi pequeña, y ármate de coraje pensando que hay un Dios que castiga a los traidores.

—Ésta es una historia espantosa, conde —dijo Alberto asustado por la palidez de Haydée—, y me reprocho haber sido tan cruelmente indiscreto.

—Esto no es nada —respondió Montecristo.

Después, poniendo su mano sobre la cabeza de la muchacha, añadió:

—Haydée es una mujer muy valerosa, y a veces encuentra alivio relatando sus dolores.

—Porque, mi señor —dijo con viveza la muchacha—, porque mis dolores me recuerdan tus bondades.

Alberto la miró con curiosidad, porque ella aún no había contado lo que deseaba saber, es decir, cómo se había convertido en la esclava del conde.

Haydée vio a la vez en las miradas del conde y de Alberto la expresión del mismo deseo.

Continuó:

—Cuando mi madre recobró el sentido —dijo—, estábamos delante del seraskier.

»—Mátame —dijo ella—, y ahórrame el honor de ser la viuda de Alí.

»—No es a mí a quien debes dirigirte —dijo Kurchid.

»—¿A quién, entonces?

»—A tu nuevo amo.

»—¿Cuál es?

»—Ahí lo tienes.

»Y Kurchid nos mostró a uno de aquellos que más habían contribuido a la muerte de mi padre —continuó la muchacha con una cólera sombría.

—Entonces —preguntó Alberto—, ¿se convirtió usted en la propiedad de aquel hombre?

—No —respondió Haydée—. Él no se atrevió a conservarnos, nos vendió a los mercaderes de esclavos que iban a Constantinopla. Atravesamos Grecia y llegamos moribundas a la puerta imperial, abarrotada de curiosos que se apartaban para dejarnos paso; de repente los ojos de mi madre siguieron la dirección de todas las miradas, lanzó un grito y cayó enseñándome una cabeza que había encima de la puerta.

»Encima de aquella cabeza estaban escritas las siguientes palabras:

»Esta es la cabeza de Alí Tebelín, pachá de Janina.

»Traté de levantar a mi madre mientras lloraba, pero estaba muerta.

»Fui conducida al bazar; un rico armenio me compró, me dio instrucción, me dio maestros, y cuando tenía trece años me vendió al sultán Mahmud.

—Al cual —añadió Montecristo— yo la volví a comprar, como ya le he dicho, Alberto, por aquella esmeralda parecida a la que tengo para guardar mis pastillas de *haxix*.

—¡Oh! Tú eres bueno, eres grande, mi señor —dijo Haydée besando la mano de Montecristo—. Y estoy muy contenta de pertenecerte.

Alberto estaba aturdido; apenas podía creer en lo que acababa de escuchar.

—Acabe su taza de café —le dijo el conde—. La historia ha concluido.

Nos escriben de Janina

Franz había salido de la habitación de Noirtier tan vacilante y aterrado, que Valentine hasta tuvo piedad de él.

Villefort, que no había articulado más que unas palabras sin continuación, y que había huido a su despacho, recibió dos horas más tarde la carta siguiente:

> Después de lo que ha sido revelado esta mañana, el señor Noirtier de Villefort no puede suponer que sea posible una alianza entre su familia y la del señor Franz d'Epinay. Éste se horroriza al pensar que el señor de Villefort, que parecía conocer los acontecimientos relatados esta mañana, no le hubiese prevenido sobre ello.

Cualquiera que hubiese visto en aquel instante al magistrado, abatido por el golpe, no hubiera creído que lo preveía. En efecto, jamás hubiese pensado que su padre llevaría la franqueza, o más bien la rudeza, hasta el punto de contar semejante historia. También es cierto que el señor Noirtier, desdeñando siempre la opinión de su hijo, jamás se había preocupado en aclarar los hechos ante Villefort, y éste siempre había creído que el general Quesnel, o el barón d'Epinay, había muerto asesinado y no en un duelo legal.

Esta carta tan dura, de un joven tan respetuoso hasta entonces, era mortal para el orgullo de un hombre como Villefort.

Apenas llevaba un rato en su gabinete cuando entró su mujer.

La salida de Franz, llamado por el señor Noirtier, había asombrado a todos de tal manera que la posición de la señora de Villefort sola con el notario y los dos testigos, se hizo cada vez más embarazosa. Entonces, la señora de Villefort tomó su decisión y salió anunciando que iba en busca de noticias.

El señor de Villefort se contentó con decirle que a consecuencia de una explicación surgida entre él, el señor Noirtier y el señor d'Epinay, el matrimonio de Valentine con Franz estaba roto.

Aquello era difícil de contar a los que la esperaban; la señora de Villefort, por tanto, al entrar, se limitó a decir que el señor Noirtier, había tenido al principio de la conversación un ataque de apoplejía y el contrato quedaba pospuesto por algunos días.

Esta noticia, aunque era falsa, causó tal extrañeza en medio de dos desgracias del mismo género, que los oyentes se miraron asombrados y se retiraron sin decir una palabra.

Entretanto Valentine, feliz y aterrada a la vez, después de haber abrazado y agradecido al débil anciano, que acababa de romper de golpe una cadena que ya consideraba como indisoluble, pidió permiso para retirarse a su cuarto y Noirtier le concedió, con una mirada, el permiso solicitado.

Pero en vez de subir a sus habitaciones, Valentine, una vez fuera, tomó el corredor, y, saliendo por la puertecita, se abalanzó al jardín. En medio de todos los acontecimientos que acababan de amontonarse unos sobre otros, un terror sordo había oprimido constantemente su corazón. Esperaba de un momento a otro ver aparecer a Morrel pálido y amenazador como el desagradable Ravenswood en el contrato de Lucía de Lammermoor.

En efecto, era hora de que llegase a la verja. Maximilien, que sospechando lo que iba a suceder viendo a Franz abandonar el cementerio en compañía del señor de Villefort, le había seguido; después, tras haberlo visto entrar, aún lo vio salir y regresar de nuevo con Alberto y Chateau Renaud. Para él, ya no quedaba duda alguna. Entonces se había metido en su huerto dispuesto a todo, y muy seguro de que al primer momento de libertad que tuviese Valentine, ella correría a él.

No se había engañado; su ojo pegado a los tablones, vio aparecer a la muchacha, que sin tomar ninguna precaución acostumbrada, corría hacia la verja. A la primera mirada que echó, Maximilien se quedó tranquilo; a la primera palabra que ella pronunció, saltó de alegría.

—¡Salvados! —dijo Valentine.

—¡Salvados! —repitió Morrel, no pudiendo creer en semejante dicha—. Pero ¿por quién?

—Por mi abuelo. ¡Oh, lo quiero mucho, Morrel!

Morrel juró amar al viejo con toda su alma, y este juramento no le costó mucho hacerlo, porque en aquel instante no se limitaba a quererlo como un amigo o como un padre, sino que lo adoraba como a un dios.

—Pero ¿cómo ha podido hacerlo? —preguntó Morrel—. ¿Qué extraño procedimiento ha empleado?

Valentine abrió la boca para contarle todo; pero pensó que en el fondo de todo aquello existía un terrible secreto que sólo pertenecía a su abuelo.

—Más tarde —dijo ella—, te lo contaré todo.

—Pero ¿cuándo?

—Cuando sea tu mujer.

Aquello era poner la conversación en un capítulo que Morrel escuchaba muy gustoso; así pues, entendió que debía contentarse con lo que sabía, y que ya era bastante por un día. Sin embargo, no consintió en retirarse sin la promesa de que volvería a ver a Valentine al día siguiente por la tarde.

Valentine prometió lo que quiso Morrel. Todo había cambiado a sus ojos, ahora le era menos difícil creer que se casaría con Maximilien que convencerse una hora antes de que no se casaría con Franz.

Mientras tanto la señora de Villefort subió al cuarto de Noirtier.

Noirtier la miró con aquella mirada sombría y severa con que acostumbraba a recibirla.

—Señor —le dijo ella—, no tengo necesidad de comunicarle que el matrimonio de Valentine se ha deshecho, ya que ha sido aquí donde tuvo lugar dicha ruptura.

Noirtier permaneció impasible.

—Pero —continuó la señora de Villefort—, lo que usted no sabe, señor, es que siempre me opuse a ese matrimonio, que se hacía a pesar mío.

Noirtier miró a su nuera como si esperase una explicación.

—Ahora bien, ya que este matrimonio, ante el cual conocía su repugnancia, se ha roto, vengo a hacerle una petición que ni el señor de Villefort ni Valentine pueden hacer.

Los ojos de Noirtier pidieron que hablase.

—Vengo a rogarle, señor —continuó la señora de Villefort—, como la única que tiene derecho, pues no obtendré ninguna utilidad de ello; vengo a rogarle que devuelva, no su favor, que siempre ha tenido, sino su fortuna, a su nieta.

Los ojos de Noirtier permanecieron un instante indecisos: buscaba evidentemente los motivos de aquella petición y no podía encontrarlos.

—¿Puedo esperar, señor —dijo la señora de Villefort— que sus intenciones estén de acuerdo con el ruego que acabo de hacerle?

—Sí —dijo Noirtier.

—En ese caso, señor —añadió la señora de Villefort—, me retiro, feliz y llena de reconocimiento.

Y saludando al señor Noirtier, se marchó.

En efecto, al día siguiente Noirtier hizo venir al notario; el primer testamento fue anulado y se hizo uno nuevo, en el cual dejaba toda su fortuna a Valentine, a condición de que no se separase de él.

Entonces algunas personas calcularon que la señorita de Villefort, heredera de los marqueses de Saint-Méran, y otra vez en gracia con su abuelo, tendría un día cerca de trescientas mil libras de renta.

Mientras se deshacía este matrimonio en casa de los de Villefort, el señor conde de Morcerf recibía la visita de Montecristo, y, para demostrar sus deseos de complacer a Danglars, se apresuró a vestir su gran uniforme de teniente general, que hizo adornar con todas sus cruces, y solicitó sus mejores caballos. Una vez así dispuesto se dirigió a la Chaussée de Antin, y se hizo anunciar a Danglars, que hacía su balance de fin de mes.

Aquel no era el momento en que, desde hacía algún tiempo, se podía encontrar al banquero de buen humor.

Así, pues, ante el aspecto de su antiguo amigo, Danglars adoptó su aire majestuoso y se acomodó solemnemente en su sillón.

Morcerf, tan almidonado corrientemente, había adoptado, por el contrario, un aspecto risueño y afable; en consecuencia, seguro de que su primera frase sería bien acogida, no hizo cumplidos y llegó al tema de golpe:

—Barón —dijo—, aquí me tiene. Hace mucho tiempo que damos vueltas en torno a la palabra que nos dimos en otra ocasión.

Morcerf esperaba, ante estas palabras, que se alegrase la fisonomía del banquero, cuyo oscurecimiento atribuía a su silencio; pero, al contrario, aquel rostro se volvió, lo que resultaba increíble, más impasible y frío.

Por eso Morcerf se detuvo en medio de su frase.

—¿Qué palabra, señor conde? —preguntó el banquero, como si buscase inútilmente en su memoria la explicación a lo que el general le decía.

—¡Oh! —dijo el conde—, es usted formulista, mi querido señor, y me recuerda que el ceremonial debe hacerse según todas las normas. ¡Muy bien! Qué diantre. Perdóneme, pero como no tengo más que un hijo y es la primera vez que pienso en casarlo, todavía estoy en el aprendizaje. Veamos, allá va.

Y Morcerf, con una sonrisa forzada, se levantó, hizo una profunda reverencia a Danglars, y le dijo:

—Señor barón, tengo el honor de pedir la mano de la señorita Eugéne Danglars, su hija, para mi hijo, el vizconde Albert de Morcerf.

Pero Danglars, en vez de acoger estas palabras como un favor que Morcerf podía esperar de él, frunció las cejas, y, sin invitar al conde, que continuaba de pie, a sentarse, dijo:

—Señor conde, antes de responderle tengo necesidad de reflexionar.

—¡Reflexionar! —repitió Morcerf cada vez más asombrado—, ¿no ha tenido usted tiempo de meditar desde hace ocho años que hablamos de este matrimonio por primera vez?

—Señor conde —dijo Danglars—, todos los días suceden cosas que hacen que las reflexiones que se creía haber hecho deban rehacerse.

—¿Cómo explica eso? —preguntó Morcerf—. No le comprendo bien, barón.

—Quiero decir, señor, que desde hace quince días las nuevas circunstancias...

—Permítame —dijo Morcerf—, ¿es o no esto una comedia?

—¿Cómo una comedia?

—Sí, expliquémonos categóricamente.

—No pido nada mejor.

—¿Ha visto usted al señor de Montecristo?

—Lo veo muy frecuentemente —dijo Danglars, sacudiendo la manga—. Es uno de mis amigos.

—Pues bien, de las últimas veces que usted le vio, le dijo usted que yo parecía olvidadizo, e irresoluto respecto a este matrimonio.

—Es cierto.

—Pues bien, aquí estoy. No soy olvidadizo ni irresoluto, ya lo está viendo, porque vengo a recordarle su promesa.

Danglars no respondió.

—¿Ha cambiado usted tanto de parecer —añadió Morcerf—, ¿sólo ha provocado mi petición para darse el placer de humillarme?

Danglars comprendió que si continuaba la conversación en el tono en que la había emprendido, la cosa podría ponerse mal para él.

—Señor conde —dijo—, debe estar usted muy sorprendido por mi reserva, y lo comprendo; también, créame que soy el primero en sentirlo; pero piense que si obro así es obligado por circunstancias imperiosas.

—Ésas son disculpas, mi querido señor —replicó el conde—, con las que se podría contentar a cualquiera; pero el conde de Morcerf no es un cualquiera; y cuando un hombre como él viene a buscar a otro hombre para recordarle la palabra empeñada, y ese hombre falta a su palabra, tiene derecho a exigir inmediatamente que le den una explicación razonable.

Danglars era un cobarde, pero no quería parecerlo, y se molestó por el tono que Morcerf acababa de adoptar.

—¿De modo que me falta una buena razón? —replicó.

—¿Qué pretende decir?

—Que tengo una buena razón; la tengo, pero me resulta difícil darla.

—Sin embargo, usted siente —dijo Morcerf— que yo no puedo contentarme con sus retinencias; y sólo una cosa me aparece clara en todo esto, y es que rechaza mi alianza.

—No, señor —dijo Danglars—, suspendo mi resolución y nada más.

—Pero ¿no tendrá la pretensión, supongo, de creer que yo estoy conforme con sus caprichos, y esperaré tranquilo y humildemente el regreso de sus buenas intenciones?

—Entonces, señor conde, si usted no puede esperar, consideremos nuestros proyectos como no acordados.

El conde se mordió los labios hasta hacerse sangre para no dar rienda suelta a su carácter soberbio e irritable; comprendiendo que en semejante circunstancia sólo él hacía el ridículo, empezó a acercarse a la puerta del salón, pero de pronto, volviéndose, retrocedió sobre sus pasos.

Una nube acababa de pasar sobre su frente, y dejando a un lado el orgullo ofendido, lanzó una ola de inquietud.

—Veamos —dijo—, mi querido Danglars, nos conocemos desde hace muchos años, y, por consiguiente, debemos tener algunas consideraciones uno con otro. Me debe una explicación, y por lo menos debo saber a qué desafortunado acontecimiento debe mi hijo la pérdida de sus buenas intenciones respecto a él.

—Esto no es personal al vizconde, eso es todo lo que puedo decirle, señor —respondió Danglars, que se volvía impertinente al ver que Morcerf se ablandaba.

—¿Y a qué se debe, entonces? —preguntó con voz alterada Morcerf, cuya frente se cubrió de palidez.

Danglars, a quien ninguno de estos síntomas pasaba desapercibido, fijó en él una mirada más firme de lo que acostumbraba a hacer.

—Agradézcame no explicarle más.

Un temblor nervioso, que sin duda procedía de su cólera contenida, agitó a Morcerf.

—Tengo el derecho —respondió haciendo un violento esfuerzo sobre sí mismo—. Tengo el proyecto de exigirle una explicación. ¿Acaso tiene algo en contra de la señora de Morcerf? ¿Tal vez es mi fortuna la que le parece insuficiente? Son mis opiniones que, siendo contrarias a las suyas...

—Nada de eso, señor —dijo Danglars—. Eso sería imperdonable, porque cuando me comprometí conocía todo eso. No, no busque más; estoy verdaderamente avergonzado de obligarle a hacer ese examen de conciencia; dejémoslo así, créame. Cojamos el término medio de la dilación, que no es ni una ruptura ni un compromiso. ¡Nada nos apura. Dios mío! Mi hija tiene diecisiete años y su hijo veintiuno. Durante este alto, el tiempo correrá y nos traerá los acontecimientos; las cosas que parecían oscuras la víspera a veces se aclaran al día siguiente; a veces, en un día, caen las más crueles calumnias.

—¿Ha dicho usted calumnias, señor? —exclamó Morcerf poniéndose lívido—. ¡Se me calumnia!

—Señor conde, no empecemos con explicaciones, le digo...

—Así, pues, señor, ¿tendré que sufrir tranquilamente esta negativa?

—Penosa para mí, sobre todo, señor. Sí, más penosa para mí que para usted, porque yo contaba con el honor de su alianza, y un matrimonio fallido causa más perjuicio a la novia que al novio.

—Está bien, señor, no hablemos más —dijo Morcerf.

Y recogiendo sus guantes con rabia salió del aposento.

Danglars notó que, ni por casualidad, Morcerf se había atrevido a preguntar si él era la causa por la cual retiraba su palabra.

Por la tarde tuvo una larga conferencia con varios amigos y el señor Cavalcanti, quien se mantuvo continuamente en el salón de las damas y salió el último de casa del banquero.

Al día siguiente, al despertarse, Danglars pidió los periódicos, que le llevaron inmediatamente; apartó tres o cuatro y tomó *El imparcial*.

Era el periódico en que Beauchamp estaba de redactor gerente.

Rompió rápidamente la envoltura, lo abrió con una precipitación nerviosa, pasó desdeñosamente sobre el *primer París*, y, llegando a los hechos diversos, se detuvo con su maligna sonrisa en un entrelineado que empezaba con estas palabras: *Nos escriben de Janina*...

—Bueno —exclamó después de haberlo leído—, he aquí un pequeño artículo sobre el coronel Fernando que, según todas las probabilidades, me dispensará de darle explicaciones al señor conde de Morcerf.

En el mismo momento, es decir a eso de las nueve de la mañana, Alberto de Morcerf, vestido de negro, abotonado metódicamente, el paso agitado y la palabra breve, se presentaba en la casa de los Campos Elíseos.

—El señor conde acaba de salir hace media hora aproximadamente —dijo el conserje.

—¿Se ha llevado a Bautista? —preguntó Morcerf.
—No, señor vizconde.
—Llame a Bautista, deseo hablarle.

El conserje fue a buscar al ayuda de cámara, y un instante después regresó con él.

—Amigo mío —dijo Alberto—, le pido perdón por mi indiscreción, pero he querido preguntarle a usted personalmente si su señor ha salido realmente.

—Sí, señor —respondió Bautista.

—¿Incluso para mí?

—Sé cuán feliz es mi señor al recibirle, y me guardaría mucho de confundir al señor entre la regla general.

—Tiene razón, porque tengo que hablarle de asunto muy serio. ¿Cree que tardará en regresar?

—No, porque encargó su almuerzo para las diez.

—Bien, voy a dar una vuelta por los Campos Elíseos y a las diez estaré de vuelta; si el señor conde regresa antes que yo, dígale que le ruego que me espere.

—No lo olvidaré, señor, puede estar seguro.

Alberto dejó a la puerta del conde el cabriolé de punto que había tomado y fue a pasearse a pie.

Al pasar por delante de la avenida de las Viudas creyó reconocer los caballos del conde, que estaban estacionados a la puerta del tiro de Gosset; se aproximó, y, después de haber reconocido a los caballos vio al cochero.

—¿El señor conde está en el tiro? —preguntó Morcerf a éste.

—Sí, señor —respondió el cochero.

En efecto, varios disparos regulares se dejaron oír desde que Morcerf merodeaba los alrededores del tiro. Penetró. En el jardincillo se hallaba el mozo.

—Perdón —dijo—, pero el señor vizconde tendrá la bondad de esperar un instante.

—¿A qué viene eso, Philippe? —preguntó Alberto, que siendo un asiduo, se asombraba de este obstáculo que no comprendía.

—Porque la persona que está ejercitándose en este momento, toma el tiro para él solo y nunca dispara delante de nadie.

—¿Ni siquiera delante de usted, Philippe?

—Ya lo ve, señor, estoy a la puerta de mi morada.
—¿Y quién le carga sus pistolas?
—Su criado.
—¿Un nubio?
—Un negro.
—Eso es.
—¿Conoce usted a ese señor?
—Vengo en su busca; soy amigo suyo.
—¡Oh! Entonces, es otra cosa. Voy a entrar a prevenirle.

Y Philippe, impulsado por su propia curiosidad, entró en la cabaña de tablones. Un segundo después, Montecristo apareció en el umbral.

—Perdone que le persiga hasta aquí, mi querido conde —dijo Alberto—, pero empezaré diciéndole que no es culpa de sus servidores, y sólo yo soy el indiscreto. Me presenté en su casa; me dijeron que había salido a pasear, pero que regresaría a las diez para almorzar. Me paseé a mi vez esperando a las diez, y, haciéndolo, he descubierto sus caballos y su coche.

—Lo que acaba de decirme, me da la esperanza de que va a pedirme un almuerzo.

—No, gracias, no se trata de almorzar a esta hora; tal vez almorcemos más tarde, pero en mala compañía, ¡pardiez!

—¿Qué diablos me cuenta?

—Mi querido conde, hoy me bato.

—¿Usted? ¿Y por qué lo hace?

—Para batirme, ¡qué diablos!

—Sí, lo entiendo, pero a causa de qué. Uno se bate por infinidad de cosas, ya lo comprende.

—A causa del honor.

—¡Ah! Eso sí que es serio.

—Y tan serio, que vengo a rogarle que me preste un favor.

—¿Cuál?

—El de ser mi testigo.

—Entonces, eso se pone grave; no hablemos de nada aquí y regresemos a mi casa. Alí, dame el agua.

El conde se remangó las mangas y pasó al pequeño vestíbulo que precede a los tiros, y en donde los tiradores tienen la costumbre de lavarse las manos.

—Entre, señor vizconde —le dijo en voz baja Philippe —, verá qué cosa más divertida.

Morcerf entró. En lugar de blancos, había cartas de jugar pegadas a la tabla.

Desde lejos Morcerf creyó que el juego estaba completo; había desde el as hasta el diez.

—¡Ah, ah! —exclamó Alberto—. ¿Estaba usted jugando a los cientos?

—No —dijo el conde—, estaba acabando de hacer un juego de cartas.

—¿Cómo es eso?

—Sí, no hay más que ases y doses, como usted ve; sólo que mis balas han hecho los tres, los cinco, los siete, los ocho, los nueve y los diez.

Alberto se aproximó.

En efecto, las balas habían reemplazado, con líneas perfectamente exactas y distantes, los signos ausentes y agujereado el cartón en los lugares en que debían estar pintados. Al ir hacia la plancha, Morcerf recogió, a la vez, dos o tres golondrinas que tuvieron la imprudencia de pasar por delante del conde y que éste abatió.

—¡Diablos! —exclamó Morcerf.

—Qué quiere usted, mi querido vizconde —dijo Montecristo enjugándose las manos con una toalla presentada por Alí—. Es preciso que distraiga mis instantes de ociosidad; pero venga, le espero.

Ambos subieron al cupé de Montecristo que, al cabo de unos instantes, los depositó a la puerta del número 30.

Montecristo condujo a Morcerf a su despacho, y le indicó una silla. Ambos se sentaron.

—Ahora, hablemos tranquilamente —dijo el conde.

—Ya ve usted que estoy perfectamente tranquilo.

—¿Con quién quiere batirse?

—Con Beauchamp.

—¡Uno de sus amigos!

—Siempre se bate uno con un amigo.

—Al menos tendrá un motivo.

—Lo tengo.

—¿Qué le ha hecho?

—Hay en un periódico de ayer tarde... Pero, tenga, léalo.

Alberto alargó a Montecristo un periódico en el que leyó estas palabras:

Nos escriben de Janina:
Un hecho hasta ahora ignorado, o al menos inédito, ha llegado a nuestro conocimiento; los castillos que defendían la ciudad fueron entregados a los turcos por un oficial francés en el cual el visir Alí Tebelín tenía puesta toda su confianza, y que se llamaba Fernando.

—¿Y bien? —preguntó Montecristo—. ¿Qué ve usted aquí que le extrañe?

—¡Cómo! ¿Qué es lo que veo?

—Sí. ¿Qué le importa a usted que los castillos de Janina hayan sido entregados por un oficial llamado Fernando?

—Me importa, puesto que mi padre, el conde de Morcerf, se llama Fernando.

—¿Y su padre servía a Alí Pachá?

—Es decir, que combatía por la independencia de los griegos; ahí está la calumnia.

—¡Ah, vaya! Mi querido vizconde, hablemos razonablemente.

—No pido otra cosa.

—Dígame algo, ¿quién diablos sabe en Francia que el oficial Fernando es el mismo hombre que el conde de Morcerf, y quién se ocupa a estas alturas de si Janina fue tomada en 1822 o 1823?

—He ahí, justamente, en donde está la perfidia; han dejado pasar el tiempo para salir ahora con un escándalo que pudiera empañar una alta posición. Pues bien, yo, heredero del nombre de mi padre, no quiero que sobre ese nombre flote una sombra de duda. Voy a enviar a Beauchamp, en cuyo periódico se ha publicado esta nota, dos testigos y se retractará.

—Beauchamp no se retractará de nada.

—Entonces, nos batiremos.

—No, usted no se batirá, porque él le responderá que posiblemente había en el ejército griego cincuenta oficiales que se llamaban Fernando.

—Nos batiremos a pesar de esa respuesta. ¡Oh! Quiero que eso desaparezca... Mi padre, un soldado tan noble, con una carrera tan ilustre...

—O bien se limitará a poner: Estamos bien seguros de que ese Fernando no tiene nada en común con el señor conde de Morcerf, cuyo nombre también es Fernando.

—Necesito una retractación total y más completa. No me contentaré con nada de eso.

—¿Y va a enviarle sus testigos?

—Sí.

—Sería una equivocación.

—Eso quiere decir que usted me niega el favor que acabo de pedirle.

—¡Ah! Usted ya conoce mi teoría respecto al duelo; le hice mi profesión de fe en Roma, ¿no se acuerda?

—Sin embargo, mi querido conde, le he encontrado esta mañana, hace un momento, ejerciendo una ocupación en muy poca armonía con esa teoría.

—Porque, mi querido amigo, ya comprenderá; nunca se puede ser exclusivo. Cuando se vive con locos, hay que hacer, también, el aprendizaje de insensato; de un momento a otro cualquier cabeza calenturienta, que no tenga motivo para buscarme querella como usted no lo tiene para buscarla a Beauchamp, puede venir a buscarme por la primera tontería que se le ocurra, o enviarme sus testigos, o me insultará en un lugar público. ¡Pues bien! Esa cabeza caliente es preciso matarla.

—Usted admite, pues, que incluso usted mismo se batiría.

—¡Pardiez!

—Pues bien, entonces, ¿por qué no quiere usted que yo me bata?

—No he dicho nada de que no deba batirse. Sólo digo que un duelo es una cosa grave y que debe pensarse.

—¿Ha pensado él antes de insultar a mi padre?

—Si no ha reflexionado, y se lo confiesa, no debe atentar contra él.

—¡Oh! Mi querido conde, es usted demasiado indulgente.

—Y usted demasiado riguroso. Veamos, supongamos..., escuche bien esto: suponga... No vaya a enfadarse por lo que voy a decir.

—Le escucho.

—Suponga que el hecho anunciado es cierto.

—Un hijo no debe admitir nunca semejante suposición sobre el honor de su padre.

—¡Oh, Dios mío! Estamos en una época en que se admiten tantas cosas.

—Es exactamente el vicio de la época.

—¿Tiene usted la pretensión de reformarla?

—Sí, respecto a lo que a mí me atañe.

—¡Dios mío! ¡Qué intransigente es, mi querido amigo!

—Soy así.

—¿Es usted inaccesible a los buenos consejos?

—No, cuando vienen de un amigo.

—¿Me considera el suyo?

—Sí.

—Pues bien, antes de enviar sus testigos a Beauchamp, infórmese usted.

—¿De quién?

—¡Oh!... De Haydée, por ejemplo.

—¿Mezclar a una mujer en todo esto, y qué puede hacer ella?

—Declararle que su padre no estuvo para nada en la derrota o en la muerte del suyo, por ejemplo; o informarle a este respecto si por casualidad su padre había tenido la desgracia...

—Ya le he dicho, mi querido conde, que no podía admitir semejante suposición.

—¿Así, pues, rechaza el procedimiento?

—Lo rechazo.

—¿Absolutamente?

—¡Absolutamente!

—Entonces, un último consejo.

—Sea, pero el último.

—¿No lo quiere?

—Al contrario, se lo exijo.

—No envíe testigos a Beauchamp.

—¿Cómo?

—Vaya a buscarlo usted mismo.

—Es contra las costumbres.

—Su asunto está fuera de todas las normas corrientes.

—¿Y por qué debo ir yo mismo a buscarlo, dígame?

—Porque así el asunto queda entre usted y Beauchamp.

—Explíquese.

—Sin duda, si Beauchamp está dispuesto a retractarse, déjele el mérito de la buena voluntad: la retractación no dejará de hacerse por ello. Si se niega, por el contrario, será la ocasión de meter a dos extraños en su secreto.

—Ninguno será un extraño, sino dos amigos.

—Los amigos de hoy son los enemigos de mañana.

—¡Vaya ejemplo!

—Testigo Beauchamp.

—Así, pues...

—Así, pues, le recomiendo prudencia.

—¿Así que usted cree que debo ir a ver a Beauchamp personalmente?

—Sí.

—¿Solo?

—Solo. Cuando se quiere obtener alguna cosa del orgullo de un hombre, es preciso salvar ese orgullo hasta de la apariencia de sufrimiento.

—Creo que tiene razón.

—¡Ah! Eso está muy bien.

—Iré solo.

—Vaya; pero aún haría mucho mejor no yendo.

—Eso es imposible.

—Entonces hágalo así; siempre será mejor de lo que pensaba hacer.

—Pero en ese caso, veamos, si a pesar de todas mis precauciones, de todos mis pasos, se celebra el duelo, ¿me serviría usted de testigo?

—Mi querido vizconde —dijo Montecristo con una seriedad extremada—, usted ha debido ver que en todo tiempo y lugar he estado a su disposición; pero el servicio que ahora me pide se sale del círculo de los que puedo prestarle.

—¿Por qué?

—Tal vez lo sepa usted algún día.

—Pero mientras tanto...

—Le pido indulgencia por mi secreto.

—Está bien. Cogeré a Franz y a Chateau Renaud.

—Coja a Franz y a Chateau Renaud, son adecuados.

—Pero, en fin, si me bato usted me dará algunas lecciones de espada o de pistola, ¿no?

—No; también es una cosa imposible.

—¡Vaya! ¡Qué hombre más singular! ¿Entonces, no quiere usted mezclarse en nada?

—En nada absolutamente.

—Entonces, no hablemos más. Adiós, conde.

—Adiós, vizconde.

Morcerf cogió su sombrero y salió.

A la puerta encontró a su cabriolé, y, conteniendo como mejor pudo su cólera, se hizo conducir a casa de Beauchamp; éste se encontraba en el periódico.

Alberto se hizo conducir a la redacción.

Beauchamp estaba en un despacho sombrío y polvoriento, como son todas las redacciones de periódicos.

Le anunciaron a Alberto de Morcerf. Se hizo repetir dos veces el anuncio; después, aún sin convencerse, gritó:

—¡Entre!

Alberto apareció. Beauchamp lanzó una exclamación al ver a su amigo franqueando los montones de papel y haciendo equilibrios por entre los periódicos de todos los tamaños que cubrían, no sólo el piso, sino hasta el cuadrado enrojecido de su escritorio.

—Por aquí, por aquí, mi querido Alberto —dijo tendiendo la mano al joven—. ¿Qué diablos te trae por aquí? ¿Te has perdido como Pulgarcito o vienes a pedirme que te invite a almorzar? Trata de encontrar una silla; mira, ahí la tienes, junto a ese geranio que es el único que aquí me recuerda que en el mundo hay más hojas que las de papel.

—Beauchamp —dijo Alberto—, vengo a hablarte de tu periódico.

—¿Tú, Morcerf? ¿Qué deseas?

—Quiero una rectificación.

—¿Una rectificación? ¿Y a propósito de qué, Alberto? Pero, siéntate.

—Gracias —respondió Alberto por segunda vez y con un ligero gesto de cabeza.

—Explícate.

—Una rectificación sobre un hecho que atenta contra el honor de un miembro de mi familia.

—¡Veamos eso! —dijo Beauchamp sorprendido—. ¿Qué hecho es? Eso no se puede...

—Lo que han escrito de Janina.

—¿De Janina?

—Sí, de Janina. En verdad, ¿ignoras lo que me trae aquí?

—Por mi honor... ¡Bautista! ¡Un periódico de ayer! —gritó Beauchamp.

—Es inútil, te traigo el mío —Beauchamp leyó en murmullo:

—Nos escriben de Janina...

—Comprenderás que el hecho es grave —dijo Morcerf cuando Beauchamp concluyó.

—¿Y este oficial es pariente tuyo? —preguntó el periodista.

—Sí —dijo Alberto sonrojándose.

—¿Y bien, qué quieres que haga para servirte? —dijo Beauchamp con dulzura.

—Quisiera, mi querido Beauchamp, que te retractes de este hecho.

Beauchamp miró a Alberto con un interés que denunciaba seguramente mucha bondad.

—Veamos —dijo—, esto va a meternos en una larga controversia; porque una retractación siempre es cosa grave. Siéntate; voy a releer esas tres o cuatro líneas.

Alberto se sentó y Beauchamp releyó las líneas indicadas por su amigo, con más atención que la primera vez.

—¡Y bien! Ya lo ves —dijo Alberto con más firmeza y rudeza—, se ha insultado en tu periódico a alguien de mi familia, y quiero una retractación.

—Tú... quieres...

—¡Sí, lo quiero!

—Permíteme decirte que no eres un buen parlamentario, mi querido vizconde.

—No quiero serlo —replicó el joven poniéndose en pie—. Persigo la retractación de un hecho que se anunció ayer, y la obtendré. Eres bastante amigo mío —continuó Alberto con los labios cerrados al ver que Beauchamp, por su parte, empezaba a levantar la cabeza desdeñosamente—. Eres bastante amigo mío, y, como tal, me conoces lo suficiente, eso espero, para comprender mi tenacidad en semejante circunstancia.

—Si soy tu amigo, Morcerf, acabarás por hacérmelo olvidar con las palabras de hace un momento... Pero, veamos, no nos enfademos o al menos, no lo hagamos por ahora... Estás inquieto, irritado, molesto... Veamos, ¿cuál es el pariente que se llama Fernando?

—Es mi padre, sencillamente —dijo Alberto—. El señor Fernando Mondego, conde de Morcerf, un viejo militar que ha visto veinte campos de batalla, y cuyas nobles cicatrices se pretenden cubrir con el fango impuro recogido del arroyo.

—¿Es tu padre? —dijo Beauchamp—. Entonces, ya es otra cosa; concibo tu indignación, mi querido Alberto... Releamos, pues...

Y releyó la nota sopesando esta vez cada palabra.

—Pero ¿en dónde ves —preguntó Beauchamp— que el Fernando del periódico es tu padre?

—En ningún sitio, ya lo sé; pero otros lo verán. Por eso es por lo que quiero que sea desmentido.

A la palabra *quiero*, Beauchamp levantó los ojos hacia Morcerf, y casi los bajó inmediatamente, y permaneció un instante pensativo.

—Tú desmentirás ese hecho, ¿no es cierto, Beauchamp? —repitió Morcerf con creciente cólera, aunque siempre contenida.

—Sí —dijo Beauchamp.

—¡En buena hora! —dijo Alberto.

—Pero cuando me haya asegurado de que el hecho es falso.

—¿Cómo?

—Sí, la cosa merece la pena de ser aclarada, y la aclararé.

—Pero ¿qué quieres aclarar en todo esto, señor? —dijo Alberto fuera de sí—. Si crees que es mi padre, dilo enseguida; si piensas que es él, dame una razón de esa opinión.

Beauchamp miró a Alberto con esa sonrisa que le era tan peculiar, y servía para velar todas las pasiones.

—Señor —replicó—, ya que así debemos tratarnos. Si has venido para exigirme una explicación tenías que haberlo hecho desde un principio y no venirme a hablar de amistad y de otras cosas ociosas como las que he tenido la paciencia de escuchar desde hace media hora. Veamos, ¿es por este terreno por el que debemos marchar de ahora en adelante?

—Sí, si no te retractas de la infame calumnia.

—¡Un momento! Nada de amenazas, por favor, señor Alberto Mondego, vizconde de Morcerf; no las soporto a mis enemigos, y con mayor razón no las soportaré a los amigos.

Así, pues, ¿quieres que desmienta el hecho sobre el coronel Fernando, hecho en el que, por mi honor, no he tomado parte alguna?

—Sí, lo quiero —dijo Alberto cuya razón empezaba a extraviarse.

—Sin lo cual, ¿nos batiremos? —continuó Beauchamp con la misma calma.

—¡Sí! —replicó Alberto alzando la voz.

—Pues bien —dijo Beauchamp—, he aquí mi respuesta, mi querido señor. Este hecho no ha sido insertado por mí, ni siquiera lo conocía; pero tú, con tu actitud, has llamado mi atención sobre dicha cuestión y ahora te fastidia. Subsistirá, pues, hasta que sea desmentido o confirmado por quien corresponda.

—Señor —dijo Alberto levantándose—, voy a tener el honor de enviarte a mis testigos; discutirás con ellos el lugar y las armas.

—Perfectamente, mi querido señor.

—Y esta noche, si te parece, o mañana a lo más tardar, nos encontraremos.

—¡No, no! Yo estaré en el terreno cuando sea la hora, y cuando lo crea oportuno; tengo ese derecho puesto que yo soy el provocado; y ahora no lo creo conveniente. Sé que manejas muy bien la espada, y yo soy una medianía; sé que harás tres blancos de seis casi igual que yo; sé que un duelo entre nosotros será algo serio, porque eres valiente, y yo... también lo soy. No quiero, por tanto, exponerme a matarte o a que me mates sin causa. Seré yo, pues, quien va hacer la pregunta, pero ca-te-gó-ri-ca-men-te. ¿Quieres esa retractación al punto de matarme si no la hago, aunque te haya dicho, y te lo repito bajo mi palabra de honor, que no conocía ese hecho; y aunque te declaré, en fin, que resulta imposible, a no ser un don Jafet como tú, adivinar que el señor conde de Morcerf es ese tal Fernando?

—Tal es mi empeño.

—Pues bien, mi querido señor, consiento en cortarme el cuello contigo, pero deseo tres semanas; dentro de tres semanas me encontrarás para decirte: Sí, el hecho es falso y lo desmiento o: Sí, el hecho es cierto, y saco las espadas de la vaina, o las pistolas de la caja, a tu elección.

—¡Tres semanas! —exclamó Alberto—. Pero tres semanas son tres siglos durante los cuales estoy deshonrado.

—Si hubieses sido mi amigo, te hubiese dicho: Paciencia, amigo; pero si te has convertido en mi enemigo, digo: ¡qué me importa, señor!

—¡Pues bien! En tres semanas, sea —dijo Morcerf—. Pero piensa que dentro de tres semanas no habrá ni una prórroga ni un subterfugio que pueda dispensarte.

—Señor Albert de Morcerf —dijo Beauchamp levantándose a su vez—. No puedo arrojarte por la ventana hasta dentro de tres semanas, o mejor dicho, dentro de veinticuatro días, y no tienes derecho a ofenderme hasta entonces. Estamos a 29 de agosto, así, pues, hasta el 21 de septiembre. Hasta entonces, créeme, y es un consejo de gentilhombre el que te doy, ahorrémonos los ladridos de dos dogos encadenados a distancia.

Beauchamp, saludando con gravedad al joven, le volvió la espalda y pasó a su imprenta.

Alberto se vengó en una pila de periódicos, que dispersó golpeándolos a bastonazos; después se marchó, no sin volverse dos o tres veces hacia la puerta de la imprenta.

Mientras Alberto sacudía latigazos delante de su cabriolé, después de haber azotado los inocentes papeles esparcidos en el despacho, descubrió a Morrel atravesando el bulevard; el joven iba con la cabeza erguida, el ojo despierto y los brazos ligeros, pasaba por delante de los baños chinos, procedente del lado de la puerta de San Martín y en dirección a la Madelaine.

—¡Ah! —dijo Alberto suspirando—. He ahí a un hombre feliz.

Por casualidad, Alberto no se engañaba.

La limonada

En efecto, Morrel estaba muy contento.

El señor Noirtier acababa de enviarle a buscar, y se había apresurado tanto a saber por qué motivo que ni siquiera cogió el cabriolé, fiándose más de sus dos piernas que de las patas de un caballo de punto; así, pues, había salido corriendo de la calle Meslay y se dirigía al barrio de Saint Honoré.

Morrel marchaba a paso gimnástico, y el pobre Barrois le seguía como podía. Morrel tenía treinta y un años, Barrois sesenta; Morrel estaba embriagado de amor, Barrois estaba alterado por el calor. Estos dos hombres, diferentes en edades e intereses, se parecían a las dos líneas que forman un triángulo: separado por la base iban a juntarse en la cima.

La cima era Noirtier, el cual había enviado a buscar a Morrel recomendándole prisa, consejo que Morrel seguía al pie de la letra con gran desesperación de Barrois.

Al llegar, Morrel no estaba ni sofocado: el amor da alas; pero Barrois, que hacía años que no estaba enamorado, estaba ahogado.

El antiguo servidor hizo entrar a Morrel por la puerta particular, cerró la puerta del despacho, y enseguida un roce de faldas sobre el piso anuncia la visita de Valentine.

Valentine estaba hermosa a rabiar con sus vestidos de luto.

El sueño le parecía tan dulce que Morrel casi se hubiese pasado sin conversar con Noirtier; pero el sillón del anciano rodó enseguida por el suelo, y entró.

Noirtier acogió con una mirada de bienvenida la gratitud que Morrel le prodigaba por aquella maravillosa intervención que había salvado a Valentine y a él de la desesperación. Después la mirada de Morrel buscó la de la muchacha, quien tímidamente, se sentó lejos de Morrel esperando que la obligasen a hablar.

Noirtier la miró a su vez.

—Así, pues, ¿tengo que decir todo lo que me encargaste que dijese? —preguntó ella.

—Sí —dijo Noirtier.

—Señor Morrel —dijo entonces Valentine al joven, que la devoraba con los ojos—, mi buen papá Noirtier tenía infinidad de cosas que decirle, que me ha dicho desde hace tres días. Hoy le ha enviado a buscar para que se las repita; se las diré, pues, ya que me ha escogido por su intérprete, sin cambiar ninguna palabra de sus intenciones.

—¡Oh! Escucho con impaciencia —respondió el joven—. Hable, señorita, hable.

Valentine bajó la mirada: éste fue un presagio bueno para Morrel pues sabía que Valentine era débil en la dicha.

—Mi padre quiere abandonar esta casa —dijo ella—. Barrois se encarga de buscarle un apartamento adecuado.

—Pero ¿y usted, señorita —dijo Morrel—, usted que es tan querida y necesaria al señor Noirtier?

—Yo —replicó la joven—, no abandonaré a mi abuelo, está convenido entre ambos. Mi habitación estará cerca de la suya. Ahora bien, yo tendré el consentimiento del señor de Villefort o su negativa; en el primer caso, partiré inmediatamente; en el segundo, esperaré mi mayoría de edad, que llegará dentro de dieciocho meses. Entonces seré libre, tendré una fortuna independiente, y...

—¿Y? —preguntó Morrel.

—Y, con la autorización de mi buen papá, mantendré la promesa que le he hecho.

Valentine pronunció estas últimas palabras tan bajo que Morrel no las hubiera oído sin el interés que en ellas tenía.

—¿No he expresado así tus intenciones, mi buen papá? —añadió Valentine dirigiéndose a Noirtier.

—Sí —hizo el anciano.

—Una vez en casa de mi abuelo —agregó Valentine—, el señor Morrel podrá venir a verme en presencia de este bueno y digno protector. Si el lazo que nuestros corazones ignorantes o caprichosos han empezado a formar, parece conveniente y ofrece las garantías de dicha futura a nuestra experiencia (¡Ay! Dicen que los corazones inflamados por los obstáculos se enfrían ante la seguridad), entonces el señor Morrel podrá pedirme a mí, y yo le atenderé.

—¡Oh! —exclamó Morrel, tratando de arrodillarse ante el anciano como delante de Dios, y ante la joven como delante de un ángel—. ¡Oh! ¿Qué bien he hecho para merecer tanta ventura?

—Hasta entonces —continuó la muchacha con su voz pura y severa— respetaremos las conveniencias, la misma voluntad de nuestros padres, siempre cuando ésta no intente separarnos; en una palabra, y repito la palabra porque ella expresa todo: esperaremos.

—Y los sacrificios que esa palabra impone, señor —dijo Morrel—, le juro que los cumpliré, no sólo con resignación, sino con dicha.

—Así, pues —continuó Valentine con una mirada muy dulce al corazón de Maximilien—, nada de imprudencias, amigo mío, no comprometa a la que, a partir de hoy, se cree destinada a llevar pura y dignamente su nombre.

Morrel apoyó su mano en su corazón.

Noirtier los contemplaba con gran ternura. Barrois, que permanecía en el fondo de la estancia como persona a quien no se oculta nada, sonreía enjugándose las gruesas gotas de sudor que rodaban por su frente calva.

—¡Oh, Dios mío! ¡Cómo suda este buen Barrois! —dijo Valentine.

—¡Ah! —replicó Barrois—. Es que he corrido mucho, señorita. Pero el señor Morrel, tengo que confesarlo, aún corría mucho más que yo.

Noirtier indicó con la mirada un platillo sobre el cual estaba una jarra de limonada y un vaso. Lo que faltaba a la jarra ya había sido bebido media hora antes por Noirtier.

—Tome, buen Barrois —dijo la muchacha—, cójala, porque veo que no aparta sus ojos de esa jarra empezada.

—El hecho —dijo Barrois—, es que me muero de sed, y que bebería muy gustoso un vaso de limonada a su salud.

—Bébalo, pues —indicó Valentine— y regrese pronto.

Barrois se llevó la bandeja y apenas estuvo en el corredor se le vio a través de la puerta, que se olvidó de cerrar, cómo echaba hacia atrás su cabeza y vaciaba el vaso que Valentine le había llenado.

Valentine y Morrel se decían adiós en presencia de Noirtier cuando se oyó resonar la campanilla en la escalera de Villefort.

Era señal de que había visita.

Valentine miró el reloj.

—Es mediodía —dijo ella—, y hoy es sábado, buen papá, seguramente que ha llegado el doctor.

Noirtier hizo señas de que evidentemente debía de ser él.

—Va a venir aquí y es preciso que el señor Morrel se vaya, ¿no es eso, buen papá?

—Sí —respondió el anciano.

—¡Barrois! —llamó Valentine—. ¡Barrois, venga!

Se oyó la voz del antiguo servidor que respondía:

—Ya voy, señorita.

—Barrois, le acompañará hasta la puerta —dijo Valentine a Morrel—. Y ahora, recuerde una cosa, señor oficial: mi buen papá le recomienda no dar ningún paso capaz de comprometer nuestra dicha.

—Le he prometido esperar —dijo Morrel—, y esperaré.

En ese momento entró Barrois.

—¿Quién ha llamado? —preguntó Valentine.

—El doctor d'Avrigny —respondió Barrois vacilando sobre sus piernas.

—¡Y bien! ¿Qué le sucede ahora, Barrois? —preguntó Valentine.

El anciano no respondió; miraba a su amo con ojos espantados mientras su mano buscaba un apoyo para permanecer de pie.

—¡Pero va a caerse! —exclamó Morrel.

En efecto, el temblor que se había apoderado de Barrois aumentaba gradualmente; sus facciones, alteradas por los movimientos convulsivos de los músculos de la cara, anunciaban un ataque nervioso de los más intensos.

Noirtier, viendo a Barrois tan turbado, multiplicó sus esfuerzos para que sus miradas dejasen conocer todas las emociones que agitaban su corazón.

Barrois dio algunos pasos hacia su amo.

—¡Ah, Dios mío! ¡Dios mío! Señor —dijo—, pero qué tengo... Sufro... no veo nada. Mil puntas aceradas me atraviesan el cráneo. ¡Oh! No me toquen, no me toquen.

En efecto, tenía los ojos enteramente fuera de sus órbitas, y la cabeza se volvió hacia atrás mientras el resto del cuerpo se atiesaba.

Valentine, espantada, lanzó un grito; Morrel la tomó en sus brazos como queriéndola proteger de un peligro desconocido.

—¡Señor d'Avrigny, señor d'Avrigny! —gritó Valentine—. ¡Socórranos!

Barrois giró sobre sí mismo, dio tres pasos hacia atrás, tropezó y fue a caer a los pies de Noirtier, sobre la rodilla del cual apoyó su mano gritando:

—¡Mi amo, mi buen amo!

En este momento, el señor de Villefort, atraído por los gritos apareció en el umbral de la puerta.

Morrel abandonó a Valentine, medio desmayada, y se echó hacia atrás, escondiéndose en un ángulo de la habitación y casi desapareció tras una cortina.

Pálido, como si hubiera visto levantarse una serpiente ante él fijó su mirada helada sobre el desdichado agonizante.

Noirtier bullía de impaciencia y terror; su alma volaba en socorro del pobre anciano, su amigo más que sirviente. Se veía el combate terrible entre la vida y la muerte sobre su frente, en la que se hinchaban las venas y se contraían algunos músculos que permanecían vivos alrededor de los ojos.

Barrois, con la cara agitada, los ojos inyectados en sangre, y el cuello girado hacia atrás, caía dando golpes en el suelo con las manos, mientras que por el contrario, sus piernas rígidas parecían no poder doblegarse.

Una ligera espuma asomó a sus labios, y respiró dolorosamente.

Villefort, estupefacto, permaneció un instante con los ojos fijos en aquella escena, que, desde que entró en la habitación, atrajo su atención.

No había visto a Morrel.

Tras un instante de contemplación muda, durante el cual pudo verse palidecer su rostro y erizarse sus cabellos, exclamó lanzándose hacia la puerta:

—¡Doctor, doctor! Venga, venga.

—¡Señora, señora! —gritó Valentine llamando a su madrastra y sosteniéndose contra las paredes—. ¡Venga, venga pronto! Y traiga su frasco de sales.

—¿Qué sucede? —preguntó la voz metálica y contenida de la señora de Villefort.

—¡Oh! Venga, venga.

—Pero ¿dónde está el doctor? —gritaba Villefort—. ¿Dónde está?

La señora de Villefort descendió lentamente; sus pisadas resonaban en la escalera. En una mano tenía el pañuelo con el cual se enjugaba el rostro y en la otra un frasco de sales inglesas.

Su primera mirada al llegar a la puerta, fue para Noirtier, cuyo rostro, salvo la emoción bien natural en semejante circunstancia, anunciaba una salud perfecta; su segunda mirada encontró al moribundo.

Palideció, y su mirada saltó, por así decirlo, del criado al amo.

—Pero, en nombre del cielo, señora, ¿dónde está el doctor? Entró en sus aposentos. Es una apoplejía, ya lo está viendo, una sangría tal vez lo salve.

—¿Hace mucho que ha comido? —preguntó la señora de Villefort eludiendo la pregunta.

—Señora —dijo Valentine—, no ha almorzado, pero ha corrido mucho esta mañana para hacer un encargo del abuelo. Al regreso sólo ha tomado un vaso de limonada.

—¡Ah! —exclamó la señora de Villefort—. ¿Y por qué no de vino? Es muy mala la limonada.

—La limonada estaba a mano, en la jarra del abuelo; el pobre Barrois tenía sed, ha bebido lo que ha encontrado.

La señora de Villefort se estremeció. Noirtier la envolvió en su profunda mirada.

—¡Tiene el cuello tan corto! —dijo ella.

—Señora —dijo Villefort—, le pregunto en dónde está el señor d'Avrigny; en nombre del cielo, ¡responda!

—Está en la habitación de Edouard, que está un poco indispuesto —dijo la señora de Villefort no pudiendo eludir la respuesta más tiempo.

Villefort se lanzó a la escalera para ir a buscarlo personalmente.

—Tenga —dijo la mujer dando su frasco a Valentine—, sin duda van a sangrarlo. Me vuelvo a mis habitaciones porque no puedo soportar la vista de la sangre.

Y ella siguió a su marido.

Morrel salió del ángulo sombrío en que se había ocultado, y donde nadie le había visto; tanta era la confusión que reinaba.

—Vete enseguida, Maximilien —le dijo Valentine—, y espera a que te llame. ¡Parte!

Morrel consultó a Noirtier con un gesto. Noirtier que había conservado toda su sangre fría, le hizo señas de que se fuera.

Estrechó la mano de Valentine contra su corazón y salió por el corredor secreto.

Al mismo tiempo entró Villefort acompañado del doctor por la puerta opuesta.

Barrois empezaba a volver en sí; la crisis había pasado, su voz se volvía quejosa y se incorporó sobre su rodilla. D'Avrigny y Villefort llevaron a Barrois a un diván.

—¿Ordena usted algo, doctor? —preguntó Villefort.

—Que me traigan agua y éter. ¿Tienen ustedes en casa?

—Sí.

—Vayan inmediatamente a buscar aceite de terebinto y emético.

—¡Vaya! —dijo Villefort.

—Y ahora, que todo el mundo se retire.

—¿Yo también? —preguntó tímidamente Valentine.

—Sí, señorita; usted sobre todo —dijo con rudeza el doctor.

Valentine miró al señor d'Avrigny con asombro, besó al señor Noirtier en la frente y salió.

El doctor cerró la puerta tras ella con gesto sombrío.

—Mire, mire, doctor, ya vuelve en sí; no ha sido más que un ataque sin importancia.

El señor d'Avrigny sonrió con aire sombrío.

—¿Cómo se siente usted, Barrois? —preguntó el doctor.

—Un poco mejor, señor.

—¿Puede usted beber este vaso de agua con éter?

—Lo intentaré, pero no me toque.

—¿Por qué?

—Porque me parece que si usted me toca, aunque no fuese más que con la punta del dedo, me volvería el ataque.

—Beba.

Barrois cogió el vaso, lo aproximó a sus labios violáceos y lo vació casi hasta la mitad.

—¿En dónde le duele? —preguntó el doctor.

—Por todas partes; siento calambres espantosos.

—¿Tiene usted desvanecimientos?

—Sí.

—¿Le retumban los oídos?

—Espantosamente.

—¿Cuándo le ha sucedido esto?

—Hace un momento.

—¿Rápidamente?

—Como el rayo.

—¿Y ayer y antes de ayer no tuvo nada?

—Nada.

—¿Ni somnolencia, ni pesadeces?

—No.

—¿Qué ha comido hoy?

—Nada; sólo he bebido un vaso de la limonada del amo, nada más.

Y Barrois hizo un gesto con la cabeza para designar a Noirtier, que inmóvil en su butaca contemplaba esta escena terrible sin perder un movimiento, sin dejar escapar ni una palabra.

—¿Dónde está la limonada? —preguntó con viveza el doctor.

—En la jarra, abajo.

—¿Dónde es eso de abajo?

—En la cocina.

—¿Quiere usted que vaya a buscarla, doctor? —preguntó Villefort.

—No, quédese aquí y trate de hacer beber al enfermo el resto de ese vaso de agua.

—Pero, y esa limonada...

—Yo mismo iré.

D'Avrigny dio un salto, abrió la puerta, se lanzó a la escalera de servicio y estuvo a punto de arrollar a la señora de Villefort que también descendía a la cocina.

Ella lanzó un grito.

D'Avrigny no le prestó atención; llevado por la fuerza de su idea, saltó los tres o cuatro últimos escalones, se precipitó en la cocina, y descubrió la jarra vacía en sus tres cuartas partes sobre una bandeja.

Se echó a ella como un águila sobre su presa.

Anhelante, volvió a subir a la planta baja y entró en la habitación.

La señora de Villefort volvía a subir la escalera que conducía a sus aposentos.

—¿Es esta la jarra que estaba aquí? —preguntó d'Avrigny.

—Sí, señor doctor.

—¿Es esta la misma limonada que usted bebió?

—Eso creo.

—¿Qué gusto le ha encontrado?

—Un sabor amargo.

El doctor derramó varias gotas de limonada en el cuenco de su mano, las aspiró con sus labios, y, después de paladearlas como se hace con el vino cuando se prueba, escupió el licor en la chimenea.

—Es la misma —dijo—. ¿Y usted también ha bebido, señor Noirtier?

—Sí —hizo el anciano.

—¿Y también la encontró con ese gusto amargo?

—Sí.

—¡Ah! Señor doctor —exclamó Barrois—. ¡Otra vez me vuelve! ¡Dios mío, Señor, ten piedad de mí! —el doctor corrió hacia el enfermo.

—Ese emético, Villefort, vea si viene —Villefort se lanzó gritando:

—¡El emético, el emético! ¿Lo traen?

Nadie respondió. El terror más profundo reinaba en la casa.

—Si tuviese algún medio de insuflarle aire en los pulmones —dijo d'Avrigny, mirando alrededor suyo—, tal vez tendría probabilidades de evitar la asfixia. Pero, no, nada, nada.

—¡Oh, señor! —gritaba Barrois—. ¿Me dejará morir sin socorrerme? ¡Oh! Me muero, Dios mío, me muero.

—¡Una pluma, una pluma! —pidió el doctor.

Descubrió una sobre la mesa.

Trató de introducirla en la boca del enfermo que hacía, en medio de sus convulsiones, inútiles esfuerzos por vomitar; pero las mandíbulas estaban tan cerradas que la pluma no pudo pasar.

Barrois estaba alcanzando un ataque nervioso todavía más intenso que el primero. Se había deslizado de la silla a tierra, y se retorcía por el suelo.

El doctor le dejó preso de su acceso, al cual no podía aportar ningún cuidado, y fue a Noirtier.

—¿Cómo se encuentra usted? —le preguntó precipitadamente y en voz baja—. ¿Bien?
—Sí.
—¿Ligero de estómago o pesado? ¿Ligero?
—Sí.
—¿Como cuando se toma la píldora que le hago dar cada domingo?
—Sí.
—¿Ha sido Barrois quien ha preparado su limonada?
—Sí.
—¿Ha sido usted quien le ha invitado a beber?
—No.
—¿Ha sido el señor de Villefort?
—No.
—¿La señora?
—No.
—Entonces, ¿ha sido Valentine?
—Sí.

Un suspiro de Barrois, un gemido que hizo crujir los huesos de sus mandíbulas, llamaron la atención d'Avrigny, que abandonó al señor Noirtier y corrió junto al enfermo.

—Barrois —dijo el doctor—, ¿puede usted hablar?

Barrois balbució algunas palabras ininteligibles.

—¿Quién preparó la limonada?
—Yo.
—¿La ha traído usted a su amo después de haberla hecho?
—No.
—Entonces, ¿la dejó usted en algún sitio?
—En el *office*, porque me llamaban.
—¿Quién la ha traído aquí?
—La señorita Valentine.

D'Avrigny se golpeó la frente.

—¡Oh, Dios mío, Dios mío! —murmuró.
—¡Doctor, doctor! —gritó Barrois, que sentía llegar el tercer acceso.

—Pero ¿no traerán ese emético? —exclamó el doctor.

—Aquí está un vaso con la preparación —dijo Villefort entrando.

—¿Quién lo ha preparado?

—El mozo de la farmacia, que ha venido conmigo.

—Beba.

—Imposible, doctor, es demasiado tarde; tengo la garganta cerrada; me ahogo. ¡Oh, mi corazón! ¡Oh, mi cabeza!... ¡Oh, qué infierno!... ¿Es que voy a sufrir mucho tiempo esto?

—No, no, amigo mío —dijo el doctor—, dentro de poco no sufrirá más.

—¡Ah! Comprendo —exclamó el desdichado—. ¡Dios mío, ten piedad de mí!

Y lanzando un grito, cayó de espaldas hacia atrás como si fuera fulminado por un rayo.

D'Avrigny llevó la mano a su corazón, luego aproximó un espejo a sus labios.

—¿Y bien? —preguntó Villefort.

—Vaya a decir a la cocina que me traigan enseguida un jarabe de violetas.

Villefort fue al instante.

—No se asuste, señor Noirtier —dijo d'Avrigny—, me llevo al enfermo a otra habitación para sangrarlo; en realidad esta clase de ataques son un espectáculo espantoso.

Y cogiendo a Barrois por debajo de los brazos lo arrastró a una habitación vecina; pero casi inmediatamente entró en la de Noirtier para recoger el resto de la limonada.

Noirtier cerró el ojo derecho.

—Valentine, ¿no es cierto? ¿Quiere usted a Valentine? Voy a decir que la envíen.

Villefort subía; d'Avrigny le encontró en el pasillo.

—¿Y bien? —preguntó.

—Venga —dijo d'Avrigny. Y lo condujo a la habitación.

—¿Continúa desvanecido? —preguntó el procurador del rey.

—Está muerto.

Villefort retrocedió tres pasos, juntó las manos por encima de su cabeza y con una conmiseración inequívoca, dijo mirando el cadáver:

—¡Muerto tan rápidamente!

—Sí, tan rápidamente, ¿no es cierto? —dijo d'Avrigny—. Pero esto no debe asombrarle, el señor y la señora de Saint-Méran también murieron tan rápidamente. ¡Oh! Se muere muy rápido en su casa, señor de Villefort.

—¡Qué! —exclamó el magistrado con un acento de horror y consternación—. ¡Vuelve usted a esa idea terrible!

—¡Siempre, señor, siempre! —dijo d'Avrigny con solemnidad—. No la he abandonado un instante; y para que se convenza de que no me equivoco esta vez, escuche bien, señor de Villefort.

Villefort temblaba convulsivamente.

—Hay un veneno que mata sin casi dejar rastros. Ese veneno lo conozco muy bien; lo he estudiado en todos sus accidentes y en todos los fenómenos que produce. Ese veneno lo he reconocido en el pobre Barrois, como lo reconocí en el señor y la señora de Saint-Méran. Este veneno tiene una manera fácil de ser identificado: restablece el color azul del papel de tornasol enrojecido por un ácido, y tiñe de verde el jarabe de violetas. No tenemos papel de tornasol; pero, mire, aquí nos traen el jarabe de violetas que he pedido.

En efecto, se oían pasos en el corredor; el doctor entreabrió la puerta, tomó de manos de la criada un vaso en el fondo del cual había dos o tres cucharas de jarabe, y cerró la puerta.

—Fíjese —dijo al procurador del rey, cuyo corazón latía tan fuerte que podía oírse claramente—, aquí está el jarabe de violetas, y aquí la jarra con el resto de la limonada que el señor Noirtier y Barrois han bebido en parte. Si la limonada es pura e inofensiva, el jarabe continuará con su color; si la limonada está envenenada, el jarabe se pondrá verde. ¡Fíjese!

El doctor vertió lentamente algunas gotas de la limonada de la jarra en el vaso, y al instante se vio una especie de nube formándose en el fondo del vaso; al principio esta nube fue azul; después del zafiro pasó al ópalo, y del ópalo al esmeralda.

Llegada a este último color, se fijó, por así decirlo, sin variar para nada; la experiencia no dejaba lugar a dudas.

—El desdichado Barrois ha sido envenenado con la falsa angostura y la nuez de San Ignacio —dijo d'Avrigny—. Ahora responderé ante los hombres y ante Dios.

Villefort no dijo nada, pero levantó los brazos al cielo, abrió los ojos espantados, y cayó fulminado sobre un sillón.

La acusación

El señor d'Avrigny hizo volver en sí al magistrado, que parecía un segundo cadáver en aquella habitación fúnebre.

—¡Oh! La muerte está en mi casa —exclamó Villefort.

—Diga el crimen —replicó el doctor.

—¡Señor d'Avrigny! —exclamó Villefort—. No puedo expresar lo que pasa por mí en estos instantes; no sé si es espanto, dolor o locura.

—Sí —dijo el señor d'Avrigny con una calma imponente—, pero creo que es cuestión de que actuemos; me parece que es hora de oponer un dique a esta corriente de mortalidad. En cuanto a mí, me siento incapaz de llevar más tiempo semejantes secretos sin esperar que muy pronto la sociedad vengue estas víctimas.

Villefort echó una sombría mirada alrededor suyo.

—¡En mi casa! —murmuró—. ¡En mi casa!

—Veamos, magistrado —dijo d'Avrigny—, sea hombre, intérprete de la ley, hónrese usted con una inmolación completa.

—Me hace estremecer, doctor, ¿una inmolación?

—Ya lo he dicho.

—¿Sospecha usted de alguien?

—No sospecho de nadie; la muerte llama a su puerta, entra y va, no ciegamente, sino inteligentemente como es, de habitación en habitación. Pues bien, yo sigo su rastro, reconozco su paso; adopto la sabiduría de los antiguos: palpo; porque mi amistad por su familia y mi respeto por usted son dos vendas aplicadas a mis ojos. Pues bien...

—¡Oh, hable, hable, doctor! Tendré valor.

—Pues bien, señor, usted tiene en su casa, en el seno de su hogar, tal vez en su propia familia, uno de esos espantosos fenómenos como cada siglo produce uno. Locusta y Agripina, viviendo al mismo tiempo, son una excepción que prueba el furor de la Providencia por perder el Imperio romano, encenagado por tantos crímenes. Brunequilda y Fredegunda son el resultado del penoso trabajo de una civilización en génesis, en la cual el hombre aprende a dominar el espíritu aunque sea por el enviado de las tinieblas. Pues bien, todas estas mujeres eran o habían sido hermosas. Había florecido, o aún florecía sobre su frente, esa misma flor de inocencia que también se encuentra sobre la frente de la culpable que se halla en vuestra casa.

Villefort lanzó un grito, juntó las manos, y miró al doctor con un gesto de súplica.

Pero éste continuó sin piedad:

—Busque a quién beneficia el crimen, dice un axioma de jurisprudencia...

—¡Doctor! —exclamó Villefort—. ¡Ay! Doctor, cuántas veces la justicia de los hombres se ha engañado por estas funestas palabras. No sé, pero me parece que este crimen...

—¡Ah! ¿Confiesa, al fin, que existe el crimen?

—Sí, lo reconozco. ¿Qué quiere usted? Es preciso, pero déjeme continuar. Me parece, digo, que este crimen recae sobre mí solo y no sobre las víctimas. Sospecho algún desastre para mí bajo todas estas extrañas atrocidades.

—¡Oh, hombre! —murmuró d'Avrigny—. ¡El más egoísta de todos los animales, el más personal de todas las criaturas, que siempre cree que la tierra gira, que el sol brilla y que la muerte solamente siega para él; hormiga maldiciendo a Dios desde lo alto de una hierbecita! ¿Y los que han perdido la vida, acaso no han sufrido? El señor de Saint-Méran, la señora de Saint-Méran, el señor Noirtier...

—¿Cómo? ¡El señor Noirtier!

—Pues claro. ¿Cree usted, por ventura, que querían matar a ese desventurado criado? No, no; como el Polonio, de Shakespeare, ha muerto por otro. Noirtier era quien debía beber la limonada, y la bebió según el orden lógico de las cosas; el otro sólo la bebió por accidente; y aunque haya muerto Barrois, era Noirtier quien debía morir.

—Pero, entonces, ¿cómo no ha sucumbido mi padre?

—Ya se lo dije la otra noche en el jardín, después de la muerte de la señora de Saint-Méran; porque su cuerpo está habituado al uso de ese mismo veneno; porque la dosis insignificante para él era mortal para cualquier otro; porque, en fin, nadie sabe, y menos el asesino, que desde hace un año trato con la brucina la parálisis del señor Noirtier, mientras que el asesino no ignora, y se ha asegurado por experiencia, que la brucina es un veneno violento.

—¡Dios mío, Dios mío! —murmuró Villefort retorciéndose los brazos.

—Siga las huellas del criminal; mata al señor de Saint-Méran.

—¡Oh, doctor!

—Lo juraría; por lo que me han dicho, los síntomas concuerdan muy bien con lo que yo he visto.

Villefort dejó de combatir y lanzó un gemido.

—Mata al señor de Saint-Méran —repitió el doctor—; mata a la señora de Saint-Méran, y doble herencia a recoger.

Villefort se enjugó el sudor que corría por su frente.

—Escuche bien.

—¡Ay! —balbució Villefort—. No pierdo ni una palabra, ni una sola.

—El señor Noirtier —prosiguió, implacable, d'Avrigny—, el señor Noirtier había testado antes de ahora contra usted y contra su familia, en favor de los pobres. Ahorrémonos al señor Noirtier, del que nada se espera. Pero no ha hecho más que destruir su primer testamento y hecho un segundo y enseguida el miedo a que haga un tercero actúa; el testamento es de anteayer, creo. No ha perdido tiempo.

—¡Oh! ¡Piedad, señor d'Avrigny!

—Nada de piedad, señor. El médico tiene una misión sagrada en la tierra, para cumplirla ha ascendido hasta las fuentes de la vida y descendido a los misterios de la muerte. Cuando el crimen se ha cometido y Dios, espantado sin duda, aparta los ojos del criminal, corresponde al médico decir: «¡Ahí está!».

—¡Piedad para mi hija, señor! —murmuró Villefort.

—¡Ve cómo ha sido usted quien la ha nombrado, usted, su padre!

—¡Piedad para Valentine! Escuche, eso es imposible. Preferiría acusarme yo mismo. Valentine, un corazón de diamante, un lirio de inocencia.

—Nada de piedad, señor procurador del rey. El crimen es flagrante. La señorita de Villefort ha empaquetado personalmente los medicamentos que se enviaron al señor de Saint-Méran, y éste murió. La señorita de Villefort preparó las tisanas de la señora de Saint-Méran, y ésta está muerta. La señorita de Villefort ha cogido de manos de Barrois, al que enviaron fuera, la jarra de limonada que el anciano se bebe corrientemente por la mañana, y éste se ha salvado de milagro. ¡La señorita de Villefort es la culpable! ¡Es la envenenadora! Señor de Villefort, le denuncio a la señorita de Villefort, cumpla con su deber.

—Doctor, no lo soporto más, no me defiendo, le creo; pero, por piedad, compadézcase de mi vida, de mi honor.

—Señor de Villefort —prosiguió el doctor con nuevos impulsos—, hay circunstancias en las que franqueo los límites de la imbécil circunspección humana. Si su hija hubiese cometido solamente el primer crimen y la viera meditar el segundo, le diría: «Adviértala, castíguela, que pase el resto de sus días en un convento, en cualquier clausura, que llore y rece». Si hubiese cometido un segundo crimen, le diría: «Tenga, señor de Villefort, aquí tiene un veneno que carece de antídoto conocido, pronto como el pensamiento, rápido como el rayo, mortal; dele este veneno encomendando su alma a Dios y salve así su honor y sus días, porque contra usted atenta, y ya la veo acercarse a su cabecera con su hipócrita sonrisa y sus dulces exhortaciones. ¡Desgraciado de usted, señor de Villefort, si no hiere el primero!». He ahí lo que le diría si ella no hubiese matado más que a dos personas; pero ella ha visto agonizar a tres, ha contemplado tres moribundos, se ha arrodillado ante tres cadáveres. ¡Al verdugo la envenenadora! ¡Al verdugo! Habla usted de su honor, haga lo que le digo y le espera la inmortalidad.

Villefort cayó de rodillas.

—Escuche —dijo—, yo no tengo esa fuerza que usted posee, o más bien, que usted no tendría si en vez de mi hija Valentine se tratase de su hija Madeleine.

El doctor palideció.

—Doctor, todo hombre nacido de mujer ha venido al mundo para sufrir y morir; yo sufriré y esperaré la muerte.

—Tenga cuidado —dijo el señor d'Avrigny—, porque será lenta… esa muerte; la verá aproximarse después de haber caído sobre su padre, su esposa y tal vez sobre su hijo.

Villefort, sofocado, se aferró a los brazos del doctor.

—¡Escúcheme! —gritó—. ¡Compadézcame, socórrame!... ¡No, mi hija no es culpable!... ¡Llévenos delante de un tribunal, que aún seguiré diciendo que mi hija no es culpable! No existen crímenes en mi casa... No lo quiero, oye usted, no quiero crímenes en mi casa; porque cuando el crimen entra en algún sitio, es como la muerte, no entra solo. Escuche, ¿qué le importa a usted que yo muera asesinado? ¿Es usted amigo mío? ¿Es usted un hombre? ¿Tiene usted corazón? No, usted sólo es un médico... Pues bien, le digo: ¡No, mi hija no será arrastrada por mí a las manos del verdugo!... ¡Ah! Vaya una idea que me devora, que me impele a desgarrarme el pecho con las uñas como un insensato... ¿Y si usted se equivocase, doctor? ¡Si fuese otro, en vez de mi hija! Si un día yo viniese, pálido como un espectro, a decirle: «¡Asesino! ¡Tú has matado a mi hija!». Fíjese, si eso sucediese, soy cristiano, señor d'Avrigny, pero no obstante me mataría.

—Está bien —dijo el doctor después de un instante de silencio—. Esperaré.

Villefort le miró como si aún dudase de sus palabras.

—Solamente —continuó d'Avrigny con voz lenta y solemne— si alguna persona de su casa cae enfermo, si usted mismo se siente atacado, no me llame, porque no vendré más. Quiero compartir con usted este terrible secreto, pero no deseo que la vergüenza y los remordimientos vayan a mi casa y fructifiquen hasta destrozar mi conciencia, como el crimen y la desgracia crecen y fructifican en su casa.

—Así, pues, ¿me abandona, doctor?

—Sí, porque no puedo seguirle más lejos, y no me detengo ante el cadalso. Otra revelación llegará que ponga fin a esta terrible tragedia. Adiós.

—Doctor, le ruego...

—Todos los horrores que ensucian mi pensamiento hacen que su casa me sea odiosa y fatal. Adiós, señor.

—Una palabra, solamente una palabra, doctor. Se retira dejándome todo el horror de la situación, terror que usted ha aumentado con la revelación que me ha hecho. Pero de la muerte instantánea, súbita, de ese desgraciado servidor, ¿qué se va a decir?

—Está bien —dijo el señor d'Avrigny—. Acompáñeme.

El doctor salió el primero, Villefort le seguía; los criados, inquietos, esperaban en el pasillo y sobre las escaleras por las que debía pasar el médico.

—Señor —dijo d'Avrigny a Villefort hablando en voz alta, de manera que le oyese todo el mundo—, el pobre Barrois llevaba una vida muy sedentaria desde hacía algunos años. Él, que amaba tanto como su amo correr a caballo o en coche todos los rincones de Europa, se ha matado ante este servicio monótono alrededor de un sillón. La sangre se hizo pesada. Estaba repleto, tenía el cuello grueso y corto, le atacó una apoplejía fulminante, y me avisaron muy tarde. A propósito —añadió en voz baja—, tenga mucho cuidado al arrojar el vaso de violetas a la cenizas.

Y el doctor, sin dar la mano a Villefort, sin añadir una palabra a lo que acababa de decir, salió escoltado por las lágrimas y los lamentos de todos los criados de la casa.

Aquella misma noche todos los criados de Villefort, que se habían reunido en la cocina y hablaron largamente entre ellos, fueron a pedir permiso a la señora de Villefort para abandonar la casa. Ningún ruego, ningún aumento de sueldo pudo retenerlos; a cualquier proposición respondieron:

—Queremos irnos porque la muerte está en esta casa.

Se marcharon, pues, a pesar de los ruegos que les hicieron, testimoniando su sentimiento por abandonar a tan buenos amos, y sobre todo a la señorita Valentine, tan buena, tan bienhechora y tan dulce.

Villefort, a estas palabras, miró a Valentine.

Estaba llorando.

Cosa extraña, a través de la emoción que le hizo experimentar aquellas lágrimas, también miró a la señora de Villefort y le pareció que una sonrisa fugitiva y sombría había pasado por sus labios delgados, como los meteoros que se ven deslizándose entre dos nubes en medio de un cielo tormentoso.

La habitación del panadero retirado

La misma tarde del día en que el conde de Morcerf había salido de casa de Danglars con una vergüenza y un furor que no contrastaban en nada con la frialdad del banquero, Andrea Cavalcanti, los cabellos rizados y lustrosos, los bigotes afilados y los guantes blancos marcando las uñas, entró casi de pie en su faetón en el patio del banquero de la Chaussée de Antin.

Al cabo de diez minutos de conversación en el salón, había conseguido conducir a Danglars hacia el hueco de una ventana, y allí, después de un corto preámbulo, le había expuesto los tormentos de su vida, desde la partida de su noble padre. Desde aquella marcha, decía, había encontrado en la familia del banquero, que lo recibía como a un hijo, toda la dicha que un hombre debe buscar antes que los caprichos de una pasión, y en cuanto a la propia pasión, había tenido la dicha de encontrarla en los hermosos ojos de la señorita Danglars.

Danglars escuchaba con la máxima atención, y hacía dos o tres días que ya esperaba esta declaración, y cuando al fin llegó, sus ojos se dilataron tanto como se habían cubierto y ensombrecido al escuchar a Morcerf.

Sin embargo, no quiso acoger la proposición del joven sin hacerle algunas observaciones de conciencia.

—Señor Andrea —le dijo—, ¿no es usted algo joven para pensar en casarse?

—Pues no, señor —replicó Cavalcanti—, al menos no me lo parece. En Italia los grandes señores se casan jóvenes, por lo general; es una costumbre lógica. La vida es tan incierta que debe aprovecharse la felicidad en el momento en que pasa.

—Ahora, señor —dijo Danglars—, admitiendo que sus proposiciones, que me honran, sean del agrado de mi esposa y de mi hija, ¿con quién discutiremos los intereses? Ésta es, me parece, una negociación importante que sólo los padres saben tratar convenientemente para la dicha de sus hijos.

—Señor, mi padre es un hombre sabio, lleno de prudencia y de razón. Ha previsto la circunstancia probable de que yo desease establecerme en Francia; me ha dejado, al partir, con todos los papeles que atestiguan mi identidad, una carta en la cual me asegura, para el caso de que haga una elección a su gusto, ciento cincuenta mil libras de renta a partir del día de mi boda. Es, por lo que puedo juzgar, la cuarta parte de la renta de mi padre.

—Yo —dijo Danglars—, siempre he tenido la intención de dar a mi hija quinientos mil francos de dote; es, por otra parte, mi única heredera.

—Pues bien —dijo Andrea—, ya ve que la cosa no sería mala, suponiendo que mi petición no sea rechazada por la señora baronesa Danglars ni por la señorita Eugéne; estaríamos con ciento setenta y cinco mil libras de renta. Supongamos una cosa, que yo obtengo del marqués que en vez de pagarme la renta me dé el capital (esto no sería fácil, lo sé, pero puede suceder), usted podría hacer que produjesen esos dos o tres millones, y dos o tres millones en manos hábiles siempre pueden dar el diez por ciento.

—Nunca tomo más que al cuatro —dijo el banquero—, e incluso al tres y medio. Pero a mi yerno lo tomaría al cinco, y nos partiríamos los beneficios.

—Muy bien, perfectamente, suegro —dijo Cavalcanti dejándose llevar por su naturaleza un poco vulgar que, de vez en cuando y pese a sus esfuerzos, resquebrajaba el barniz aristocrático con que trataba de ocultarla; pero inmediatamente añadió—: ¡Oh! Perdón, señor. Ya ve que sólo la esperanza me vuelve loco; ¿qué será la realidad?

—Pero —dijo Danglars que, por su parte, no se dio cuenta de cómo cambiaba esta conversación, tan desinteresada en un principio y ya como un negocio de intereses—, sin duda existe una parte de su fortuna que su padre no puede negarle.

—¿Cuál? —preguntó el joven.

—La que proviene de su madre.

—¡Ah! Es cierto, la que viene de mi madre, de Oliva Corsinari.

—¿Y a cuánto puede ascender esa parte?

—A fe mía —dijo Andrea—, puedo asegurárselo, señor, que nunca se me ocurrió pensar en ello, pero creo que en dos millones como mínimo.

Danglars sintió esa especie de sofoco gozoso que experimenta el avaro que encuentra un tesoro perdido, o el hombre que a punto de ahogarse encuentra bajo sus pies tierra firme en vez del vacío en que iba a hundirse.

—Y bien, señor —dijo Andrea saludando al banquero con cariñoso respeto—, puedo esperar...

—Señor Andrea —dijo Danglars—, espere y crea que si ningún obstáculo de su parte detiene la marcha de este asunto, es negocio concluido. Pero —dijo Danglars reflexionando—, ¿cómo es que el señor conde de Montecristo, su padrino en este mundo parisiense, no ha venido con usted a hacernos esta petición?

Andrea se sonrojó imperceptiblemente.

—Vengo de casa del conde, señor —dijo—. Es un hombre encantador, naturalmente, pero de una originalidad inconcebible; ha aprobado mi decisión, incluso me ha dicho que mi padre no dudaría un instante en darme el capital en vez de la renta; me ha prometido su influencia para ayudarme a obtener esto; pero me ha declarado que, personalmente, jamás había tomado ni tomaría sobre sí la responsabilidad de hacer una petición de matrimonio. Pero debo hacerle justicia, pues añadió que si alguna vez había deplorado esa repugnancia era ahora que, al tratarse de mí, consideraba que la unión proyectada sería conveniente y feliz. Por otra parte, aunque no quiere hacer nada oficialmente, se reserva el responderle, me dijo, cuando usted le hable.

—¡Ah, ah! Muy bien.

—Ahora —añadió Andrea con su más encantadora sonrisa—, he acabado de hablar al suegro y me dirijo al banquero.

—Veamos, ¿qué le quiere? —dijo Danglars riéndose a su vez.

—Pasado mañana debo cobrar unos cuatro mil francos en su caja; pero el conde ha comprendido que el mes que va a empezar tal vez me traiga unos gastos para los cuales mi pequeña renta no bastará, y aquí tiene un bono de veinte mil francos que me ha, no diré dado, sino ofrecido. Está firmado por él, como usted ve. ¿Puede convenirle?

—Tráigame como éste uno por un millón y se lo cogeré —dijo Danglars guardando el bono en su bolsillo—. Dígame la hora para mañana, y el mozo de caja pasará por su casa con un recibo de veinticuatro mil francos.

—Pues a las diez, si usted quiere; cuanto más temprano mejor, porque pienso ir al campo.

—Sea a las diez, ¿en el hotel de los Príncipes, como siempre?
—Sí.

Al día siguiente, con una exactitud que hacía honor a la puntualidad del banquero, los veinticuatro mil francos se encontraban en casa del joven, quien salió, efectivamente, dejando doscientos francos para Caderousse.

Esta salida tenía por objetivo principal evitar a su peligroso amigo; así, pues, también regresó por la noche lo más tarde posible.

Pero apenas puso el pie en el empedrado del patio se encontró ante sí al conserje del hotel, que le esperaba con la gorra en la mano.

—Señor —dijo—, aquel hombre vino.

—¿Qué hombre? —preguntó negligentemente Andrea, como si hubiese olvidado al que, por el contrario, no se le quitaba de la cabeza.

—Aquel a quien Su Excelencia da esa pequeña renta.

—¡Ah, sí! —dijo Andrea—. Ese antiguo criado de mi padre. Y bien, ¿le ha dado usted los doscientos francos que había dejado para él?

—Sí, Excelencia, precisamente.

Andrea se hacía llamar Excelencia.

—Pero —continuó el conserje—, no quiso cogerlos —Andrea palideció; sólo que, como era de noche, nadie notó su palidez.

—¡Cómo! ¿No ha querido cogerlos? —dijo con voz ligeramente emocionada.

—No. Quería hablar con Su Excelencia. Le respondí que usted había salido, pero insistió. Al fin pareció convencido, y me dio esta carta que había traído muy escondida.

—Veamos —dijo Andrea.

Y leyó a la luz de la linterna de su faetón:

Sabes donde vivo; te espero mañana a las nueve de la mañana.

Andrea examinó el sello, por si había sido forzado y miradas indiscretas habían podido enterarse del contenido de la carta; pero estaba doblada de tal manera y con tal lujo de dobleces, que para leerla hubiese sido necesario romper el sello; ahora bien, el sello estaba intacto.

—Muy bien —dijo—. Pobre hombre. Es una excelente persona.

Y dejó al portero asombrado ante estas palabras, y no sabiendo a quién admirar más, si al joven amo o al viejo servidor.

—Desenganche pronto y suba a mi casa —dijo Andrea a su *groom*.

En dos zancadas el joven subió a su cuarto, y una vez en él quemó la carta de Caderousse, haciendo desaparecer las cenizas.

Acababa esta operación cuando entró el criado.

—Tienes la misma estatura que yo, ¿verdad, Pierre? —le dijo.

—Tengo ese honor, Excelencia —respondió el servidor.

—Debes tener una librea nueva que te trajeron ayer.

—Sí, señor.

—Tengo un asunto con una joven a la que no quiero decir mi título ni mi condición. Préstame tu librea y tráeme tus papeles a fin de que pueda, si lo necesito, dormir en una posada.

Pierre obedeció.

Cinco minutos después Andrea, completamente disfrazado, salía del hotel sin ser reconocido, cogía un cabriolé y se hacía conducir a la posada del Caballo Rojo, en Picpus.

Al día siguiente salió de la posada del Caballo Rojo de igual manera que del Hotel de los Príncipes, es decir, sin ser notado; descendió el *faubourg* de San Antonio, tomó por el bulevar hasta la calle Menilmontant, y se detuvo a la puerta de la tercera casa de la izquierda; en ausencia del conserje, buscó a quien podía solicitar informes.

—¿A quién busca usted, buen mozo? —preguntó la frutera de enfrente.

—¿El señor Pailletin, por favor, buena señora? —respondió Andrea.

—¿Un panadero retirado? —preguntó la frutera.

—Justamente es eso.

—Al fondo del patio, a la izquierda, en el tercero.

Andrea tomó el camino indicado, y en el tercero encontró una pata de liebre que agitó con mal humor, y cuyo movimiento precipitado acusó la campanilla.

Un segundo después apareció el rostro de Caderousse en la mirilla abierta, en la puerta.

—¡Ah! Eres puntual —dijo.

Y descorrió los cerrojos.

—¡Pardiez! —dijo Andrea entrando.

Y arrojó ante sí su gorra de librea que, al fallar la silla, cayó al suelo y dio la vuelta a la habitación, rodando sobre su circunferencia.

—Vamos, vamos —dijo Caderousse—, no te enfades, chico. Vaya, fíjate si he pensado en ti; contempla un poco el buen almuerzo que tendremos: nada más que lo que a ti te gusta.

Andrea percibió, en efecto, un olor a cocina, cuyos aromas groseros no dejaban de tener cierto encanto para un estómago hambriento. Se componía de una mezcla de grasa fresca y ajo que señala la cocina popular provenzal; además, había un aroma a pescado gratinado, y luego, por encima de todo, el áspero perfume de la nuez moscada y el clavo. Todo esto lo exhalaban dos fuentes hondas y cubiertas, colocadas sobre dos hornillos, y una cacerola que bullía en el horno de una estufa de fundición.

En la habitación contigua había una mesa bastante limpia adornada con dos cubiertos, dos botellas de vino lacradas, una de tinto y otra de dorado, una buena cantidad de aguardiente en una garrafa, y una macedonia de frutas en una ancha hoja de col colocada con gusto en un plato de loza.

—¿Qué te parece, chico? —dijo Caderousse—. ¡Eh! ¡Qué bien huele! ¡Ah, diantre! Yo era un buen cocinero allá abajo. ¿Te acuerdas cómo se lamían los dedos con mis guisos? Y tú, como el primero, también has probado mis salsas, y creo que no las despreciabas.

Y Caderousse se puso a mondar un suplemento de cebolla.

—Está bien, está bien —dijo Andrea con mal humor—. ¡Pardiez! Si me has molestado para almorzar contigo, ¡qué el diablo te lleve!

—¡Hijo mío! —dijo sentencioso Caderousse—. Comiendo se habla; y, además, eres un ingrato, ¿acaso no te alegras de ver un poco a tu amigo? Yo lloro de alegría.

Caderousse, en efecto, lloraba realmente; sólo que resultaba difícil saber si era de alegría o a causa de la cebolla que irritaba el lagrimal del antiguo posadero del Puente del Gard.

—¡Cállate, hipócrita! —dijo Andrea—. ¿Me amas tú?

—Sí, yo te amo, o el diablo me lleve. Es una debilidad —dijo Caderousse—, ya lo sé, pero es más fuerte que yo.

—Lo que no te ha impedido hacerme venir para alguna perfidia.

—¡Vamos, ya! —exclamó Caderousse enjugando su gran cuchillo en su delantal—. Si no te quisiera, ¿acaso soportaría la vida miserable que me haces llevar? Mira un poco, tú llevas sobre tus espaldas el traje de tu criado, porque tienes un criado; yo no lo tengo y me veo obligado a pelar mis legumbres personalmente. Haces ascos de mi cocina porque comes en la mesa del Hotel de los Príncipes o en el Café de París. Pues bien, yo también podría tener un criado; yo también podría tener un tílburi; yo también podría cenar donde quisiera. Entonces, ¿por qué me privo de ello? Para no dar un disgusto a mi pequeño Benedetto. Vamos, confiesa solamente que yo podría, ¿eh?

Y una mirada perfectamente clara de Caderousse concluyó el sentido de la frase.

—Bien —dijo Andrea—. Pongamos que me quieres; entonces, ¿por qué exiges que venga a almorzar contigo?

—Pues para verte, muchacho.

—Para verme, ¿y a santo de qué? ¿Acaso no tenemos arregladas las condiciones de nuestro trato?

—¡Eh! Mi querido amigo —dijo Caderousse—, ¿acaso hay testamentos sin codicilos? Pero en principio has venido para almorzar, ¿no es cierto? Pues bien, veamos, siéntate y empecemos por estas sardinas y esta mantequilla fresca, que he puesto sobre hojas de viña en atención a ti. ¡Ah! Sí, tú miras mi cuarto, mis cuatro sillas de paja, y mis cuadros a tres francos la pieza. ¡Diantre! Qué quieres. Esto no es el Hotel de los Príncipes.

—Vamos, ahora estás disgustado. Ya no eres feliz, tú que sólo pedías tener el aspecto de un panadero retirado.

Caderousse lanzó un suspiro.

—Y bien, ¿qué tienes que decir? Has visto tu sueño realizado.

—Tengo que decir que es un sueño; un panadero retirado, mi buen Benedetto, es rico y tiene rentas.

—¡Pardiez! Tú tienes rentas.

—¿Yo?

—Sí, tú, pues yo te doy tus doscientos francos —Caderousse se encogió de hombros.

—Eso es humillante —dijo—, tener que recibir un dinero dado de mala gana, un dinero efímero que puede faltarme de hoy a mañana. Ya ves que estoy obligado a hacer economías para el caso de que tu prosperidad no dure. ¡Eh! Amigo mío, la fortuna es inconstante, como decía el limosnero... del regimiento. Yo sé bien que tu prosperidad es inmensa, desventurado; te vas a casar con la hija de Danglars.

—¡Cómo! ¿De Danglars?

—Exacto, de Danglars. ¿No hará falta que diga del barón Danglars? Sería tanto como decir del conde Benedetto. Danglars era un amigo, y si no tuviese tan mala memoria, debería invitarme a tu boda..., ya que él vino a la mía... ¡Sí, sí, sí, a la mía! ¡Diantre! No era tan presumido en aquellos tiempos; era un simple dependiente en casa del señor Morrel. He comido más de una vez con él y el conde de Morcerf... Ya ves que tengo buenas relaciones, y si quisiera cultivarlas un poco, nos encontraríamos en los mismos salones.

—Vaya, vaya, tus celos te hacen ver visiones, Caderousse.

—Está bien, Benedetto mío, yo sé bien lo que me digo. Tal vez un día también me ponga el traje de los domingos, y vaya a decir a una puerta cochera: «¡El cordón, por favor!». Mientras tanto, siéntate y comamos.

Caderousse dio el ejemplo y se puso a almorzar con buen apetito, y haciendo el elogio de todos los manjares que servía a su huésped.

Éste parecía tomar su partido, descorchó decididamente la botella y atacó la bullabesa y el bacalao gratinado al ajoaceite.

—¡Ah, compadre! —dijo Caderousse—. Parece que te avienes con tu antiguo hotelero.

—A fe mía que sí —respondió Andrea en quien, como joven y vigoroso, el apetito podía sobre todas las cosas.

—¿Y encuentras bueno esto, bribón?

—Tan bueno, que no comprendo cómo un hombre que guisa y come tan buenas cosas, puede quejarse de la vida.

—Lo ves —dijo Caderousse—, es que toda mi felicidad se amarga con un solo pensamiento.

—¿Cuál?

—El de vivir a expensas de un amigo, yo, que siempre me he ganado mi vida valientemente.

—¡Oh, oh! Eso no le hace —dijo Andrea—. Tengo bastante para dos, no te apures.

—No, de verdad; tú no me creerás, si no quieres, pero a fin de mes tengo remordimientos.

—¡Buen Caderousse!

—¡Y eso es tan cierto, como que ayer no quise coger los doscientos francos!

—Sí, tú querías hablarme; pero, veamos, ¿era de tus remordimientos?

—De verdaderos remordimientos; además, se me ocurrió una idea.

Andrea se estremeció; se asustaba siempre ante las ideas de Caderousse.

—Mira, es tan mezquino —continuó éste— estar esperando siempre el fin de mes...

—¡Eh! —dijo filosóficamente Andrea, decidido a ver venir a su compañero—. ¿Acaso la vida no se pasa esperando? Yo, por ejemplo, ¿qué otra cosa hago si no esperar? Pues bien, me armo de paciencia, ¿no es así?

—Sí, porque en lugar de esperar doscientos miserables francos, esperas cinco o seis mil, tal vez diez, quizá doce; porque tú eres un carcelero. Allá abajo siempre tenías tus ahorrillos, tu alcancía que tratabas de ocultar a este pobre amigo Caderousse. Afortunadamente, el amigo Caderousse tenía buen olfato.

—Vamos, ya empiezas a divagar —dijo Andrea—, a hablar del pasado. Pero ¿a qué viene machaconear tanto, te pregunto?

—¡Ah! Tú tienes veintiún años, y puedes olvidar el pasado; pero yo tengo cincuenta y estoy obligado a recordarlo. Pero, no importa, volvamos al negocio.

—Sí.
—Quería decirte que si estuviese en tu puesto...
—¿Qué?
—Yo pediría...
—¡Cómo! Tú pedirías...
—Sí, yo pediría un semestre adelantado, bajo el pretexto de ser elegible y querer comprar una finca; después, con mi semestre en el bolsillo, pongo los pies en polvorosa.

—Mira, mira —murmuró Andrea—, eso no está tan mal pensado.

—Mi querido amigo —dijo Caderousse—, come de mi cocina y sigue mis consejos, que no te irá tan mal, física y moralmente.

—Pues bien —dijo Andrea—, ¿por qué no sigues tú mismo el consejo que das? ¿Por qué no pides tu semestre, un año incluso, y te retiras a Bruselas? En vez de tener el aspecto de un panadero retirado, tendrías el de un comerciante arruinado en el ejercicio de sus funciones. Eso no está mal.

—Pero ¿cómo diablos quieres que me retire con mil doscientos francos?

—¡Ah, Caderousse! —exclamó Andrea—. ¡Qué exigente te vuelves! Hace dos meses te morías de hambre.

—El apetito viene comiendo —replicó Caderousse, enseñando sus dientes como un mono que ríe o un tigre que gruñe—. Así, pues —añadió cortando un trozo de pan con los mismos dientes tan agudos y blancos a pesar de su edad—, he hecho un plan.

Los planes de Caderousse aún aterraban más a Andrea que sus ideas; las ideas no eran más que el germen, el plan era la realización.

—Veamos ese plan —dijo—, debe ser precioso.

—¿Y por qué no? El plan gracias al cual abandonamos el establecimiento del señor Cosa, ¿de quién era, eh? De mí, supongo. Y me parece que no era tan malo, ya que estamos aquí.

—Yo no digo eso —respondió Andrea—. A veces tienes cosas buenas; pero, en fin, veamos ese plan.

—Veámoslo —prosiguió Caderousse—, ¿puedes tú, sin desembolsar un céntimo, hacer que yo tenga quince mil francos? No, eso no es bastante; yo no quiero convertirme en hombre honrado por menos de treinta mil francos.

—No —respondió secamente Andrea—. No, yo no puedo.
—Tú no me has comprendido, a lo que parece —repuso fríamente Caderousse con aire tranquilo—. Te he dicho sin desembolsar tú un céntimo.
—¿No querrás que robe para arruinar todo mi negocio, y el tuyo con el mío, y que nos vuelvan a llevar allá?
—¡Oh! A mí —dijo Caderousse— me da lo mismo que vuelvan a cogerme; tengo un cuerpo muy acomodaticio, ¿sabes?, y no me fastidian mis antiguos camaradas; no soy como tú, sin corazón, que quisieras no volver a verlos.
Andrea hizo algo más que estremecerse esta vez: palideció.
—Veamos, Caderousse —dijo—, nada de tonterías.
—¡Eh, no; estate tranquilo, mi pequeño Benedetto; pero indícame un pequeño procedimiento para ganar esos treinta mil francos sin mezclarte en nada; tú me dejas hacer y nada más!
—Está bien, ya lo veré. Buscaré algo —dijo Andrea.
—Pero, mientras tanto, subirás mi mensualidad a quinientos francos; tengo una manía, quisiera coger una criada.
—Bien, tendrás tus quinientos francos —dijo Andrea—, pero es demasiado para mí, mi pobre Caderousse... Tú abusas...
—¡Bah! —dijo Caderousse—. Ya que los sacas de unos cofres que no tienen fondo...
Se hubiese dicho que Andrea esperaba en este punto a su compañero, pues sus ojos brillaron rápidamente, aunque también es cierto que se apagaron instantáneamente.
—¡Vaya, eso es cierto! —respondió Andrea—. Mi protector es excelente conmigo.
—¡Ese querido protector! —exclamó Caderousse—. ¿Así qué te da cada mes?
—Cinco mil francos —dijo Andrea.
—Tantos miles como tú me das cientos —replicó Caderousse—. En realidad, no hay como los bastardos para tener suerte. Cinco mil francos al mes... ¿Qué diablos puede hacerse con todo eso?
—¡Ah, Dios mío! Se gasta muy pronto. Yo también estoy como tú, y también quisiera un capital.
—Un capital... Sí..., comprendo... Todo el mundo quisiera tener un capital.
—Pues bien, yo tendré uno.
—¿Y quién te lo dará, tu príncipe?

—Sí, mi príncipe; desgraciadamente, no tengo más remedio que esperar.
—¿Esperar a qué? —preguntó Caderousse.
—Su muerte.
—¿La muerte de tu príncipe?
—Sí.
—¿Cómo es eso?
—Porque me ha puesto en el testamento.
—¿Cierto?
—¡Palabra de honor!
—¿Por cuánto?
—Por quinientos mil.
—¿Nada más que eso? Gracias por el pellizco.
—Como te lo digo.
—¡Vamos, eso no es posible!
—Caderousse, ¿eres mi amigo?
—¡Cómo no, en la vida y en la muerte!
—Pues bien, voy a decirte un secreto.
—Dilo.
—Escucha.
—¡Oh, pardiez! Mudo como una carpa.
—Pues bien, yo creo...

Andrea se detuvo para mirar alrededor suyo.

—¿Tú crees? No tengas miedo, ¡pardiez! Estamos solos.
—Creo que he encontrado a mi padre.
—¿Tu verdadero padre?
—Sí.
—No el padre Cavalcanti.
—No, puesto que ése ya se ha ido; el verdadero, como te digo.
—Y ese padre es...
—Pues bien, Caderousse; es el conde de Montecristo.
—¡Bah!
—Sí. Lo comprenderás cuando te lo explique todo. Él no puede reconocerme públicamente, al parecer; por lo que hace que me reconozca el señor Cavalcanti y por ello le da cincuenta mil francos.

—¡Cincuenta mil francos por ser tu padre! Yo hubiera aceptado por la mitad, por veinte mil, por quince mil. ¿Cómo no has pensado en mí, ingrato?

—¿Acaso lo sabía? Todo se hizo mientras nosotros estábamos allá abajo.

—¡Ah! Es cierto. ¿Y dices que en su testamento...?

—Me deja quinientas mil libras.

—¿Estás seguro?

—Me lo ha enseñado; pero eso no es todo.

—Hay un codicilo, como yo decía antes.

—Probablemente.

—¿Y en ese codicilo...?

—Me reconoce.

—¡Oh, el buen padre, el honrado padre, el honestísimo padre! —exclamó Caderousse haciendo girar en el aire un plato que retuvo entre sus dos manos.

—Ya tienes. Di ahora que tengo secretos para ti.

—No, y tu confianza te honra ante mí. ¿Y el príncipe, tu padre, es rico, riquísimo?

—Ya lo creo. No conoce su fortuna.

—¿Es posible?

—¡Diantre! Lo veo perfectamente, pues me recibe en su casa a cualquier hora. El otro día era un mozo del Banco que le traía cincuenta mil francos en una cartera tan gruesa como tu servilleta; ayer fue un banquero que le traía cien mil francos en oro.

Caderousse estaba absorto; le parecía que las palabras del joven tenían el sonido del metal, y que oía rodar cascadas de luises.

—¿Y tú vas a esa casa? —exclamó con ingenuidad.

—Cuando quiero.

Caderousse permaneció pensativo un instante. Era evidente que le daba vueltas a algún pensamiento.

—Me gustaría ver todo eso —exclamó de pronto—. ¡Cuán hermoso debe ser!

—Realmente —dijo Andrea—, es magnífico.

—¿Y no vive en la avenida de los Campos Elíseos?

—Número treinta.

—¡Ah! —dijo Caderousse—. ¿Número treinta?

—Sí, una preciosa casa aislada, entre patio y jardín. Tú no la conoces.

—Es posible; pero no es el exterior lo que me interesa, sino el interior: los hermosos muebles, ¡eh! ¿Qué debe haber allí dentro?

—¿Has visto alguna vez las Tullerías?
—No.
—Pues bien, es más hermoso.
—Dime, Andrea, debe dar gusto agacharse cuando ese bueno de Montecristo deja caer su bolsa, ¿no?
—¡Oh, Dios mío! No vale la pena esperar a eso —replicó Andrea—. El dinero rueda en esa casa como las frutas en un jardín.
—Escucha, deberías llevarme un día contigo.
—¡Si fuese posible! Pero ¿a santo de qué?
—Tienes razón, pero me haces la boca agua. Tengo que ver eso; ya encontraré algún medio.
—¡No hagas tonterías, Caderousse!
—Me presentaré como abrillantador de pisos.
—Tiene alfombras por todas partes.
—¡Ah! Entonces tendré que conformarme con verlo en mi imaginación.
—Créeme, es lo mejor que puedes hacer.
—Trata al menos de hacerme comprender cómo es eso.
—¿Y cómo?
—Nada más fácil. ¿Es grande?
—Ni muy grande ni muy pequeño.
—Pero ¿cómo está distribuido?
—¡Diantre! Necesitaría tinta y papel para hacer un plano.
—Pues aquí lo tienes —dijo con viveza Caderousse. Y fue a buscar a un viejo secreter una hoja de papel blanco, tinta y una pluma—. Ten, trázame todo eso sobre el papel, hijo mío —Andrea cogió la pluma con una imperceptible sonrisa y empezó.
—La casa, como ya te he dicho, está entre el patio y el jardín. ¿Ves esto?
Y Andrea trazó el jardín, el patio y la casa.
—¿Muros altos?
—No, ocho o diez pies como máximo.
—Eso no es prudente —dijo Caderousse.
—En el patio, macetas de naranjos, césped y macizos de flores.
—¿Y nada de trampas para lobos?
—No.
—¿Las caballerizas?

—A los dos lados de la verja que ves aquí —y Andrea continuó dibujando su plano.

—Veamos la planta baja —dijo Caderousse.

—En la planta baja está el comedor, dos salones, la sala de billar, una escalera en el vestíbulo y la escalerita oculta.

—¿Las ventanas?

—Unas ventanas magníficas, tan bellas, tan anchas que, a fe mía, sí, creo que un hombre de tu estatura pasaría bien por cada vidrio.

—¿Por qué diablos tiene escaleras si posee unas ventanas semejantes?

—¡Qué quieres! El lujo.

—Pero ¿y los postigos?

—Sí, con postigos, pero no los utilizan nunca. Este conde de Montecristo es un excéntrico que le gusta ver el cielo durante la noche.

—¿Y dónde duermen los criados?

—¡Oh! Ellos tienen su casa. Imagínate una preciosa casa a la derecha de la entrada, en la que guardan las escalas. Pues bien, encima de esa casita hay una serie de habitaciones para los criados, con las campanillas correspondientes a las habitaciones.

—¡Ah, diablo! ¡Campanillas!

—¿Decías?

—Yo, nada. Digo que todo eso debe costar caro ponerlo. ¿Y para qué sirven las campanillas, te pregunto?

—En otro tiempo había un perro que soltaban en el patio todas las noches; pero se lo han llevado a Auteuil, sabes; a donde tú viniste.

—Sí.

—Aún le decía ayer: «Es una imprudencia por su parte, señor conde; porque cuando usted se va a Auteuil y se lleva sus criados, la casa queda sola». «¿Y bien?», me preguntó. «Pues que cualquier día van a robarle.»

—¿Y qué te respondió?

—¿Qué me contestó?

—Sí.

—Me respondió: «Y bien, ¿qué me importa eso?».

—Andrea, ¿tiene algún secreter mecánico?

—¿Qué es eso?

—Sí, que coge al ladrón en una reja e interpreta una música. Me dijeron que había algo por ese estilo en la última exposición.

—Tiene un simple secreter de caoba, en el cual siempre he visto la llave.

—¿Y no le roban?

—No, las personas que le sirven le son fieles.

—Debe tener en ese secreter, ¡hum!, mucho dinero.

—Tal vez... No se puede saber cuánto hay.

—¿Y dónde está?

—En el primer piso.

—Hazme un pequeño plano del primero, como me lo has hecho de la planta baja.

—Eso es fácil.

Y Andrea volvió a coger la pluma.

—En el primero, ves, hay una antesala, el salón; a la derecha del salón, biblioteca y despacho de trabajo; a la izquierda del salón, un dormitorio y un tocador. En el tocador es donde se encuentra el famoso secreter.

—¿Y una ventana en el tocador?

—Dos, aquí y aquí.

Y Andrea dibujó dos ventanas en la pieza que, en el plano, hacía el ángulo y figuraba como un cuadrado menor añadido al gran cuadrado del dormitorio.

Caderousse se quedó pensativo.

—¿Y va con frecuencia a Auteuil? —preguntó.

—Dos o tres veces por semana; mañana, por ejemplo, le toca ir a pasar el día y la noche.

—¿Estás seguro?

—Me ha invitado a ir a cenar.

—¡Enhorabuena! Vaya una vida —dijo Caderousse—. ¡Casa en la ciudad, casa en el campo!

—Son las ventajas de ser rico.

—¿E irás a cenar?

—Probablemente.

—Cuando vas a cenar, ¿duermes allí?

—Si me place. En casa del conde estoy como en mi casa.

Caderousse miró al joven como para arrancarle la verdad del fondo de su corazón. Pero Andrea sacó una caja de cigarros de su bolsillo, cogió un habano, lo encendió tranquilamente y empezó a fumarlo sin afectación.

—¿Cuándo quieres los quinientos francos? —preguntó a Caderousse.

—Pues inmediatamente, si los tienes. Andrea sacó veinticinco luises de su bolsillo.

—¡Amarillos! —dijo Caderousse—. No, gracias.

—¿Los desprecias?

—Al contrario, los estimo; pero no los quiero.

—Ganarás con el cambio, imbécil: el oro vale cinco sueldos.

—Eso es, y después el cambista hará que sigan al amigo Caderousse, y luego le echarán la mano encima, y después tendrá que decir quiénes son los capitalistas que le pagan sus rentas en oro. Nada de tonterías, chico; dinero simplemente, piezas redondas con la efigie de cualquier monarca. Todo el mundo puede tener una pieza de cinco francos.

—Pues ya comprenderás que no llevo quinientos francos encima; me haría falta llevar a alguien que cargase con ellos.

—Está bien, déjalos en tu casa, al conserje; es un buen hombre. Ya iré a recogerlos.

—¿Hoy?

—No, mañana. Hoy no tengo tiempo.

—Está bien; mañana, al irme para Auteuil, te los dejaré.

—¿Puedo contar con ellos?

—Perfectamente.

—Es que voy a coger una criada, ya ves.

—Cógela. Pero esto se acabó, ¿no? Ya no me atormentarás más, ¿verdad?

—Jamás.

Caderousse se había puesto tan serio que Andrea temió verse forzado a notar este cambio. Así, pues, redobló su jovialidad y su algazara.

—¡Qué alegre estás! —dijo Caderousse—. Cualquiera diría que ya tienes tu herencia.

—No, desgraciadamente... Pero el día que la tenga...

—¿Qué?

—Bien, me acordaré de los amigos; no te digo más que eso.

—Sí, como tienes tan buena memoria...

—¿Qué quieres? Creía que tú querías extorsionarme.

—¿Yo? ¡Oh, qué idea! Yo, que por el contrario aún voy a darte un consejo de amigo.

—¿Cuál?

—El de dejar aquí ese diamante que llevas en el dedo. ¡Vaya! Pero ¿tú quieres que nos detengan? ¿Pretendes perdernos a los dos haciendo semejantes tonterías?

—¿Por qué? —dijo Andrea.

—¿Cómo? Coges una librea, te disfrazas de criado y conservas en el dedo un diamante de cuatro o cinco mil francos.

—¡Peste! Sí que calculas bien. ¿Por qué no te haces tasador?

—Es que yo conozco algún diamante; ya tuve uno.

—Pues te aconsejo que lo pregones —dijo Andrea que, sin incomodarse como temía Caderousse por la nueva extorsión, le entregó la sortija complacido.

Caderousse lo contempló de tan cerca que Andrea comprendió que lo examinaba por si los cantos de la arista brillaban.

—Es un diamante falso —dijo Caderousse.

—¡Vamos, ya! —exclamó Andrea—. ¿Bromeas?

—¡Oh! No te molestes, vamos a verlo.

Y Caderousse fue a la ventana, hizo deslizar el diamante sobre el cristal; se oyó crujir el vidrio.

—*Confiteor!* —dijo Caderousse pasando el diamante a su dedo—. Me engañaba; pero esos ladrones de joyeros imitan tan bien las piedras, que ya nadie se atreve a ir a robar las joyerías. Aún es una rama de la industria que está paralizada.

—Bien —dijo Andrea—, ¿has acabado? ¿Aún tienes algo que pedir? ¿Necesitas mi chaqueta? ¿Quieres mi gorra? No te incomode pedir.

—No, en el fondo eres un buen compañero. No te retengo más, y trataré de curarme de mi ambición.

—Pero ten cuidado no te vaya a ocurrir, al vender el diamante, lo que temías que te pasase con el oro.

—No lo venderé, estate tranquilo.

«No, de hoy a pasado mañana, por lo menos», pensó el joven.

—¡Afortunado bribón! —exclamó Caderousse—. Te vas al encuentro de tus lacayos, de tus caballos, de tu coche y de tu novia.

—Pues, sí —dijo Andrea.

—Oye, espero que me harás un bonito regalo de bodas el día que te cases con la hija de mi amigo Danglars.

—Ya te he dicho que ésa es una invención que se te ha metido en la cabeza.

—¿Cuánto tiene de dote?

—Pero ya te he dicho...

—¿Un millón?

Andrea se encogió de hombros.

—Vale por un millón —dijo Caderousse—. Jamás tendrás tanto como yo te deseo.

—Gracias —dijo el joven.

—¡Oh! Es de buen corazón —añadió Caderousse riendo fuerte—. Espera, te acompañaré.

—No merece la pena.

—Sí tal.

—¿Por qué?

—Porque hay un pequeño secreto en la puerta; es una medida de precaución que he creído necesario adoptar. Cerradura Huret y Fichet, revisada y corregida por Gaspar Caderousse. Ya te confeccionaré una semejante cuando tú seas capitalista.

—Gracias —dijo Andrea—. Te avisaré con ocho días de antelación.

Se separaron. Caderousse permaneció en el descansillo hasta que vio a Andrea, no sólo descender los tres pisos, sino también atravesar el patio. Entonces entró precipitadamente, cerró la puerta con cuidado, y se puso a estudiar, con profundidad de arquitecto, el plano que le había dejado Andrea.

—Este querido Benedetto —dijo—. Creo que no le molestará heredar, y aquél que adelante el día en que debe palpar sus quinientos mil francos no será su peor amigo.

La fractura

Al día siguiente de esta conversación que acabamos de referir, el conde de Montecristo partió, efectivamente, para Auteuil en compañía de Alí, de varios criados y unos caballos que quería probar. Lo que había determinado esta partida, en la que ni siquiera pensaba la víspera y en la que Andrea tampoco pensaba, fue la llegada de Bertuccio, quien, de regreso de Normandía, traía noticias de la casa y de la corbeta. La casa estaba lista y la corbeta, llegada desde hacía ocho días, permanecía en una pequeña ensenada con su tripulación de seis hombres, después de haber cumplido todas las formalidades exigidas, y ya estaba a punto para hacerse a la mar.

El conde alabó el celo de Bertuccio y le invitó a prepararse para una pronta marcha, su estancia en Francia no debía prolongarse más allá de un mes.

—Ahora —le dijo— puedo tener necesidad de ir en una noche de París a Treport; quiero ocho relevos escalonados en el camino que me permitan hacer cincuenta leguas en diez horas.

—Su Excelencia ya había manifestado ese deseo —respondió Bertuccio—, y los caballos están listos. Los he comprado y acantonado personalmente en los lugares más cómodos, es decir, en los pueblos en que nadie se detiene ordinariamente.

—Está bien —dijo Montecristo—. Yo me quedo un día o dos aquí, obre en consecuencia.

Cuando Bertuccio iba a salir para ordenar todo lo que se relacionaba con aquella estancia, Bautista abrió la puerta; traía una carta en una bandeja de plata dorada.

—¿Qué viene a hacer aquí? —preguntó el conde viendo todo cubierto de polvo—. No le he llamado, me parece.

Bautista, sin responder, se aproximó al conde y le presentó la carta.

—Importante y urgente —dijo.

El conde abrió la carta y leyó:

Señor de Montecristo, esta misma noche un hombre se introducirá en su casa de los Campos Elíseos para sustraer unos papeles que cree encerrados en el secreter del tocador. Es sabido que el señor conde de Montecristo es bastante valiente para no recurrir a la intervención de la policía, la cual podría comprometer mucho al que da este aviso. El señor conde, bien por una abertura que dé del dormitorio al tocador o bien escondiéndose en el tocador, puede tomar sus precauciones personales. Muchas personas y precauciones aparentes alejarían con seguridad al malhechor, y harían perder al señor de Montecristo esta ocasión de conocer a un enemigo que el azar ha hecho descubrir a la persona que da el aviso al conde, aviso que tal vez no tendría ocasión de renovar si, fallida esta primera tentativa, el malhechor intentase otra.

El primer movimiento del conde fue pensar en un engaño de ladrones, trampa grosera que le señalaba un peligro mediocre para exponerle a otro más grave. Así, pues, pensó en enviar la carta al comisario de policía a pesar de la recomendación del amigo anónimo, cuando de pronto se le ocurrió la idea de que podía ser, en efecto, algún enemigo particular suyo, que sólo él podía reconocer, y en ese caso nadie más que él podría sacar partido, como había hecho Fiesco con el moro que quiso asesinarle. Ya se conoce al conde, no hace falta decir que era un espíritu lleno de audacia y vigor, que se creía ante lo imposible con esa energía que sólo caracteriza a los hombres superiores. Por la vida que había pasado y su resolución de no retroceder ante nada, el conde había conseguido saborear los goces desconocidos que tienen las luchas emprendidas, a veces contra la naturaleza, que es Dios, y contra el mundo, que bien puede pasar por el diablo.

—No quieren robarme los papeles —murmuró Montecristo—, sino matarme; no son ladrones, sino asesinos. No quiero que el señor prefecto de policía se mezcle en mis asuntos particulares. Soy lo bastante rico para desgravar en esto el presupuesto de su administración.

El conde llamó a Bautista, que había salido de la estancia después de entregar la carta.

—Va a regresar a París —le dijo—, y se traerá a todos los criados que han quedado allí. Necesito a todo el mundo en Auteuil.

—Pero ¿no quedará nadie en la casa, señor conde? —preguntó Bautista.

—Sí, el conserje.

—Señor conde, reflexione que hay mucha distancia de la portería a la casa.

—¿Y qué?

—Pues que podrían desvalijar toda la vivienda sin que él oyese el menor ruido.

—¿Quién haría eso?

—Los ladrones.

—Usted es un necio, señor Bautista; los ladrones, robándome todo lo que hay en el alojamiento, no me ocasionarían el disgusto que me proporcionaría un servicio mal hecho.

Bautista se inclinó.

—Me entiende —dijo el conde—, tráigame a todos sus camaradas, del primero al último; pero que todo quede en su estado habitual. Cierre los postigos de la planta baja, nada más.

—¿Y los del primero?

—Ya sabe usted que no se cierran nunca. Vaya.

El conde advirtió que comería solo en su cuarto y que no necesitaría más que los servicios de Alí.

Cenó con su tranquilidad y su sobriedad acostumbrados, y después, haciendo una seña a Alí para que le siguiese, salió por la puertecita, alcanzó el bosque de Bolonia, como si se paseara, tomó sin afectación el camino de París, y al caer la noche se encontró frente a su casa de los Campos Elíseos.

Todo estaba sombrío, sólo una débil luz aparecía en la portería, que distaba unos cuarenta pasos de la vivienda, como había dicho Bautista.

Montecristo se arrimó a un árbol, y, con ese ojo que se equivocaba pocas veces, sondeó la doble alameda, examinó a los paseantes y las calles vecinas para ver si alguien estaba emboscado. Al cabo de diez minutos, convencido de que nadie le espiaba, corrió a la puertecita con Alí, entró precipitadamente y, por la escalera de servicio, de la cual tenía la llave, entró en su dormitorio sin abrir ni mover una sola cortina, y sin que el mismo conserje pudiera saber que la casa, que consideraba vacía, estaba ocupada por su dueño.

Una vez en el dormitorio, el conde indicó a Alí que se detuviese, luego pasó al tocador, que examinó; todo estaba como de costumbre: el precioso secreter en su sitio, y la llave en él. Lo cerró con doble vuelta, cogió la llave y regresó a la puerta del dormitorio, quitó la doble gacheta del cerrojo y entró.

Entretanto Alí ponía sobre una mesa las armas que el conde le había pedido, es decir, una carabina corta y un par de pistolas dobles, cuyos cañones superpuestos permiten apuntar con tanta seguridad como en las pistolas de tiro. Así armado, el conde tenía la vida de cinco hombres en sus manos.

Eran las nueve y media aproximadamente; el conde y Alí comieron rápidamente un trozo de pan y bebieron un vaso de vino español; después Montecristo hizo deslizar uno de esos paneles móviles que permiten ver lo que pasaba en ambas habitaciones. Tenía a su alcance las pistolas y la carabina, y Alí, de pie junto a él, tenía en la mano una de esas pequeñas hachas árabes que no han cambiado de forma desde las cruzadas.

Por cada una de las ventanas del dormitorio, paralelas a las del tocador, el conde podía ver la calle.

Así transcurrieron dos horas; existía la oscuridad más profunda y, sin embargo, Alí, gracias a su naturaleza salvaje, y el conde, debido a una cualidad adquirida, distinguían en la noche hasta las más débiles oscilaciones de los árboles del patio.

Desde hacía tiempo, la lucecita de la conserjería había sido apagada por el portero.

Era de suponer que el ataque, si realmente habían proyectado hacerlo, tendría lugar por la escalera de la planta baja y no por una ventana. En la mente de Montecristo los malhechores sólo querían su vida y no su dinero. Era, pues, en su dormitorio en donde atacarían, y alcanzarían éste bien por la escalera oculta o bien por la ventana del tocador.

Situó a Alí delante de la puerta de la escalera y continuó vigilando el tocador.

Sonaron las once y tres cuartos en el reloj de los Inválidos; el viento del Oeste traía en sus húmedos soplos la vibración de los tres toques.

Cuando el último se extinguía, el conde creyó oír un ligero ruido del lado del tocador; este primer ruido, o más bien este primer rechinamiento, fue seguido de un segundo y luego de un tercero; al cuarto, el conde ya sabía a que atenerse. Una mano firme y ejercitada, se ocupaba en cortar los cuatro lados de un vidrio con un diamante.

El conde sintió latir su corazón más rápidamente. Por endurecidos que estén los hombres, por prevenidos que se encuentren del peligro, siempre comprenden, por el estremecimiento del corazón o de la carne, la enorme diferencia que existe entre el sueño y la realidad, entre el proyecto y la ejecución.

No obstante, Montecristo no hizo ninguna señal para prevenir a Alí; éste, comprendiendo que el peligro estaba del lado del tocador, dio un paso para aproximarse a su amo.

Montecristo estaba ansioso por conocer cuáles eran sus enemigos y cuántos había en el asunto.

La ventana en que se trabajaba se hallaba frente a la abertura por la cual el conde miraba el tocador. Sus ojos, pues, se posaron sobre esta ventana; vio dibujarse una sombra más espesa sobre la oscuridad, luego uno de los cristales se hizo opaco, como si por fuera le colocasen una hoja de papel, después el cristal estalló sin ruido. Por la abertura practicada pasó un brazo que buscó el pestillo; un segundo después, la ventana giraba sobre sus goznes y un hombre entró. El hombre iba solo.

—¡He aquí un atrevido pillo! —murmuró el conde.

En aquel momento sintió que Alí le tocaba suavemente el hombro; se volvió, Alí le enseñaba la ventana de la habitación en que estaban, y que daba a la calle.

Montecristo dio tres pasos hacia dicha ventana; conocía la exquisita delicadeza de los sentidos del fiel servidor. En efecto, vio a otro hombre que se destacaba de una puerta y, subiendo a un poste, parecía tratar de ver lo que sucedía en casa del conde.

—Bueno —dijo—, son dos; uno actúa y el otro vigila.

Indicó a Alí que no perdiese de vista al hombre de la calle y regresó a ver al del tocador.

El cortador de vidrios había entrado y se orientaba con los brazos extendidos hacia delante.

Al fin pareció darse cuenta de todas las cosas; había dos puertas en el tocador y fue a echar los cerrojos de ambas.

Cuando se aproximó a la del dormitorio, Montecristo creyó que pensaba entrar, y preparó una de las pistolas; pero simplemente oyó el ruido de los cerrojos deslizándose en sus anillos de cobre. Era una precaución nada más; el visitante nocturno, ignorante de la precaución que había tenido el conde de levantar las gachetas, podía, desde aquel instante, creer que estaba en su casa y actuar con toda tranquilidad.

Solo y libre de movimientos, el hombre extrajo de su amplio bolsillo algo que el conde no pudo distinguir y que colocó sobre un velador, luego fue derecho al secreter, lo palpó en el lugar de la cerradura y percibió, contra lo que esperaba, que faltaba la llave.

Pero el rompevidrios era hombre precavido y había previsto todo; el conde enseguida oyó el tintineo de hierro contra hierro, como cuando se mueve el llavero de grandes llaves que llevan los cerrajeros al buscarlos para que abran una puerta, y que entre los ladrones recibe el nombre de «ruiseñor» seguramente por el placer que les causa oír su canto nocturno cuando trabajan contra una cerradura.

—¡Ah, ah! —murmuró Montecristo con una sonrisa de contrariedad—. No es más que un ladrón.

Pero el hombre, en la oscuridad, no podía escoger el instrumento apropiado. Entonces tuvo que recurrir al objeto que había depositado sobre el velador; tocó un resorte e inmediatamente una pálida luz, pero bastante viva para poder ver, envió su reflejo dorado sobre las manos y el rostro de aquel hombre.

—¡Vaya! —exclamó de repente Montecristo retrocediendo en un movimiento de sorpresa—. Si es...

Alí levantó su hacha.

—No te muevas —le dijo Montecristo en voz baja—, y deja tu hacha; aquí no tenemos necesidad de armas.

Después añadió algunas palabras bajando aún más la voz, porque la exclamación, aunque débil, que la sorpresa había arrancado al conde, bastó para estremecer al hombre, que se había quedado en la postura del amolador antiguo. Era una orden lo que había dado el conde, porque Alí se alejó de puntillas, descolgó de la pared de la alcoba un traje negro y un sombrero triangular. Entretanto Montecristo se despojó rápidamente de su levita, de su chaleco y de su camisa, y se pudo, gracias al rayo de luz que se filtraba por la hendidura del panel, reconocer sobre el pecho del conde una de esas flexibles y delgadas túnicas de mallas de acero, como la que últimamente, en esta Francia que siempre teme a los puñales, tal vez fue llevada por Luis XVI, que temía el puñal en su pecho y que fue muerto por el hacha en la cabeza.

Esta túnica enseguida desapareció bajo una larga sotana, al igual que los cabellos del conde bajo una peluca con tonsura; el sombrero triangular, colocado sobre la peluca, acabó de transformar al conde en abate.

El hombre, al no oír nada nuevo, se había levantado y, mientras Montecristo se transformaba, fue derecho al secreter, en cuya cerradura empezó a actuar su «ruiseñor».

—Bueno —murmuró el conde, el cual confiaba sin duda en algún secreto de la cerradura que debía ser desconocido del revientapuertas, por hábil que fuese—. Bueno, tienes para algunos minutos.

Y se fue a la ventana.

El hombre que había visto subirse a un poste, ya había descendido, y se paseaba por la calle; pero, cosa extraña, en vez de inquietarse por lo que podía venir, bien de la avenida de los Campos Elíseos, o bien del *faubourg* de Saint Honoré, no parecía más preocupado que por lo que sucedía en casa del conde, y todos sus movimientos tenían por objeto ver qué pasaba en el tocador.

Montecristo, de repente, se golpeó en la frente y dejó errar sobre sus labios entreabiertos una sonrisa silenciosa. Luego se aproximó a Alí.

—Permanece aquí —le dijo en voz baja—, oculto en la oscuridad, y cualquier ruido que oigas, cualquier cosa que pase, no entres ni aparezcas si yo no te llamo por tu nombre.

Alí indicó con la cabeza que había entendido y que obedecería.

Entonces Montecristo sacó de un armario una bujía completamente encendida, y en el momento en que el ladrón estaba más ocupado en su cerradura, abrió suavemente la puerta, teniendo cuidado de que la luz que llevaba en la mano iluminase por completo su rostro.

La puerta giró tan silenciosa que el ladrón no oyó el ruido. Pero, para gran asombro, vio iluminarse toda la estancia.

Se volvió.

—¡Eh! Buenas noches, mi querido señor Caderousse —dijo Montecristo—. ¿Qué diablos estás haciendo aquí a una hora tan intempestiva?

—¡El abate Busoni! —exclamó Caderousse.

Y no sabiendo cómo esta extraña aparición había llegado hasta él, puesto que cerró las puertas, dejó caer su ramillete de falsas llaves y se quedó inmóvil y como anonadado de estupor.

El conde fue a situarse entre Caderousse y la ventana, cortando así al ladrón aterrado su único medio de retirada.

—¡El abate Busoni! —repitió Caderousse fijando sobre el conde sus ojos desorbitados.

—Bien, sin duda, el abate Busoni —replicó Montecristo—, él en persona, y estoy contento de que me hayas reconocido, mi querido señor Caderousse; eso prueba que tenemos buena memoria, porque si no me equivoco, ya hace diez años que nos vimos.

Esta calma, esta ironía y ese poder sacudieron el espíritu de Caderousse con un terror vertiginoso.

—¡El abate, el abate! —murmuró crispando sus puños y haciendo castañetear sus dientes.

—¿De modo que queríamos robar al conde de Montecristo? —continuó el pretendido abate.

—Señor abate —murmuró Caderousse, tratando de alcanzar la ventana que le interceptaba el conde—, señor abate, no sé... Le ruego que me crea..., le juro...

—Un cristal cortado —continuó el conde—, una linterna sorda, un manojo de «ruiseñores», un secreter medio forzado, está claro, bien claro.

Caderousse se ahogaba en su corbata, buscaba un ángulo donde esconderse, un agujero por donde desaparecer.

—Vamos —dijo el conde—, veo que siempre eres el mismo, señor asesino.

—Señor abate, ya que usted lo sabe todo, también sabe que no fui yo, que fue la Carconte; eso fue reconocido en el proceso, puesto que sólo me condenaron a galeras.

—¿Ha acabado tu tiempo para que te encuentre en plan de ser llevado de nuevo?

—No, señor abate; fui liberado por alguien.

—Ese alguien prestó un servicio encantador a la sociedad.

—¡Ah! —dijo Caderousse—. Yo había, sin embargo, prometido...

—¿Así, pues, está rota la promesa? —interrumpió Montecristo.

—¡Ay, sí! —dijo Caderousse muy inquieto.

—Mala reincidencia... Esto te conducirá, si no me engaño, a la plaza de Greve. Peor que peor *diavolo*, como dicen los mundanos de mi tierra.

—Señor abate, he cedido a un mal pensamiento.

—Todos los criminales dicen eso.

—La necesidad...

—Deja eso —dijo desdeñoso Busoni—, la necesidad puede conducir a pedir limosna o a robar un pan en la puerta de una panadería, pero no a venir a forzar un secreter en una casa que se cree deshabitada. Y cuando el joyero Joannes acababa de facilitarte cuarenta y cinco mil francos a cambio del diamante que yo te dejé, y que tú mataste para quedarte con el diamante y el dinero, ¿eso también era necesidad?

—Perdón, señor abate —dijo Caderousse—. Usted ya me salvó una vez, sálveme una segunda.

—Eso no me anima.

—¿Está usted solo, señor abate? —preguntó Caderousse juntando las manos—. ¿O ha traído a los gendarmes dispuestos a prenderme?

—Estoy completamente solo —dijo el abate—, y aún tendría piedad, y te dejaría ir, aún a riesgo de las nuevas desgracias que puede acarrear mi debilidad, si me dijeses toda la verdad.

—¡Ah, señor abate! —exclamó Caderousse juntando las manos y aproximándose un paso a Montecristo—. ¡Puedo llamarle mi salvador!

—¿Pretendes que te libertaron de presidio?

—¡Oh, eso es! Palabra de Caderousse, señor abate.

—¿Quién fue?

—Un inglés.

—¿Cómo se llamaba?

—Lord Wilmore.
—Le conozco; ya sabré si me mientes.
—Señor abate, le digo la pura verdad.
—¿Así, pues, ese inglés te protege?
—No sólo a mí, sino también a un joven corso que estaba conmigo de compañero de cadena.
—¿Cómo se llamaba ese joven corso?
—Benedetto.
—¿Es su nombre de bautismo?
—No tenía otro; era un niño encontrado.
—Entonces, ¿ese joven se evadió contigo?
—Sí.
—¿Cómo fue eso?
—Trabajábamos en Saint Madrier, cerca de Tolón. ¿Conoce usted Saint Madrier?
—Lo conozco.
—Pues bien, mientras dormían, de mediodía a una...
—¡Forzados haciendo la siesta! Y luego se quejan esos mozalbetes —dijo el abate.
—¡Diantre! —exclamó Caderousse—. No se va a estar trabajando siempre, no somos perros.
—Afortunadamente para los perros —dijo Montecristo.
—Mientras los otros hacían la siesta, nos alejamos poquito a poco, serramos nuestros hierros con una lima que nos hizo llegar el inglés, y nos escapamos a nado.
—¿Y qué ha sido de Benedetto?
—No sé nada.
—Sin embargo, debes saberlo.
—No, en verdad. Nos separamos en Hyeres.

Y para dar más realce a su protesta, Caderousse aún dio un paso más hacia el abate, que permanecía inmóvil en su sitio, siempre tranquilo e interrogador.

—¡Estás mintiendo! —dijo el abate Busoni, con un acento de irresistible autoridad.
—Señor abate...
—¡Mientes! Ese hombre aún es tu amigo, y te sirves de él como de un cómplice, ¿no es eso?
—¡Oh! Señor abate...
—Desde que has abandonado Tolón, ¿cómo has vivido? Responde.

—Como he podido.

—¡Mientes! —repitió por tercera vez el abate con un acento aún más imperativo.

Caderousse, aterrado, miró al conde.

—Has vivido —replicó éste—, del dinero que él te ha dado.

—Pues bien, es cierto —dijo Caderousse—. Benedetto se ha convertido en el hijo de un gran señor.

—¿Cómo puede ser hijo de un gran señor?

—Hijo natural.

—¿Y cómo se llama ese gran señor?

—El conde de Montecristo, el mismo en cuya casa estamos.

—¿Benedetto el hijo del conde? —repuso Montecristo asombrado a su vez.

—¡Diantre! Hay que creerlo, puesto que el conde le ha encontrado un padre falso, puesto que le da cuatro mil francos al mes, y puesto que él le deja quinientos mil francos en su testamento.

—¡Ah, ah! —exclamó el falso abate, que empezaba a comprender—. ¿Y qué nombre lleva, mientras tanto, ese joven?

—Se llama Andrea Cavalcanti.

—Entonces, ¿es ese joven que mi amigo el conde de Montecristo recibe en su casa, y que va a casarse con la señorita Danglars?

—Justamente.

—¡Y tú sufres eso, miserable! ¡Tú que conoces su vida y su mancha!

—¿Por qué quiere usted que yo impida a un camarada hacer fortuna? —dijo Caderousse.

—Es justo; no es cosa tuya prevenir al señor Danglars, sino mía.

—No haga eso, señor abate.

—¿Y por qué?

—Porque nos haría perder nuestro pan.

—¿Y tú te crees que para conservar el pan a dos miserables como vosotros, yo me haría el cómplice de su engaño y de sus crímenes?

—¡Señor abate! —dijo Caderousse aproximándose más.

—Diré todo.

—¿A quién?

—Al señor Danglars.

—¡Trueno de Dios! —exclamó Caderousse sacando un cuchillo de su chaleco y golpeando al conde en medio del pecho—. ¡Tú no dirás nada, abate!

Para gran asombro de Caderousse, el puñal, en vez de penetrar en el pecho del conde, salió rebotado.

Al mismo tiempo, el conde cogió con la mano izquierda el puño del asesino, y lo retorció con tal fuerza que el cuchillo cayó de sus dedos tiesos, y Caderousse lanzó un grito de dolor.

Pero el conde, sin detenerse ante el grito, continuó torciendo la muñeca del bandido hasta que, con el brazo, dislocado, cayó de rodillas y luego de bruces.

El conde apoyó su pie sobre la cabeza y dijo:

—¡No sé lo que me detiene para no romperte el cráneo, granuja!

—¡Ah, piedad, piedad! —gritó Caderousse.

El conde retiró su pie.

—¡Levántate! —ordenó. Caderousse se puso en pie.

—¡Dios santo! Qué muñecas tiene usted, señor abate —dijo Caderousse acariciando su brazo dolorido—. ¡Dios santo! ¡Qué fuerza!

—Silencio. Dios me concede la fuerza para domar a una fiera como tú; actúo en nombre del cielo; acuérdate de eso, miserable, y perdonarte en estos momentos, incluso es servir a Dios, los designios de Dios.

—¡Uf! —resopló Caderousse todo dolorido.

—Coge esta pluma y ese papel y escribe lo que voy a dictarte.

—No sé escribir, señor abate.

—Mientes, coge esa pluma y escribe.

Caderousse, subyugado por esta potente superioridad, se sentó y escribió:

Señor, el hombre que recibe usted en su casa y a quien usted destina su hija, es un antiguo forzado escapado conmigo del presidio de Tolón; llevaba el número 59 y yo el 58.

Se llamaba Benedetto; pero incluso ignora su verdadero nombre, pues nunca conoció a sus padres.

—¡Firma! —continuó el conde.

—Pero ¿quiere usted perderme?

—Si quisiese perderte, imbécil, te arrastraría hasta el primer puesto de guardia; además, en el momento en que sea recibida esta carta en su dirección, es probable que ya no tengas nada que temer; firma ya.

Caderousse firmó.

—La dirección: «Al señor barón Danglars, banquero, calle de la Chaussée d'Antin».

Caderousse escribió la dirección.

El abate cogió la nota.

—Ahora —dijo—, ya está bien; vete.

—¿Por dónde?

—Por donde has venido.

—¿Quiere usted que salga por la ventana?

—Pues has entrado muy bien.

—¿Está usted pensando algo contra mí, señor abate?

—Imbécil, ¿qué quieres que piense?

—¿Por qué no me abre la puerta?

—¿Para qué voy a despertar al conserje?

—Señor abate, dígame que usted no desea mi muerte.

—Yo sólo quiero lo que Dios desea.

—Pero júreme que usted no me apuñalará mientras desciendo.

—¡Eres un tonto y un cobarde!

—¿Qué quiere hacer usted conmigo?

—Te lo diré: he tratado de hacerte un hombre feliz y no he conseguido más que un asesino.

—Señor abate —dijo Caderousse—, inténtelo una vez más.

—Está bien —dijo el conde—. Escucha, ¿sabes que soy un hombre de palabra, no?

—Sí —repuso Caderousse.

—Si regresas a tu casa sano y salvo...

—¿A quién he de temer? A no ser que sea a usted...

—Si regresas a tu casa sano y salvo, abandona París, abandona Francia, y allá donde tú estés, mientras te comportes honradamente, te haré llegar una pensión; porque si tú regresas a tu casa sano y salvo...

—¿Qué? —preguntó Caderousse estremeciéndose.

—Pues bien, creeré que Dios te ha perdonado, y yo también te perdonaré.

—En verdad, como soy cristiano —balbució Caderousse—, usted me hace morir de miedo.

—¡Vamos, lárgate! —dijo el conde señalando con el dedo la ventana a Caderousse.

Éste, aún poco tranquilizado por esta promesa, saltó sobre la ventana y puso el pie en la escala.

Allí se detuvo, temblando.

—Ahora, desciende —dijo el abate cruzándose de brazos.

Caderousse empezó a comprender que no tenía nada que temer por esa parte, y bajó.

Entonces el conde se aproximó con la bujía, de manera que se pudiese distinguir desde los Campos Elíseos a aquel hombre que descendía de una ventana iluminado por otro hombre.

—¿Qué hace usted, señor abate? —dijo Caderousse—. Si pasase una patrulla...

Y sopló la bujía. Después continuó descendiendo; pero no estuvo lo suficientemente tranquilo hasta que sintió el suelo bajo sus pies.

Montecristo entró en su dormitorio y, echando una mirada rápida del jardín a la calle, vio, primeramente, a Caderousse que, tras haber descendido, daba un rodeo por el jardín e iba a colocar su escala en la otra parte de la muralla, a fin de salir por otro sitio distinto al utilizado para entrar.

Después, pasando del jardín a la calle, vio al hombre que parecía esperar, que corría paralelamente por la calle para colocarse detrás del ángulo por el cual Caderousse iba a descender

Caderousse ascendió lentamente por la escala y, llegado a los últimos escalones, asomó la cabeza para asegurarse de que la calle estaba solitaria.

No se veía a nadie, ni se oía ruido alguno.

Sonó la una en los Inválidos.

Entonces Caderousse se puso a caballo sobre el montante, y recogiendo la escala la pasó al otro lado, y se dispuso a descender, o más bien a dejarse resbalar por las dos paralelas maniobra que realizó con una destreza que hablaba de su costumbre en tal ejercicio.

Pero una vez lanzado en la caída, no se pudo detener. Inútilmente vio surgir un hombre de la sombra en el momento en que estaba a medio camino; en vano vio levantarse un brazo en el momento en que tocaba tierra; antes de que tuviese ocasión de defenderse, aquel brazo le golpeó furiosamente en la espalda, y él dejó la escala gritando:

—¡Socorro!

Un segundo golpe le llegó casi inmediatamente al flanco, y cayó gritando:

—¡Al asesino!

Al fin, cuando rodaba por tierra, su adversario le cogió por los cabellos y le asestó un tercer golpe en el pecho.

Esta vez Caderousse quiso gritar de nuevo, pero no pudo lanzar más que un gemido, y dejó correr entre gemidos los tres regueros de sangre que se escapaban por sus heridas.

El asesino, viendo que no gritaba, le levantó la cabeza por los cabellos; Caderousse tenía los ojos cerrados y la boca torcida. El asesino le creyó muerto, dejó que cayese nuevamente la cabeza y desapareció.

Entonces Caderousse, al oír que se alejaba, se incorporó sobre el codo y, con voz moribunda, gritó en un supremo esfuerzo:

—¡Al asesino! ¡Me muero! ¡A mí, señor abate! ¡A mí!

Aquel lúgubre lamento atravesó las sombras de la noche. La puerta de la escalera oculta se abrió, después la puertecita del jardín, y Alí y su amo corrieron con luces.

La mano de Dios

Caderousse continuaba gritando con voz quejumbrosa:
—¡Señor abate, socorro! ¡Socorro!
—¿Qué te sucede? —preguntó Montecristo.
—¡Socórrame! —repitió Caderousse—. ¡Me han asesinado!
—¡Ya estamos aquí! ¡Ánimo!
—¡Ah! Es el fin. Llega usted demasiado tarde; llega para verme morir. ¡Qué puñaladas! ¡Qué sangre!

Y se desvaneció.

Alí y su amo cogieron al herido y lo transportaron a una habitación. Allí, Montecristo indicó a Alí que lo desvistiese, y le reconoció las tres heridas que le habían asestado.

—¡Dios mío! —dijo—. Tu venganza a veces se hace esperar; pero creo que cuando llega está completa.

Alí miró a su amo para preguntarle qué había que hacer.

—Vete a buscar al señor procurador del rey, Villefort, que vive en el *faubourg* de Saint Honoré, y tráelo aquí. Al salir, despertarás al conserje, y dile que vaya a buscar a un médico.

Alí obedeció y dejó al falso abate a solas con Caderousse, que seguía desvanecido. Cuando el desdichado abrió los ojos, el conde, sentado a unos pasos de él, le miraba con una sombría expresión de piedad, y sus labios, que se agitaban, parecían musitar una plegaria.

—Un médico, señor abate, un médico —dijo Caderousse.
—Ya han ido a buscar uno —respondió el abate.
—Ya sé bien que es inútil para mi vida, pero tal vez pueda darme fuerzas, porque quiero tener tiempo para hacer una declaración.
—¿Sobre qué?
—Acerca de mi asesino.
—¡Así, pues, lo conoces!

—¡Tanto que lo conozco! Sí, lo conozco. Es Benedetto.
—¿Ese joven corso?
—El mismo.
—¿Tu compañero?
—Sí. Después de haberme dado el plano de la casa del conde, esperando sin duda que lo mataría y que así él se convertiría en heredero, o que me mataría y así se desharía de mí, me ha esperado en la calle y me ha asesinado.
—A la vez que he enviado a por el médico, envié en busca del procurador del rey.
—Llegará demasiado tarde, llegará demasiado tarde —dijo Caderousse—. Siento que toda mi sangre se va.
—Espera —dijo Montecristo.
Salió y regresó cinco minutos después con un frasco.
Los ojos del moribundo, espantados por la fijeza, no habían abandonado la puerta por la cual adivinaba que le llegaría un socorro.
—¡Apresúrese, señor abate! ¡Apresúrese! —dijo—. Siento que me desvanezco.
Montecristo aproximó el frasco a los labios violáceos del herido y derramó tres o cuatro gotas en ellos.
Caderousse lanzó un suspiro.
—¡Oh! —dijo—. Esto es la vida; más..., más...
—Dos gotas más te matarían —respondió el abate.
—¡Oh! Que venga alguien a quien pueda denunciar al miserable.
—¿Quieres que escriba tu declaración? Tú la firmarás.
—Sí..., sí... —dijo Caderousse, cuyos ojos brillaban a la idea de aquella venganza postuma. Montecristo escribió:

Muero asesinado por el corso Benedetto, mi compañero de cadena en Tolón bajo el número 59.

—¡Apresúrese, apresúrese! —dijo Caderousse—. No podré firmar.
Montecristo le presentó la pluma y Caderousse, sacando fuerzas, firmó y volvió a caer sobre su lecho mientras decía:
—Usted contará el resto, señor abate; usted dirá que se hace llamar Andrea Cavalcanti, que vive en el hotel de los Príncipes, que... ¡Ah, ah! ¡Dios mío! ¡Dios mío! Me muero.

Y Caderousse se desvaneció por segunda vez.

El abate le hizo respirar el aroma del frasco; el herido abrió los ojos.

Su deseo de venganza no le había abandonado durante su desvanecimiento.

—¡Ah! Usted dirá todo eso, ¿no es cierto, señor abate?

—Todo eso, sí, además de otras muchas cosas.

—¿Qué dirá usted?

—Diré que él te había dado el plano de esta casa con la esperanza de que el conde te matase. Diré que había prevenido al conde con una carta; diré que el conde estaba ausente, y que yo recibí esa carta y he velado para esperarte.

—Y será guillotinado, ¿no es eso? —dijo Caderousse—. Será guillotinado, ¿me lo promete? Muero con esa esperanza, eso va a ayudarme a morir.

—Diré —continuó el conde— que él llegó detrás de ti, que te ha espiado todo el tiempo; que cuando te vio salir, corrió al ángulo del muro y estaba oculto.

—¿Usted ha visto todo eso?

—Recuerda mis palabras: «Si tú regresas sano y salvo a tu casa, creeré que Dios te ha perdonado y yo también te perdonaré».

—¿Y usted no me advirtió? —exclamó Caderousse tratando de incorporarse sobre su codo—. Usted sabía que yo iba a ser asesinado al salir de aquí, y no me ha advertido.

—No, porque en la mano de Benedetto yo veía la justicia de Dios, y hubiese creído cometer un sacrilegio oponiéndome a las intenciones de la Providencia.

—¡La justicia de Dios! No me hable de eso, señor abate; si hubiese una justicia de Dios, usted sabe mejor que nadie qué personas deberían ser castigadas y no lo son.

—¡Paciencia! —dijo el abate en un tono que hizo estremecer al moribundo—. ¡Paciencia!

Caderousse lo miró con asombro.

—Y además —añadió el abate—, Dios está lleno de misericordia para todos, como lo estuvo para ti; es padre antes de ser juez.

—¡Ah! Entonces, ¿usted cree en Dios? —dijo Caderousse.

—Si hubiese tenido la desgracia de no creer hasta hoy —dijo Montecristo—, creería al verte.

Caderousse levantó los puños crispados al cielo.

—Escucha —le dijo el abate extendiendo la mano sobre el herido como para comunicarle su fe—, he aquí lo que ha hecho por ti ese Dios que te niegas a reconocer en el último momento: te había dado salud, fuerza, un trabajo seguro, incluso amigos, la vida, en fin, tal y como debe presentarse para ser dulce con la tranquilidad de la conciencia y la satisfacción de los deseos naturales; en vez de explotar esos dones del Señor, tan raramente concedidos por Él plenamente, he aquí lo que has hecho: te has entregado a la pereza, a la borrachera, y en la borrachera has traicionado a uno de tus mejores amigos.

—¡Socorro! —gritó Caderousse—. No necesito un sacerdote, sino un médico; tal vez no esté herido de muerte, tal vez aún no vaya a morir, quizá pueda salvarme.

—Tú estás bien herido de muerte, y sin las tres gotas del licor que te he dado hace un instante, ya habrías expirado. ¡Escucha, pues!

—¡Ah! —murmuró Caderousse—. ¡Qué extraño sacerdote es usted, que desespera a los moribundos en vez de consolarlos!

—Escucha —continuó el abate—, cuando traicionaste a tu amigo, Dios empezó, no a golpearte, sino a advertirte; tú caíste en la miseria y tú pasaste hambre; te pasaste la mitad de la vida codiciando lo que hubieras podido adquirir, y ya pensabas en el crimen, dándote a ti mismo la disculpa de la necesidad, cuando Dios hizo un milagro para ti, cuando Dios, por mis manos, te envió al seno de la miseria una fortuna brillante para ti, que nunca habías poseído nada. Pero esa fortuna inesperada, inaudita, no te bastó desde el momento en que la poseíste; tú querías doblarla, ¿por qué medio? Por un asesinato. La doblaste y entonces Dios te la arrancó conduciéndote ante la justicia humana.

—No fui yo —dijo Caderousse— quien quiso matar al judío, sino la Carconte.

—Sí —dijo Montecristo—. Así Dios siempre, no diré justo esta vez porque su justicia te hubiese dado la muerte, pero Dios, siempre misericordioso, permitió que los jueces se apiadasen de tus palabras y te dejasen con vida.

—¡Pardiez! Para enviarme a presidio a perpetuidad, vaya una gracia.

—Esta gracia, miserable, tú la considerabas como tal cuando te fue concedida. Tu cobarde corazón, que temblaba delante de la muerte, saltó de alegría al anunciarte una vergüenza perpetua, porque te dijiste como todos los forzados: «Hay una puerta en el presidio que no existe en la tumba». Y tenías razón, porque esa puerta de presidio se abrió para ti de una manera inesperada: un inglés visitó Tolón, tenía el deseo de sacar a dos hombres de la infamia; su elección cayó sobre ti y sobre tu compañero. Una segunda fortuna descendió sobre ti desde el cielo, encontraste a la vez dinero y tranquilidad, podías volver a empezar a vivir la vida de todos los hombres, tú que habías estado condenado a vivir la de los forzados. Entonces, miserable, entonces te pones a tentar a Dios por tercera vez. No tenías bastante, dices, cuando tenías más de lo que habías poseído nunca, y cometes tu tercer crimen sin razón, sin excusa. Dios está cansado. Dios te ha castigado.

Caderousse se debilitaba a ojos vista.

—Quiero beber —dijo—. Tengo sed... Me abraso —Montecristo le dio un vaso de agua.

—¡Granuja de Benedetto! —dijo Caderousse devolviendo el vaso—. Él, sin embargo, escapará.

—Nadie escapará, soy yo quien te lo dice, Caderousse... Benedetto será castigado.

—Entonces, usted será castigado, ¡usted también! —dijo Caderousse—, porque usted no ha hecho su labor de sacerdote, usted debió impedir a Benedetto que me matase.

—¿Yo? —dijo el conde con una sonrisa que heló el espanto del moribundo—. ¿Yo impedir a Benedetto que te matase, en el momento en que acababas de romper tu cuchillo contra la cota de malla que me cubría el pecho? Sí, tal vez, si yo te hubiese encontrado más humilde y arrepentido, hubiese impedido a Benedetto matarte, pero te encontré orgulloso y sanguinario, y he dejado que se cumpliese la voluntad de Dios.

—¡Yo no creo en Dios! —gritó Caderousse—. Tú tampoco crees..., tú mientes..., mientes.

—¡Cállate! —dijo el abate—, porque así haces salir de tu cuerpo las últimas gotas de sangre... ¡Ah! Tú no crees en Dios y mueres herido por Dios... ¡Ah, no crees en Dios, y Dios que, sin embargo, no te pide más que una oración, una palabra, una lágrima para perdonar. Dios, que podía dirigir el puñal del asesino de manera que expirases en la primera puñalada... Dios, que te ha dado un cuarto de hora para arrepentirte... Vuelve en ti, desgraciado, y arrepiéntete.

—No —dijo Caderousse—, no, yo no me arrepiento. No hay Dios, no hay Providencia, no hay más que la casualidad.

—Existe una Providencia, existe un Dios —dijo Montecristo—, y la prueba es que tú estás ahí gimiendo, desesperado, renegando de Dios, y que yo, yo estoy de pie ante ti, rico, feliz, sano y salvo, y juntando las manos ante ese Dios en el cual tratas de no creer, y en el cual, sin embargo, crees desde el fondo de tu corazón.

—Pero ¿quién es usted, entonces? —preguntó Caderousse fijando sus ojos moribundos en el conde.

—Mírame bien —dijo Montecristo cogiendo la bujía y aproximándola a su rostro.

—Y bien, el abate..., el abate Busoni...

Montecristo se despojó de la peluca que le desfiguraba, y dejó caer sus cabellos negros que encuadraban tan armoniosamente su pálido rostro.

—¡Oh! —dijo Caderousse—. Si no fuese por esos cabellos negros, diría que es el inglés, diría que es usted lord Wilmore.

—No soy ni el abate Busoni, ni lord Wilmore —dijo Montecristo—. Mírame bien, mira más lejos, mira en tus primeros recuerdos.

Había en estas palabras del conde una vibración magnética en la que los sentidos adormecidos del miserable se reavivaron por última vez.

—¡Oh! En efecto —dijo—, me parece que le he visto, que le he conocido en otra ocasión.

—Sí, Caderousse, sí; tú me has visto, sí, tú me has conocido.

—Pero ¿quién es usted, entonces? ¿Por qué, si me ha visto, si me ha conocido, por qué me deja morir?

—Porque nada puede salvarte, Caderousse, porque tus heridas son mortales. Si tú hubieses podido ser salvado, yo habría visto la última misericordia del Señor, y aún hubiese, te lo juro por la tumba de mi padre, tratado de volverte a la vida y al arrepentimiento.

—¡Por la tumba de tu padre! —dijo Caderousse reanimado por una suprema chispa e incorporándose para ver más cerca al hombre que acababa de hacer el juramento más sagrado de los hombres—. ¡Eh! ¿Quién eres tú, pues?

El conde no había cesado de seguir el progreso de la agonía. Comprendió que este rayo de vida era el último; se aproximó al moribundo, y cubriéndole con una mirada tranquila y triste a la vez.

—Yo soy... —le dijo al oído—, yo soy...

Y sus labios, apenas abiertos, dieron paso a un nombre pronunciado tan bajo, que el conde parecía hasta temer oírlo él mismo.

Caderousse, que se había incorporado sobre sus rodillas, extendió los brazos, hizo un intento por recular; luego, juntando las manos y levantándolas en un supremo esfuerzo...

—¡Oh, Dios mío, Dios mío! —dijo—. Perdón por haber renegado. ¡Existes, eres el padre de todos los hombres en el cielo y el juez de los hombres en la tierra! Dios mío, Señor, te he conocido muy mal. Dios mío, Señor, perdóname. ¡Dios mío, Señor, acógeme!

Y Caderousse, cerrando los ojos, cayó hacia atrás con un último grito y un último suspiro.

La sangre se detuvo inmediatamente en los labios de sus anchas heridas.

Estaba muerto.

—¡*Uno!* —dijo misteriosamente el conde, con los ojos fijos en el cadáver ya desfigurado por aquella horrible muerte.

Diez minutos después, el médico y el procurador del rey llegaron, traídos, uno por el conserje, y el otro por Alí, y fueron recibidos por el abate Busoni, que oraba junto al muerto.

Beauchamp

Durante quince días no hubo más tema en París que esta tentativa de robo hecha tan audazmente en la casa del conde. El moribundo había firmado una declaración que indicaba a Benedetto como su asesino. La policía se vio obligada a lanzar todos sus agentes tras las huellas del criminal.

El cuchillo de Caderousse, la linterna sorda, el manojo de llaves y las ropas, menos el chaleco, que no pudo encontrarse, fueron depositados en la escribanía; el cuerpo fue llevado a la Morgue.

El conde respondía a todo el mundo que esta aventura había sucedido mientras él estaba en su casa de Auteuil y que, por consiguiente, no sabía más que lo dicho por el abate Busoni quien, aquella noche, por casualidad, quiso pasarla en su casa para hacer unas consultas en varios libros preciosos que contenía su biblioteca.

Bertuccio era el único que palidecía cada vez que se nombraba a Benedetto en su presencia; pero no existía ningún motivo para que nadie se diese cuenta de la palidez de Bertuccio.

Villefort, llamado para constatar el crimen, había reclamado el asunto y dirigía la instrucción con ese apasionamiento que ponía en todas las causas criminales en las que era llamado a llevar la palabra.

Pero ya habían transcurrido tres semanas sin que las pesquisas más activas hubiesen aportado ningún resultado, y se empezó a olvidar la tentativa de robo hecha en casa del conde y el asesinato del ladrón por su cómplice, para ocuparse del próximo matrimonio de la señorita Danglars con el conde Andrea Cavalcanti.

Este matrimonio estaba casi publicado, y el joven era recibido en casa del banquero con el título de novio.

Se había escrito al señor Cavalcanti, padre, que contestó aprobando el matrimonio, y expresando su gran sentimiento, pues su servicio le impedía abandonar Parma, pero declaraba estar dispuesto a dar el capital de ciento cincuenta mil libras de renta.

Se convino que los tres millones serían colocados en casa de Danglars, que los haría producir; algunas personas habían tratado de infundir sospechas en el joven sobre la solidez de la posición de su futuro suegro quien, desde hacía algún tiempo, experimentaba en la Bolsa continuas pérdidas; pero el joven, con un desinterés y una confianza sublime, rechazó todos los inútiles propósitos y tuvo la delicadeza de no decir nada al barón.

Así es que el barón adoraba al conde Andrea Cavalcanti.

No sucedía lo mismo a la señorita Eugéne Danglars; en su odio instintivo contra el matrimonio había acogido a Andrea como el medio de alejar a Morcerf, pero ahora Andrea se aproximaba demasiado y empezaba a experimentar por éste una visible repulsión.

Tal vez el barón lo percibía, pero como no podía atribuir esta repulsión más que a un capricho, puso cara de no darse cuenta de ello.

Entretanto el aplazamiento pedido por Beauchamp casi había concluido. Por lo demás, Morcerf había podido apreciar el valor del consejo de Montecristo, cuando éste le dijo que dejase correr las cosas, nadie había dado importancia a la nota sobre el general, y nadie relacionó al oficial que había entregado el castillo de Janina con el noble conde que se sentaba en la Cámara de los Pares.

Alberto no se encontraba, por eso, menos insultado, porque la intención de la ofensa existía ciertamente en las pocas líneas que le habían herido. Además, la manera en que Beauchamp había concluido la conversación había dejado un amargo recuerdo en su ánimo. Acariciaba, pues, la idea del duelo, del que pensaba, si Beauchamp consentía, ocultar la causa real incluso a sus testigos.

En cuanto a Beauchamp no se le había vuelto a ver desde el día de la visita hecha por Alberto; y a todos los que preguntaban por él se les respondía que estaba ausente en un viaje de varios días.

¿Dónde se encontraba? Nadie lo sabía.

Una mañana Alberto fue despertado por su ayuda de cámara, que le anunció a Beauchamp.

Alberto se frotó los ojos, ordenó que le hicieran esperar en el saloncito de fumar de la planta baja, se vistió rápidamente y descendió.

Encontró a Beauchamp paseándose de un lado a otro; al verlo, Beauchamp se detuvo.

—El paso que tú intentas presentándote en mi casa personalmente, y sin esperar la visita que pensaba hacer hoy mismo, me parece un buen augurio, señor —dijo Alberto—. Veamos, dime pronto, ¿es necesario que te tienda la mano diciéndote: «Beauchamp, confiesa tu error y conserva un amigo»? ¿O tendré que decir simplemente: «Cuáles son tus armas»?

—Alberto —dijo Beauchamp con una tristeza que dejó anonadado al joven—, sentémonos primero y hablemos.

—Pero, me parece, por el contrario, señor, que antes de sentarnos debes responderme.

—Alberto —dijo el periodista—, hay circunstancias en que la dificultad está precisamente en responder.

—Te la voy a hacer fácil, repitiéndote la pregunta: ¿Quieres retractarte, sí o no?

—Morcerf, no se conforma uno con responder sí o no en cuestiones que importan al honor, la posición social, y la vida de un hombre como el teniente general conde de Morcerf, par de Francia.

—Entonces, ¿qué se hace?

—Se hace lo que yo he hecho, Alberto; se dice: el dinero, el tiempo y la fatiga no son nada cuando se trata de la reputación y los intereses de toda una familia; se dice: hacen falta más que probabilidades, se precisan certezas para aceptar un duelo a muerte con un amigo; se dice: si yo cruzo la espada o si descargo una pistola contra un hombre al que durante tres años estreché la mano, es preciso que sepa, al menos, por qué hago semejante cosa, a fin de que llegue al terreno con el corazón tranquilo y la conciencia serena que un hombre necesita cuando su brazo ha de salvar su vida.

—¡Y bien, y bien! —preguntó Morcerf con impaciencia—. ¿Qué quiere decir todo eso?

—Quiere decir que llego de Janina.

—¿De Janina, tú?
—Sí, yo.
—Imposible.
—Mi querido Alberto, he aquí mi pasaporte; mira los visados: Génova, Milán, Venecia, Trieste, Delvino y Janina. ¿Creerás a la policía de una república, un reino y de un imperio?

Alberto echó un vistazo al pasaporte, y levantó los ojos asombrados para mirar a Beauchamp.

—¿Has estado en Janina?
—Alberto, si hubieses sido un extraño, un desconocido, un simple lord como ese inglés que vino a exigirme una satisfacción hace tres o cuatro meses, y a quien maté para desembarazarme de él, comprenderás que no me hubiese tomado tal molestia; pero creí que tú merecías esta consideración. He invertido ocho días en ir, ocho días en volver, cuatro de cuarentena y cuarenta y ocho horas de estancia; esto hacen mis tres semanas. He llegado esta noche, y aquí estoy.

—¡Dios mío, Dios mío! Cuánto circunloquio, Beauchamp, y estás tardando en decirme lo que espero.

—Es que en realidad, Alberto...
—Se diría que dudas.
—Sí, tengo miedo.
—¿Tienes miedo en confesar que tu corresponsal te ha engañado? ¡Oh! Nada de amor propio, Beauchamp; confiesa, Beauchamp, tu valor no puede ponerse en duda.

—¡Oh! No es por eso —murmuró el periodista—, al contrario...

Alberto palideció espantosamente; trató de hablar, pero la palabra expiró en sus labios.

—Amigo mío —dijo Beauchamp en un tono afectuoso—, créeme que sería muy feliz pidiéndote disculpas, y que esas disculpas las haría de todo corazón, pero ¡ay...!

—Pero ¿qué?
—La nota tenía razón, amigo mío.
—¡Cómo! Ese oficial francés...
—Sí.
—¿Ese Fernando?
—Sí.
—Ese traidor que entregó los castillos del hombre al servicio del cual estaba...

—Perdóname que te diga lo que estoy diciéndote, amigo mío: ese hombre es tu padre.

Alberto inició un violento movimiento para lanzarse sobre Beauchamp; pero éste le contuvo con su dulce mirada más que con su brazo extendido.

—Ten, amigo mío —dijo sacando un papel de su bolsillo—, aquí está la prueba.

Alberto abrió el papel; era un atestado de cuatro habitantes notables de Janina en el que atestiguaban que el coronel Fernando Mondego, instructor al servicio del visir Alí Tebelín, había entregado el castillo de Janina a cambio de dos mil bolsas.

Las firmas estaban legalizadas por el cónsul.

Alberto vaciló y cayó aplastado sobre una silla.

No se podía dudar esta vez; el nombre de su familia estaba escrito con todas las letras.

Así, pues, tras un instante de silencio doloroso, su corazón se oprimió, las venas de su cuello se hincharon, y un torrente de lágrimas escapó de sus ojos.

Beauchamp, que lo había mirado con una profunda piedad durante su paroxismo de dolor, se aproximó a él.

—Alberto —le dijo—, ahora me comprenderás, ¿no es cierto? He querido ver todo, juzgar todo por mí mismo, esperando que la explicación fuese favorable a tu padre, y que yo podría rendirle justicia. Pero por el contrario, las informaciones recogidas confirman que ese oficial instructor, que ese Fernando Mondego, elevado al título de general gobernador por Alí Pachá, no es otro más que Fernando de Morcerf. Entonces he regresado acordándome del honor que me concediste al admitirme como tu amigo, y corrí a verte.

Alberto, tendido en un sillón, ocultaba sus ojos con sus manos, como si quisiese impedir que la claridad llegase a ellos.

—He venido junto a ti —continuó Beauchamp—, para decirte: Alberto, las faltas de nuestros padres, en aquellos tiempos de acción y de reacción, no pueden alcanzar a los hijos. Bien pocos han atravesado esas revoluciones, en medio de las cuales nacimos, sin que alguna mancha de barro o de sangre haya ensuciado su uniforme de soldado o su túnica de juez. Nadie en el mundo, ahora que tengo todas las pruebas, ahora que soy dueño del secreto, puede forzarme a un combate que tu conciencia, estoy seguro, te reprocharía como un crimen; pero lo que no puedes exigirme, vengo a ofrecértelo. Estas pruebas, estas revelaciones, estos testimonios que yo solo poseo, ¿quieres que desaparezcan? Este espantoso secreto, ¿quieres que quede entre nosotros dos? Confía en mi palabra de honor; jamás saldrá de mi boca. Di, ¿lo quieres? Alberto, dilo, ¿lo quieres, amigo mío?

Alberto se abalanzó al cuello de Beauchamp.

—¡Ah, corazón noble! —exclamó.

—Toma —dijo Beauchamp presentándole los papeles.

Alberto los cogió con mano convulsa, los estrujó, los restregó pensando destrozarlos; pero temiendo que la menor partícula fuese levantada por el viento y un día fuese a darle en la cara, se acercó a la bujía encendida para los cigarros y consumió hasta el último fragmento.

—¡Querido amigo, excelente amigo! —murmuró Alberto quemando los papeles.

—Que todo esto se olvide como un mal sueño —dijo Beauchamp—. Se borre como esas últimas luces que corren sobre el papel ennegrecido, que todo esto se desvanezca como esa última humareda que se escapa de esas cenizas mudas.

—Sí, sí —dijo Alberto—, y que no quede más que la eterna amistad que confieso a mi salvador, amistad que mis hijos transmitirán a los tuyos, amistad que siempre me recordará que la sangre de mis venas, que la vida de mi cuerpo, el honor de mi nombre, te lo debo; porque si algo así se conociese, ¡oh, Beauchamp!, te declaro que me saltaría los sesos de un tiro; o no, ¡pobre madre! ¡No querría matarla con el mismo tiro! Me expatriaría.

—¡Querido Alberto! —dijo Beauchamp.

Pero el joven enseguida salió de esta alegría inesperada y por así decirlo, ficticia, y cayó en la más profunda tristeza.

—¡Y bien! —preguntó Beauchamp—. Veamos, ¿qué sucede ahora, amigo mío?

—Sucede —dijo Alberto—, que tengo algo roto en mi corazón. Escucha, Beauchamp, no se separa uno así, en un segundo, de ese respeto, de esa confianza y de ese orgullo que inspira a un hijo el nombre sin mancha de su padre. ¡Oh! Beauchamp, Beauchamp. ¿Cómo voy a presentarme ahora ante él? ¿Negaré mi frente cuando pretenda besarla, retiraré mi mano cuando me dé la suya? Mira, Beauchamp, soy el más desgraciado de los hombres. ¡Ah! Mi madre, mi pobre madre —dijo Alberto mirando a través de sus ojos anegados en lágrimas el retrato de su madre—. Si sabía esto, cuánto debió sufrir.

—Vamos —dijo Beauchamp cogiéndole las manos—. Ánimo, amigo.

—Pero ¿de dónde vino esa primera nota insertada en tu periódico? —exclamó Alberto—. Detrás de todo esto hay un odio desconocido, un enemigo invisible.

—Pues bien —dijo Beauchamp—, razón de más. ¡Ánimo, Alberto! Nada de huellas de emoción en tu rostro; lleva ese dolor encima como la nube lleva en sí la ruina y la muerte, secreto fatal que no se comprende hasta que estalla la tempestad. Vamos, amigo, reserva esas fuerzas para el momento en que estalle.

—¡Oh! Entonces crees que aún no hemos llegado al fin —dijo Alberto, espantado.

—Yo no creo nada, amigo mío; pero, en fin, todo es posible. A propósito...

—¿Qué? —preguntó Alberto viendo que Beauchamp dudaba.

—¿Sigues pensando en casarte con la señorita Danglars?

—¿Con qué propósito me preguntas esto en semejante momento, Beauchamp?

—Porque en mi mente, la ruptura o el acuerdo de este matrimonio se refiere al objeto que nos ocupa en este momento.

—¡Cómo! —dijo Alberto con la frente encendida—. Cree usted que Danglars...

—Sólo te pregunto en qué punto está ese matrimonio. ¡Qué diablos! No veas en mis palabras lo que yo no quiero poner, ni les des la trascendencia que no tienen.

—No —dijo Alberto—, el matrimonio se ha deshecho.

—Bien —dijo Beauchamp.

Después, viendo que el joven iba a recaer en su melancolía, añadió:

—Mira, Alberto, si quieres creerme, será mejor que salgamos; una vuelta al bosque en faetón o a caballo te distraerá; después podemos ir a almorzar a cualquier sitio, y tú te irás a tus asuntos y yo a los míos.

—Con mucho gusto —dijo Alberto—, pero salgamos a pie; creo que un poco de fatiga no me sentará mal.

—Sea —dijo Beauchamp.

Y los dos amigos salieron a pie, siguieron el bulevar, y llegados a la Madeleine:

—Mira —dijo Beauchamp—, ya que estamos en el camino, vayamos a ver un rato al señor de Montecristo, eso nos distraerá. Es un hombre admirable para levantar los ánimos; jamás pregunta y en mi opinión, las personas que no preguntan son los consoladores más hábiles.

—Está bien —dijo Alberto—. Vamos a su casa, le aprecio.

El viaje

Montecristo lanzó un grito de alegría al ver a los dos jóvenes juntos.

—¡Ah, ah! —dijo—. ¡Y bien! Espero que todo haya concluido, que esté aclarado, arreglado.

—Sí —dijo Beauchamp—, rumores absurdos que han caído por sí mismos, y que ahora, si se renovasen, me tendrían por el primer antagonista. Así, pues, no hablemos más de eso.

—Alberto le dirá —replicó el conde—, que ése fue el consejo que yo le di. Fíjense —añadió—, me encuentran acabando de pasar la mañana más mala de mi vida, al menos eso creo.

—¿Qué hace? —preguntó Alberto—. ¿Pone en orden sus papeles, no es eso?

—En mis papeles, gracias a Dios, no. Mis papeles siempre están en perfecto orden, dado que yo no tengo papeles, pero sí en los del señor Cavalcanti.

—¿Del señor Cavalcanti? —repitió Beauchamp.

—Pues, sí. ¿No sabe usted que es el joven que lanzó el conde? —dijo Morcerf.

—No, no, entendámonos —respondió Montecristo—. Yo no he lanzado a nadie, y a Cavalcanti menos que a cualquiera.

—¿Y que va a casarse con la señorita Danglars en mi lugar? Y que —continuó Alberto tratando de sonreír—, como puede imaginarse, mi querido Beauchamp, me afecta cruelmente.

—¡Cómo! ¿Cavalcanti se casa con la señorita Danglars? —preguntó Beauchamp.

—¡Ah, vaya! Pero usted viene del fin del mundo —dijo Montecristo—. Usted, un periodista, el marido de la Fama. Todo París habla de eso.

—¿Y ha sido usted, conde, quien ha preparado ese matrimonio? —preguntó Beauchamp.

—¿Yo? ¡Oh, silencio, señor noticiero! No diga semejante cosa. Yo, Dios me libre. ¿Preparar un matrimonio? No, usted no me conoce; yo, por el contrario, me he opuesto con todas mis fuerzas, y me negué a hacer la petición.

—¡Ah, comprendo! —dijo Beauchamp—. ¿A causa de nuestro amigo Alberto?

—A causa de mí —dijo el joven—. ¡Oh, no! Por vida de... El conde me hará justicia al atestiguar que siempre le he rogado, por el contrario, que rompiese mi proyecto, roto felizmente. El conde pretende que no es a él a quien debo agradecérselo; bien, elevaré, como los antiguos, un altar al *Deo ignoto*.

—Escuche —dijo Montecristo—, es tan poco lo que he hecho que estoy casi reñido con el suegro y el joven. Sólo la señorita Eugéne, la cual no tiene vocación para el matrimonio, viendo hasta qué punto estaba dispuesto a hacer que no renunciase a su querida libertad, me conserva algún afecto.

—¿Y dice que ese matrimonio está a punto de celebrarse?

—¡Oh, Dios mío! Sí, a pesar de todo lo que he podido decir. Yo no conozco al joven, se le pretende rico y de buena familia, pero para mí esas cosas sólo son simples rumores. He repetido hasta la saciedad al señor Danglars todo eso; pero él sigue firme en su idea. Incluso he llegado a comunicarle una circunstancia que para mí es muy grave: el joven cambió de nodriza, raptado por unos gitanos o extraviado por su protector, no sé bien. Pero lo que sé, es que su padre lo perdió de vista hace más de diez años; y lo que haya podido hacer durante ese tiempo de vida errante, sólo Dios lo sabe. Pues bien, ni con ésas. Me encargaron que escribiese al mayor para pedirle los papeles, y aquí están los papeles. Yo se los envío pero como Pilatos, lavándome las manos.

—¿Y la señorita de Armilly —preguntó Beauchamp—, qué cara le pone por quitarle su alumna?

—¡Diantre! No lo sé muy bien; pero me parece que se marcha a Italia. La señora Danglars me ha hablado de ella y me pidió cartas de recomendación para los empresarios; le he dado unas letras para el director del teatro Valle, que me debe algunos favores. Pero ¿qué tiene usted, Alberto? Parece muy triste. A ver si ahora resulta que en el fondo está enamorado de la señorita Danglars.

—No, que yo sepa —dijo Alberto sonriendo tristemente.

Beauchamp se puso a contemplar los cuadros.

—Pero, en fin —continuó Montecristo—, no se encuentra usted como de costumbre. Veamos, ¿qué tiene? Dígalo.

—Tengo jaqueca —respondió Alberto.

—Pues bien, mi querido vizconde —dijo Montecristo—, en ese caso tengo un remedio infalible que proponerle, remedio que me ha resultado estupendo cada vez que he tenido alguna contrariedad.

—¿Cuál? —preguntó el joven.

—El desplazamiento.

—¿De veras? —dijo Alberto.

—Sí; y fíjese, como en este momento estoy excesivamente contrariado me marcho. ¿Quiere usted que nos vayamos juntos?

—¡Usted contrariado, conde! —dijo Beauchamp—. ¿Y por qué?

—¡Pardiez! Usted habla con mucha tranquilidad, pero quisiera verle con una instrucción persiguiéndole por su casa.

—¿Una instrucción? ¿Qué instrucción?

—¡Eh! La que el señor de Villefort realiza contra mi amable asesino, una especie de bribón escapado de presidio, según parece.

—¡Ah! Es cierto —dijo Beauchamp—. Leí eso en los diarios. ¿Quién era ese Caderousse?

—Al parecer era un provenzal. El señor de Villefort oyó hablar de él cuando estaba en Marsella, y el señor Danglars se acuerda de haberlo visto. Por lo cual el señor procurador del rey se toma el asunto a pecho, y ha interesado, por lo que parece, vivamente al prefecto de policía, y gracias a ese interés, al que yo no estoy menos reconocido, se me envía aquí desde hace quince días a todos los bandidos que se pueden procurar en París y sus alrededores, bajo el pretexto de que son los asesinos del señor Caderousse. De lo cual se deduce que, en tres meses, si esto continúa así, no habrá un ladrón ni un asesino en este reino de Francia que no se conozca el plano de mi casa con la punta de los dedos; así, pues, he tomado la decisión de abandonar todo e irme tan lejos como pueda llevarme la tierra. Venga conmigo, vizconde, le llevo.

—Gustoso.

—Entonces, ¿convenido?

—Sí, pero ¿adónde?

—Ya se lo he dicho, donde el aire es puro, donde el ruido adormece, y donde, por orgulloso que uno sea, se siente uno humilde y se encuentra uno pequeño. Yo amo este empequeñecimiento, yo, a quien llaman el dueño del Universo, como a Augusto.

—Pero ¿adónde va usted?

—Al mar, vizconde, al mar. Soy un marino, ya lo ve; desde pequeño fui acunado en los brazos del viejo océano y en el seno de la bella Anfítrite. He jugado con el manto verde de uno y la falda azulada de la otra; amo al mar como se ama a una querida, y cuando hace tiempo que no lo he visto, me aburro sin él.

—¡Vamos, conde, vamos!

—¿Al mar?

—Sí.

—¿Acepta usted?

—Acepto.

—Pues bien, vizconde, esta tarde estará en mi patio una *briska* de viaje, en la cual puede uno tenderse como en una cama; esta *briska* tendrá enganchados cuatro caballos de postas. Señor Beauchamp, cabemos cuatro fácilmente. ¿Quiere usted venir con nosotros? Le llevo.

—Gracias, yo vengo del mar.

—¡Cómo! ¿Viene usted del mar?

—Sí, o algo por el estilo. Acabo de hacer un viaje a las islas Borromeo.

—¡Qué importa! Venga —dijo Alberto.

—No, mi querido Morcerf; debe comprender que desde el momento en que lo rechazo es que me resulta imposible. Además —añadió bajando la voz—, es importante que permanezca en París, aunque no sea más que para vigilar el correo del periódico.

—¡Ah! Es usted un excelente y buen amigo —dijo Alberto—. Sí, tiene razón; vigile, Beauchamp, y trate de descubrir al enemigo que hizo tal revelación.

Alberto y Beauchamp se despidieron y se separaron. Su último apretón de manos encerraba todos los sentimientos que sus labios no podían expresar delante de un extraño.

—¡Excelente muchacho ese Beauchamp! —dijo Montecristo tras la marcha del periodista—. ¿No es cierto, Alberto?

—¡Oh, sí! Un hombre estupendo, se lo aseguro; yo lo quiero con toda mi alma. Pero, ahora que nos encontramos solos, y aunque la cosa me dé lo mismo, ¿adónde vamos?

—A Normandía, si usted quiere.

—Estupendo. Estaremos enteramente en el campo, ¿no es así? Sin sociedad, sin vecinos...

—Solos frente a frente con los caballos para correr, los perros para cazar y una barca para pescar, nada más.

—Es cuanto necesito. Voy a prevenir a mi madre y me pongo a sus órdenes.

—Pero —dijo Montecristo—, ¿se lo permitirán?

—¿El qué?

—Venir a Normandía.

—¿A mí? ¿Acaso no soy libre?

—De ir a donde usted quiere, solo, sí, puesto que le encontré escapado por Italia.

—¿Entonces?

—Pero a ir con el hombre que llaman el conde de Montecristo...

—Usted tiene poca memoria, conde.

—¿Cómo es eso?

—¿No le he explicado ya toda la simpatía que mi madre le profesa?

—Las mujeres cambian con frecuencia, dijo Francisco I; la mujer es la ola, dijo Shakespeare: uno era un gran rey y el otro un poeta, y ambos debían conocer a la mujer.

—Sí, la mujer; pero mi madre no es la mujer, sino una mujer.

—¿Permite a un pobre extranjero no entender perfectamente las sutilezas de su lengua?

—Quiero decir que mi madre es avara de sus sentimientos, pero cuando los concede una vez, es para siempre.

—¡Ah! Ciertamente —dijo suspirando Montecristo—. ¿Así que usted cree que ella me hace el honor de concederme otro sentimiento que no sea la más perfecta indiferencia?

—Escuche, ya le he dicho y se lo repito —replicó Morcerf—, que se debe a que usted es un hombre muy extraño y superior.

—¡Oh!

—Sí, porque mi madre se ha dejado prender, no diré por la curiosidad, sino por el interés que usted inspira. Cuando estamos solos, no hacemos más que hablar de usted.

—¿Y ella no le ha dicho que desconfíe de este Manfredo?

—Al contrario, me dijo: «Morcerf, creo que el conde es noble y generoso; trata de que te quiera».

Montecristo volvió los ojos y lanzó un suspiro.

—¡Ah! ¿De veras? —dijo.

—De modo que ya comprenderá —continuó Alberto—, que en vez de oponerse a mi viaje, lo aprobará de todo corazón, pues entra en las recomendaciones que me hace todos los días.

—Vaya, pues —dijo Montecristo—, y hasta esta tarde. Esté aquí a las cinco; llegaremos allá a medianoche o a la una.

—¡Cómo! ¿A Treport?

—A Treport o sus inmediaciones.

—¿Y sólo necesita ocho horas para hacer cuarenta y ocho leguas?

—Y aún son muchas —dijo Montecristo.

—Decididamente usted es el hombre de los prodigios; llegará, no sólo a sobrepasar a los ferrocarriles, cosa que es difícil en Francia, sino a ir más rápido que el telégrafo.

—Mientras tanto, vizconde, como nos hacen falta siete u ocho horas para llegar allá, sea puntual.

—Esté tranquilo, no tengo otra cosa que hacer más que preparar mi viaje.

—Hasta las cinco, pues.

—A las cinco.

Alberto salió. Montecristo, tras haberle sonreído y hecho un gesto con la cabeza, se quedó un instante pensativo y como absorto en una profunda reflexión. Al fin, pasó la mano por su frente, como para apartar una ensoñación, se acercó al timbre y llamó dos veces.

A la llamada de dos golpes dados por Montecristo en el timbre, apareció Bertuccio.

—Maese Bertuccio —le dijo—, no será mañana, ni pasado mañana, como había pensado en un principio, será esta misma tarde cuando parta para Normandía; de aquí a las cinco tenemos tiempo de sobra. Prevenga a los palafreneros del primer relevo. El señor de Morcerf me acompaña. ¡Marche!

Bertuccio obedeció y un postillón corrió a Pontoise para advertir que la silla de postas pasaría a las seis en punto. El palafrenero de Pontoise pasó el aviso al relevo siguiente, que envió a su vez otro; y, seis horas después, todos los relevos distribuidos en el camino estaban prevenidos.

Antes de partir, el conde subió junto a Haydée, le anunció su marcha, le dijo el lugar adonde iba, y puso toda su casa a sus ordenes.

Alberto fue puntual. El viaje, sombrío en un principio se animó enseguida a causa del efecto físico de la rapidez. Morcerf no tenía idea de semejante velocidad.

—En efecto —dijo Montecristo—, con sus postas que hacen dos leguas por hora, con esa idea estúpida que prohibe a un viajero adelantar a otro sin pedirle permiso, y que hace que un viajero enfermo o majadero tenga el derecho de encadenar tras de sí a los viajeros alegres y bien dotados, no hay locomoción posible. Yo evito esos inconvenientes viajando con mi propio postillón y mis propios caballos, ¿no es así, Alí?

Y el conde, asomando la cabeza por la ventanilla, lanzó un pequeño grito de excitación que dio alas a los caballos; ya no corrían sino volaban. El coche rodaba como una tormenta sobre aquel pavimento real, y todos se volvían para ver pasar a aquel meteoro. Alí, repetía aquel grito, sonreía mostrando sus dientes blancos, y llevando apretadas las riendas excitaba a los caballos, cuyas bellas crines flotaban al viento; Alí, el hijo del desierto, se encontraba en su elemento, y con su rostro negro, sus ojos ardientes y su albornoz blanco, parecía, en medio de la polvareda que levantaba, el genio del simun y el dios del huracán.

—He aquí —dijo Morcerf—, una voluptuosidad que no conocía.

Y las últimas nubes de tristeza de su frente se disiparon como el aire que corría llevándose las nubes consigo.

—Pero ¿dónde diablos encuentra usted semejantes caballos? —preguntó Alberto—. ¿Los hace expresamente?

—Justamente —dijo el conde—. Hace seis años encontré en Hungría un famoso garañón, célebre por su velocidad; lo compré, no sé por cuánto, pues Bertuccio es quien paga. En el mismo año tuvo treinta y dos hijos; vamos a pasar revista a toda esta progenitura; todos son iguales, negros, sin una sola mancha, excepto una estrella en la frente, porque tuve el privilegio de escoger yeguas excelentes, como los pachás escogen sus favoritas.

—¡Es admirable...! Pero, dígame, conde, ¿qué hace usted con todos esos caballos?

—Ya lo ve usted, viajo con ellos.

—Pero ¿no viajará siempre?

—Cuando ya no los necesite, Bertuccio los venderá, y pretende que ganará treinta o cuarenta mil francos con ellos.

—Pero no habrá rey en Europa lo bastante rico para comprárselos.

—Entonces, se los venderá a algún visir de Oriente, que vaciará su tesoro para pagarlos y lo volverá a llenar administrando bastonadas en las plantas de los pies.

—Conde, ¿quiere que le comunique un pensamiento que se me ha ocurrido?

—Hágalo.

—Que después de usted, el señor Bertuccio debe ser el más rico mortal de Europa.

—Pues bien, se engaña, vizconde. Estoy seguro de que si volviese los bolsillos de Bertuccio no encontraría ni diez sueldos.

—¿Y por qué? —preguntó el joven—. ¿Acaso es un fenómeno el señor Bertuccio? ¡Ah! Mi querido conde, no me impulse demasiado lejos, o no creeré más en lo maravilloso, se lo advierto.

—Nada de maravilloso conmigo, Alberto; sólo cifras y la razón, eso es todo. Ahora bien, escuche este dilema: un intendente roba, pero por qué roba.

—¡Diantre! Porque está en su naturaleza, me parece —dijo Alberto—. Roba por robar.

—Pues bien, no; se equivoca: roba porque tiene una mujer, hijos, deseos ambiciosos para él y su familia; roba, sobre todo, porque no está seguro de no abandonar nunca a su amo y quiere hacerse un futuro. Pues bien, el señor Bertuccio está solo en el mundo; y maneja mi bolsa sin pasarme cuentas, porque está seguro de no abandonarme.

—¿Y por qué?

—Porque yo no encontraría otro mejor.

—Da usted vueltas en un círculo vicioso; el de las probabilidades.

—¡Oh, no! Estoy en lo cierto. El buen servidor para mí es aquel sobre quien tengo derecho de vida y muerte.

—¿Y usted tiene derecho de vida o muerte sobre el señor Bertuccio? —preguntó Alberto.

—Sí —respondió fríamente el conde.

Hay palabras que cierran la conversación como las puertas de hierro. El sí del conde era una de esas palabras.

El resto del viaje se realizó con la misma rapidez; los treinta y dos caballos, divididos en ocho relevos, hicieron sus cuarenta y ocho leguas en ocho horas.

Se llegó en medio de la noche a la puerta de un hermoso parque. El conserje estaba levantado y mantenía la verja abierta. Había sido prevenido por el palafrenero del último relevo.

Eran las dos y media de la madrugada. Se condujo a Morcerf a su aposento. Encontró un baño y una cena dispuestos. El criado que había hecho el camino en el asiento trasero del coche, estaba a sus órdenes. Bautista, que hizo el camino en el asiento delantero, servía al conde.

Alberto tomó su baño, cenó y se acostó. Toda la noche fue mecido por el murmullo melancólico de la marea. Al levantarse fue derecho a la ventana, la abrió y se encontró con una pequeña terraza delante de la cual estaba el mar, es decir la inmensidad; por la parte de atrás había un bonito parque que daba a un bosquecillo.

En una ensenada de cierto tamaño se balanceaba una pequeña corbeta, de carena estrecha, elegante arboladura, y llevando en el casco un pabellón con las armas de Montecristo, armas que representaban una montaña de oro sobre un mar azul, con una cruz de gules en el centro; esto podía ser una alusión a su nombre, recordando el Calvario, que la pasión de Nuestro Señor hizo una montaña más preciosa que el oro, y la cruz infame que su sangre divina hizo santa, aunque también podía ser algún recuerdo personal de sufrimientos y de regeneración hundidos en la noche del pasado de aquel misterioso hombre. Alrededor de la goleta estaban varias barcas pertenecientes a los pescadores del pueblo vecino, y que parecían humildes personas esperando las órdenes de una reina.

Allí, como en todos los lugares en que se detenía Montecristo, aunque no fuese más que para pasar dos días, la vida estaba organizada en su más alto grado; así, pues, instantáneamente todo se volvía comodidad.

Alberto encontró en su antesala dos fusiles y todos los útiles necesarios para un cazador; en una pieza alta, situada en la planta baja, estaban reunidos todos los ingenios que los ingleses, grandes pescadores, porque son pacientes y ociosos, aún no han podido hacer que adopten los rutinarios pescadores de Francia.

Todo el día transcurrió en estos ejercicios, en los cuales, por otro lado, Montecristo destacaba; se mató una docena de faisanes en el parque, se pescaron otras tantas truchas en los riachuelos, se comió en un quiosco que daba sobre el mar, y se sirvió el té en la biblioteca.

En la tarde del tercer día, Alberto, deshecho de cansancio ante aquella vida que parecía ser un juego para Montecristo, dormía junto a la ventana mientras que el conde hacía con su arquitecto el plano de un invernadero que deseaba establecer en la casa, cuando el galopar de un caballo aplastando los guijarros del camino hizo levantar la cabeza al joven; miró por la ventana, y, con una sorpresa de las más desagradables, descubrió en el patio a su ayuda de cámara, al cual no había querido llevar consigo para no embarazar a Montecristo.

—¡Florentino aquí! —exclamó saltando sobre su diván—. ¿Estará mi madre enferma?

Y se precipitó hacia la puerta de la habitación.

Montecristo le siguió con la mirada y le vio abordar al criado quien, aún sofocado, sacó de su bolsillo un paquete oculto. El paquetito contenía un periódico y una carta.

—¿De quién es la carta? —preguntó con viveza Alberto.

—Del señor Beauchamp —respondió Florentino.

—Entonces, ¿es Beauchamp quien la envía?

—Sí, señor. Me hizo ir a su casa, me dio el dinero necesario para mi viaje, me ha hecho venir en un caballo de posta, y me ha hecho prometer que no me detendría hasta reunirme con el señor: he hecho el camino en quince horas.

Alberto abrió la carta estremeciéndose: a las primeras líneas lanzó un grito, y cogió el periódico con un temblor visible.

De pronto sus ojos se oscurecieron, sus piernas parecieron desmoronarse bajo él, y, a punto de caer, se apoyó en Florentino, quien extendió el brazo para sostenerle.

—¡Pobre muchacho! —murmuró Montecristo, tan bajo que ni él pudo oír aquellas palabras de compasión que pronunciaba—. Está escrito que la falta de los padres recaerá sobre los hijos hasta la tercera o cuarta generación.

Entretanto Alberto había recobrado sus fuerzas y continuó leyendo; sacudió sus cabellos sobre su frente bañada en sudor y arrugó la carta y el periódico.

—Florentino —dijo—, ¿su caballo está en condiciones de reemprender el regreso a París?

—Es un mal jaco de posta que está cojo.

—¡Oh, Dios mío! ¿Y cómo estaban en casa cuando salió de allí?

—Bastante tranquilos; pero al regresar de casa del señor Beauchamp, encontré a la señora llorando. Me había llamado para preguntar cuándo volvería el señorito. Entonces le dije que salía a buscarle de parte del señor Beauchamp. Su primer impulso fue extender el brazo para detenerme, pero después de un instante de reflexión me dijo—: «Sí, vaya, Florentino, y que regrese».

—Sí, madre mía, sí —dijo Alberto—. Regreso, esté tranquila, y desgraciado el infame... Pero, ante todo, es preciso que marche.

Tomó el camino del cuarto en que había dejado a Montecristo.

No era ya el mismo hombre, y cinco minutos habían bastado para operar en Alberto una triste metamorfosis; había salido en su estado habitual y regresaba con la voz alterada, el rostro surcado de un rubor febril, los ojos centelleantes, y el caminar vacilante, como el de un hombre borracho.

—Conde —dijo—, gracias por su grata hospitalidad, que hubiese querido gozar más tiempo, pero es preciso que regrese a París.

—¿Qué ha sucedido?

—Una gran desgracia; pero permítame partir, se trata de una cosa más preciosa que mi vida. No me pregunte, conde, se lo suplico, pero deme un caballo.

—Mis caballerizas están a su disposición, vizconde —dijo Montecristo—, pero va a destrozarse de fatiga corriendo la posta a caballo. Coja una calesa, o un cupé, algún coche.

—No, sería demasiado largo, y además, tengo necesidad de esa fatiga; lo que teme me hará bien.

Alberto dio algunos pasos en torno suyo, como un hombre herido por una bala, y se dejó caer sobre una silla próxima a la puerta.

Montecristo no vio esta segunda debilidad; estaba en la ventana y gritaba:

—¡Alí, un caballo para el señor Morcerf! ¡Que se den prisa! ¡Es urgente!

Estas palabras devolvieron la vida a Alberto, que se abalanzó fuera de la estancia seguido por el conde.

—¡Gracias! —murmuró el joven saltando a la silla—. Regrese usted lo más pronto que pueda, Florentino. ¿Hay alguna orden para que me den caballos?

—Nada más que devolver el que usted monta; le ensillarán otro inmediatamente.

Alberto iba a marcharse cuando se detuvo.

—Tal vez encuentre extraña mi marcha, insensata —dijo el joven—. No comprenderá cómo unas líneas escritas en un periódico pueden reducir un hombre a la desesperación. Pues bien —añadió dándole el diario—, lea esto, pero sólo cuando haya partido, a fin de que no vea usted mi sonrojo.

Y mientras el conde recogía el periódico, él hundió las espuelas, que acababan de poner a sus botas, en los flancos del caballo, que, asombrado de que existiese un caballero que pudiese creer que las necesitaba, partió ligero como una flecha.

El conde siguió al joven con la mirada llena de compasión, y hasta que no hubo desaparecido por completo, no dirigió su mirada al periódico, en el cual leyó:

«El oficial francés al servicio de Alí, pachá de Janina, de que hablaba hace tres semanas *El Imparcial*, y que no solamente entregó los castillos de Janina, sino que incluso vendió a su benefactor a los turcos, se llamaba en efecto por aquella época, Fernando, como señaló nuestro compañero; pero después ha añadido a su nombre de pila un título de nobleza y uno de tierra.

»Hoy se llama el señor conde de Morcerf y forma parte de la Cámara de los Pares».

Así, pues, este secreto terrible que Beauchamp había ocultado con tanta generosidad, reaparecía como un fantasma armado, y otro periódico, cruelmente informado, había publicado al día siguiente de la marcha de Alberto para Normandía, los cuatro renglones que casi volvieron loco al desventurado joven.

El juicio

A las ocho de la mañana Alberto cayó como un rayo en casa de Beauchamp. El ayuda de cámara estaba advertido e introdujo a Morcerf en la habitación de su amo, que acababa de entrar en el baño.

—¿Y bien? —le dijo Alberto.

—Mi pobre amigo —respondió Beauchamp—, te esperaba.

—Ya estoy aquí. No te diré, Beauchamp, que te creo demasiado leal y bueno para haber hablado de esto a cualquiera; no, amigo mío. Además, el mensaje que me has enviado es toda una garantía de tu afecto. Así, pues, no perdamos tiempo en preámbulos. ¿Sabes de parte de quién viene el golpe?

—Te diré dos palabras inmediatamente.

—Sí, pero antes, amigo mío, debes contarme en todos sus detalles la historia de esta abominable traición.

Y Beauchamp contó al joven, aplastado por la vergüenza y el dolor, los hechos que vamos a relatar con toda sencillez.

La mañana de la antevíspera, el artículo había aparecido en otro periódico que no era *El Imparcial*, y, lo que daba más gravedad al asunto, es que dicho periódico se conocía como perteneciente al Gobierno. Beauchamp desayunaba cuando descubrió la nota; envió inmediatamente en busca de un cabriolé, y sin acabar su desayuno corrió al periódico. Aunque profesaba sentimientos políticos opuestos a los del gerente del periódico acusador, Beauchamp, lo que sucede a veces con mucha frecuencia, era su amigo íntimo.

Cuando llegó a su casa, el gerente tenía su propio periódico en las manos, y parecía complacerse leyendo un *primer París* sobre el azúcar de remolacha, que, probablemente, sería de su cosecha.

—¡Ah, pardiez! —dijo Beauchamp—. Ya que tiene su periódico, querido mío, no tengo necesidad de decirle lo que me trae por aquí.

—¿Acaso es usted partidario de la caña de azúcar? —preguntó el gerente del diario ministerial.

—No —respondió Beauchamp—, incluso soy extraño al asunto; he venido por otra cosa.

—¿Por qué viene?

—Por el artículo de Morcerf.

—¡Ah! Sí, ciertamente. ¿Verdad que es curioso?

—Tan curioso que se arriesga a la difamación, según creo, y hasta verse complicado en un proceso muy molesto.

—Nada de eso; hemos recibido con la nota todas las piezas que la apoyan, y nos hemos convencido perfectamente de que el señor de Morcerf se quedará muy tranquilo. Además, es un servicio que se rinde a la nación al denunciar a los miserables indignos del honor que se les ha dado.

Beauchamp, se quedó cortado.

—Pero ¿quién le ha informado tan bien? —preguntó—. Porque mi periódico, que dio la alerta, se ha visto obligado a abstenerse por falta de pruebas, y sin embargo, nosotros estamos más interesados que ustedes en desvelar al señor de Morcerf, puesto que él es par de Francia, y nosotros estamos en la oposición.

—¡Oh, Dios mío! Es bien sencillo. No hemos corrido tras el escándalo, él nos ha salido al encuentro. Ayer nos llegó un hombre de Janina trayéndonos el formidable legajo, y como dudábamos en lanzarnos a tal acusación nos anunció que a nuestra negativa el artículo aparecería en otro periódico. Nadie mejor que usted sabe lo que vale una noticia interesante; por lo tanto, no hemos querido perderla. Ahora el golpe está dado; es terrible y resonará hasta en el último confín de Europa.

Beauchamp comprendió que no tenía más remedio que bajar la cabeza, y salió desesperado para enviar un correo a Morcerf.

Pero lo que no había podido escribir a Alberto, porque las cosas que vamos a contar eran posteriores a la marcha de su correo, es que el mismo día en la Cámara de los Pares se había manifestado y reinaba una gran agitación en los grupos generalmente tranquilos de la alta asamblea. Los pares iban llegando antes de la hora, y hablaban del siniestro acontecimiento que iba a ocupar la atención pública y a fijarla en uno de los miembros más conocidos del ilustre cuerpo.

Se leía el artículo en voz baja, se comentaban y se cambiaban recuerdos que precisaban mejor los hechos. El conde de Morcerf no era muy querido entre sus colegas. Como todos los advenedizos se había visto obligado, para mantenerse en su rango, a observar un exceso de altivez. Los grandes aristócratas se reían de él; los talentos le repudiaban, y las glorias verdaderas lo despreciaban instintivamente. El conde era en este fatal extremo la víctima expiatoria. Una vez designado por el dedo del Señor para el sacrificio, todos se disponían a gritar alto.

El conde de Morcerf era el único que no sabía nada. No recibía el periódico en que se hallaba la noticia difamatoria, y había pasado la mañana escribiendo cartas y probando un caballo.

Llegó, pues, a su hora acostumbrada, la cabeza alta, la mirada orgullosa, el caminar insolente, descendió del coche, atravesó los pasillos y entró en la sala sin darse cuenta de las vacilaciones de los ujieres y los medio saludos de sus colegas.

Cuando Morcerf entró ya hacía media hora que estaba abierta la sesión.

Como el conde, ignorante, como hemos dicho, de cuanto pasaba, no había cambiado ni su porte ni sus ademanes, éstos parecieron a todos más orgullosos que de costumbre, y su presencia en aquella ocasión pareció tan agresiva a esta asamblea celosa de su honor, que todos vieron una inconveniencia, varios una fanfarronada, y algunos un insulto.

Era evidente que la Cámara entera ardía en deseos de entablar el debate.

Se veía el periódico acusador en las manos de todos; pero como siempre, nadie quería cargar con la responsabilidad del ataque. Al fin, uno de los honorables pares, enemigo declarado del conde de Morcerf, subió a la tribuna con una solemnidad que anunciaba que el momento esperado había llegado.

Se hizo un espantoso silencio; Morcerf era el único que ignoraba la causa de atención tan profunda prestada en aquella ocasión a un orador que no siempre se escuchaba con tanta complacencia.

El conde dejó pasar tranquilamente el preámbulo por el cual el orador anunciaba que iba a hablar de una cosa tan grave, tan sagrada y tan vital para la Cámara, que reclamaba toda la atención de sus colegas.

A las primeras palabras sobre Janina y del coronel Fernando, el conde de Morcerf palideció tan horriblemente que causó el estremecimiento general de la Asamblea, y todas las miradas convergieron sobre él.

La lectura del artículo concluyó en medio del mismo silencio, turbado entonces por un estremecimiento que cesó inmediatamente, al tomar de nuevo la palabra el orador y exponer su escrupulosa acusación y cuán difícil era su posición. Se trataba del honor del señor de Morcerf y el de toda la Cámara, que él pretendía defender provocando un debate que debía atacar aquellas cuestiones personales, siempre tan candentes. Al fin concluyó pidiendo que se abriese una investigación, bastante rápida para confundir la calumnia antes de que tuviese tiempo de agrandarse y para restablecer al señor de Morcerf, vengándola, en la posición que la opinión pública le había dado desde hacía tiempo.

Morcerf estaba tan abatido, tan tembloroso ante aquella inmensa e inesperada calamidad, que apenas pudo balbucir algunas palabras mirando a sus compañeros con ojos extraviados. Esta timidez, que por otra parte lo mismo podía atribuirse al asombro del inocente como a la vergüenza del culpable, le atrajo algunas simpatías. Los hombres verdaderamente generosos siempre están dispuestos a compadecerse de la desgracia de su enemigo cuando ésta sobrepasa a su odio.

El presidente puso la investigación a votación; se votó por asiento y en pie, y quedó decidido que había motivos para celebrarla.

Se preguntó al conde cuánto tiempo necesitaba para preparar su justificación.

Morcerf había recobrado su coraje desde que se sintió vivo aun después de tan horrible golpe.

—Señores Pares —respondió—, no es tomándose tiempo como se rechaza un ataque como el que me dirigen en este momento los enemigos ocultos y que sin duda permanecerán en la sombra de su incógnita; es en el momento, y como un rayo, como hace falta responder a las inculpaciones que hace un instante me fulminaron. ¡Ojalá, en lugar de semejante justificación, me hubiese sido dado derramar mi sangre para probar a mis colegas que soy digno de marchar a su lado!

Estas palabras produjeron una impresión favorable al acusado.

—Pido, pues —dijo— que la encuesta tenga lugar lo antes posible y yo proveeré a la Cámara de todos los documentos necesarios para la eficacia de esta investigación.

—¿Qué día señala usted? —preguntó el presidente.

—Desde hoy me pongo a disposición de la Cámara —respondió el conde.

El presidente agitó la campanilla.

—¿La Cámara —preguntó—, está de acuerdo en que esa investigación tenga lugar hoy mismo?

—Sí —fue la respuesta unánime de la Asamblea.

Se nombró una comisión de doce miembros para examinar las piezas proporcionadas por Morcerf. La hora fijada para la primera sesión de dicha comisión fue las ocho de la tarde en los despachos de la Cámara. Si hacían falta varias sesiones, se celebrarían a la misma hora y en el mismo lugar.

Adoptada esta decisión, Morcerf pidió permiso para retirarse; tenía que recoger los documentos reunidos hacía tiempo para hacer frente a esta tempestad, prevista por su cauteloso e indomable carácter.

Beauchamp contó al joven todo lo que acabamos de relatar; sólo que su relato tuvo sobre el nuestro la ventaja de la animación de las cosas vivas sobre la frialdad de las muertas.

Alberto le escuchaba temblando, tan pronto de esperanza, tan pronto de cólera y a veces de vergüenza; por la confidencia de Beauchamp pudo conocer la culpabilidad de su padre, y ahora se preguntaba cómo, siendo culpable, podría llegar a probar su inocencia.

Llegado al punto en que estamos, Beauchamp se detuvo.

—¿Y qué más? —preguntó Alberto.

—¿Qué más? —repitió Beauchamp.

—Sí.

—Amigo mío, eso me arrastra a un terrible compromiso. ¿Quieres saber la continuación?

—Es absolutamente preciso que la sepa, amigo mío, y prefiero conocerla de tus labios que a través de otro.

—Pues bien —prosiguió Beauchamp—, dispón tu ánimo, Alberto; nunca lo necesitarás tanto como ahora.

Alberto se pasó una mano por la frente para asegurarse su propia fuerza, como un hombre que se prepara para defender su vida prueba su coraza y la hoja de su espada.

Se sintió fuerte, porque tomó su fiebre por energía.

—¡Continúa! —dijo.

—Llegó la tarde —prosiguió Beauchamp—. Todo París estaba esperando el acontecimiento. Muchos pretendían que tu padre no tenía más que presentarse para aplastar la acusación; otros también decían que no se presentaría; los había que aseguraban haberlos visto marcharse a Bruselas, y algunos fueron a la policía para saber si era cierto, como se decía, que el conde había cogido sus pasaportes.

»Confesaré que hice como todo el mundo —continuó Beauchamp— para obtener de uno de los miembros de la comisión, joven par, amigo mío, que me introdujese en una especie de tribuna. A las siete vino a recogerme, y, antes de que nadie llegase, me recomendó a un ujier que me encerró en una especie de palco. Estaba escondido tras una columna y perdido en medio de una oscuridad completa; así esperaba ver y oír desde el principio hasta el fin la terrible escena que iba a desarrollarse.

»A las ocho en punto había llegado todo el mundo.

»El señor de Morcerf entró dando la última campanada de las ocho. Llevaba en las manos algunos papeles y su aspecto parecía tranquilo; contra su costumbre, su caminar era sencillo, y su porte rebuscado y severo; según la costumbre de los antiguos militares, llevaba su uniforme abotonado de arriba abajo.

»Su presencia produjo el mejor efecto: la comisión estaba lejos de serle desfavorable, y varios de sus miembros se acercaron al conde y le estrecharon la mano.

Alberto sintió que su corazón se destrozaba ante aquellos detalles, y, sin embargo, en medio de su dolor se deslizaba un sentimiento de reconocimiento. Hubiese querido abrazar a aquellos hombres que habían dado a su padre aquella muestra de estima en un momento de tan grave embarazo para su honor.

—En aquel momento un ujier entró y entregó una carta al presidente.

»—Tiene usted la palabra, señor Morcerf —dijo el presidente mientras abría la carta.

»El conde empezó su apología, y te aseguro, Alberto —continuó Beauchamp— que fue de una elocuencia y una habilidad extraordinaria. Presentó pruebas que probaban que el visir de Janina le había, hasta el último momento, honrado con toda su confianza, puesto que le había encargado de una negociación de vida y muerte con el emperador. Enseñó el anillo, signo de mando, y con el cual Alí Pachá sellaba corrientemente sus cartas, y que éste le había dado para que a su regreso, a cualquier hora del día o la noche que fuese, aunque estuviese en su harén, llegara hasta él. Desgraciadamente, dijo, su negociación falló, y cuando regresó para defender a su bienhechor ya estaba muerto. Pero, dijo el conde, al morir, Alí Pachá, tan grande era su confianza, le había confiado a su querida favorita y a su hija.

Alberto se estremeció ante estas palabras, porque a medida que Beauchamp hablaba, iba recordando todo el relato de Haydée, y se acordaba de lo que la bella griega había dicho sobre el mensaje, el anillo y la manera en que fue vendida y conducida a la esclavitud.

—¿Cuál fue el efecto del discurso del conde? —preguntó con ansiedad Alberto.

—Confieso que me emocionó, y que al mismo tiempo que a mí, conmovió a toda la comisión —dijo Beauchamp.

»Sin embargo el presidente echó una mirada negligente sobre la carta que acababan de llevarle; pero a las primeras líneas se despertó su curiosidad; la leyó, la releyó una vez más, y posando la vista en el señor de Morcerf.

»—Señor conde —le dijo—, acaba usted de decir que el visir de Janina le confió a su mujer y a su hija.

»—Sí, señor —respondió Morcerf—, pero en eso como en lo demás, me persiguió la desgracia. A mi regreso, Vasiliki y su hija Haydée habían desaparecido.

»—¿Las conocía usted?

»—Mi intimidad con el pachá y la suprema confianza que tenía en mi fidelidad me habían permitido verlas más de veinte veces.

»—¿Tiene usted alguna idea de lo que ha sido de ellas?

»—Sí, señor. Oí decir que habían sucumbido a su tristeza y, tal vez a su miseria. Yo no era rico, mi vida corría grandes peligros y no pude ponerme a buscarlas con gran sentimiento por mi parte.

»El presidente frunció las cejas imperceptiblemente.

»—Señores —dijo—, han oído y seguido al señor conde de Morcerf en sus explicaciones. Señor conde, ¿puede usted, en apoyo de ese relato que acaba de hacernos, presentarnos algún testigo?

»—¡Ay! No, señor —respondió el conde—. Todos los que rodeaban al visir y que me han conocido en su Corte o están muertos o se dispersaron; solamente yo, según creo, sólo yo entre mis compatriotas, he sobrevivido a esta espantosa guerra. No tengo más que las cartas de Alí Tebelín, y las he presentado; tengo el anillo, prenda de su voluntad, y aquí está; y en fin, la prueba más convincente que puedo suministrar contra este ataque anónimo, es la ausencia de todo testigo contra mi palabra de hombre honrado y la pureza de toda mi carrera militar.

»Un murmullo de aprobación circuló por la Asamblea; en aquel momento, Alberto, y si no hubiese sobrevenido un incidente, la causa de tu padre estaba ganada.

»No faltaba más que ponerla a votación, cuando el presidente tomó la palabra.

»—Señores —dijo—, y usted, señor conde, supongo que no se molestarán si oímos a un testigo muy importante, según asegura, y que acaba de ofrecerse personalmente. Este testigo, no lo dudamos después de lo que acaba de manifestarnos el conde, está llamado a probarnos la total inocencia de nuestro colega. He aquí la carta que acabo de recibir a este respecto. ¿Desean ustedes que sea leída, o deciden que pasemos a otra cosa y no detenernos en este incidente?

»El señor de Morcerf palideció y crispó sus manos sobre los papeles que sostenían, y que crujieron entre sus dedos.

»La respuesta de la comisión acordó la lectura; en cuanto al conde, estaba pensativo y nada dijo.

»El presidente, por consiguiente, leyó esta carta:

Señor presidente:
Puedo ofrecer a la comisión investigadora, encargada de examinar la conducta en Epiro y en Macedonia del teniente general conde de Morcerf, los informes más valiosos.

»El presidente hizo una breve pausa.
»El conde de Morcerf palideció; el presidente interrogó a los auditores con la mirada.
»—¡Continúe! —exclamaron de todas partes.
»El presidente prosiguió:

Estaba en aquellos lugares a la muerte de Alí Pachá; asistí a sus últimos momentos; sé lo que fue de Vasiliki y Haydée; y me encuentro a disposición de la comisión, e incluso reclamo el honor de que me oigan. Estaré en el vestíbulo de la Cámara en el momento en que le entreguen esta nota.

»—¿Y quién es ese testigo, o más bien ese enemigo? —preguntó el conde con voz en la que se apreciaba una profunda alteración.
»—Ahora lo sabremos, señor —respondió el presidente—. ¿La comisión está de acuerdo en que se oiga a este testigo?
»—Sí, sí —dijeron al mismo tiempo todas las voces.
»Se llamó al ujier.
»—Ujier —preguntó el presidente—, ¿hay alguien que espera en el vestíbulo?
»—Sí, señor presidente.
»—¿Quién es esa persona?
»—Una mujer acompañada de un criado.
»Todos se miraron.
»—Haga entrar a esa mujer —dijo el presidente.
»Cinco minutos después, el ujier reapareció; todas las miradas se posaron en la puerta, y yo mismo participé del interés y la ansiedad general.
»Detrás del ujier caminaba una mujer envuelta en un gran velo que la ocultaba por completo. Se adivinaba fácilmente, por las formas que no ocultaba el velo y el perfume que exhalaba, que era una mujer joven y elegante.

»El presidente rogó a la desconocida que se desvelase y entonces se pudo ver que la mujer estaba vestida a estilo griego, y además era de una suprema belleza.

—¡Ah! —exclamó Morcerf—. Era ella.

—¿Cómo ella?

—Sí, Haydée.

—¿Quién te lo ha dicho?

—¡Ay! Lo he adivinado. Pero, continúa, Beauchamp, te lo ruego. Ya ves que estoy tranquilo y animoso. Y sin embargo, debemos aproximarnos al desenlace.

—El señor de Morcerf —continuó Beauchamp— miraba a aquella mujer con una sorpresa mezclada de espanto. Para él era la vida o la muerte lo que iba a salir de aquella encantadora boca; para los demás, una simple aventura, tan extraña y llena de curiosidad que la vida o la pérdida del señor de Morcerf ya no quedaba más que como un acontecimiento secundario.

»El presidente ofreció con la mano un asiento a la joven; pero ella indicó con la cabeza que permanecería de pie. En cuanto al conde, había caído sobre su butaca y era evidente que sus piernas se negaban a sostenerle.

»—Señora —dijo el presidente—, ha escrito usted a la comisión para darle informes acerca del asunto de Janina, y afirmó que usted había sido testigo ocular de los acontecimientos.

»—Lo fui, efectivamente —respondió la desconocida con una voz llena de una encantadora tristeza, y con esa peculiaridad sonora de las voces orientales.

»—No obstante —replicó el presidente—, permítame decirle que usted era muy joven entonces.

»—Tenía cuatro años; pero como los acontecimientos tenían para mí una suprema importancia, ni un solo detalle se escapó a mi ánimo, ni una particularidad abandonó mi memoria.

»—Pero ¿qué importancia tenían para usted estos acontecimientos, y quién es usted para que esta gran catástrofe haya producido en usted tan profunda impresión?

»—Se trataba de la vida o de la muerte de mi padre —respondió la muchacha—, y yo me llamo Haydée, hija de Alí Tebelín, pachá de Janina, y de Vasiliki, su mujer bienamada.

»Un rubor modesto y orgulloso a la vez, encendió las mejillas de la mujer; el fuego de su mirada y la majestad de su revelación, produjeron en la asamblea un efecto inexplicable.

»En cuanto al conde, no hubiese quedado más anonadado si un rayo hubiera caído a sus pies abriendo un abismo.

»—Señora —replicó el presidente después de inclinarse con respeto—, permítame una pregunta sencilla, que no es ninguna duda, y esta pregunta será la última: ¿puede justificar la autenticidad de lo que acaba de decir?

»—Lo puedo, señor —dijo Haydée sacando de debajo de su velo una bolsita de satén perfumado—, porque aquí está el acta de mi nacimiento, redactada por mi padre y firmada por los principales dignatarios; porque aquí, con el acta de nacimiento, está la de bautismo, pues mi padre consintió en que fuese educada en la religión de mi madre, acta que el gran primado de Macedonia y Epirio autorizó con su sello; y aquí, en fin, y esto es lo más importante, sin duda, está el acta de la venta que se hizo de mi persona y de la de mi madre al comerciante armenio El Kobbir, por el oficial franco quien, en su infame acuerdo con la Puerta, se había reservado con su parte de botín, a la hija y a la mujer de su bienhechor, a quienes vendió por la suma de mil bolsas, es decir por cuatrocientos mil francos aproximadamente.

»Una palidez verdosa invadió las mejillas del conde de Morcerf, y sus ojos se inyectaron de sangre ante el anuncio de estas terribles acusaciones que fueron acogidas por la Asamblea con un lúgubre silencio.

»Haydée, siempre tranquila, pero más amenazadora en su calma que otra en su cólera, alargó al presidente el acta de venta redactado en lengua árabe.

»Como se había pensado que algunos de los documentos estarían redactados en árabe, en romaico o en turco, se había avisado al intérprete de la Cámara; se le llamó. Uno de los nobles Pares, a quien le era familiar la lengua árabe por su campaña en Egipto, siguió con la vista puesta en el acta la lectura que el traductor hizo en voz alta:

»Yo, El Kobbir, mercader de esclavos y proveedor del harén de S.A., reconozco haber recibido para entregar al sublime emperador, del señor conde de Montecristo, una esmeralda valorada en dos mil bolsas, como precio por una joven esclava cristiana de once años de edad, de nombre Haydée, e hija reconocida del difunto señor Alí Tebelín, pachá de Janina, y de Vasiliki, su favorita; la cual me fue vendida hace siete años, con su madre, muerta al llegar a Constantinopla, por un coronel franco al servicio del visir Alí Tebelín, llamado Fernando Mondego.

»La susodicha venta me ha sido hecha por cuenta de S.A., de quien tengo la orden, mediante la suma de mil bolsas.

»Hecho en Constantinopla, con la autorización de S.A., el año 1274 de la Hégira. Firmado:

EL KOBBIR

»La presente acta, para darle toda fe, crédito y autenticidad, será revestida con el sello imperial, que el vendedor se obliga a hacer sellar.

»Junto a la firma del mercader se veía, en efecto, el sello del sublime emperador.

»A esta lectura y a la vista de esto, sucedió un silencio terrible; el conde no hacía más que mirar a Haydée, a pesar suyo, y su mirada parecía de fuego y sangre.

»—Señora —dijo el presidente—, ¿se puede preguntar al conde de Montecristo, el cual está en París con usted, según creo?

»—Señor —respondió Haydée—, el conde de Montecristo, mi nuevo padre, está en Normandía desde hace tres días.

»—Pero, entonces, señora —dijo el presidente—, ¿quién le ha aconsejado dar este paso, el cual la corte le agradece y que por otra parte es muy natural, dado su nacimiento y sus desgracias?

»—Señor —respondió Haydée—, esta gestión me fue aconsejada por mi respeto y por mi dolor. Aunque cristiana, que Dios me perdone, pero siempre he soñado con vengar a mi ilustre padre. Ahora bien, cuando puse los pies en Francia, cuando supe que el traidor vivía en París mis ojos y oídos han permanecido constantemente abiertos. Vivo retirada en la casa de mi noble protector, pero también vivo así porque amo la sombra y el silencio que me permiten rememorar mis pensamientos y mis recuerdos. Pero el señor conde de Montecristo me rodea de cuidados paternales, y nada de lo que constituye la vida mundana me es desconocido; sólo que no acepto más que su ruido lejano. Así, pues, leo todos los periódicos, como me envían todos los libros y recibo todas las melodías; y siguiendo esto he sabido lo que pasó esta mañana en la Cámara de los Pares, y lo que debía suceder esta tarde... Entonces, le escribí.

»—Así, pues —interrogó el presidente—, ¿el señor conde de Montecristo no tiene nada que ver en su decisión?

»—Lo ignora totalmente, señor, e incluso no tengo más que un temor; que desapruebe lo que he hecho cuando lo sepa. No obstante, es un hermoso día para mí —continuó la joven levantando la mirada al cielo—, porque al fin encuentro la ocasión de vengar a mi padre.

»Durante todo este tiempo el conde no había pronunciado ni una sola palabra; sus colegas le miraban y sin duda lamentaban este destino destruido por el soplo perfumado de una mujer; su desgracia se escribía poco a poco con caracteres siniestros en su rostro.

»—Señor de Morcerf —dijo el presidente—, ¿reconoce usted a la señora como la hija de Alí Tebelín, pachá de Janina?

»—No —respondió Morcerf haciendo un esfuerzo para levantarse—. Y es una trampa urdida por mis enemigos.

»Haydée, que tenía puestos sus ojos en la puerta, como si esperase a alguien, se volvió bruscamente y, encontrándose al conde en pie, lanzó un terrible grito.

»—Tú no me reconoces —dijo ella—, pues bien, yo, afortunadamente, sí te reconozco. ¡Tú eres Fernando Mondego, el oficial franco que instruía las tropas de mi noble padre! ¡Tú fuiste quien entregó los castillos de Janina! ¡Tú quien, enviado a Constantinopla para tratar directamente con el emperador de la vida o la muerte de tu bienhechor, aportaste un falso documento que concedía gracia total! ¡Tú quien con dicha orden obtuviste la sortija del pachá, a la que debía obedecer Selim, el guardián del fuego! ¡Tú quien apuñaló a Selim! ¡Y tú quien nos vendió, a mi madre y a mí, al mercader El Kobbir! ¡Asesino, asesino, asesino! ¡Aún tienes en la frente sangre de tu amo! ¡Mírenle!

»Estas palabras habían sido pronunciadas con tal entusiasmo y veracidad que todas las miradas se volvieron hacia la frente del conde, quien a su vez, se llevó la mano a ella como si hubiera sentido la tibia sangre de Alí.

»—¿Reconoce usted, positivamente, al señor de Morcerf como el mismo oficial Fernando Mondego?

»—Sí, le reconozco —exclamó Haydée—. ¡Oh, madre mía! Me dijiste: "Tú eres libre, tienes un padre que amas, estás destinada a ser casi reina. Mira bien a este hombre, él te hizo esclava, él levantó en lo alto de una pica la cabeza de tu padre, él nos ha vendido, él nos ha entregado. Mira bien su mano derecha, la que tiene una ancha cicatriz; si olvidas su rostro, lo reconocerás por esa mano en que han caído una a una las piezas de oro del mercader El Kobbir". Sí lo reconozco. ¡Oh! Que ahora diga si no me reconoce.

»Cada palabra caía como una cuchilla sobre Morcerf y cortaba una parte de su energía; a las últimas palabras, ocultó con viveza su mano mutilada por efecto de una herida, en su pecho, y cayó sobre su silla, abismado bajo el peso de la desesperación.

»Esta escena alteró los espíritus de toda la Asamblea, como se ven arremolinarse las hojas desprendidas del tronco bajo el potente viento del norte.

»—Señor conde de Morcerf —dijo el presidente—, no se deje abatir y responda. La justicia de la corte es suprema e igual para todos como la de Dios; ella no dejará que le aplasten sus enemigos sin darle los medios para combatirlos. ¿Quiere una nueva investigación? ¿Desea usted que ordene el viaje de dos miembros de la Cámara a Janina? ¡Hable!

»Morcerf no respondió nada.

»Entonces todos los miembros de la comisión se miraron con una especie de terror. Se conocía el carácter enérgico y violento del conde. Se necesitaba una terrible postración para aniquilar la defensa de aquel hombre; había que pensar, en fin, que a aquel silencio, que parecía un sueño, sucedería un despertar semejante al de un rayo.

»—¿Y bien? —le preguntó el presidente—. ¿Qué decide?

»—Nada —dijo el conde con voz sorda mientras se levantaba.

»—La hija de Alí Tebelín —dijo el presidente—. ¿Ha declarado, por tanto, la verdad? ¿Es, realmente, el testigo terrible ante cuya llegada el culpable no se atreve a decir no? ¿Ha hecho usted, verdaderamente, todas esas cosas de que se le acusa?

»El conde echó en torno suyo una mirada cuya expresión desesperada hubiese conmovido a los tigres, pero que no podía desarmar a los jueces; después levantó los ojos hacia la bóveda, pero enseguida los apartó como si temiese que, abriéndose, dejase resplandecer ese segundo tribunal que se llama cielo y en el que hay otro juez llamado Dios.

»Entonces, con un brusco movimiento, se arrancó los botones de aquel uniforme cerrado que le ahogaba, y salió de la sala como un preso. Por un instante resonó su lúgubre paso bajo la bóveda sonora, luego, inmediatamente, el rodar del coche que lo llevaba a galope retumbó en el pórtico del edificio florentino.

»—Señores —dijo el presidente cuando se hubo restablecido el silencio—, ¿el señor conde de Morcerf es convicto de felonía, traición e indignidad?

»—Sí —respondieron con voz unánime todos los miembros de la comisión investigadora.

»Haydée había asistido hasta el fin de la sesión; oyó pronunciar la sentencia contra el conde sin que uno solo de los rasgos de su rostro experimentase alegría o piedad.

»Entonces, echándose el velo sobre su rostro, saludó majestuosamente a los consejeros, y salió con ese paso con que Virgilio veía caminar a las diosas.

La provocación

—Entonces —continuó Beauchamp—, aproveché el silencio y la oscuridad de la sala para salir sin ser visto. El ujier que me había introducido me esperaba a la puerta. Me condujo a través de los pasillos hasta una puertecita que daba sobre la calle Vaugirard. Salí con el alma destrozada y a la vez contenta, perdóname esta expresión, Alberto: rota, por ti, y contenta por la nobleza de esa muchacha persiguiendo la venganza paterna. Sí, te lo juro, Alberto, de cualquier parte que proceda esta revelación, no puede ser sino de un enemigo, pero este enemigo es un agente de la Providencia.

Alberto ocultaba su rostro entre las manos; levantó su cara, sonrojada de vergüenza y bañada en lágrimas, y cogiendo del brazo a Beauchamp, le dijo:

—Amigo, mi vida ha concluido: sólo me falta, no decir como tú que la Providencia me ha herido, sino buscar al hombre que me persigue con su enemistad; después, cuando lo haya encontrado, matarlo o que me mate. Ahora bien, cuento con tu amistad para ayudarme, Beauchamp, si es que el desprecio no me ha matado en tu corazón.

—¿El desprecio, amigo mío? ¿Y en qué te alcanzará a ti esta desgracia? No, a Dios gracias, ya no nos encontramos en los tiempos en que un injusto prejuicio hacía a los hijos responsables de las acciones de sus padres. Repasa tu vida, Alberto; data de ayer, es cierto, pero jamás la aurora de un bello día fue más pura que tu oriente. No, Alberto, créeme, eres joven, eres rico, abandona Francia: todo se olvida en esta gran Babilonia en donde la existencia es agitada y los gustos cambian. Vendrás dentro de tres o cuatro años, te habrás casado con una princesa rusa, y nadie pensará más en lo que pasó ayer, y con mayor razón en lo pasado hace dieciséis años.

—Gracias, mi querido Beauchamp, gracias por la excelente intención que te dicta esas palabras, pero no puede ser así. Te he indicado mi deseo, y ahora, si es preciso, cambiaré la palabra deseo por la de voluntad. Comprende que como interesado en este asunto, no puedo ver la cosa desde el mismo punto de vista que tú. Lo que a ti te parece venir de un designio celeste, a mí me lo parece de una fuente menos pura. La Providencia me parece, lo confieso, muy extraña en todo esto, y esto, afortunadamente, porque en vez de la invisible e impalpable mensajera de las recompensas y castigos, encontraré un ser palpable y visible del cual me vengaré. ¡Oh, sí! Lo juro, de todo lo que me ha hecho sufrir desde hace un mes. Ahora, te lo repito, Beauchamp, quiero volver a la vida humana y material, y, si aún eres mi amigo como dices, ayúdame a encontrar la mano que dirige este golpe.

—Entonces, sea —dijo Beauchamp—. Y si quieres que yo descienda a la tierra, lo haré; si deseas ponerte a buscar un enemigo, te acompañaré. Y lo encontraré, porque mi honor está casi tan interesado como el tuyo en que lo logremos.

—Bien, entonces, Beauchamp, comprenderás que desde este mismo instante, sin retraso, debemos empezar nuestras averiguaciones. Cada minuto de retraso es una eternidad para mí; el denunciante aún no ha sido castigado y puede que piense que no lo será. Y por mi honor, que si lo espera, se engaña.

—Bien, escúchame, Morcerf.

—¡Ah! Beauchamp, veo que sabes algo. Venga, dímelo pronto.

—No digo que sea realidad, Alberto, pero al menos resulta una luz en las tinieblas; siguiendo esta luz, tal vez podamos llegar al punto deseado.

—¡Dilo! Ya ves que estoy impaciente.

—Pues bien, voy a contarte lo que no quise decirte al regresar de Janina.

—Habla.

—Mira lo que sucedió, Alberto. Yo fui tranquilamente a casa del primer banquero de la ciudad para tomar informes; a la primera palabra que dije sobre el asunto, antes, incluso de nombrar a tu padre, me dijo:

»—¡Ah! Muy bien; adivino lo que le trae por aquí.

»—¿Cómo es eso, y por qué?

»—Porque hace unos quince días apenas fui interrogado sobre el mismo asunto.

»—¿Por quién?

»—Por un banquero de París, mi correspondiente.

»—¿Cómo se llama?

»—Señor Danglars.

—¡Él! —exclamó Alberto—. En efecto, tiene que ser él, que hace tiempo persigue a mi pobre padre con su celo odioso; él, el hombre que pretende ser popular y que no perdona al conde de Morcerf el ser par de Francia. Y, mira, ahí está esa ruptura de compromiso sin dar razón alguna. Sí, él es.

—Infórmate, Alberto, pero no te dejes arrastrar por la cólera. Infórmate, te digo, y si es cierto...

—¡Oh! Sí, si la cosa es cierta —exclamó el joven—, me pagará todo lo que me ha hecho sufrir.

—Ten cuidado, Morcerf, ya es un hombre viejo.

—Tendré tantos miramientos con su edad como él los ha tenido con el honor de mi familia. Si quería perder a mi padre, ¿por qué no lo buscó a él? ¡Oh, no! Tuvo miedo de enfrentarse a un hombre.

—Alberto, yo no te condeno, pero sí te contengo; actúa con prudencia, Alberto.

—¡Oh, no tengas miedo! Además, tú me acompañarás, Beauchamp: las cosas solemnes deben tratarse delante de testigos. Antes de que termine el día de hoy, si el señor Danglars es culpable, este señor habrá dejado de existir o yo estaré muerto. Pardiez, Beauchamp, quiero hacer magníficos funerales en mi honor.

—Pues bien, cuando se adoptan semejantes resoluciones, Alberto, hay que ponerlas en ejecución inmediatamente. ¿Quieres ir a casa del señor Danglars? Pues partamos.

Se envió a buscar un cabriolé de alquiler. Al entrar en la villa del banquero encontraron el faetón y el criado de Andrea Cavalcanti a la puerta.

—¡Ah! ¡Diantre! Esto sí que marcha bien —dijo Alberto con voz sombría—. Si el señor Danglars no quiere batirse conmigo, mataré a su yerno. Un Cavalcanti sí que se batirá.

Anunciaron el joven al banquero, quien, al escuchar el nombre de Alberto y sabiendo lo que había sucedido la víspera, le cerró su puerta. Pero ya era demasiado tarde; había seguido al lacayo, oyó la orden dada, forzó la puerta y penetró, seguido de Beauchamp, hasta el despacho del banquero.

—¡Pero, señor! —exclamó éste—. ¿Acaso no soy dueño de recibir en mi casa a quien quiera? Me parece que usted se conduce de manera muy extraña.

—No, señor —dijo fríamente Alberto—. Hay circunstancias, y usted está en una de ellas, en las que, salvo que usted sea un cobarde, y le ofrezco esta excusa, se debe estar en casa, al menos para ciertas personas.

—Entonces, ¿qué quiere usted, señor?

—Quiero —dijo Morcerf aproximándose sin hacer caso de Cavalcanti, que estaba junto a la chimenea—, quiero proponerle una cita en un rincón apartado en el que nadie le moleste durante diez minutos, no le pido más; y en donde, de dos hombres que se encuentran, uno quedará sobre las hojas.

Danglars palideció, Cavalcanti hizo un movimiento, y Alberto se volvió hacia el joven.

—¡Oh, Dios mío! —dijo—. Venga si usted quiere, señor conde, tiene usted derecho, casi es de la familia, y yo doy toda clase de citas a cuantos quieran aceptarlas.

Cavalcanti miró con aire estupefacto a Danglars, el cual hizo un esfuerzo, se levantó y avanzó entre los jóvenes. El ataque de Alberto a Andrea acababa de ponerle en otro terreno, y esperaba que la visita de Alberto tuviera otro motivo diferente al que había supuesto en un principio.

—¡Ah, vaya! Señor —dijo a Alberto—, si viene aquí a buscar querella al señor porque yo lo he preferido a usted, le prevengo que haré de esto un asunto del procurador del rey.

—Se equivoca usted, señor —dijo Morcerf con una sonrisa sombría—. No hablo de matrimonio para nada, y si me he dirigido al señor Cavalcanti ha sido por creer que tenía la intención de intervenir en nuestra discusión. Por lo demás, tiene usted razón: hoy busco querella con todo el mundo; pero esté tranquilo, señor Danglars, usted tiene prioridad.

—Señor —respondió Danglars, pálido de cólera y miedo—, le advierto que cuando tengo la desdicha de encontrar en mi camino un perro rabioso, lo mato, y lejos de creerme culpable pienso que he prestado un buen servicio a la sociedad.

Ahora bien, si usted está rabioso y tiende a morderme, le prevengo que lo mataré sin piedad. ¡Vaya! ¿Es culpa mía el que su padre este deshonrado?

—¡Sí, miserable! —exclamó Morcerf—. ¡Es culpa suya!

Danglars retrocedió un paso.

—¡Culpa mía! ¿Mía? —dijo—. Pero ¿usted está loco? ¿Acaso sé yo la historia griega? ¿He viajado yo por esos países? ¿He sido yo quien aconsejó a su padre entregar los castillos de Janina? De traicionar...

—¡Silencio! —dijo Alberto con voz sorda—. No, no ha sido usted quien ha provocado directamente este estallido y causado esta desgracia, pero sí quien lo ha removido hipócritamente.

—¿Yo?

—Sí, usted. ¿De dónde procede la revelación?

—Pues me parece que el periódico lo ha dicho: de Janina, ¡diantre!

—¿Y quién ha escrito a Janina?

—¿A Janina?

—Sí. ¿Quién ha escrito para pedir informes acerca de mi padre?

—Me parece que todo el mundo puede escribir a Janina.

—Sin embargo, sólo una persona ha escrito.

—¿Una sola?

—¡Sí! Y esa persona ha sido usted.

—Yo he escrito, sin duda; me parece que cuando uno casa a su hija con un hombre, pueden pretenderse informaciones sobre ese hombre; no sólo es un derecho, sino un deber.

—Usted ha escrito, señor —dijo Alberto—, sabiendo perfectamente lo que le responderían.

—¿Yo? ¡Ah! Se lo juro —exclamó Danglars con una confianza y una seguridad fijas, más que del miedo, de la compasión que en el fondo sentía por el desventurado joven—. Le juro que jamás se me ocurrió escribir a Janina. ¿Acaso conocía yo la catástrofe de Alí Pachá?

—Entonces, ¿le han impulsado a escribir?

—Ciertamente.

—¿Le han obligado?

—Sí.

—¿Quién ha hecho eso...? Acabe..., dígalo...

—¡Pardiez! Nada más sencillo; hablaba del pasado de su padre, decía que el origen de su fortuna siempre había estado oscuro. Entonces me preguntaron en dónde había hecho su fortuna su padre. Le respondí: «En Grecia». Entonces me dijo: «Pues bien, escriba a Janina».

—¿Y quién le ha dado ese consejo?

—¡Diantre! El conde de Montecristo, su amigo.

—¿El conde de Montecristo le dijo que escribiese a Janina?

—Sí, y escribí. ¿Quiere ver mi correspondencia? Se la enseñaré.

Alberto y Beauchamp se miraron.

—Señor —dijo entonces Beauchamp, que hasta entonces no había dicho nada—, me parece que usted acusa al conde, que está ausente de París, y que no puede justificarse en este momento.

—Yo no acuso a nadie, señor —dijo Danglars—, afirmo, y repetiré delante del señor conde de Montecristo todo lo que acabo de decir ante ustedes.

—¿Y el conde conoce la respuesta que usted recibió?

—Se la enseñé.

—¿Sabía él que el nombre de pila de mi padre era Fernando y que su apellido era Mondego?

—Sí, se lo había dicho hace mucho tiempo; además, en esto he hecho lo que cualquiera en mi lugar, y tal vez mucho menos. Cuando al día siguiente de esa respuesta, su padre, impulsado por el señor de Montecristo, vino a pedirme oficialmente a mi hija, como suele hacerse cuando se quiere acabar, se la negué; me negué en redondo, es cierto, pero sin explicaciones, sin escándalo. En efecto, ¿por qué habría de producir un escándalo? ¿Qué me importa a mí el honor o el deshonor del señor de Morcerf? ¿Acaso eso me produce alza o baja en la renta?

Alberto sintió cómo aparecía el rubor en su rostro; no cabía duda, Danglars se defendía con la bajeza, pero con la seguridad de un hombre que dice, si no toda la verdad, al menos una parte, no por escrúpulos de conciencia, es cierto, sino por miedo. Por otra parte, ¿qué buscaba Morcerf? No se trataba de la culpabilidad de Danglars o de la de Montecristo, sino de un hombre que respondiese de la ofensa, ligera o grave, un hombre que se batiese, y era evidente que Danglars no se batiría.

Además, todas las cosas olvidadas o inadvertidas se hacían presentes a los ojos o en el recuerdo. Montecristo lo sabía todo, puesto que él había comprado la hija de Alí Pachá; ahora bien, sabiéndolo todo, había aconsejado a Danglars que escribiese a Janina. Conocida esta respuesta, había accedido al deseo manifestado por Alberto de ser presentado a Haydée; una vez delante de ella, había dejado recaer la conversación sobre la muerte de Alí, no oponiéndose al relato de Haydée, pero sin duda, habiendo dado a la joven algunas instrucciones en las palabras romaicas para que Morcerf no reconociese a su padre; además, ¿no le había rogado que no pronunciase el nombre de su padre delante de Haydée? Por último, había llevado a Alberto a Normandía en el momento en que sabía que el gran escándalo debía estallar. No quedaba duda alguna, todo aquello estaba calculado, y, sin duda alguna, Montecristo se entendía con los enemigos de su padre.

Alberto llevó a Beauchamp a un rincón y le comunicó sus pensamientos.

—Tienes razón —dijo éste—, el señor Danglars no tiene en esto más que la parte burda y material; es a Montecristo a quien debes pedir una explicación.

Alberto se volvió.

—Señor —dijo a Danglars—, comprenderá que no me despido todavía de usted; me queda saber si sus inculpaciones son ciertas, y voy a asegurarme hablando con el señor conde de Montecristo.

Y, saludando al banquero, salió con Beauchamp sin ocuparse para nada de Cavalcanti.

Danglars les acompañó hasta la puerta, y, en ella, aseguró nuevamente a Alberto que no tenía ningún motivo de odio personal contra el conde de Morcerf.

El insulto

Beauchamp detuvo a Morcerf a la puerta del banquero.

—Escucha —le dijo—, hace un momento te he dicho en casa del señor Danglars, que era al señor de Montecristo a quien debías pedirle una explicación.

—Sí, y vamos a su casa.

—Un instante, Morcerf; antes de ir a casa del conde, reflexiona.

—¿Qué quieres que medite?

—En la gravedad de este paso.

—¿Es más grave que el ir a casa del señor Danglars?

—Sí, porque el señor Danglars es un hombre adinerado, y ya sabes que los hombres de dinero saben demasiado de capitales para arriesgarse batiéndose. El otro, por el contrario, es un gentilhombre, al menos en apariencia; pero ¿no temes encontrar bajo el gentilhombre al bravo?

—Sólo temo una cosa, encontrar un hombre que no se bata.

—¡Oh, estate tranquilo! —dijo Beauchamp—. Éste sí se batirá. Sólo temo una cosa, y es que se bata demasiado bien. ¡Ten cuidado!

—Amigo —dijo Morcerf con una hermosa sonrisa—, eso es lo que pido. Lo más dichoso que puede ocurrirme es morir por mi padre; eso nos salvará a todos.

—¡Tu madre morirá!

—¡Pobre madre! —dijo Alberto pasando la mano sobre sus ojos—. Ya lo sé; pero más vale que ella muera de eso que de vergüenza.

—¿Estás bien decidido, Alberto?

—Sí.

—¡Vamos, pues! Pero ¿crees que lo encontraremos?

—Debía regresar unas horas después que yo, y ciertamente, habrá venido.

Subieron al coche y se hicieron conducir al número treinta de la avenida de los Campos Elíseos.

Beauchamp quería descender solo, pero Alberto le hizo observar que aquel asunto se salía de las reglas corrientes, y le permitía apartarse de la etiqueta del duelo.

El joven actuaba en todo esto por una causa tan santa, que Beauchamp no tenía más remedio que prestarse a todos sus deseos: cedió, pues, el paso a Morcerf y se limitó a seguirle.

Alberto se puso de un salto del cuarto del portero a la escalinata. Bautista le recibió.

El conde acababa de llegar, efectivamente, pero estaba en el baño, y había prohibido recibir a alguien.

—Pero ¿y después del baño? —preguntó Morcerf.

—El señor comerá.

—¿Y después de la comida?

—El señor dormirá una hora.

—¿Y luego?

—A continuación irá a la ópera.

—¿Está usted seguro? —preguntó Alberto.

—Totalmente seguro; el señor ha encargado sus caballos para las ocho en punto.

—Muy bien —replicó Alberto—. Eso era todo lo que deseaba saber.

Luego, volviéndose con Beauchamp, le dijo:

—Si tienes alguna cosa que hacer, hazla inmediatamente, Beauchamp; si tienes alguna cita para esta noche, déjala para mañana. Comprenderás que cuento contigo para ir a la ópera. Si puedes, tráeme a Chateau Renaud.

Beauchamp aprovechó esta decisión y abandonó a Alberto después de prometerle ir a recogerle a las ocho menos cuarto.

Al regresar a su casa, Alberto previno a Franz, a Debray y a Morrel del deseo que tenía de verlos aquella misma noche en la ópera.

Después se fue a visitar a su madre, quien, desde los acontecimientos de la víspera, no salía de su cuarto y había prohibido la entrada en él. La encontró en la cama, abrumada por el dolor de esta humillación pública.

La presencia de Alberto produjo en Mercedes el efecto que podía esperarse; ella estrechó la mano de su hijo y se echó a llorar. No obstante, aquellas lágrimas la aliviaron.

Alberto permaneció un instante de pie y en silencio junto al rostro de su madre. Se percibía en su cara pálida y en sus cejas fruncidas que su resolución de venganza se arraigaba cada vez más en su corazón.

—Madre mía —preguntó Alberto—, ¿conoce a algún enemigo del señor de Morcerf?

Mercedes se estremeció; había notado que el joven no había dicho mi padre.

—Amigo mío —dijo ella—, las personas que tienen la posición del conde tienen muchos enemigos que nadie conoce. Además, ya sabes que los enemigos que se conocen, no son los más peligrosos.

—Sí, ya sé eso, por eso apelo a toda su perspicacia. Madre mía, usted es una mujer superior, a la que nada se le escapa.

—¿Por qué me dices eso?

—Porque usted notó, por ejemplo, que la noche del baile que dimos, el señor de Montecristo no quiso tomar nada en nuestra casa.

Mercedes se incorporó toda temblorosa sobre su brazo abrasado por la fiebre.

—¡El señor de Montecristo! —exclamó ella—. ¿Y qué tiene que ver con la pregunta que me haces?

—Ya sabe usted, madre, que el señor de Montecristo es casi oriental, y los orientales, para conservar toda la libertad en su venganza, no comen ni beben jamás en casa de sus enemigos.

—¿Dices que el conde de Montecristo es nuestro enemigo, Alberto? —replicó Mercedes poniéndose más pálida que la sábana que la cubría—. ¿Quién te ha dicho eso? ¿Por qué? Estás loco, Alberto. El señor de Montecristo no tiene más que cortesías con nosotros. El señor de Montecristo te ha salvado la vida, tú mismo nos lo has presentado. ¡Oh! Te lo ruego, hijo mío, si tienes tal idea, abandónala, y si tengo alguna recomendación que hacerte, es más, si tengo un ruego que dirigirte, es que estés a bien con él.

—Madre mía —replicó el joven con una mirada sombría—, ¿tiene usted motivos para recomendarme ese hombre?

—¡Yo...! —exclamó Mercedes sonrojándose con la misma rapidez que había palidecido, y volviendo a ponerse casi más pálida inmediatamente.

—Sí, sin duda, y esa razón —prosiguió Alberto—, ¿no es la de que ese hombre puede hacernos mal?

Mercedes se estremeció; y, clavando en su hijo una mirada interrogadora, le dijo:

—Me hablas muy extrañamente, y me parece que tienes singulares prevenciones. ¿Qué te ha hecho el conde? Hace tres días estabas con él en Normandía, y entonces lo mirabas como tu mejor amigo.

Una sonrisa asomó a los labios de Alberto. Mercedes vio esta sonrisa, y con su doble instinto de mujer y de madre, lo adivinó todo; pero, prudente y fuerte, ocultó su turbación y sus temores.

Alberto dejó caer la conversación; al cabo de un instante, la condesa la reanudó.

—Venías a preguntarme cómo me encontraba —dijo—, te responderé francamente, amigo mío: no me siento muy bien. Deberías instalarte aquí, Alberto, y hacerme compañía; necesito no estar sola.

—Madre mía —dijo el joven—, estaría a sus órdenes, y ya sabe con cuánta dicha, si un asunto urgente e importante no me obligase a abandonarla durante toda la noche.

—¡Ah! Muy bien —respondió Mercedes con un suspiro—. Vete, Alberto, no quiero hacerte esclavo de la compasión filial.

Alberto hizo como que no entendía, saludó a su madre y salió.

Apenas hubo cerrado la puerta el joven, Mercedes llamó a un criado de confianza y le ordenó seguir a Alberto por todas partes, y venir a darle cuenta de ello inmediatamente.

Después llamó a su camarera y, aunque débil, se hizo vestir para estar lista ante cualquier acontecimiento.

La misión encargada al criado no era difícil de ejecutar. Alberto entró en su casa y se vistió con una especie de rebuscamiento severo. A las ocho menos diez minutos, Beauchamp llegó; había visto a Chateau Renaud, el cual le había prometido encontrarse en la ópera al levantarse el telón.

Ambos subieron en el cupé de Alberto quien, no teniendo ninguna razón para ocultar adonde iba, dijo en voz alta:

—¡A la Ópera!

En su impaciencia, llegó antes de levantarse el telón. Chateau Renaud estaba en su luneta, prevenido de todo por Beauchamp, y Alberto no tuvo que darle ninguna explicación. La conducta de este hijo, que intentaba vengar a su padre, era tan simple que Chateau Renaud no intentó ni disuadirle, y se limitó a renovarle la promesa de que estaba a su disposición.

Debray aún no había llegado, pero Alberto sabía que no faltaría a una representación de la ópera. Alberto paseó por el teatro hasta que se levantó el telón. Esperaba encontrar a Montecristo en un pasillo o en la escalera. La campanilla llamó a sus puestos, y regresó la orquesta para sentarse entre Chateau Renaud y Beauchamp.

Pero sus ojos no se apartaban de aquel palco de entre columnas que, durante todo el primer acto, parecía obstinado en permanecer cerrado.

Al fin, cuando Alberto consultaba por centésima vez su reloj, al comienzo del segundo acto, la puerta del palco se abrió, y Montecristo, vestido de negro, entró y se apoyó en la barandilla para contemplar la sala; Morrel le seguía, buscando con la mirada a su hermana y a su cuñado. Los divisó en un palco de la segunda fila y les hizo una seña.

El conde, al echar una mirada circular por toda la sala, percibió una cara pálida y unos ojos centelleantes que parecían reclamar ávidamente su atención; reconoció enseguida a Alberto, pero la expresión que descubrió en su rostro trastornado le aconsejó hacerse el desentendido. Sin hacer, pues, ningún movimiento que descubriese su pensamiento, se sentó, sacó los prismáticos de su estuche y miró de un lado a otro.

Pero, sin parecer mirar a Alberto, el conde no le perdía de vista y, cuando el telón cayó al final del segundo acto, su mirada infalible y segura siguió al joven saliendo de la orquesta acompañado de sus dos amigos.

Después, la misma cabeza reapareció por los cristales de un primer palco situado frente al suyo. El conde sentía la llegada de la tempestad, y cuando oyó dar vuelta a la llave en la cerradura de su palco, aunque hablaba en ese momento animadamente con Morrel, el conde supo a que atenerse, y se preparó a todo.

La puerta se abrió.

Sólo entonces Montecristo se volvió y descubrió a Alberto, lívido y tembloroso; tras él estaban Beauchamp y Chateau Renaud.

—¡Vaya! —exclamó con esa acogedora cortesía que habitualmente distinguía su saludo—. ¡Al fin ha llegado mi caballero! Buenas noches, señor de Morcerf.

Y el rostro de este hombre, tan extrañamente dueño de sí, expresaba la más perfecta cordialidad.

Sólo entonces Morrel se acordó de la carta que había recibido del vizconde, sin más explicación, en la que le rogaba que se encontrase en la ópera, y comprendió que iba a suceder algo terrible.

—No venimos aquí para cambiar hipócritas cortesías ni falsas caras de amistad —dijo el joven—, venimos para pedirle una explicación, señor conde.

La voz temblorosa del joven apenas había podido pasar a través de sus dientes cerrados.

—¿Una explicación en la ópera? —dijo el conde en ese tono tranquilo y esa mirada penetrante que le distinguía como hombre eternamente seguro de sí—. Por poco familiarizado que esté con las costumbres parisienses, jamás hubiese creído, señor, que fuese aquí donde se pidiesen explicaciones.

—Sin embargo, cuando las personas se hacen guardar —dijo Alberto—, cuando no se puede llegar a ellas bajo el pretexto de que están en el baño, a la mesa o en el lecho, es preciso dirigirse a ellas en donde se las encuentre.

—No soy difícil de encontrar —dijo Montecristo—, porque ayer mismo, señor, si mal no recuerdo, aún estaba usted en mi casa.

—Ayer, señor —dijo el joven, cuya cabeza se embrollaba—, estaba en su casa porque ignoraba quién era usted.

Y al pronunciar estas palabras, Alberto había levantado la voz de manera que las personas situadas en los palcos vecinos le oían, al igual que las que pasaban por el pasillo. Los ocupantes de los palcos se volvieron y las personas del pasillo se detuvieron tras de Beauchamp y Chateau Renaud al oír este altercado.

—¿De dónde sale usted, señor? —dijo Montecristo, sin el menor rastro de emoción aparente—. No parece que goce de su buen sentido.

—Con tal de que comprenda sus perfidias, señor, y que consiga hacerle comprender que deseo vengarme, seré siempre bastante razonable —dijo Alberto, furioso.

—Señor, no le entiendo —replicó Montecristo—, y aun cuando le comprendiese, aún habla usted demasiado alto. Aquí estoy en mi casa, señor, y yo sólo tengo el derecho a levantar la voz por encima de las demás. ¡Salga, señor!

Y Montecristo mostró la puerta a Alberto con un gesto imperativo, admirable.

—¡Ah! Ya le haré salir de su casa —replicó Alberto, retorciendo en sus manos convulsas su guante, que el conde no perdía de vista.

—¡Bien, bien! —dijo flemáticamente Montecristo—. Me busca querella, señor, ya lo veo; pero un consejo, vizconde, y recuérdelo bien; es una mala costumbre hacer ruido al provocar. El alboroto no va con todo el mundo, señor de Morcerf.

A este nombre, un murmullo de asombro recorrió como un estremecimiento por todos los auditores de esta escena. Desde la víspera, el nombre de Morcerf estaba en todos los labios.

Alberto, mejor que nadie y el primero, comprendió la alusión, e hizo un gesto para lanzar su guante al rostro del conde; pero Morrel le cogió de la muñeca mientras Beauchamp y Chateau Renaud, temiendo que la escena pasase del límite de una provocación, lo retuvieron por detrás.

Pero Montecristo, sin levantarse, inclinó su silla, extendió la mano solamente y, cogiendo entre los dedos crispados del joven el guante húmedo y arrugado, le dijo con acento terrible:

—Señor, tengo su guante por arrojado, y se lo devolveré envuelto en una bala. Ahora salga de mi casa, o llamaré a mis criados y le haré poner en la puerta.

Asombrado, espantado y con los ojos enrojecidos, Alberto dio dos pasos hacia atrás.

Morrel aprovechó para cerrar la puerta. Montecristo recogió sus gemelos y se puso a mirar como si nada hubiese pasado.

Aquel hombre tenía un corazón de bronce y un rostro de mármol. Morrel se inclinó a su oído.

—¿Qué le ha hecho usted? —dijo.

—¿Yo? Nada, personalmente al menos —dijo Montecristo.

—Sin embargo, esta extraña escena debe tener una causa.

—La aventura del conde de Morcerf exaspera al desventurado joven.

—¿Y tiene usted algo que ver en ello?

—Haydée fue a la Cámara a informar sobre la traición de su padre.

—En efecto, me dijeron, pero no quería creerlo, que la esclava griega que he visto aquí con usted, en este mismo palco, era la hija de Alí Pachá.

—¡Esa es la verdad, no obstante!

—¡Oh, Dios mío! —exclamó Morrel—. Ahora lo comprendo todo, y esta escena ha sido premeditada.

—¿Cómo es eso?

—Sí, Alberto me escribió diciéndome que me encontrase esta noche en la ópera; era para hacerme testigo del insulto que deseaba hacerle.

—Probablemente —dijo Montecristo con su imperturbable tranquilidad.

—Pero ¿qué hará con él?

—¿Con quién?

—Con Alberto.

—¿Alberto? —replicó Montecristo en el mismo tono—. ¿Lo que yo haré, Maximilien? Tan cierto como que está usted aquí y yo le estrecho la mano, le mataré mañana antes de las diez de la mañana. Eso es lo que haré.

Morrel, a su vez, cogió la mano de Montecristo entre las dos suyas, y se estremeció al sentir aquella mano tan fría y serena.

—¡Ah, conde! —dijo—. ¡Su madre lo ama tanto!

—¡No me diga esas cosas! —exclamó Montecristo con el primer movimiento de cólera que pareció experimentar—. ¡Le haré sufrir!

Morrel, estupefacto, dejó caer la mano de Montecristo.

—¡Conde, conde! —dijo.

—Querido Maximilien —interrumpió el conde—, escuche de qué admirable manera canta Duprez esta frase: *Oh, Matilde, ídolo de mi alma*. Fíjese, fui el primero en adivinar a Duprez en Nápoles, y el primero que le aplaudió. ¡Bravo, bravo!

Morrel comprendió que no había nada que hacer, y esperó.

El telón, que se había levantado al final de la escena de Alberto, cayó casi inmediatamente. Llamaron a la puerta.

—Entre —dijo Montecristo sin que su voz descubriese la menor emoción.

Beauchamp reapareció.

—Buenas noches, señor Beauchamp —dijo Montecristo como si viese al periodista por primera vez en la velada—. Siéntese.

Beauchamp saludó, entró y se sentó.

—Señor —dijo a Montecristo—, acompañaba hace un momento, como pudo ver, al señor de Morcerf.

—Lo cual quiere decir —agregó Montecristo riendo— que posiblemente venían de cenar juntos. Me encanta ver, señor Beauchamp, que usted está más sobrio que él.

—Señor —dijo Beauchamp—, Alberto ha tenido, lo convengo, la equivocación de arrebatarse, y vengo por mi propia cuenta a presentarle disculpas. Ahora que mis disculpas están expuestas, las mías, ¿entiende usted, señor conde?, vengo a decirle que le considero demasiado galante para negarse a darme alguna explicación respecto a sus relaciones con la gente de Janina; después añadiré dos palabras sobre esa joven griega.

Montecristo hizo con los labios y los ojos un ligero gesto pidiendo silencio.

—¡Vaya! —añadió riendo—. He aquí todas mis esperanzas destruidas.

—¿Por qué? —preguntó Beauchamp.

—Sin duda, usted se apresuró a crearme una reputación de excéntrico; soy, según usted, un Lara, un Manfredo, un lord Ruthwen; luego, pasado el momento de la excentricidad, echa a perder su tipo y trata de convertirme en un hombre vulgar. Usted me quiere corriente, banal; en fin, me pide explicaciones. ¡Vamos ya, señor Beauchamp! ¿Quiere usted reírse?

—No obstante —replicó Beauchamp con altivez—, hay ocasiones en que la probidad exige...

—Señor Beauchamp —interrumpió el extraño hombre—, quien exige al conde de Montecristo, es el conde de Montecristo. Así, pues, ni una palabra más sobre esto, por favor. Hago lo que quiero, señor Beauchamp, y, créame, siempre está bien hecho.

—Señor —respondió el joven—, no se paga a personas honradas con esa moneda; hacen falta garantías al honor.

—Señor, yo soy una garantía viviente —replicó Montecristo impasible, aunque los ojos se le inflamaban con fulgores amenazantes—. Ambos tenemos en las venas sangre que deseamos derramar, esa es nuestra mutua garantía. Lleve esa respuesta al vizconde, y dígale que mañana, antes de las diez, habré visto correr la suya.

—Entonces no me queda más que fijar las condiciones del combate —dijo Beauchamp.

—Eso me es perfectamente indiferente, señor —respondió el conde de Montecristo—. Era innecesario venir a molestarme en el espectáculo por tan poca cosa. En Francia se baten a espada y a pistola; en las colonias, se coge la carabina; en Arabia, se emplea el puñal. Diga a su cliente que, aunque insultado, para ser excéntrico hasta el final, le dejo escoger las armas, y aceptaré todo sin discusión; todo, ¿entiende bien? Todo, incluso el combate a suertes, lo que siempre es estúpido. Pero yo estoy seguro de una cosa: de que ganaré.

—¡Usted ganará! —repitió Beauchamp mirando al conde con espanto.

—Ciertamente —dijo Montecristo encogiéndose ligeramente de hombros—. Sin eso, no me batiría con el señor de Morcerf. Le mataré, es necesario, y así será. Sólo que envíeme esta noche dos líneas indicándome el arma y la hora; no me gusta que me esperen.

—A pistola, a las ocho de la mañana en el bosque de Vincennes —dijo Beauchamp, desconcertado y sin saber si hablaba con un fanfarrón o un ser sobrenatural.

—Está bien, señor —dijo Montecristo—. Ahora que todo está arreglado, déjeme oír el espectáculo, se lo ruego, y diga a su amigo Alberto que no vuelva esta noche; sería una equivocación con sus brutalidades de mal gusto. Que regrese a su casa y duerma.

Beauchamp salió muy asombrado.

—Ahora —dijo Montecristo volviéndose a Morrel—, cuento con usted, ¿no es cierto?

—Seguro —respondió Morrel—, y puede contar conmigo, conde; no obstante...

—¿Qué?

—Sería importante, conde, que yo conociese la verdadera causa.

—Es decir, ¿que se niega?

—No.

—¿La verdadera causa, Morrel? —dijo el conde—. Ese joven, incluso marcha a ciegas y no la conoce. La verdadera causa sólo la sabe Dios y yo; pero le doy mi palabra de honor, Morrel, que Dios, que la conoce, está con nosotros.

—Esto me basta, conde —dijo Morrel—. ¿Quién es su segundo testigo?

—No conozco a nadie en París a quien yo quiera hacer este honor, salvo usted, Morrel, y su cuñado Emmanuel. ¿Cree usted que Emmanuel desearía prestarme este servicio?

—Le respondo de él como de mí, conde.

—¡Bien! Es todo lo que me hace falta. Mañana a las siete de la mañana en mi casa, ¿no es así?

—Allí estaremos.

—¡Chist! He aquí que se levanta el telón, escuchemos. Tengo la costumbre de no perderme ni una nota de esta ópera; es tan encantadora la música de *Guillermo Tell*.

La noche

El señor de Montecristo esperó, según su costumbre, a que Duprez cantase su famoso *Sígueme*, y entonces se levantó y salió.

A la puerta, Morrel se separó de él renovándole la promesa de estar en su casa con Emmanuel al día siguiente a las siete de la mañana. Después subió a su cupé, siempre tranquilo y risueño. Cinco minutos más tarde estaba en su casa. Sólo que hubiese sido necesario no conocer al conde para dejarse engañar por la expresión con que al entrar dijo a Alí:

—Alí, mis pistolas de culata de marfil.

Alí trajo la caja a su amo, y éste se puso a examinar aquellas armas con una atención muy propia en un hombre que va a confiar su vida a un poco de hierro y de plomo. Eran las pistolas especiales que Montecristo había mandado hacer para tirar al blanco en sus habitaciones. Una cápsula bastaba para disparar la bala, y en la habitación contigua no habrían podido dudar que el conde, como se dice en términos de tiro, se ocupaba en ejercitar el pulso.

Estaba acoplando el arma a su mano, y buscando el blanco sobre una pequeña chapa de palastro que le servía para ejercitarse, cuando se abrió la puerta de su despacho y entró Bautista.

Pero antes de que hubiese podido abrir la boca, el conde descubrió en la puerta, que permanecía abierta, a una mujer velada, de pie, en la penumbra de la estancia vecina, y que había seguido a Bautista.

Ella vio al conde con la pistola en la mano, y sus ojos descubrieron dos espadas sobre una mesa. Entonces se adelantó.

Bautista consultaba a su amo con la mirada. El conde le indicó que se retirase, y Bautista cerró la puerta tras de sí.

—¿Quién es usted, señora? —dijo el conde a la mujer velada.

La desconocida echó una mirada en torno suyo para asegurarse de que estaban solos; después, inclinándose como si quisiese arrodillarse, y juntando las manos, dijo desesperadamente:

—¡Edmond, no mates a mi hijo!

El conde dio un paso atrás, lanzó un débil grito y dejó caer el arma que sostenía.

—¿Qué nombre ha pronunciado, señora de Morcerf? —dijo.

—¡El tuyo! —exclamó ella apartando su velo—. El tuyo que, tal vez, sólo yo no he olvidado. Edmond, no es la señora de Morcerf quien viene a verte, sino Mercedes.

—Mercedes está muerta, señora —dijo Montecristo—, y no conozco a más mujer con ese nombre.

—Mercedes vive, señor, y Mercedes se acuerda, porque sólo ella te ha reconocido cuando te vio, e incluso antes de verlo, al oírte, Edmond, el acento de tu voz; y desde entonces, ella te ha seguido paso a paso, te ha vigilado, te ha temido, y no ha tenido necesidad de buscar la mano de donde ha salido el golpe que hiere al señor de Morcerf.

—Fernando, querrá decir, señora —replicó Montecristo con una amarga ironía—. Ya que estamos dispuestos a recordar nuestros propios nombres, recordémoslos todos.

Y Montecristo había pronunciado ese nombre de Fernando con tal expresión de odio, que Mercedes sintió el estremecimiento del espanto recorriendo todo su cuerpo.

—Ya estás viendo, Edmond, que no me he engañado —exclamó Mercedes—, y que tengo razón para decirte: ¡deja a mi hijo!

—¿Y quién le ha dicho, señora, que quería matar a su hijo?

—¡Nadie, Dios mío! Pero una madre está dotada de doble vista. He adivinado todo; lo he seguido esta noche a la ópera, y, oculta en una platea, lo he visto todo.

—Entonces, si lo ha visto todo, señora, también habrá visto cómo el hijo de Fernando me ha insultado públicamente —dijo Montecristo con una calma terrible.

—¡Oh, por piedad!

—Usted vio —continuó Montecristo— que me hubiese arrojado su guante a la cara si uno de mis amigos, el señor Morrel, no le hubiese retenido el brazo.

—Escúchame, mi hijo también ha adivinado; y él te atribuye las desgracias que caen sobre su padre.

—Señora —dijo Montecristo—, usted me confunde: no son las desgracias, sino un castigo. Y no soy yo quien hiere al señor de Morcerf, sino la Providencia que lo castiga.

—¿Y por qué sustituyes a la Providencia? —exclamó Mercedes—. ¿Por qué te acuerdas cuando ella se olvida? ¿Qué importan, Edmond, Janina y su visir? ¿Qué mal te ha hecho Fernando Mondego traicionando a Alí Tebelín?

—Eso, señora —respondió Montecristo—, es un asunto entre el capitán francés y la hija de Vasiliki. Eso no me concierne, usted tiene razón, y si he jurado vengarme, no ha sido ni del capitán franco ni del conde de Morcerf; sino del pescador Fernando, marido de la catalana Mercedes.

—¡Ah, señor! —exclamó la condesa—. ¡Qué venganza más terrible por una falta que la fatalidad me ha hecho cometer! Porque la culpable soy yo, Edmond, y si quieres vengarte en alguien, es en mí, a quien han faltado fuerzas ante tu ausencia y mi aislamiento.

—Pero —exclamó Montecristo—, ¿por qué estaba yo ausente? ¿Por qué estaba usted aislada?

—Porque fuiste arrestado, Edmond, porque estabas prisionero.

—¿Y por qué fui arrestado? ¿Por qué me hicieron prisionero?

—Lo ignoro —respondió Mercedes.

—Sí, usted lo ignora, señora, al menos eso espero. Pues bien, voy a decírselo. Fui arrestado, fui hecho prisionero, porque bajo el emparrado de La Reserva, la víspera misma del día en que debíamos casarnos, un hombre llamado Danglars escribió esta carta que el pescador Fernando se encargó de echar personalmente a correos.

Y Montecristo fue a su secreter, abrió un cajón del que cogió un papel que había perdido su color primitivo, y en el cual la tinta había enrojecido, y lo puso bajo la mirada de Mercedes.

Era la carta de Danglars al procurador del rey, que, el día que pagó doscientos mil francos al señor de Boville, el conde de Montecristo, disfrazado de enviado de la casa Thomson y French, había sustraído del *dossier* de Edmond Dantés.

Mercedes leyó temblando las líneas siguientes:

El señor procurador del rey queda prevenido por un amigo del trono y de la religión, que el llamado Edmond Dantés, segundo del navío *Faraón*, llegado esta mañana de Esmirna, después de haber tocado en Nápoles y en Portoferraio, ha sido encargado por Murat de una carta para el usurpador, y por éste, de otra carta para el Comité bonapartista de París.

Se tendrá la prueba de este crimen arrestándole, porque se encuentra dicha carta o sobre él, en casa de su padre, o en su camarote, a bordo del *Faraón*.

—¡Oh, Dios mío! —exclamó Mercedes pasándose la mano sobre su frente inundada de sudor—. Y esta carta...
—La he comprado por doscientos mil francos, señora —dijo Montecristo—. Pero aún es barata, puesto que hoy me permite disculparme ante sus ojos.
—¿Y el resultado de esta carta?
—Lo conoce usted, señora, fue mi arresto; pero lo que usted ignora, señora, es el tiempo que duró este arresto. Lo que usted no sabe, es que estuve catorce años a un cuarto de legua de usted, en un calabozo del castillo de If. Lo que usted no sabe, es que cada día de esos catorce años he renovado el deseo de venganza que me hice el primer día y, sin embargo, yo ignoraba que usted se hubiese casado con Fernando, mi denunciante, y que mi padre hubiese muerto, ¡y muerto de hambre!
—¡Dios santo! —exclamó Mercedes vacilante.
—Pero he aquí que lo supe al salir de prisión, catorce años después de haber entrado, y he aquí que entonces, sobre Mercedes viva y sobre mi padre muerto, juré vengarme de Fernando, y... me vengo.
—¿Y estás seguro de que Fernando ha hecho eso?
—Sobre mi alma, señora, y lo ha hecho como le digo; además, eso no es más odioso que haberse pasado a los ingleses siendo francés de adopción, haber combatido contra los españoles siendo español de nacimiento, y asesinar a Alí, siendo mercenario suyo. Ante semejantes cosas, ¿qué es la carta que acaba de leer? Una mixtificación galante que debe perdonar, lo confieso y lo comprendo, la mujer que se ha casado con ese hombre, pero que no perdona el amante con quien

debía casarse. Pues bien, los franceses no se han vengado de un traidor, los españoles no han fusilado a un traidor, y Alí, metido en su tumba, ha dejado sin castigo al traidor; pero yo, traicionado, asesinado, arrojado también a una tumba, he salido de esa tumba gracias a Dios, y a Dios debo mi venganza; Él me envía para eso, y aquí estoy.

La pobre mujer dejó caer su cabeza entre sus manos; sus piernas se doblaron bajo su peso, y cayó de rodillas.

—Perdóname, Edmond —dijo—, perdón para mí, que aún te amo.

La dignidad de la esposa detuvo la expansión de la amante y de la madre. Su frente se inclinó casi hasta tocar la alfombra.

El conde se abalanzó a ella y la levantó.

Entonces, sentada en un sillón, ella pudo, a través de sus lágrimas, mirar el varonil rostro de Montecristo, en el cual el dolor y el odio aún imprimían un carácter más amenazador.

—¡Que no aplaste a esa raza maldita! —murmuró él—. ¡Que desobedezca a Dios, que me ha sostenido para su castigo! ¡Imposible, señora, imposible!

—Edmond —dijo la pobre madre, intentando todos los medios—. ¡Dios mío! Cuando yo te llamo Edmond, ¿por qué no me llamas Mercedes?

—Mercedes —repitió Montecristo—. ¡Mercedes! Pues bien, sí, tienes razón; aún es grato para mí pronunciar ese nombre, y he aquí la primera vez, desde hace muchísimo tiempo, que resuena tan claramente al salir de mi boca. ¡Oh, Mercedes! Tu nombre lo he pronunciado con los suspiros de la melancolía, con los gemidos del dolor, con la rabia de la desesperación; lo he pronunciado, helado por el frío, encogido sobre la paja de mi calabozo; lo he pronunciado devorado por el calor, revolcándome sobre las baldosas de mi celda. Mercedes, es preciso que me vengue, porque durante catorce años he sufrido, durante catorce años he llorado y he maldecido; ahora, te lo digo, Mercedes, ¡necesito vengarme!

Y el conde, temblando por ceder a las plegarias de aquélla a quien tanto había amado, llamaba a sus recuerdos en socorro de su odio.

—¡Véngate, Edmond! —exclamó la pobre madre—. Pero véngate sobre los culpables. Véngate en él, véngate en mí, pero no lo hagas en mi hijo.

—Está escrito en el Libro Sagrado —respondió Montecristo—. «Las faltas de los padres recaerán sobre los hijos hasta la tercera o cuarta generación.» Ya que Dios ha dictado esas palabras a su profeta, ¿por qué he de ser mejor que Dios?

—Porque Dios tiene el tiempo y la eternidad, esas dos cosas que se escapan a los hombres.

Montecristo lanzó un suspiro que se parecía a un rugido, y se agarró con ambas manos sus hermosos cabellos.

—Edmond —continuó Mercedes, los brazos tendidos hacia el conde—, desde que te conozco no he adorado más que tu nombre, y he respetado tu memoria. Edmond, amigo mío, no me obligues a oscurecer esa imagen noble y pura reflejada sin cesar en el espejo de mi corazón. Edmond, si supieses cuántas plegarias he dirigido a Dios por ti, tanto cuando te esperaba vivo y después que te creí muerto, sí, muerto, ¡ay! Me imaginaba tu cadáver enterrado en una torre sombría. Me parecía ver tu cuerpo precipitado en alguno de esos abismos en que los carceleros arrojan a los prisioneros, y lloraba. ¿Yo, qué podía hacer por ti, Edmond, sino llorar y rezar? Escúchame, durante diez años he tenido cada noche el mismo sueño. Se dijo que habías querido huir, que habías ocupado el puesto de un prisionero, metiéndote en el sudario de un muerto, y que entonces habían lanzado el cadáver viviente desde lo alto del castillo de If; y que el grito que diste al hacerte pedazos contra las rocas fue lo que descubrió la sustitución a tus enterradores, convertidos en verdugos. Pues bien, Edmond, te juro por mi hijo, por el cual te imploro, que durante diez años he visto todas las noches a esos hombres que balanceaban una cosa informe y desconocida en lo alto de una roca; durante diez años, cada noche, he oído un grito terrible que me ha despertado temblando y helada. Y yo también, Edmond, créeme, con todo lo criminal que he sido, yo también he sufrido mucho.

—¿Has perdido a tu padre estando ausente? —exclamó Montecristo hundiendo sus manos en sus cabellos—. ¿Has visto a la mujer que amabas alargar la mano a tu rival, mientras rabiabas en el fondo de un calabozo?

—No —interrumpió Mercedes—, pero he visto al que amaba dispuesto a convertirse en el asesino de mi hijo.

Mercedes pronunció estas palabras con un acento de dolor tan poderoso y desesperado, que estas palabras y este acento arrancaron un sollozo a la garganta del conde.

El león estaba domado; el vengador estaba vencido.

—¿Qué quieres? —dijo—. ¿Que tu hijo viva? Pues bien, vivirá.

Mercedes lanzó un grito que hizo saltar dos lágrimas de los ojos de Montecristo; pero estas dos lágrimas desaparecieron inmediatamente, porque sin duda Dios había enviado un ángel a recogerlas, al considerarlas más preciosas ante los ojos del Señor que las más ricas perlas de Gusarate y de Ofir.

—¡Oh! —exclamó ella cogiendo la mano del conde y llevándosela a los labios—. ¡Oh, gracias, gracias, Edmond! Eres tal y como siempre te he imaginado, tal como siempre te he amado. ¡Oh! Ahora puedo decirlo.

—Tanto más —respondió Montecristo—, cuando el pobre Edmond ya no tendrá tiempo para ser amado por ti. El muerto va a entrar en su tumba, el fantasma va a regresar a las tinieblas.

—¿Qué dices, Edmond?

—Digo que dado que lo ordenas, Mercedes, tengo que morir.

—¡Morir! ¿Y quién ha dicho eso? ¿Quién habla de morir? ¿De dónde salen esas ideas de muerte?

—No supondrás que ultrajado públicamente ante toda una sala, en presencia de tus amigos y de los de tu hijo, provocado por un chiquillo que se vanagloriará de mi perdón como de una victoria, no supondrás, digo, que me quede el deseo de vivir ni un solo instante. Lo que más he amado después de ti, Mercedes, he sido yo mismo, es decir, mi dignidad, la fuerza que me hacía superior a los demás hombres; esta fuerza era mi vida. Con una palabra la destruyo. Entonces, muero.

—Pero ese duelo no tendrá lugar, Edmond, tú perdonas.

—Tendrá lugar, señora —dijo solemnemente Montecristo—, sólo que en vez de la sangre de tu hijo empapando la tierra, será la mía la que se derrame.

Mercedes lanzó un grito y se abalanzó sobre Montecristo; pero de repente se detuvo.

—Edmond —dijo ella—, hay un Dios por encima de nosotros, ya que vives, ya que te he vuelto a ver, y he confiado en Él con todo mi corazón; espero su apoyo y descanso en tu palabra. Has dicho que mi hijo vivirá, y vivirá, ¿no es así?

—Vivirá, sí, señora —dijo Montecristo asombrado de que, sin más exclamación, sin otra sorpresa, Mercedes hubiese aceptado el heroico sacrificio que él hacía.

Mercedes alargó la mano al conde.

—Edmond —dijo mientras sus ojos se llenaban de lágrimas mirando a quien dirigía la palabra—, ¡qué hermoso por tu parte, qué grande es la acción que acabas de hacer, qué sublime haber tenido piedad de una pobre mujer que se ofrecía a ti con todas las probabilidades contrarias a sus esperanzas! ¡Ay! He envejecido más por los disgustos que por la edad, y aún puedo recordar a mi Edmond con una sonrisa, con una mirada de aquella Mercedes que pasó tantas horas contemplándole. ¡Ah, créeme, Edmond, ya te he dicho que yo también he sufrido! Te lo repito, es muy triste ver pasar la vida sin recordar una alegría, sin conservar una esperanza; pero eso no prueba que todo haya concluido en la tierra. ¡No! Todo no ha terminado, y lo siento por lo que aún me queda en el corazón. ¡Oh! Te lo repito, Edmond, es hermoso, es grande, es sublime perdonar como acabas de hacerlo.

—Dices eso, Mercedes. ¿Y qué dirías, pues, si supieses la magnitud del sacrificio que te hago? Supón que el Hacedor Supremo, después de haber creado el mundo, después de haber fertilizado el caos, se hubiese detenido en un tercio de la creación para ahorrar a un ángel las lágrimas que nuestros crímenes hicieron derramar un día a sus ojos inmortales; supón que después de haber preparado todo, de disponer todo, de fecundar todo, en el momento de admirar su obra, Dios hubiese extinguido el sol y empujado al mundo a la noche eterna, entonces tendrás una idea, o más bien no, no, aún no podrás hacerte una idea de lo que yo pierdo quedándome sin vida en este momento.

Mercedes miró al conde con un rostro que reflejaba a la vez su asombro, su admiración y su agradecimiento.

Montecristo apoyó su frente en sus manos ardientes, como si su mente no pudiese soportar sola el peso de sus ideas.

—Edmond —dijo Mercedes—, no tengo más que una palabra que decirte.

El conde sonrió amargamente.

—Edmond —continuó ella—, verás que si mi frente está pálida, que si mis ojos están apagados, que si mi belleza se ha perdido, en fin, que si Mercedes no se parece a ella en los rasgos de su rostro, verás que siempre tuvo el mismo corazón... Adiós, pues, Edmond; no tengo más que pedir al cielo... Te he vuelto a ver tan noble y tan grande como entonces. Adiós, Edmond... ¡Adiós y gracias!

Pero el conde no respondió.

Mercedes abrió la puerta del despacho, y había desaparecido antes de que él se rehiciese de la ensoñación dolorosa y profunda en que la venganza perdida le había sumido.

La una sonaba en el reloj de los Inválidos cuando el coche que llevaba a la señora de Morcerf, rodando sobre el empedrado de los Campos Elíseos, hizo levantar la cabeza al conde de Montecristo.

—¡Insensato! —dijo—. El día en que resolví vengarme, debí arrancarme el corazón.

El encuentro

Después de la marcha de Mercedes, todo volvió a ser sombrío en Montecristo. Alrededor suyo, y aun dentro de sí, su pensamiento se detuvo; su espíritu enérgico se adormeció como hace el cuerpo después de una suprema fatiga.

—¡Qué! —monologaba mientras la lámpara y las bujías se consumían tristemente y los servidores esperaban con impaciencia en la antesala—. ¡Qué! ¡He aquí el edificio, tan lentamente preparado, elevado con tanto cuidado y tantas penas, desmoronarse de un solo golpe, con una sola palabra y bajo un soplo! ¿Y qué? Yo que me creía algo, yo que estaba tan orgulloso, yo que me había visto tan pequeño en los calabozos del castillo de If, y que me hice tan grande, ¿seré mañana un poco de polvo? ¡Ay! No es la muerte del cuerpo lo que lamento; esta destrucción del principio vital, ¿no es a lo que todo tiende, a lo que todo desgraciado aspira, esa calma de la materia por la cual tanto he suspirado, a la cual me encaminaba por la ruta dolorosa del hambre cuando Faria apareció en mi calabozo? ¿Qué es la muerte? Un grado más en la calma, y dos, tal vez, en el silencio. No, no es la existencia lo que lamento, sino la ruina de mis proyectos tan lentamente elaborados, y tan trabajosamente erigidos. La Providencia, que yo creí con ellos, estaba en contra. ¡Dios no quería que se cumpliesen!

»Este fardo que he levantado, casi tan pesado como el mundo, y que creía llevar hasta el fin, según era mi deseo y no mi fuerza; según mi voluntad y no mi poder; tendré que depositarlo apenas a mitad de camino. ¡Oh! Me volveré fatalista, después de que catorce años de desesperanza y diez de esperanza me habían vuelto providencial.

»¡Y todo esto, Dios mío, porque mi corazón, que se creía muerto, sólo estaba ensordecido! Porque ha despertado, porque ha latido, porque he cedido al dolor de ese latido surgido del fondo de mi pecho por la voz de una mujer.

»Y sin embargo —continuó el conde, entristeciéndose más con las previsiones de aquel día siguiente terrible que había aceptado Mercedes—, sin embargo, es imposible que esa mujer, que tiene un corazón tan noble, consienta, por egoísmo, en dejarme matar estando yo tan lleno de fuerza y de vida. ¡Es imposible que lleve hasta ese punto el amor, o más bien el delirio maternal! No, habrá imaginado cualquier escena patética, vendrá a arrojarse entre las espadas, y eso será ridículo en el terreno como sublime era aquí.

Y el rubor del orgullo subió a la frente del conde.

—Ridículo —repitió—, y el ridículo caerá sobre mí... ¡Yo, ridículo! ¡Vamos, antes prefiero morir!

Y a fuerza de exagerar así la mala suerte del día siguiente, a la cual se había condenado al prometer a Mercedes que dejaría vivir a su hijo, el conde acabó diciendo:

—¡Tontería, tontería, tontería! ¿Cómo hacerse el generoso colocándose como un poste frente a la boca de la pistola de ese joven? Jamás creerá que mi muerte es un suicidio y, sin embargo, importa por el honor de mi memoria... (No se trata de vanidad, ¿no es cierto, Dios mío?, sino de un justo orgullo.) Importa, por el honor de mi memoria, que todo el mundo sepa que he consentido, por mi voluntad, por mi libre albedrío, en detener mi brazo, ya levantado para golpear, y que ese brazo, tan poderosamente armado contra los demás, me ha golpeado a mí mismo. Es preciso, y lo haré.

Y cogiendo una pluma sacó papel del armario secreter de su escritorio, y trazó en la parte inferior del papel, que era su testamento redactado después de su llegada a París, una especie de codicilo en el cual hacía comprender su muerte a las personas menos clarividentes.

—¡Hago esto, Dios mío —dijo con la mirada levantada al cielo—, tanto por tu honor como por el mío! Durante diez años me he considerado, ¡oh, Dios mío!, como enviado de tu venganza, y sólo me falta que ese miserable de Morcerf, que un Danglars, y un Villefort, se crean que la casualidad les ha librado de su enemigo. Que sepan, por el contrario, que la Providencia, que ya había decretado su castigo, ha sido enmendado por el solo poder de mi voluntad; que el castigo evitado en este mundo, les espera en el otro, y que no han cambiado el tiempo más que por la eternidad.

Mientras divagaba entre estas sombrías incertidumbres, mal sueño de hombre despertado por el dolor, el día blanqueaba los cristales e iluminaba bajo sus manos el pálido papel azul sobre el que acababa de trazar aquella suprema justificación de la Providencia.

Eran las cinco de la mañana.

De pronto oyó un ligero ruido. Montecristo creyó haber oído algo así como un suspiro ahogado; volvió la cabeza, miró en torno suyo y no vio a nadie. Sólo que el ruido se repitió con bastante claridad para que la certeza acabase con la duda.

Entonces el conde se levantó, abrió suavemente la puerta del salón, y, en un sillón, los brazos colgando, su bella cabeza pálida inclinada hacia atrás, vio a Haydée que se había colocado en medio de la puerta a fin de que no pudiese salir sin verla, pero el sueño, tan poderoso en la juventud, la había sorprendido después de la fatiga de tan larga vigilia.

El ruido que hizo la puerta al abrirse no pudo sacar a Haydée de su sueño.

Montecristo posó en ella una mirada llena de dulzura y sentimiento.

—Ella se acordó de que tenía un hijo —dijo—, y yo olvidé que tenía una hija.

Luego, sacudiendo tristemente la cabeza, añadió:

—¡Pobre Haydée! Ha querido verme, ha querido hablar, y ha temido o adivinado algo... ¡Oh! No puedo marcharme sin decirle adiós, no puedo morir sin confiarla a alguien.

Y volvió lentamente a su sitio y escribió a continuación de las primeras líneas:

Lego a Maximilien Morrel, capitán de *spahis* e hijo de mi antiguo patrón, Pierre Morrel, armador en Marsella, la suma de veinte millones, una parte de los cuales será ofrecida por él a su hermana Julie y a su cuñado Emmanuel, si considera que dicho aumento de fortuna no arruinará su felicidad. Esos veinte millones están escondidos en mi gruta de Montecristo, de la cual Bertuccio conoce el secreto.

Si su corazón está libre y quiere casarse con Haydée, hija de Alí, pachá de Janina, a quien he educado con el amor de un padre y que ha tenido para conmigo la ternura de una hija, cumplirá, no digo mi última voluntad, pero sí mi último deseo.

El presente testamento ya ha hecho heredera a Haydée del resto de mi fortuna, consistente en tierras, rentas en Inglaterra, Austria y Holanda, muebles en mis diferentes palacios y casas, y que, aparte de esos veinte millones legados, como los diferentes legados hechos a mis criados, podrán ascender todavía a unos sesenta millones.

Acababa de escribir esta última línea cuando un grito lanzado tras él le hizo abandonar la pluma.

—Haydée —dijo—, ¿has leído?

En efecto, la joven mujer, despierta por la claridad del día, se había levantado y aproximado al conde sin que sus pasos ligeros, amortiguados por la alfombra, hubiesen sido oídos.

—¡Oh! Mi señor —dijo ella juntando las manos—. ¿Por qué escribes así a semejante hora? ¿Por qué me legas toda tu fortuna, mi señor? ¿Acaso me abandonas?

—Voy a hacer un viaje, querido ángel —dijo Montecristo con una expresión de melancolía y de ternura infinitas—, y si me sucede alguna desgracia...

El conde se detuvo.

—¿Y qué? —preguntó la muchacha con un acento autoritario que el conde no le conocía y le hizo estremecer.

—Pues bien, si me sucede alguna desgracia —replicó Montecristo—, quiero que mi hija sea feliz.

Haydée sonrió tristemente y sacudió la cabeza.

—¿Piensas morir, mi señor?

—Es un pensamiento saludable, hija mía, dijo el sabio.

—Pues bien, si mueres —repuso ella—, lega tu fortuna a otros, porque si mueres..., yo no tendré necesidad de nada.

Y cogiendo el papel lo desgarró en cuatro pedazos que arrojó en medio del salón. Este esfuerzo tan poco habitual en una esclava debilitó sus fuerzas e hizo que cayese, no dormida, sino desmayada sobre el suelo.

Montecristo se inclinó sobre ella, la levantó entre sus brazos y viendo aquel hermoso rostro pálido, sus bellos ojos cerrados, y aquel precioso cuerpo inanimado, como abandonado, se le ocurrió pensar por primera vez que a lo mejor ella lo amaba de otra manera a como ama una hija a su padre.

—¡Ay! —murmuró con un profundo descorazonamiento—. ¡Aún habría podido ser feliz!

Después de llevar a Haydée a sus aposentos, la dejó, siempre desvanecida, en manos de sus doncellas, regresó a su despacho, que esta vez cerró con viveza tras él, y rehizo el testamento destruido.

Cuando acababa, se dejó oír el ruido de un cabriolé entrando en el patio. Montecristo se aproximó a la ventana y vio descender a Maximilien y a Emmanuel.

—Bueno —dijo—, ya es la hora.

Y escondió su testamento en un triple escondite. Un instante después oyó el sonido de pasos en el salón, y fue a abrir la puerta. Morrel apareció en el umbral.

Se había adelantado a la hora en más de veinte minutos.

—Vengo tal vez demasiado pronto, señor conde —dijo—, pero le confieso francamente que no he podido dormir un minuto, y lo mismo ha sucedido a todos los míos. Tenía necesidad de verle fuerte y animoso en su seguridad para regresar conmigo.

Montecristo no pudo resistir esta prueba de afecto, y en vez de alargar la mano al joven, le abrió los dos brazos.

—Morrel —le dijo con voz emocionada—, es un hermoso día para mí el sentirme amado por un hombre como usted. Buenos días, señor Emmanuel. Entonces, ¿viene conmigo, Maximilien?

—¡Pardiez! —exclamó el joven capitán—. ¿Lo había dudado?

—Pero si yo no tuviese razón...

—Escuche, le estuve mirando ayer durante toda la escena de la provocación, y toda la noche he pensado en su seguridad, y me he dicho que la justicia debe estar con usted, o no habrá modo de creer en el rostro de los hombres.

—Sin embargo, Morrel, Alberto es su amigo.

—Un simple conocido, conde.

—Lo vio usted por primera vez el mismo día que me vio a mí.

—Sí, es cierto; pero ¿qué quiere? Tendrá que recordármelo usted para que me acuerde.

—Gracias, Morrel.

Después hizo una llamada en el timbre.

—Mira —dijo a Alí, que apareció inmediatamente—, haz llevar esto a casa de mi notario. Es mi testamento, Morrel. Muerto yo, vaya a enterarse de su contenido.

—¡Cómo! —exclamó Morrel—. ¿Muerto usted?

—¡Eh! ¿Acaso no hay que prever todo, querido amigo? Pero ¿qué hizo ayer después de dejarme?

—Fui a casa Tortoni, en donde, como me suponía, encontré a Beauchamp y a Chateau Renaud. Le confieso que los buscaba.

—¿Para qué, ya que todo estaba convenido?

—Escuche, conde, el asunto es grave, inevitable.

—¿Lo duda usted?

—No. La ofensa ha sido pública, y ya hablan todos de ella.

—¿Y qué?

—Pues bien, esperaba que cambiasen las armas, sustituir la pistola por la espada. La pistola es ciega.

—¿Lo ha conseguido? —preguntó con viveza Montecristo, con una remota esperanza.

—No, porque conocen su valía con la espada.

—¡Bah! ¿Quién me ha traicionado, entonces?

—Los maestros de armas con quien se ha batido.

—¿Y no lo ha conseguido?

—Se han negado rotundamente.

—Morrel —dijo el conde—, ¿me ha visto usted disparar alguna vez?

—Nunca.

—Pues bien, aún tiene tiempo. Mire.

Montecristo cogió las pistolas que tenía cuando Mercedes entrara, y pegando un as de trébol en la placa, de cuatro disparos quitó sucesivamente las cuatro ramas del trébol.

A cada disparo, Morrel palidecía.

Examinó las balas con las cuales hizo la demostración Montecristo, y vio que no eran más gruesas que un perdigón.

—¡Es espantoso! —dijo—. ¿Lo ve, Emmanuel?

Después, volviéndose a Montecristo, dijo:

—Conde, en nombre del cielo, no mate a Alberto. El desdichado tiene una madre.

—Es justo —replicó Montecristo—, y yo no la tengo.

Estas palabras fueron pronunciadas con un tono que hizo estremecer a Morrel.

—Es usted el ofendido, conde.
—Sin duda. ¿Y eso qué quiere decir?
—Que usted disparará el primero.
—¿Yo disparo el primero?
—¡Oh! Eso lo he obtenido, o más bien, lo he exigido; ya les hicimos bastantes concesiones para que nos hiciesen ésta.
—¿Y a cuántos pasos?
—A veinte.

Una espantosa sonrisa asomó a los labios del conde.
—Morrel —dijo—, no olvide lo que acaba de ver.
—Así, pues —dijo el joven—, no cuento más que con su emoción para salvar a Alberto.
—¿Yo, conmovido? —dijo Montecristo.
—O con su generosidad, amigo mío; seguro como está de su disparo, puedo decirle algo que sería ridículo decir a otro.
—¿Qué?
—Rómpale un brazo, hiérale, pero no lo mate.
—Morrel, escúcheme aún —dijo el conde—, no tengo necesidad de que me animen para salvar al señor de Morcerf. El señor de Morcerf, se lo anuncio de antemano, regresará muy tranquilo con sus amigos, mientras que yo...
—Bien, ¿y usted?
—¡Oh! Eso es otra cosa; a mí me llevarán.
—¡Vamos...! —exclamó Morrel fuera de sí.
—Tal y como se lo digo, mi querido Morrel; el señor de Morcerf me matará.

Morrel miró al conde como hombre que no comprende nada.
—¿Qué le ha sucedido, entonces, desde ayer noche, conde?
—Lo que le ocurrió a Bruto la víspera de la batalla de Filipo: que he visto un fantasma.
—¿Y ese fantasma?
—Ese fantasma, Morrel, me dijo que había vivido bastante.

Maximilien y Emmanuel se miraron; Montecristo sacó su reloj.
—Partamos —dijo—, son las siete y cinco, y la cita es para las ocho en punto.

Un coche esperaba enganchado; Montecristo subió a él con sus dos testigos.

Al atravesar el pasillo, Montecristo se había detenido para escuchar delante de una puerta, y Maximilien y Emmanuel, que por discreción habían dado algunos pasos más, creyeron oír responder a un sollozo con un suspiro.

A las ocho en punto se encontraban en el lugar de la cita.

—Henos aquí —dijo Morrel asomando la cabeza por la ventanilla— y somos los primeros.

—El señor me perdonará —dijo Bautista que había seguido a su amo con un terror indecible—, pero me parece ver allá abajo un coche oculto entre los árboles.

—En efecto —dijo Emmanuel—, veo allá a dos jóvenes que se pasean y parecen esperar.

Montecristo saltó con ligereza de la calesa y dio la mano a Emmanuel y a Maximilien para ayudarles a descender.

Maximilien retuvo la mano del conde entre las suyas.

—Enhorabuena —dijo—. He aquí una mano como me gusta verla en un hombre que confía en la bondad de su causa.

Montecristo atrajo a Morrel, no aparte, sino uno o dos pasos detrás de su cuñado.

—Maximilien —le preguntó—, ¿tiene usted el corazón libre?

Morrel miró a Montecristo con asombro.

—No le pido una confidencia, querido amigo, sólo le dirijo una sencilla pregunta; respóndame sí o no; es cuanto deseo saber.

—Amo a una muchacha, conde.

—¿La quiere usted mucho?

—Más que a mi vida.

—Vamos —dijo Montecristo—, he aquí otra esperanza que se me escapa —y añadió suspirando—: ¡Pobre Haydée!

—En verdad, conde —exclamó Morrel—, si le conociese menos, le creería menos valiente de lo que usted es.

—¡Porque pienso en alguien que voy a dejar y suspiro! Vamos, Morrel, un soldado debe conocer mejor el valor. ¿Acaso lamento la vida? ¿Qué me importa a mí, que he pasado veinte años entre la vida y la muerte, vivir o morir? Además, esté tranquilo, Morrel; esta debilidad, si es que existe, sólo es para usted. Sé que el mundo es un salón en el que hace falta aparecer cortés y honradamente, es decir, saludando y pagando las deudas de juego.

—Enhorabuena —dijo Morrel—, eso se llama hablar. A propósito, ¿ha traído usted sus armas?

—¿Yo? ¿Y para qué? Espero que esos señores tengan las suyas.

—Voy a informarme —dijo Morrel.

—Sí, pero nada de negociaciones, ¿entiende?

—Esté tranquilo.

Morrel avanzó hacia Beauchamp y Chateau Renaud. Estos, al ver avanzar a Maximilien, salieron a su encuentro.

Los tres jóvenes se saludaron, si no con afabilidad, al menos con cortesía.

—Perdón, señores —dijo Morrel—, pero no veo al señor de Morcerf.

—Esta mañana —respondió Chateau Renaud—, nos ha advertido que se reuniría con nosotros en el terreno.

—¡Ah! —exclamó Morrel. Beauchamp sacó su reloj.

—Ocho y cinco minutos; no hay tiempo perdido, señor Morrel —dijo.

—¡Oh! —respondió Maximilien—. No lo decía con esa intención.

—Además —interrumpió Chateau Renaud—, he aquí un coche.

En efecto, un coche avanzaba al galope por una de las avenidas que desembocaban en la rotonda en que se encontraban.

—Señores —dijo Morrel—, sin duda están ustedes provistos de pistolas. El señor de Montecristo ha renunciado al derecho que tenía de servirse de las suyas.

—Hemos previsto esa delicadeza por parte del conde, señor Morrel —respondió Beauchamp—, y he traído armas, unas que compré hace ocho o diez días en la creencia de que las necesitaría para un asunto de éstos. Están nuevas y aún no han servido a nadie. ¿Quiere examinarlas?

—¡Oh, señor Beauchamp! —dijo Morrel inclinándose—. Cuando usted me asegura que el señor de Morcerf no conoce esas armas, también pensará que me basta su palabra, ¿no es eso?

—Señores —dijo Chateau Renaud—, no era Morcerf quien llegaba en ese coche; son Franz y Debray.

En efecto, los dos jóvenes anunciados avanzaron.

—¿Vosotros aquí? —dijo Chateau Renaud cambiando con cada uno un apretón de manos—. ¿Y por qué casualidad?

—Porque Alberto —dijo Debray—, nos ha rogado esta mañana que nos encontrásemos aquí.

Beauchamp y Chateau Renaud se miraron con aire asombrado.

—Señores —dijo Morrel—, creo comprenderlo.

—¡Veamos!

—Ayer, a primera hora de la tarde, recibí una carta del señor de Morcerf que me rogaba que me encontrase en la ópera.

—Y yo también —dijo Debray.

—Yo también —dijo Franz.

—Y nosotros también —dijeron Chateau Renaud y Beauchamp.

—Quería que estuviésemos presentes en la provocación —dijo Morrel—, y deseará que lo estemos igualmente en el combate.

—Sí —dijeron los otros jóvenes—, es eso, señor Maximilien. Probablemente usted ha adivinado lo cierto.

—Pero, con todo esto —murmuró Chateau Renaud—, Alberto no viene. Ya se retrasa diez minutos.

—Ahí está —dijo Beauchamp—. Viene a caballo. Vaya, a galope tendido y seguido de su criado.

—¡Qué imprudencia! —dijo Chateau Renaud—. ¡Venir a caballo para batirse a pistola! ¡Y yo que se lo había explicado todo!

—Y además, vean —dijo Beauchamp—, con cuello bajo su corbata, con el traje abierto y con chaleco blanco. No le falta más que dibujarse un blanco en el estómago. ¡Hubiese sido más sencillo y más rápido!

Entretanto Alberto había llegado a diez pasos del grupo que formaban los cinco jóvenes; detuvo su caballo, saltó a tierra y entregó la brida a su criado.

Alberto se aproximó.

Estaba pálido, sus ojos estaban enrojecidos e hinchados. Se veía que no había dormido un segundo en toda la noche.

Una nube de tristeza que no le era habitual se extendía por todo su rostro.

—Gracias, señores —dijo—, por haber acudido a mi invitación; les estoy muy reconocido por esta muestra de amistad.

Morrel, al aproximarse Morcerf, había retrocedido una docena de pasos y se mantenía a distancia.

—Y a usted también, señor Morrel —dijo Alberto—, mi agradecimiento por su presencia. Acérquese, no está de más.

—Señor —dijo Maximilien—, ¿ignora tal vez que soy el testigo del señor de Montecristo?

—No estaba seguro, pero dudaba. Tanto mejor, cuantos más hombres de honor haya aquí, estaré más satisfecho.

—Señor Morrel —dijo Chateau Renaud—, puede anunciar al señor conde de Montecristo que ha llegado el señor de Morcerf, y que estamos a su disposición.

Morrel hizo ademán de ir a cumplir su comisión.

Beauchamp, al mismo tiempo, sacaba del coche la caja de las pistolas.

—Esperen, señores —dijo Alberto—, tengo que decir dos palabras al señor conde de Montecristo.

—¿En privado? —preguntó Morrel.

—No, señor, delante de todo el mundo.

Los testigos de Alberto se miraron muy sorprendidos. Franz y Debray cambiaron algunas palabras en voz baja, y Morrel, contento por este inesperado incidente, fue en busca del conde, que se paseaba en otra avenida con Emmanuel.

—¿Qué me quiere? —preguntó Montecristo.

—Lo ignoro, pero quiere hablarle.

—¡Oh! —dijo Montecristo—. ¡Que no tiente a Dios con algún nuevo ultraje!

—No creo que sea esa su intención —dijo Morrel.

El conde avanzó acompañado de Maximilien y Emmanuel; su rostro tranquilo y lleno de serenidad hacía un extraño contraste con el rostro turbado de Alberto, que se acercaba, por su parte, acompañado de los cuatro jóvenes.

A tres pasos uno de otro, Alberto y el conde se detuvieron.

—Señores —dijo Alberto—, aproxímense ustedes; deseo que no pierdan ni una sola palabra de lo que voy a tener el honor de decir al señor conde de Montecristo; porque lo que voy a tener el honor de expresar, debe ser repetido por ustedes a quien tenga deseos de oírlo, por extraño que mi discurso parezca.

—Espero, señor —dijo el conde.

—Señor —dijo Alberto con voz temblorosa al principio, pero que se afirmó cada vez más—, señor, yo le reprochaba haber divulgado la conducta del señor de Morcerf en Spiro; porque, por muy culpable que fuese el señor conde de Morcerf, no creí que usted tuviese derecho a castigarlo. Pero hoy, señor, sé que este derecho le pertenece. No es la traición de Femando Mondego hacia Alí Pachá la que me hace excusarle, sino la traición del pescador Fernando hacia usted, y las desgracias inauditas que siguieron a esa traición. Así, pues, lo digo y lo proclamo bien alto: sí, señor, usted ha tenido razón para vengarse de mi padre, y yo, su hijo, le agradezco que no haya hecho más.

Un rayo, caído en medio de los espectadores de esta escena inesperada, no hubiese asombrado más que esta declaración de Alberto.

En cuanto a Montecristo, sus ojos se habían levantado lentamente hacia el cielo con una expresión de infinito agradecimiento; no dejaba de admirar como esta naturaleza, conociendo el carácter fogoso y el valor de Alberto en medio de los bandidos romanos, se había doblegado a tan súbita humillación. Por tanto reconoció la influencia de Mercedes, y comprendió por qué aquel noble corazón no se había opuesto al sacrificio que sabía inútil.

—Ahora, señor —dijo Alberto—, si encuentra que las disculpas que acabo de pedirle son bastante, deme su mano, se lo ruego. Después del mérito, tan raro, de la infalibilidad, que parece ser suyo, el mayor de todos, en mi opinión, es el de saber reconocer los errores. Pero este reconocimiento me concierne a mí solo. Actuaba bien, según los hombres; pero usted obraba bien, según Dios. Sólo un ángel podía salvar a uno de nosotros de la muerte, y el ángel descendió del cielo, si no para hacer de nosotros dos amigos, pues la fatalidad lo hace imposible, al menos para que dos hombres se estimen.

Montecristo, los ojos húmedos, el pecho palpitante y la boca entreabierta, alargó la mano a Alberto, quien la cogió y la estrechó con un sentimiento que se parecía a un respetuoso temor.

—Señores —dijo—, el señor de Montecristo acepta mis excusas. Había actuado precipitadamente respecto a él. La precipitación es mala consejera: había actuado mal. Ahora mi falta está reparada. Espero que todo el mundo no me tenga por cobarde, porque haya hecho lo que mi conciencia me exigía que hiciese. Pero, en todo caso, si alguien se equivoca respecto a mí —añadió el joven levantando la cabeza con fiereza y como si lanzase un desafío a sus amigos y a sus enemigos—, trataré de enderezar las opiniones.

—¿Qué ha sucedido esta noche? —preguntó Beauchamp a Chateau Renaud—. Me parece que aquí hacemos un papel muy triste.

—En efecto, lo que acaba de hacer Alberto es muy bajo o muy hermoso —respondió el barón.

—¡Ah! Veamos —preguntó Debray a Franz—, ¿qué quiere decir esto? ¡Cómo! El conde de Montecristo deshonra al señor de Morcerf, y tiene razón a los ojos de su hijo. Pero, tuviese yo diez Janina en mi familia y no me creería obligado más que a una cosa: batirme diez veces.

Montecristo, por su parte, la cabeza inclinada, los brazos caídos, aplastado por veinticuatro años de recuerdos, no pensaba ni en Alberto, ni en Beauchamp, ni en Chateau Renaud, ni en nadie de los que le rodeaban; sólo pensaba en aquella animosa mujer que había acudido a pedirle la vida de su hijo, a quien él había ofrecido la suya y que acababa de salvarla con la confesión de un terrible secreto de familia, capaz de matar para siempre en aquel joven el sentimiento de piedad filial.

—¡Siempre la Providencia! —murmuró—. ¡Ah! Desde hoy sí que estoy bien seguro de ser el enviado de Dios.

La madre y el hijo

El conde de Montecristo saludó a los cinco jóvenes con una sonrisa llena de melancolía y de dignidad, y volvió a montar en su coche con Maximilien y Emmanuel.

Alberto, Beauchamp y Chateau Renaud permanecieron solos en el campo del honor.

El joven dirigió a sus dos testigos una mirada que, sin ser tímida, parecía pedirles su opinión sobre lo que acababa de suceder.

—A fe mía, mi querido amigo —dijo Beauchamp, bien porque fuese el más sensible, o porque disimulaba menos—, que debo felicitarte: he aquí un desenlace bien inesperado de un asunto muy desagradable.

Alberto permaneció silencioso y pensativo en su ensoñación. Chateau Renaud se limitó a golpear su bota con su bastón.

—¿No nos vamos? —dijo después de aquel silencio embarazoso.

—Cuando gustes —respondió Beauchamp—. Déjame solamente un momento para cumplimentar al señor de Morcerf; ha dado pruebas de una generosidad tan caballeresca..., tan rara...

—¡Oh, sí! —dijo Chateau Renaud.

—Es magnífico —continuó Beauchamp— poder conservar un dominio sobre sí tan grande.

—Seguramente; yo hubiese sido incapaz —dijo Chateau Renaud, con una frialdad de las más significativas.

—Señores —interrumpió Alberto—, creo que no habéis comprendido que entre el señor de Montecristo y yo ha pasado algo muy grave.

—Claro, claro —dijo inmediatamente Beauchamp—, pero todos nuestros papanatas no estarán a la altura de comprender tu heroísmo, y tarde o temprano, te verás forzado a explicarlo de una forma más enérgica, que no conviene a la salud ni a la duración de la vida. ¿Quieres que te dé un consejo de amigo? Márchate para Nápoles, La Haya o San Petersburgo, países tranquilos en los que se es más inteligente en cuestiones de honor que entre nuestros cerebros tronados de parisienses. Una vez allí, ejercítate en tirar a pistola y con florete; cita obligada para regresar apaciblemente a Francia dentro de unos años, o bastante respetable, cuando se quiere conquistar la tranquilidad con los ejercicios académicos. ¿No es eso, señor de Chateau Renaud?

—Esa es, exactamente, mi opinión —dijo el gentilhombre—. Nada llama tanto a los duelos serios como un duelo sin resultado.

—Gracias, señores —respondió Alberto, con una fría sonrisa—. Seguiré vuestro consejo, no porque me lo deis, sino porque mi intención era abandonar Francia. También agradezco el servicio que me habéis prestado sirviendo de testigos. Está profundamente grabado en mi corazón, porque después de las palabras que acabo de oír, no me acuerdo más que de él.

Chateau Renaud y Beauchamp se miraron. La impresión era la misma en ambos, y el tono con el cual Morcerf acababa de pronunciar su agradecimiento estaba imbuido de tal resolución que la situación de todos hubiese sido embarazosa de continuar la conversación.

—Adiós, Alberto —dijo de repente Beauchamp, tendiéndole negligentemente la mano, sin que él pareciese salir de su letargo. En efecto, no respondió nada al ofrecimiento de esta mano.

—Adiós —dijo a su vez Chateau Renaud, conservando en la mano izquierda su bastón y saludando con la derecha.

Los labios de Alberto apenas pronunciaron: «¡Adiós!». Su mirada era más explícita; encerraba todo un poema de contenidas cóleras, de fieros desdenes y de generosa indignación.

Cuando sus dos testigos volvieron a subir a su coche, se quedó algún tiempo en su postura inmóvil y melancólica; después, desatando su caballo del árbol al cual su criado había anudado la brida, saltó ligeramente sobre la silla y reemprendió el galope camino de París. Un cuarto de hora más tarde entraba en la mansión de la calle Helder.

Al descender del caballo creyó percibir, detrás de la cortina del dormitorio del conde, el rostro pálido de su padre; Alberto giró la cabeza con un suspiro y entró en su pabellón.

Llegado allí, echó una última mirada a todas las riquezas que habían hecho su vida tan dulce y tan feliz desde la infancia; miró una vez más aquellos cuadros, cuyas figuras parecían sonreírle, y cuyos paisajes parecían animarse de vivos colores.

Después sacó de su marco de encina el retrato de su madre, que enrolló, dejando vacío y negro el cuadro de oro que lo enmarcaba.

Luego puso en orden sus bellas armas turcas, sus preciosos fusiles ingleses, sus porcelanas japonesas, sus copas labradas, sus bronces artísticos, firmados por Feuchers o Barye; examinó los armarios y colocó las llaves en cada uno de ellos; echó en un cajón de su secreter, que dejó abierto, todo el dinero de bolsillo que llevaba encima, y reunió la infinidad de joyas caprichosas que llenaban sus copas, sus joyeros y sus estantes; hizo un inventario exacto y preciso de todo, y lo colocó en el lugar más visible de una mesa, después de haberla desembarazado de libros y papeles que la abarrotaban.

Al empezar este trabajo su criado, a pesar de la orden que le había dado Alberto de dejarle solo, entró en su cuarto.

—¿Qué quiere? —le preguntó Morcerf, en un tono más triste que molesto.

—Perdón, señor —dijo el ayuda de cámara—. El señor me prohibió que le molestara, es cierto, pero el señor conde de Morcerf me ha llamado.

—¿Y bien? —preguntó Alberto.

—Que no he querido presentarme al señor conde sin recibir las órdenes del señor.

—¿Por qué?

—Porque el señor conde, sin duda, sabe que he acompañado al señor sobre el terreno.

—Es probable —dijo Alberto.

—Y si me llama, sin duda es para preguntarme sobre lo que ha sucedido allá. ¿Qué debo responderle?

—La verdad.

—Entonces, ¿le diré que el duelo no tuvo lugar?

—Dirá que he dado excusas al señor conde de Montecristo. Vaya.

El criado se inclinó y salió.

Alberto se puso de nuevo con su inventario.

Cuando terminaba este trabajo, llamó su atención el ruido de caballos piafando en el patio y las ruedas de un carruaje; se aproximó a la ventana y vio a su padre montando en su calesa y marcharse.

Apenas fue cerrada la puerta de la mansión tras el conde, Alberto se dirigió al aposento de su madre, y como nadie estaba allí para anunciarle, penetró hasta el dormitorio de Mercedes, y, con el corazón oprimido por lo que veía y lo que adivinaba, se detuvo en el umbral.

Como si la misma alma animase los dos cuerpos, Mercedes hacía en su cuarto lo mismo que Alberto había hecho en el suyo. Todo estaba puesto en orden: los encajes, los aderezos, las joyas, la lencería y la plata iban colocándose en el fondo de los cajones, de los cuales la condesa reunía cuidadosamente las llaves.

Alberto vio todos estos preparativos; los comprendió y, echando los brazos al cuello de Mercedes, exclamó:

—¡Madre mía!

El pintor que hubiese podido captar la expresión de estas dos figuras, hubiese hecho un buen cuadro.

En efecto, aquella enérgica resolución que no había atemorizado a Alberto para él, le aterraba para su madre.

—¿Qué hace, pues? —le preguntó.

—¿Qué hacías tú? —respondió ella.

—¡Oh, madre mía! —exclamó Alberto, emocionado hasta el punto de no poder hablar—. Hay gran diferencia conmigo. No, usted no puede haber resuelto lo que yo he decidido, porque yo vengo a advertirla que digo adiós a esta casa, y... y a usted.

—Yo también, Alberto —respondió Mercedes—. Yo también me voy. Había contado con que mi hijo me acompañaría; ¿me he equivocado?

—Madre mía —dijo Alberto con firmeza—, no puedo hacerla participar de la suerte que me destino: desde ahora en adelante es preciso que viva sin nombre y sin fortuna; necesito, para empezar el aprendizaje de esta ruda existencia, pedir a un amigo el pan que comeré desde hoy hasta el momento en que lo gane. Así, pues, mi buena madre, voy ahora mismo a casa de Franz a rogarle que me preste la pequeña suma que he calculado necesaria.

—¡Tú, mi pobre hijo! —exclamó Mercedes—. Tú, sufrir miseria, pasar hambre. ¡Oh! No me digas eso, destrozarías todas mis resoluciones.

—Pero no las mías, madre mía —respondió Alberto—. Soy joven, soy fuerte, y creo que soy valiente; desde ayer he aprendido lo que puede la voluntad. ¡Ay! Madre mía, existen tantas personas que han sufrido, y que no solamente no han muerto, sino que incluso han levantado una nueva fortuna sobre las ruinas de todas las promesas de dicha que el cielo les hizo, sobre los restos de todas las esperanzas que Dios les había dado. He aprendido eso, madre mía, he visto a esos hombres; sé que desde el fondo del abismo a donde los había hundido su enemigo, se han levantado con tanto vigor y gloria, que han dominado a su antiguo vencedor y lo han precipitado a su vez. No, madre mía, no; he roto, a partir de hoy, con el pasado, y no acepto más nada, ni siquiera mi nombre, porque ya lo comprende usted, ¿no es así, madre mía? Su hijo no puede llevar el nombre de un hombre que debe sonrojarse ante otro.

—Alberto, hijo mío —dijo Mercedes—, si tuviese un corazón más fuerte, ése es el consejo que te hubiese dado; tu conciencia ha hablado cuando mi voz se callaba; escucha tu conciencia, hijo mío. Tienes amigos, Alberto, rompe con ellos momentáneamente, pero no desesperes; te lo ruega tu madre. A tu edad la vida aún es hermosa, mi querido Alberto, porque apenas si tienes veintidós años; y como a un corazón tan puro como el tuyo hace falta un nombre sin tacha, toma el de mi padre: se llamaba Herrera. Te conozco, Alberto mío; cualquier carrera que sigas, enseguida harás ilustre ese nombre. Entonces, amigo mío, reaparecerás en el mundo aún más brillante por tus desgracias pasadas; y si eso no fuese así, pese a mis previsiones, déjame al menos esta esperanza; déjamela, ya que no tendré más que esta idea, este porvenir, y para quien el sepulcro empieza en el umbral de esta casa.

—Lo haré según sus deseos, madre mía —dijo el joven—. Sí, yo comparto sus esperanzas: la cólera del cielo no nos perseguirá siendo usted tan pura y yo tan inocente. Pero, ya que estamos decididos, actuemos rápidamente; el señor de Morcerf ha abandonado la casa hace media hora aproximadamente; la ocasión, como ve, es favorable para evitar un ruido y una explicación.

—Te espero, hijo mío —dijo Mercedes.

Alberto corrió inmediatamente hasta el bulevar, donde cogió un fiacre que debía conducirle fuera de la casa; se acordaba de cierta casita amueblada en la calle de los Saints Pères, en donde su madre encontraría una vivienda modesta, pero decente; regresó, pues, a buscar a la condesa.

En el momento en que el fiacre se detuvo delante de la puerta, y Alberto descendía, un hombre se aproximó a él y le entregó una carta.

Alberto reconoció al intendente.

—De parte del conde —dijo Bertuccio.

Alberto tomó la carta, la abrió y la leyó.

Tras haberla leído, buscó con la vista a Bertuccio, pero mientras leía, el intendente había desaparecido.

Entonces Alberto, con lágrimas en los ojos y el corazón emocionado, regresó junto a Mercedes y, sin pronunciar una palabra, le presentó la carta.

Mercedes leyó:

Alberto:

Al hacerle ver que conozco su proyecto de irse, creo mostrarle también que comprendo su delicadeza. Ya es libre, va a abandonar la casa del conde y a retirarse con su madre, tan libre como usted; pero reflexione, Alberto, le debe más de lo que usted puede pagar con su pobre y noble corazón. Guarde para usted la lucha, reclame para usted los sufrimientos; pero ahórrele esta primera miseria que inevitablemente acompañará sus primeros esfuerzos; porque ella no merece ni siquiera el reflejo de la desgracia que hoy la persigue, y la Providencia no quiere que el inocente pague por el culpable.

Sé que ambos van a abandonar la casa de la calle Helder sin llevarse nada. Cómo lo he sabido, no traten de averiguarlo. Lo sé y eso es todo.

Escuche, Alberto.

Hace veinticuatro años volvía yo contento y orgulloso a mi patria. Tenía una novia, Alberto, una santa muchacha a quien adoraba y a la que traía ciento cincuenta luises reunidos penosamente en un trabajo sin descanso. Este dinero lo destinaba para ella, y sabiendo cuán pérfido es el mar, había enterrado nuestro tesoro en el jardincillo de la casa que mi padre habitaba en Marsella, en la avenida de Meilhan.

Su madre, Alberto, conoce bien aquella pobre y querida casa.

Últimamente, viniendo a París, pasé por Marsella. Fui a ver esta casa de tan dolorosos recuerdos, y por la noche, con un azadón en la mano, cavé en el rincón en que había ocultado mi tesoro. La cajita de hierro aún estaba en su sitio, nadie la había tocado; está al pie de una hermosa higuera que mi padre plantó el día de mi nacimiento.

Pues bien, Alberto, este dinero que en otros tiempos debía ayudar en la vida y en la tranquilidad a esta mujer que yo adoraba, hoy, por una extraña y dolorosa casualidad, ha encontrado el mismo empleo. ¡Oh! Comprenda bien mi intención, yo que podría ofrecer millones a esa pobre mujer, y que le devuelvo solamente el pedazo de pan negro olvidado bajo mi pobre techo desde el día en que fui separado de ella para siempre.

Usted es un hombre generoso, Alberto, pero tal vez esté ciego de orgullo o de resentimiento; si me rechaza, si pide a otro lo que yo tengo derecho a ofrecer, diré que es poco generoso rechazar la vida de su madre, ofrecida por un hombre a quien su padre le hizo morir al suyo entre los horrores del hambre y de la desesperación.

Concluida esta lectura, Alberto permaneció pálido e inmóvil en espera de la decisión de su madre.

Mercedes levantó al cielo una mirada llena de una expresión inefable.

—Acepto —dijo—. Tiene derecho a pagar la dote que aportaré a un convento.

Y, poniendo la carta sobre su corazón, cogió el brazo de su hijo, y con un paso más firme de lo que esperaba tener, emprendió el camino de la escalera.

El suicidio

Entretanto, Montecristo también había regresado con Emmanuel y Maximilien.

La vuelta fue alegre. Emmanuel no disimulaba su alegría al ver como la paz sucedía a la guerra, y confesaba en voz alta sus gustos filantrópicos. Morrel, en un rincón del coche, dejaba que la alegría de su cuñado se evaporase en palabras, y guardaba para sí una alegría más pura, pero que sólo brillaba en sus miradas.

En la barrera del Trono encontraron a Bertuccio; esperaba allí, inmóvil como un centinela en su puesto.

Montecristo asomó la cabeza por la ventanilla, cambió con él algunas palabras en voz baja, y el intendente desapareció.

—Señor conde —dijo Emmanuel al llegar a la altura del palacio real—, le ruego que me deje a la puerta de casa para que mi mujer no pueda tener ni un solo momento de inquietud ni por usted ni por mí.

—Si no fuese ridículo hacer ostentación de su triunfo —dijo Morrel—, invitaría al señor conde a que entrase en casa; pero él también tendrá corazones que tranquilizar. Nosotros ya hemos llegado, Emmanuel; saludemos a nuestro amigo y dejémoslo continuar su camino.

—Un momento —dijo Montecristo—, no me priven así, de una sola vez, de mis compañeros; Emmanuel, vuelva con su encantadora esposa, a la cual le ruego presente mis respetos, y usted, Morrel, acompáñeme hasta los Campos Elíseos.

—Encantado —dijo Maximilien—, máxime cuando tengo algo que hacer en su barrio, conde.

—¿Te esperamos para almorzar? —preguntó Emmanuel.

—No —respondió el joven.

La puerta se cerró y el coche continuó su camino.

—Ve cómo le he traído suerte —dijo Morrel cuando se encontraron solos—. ¿No ha pensado en ello?

—Sí —replicó Montecristo—; por eso mismo quiero tenerle junto a mí.

—¡Es milagroso! —continuó Morrel respondiendo a su propio pensamiento.

—¿El qué? —inquirió Montecristo.

—Lo que acaba de suceder.

—Sí —respondió el conde con una sonrisa—. Usted ha dicho la palabra, Morrel: es milagroso.

—Porque al fin —comentó Morrel—, Alberto es valiente.

—Muy valiente —dijo Montecristo—. Lo he visto dormir teniendo el puñal colgado sobre su cabeza.

—Y yo sé que se ha batido dos veces, y que lo ha hecho muy bien —dijo Morrel—. Compagine usted esto con su conducta de esta mañana.

—Su influencia, siempre —repuso Montecristo sonriendo.

—Es una suerte que Alberto no haya sido militar —dijo Morrel.

—¿Por qué?

—¡Excusas sobre el terreno! —comentó el joven meneando la cabeza.

—Vamos —dijo el conde con suavidad—, ¿no irá a caer en los prejuicios de las personas vulgares, verdad, Morrel? ¿No convendría en que, si Alberto es valiente, no puede ser un cobarde; que es posible que haya tenido una razón para actuar como lo ha hecho esta mañana y que, por tanto, su conducta es más bien heroica?

—Sin duda, sin duda —respondió Morrel—. Pero diré como el español: Ha estado hoy menos valiente que ayer.

—Almorzará conmigo, ¿no es eso, Morrel? —dijo el conde para cortar la conversación.

—No, le dejo a las diez.

—Entonces, ¿es una cita para almorzar?

Morrel sonrió y sacudió la cabeza.

—Pero, en fin, tendrá que almorzar en algún sitio.

—¿Y si no tengo hambre? —dijo el joven.

—¡Oh! —exclamó el conde—. No conozco más que dos sentimientos que cortan el apetito de esa manera: el dolor (y como afortunadamente le veo muy alegre, no es eso), y el amor. Ahora bien, después de lo que me dijo sobre su corazón, me permito creer...

—A fe mía, conde —replicó jovialmente Morrel—, que no le digo que no.

—¿Y no me cuenta eso, Maximilien? —repuso el conde en un tono tan vivo que se le veía interesado en conocer el secreto.

—Ya le he hecho ver esta mañana que tengo un corazón, ¿no es cierto, conde?

Por toda respuesta, Montecristo alargó la mano al joven.

—Pues bien —continuó éste—, desde que este corazón no está con usted en el bosque de Vincennes, está en otra parte y voy a buscarlo.

—Vaya, entonces —dijo lentamente el conde—, vaya, mi querido amigo; pero si por casualidad encuentra algún obstáculo, acuérdese de que tengo algún poder en este mundo, y que sería muy dichoso pudiendo ser útil a las personas que quiero como a usted, Morrel.

—Bien —dijo el joven—, me acordaré como los niños egoístas se acuerdan de sus padres cuando los necesitan. En cuanto tenga necesidad de usted, y tal vez llegue ese momento, pensaré en usted, conde.

—Bien, recojo su palabra. Adiós, pues.

—Hasta la vista.

Habían llegado al frente de la casa de los Campos Elíseos; Montecristo abrió la puerta y Morrel saltó al suelo. Bertuccio esperaba en la escalinata.

Morrel desapareció por la avenida de Marigny y Montecristo caminó rápido hacia Bertuccio.

—¿Y bien? —preguntó.

—Pues bien —respondió el intendente—. Ella va a abandonar su casa.

—¿Y su hijo?

—Florentino, su ayuda de cámara, cree que hará otro tanto.

—Venga.

Montecristo se llevó a Bertuccio a su despacho, escribió la carta que ya hemos conocido, y se la entregó al intendente.

—Vaya y sea diligente; a propósito, haga que avisen a Haydée que he vuelto.

—Aquí estoy —dijo la muchacha que, al ruido del coche, había descendido, y cuyo rostro rebosaba alegría al ver al conde sano y salvo.

Bertuccio salió.

Todos los transportes de una hija que vuelve a ver a un padre querido, todos los delirios de una amante que vuelve a ver al amante adorado, los experimentó Haydée en los primeros momentos de aquel regreso que esperaba con tanta impaciencia.

La alegría de Montecristo, con ser menos expansiva, no era menos grande; gozo para los corazones que han sufrido mucho tiempo es lo que el rocío para las tierras abrasadas por el sol; corazón y tierra absorben esa lluvia bienhechora que cae sobre ellas, y nada desperdician fuera. Desde hacía algunos días, Montecristo comprendía una cosa que desde hacía tiempo no se atrevía a creer, y es que había otra Mercedes en el mundo y él aún podía ser dichoso.

Su mirada ardiente de dicha se sumergía con avidez en las miradas húmedas de Haydée, cuando de pronto se abrió la puerta. El conde frunció el ceño.

—¡El señor de Morcerf! —anunció Bautista como si aquella palabra encerrase una excusa.

En efecto, el rostro del conde se iluminó.

—¿Cuál? —preguntó—. ¿El vizconde o el conde?

—El conde.

—¡Dios mío! —exclamó Haydée—. ¿Todavía no ha concluido?

—No sé si ha concluido, mi amada hija —dijo Montecristo cogiendo las manos de la muchacha—, pero lo que sí sé, es que no tienes nada que temer.

—¡Oh! Sin embargo, ese miserable...

—Ese hombre no puede nada contra mí, Haydée —dijo Montecristo—. Cuando tenía que entendérmelas con su hijo, era otra cosa.

—También lo que yo he sufrido —dijo la muchacha— no lo sabrás nunca, mi señor.

Montecristo sonrió.

—¡Por la tumba de mi padre! —dijo Montecristo alargando su mano sobre la cabeza de la joven—. Te juro que si ocurre alguna desgracia, no será a mí.

—Te creo, mi señor, como si Dios me hablase —dijo la muchacha presentando su frente al conde.

Montecristo depositó en aquella frente tan pura y hermosa un beso que hizo latir a la vez dos corazones: uno con violencia y el otro sordamente.

—¡Oh, Dios mío! —murmuró el conde—. ¿Permitirás aún que yo pueda amar? Haga entrar al señor conde de Morcerf al salón —dijo a Bautista, mientras conducía a la hermosa griega a la escalera secreta.

Una palabra explicativa sobre esta visita, esperada tal vez por Montecristo, pero inesperada, sin duda, para nuestros lectores.

Mientras, Mercedes, como hemos dicho, hacía la misma clase de inventario que Alberto había efectuado; mientras ella clasificaba sus alhajas, cerraba sus cajones y reunía las llaves a fin de dejar todo en perfecto orden, ella no se dio cuenta de que un rostro pálido y siniestro había aparecido en el cristal de una puerta que dejaba entrar la claridad del día desde el corredor; desde allí no sólo se podía ver, sino también oír. El que así miraba, sin ser visto ni oído, vio, pues, y oyó todo lo que sucedía en el aposento de la señora de Morcerf.

Desde la puerta acristalada, el hombre del rostro pálido se dirigió al dormitorio del conde de Morcerf, y, llegado allí, levantó con mano temblorosa el visillo de una ventana que daba al patio. Permaneció así diez minutos, inmóvil, mudo y escuchando los latidos de su propio corazón. Para él resultaban muy largos aquellos diez minutos.

Entonces fue cuando Alberto, regresando de su encuentro, percibió a su padre que espiaba su regreso detrás de un visillo, y volvió la cabeza.

Los ojos del conde se dilataron; sabía que el insulto de Alberto a Montecristo había sido terrible, y que tal insulto en cualquier país entrañaba un duelo a muerte. Entonces, si Alberto regresaba sano y salvo, era que el conde estaba vengado.

Un relámpago de indecible alegría iluminó aquel rostro lúgubre, al igual que hace el último rayo de sol antes de perderse en las nubes que parecen más su tumba que su lecho.

Pero ya lo hemos dicho, esperó inútilmente que el joven subiese a su aposento para darle cuenta de su triunfo. Que su hijo antes del combate no hubiese querido ver al padre del cual iba a vengar su honor, podía comprenderse; pero una vez vengado el honor del padre, ¿por qué ese hijo no acudía a echarse en sus brazos?

Entonces fue cuando el conde, no pudiendo ver a Alberto, envió en busca de su criado. Ya se sabe que Alberto había autorizado a éste a que no ocultara nada al conde.

Diez minutos después se vio aparecer en la escalinata al general de Morcerf, vestido con una levita negra, llevando un cuello militar, un pantalón negro y guantes negros. Había dado sus órdenes con anterioridad, al parecer; porque, apenas pisó el último escalón del pórtico, apareció el coche para recibirle.

Su ayuda de cámara acudió entonces a echar en el coche un gabán militar, rígido por las dos espadas que envolvía; después, cerrando la puerta, se sentó junto al cochero.

Éste se inclinó hacia delante, en la calesa, para recibir las órdenes.

—¡A los Campos Elíseos! —dijo el general—. ¡A casa del conde de Montecristo! ¡Pronto!

Los caballos salieron a escape bajo el zumbido del látigo que los azuzó; cinco minutos después se detuvieron ante la casa del conde.

El señor de Morcerf abrió personalmente la puerta, y sin detenerse todavía el coche, saltó a tierra con la ligereza de un joven. Llamó y desapareció por la puerta abierta con su criado.

Un segundo después, Bautista anunciaba al señor de Montecristo la llegada del conde de Morcerf, y Montecristo, acompañando a Haydée, dio la orden de que hiciesen entrar al conde de Morcerf en el salón.

El general paseaba por tercera vez el salón en toda su largura cuando al volverse descubrió a Montecristo de pie en el umbral.

—¡Eh! Es el señor de Morcerf —dijo tranquilamente Montecristo—. Creí haber entendido mal.

—Sí, soy yo mismo —dijo el conde con una espantosa contracción de labios que le impedía hablar claramente.

—No me queda, ahora, más que saber —dijo Montecristo—, la causa que me proporciona el placer de ver al señor conde de Morcerf tan temprano.

—¿Ha tenido usted un encuentro esta mañana con mi hijo, señor? —preguntó el general.

—¿Sabe usted eso? —respondió el conde.

—Y también sé que mi hijo tenía muy buenas razones para desear batirse contra usted y hacer todo lo que pudiese para matarle.

—En efecto, señor, las tenía muy buenas. Pero ya ve que, a pesar de esas razones, no me ha matado y ni siquiera se ha batido.

—Y sin embargo, él le consideraba como la causa del deshonor de su padre, el causante de la ruina espantosa que, en este momento, aflige mi casa.

—Es cierto, señor —dijo Montecristo, con su terrible calma—; causa secundaria, y no principal.

—Sin duda le habrá dado usted alguna excusa o alguna explicación, ¿no es así?

—No le he dado ninguna explicación, y ha sido él quien me ha pedido excusas.

—Pero ¿a qué atribuye usted esa conducta?

—A la convicción, probable, de que había en todo esto un hombre más culpable que yo.

—¿Y quién es ese hombre?

—Su padre.

—Sea —dijo el conde palideciendo—, pero usted sabe que al culpable no le agrada verse convencido de su culpabilidad.

—Lo sé... También me esperaba lo que sucede en este momento.

—¡Usted esperaba que mi hijo fuese un cobarde! —exclamó el conde.

—El señor Alberto de Morcerf no es ningún cobarde —replicó Montecristo.

—Un hombre que tiene en la mano una espada, un hombre que al extremo de esa espada tiene a un enemigo, ese hombre, si no se bate es un cobarde. ¡Si estuviese aquí, se lo diría!

—Señor —respondió fríamente Montecristo—, supongo que no habrá venido aquí para molestarme con sus historias de familia. Vaya a decírselo al señor Alberto, y tal vez él sepa cómo responderle.

—¡Oh! No, no —replicó el general con una sonrisa que inmediatamente desapareció de su sitio—. No, usted tiene razón. No he venido para eso. He venido para decirle que yo también le considero un enemigo. He venido para decirle que le odio instintivamente; que me parece que le he conocido de siempre, porque siempre le he odiado. Y que, en fin, ya que los jóvenes de este siglo no se baten, debemos batirnos nosotros... ¿Está de acuerdo, señor?

—Perfectamente. Así, pues, cuando le he dicho que había previsto lo que sucede, me refería al honor de recibir su visita.

—Tanto mejor... Sus preparativos están hechos, ¿no es así?

—Lo están siempre, señor.

—Usted sabe que nos batiremos hasta la muerte de uno de los dos, ¿no es eso? —dijo el general con los dientes cerrados de rabia.

—Hasta la muerte de uno de los dos —repitió el conde de Montecristo haciendo un ligero movimiento de cabeza de arriba abajo.

—Marchemos, entonces; no tenemos necesidad de testigos.

—En efecto —dijo Montecristo—. Es inútil, nos conocemos muy bien.

—Al contrario —dijo el general—, yo no le conozco.

—¡Bah! —dijo Montecristo con la misma flema desesperante—. Veamos: ¿acaso no es usted el soldado Fernando, que desertó la víspera de la batalla de Waterloo? ¿No es usted el teniente Fernando, que sirvió de guía y espía al ejército francés en España? ¿No es usted el coronel Fernando, que traicionó, vendió y asesinó a su bienhechor Alí? ¿Y todos esos Fernandos reunidos no han hecho al teniente general conde de Morcerf, par de Francia?

—¡Oh! —exclamó el general herido por estas palabras como por un hierro candente—. ¡Oh! Miserable, que me echas en cara mi vergüenza en el momento en que quizá vas a matarme; no, yo no he dicho que te era desconocido. Sé bien, demonio, que has penetrado en la noche del pasado y que has leído, a la luz de alguna lámpara que ignoro, cada página de mi vida. Pero tal vez haya más honor en mí, con mi oprobio, que en ti bajo tu aspecto pomposo. No, no, yo te soy conocido, lo sé, pero es a ti a quien no conozco, aventurero cosido de oro y pedrerías. Tú te has hecho llamar en París conde de Montecristo; en Italia, Simbad el Marino; en Malta, qué sé yo, ya lo olvidé. Pero es tu nombre real, tu verdadero nombre el que quiero saber, de entre los miles de nombres que tienes, a fin de que lo pronuncie en el terreno de combate cuando te hunda mi espada en tu corazón.

El conde de Montecristo palideció de manera terrible; sus ojos se encendieron de fuego devorador; dio un salto hacia su gabinete, alcanzó su dormitorio y en menos de un segundo, arrancando su corbata, su levita y su chaleco, se vistió una chaquetilla de marino y un gorro, bajo el cual se desenrollaron sus largos cabellos negros.

Regresó así, aterrador, implacable, caminando con los brazos cruzados hacia el general, que aún no había comprendido su desaparición y le esperaba; y quien al verle sintió castañetear sus dientes y flojearle las piernas, retrocediendo un paso hasta encontrar una mesa en la cual apoyó su mano crispada.

—¡Fernando! —le gritó—. De mis miles de nombres no tendré más que decirte uno para asustarte; pero ese nombre ya lo adivinas, ¿no es cierto? ¿O no lo recuerdas? Porque, a pesar de todos mis dolores, de todas mis torturas, hoy te muestro un rostro que la dicha de la venganza rejuvenece, un rostro que tú has debido ver muchas veces en tus sueños después de casarte... con Mercedes, mi prometida.

El general, la cabeza vuelta hacia atrás, las manos extendidas, la mirada fija, devoró en silencio este terrible espectáculo; después, buscando la pared como punto de apoyo, se deslizó lentamente hasta la puerta, por la cual salió retrocediendo y dejando escapar un solo grito, lúgubre, lamentable, desgarrador:

—¡Edmond Dantés!

Luego, con suspiros que no tenían nada de humanos, bajó hasta el peristilo de la casa, atravesó el patio como hombre borracho, y cayó en los brazos de su ayuda de cámara murmurando sólo con voz ininteligible:

—¡A casa, a casa!

Por el camino, el aire fresco y la vergüenza que le producía la atención de sus criados, le pusieron en estado de reunir sus ideas; pero el trayecto fue breve, y, a medida que se aproximaba a su casa, el conde sentía reavivarse todos sus dolores.

Antes de llegar a la casa hizo parar el carruaje y descendió. La puerta estaba totalmente abierta; un fiacre, muy sorprendido por haber sido llamado a tan magnífica vivienda, esperaba en medio del patio; el conde contempló aquel carruaje con espanto, pero sin atreverse a preguntar a nadie, se abalanzó a sus aposentos.

Dos personas descendían la escalera, y no tuvo tiempo de apartarse a un gabinete para evitarlos.

Era Mercedes, apoyada en el brazo de su hijo, que abandonaba aquella casa.

Pasaron a dos pasos del desdichado quien, escondido tras un cortinaje de damasco, sintió el roce del vestido de seda de Mercedes y el aliento tibio de estas palabras pronunciadas por su hijo:

—¡Ánimo, madre mía! Venga, venga, aquí no estamos en nuestra casa.

Las palabras se extinguieron, los pasos se alejaron.

El general se incorporó, sujetándose con sus manos crispadas en el cortinaje de damasco; contenía el más horrible sollozo que jamás había salido de su pecho, abandonado a la vez por su mujer y por su hijo...

Enseguida oyó cerrarse la puerta de hierro de un carruaje, después la voz del cochero, a continuación el rodar de la pesada máquina estremeciendo sus cristales; entonces se abalanzó a su dormitorio para ver una vez más todo lo que más había amado en el mundo; pero el carruaje partió sin que la cabeza de Mercedes o la de Alberto se asomasen a la ventanilla para dirigir a la casa solitaria, para dar al padre y al esposo abandonado la última mirada, el adiós y el pesar, es decir, el perdón.

Así, pues, en el momento en que las ruedas del carruaje estremecían el pavimento del abovedado, sonó un disparo, y una humareda sombría salió por uno de los cristales de aquella ventana del dormitorio, hecho pedazos por la fuerza de la explosión.

Valentine

Se adivina adónde tenía que ir Morrel y en casa de quién tenía la cita.

Así, pues, Morrel, al abandonar a Montecristo se encaminó lentamente hacia la casa de Villefort.

Decimos lentamente, y es que Morrel tenía más de media hora para recorrer quinientos pasos; pero a pesar de tener tiempo de sobra, se había apresurado a abandonar a Montecristo porque deseaba encontrarse a solas con sus pensamientos.

Sabía bien a la hora en que podía hallar a Valentine, asistiendo al almuerzo de Noirtier, que estaba seguro de no ser molestado en tan piadoso deber. Noirtier y Valentine le habían concedido dos visitas a la semana, y él debía aprovecharse de su derecho.

Llegó, Valentine le esperaba. Inquieta y casi fuera de sí, le cogió de la mano y lo condujo hasta su abuelo.

Esta inquietud llevada, como hemos dicho, casi hasta el espanto, procedía del rumor que la aventura de Morcerf había levantado en todo el ambiente; se conocía lo ocurrido en la ópera. En casa de Villefort nadie dudaba que un duelo sería la continuación de aquello; Valentine, con su instinto de mujer, había adivinado que Morrel sería el testigo de Montecristo, y con el valor conocido del joven y la amistad que sentía por el conde, temía que no se contentase con la parte pasiva que le correspondía.

Se comprenderá, pues, con qué avidez preguntó detalles, dados y recibidos, y Morrel pudo leer una indecible alegría en los ojos de su bienamada cuando ella supo que aquel terrible asunto había tenido una salida no menos feliz como inesperada.

—Ahora —dijo Valentine haciendo una seña a Morrel para que se sentase al lado del anciano, y colocándose ella en el taburete en que éste apoyaba los pies—, ahora hablemos un poco de nuestros asuntos. ¿Sabe, Morrel, que mi abuelo ha tenido la idea de abandonar la casa y tomar un apartamento lejos de la casa del señor de Villefort?

—Sí, me acuerdo de ese proyecto —dijo Maximilien—, e incluso lo había aplaudido.

—Pues bien —añadió Valentine—, aplauda todavía porque el abuelo insiste en la idea.

—¡Bravo! —exclamó Maximilien.

—¿Y sabe qué razón da mi abuelo para abandonar la casa? —dijo Valentine.

Noirtier miraba a su nieta para imponerle silencio con la mirada; pero Valentine no miraba a Noirtier; sus ojos, su sonrisa y todo eran para Morrel.

—¡Oh! Cualquiera que sea la razón que da el señor Noirtier —exclamó Morrel—, creo que es muy buena.

—Excelente —dijo Valentine—, pretende que el aire del *faubourg* de Saint Honoré no es bueno para mí.

—En efecto —dijo Morrel—, escuche, Valentine, el señor Noirtier puede tener razón; desde hace quince días, encuentro que su salud está alterada.

—Sí, un poco, es cierto —respondió Valentine—, por eso mi abuelo se ha constituido en mi médico, y como sabe de todo, tengo mucha confianza en él.

—Así, pues, ¿es cierto que sufre, Valentine? —preguntó con viveza Morrel.

—¡Oh! Dios mío, eso no se llama sufrir; siento una especie de malestar general, eso es todo. He perdido el apetito, y me parece que mi estómago sostiene una lucha como para acostumbrarse a alguna cosa.

Noirtier no perdía ni una palabra de lo que decía Valentine.

—¿Y cuál es el tratamiento que sigue para esa enfermedad desconocida?

—¡Oh, muy sencillo! —dijo Valentine—. Bebo todas las mañanas una cucharadita de la poción que traen para mi abuelo; cuando digo una cucharadita me refiero a que empecé por una y ahora ya estoy en cuatro. Mi abuelo pretende que es una panacea.

Valentine sonreía, pero existía algo triste y sufrido en su sonrisa.

Maximilien, ebrio de amor, la contemplaba en silencio; era muy hermosa, pero su palidez había tomado un tono más mate, sus ojos brillaban con un fuego más ardiente que de costumbre, sus manos, corrientemente de un blanco nacarado, parecían manos de cera que amarilleaban con el paso del tiempo.

El joven apartó sus ojos de Valentine y los fijó en Noirtier; éste, con su extraña y profunda inteligencia, consideraba a la joven absorta en su amor; pero también, como Morrel, seguía la huella de un sufrimiento, tan poco visible por otro lado, que escapaba a la mirada de todos, excepto a la del padre y del amante.

—Pero —dijo Morrel—, esa poción, de la cual ha llegado a tomar cuatro cucharaditas, creí que la preparaban para el señor Noirtier.

—Ya sé que es muy amarga —dijo Valentine—, tan amarga que todo lo que bebo después me parece tener el mismo gusto —Noirtier miró a su nieta en tono interrogador.

—Sí, abuelo —dijo Valentine—, es igual que eso. Hace un momento, antes de venir a este cuarto, bebí un vaso de agua azucarada; pues bien, he dejado la mitad de tan amarga como me pareció.

Noirtier palideció e hizo señas de que deseaba hablar.

Valentine se levantó para ir en busca del diccionario.

Noirtier la seguía con la mirada, con una angustia indecible. En efecto, la sangre subía a la cabeza de la joven y sus mejillas enrojecieron.

—¡Vaya! —exclamó ella sin perder nada de su jovialidad—. Esto es extraño. ¡Un desvanecimiento! ¿Es que el sol me ha herido en los ojos?

Se apoyó en la falleba de la ventana.

—No hay sol —dijo Morrel más inquieto por la expresión del rostro de Noirtier que por la indisposición de Valentine. Corrió hacia Valentine. La muchacha sonrió.

—Tranquilízate, abuelo —dijo ella a Noirtier—. Tranquilícese, Maximilien, esto no es nada, y ya ha pasado. Escuchen, ¿no oyen el ruido de un carruaje en el patio?

Abrió la puerta del cuarto de Noirtier, se acercó a una ventana del pasillo y regresó precipitadamente.

—Sí —dijo—, es la señora Danglars y su hija, que vienen a hacernos una visita. Adiós, me marcho, porque si no vendrían a buscarme aquí; o más bien, hasta la vista, permanezca junto a mi abuelo, señor Maximilien, le prometo regresar.

Morrel la siguió con la mirada, la vio cerrar la puerta y la oyó subir la escalerita que conducía a la vez a los aposentos de la señora de Villefort y los de ella.

Cuando hubo desaparecido Noirtier, indicó a Morrel que cogiese el diccionario. Morrel obedeció guiado por Valentine, enseguida se acostumbró a comprender al anciano.

No obstante, por habituado que estuviese, y como hacía falta pasar revista a buena parte de las letras del alfabeto para encontrar la palabra, necesitó diez minutos para traducir el pensamiento del anciano en estas palabras:

—Busque el vaso de agua y la jarra que están en la habitación de Valentine.

Morrel llamó e inmediatamente el criado que había reemplazado a Barrois apareció para recibir la orden en nombre de Noirtier.

El criado regresó minutos después.

La jarra y el vaso estaban completamente vacíos.

Noirtier hizo señas de que deseaba hablar.

—¿Por qué el vaso y la jarra están vacíos? —preguntó—. Valentine dijo que no había bebido más que la mitad del vaso.

La traducción de esta nueva pregunta llevó otros cinco minutos.

—No sé —respondió el criado—, pero la camarera está en la habitación de la señorita Valentine; tal vez los haya vaciado ella.

—Pregúnteselo —dijo Morrel traduciendo esta vez el pensamiento de Noirtier con la mirada.

El criado salió y regresó casi inmediatamente.

—La señorita Valentine ha pasado por su dormitorio antes de entrar en el salón de la señora de Villefort —dijo—, y al pasar, como tenía sed, se ha bebido lo que quedaba en el vaso; en cuanto a la jarra, el señorito Edouard la ha vaciado para hacer un estanque a sus patos.

Noirtier levantó sus ojos al cielo, como hace un jugador que aventura a un golpe todo lo que posee.

Desde entonces los ojos del anciano se fijaron en la puerta y no se separaron de aquella dirección.

Eran, efectivamente, la señora Danglars y su hija las que Valentine había visto; las habían conducido a las habitaciones de la señora de Villefort, que había dicho que las recibiría en ellas; por eso Valentine había pasado por su cuarto, su dormitorio estaba en el mismo rellano que el de su madrastra, y ambas habitaciones sólo las separaba el cuarto de Edouard.

Las dos mujeres entraron en el salón con una especie de frialdad que presagiaba una comunicación oficial.

Entre las personas de mundo, una actitud enseguida se adivina. La señora de Villefort respondió a aquella solemnidad con igual postura.

En ese momento entró Valentine y las reverencias empezaron.

—Querida amiga —dijo la baronesa mientras las dos muchachas se cogían de las manos—, vengo con Eugéne para anunciarle su próximo enlace con el príncipe Cavalcanti.

Danglars había mantenido el título de príncipe. El banquero popular había encontrado aquello de mejor gusto que conde.

—Entonces, permítame que le dé mis más sinceras felicitaciones —respondió la señora de Villefort—. El señor príncipe Cavalcanti parece un joven dotado de excelentes cualidades.

—Mire —dijo la baronesa sonriendo—, si hablamos como dos amigas, debo decirle que el príncipe aún no sé lo que será. Hay en él algo de esas rarezas que hacen que nosotros los franceses conozcamos a primera vista a un hidalgo italiano o alemán. No obstante parece tener buen corazón, mucho talento, y en cuanto a lo demás, el señor Danglars pretende que su fortuna es majestuosa; esa es la palabra.

—Y además —dijo Eugéne hojeando el álbum de la señora de Villefort—, añada, señora, que usted tiene una inclinación muy particular por ese joven.

—Y —dijo la señora de Villefort—, creo inútil preguntarle si usted participa de esa inclinación, ¿no es cierto?

—¿Yo? —respondió Eugéne con su aplomo habitual—. ¡Oh! Ni por lo más remoto, señora. Mi vocación no es la de encadenarme a los cuidados de un hogar o a los caprichos de un hombre, sea quien sea. Mi ideal está en ser artista y, por consiguiente, libre, dueña de mi corazón, de mi persona y de mi pensamiento.

Eugéne pronunció estas palabras con un acento tan vibrante y firme, que el rubor subió al rostro de Valentine. La sensible muchacha no podía comprender aquella naturaleza vigorosa que parecía no poseer ninguna de las timideces de la mujer.

—Además —continuó ella—, ya que estoy destinada a casarme por las buenas o por las malas, debo agradecer a la Providencia que al menos me haya procurado el desdén del señor Alberto de Morcerf; sin ello, hoy sería la mujer de un hombre sin honor.

—Es verdad —dijo la baronesa con esa extraña ingenuidad que se encuentra a veces en las grandes damas, y que el trato con otras personas no les hace perder—, sin las vacilaciones de los Morcerf, mi hija se casaba con ese Alberto; el general tenía mucho empeño en ello, y vino expresamente a ver al señor Danglars para que consintiese. ¡De buena hemos escapado!

—Pero —dijo tímidamente Valentine—, ¿acaso toda esa vergüenza del padre recae sobre su hijo? Alberto me parece muy inocente de todas esas traiciones del general.

—Perdón, querida amiga —dijo la implacable joven—. Alberto reclama y merece su parte. Parece ser que después de haber provocado ayer noche en la ópera a Montecristo, hoy le ha pedido excusas sobre el terreno.

—¡Imposible! —exclamó la señora de Villefort.

—¡Ah! Querida amiga —dijo la señora Danglars con esa misma ingenuidad que ya hemos señalado—, la cosa es bien cierta. Lo sé por el señor Debray, que estuvo presente en la explicación.

Valentine también sabía la verdad, pero no respondió. Empujada por la palabra a sus recuerdos se encontraba pensando en la habitación de Noirtier en donde le esperaba Morrel.

Sumida en esta especie de contemplación ulterior, Valentine dejó de tomar parte en la conversación general; incluso le hubiese sido imposible repetir lo que se había dicho durante algunos minutos, cuando de repente la mano de la señora Danglars, apoyándose en su brazo, la arrancó de su ensoñación.

—¿Qué sucede, señora? —dijo Valentine temblando al sentir los dedos de la señora Danglars, como hubiese temblado ante un contacto eléctrico.

—Me parece, mi querida Valentine —dijo la baronesa—, que está sufriendo, sin duda.

—¿Yo? —exclamó la muchacha pasando su mano sobre su frente ardiente.

—Sí; mírese en ese espejo. Ha enrojecido y palidecido sucesivamente tres o cuatro veces en cosa de un minuto.

—En efecto —exclamó Eugéne—, estás muy pálida.

—¡Oh! No te inquietes, Eugéne; estoy así desde hace unos días.

Y por poco astuta que fuese, comprendió que tenía una ocasión para marcharse. Por otra parte, la señora de Villefort acudió en su ayuda.

—Retírese, Valentine —dijo—, sufre realmente, y estas señoras tendrán la bondad de disculparla. Beba un vaso de agua pura y eso la repondrá.

Valentine abrazó a Eugéne, saludó a la señora Danglars, ya en pie para retirarse, y salió.

—Esta pobre chiquilla —dijo la señora de Villefort cuando Valentine hubo salido—, me inquieta seriamente, y no me extrañaría que le sucediese algo grave.

Entretanto Valentine, en una especie de exaltación de la que ni se dio cuenta, había atravesado la habitación de Edouard sin responder a una diablura del niño, y por su dormitorio alcanzó la escalerita. Ya había bajado todos los escalones, menos los tres últimos, desde donde oía la voz de Morrel, cuando de repente perdió la vista, su pie falló el peldaño, sus manos no tuvieron más fuerza para sujetarla a la barandilla, y, rozando la pared, cayó rodando desde los tres últimos peldaños.

Morrel dio un salto para abrir la puerta y encontró a Valentine caída sobre el rellano.

Rápido como el rayo la cogió en sus brazos y la sentó en un sillón. Valentine abrió los ojos.

—¡Oh! ¡Qué torpe soy! —dijo ella con febril volubilidad—. Ya no sé andar. Olvidé que aún me faltaban tres escalones.

—¿Se ha herido, acaso, Valentine? —exclamó Morrel—. ¡Oh, Dios mío! ¡Dios mío!

Valentine miró en torno suyo: vio el más profundo espanto pintado en los ojos de Noirtier.

—Tranquilízate, abuelo —dijo ella tratando de sonreír—, esto no ha sido nada, no es nada... la cabeza me da vueltas... nada más.

—¡Otro desvanecimiento! —exclamó Morrel juntando las manos—. ¡Oh! Ponga cuidado, Valentine, se lo suplico.

—Pero, no, no —dijo Valentine—. He dicho que todo ha pasado, que no ha sido nada. Ahora déjeme que les dé una noticia: dentro de ocho días Eugéne se casa, y dentro de tres días habrá una especie de fiesta, una comida de esponsales. Todos estamos invitados: mi padre, la señora de Villefort y yo... al menos eso he creído entender.

—¿Cuándo nos tocará a nosotros cuidarnos de esos detalles? ¡Oh! Valentine, ya que puede tanto sobre su abuelo, trate de que le responda: ¡pronto!

—Así, pues —preguntó Valentine—, ¿cuenta usted conmigo para estimular la lentitud y despertar la memoria de mi abuelo?

—Sí —exclamó Morrel—. ¡Dios mío, Dios mío! ¡Hágalo pronto! En tanto no sea mía, Valentine, siempre me parece que va a escapárseme.

—¡Oh! —replicó la muchacha con un movimiento convulsivo—. ¡Oh! En verdad, Maximilien, es usted demasiado temeroso para ser oficial, para ser un soldado que dicen que nunca ha conocido el miedo. ¡Ah, ah, ah!

Y prorrumpió en una risa dolorosa y estridente; sus brazos se enderezaron y se retorcieron, su cabeza se giró sobre su asiento y permaneció sin moverse.

El grito de terror que Dios encadenó a los labios de Noirtier salió por su mirada.

Morrel comprendió; se trataba de llamar para que la socorriesen.

El joven se colgó de la campanilla; la camarera que estaba en el aposento de Valentine y el criado que había reemplazado a Barrois aparecieron simultáneamente.

Valentine estaba tan pálida, tan fría y tan inanimada que sin escuchar lo que les decían, se apoderó de ellos el miedo que reinaba en aquella casa maldita y salieron corriendo por el pasillo pidiendo socorro.

La señora Danglars y Eugéne salían en aquel instante; aún pudieron enterarse de la causa de todo aquel barullo.

—¡Ya se lo había dicho! —exclamó la señora de Villefort—. ¡Pobre chiquilla!

La confesión

Al mismo tiempo se oyó la voz del señor de Villefort que gritaba desde su despacho:

—¿Qué sucede?

Morrel consultó la mirada de Noirtier, que acababa de recobrar su presencia de ánimo y que con una mirada le indicó el gabinete en donde en otra ocasión semejante se había refugiado.

Apenas tuvo tiempo de coger su sombrero y esconderse todo anhelante cuando se oyeron los pasos del procurador del rey en el pasillo.

Villefort se precipitó en la habitación, corrió hacia Valentine y la tomó en sus brazos.

—¡Un médico, un médico...! ¡El señor d'Avrigny! —gritó Villefort—. Pero más vale que vaya yo.

Y salió del cuarto a todo correr.

Por otra puerta se escapó Morrel.

Su corazón acababa de ser herido por un espantoso recuerdo: aquella conversación entre Villefort y el doctor que había oído la noche en que murió la señora de Saint-Méran; aquellos síntomas, llevados a un grado menos espantoso eran los mismos que habían precedido a la muerte de Barrois.

Al mismo tiempo le pareció sentir el murmullo de la voz de Montecristo que le había dicho no hacía dos horas:

—Cualquier cosa que necesite, Morrel, acuda a mí; yo puedo mucho.

Más rápido que el pensamiento, corrió, pues, hacia el *faubourg* de Saint Honoré con la calle Matignon, y de la calle Matignon a la avenida de los Campos Elíseos.

Entretanto el señor de Villefort llegaba, en su carruaje, a la puerta del señor d'Avrigny; llamó con tanta violencia que el conserje acudió a abrir con aire asustado. Villefort se abalanzó a la escalera sin pararse a decir nada. El conserje le conocía y le dejó pasar a la vez que gritaba:

—¡En su despacho, señor procurador del rey, en su despacho! Villefort ya empujaba, o más bien abría la puerta.

—¡Ah! —exclamó el doctor—. Es usted.

—Sí —dijo Villefort cerrando la puerta tras de sí—. Sí, doctor, yo que vengo a preguntarle a mi vez si estamos completamente solos. ¡Doctor, mi casa está maldita!

—¡Qué! —dijo éste con frialdad aparente, pero con una profunda emoción interior—. ¿Aún tiene usted algún enfermo?

—¡Sí, doctor! —exclamó Villefort cogiendo con su mano convulsa un puñado de cabellos—. Sí.

La mirada d'Avrigny parecía decirle: «Ya se lo dije». Luego sus labios pronunciaron lentamente estas palabras:

—¿Quién va a morir en su casa, y qué nueva víctima va a acusarnos de debilidad ante Dios?

Un sollozo doloroso salió del pecho de Villefort; se aproximó al médico y le cogió de un brazo:

—¡Valentine! —dijo—. ¡Es el turno de Valentine!

—¿Su hija? —exclamó d'Avrigny, sobrecogido de sorpresa y dolor.

—Ya ve usted cómo se engañaba —murmuró el magistrado—. Venga a verla, y en su lecho de dolor pídale perdón por haber sospechado.

—Cada vez que usted me prevenía —dijo el señor d'Avrigny— ya era demasiado tarde; no importa, vamos. Pero apresurémonos, señor, con los enemigos que atacan en su casa no se puede perder tiempo.

—¡Oh! Esta vez, doctor, ya no me reprochará más debilidad. Esta vez conoceré al asesino y le castigaré.

—Procuremos salvar a la víctima antes de pensar en vengarla —dijo d'Avrigny—. Vamos.

Y el cabriolé que había llevado a Villefort le condujo al trote, acompañando a d'Avrigny, en el momento en que, por su parte, Morrel llamaba a la puerta de Montecristo.

El conde estaba en su gabinete, y, muy preocupado, leía una nota que Bertuccio acababa de enviarle a toda prisa.

Al oír anunciar a Morrel, del que no hacía dos horas que se había separado, el conde levantó la cabeza.

Para él, como para el conde, habían sucedido muchas cosas durante aquellas dos horas, porque el joven que le había abandonado con la sonrisa en los labios regresaba con el rostro transformado.

Se levantó y salió al encuentro de Morrel.

—¿Qué ha sucedido, Maximilien? —le preguntó—. Está usted pálido y todo sudoroso.

Morrel se dejó caer sobre un sillón más que sentarse.

—Sí —dijo—, he venido aprisa; tenía necesidad de hablarle.

—¿Están todos bien en su casa? —preguntó el conde con un tono de acogedora afectuosidad, que nadie podía dudar que era sincero.

—Gracias, conde, gracias —dijo el joven visiblemente embarazado para empezar la conversación—. Sí, mi familia está toda perfectamente.

—Tanto mejor, y sin embargo, tiene usted algo que decirme —repuso el conde cada vez más inquieto.

—Sí —admitió Morrel—, es cierto; acabo de salir de una casa donde la muerte acaba de entrar, para correr a usted.

—¿Sale usted, pues, de casa del señor de Morcerf? —preguntó Montecristo.

—No —dijo Morrel—. ¿Ha muerto alguien en casa del señor de Morcerf?

—El general acaba de levantarse la tapa de los sesos —respondió Montecristo.

—¡Oh! ¡Qué espantosa desgracia! —exclamó Maximilien.

—No para la condesa ni para Alberto —dijo Montecristo—. Más vale un padre y un esposo muerto, que un padre y un esposo deshonrado; la sangre lavará la vergüenza.

—¡Pobre condesa! —dijo Maximilien—. Es en ella en quien pienso, sobre todo. ¡Tan noble dama!

—Compadezca también a Alberto, Maximilien; porque es digno hijo de la condesa. Pero volvamos a nosotros; usted corría a verme, ha dicho; ¿tendré la dicha de poderle ser útil en algo?

—Sí, tengo necesidad de usted, es decir, he creído, como un insensato, que usted podría socorrerme en una circunstancia que sólo Dios puede hacerlo.

—Dígamelo, a pesar de eso —insistió Montecristo.

—¡Oh! En verdad no sé si me estará permitido revelar semejante secreto a oídos humanos; pero la fatalidad me empuja, y la necesidad me obliga, conde.

Morrel se detuvo vacilante.

—¿Cree usted que le aprecio? —dijo Montecristo cogiendo afectuosamente la mano del joven entre las suyas.

—¡Oh! Mire, usted me anima y ya que algo me dice que no debo tener secretos con usted...

—Tiene razón, Morrel; Dios es quien habla a su corazón, y su corazón es el que le habla. Dígame lo que le dicte su conciencia.

—Conde, ¿me permite usted enviar a Bautista de parte suya a pedir noticias de alguien que usted conoce?

—Estoy a su entera disposición, y con más razón lo están mis criados.

—¡Oh! Es que no viviré en tanto no tenga la certeza de que ella se encuentra mejor.

—¿Quiere que llame a Bautista?

—No, voy a hablarle yo mismo.

Morrel salió, llamó a Bautista y le dijo algunas palabras en voz baja. El ayuda de cámara salió corriendo.

—Y bien ¿está hecho? —preguntó Montecristo viéndole aparecer.

—Sí, ya estaré un poco más tranquilo.

—Ya sabe que espero —dijo Montecristo sonriendo.

—Sí, y yo hablo. Escuche, una tarde en que me encontraba en un jardín; yo estaba escondido por un macizo de arbustos, nadie sospechaba que podía encontrarme allí. Dos personas pasaron junto a mí; permítame que por ahora oculte sus nombres; hablaban en voz baja y sin embargo yo tenía tan interés en oír lo que decían que no me perdí ni una palabra de cuanto dijeron.

—¡Eso promete ser algo lúgubre, si hago caso a su palidez y a su temblor, Morrel!

—¡Oh, sí! Bien lúgubre, amigo mío. Acababa de morir alguien en la casa del dueño del jardín en que yo me encontraba; una de aquellas personas que oía era el dueño de aquel jardín y la otra era el médico. Ahora bien, el primero confiaba al segundo ciertos temores y dolores; porque era la segunda vez en un mes que la muerte se abatía rápida e imprevista sobre aquella casa, que se creería designada por algún ángel exterminador a la cólera de Dios.

—¡Ah, ah! —dijo Montecristo mirando con fijeza al joven y girando su sillón por un movimiento imperceptible de manera de colocarlo en la penumbra mientras que la claridad caía sobre el rostro de Maximilien.

—Sí —continuó éste—, la muerte había entrado dos veces en aquella casa en un mes.

—¿Y qué decía el doctor? —preguntó Montecristo.

—Decía..., decía que aquella muerte no era natural y que había que atribuirla...

—¿A qué?

—¡Al veneno!

—¿De veras? —dijo Montecristo con aquella tos ligera que, en los momentos de suprema emoción, le servía para disimular su rubor, su palidez o la misma atención con que escuchaba—. ¿Verdaderamente ha oído todas esas cosas, Maximilien?

—Sí, querido conde, las he oído y el doctor añadió que si semejante acontecimiento se renovaba, se vería obligado a llamar a la justicia.

Montecristo escuchaba o parecía oír con gran calma.

—Pues bien —añadió Maximilien—, la muerte golpeó una tercera vez, y ni el dueño de la casa ni el doctor dijeron nada; la muerte va a caer una cuarta vez, seguramente. Conde, ¿a qué cree usted que el conocimiento de este secreto me obliga?

—Mi querido amigo —dijo Montecristo—, me parece que usted me cuenta una aventura que todo el mundo conoce de memoria. La casa en donde usted oyó eso, la conozco, o al menos conozco una en que hay un jardín, un padre de familia, un doctor y una casa donde hubo tres muertes extrañas e inesperadas. Pues bien, fíjese en mí; yo que no he interceptado esa confidencia y que sin embargo sé todo eso tan bien como usted, ¿tengo algún escrúpulo de conciencia? No, eso no me incumbe. Dice usted que un ángel exterminador parece señalar esa casa a la cólera del Señor; pues bien, ¿quién le dice que su suposición no sea cierta? No vea cosas que no quieren ver aquellos que están interesados en verlas. Si es la justicia, y no la cólera de Dios la que se pasea por esa casa, Maximilien, vuelva la cabeza y deje pasar la justicia de Dios.

Morrel se estremeció. Había algo a la vez lúgubre, solemne y terrible en el acento del conde.

—Por otra parte —continuó éste con un cambio de voz tan marcado, que se hubiese dicho que aquellas palabras no salían de la boca del mismo hombre—. Además, ¿quién le ha dicho que volverá a empezar?

—Es que ha empezado, conde —exclamó Morrel—. Y por eso he venido corriendo a su casa.

—Bien, ¿qué quiere usted que yo haga, Morrel? ¿Quiere usted que por casualidad prevenga al señor procurador del rey?

Montecristo pronunció estas últimas palabras con tanta claridad y con una acentuación tan vibrante que Morrel se levantó de repente y exclamó:

—¡Conde, conde! Sabe usted de quién quiero hablar, ¿no es cierto?

—Perfectamente, mi buen amigo, y voy a probárselo poniendo los puntos sobre las íes, o más bien los nombres sobre las personas. Usted se paseó una noche por el jardín del señor de Villefort; y por lo que me ha dicho debió ser la noche en que murió la señora de Saint-Méran. Usted oyó al señor de Villefort hablando con el señor d'Avrigny acerca de la muerte del señor de Saint-Méran y de la no menos sorprendente de la marquesa. El señor d'Avrigny creía en un envenenamiento e incluso en dos envenenamientos; y ya está, usted, hombre honrado por excelencia, se puso desde entonces a palparse el corazón y a sondear su conciencia para saber si debía revelar ese secreto o callarse. No estamos en la Edad Media, querido amigo, ni hay más Santa Vehma ni jueces francos; ¿qué diablos quiere a esas personas? Conciencia ¿qué me quieres?, como dijo Sterne. ¡Eh! Querido mío, déjelos dormir si duermen, dejemos que palidezcan en sus insomnios si es que los tienen, y por amor de Dios, duerma usted que no tiene remordimientos que le impidan dormir.

Un espantoso dolor se pintaba en las facciones de Morrel; se cogió a las manos de Montecristo.

—¡Pero eso vuelve a empezar, le digo!

—¿Y bien? —dijo el conde asombrado por aquella insistencia de la que no comprendía nada, y mirando atentamente a Maximilien añadió—: Déjelo que empiece; son una familia de Atridas; Dios los ha condenado y sufrirán la sentencia; todos desaparecerán como los frailes que los niños fabrican con las cartas plegadas, y que caen unos tras otros bajo el soplo de su creador, aunque sean doscientos. Hace tres meses fue el señor de Saint-Méran, hace dos la señora de Saint-Méran; Barrois fue el otro día, y hoy es el viejo Noirtier o la joven Valentine.

—¿Lo sabía usted? —exclamó Morrel con un terror tal que Montecristo tembló, él a quien la caída del cielo hubiese dejado impasible—. ¡Lo sabía usted y no decía nada!

—¿Y qué me importa? —replicó Montecristo encogiéndose de hombros—. ¿Acaso conozco a esas personas, y tendré que perder a uno para salvar a otro? A fe mía, que no; porque entre la víctima y el culpable no tengo preferencia alguna.

—¡Pero, yo, yo! —exclamó Morrel gritando de dolor—. ¡Yo la amo!

—¿A quién ama usted? —exclamó Montecristo saltando y cogiendo las manos que Morrel elevaba hacia el cielo.

—La amo perdidamente, la amo como un insensato, la amo como hombre que daría toda su sangre por ahorrarle una lágrima. Amo a Valentine de Villefort, a quien asesinan en este momento, ¿oye bien? La amo, y pido a Dios y a usted que pueda salvarla.

Montecristo lanzó un grito salvaje, del cual sólo pueden darse una idea aquellos que han oído rugir a un león herido.

—¡Desdichado! —exclamó retorciéndose las manos a su vez—. ¡Desdichado! ¡Amas a Valentine! ¡Amas a la hija de una raza maldita!

Morrel nunca había visto semejante expresión; jamás mirada tan terrible había brillado ante él; jamás el genio del terror, que había visto tantas veces sobre los campos de batalla y en las noches homicidas de Argelia, había lanzado alrededor suyo fuegos tan siniestros.

Retrocedió espantado.

Montecristo, por su parte, después de este estallido, cerró los ojos, como deslumbrado por relámpagos interiores; durante ese instante se recogió en sí mismo, con tal poder que se veía sosegarse el agitado pecho, como se ve tras la nube salir el sol que funde las aguas turbulentas y espumosas.

Aquel silencio, aquel recogimiento, aquella lucha, sólo duraron unos segundos.

Después, el conde levantó su frente pálida.

—Vea —dijo con voz alterada—, vea, mi querido amigo, como Dios sabe castigar la indiferencia de los hombres más fanfarrones y más fríos ante los terribles espectáculos que da. Yo, que miraba, asistiendo impasible y curioso, yo que observaba el desarrollo de esa lúgubre tragedia; yo, que al igual que el ángel malo, reía del mal que azota a los hombres, al abrigo del último secreto (y el secreto es fácil de guardar para el rico y el poderoso), aquí me siento, a mi vez, mordido por la serpiente que contemplaba avanzando tortuosa, y mordido en el corazón.

Morrel lanzó un gemido sordo.

—Vamos, vamos —continuó el conde—, basta de lamentaciones como ésas; sea hombre, sea fuerte, llénese de esperanza, porque estoy aquí, porque velo por usted.

Morrel sacudió tristemente la cabeza.

—¡Le digo que confíe! ¿Me comprende? —exclamó Montecristo—. Sepa que jamás miento, que nunca me equivoco. Es mediodía, Maximilien, dé gracias al cielo de que haya venido a mediodía en vez de acudir esta tarde o tal vez mañana por la mañana. Escuche lo que voy a decirle, Morrel, es mediodía; si Valentine no ha muerto a esta hora, ya no morirá.

—¡Oh, Dios mío! ¡Dios mío! —exclamó Morrel—. ¡Y yo la dejé muriéndose!

Montecristo apoyó una mano sobre su frente.

¿Qué pasaba en aquella cabeza tan llena de espantosos secretos?

¿Qué decía a aquel espíritu, implacable y humano a la vez, el ángel luminoso o el ángel de las tinieblas?

¡Sólo Dios lo sabe!

Montecristo levantó la frente una vez más, y esta vez estaba serena como la del niño que se despierta.

—Maximilien —dijo—, regrese tranquilo a su casa. Le pido que no dé un paso, que no intente nada, que no deje aparecer en su rostro la más leve sombra de preocupación; ya le daré noticias. Váyase.

—¡Dios mío, Dios mío! —dijo Morrel—. Usted me aterra, conde, con esa sangre fría. ¿Puede usted algo contra la muerte? ¿Es usted algo más que un hombre? ¿Es un ángel? ¿Es un Dios?

Y el joven, a quien ningún peligro hizo vacilar, retrocedió ante Montecristo, preso de un indecible terror.

Pero Montecristo le miró con una sonrisa a la vez tan melancólica y tan dulce, que Maximilien sintió las lágrimas aflorando a sus ojos.

—Yo puedo mucho, amigo mío —respondió el conde—. Vaya, necesito estar solo.

Morrel, subyugado por ese poderoso ascendiente que ejercía Montecristo sobre cuantos le rodeaban, no trató de sustraerse a él. Estrechó la mano del conde y salió.

Sólo que en la puerta se detuvo para esperar a Bautista, que acababa de verle aparecer en la esquina de la calle Matignon y llegaba corriendo.

Entretanto, Villefort y d'Avrigny habían llegado. A su regreso encontraron a Valentine aún desmayada; el médico examinó a la enferma con el cuidado que exigía la circunstancia y con la profundidad que daba el conocimiento del secreto.

Villefort, pendiente de su mirada y de sus labios, esperaba el resultado del examen. Noirtier, más pálido que la muchacha, también aguardaba, y todo era en él inteligencia y sensibilidad.

Al fin, d'Avrigny dejó escapar lentamente:

—Aún vive.

—¡Todavía! —exclamó Villefort—. ¡Oh, doctor! ¡Qué terrible palabra acaba de pronunciar!

—Sí —dijo el médico—, y repito mi frase: aún vive, y estoy muy sorprendido.

—Pero ¿está salvada? —preguntó el padre.

—Sí, puesto que vive.

En ese momento la mirada de d'Avrigny se encontró con la de Noirtier, brillando con una alegría extraordinaria, expresaba un pensamiento tan rico y profundo que el médico quedó admirado.

Dejó caer en el sillón a la muchacha, cuyos labios apenas se notaban de tan pálidos y blancos como estaban, y se quedó inmóvil y mirando a Noirtier, para quien todos los movimientos del doctor eran esperados y comentados.

—Señor —dijo d'Avrigny a Villefort—, llame a la camarera de la señorita Valentine, por favor.

Villefort abandonó la cabeza de su hija, que sostenía en sus manos y corrió en busca de la camarera.

Apenas cerró la puerta Villefort, d'Avrigny se acercó a Noirtier.

—¿Tiene usted alguna cosa que decirme? —preguntó.

El anciano guiñó expresivamente los ojos, el único signo afirmativo que podía hacer.

—¿A mí solo?

—Sí —indicó Noirtier.

—Bien, permaneceré con usted.

En aquel momento regresó Villefort seguido de la camarera; tras ésta apareció la señora de Villefort.

—Pero ¿qué le ha pasado a esta querida niña? —exclamó ella—. Salió de mi habitación y se quejaba de estar indispuesta, pero no creí que fuese tan serio.

Y la mujer, con lágrimas en los ojos y todas las muestras de afecto de una verdadera madre, se aproximó a Valentine y le cogió una mano.

D'Avrigny continuó mirando a Noirtier, y vio los ojos del anciano dilatándose y agrandarse; sus mejillas palidecieron y temblaron; el sudor perló su frente.

—¡Ah! —exclamó involuntariamente siguiendo la mirada de Noirtier, es decir, fijando sus ojos en la señora de Villefort, que repetía:

—Esta pobre niña estará mejor en su cama. Venga, Fanny, la acostaremos.

El señor d'Avrigny que veía en esta proposición un medio para permanecer a solas con Noirtier, hizo señas con la cabeza de que era lo mejor que podía hacerse, pero prohibió que la muchacha tomase nada sin que él lo ordenara.

Se llevaron a Valentine, que había vuelto en sí, pero que era incapaz de actuar y casi de hablar de tan paralizada como la había dejado aquella sacudida. Sin embargo, tuvo la fuerza para saludar con una mirada a su abuelo, al que parecía que le arrancaban el alma al llevársela.

D'Avrigny siguió a la enferma, concluidas sus prescripciones ordenó a Villefort que cogiese un cabriolé y fuese personalmente a la farmacia para que le preparasen ante él las pociones ordenadas, traerlas y esperar en la habitación de su hija.

Después, tras renovar la prohibición de no dar nada a Valentine, regresó a junto de Noirtier, cerró cuidadosamente las puertas, y después de asegurarse de que nadie les escuchaba, dijo:

—Veamos, ¿sabe usted algo acerca de esta enfermedad de su nieta?

—Sí —indicó el anciano.

—Escuche, no tenemos tiempo que perder; voy a interrogarle y usted respóndame.

Noirtier hizo señas de que estaba dispuesto a contestar.

—¿Había previsto usted el accidente que acaba de ocurrir hoy a Valentine?

—Sí.

D'Avrigny reflexionó un instante y luego se aproximó a Noirtier.

—Perdóneme lo que voy a decirle —añadió—, pero nada debe ser descuidado en la terrible situación en que estamos. ¿Vio usted morir a Barrois?

Noirtier levantó los ojos al cielo.

—¿Sabe usted de qué murió? —preguntó d'Avrigny posando una mano sobre el hombro de Noirtier.

—Sí —respondió el anciano.

—¿Cree usted que esa muerte fue natural?

Algo parecido a una sonrisa se dibujó sobre los labios inertes de Noirtier.

—Entonces, ¿se le ocurrió la idea de que Barrois había sido envenenado?

—Sí.

—¿Cree usted que aquel veneno de que fue víctima le estaba destinado?

—No.

—Ahora, ¿piensa usted que la misma mano que acabó con Barrois, queriendo matar a otro, sea la que hoy ataca a Valentine?

—Sí.

—¿También va a sucumbir? —preguntó d'Avrigny fijando su profunda mirada en Noirtier.

Y esperó el efecto de esta frase sobre el anciano.

—No —respondió éste con un aire de triunfo que hubiese bastado para desbaratar las conjeturas del más hábil adivino.

—Entonces, ¿espera usted? —dijo d'Avrigny sorprendido.
—Sí.
—¿Qué espera usted?
El anciano hizo comprender con los ojos que no podía responder nada.
—¡Ah! Sí, es cierto —murmuró d'Avrigny, luego, volviéndose a Noirtier, dijo—: ¿Espera usted que el asesino se canse?
—No.
—Entonces, ¿espera que el veneno quede sin efecto en Valentine?
—Sí.
—Porque no creo enseñarle nada, ¿no es cierto? —añadió d'Avrigny—, diciéndole que han tratado de envenenarla.
El viejo hizo señas con los ojos de que no conservaba ninguna duda a este respecto.
—¿Y cómo espera usted que Valentine escape?
Noirtier mantuvo con obstinación sus ojos fijos en el mismo punto; d'Avrigny siguió la dirección de sus ojos y vio que se había posado sobre una botella que contenía la medicina que le llevaban todas las mañanas.
—¡Ah, ah! —exclamó d'Avrigny, iluminado por una repentina idea—. Habrá tenido usted la idea...
Noirtier no le dejó acabar.
—Sí —indicó.
—De prevenirla contra el veneno.
—Sí.
—Acostumbrándola poco a poco.
—Sí, sí, sí —hizo Noirtier encantado por ser comprendido.
—En efecto, usted me oyó decir que entraba la brucina en los medicamentos que yo le daba, ¿no es eso?
—Sí.
—Y acostumbrándose a este veneno, usted quiso neutralizar los efectos de otro veneno.
La misma alegría triunfal en Noirtier.
—Y usted ha conseguido que dé resultado —exclamó d'Avrigny—. Sin esta precaución, Valentine hubiese muerto hoy; muerta sin socorro posible, muerta sin misericordia. El ataque ha sido terrible, pero no ha sido destrozada, y esta vez, por lo menos, Valentine no morirá.

Una alegría sobrehumana invadió los ojos del anciano, levantados al cielo con una expresión de reconocimiento infinito.

En aquel momento entró Villefort.

—Tenga, doctor —dijo—, aquí está lo que usted me encargó.

—¿Ese medicamento ha sido preparado delante de usted?

—Sí —respondió el procurador del rey.

—¿Ha salido de sus manos?

—No.

D'Avrigny tomó la botella, derramó algunas gotas del brebaje en el cuenco de su mano y las probó.

—Bien —dijo—. Subamos a la habitación de Valentine; daré mis instrucciones a todo el mundo, y usted velará personalmente, señor de Villefort, para que nadie la moleste.

En el momento en que d'Avrigny entraba en la habitación de Valentine acompañado de Villefort, un fraile italiano de caminar severo, de palabras calmosas y decididas, alquilaba para su uso la casa lindante con el hotel habitado por el señor de Villefort.

No se pudo saber en virtud de qué transacción los tres inquilinos de aquella casa la abandonaron desde las tres de la tarde; pero el rumor que corrió por todo el barrio fue de que la casa no estaba totalmente segura sobre sus cimientos y amenazaba ruina. Lo cual no impidió que el nuevo inquilino se estableciese en ella con su modesto mobiliario hacia las cinco.

Este contrato fue redactado por tres, seis o nueve años por el nuevo inquilino, quien, según la costumbre establecida por los propietarios, pagó seis meses por adelantado; este nuevo inquilino, como ya lo hemos dicho, era italiano y se llamaba Giacomo Busoni.

Los obreros fueron llamados inmediatamente, y aquella misma noche, los raros paseantes retrasados en la parte alta del *faubourg*, vieron con sorpresa a los carpinteros y los albañiles ocupados en empezar las reparaciones de la casa vacilante.

El padre y la hija

Hemos visto en el capítulo anterior que la señora Danglars acudió a anunciar oficialmente a la señora de Villefort el próximo matrimonio de la señorita Eugéne Danglars con el señor Andrea Cavalcanti.

Este anuncio oficial, que indicaba o parecía evidenciar una resolución tomada por todos los interesados en el asunto, había sido precedida, sin embargo, de una escena que debemos contar a nuestros lectores.

Les rogamos den un paso atrás y se sitúen en la mañana del mismo día de tan grandes catástrofes, en el hermoso salón dorado que ya conocen nuestros lectores, que constituye el orgullo de su propietario, el barón Danglars.

En este salón, en efecto, y hacia las diez de la mañana se paseaba el barón en persona, pensativo y visiblemente inquieto, mirando a todas las puertas y deteniéndose a cada ruido.

Cuando agotó su paciencia, llamó al ayuda de cámara.

—Esteban —le dijo—, vea por qué la señorita Eugéne me ha rogado que la espere en el salón, e infórmese de por qué me hace esperar tanto tiempo.

Acabada esta parrafada de mal humor, el barón recobró un poco su calma.

En efecto, la señorita Danglars, después de despertarse, había solicitado una entrevista a su padre, y había señalado el salón dorado como lugar de reunión. La singularidad de esta entrevista y sobre todo su carácter oficial, no habían sorprendido al banquero, quien había accedido inmediatamente al deseo de su hija presentándose el primero en el salón.

Esteban regresó inmediatamente con su embajada.

—La camarera de la señorita —dijo—, me ha anunciado que la señorita acaba de arreglarse y bajará enseguida.

Danglars hizo una señal con la cabeza indicando que estaba satisfecho. Danglars, para con el mundo y con sus criados, afectaba el hombre bondadoso y el padre débil: era una cara del papel que representaba en la comedia de popularidad que interpretaba; era una fisonomía que había adoptado y que le parecía conveniente, como convenía a los perfiles derechos de las máscaras de los padres del teatro antiguo que tiene el labio bajado y quejumbroso.

Apresurémonos a decir que en la intimidad, el labio levantado y riente descendía al nivel del labio bajado y quejumbroso, de manera que la mayor parte del tiempo, el buen hombre desaparecía para dejar paso al marido brutal y al padre absolutista.

—¿Por qué diablos esa loca, que quiere hablarme, según dice —murmuraba Danglars—, no viene a mi despacho, y para qué quiere hablarme?

Daba vueltas por vigésima vez a este pensamiento inquietante en su cabeza, cuando la puerta se abrió y apareció Eugéne, vestida con un traje de satén negro bordado en flores mate del mismo color, peinados los cabellos, y enguantada como si fuese a ir a sentarse en su butaca del Teatro Italiano.

—¿Y bien, Eugéne, qué sucede? —exclamó el padre—. ¿Y por qué el salón dorado cuando podíamos estar bien en mi despacho particular?

—Tiene usted razón, señor —respondió Eugéne indicando a su padre que podía sentarse—, y acaba de hacerme dos preguntas que resumen toda la conversación que vamos a tener. Responderé a las dos; y contra las leyes de la costumbre, será a la segunda primeramente por ser la más compleja. He escogido el salón, señor, como lugar de reunión para evitar las impresiones desagradables y las influencias del despacho de un banquero. Esos libros de caja, por muy dorados que estén; esos cajones cerrados como puertas de fortalezas, esos montones de billetes de Banco que llegan de no sé dónde, y esa cantidad de cartas procedentes de Inglaterra, de Holanda, de España, de las Indias, de China y de Perú, actúan por lo general extrañamente en el ánimo de un padre y le hacen olvidar que en el mundo hay un interés mayor y más sagrado que la posición social y la opinión de sus comitentes.

He escogido este salón, que usted ve tan alegre y sonriente en sus cuadros magníficos, su retrato, el mío, el de mi madre, y toda clase de paisajes pastoriles y campiñas enternecedoras. Yo confío mucho en las impresiones de exteriores. Tal vez, respecto a usted, sea un error, pero ¿qué quiere? No sería artista si no me quedasen algunas ilusiones.

—Muy bien —respondió Danglars que había escuchado la parrafada con una imperturbable sangre fría, pero sin comprender una palabra, absorto como estaba en buscar el hilo de sus propias ideas en los pensamientos del interlocutor.

—He aquí explicado el segundo punto, aproximadamente, claro —dijo Eugéne sin la menor turbación y con ese aplomo tan masculino que caracterizaba su gesto y su palabra—, y usted me parece satisfecho con la explicación. Ahora volvamos a la primera. Me preguntaba por qué había solicitado esta entrevista; se lo voy a decir en dos palabras. Aquí está, señor: no quiero casarme con el señor conde Andrea Cavalcanti.

Danglars dio un salto en su sillón, y de la sacudida levantó a la vez los brazos y los ojos al cielo.

—Dios mío, sí, señor —continuó Eugéne con la misma calma—. Usted se asombra, ya lo veo, porque desde que todo este asunto está en marcha yo no he manifestado la menor oposición, segura siempre de que en el momento oportuno opondría francamente a las personas que no me han consultado y a las cosas que me desagradan, una voluntad firme y absoluta. No obstante, esta tranquilidad, esta pasividad, como dicen los filósofos, procedía de otra fuente; venía de que la hija sumisa y devota —una ligera sonrisa asomó a los rojos labios de la muchacha— trataba de ser obediente.

—¿Y bien? —preguntó Danglars.

—Pues, señor —replicó Eugéne—, he aguantado hasta el límite de mis fuerzas, y ahora que ha llegado el momento, a pesar de todos mis esfuerzos por contenerme, me siento incapaz de obedecer.

—Pero, en fin —dijo Danglars, que con su mediano talento parecía abrumado por el peso de aquella implacable lógica, cuya calma dejaba ver tanta premeditación como fuerza de voluntad—, ¿cuál es la razón de esa negativa, Eugéne, cuál?

—La razón —replicó la muchacha—. ¡Oh, Dios mío! No es que el hombre sea más feo, más tonto o más desagradable que otro, no; el señor Andrea Cavalcanti incluso puede pasar, entre las que miran los hombres por su cara y su talle, por ser bastante buen modelo; tampoco es porque mi corazón esté más interesado en éste que en otro: eso sería una razón de colegiala que considero indigna de mí. Yo no quiero a nadie, señor, usted lo sabe bien, ¿no es así? No veo, entonces, por qué, sin absoluta necesidad, habría de embarazar mi vida con un compañero eterno. Acaso el sabio no ha dicho en algún sitio: *Nada de más* y también: *¿Lleva todo consigo?* Se me enseñaron esos dos aforismos en latín y griego: uno es, creo, de Fedro, y el otro de Bias. Pues bien, mi querido padre, en el naufragio de la vida, porque la vida es un naufragio eterno de nuestras esperanzas, yo arrojo al mar mi equipaje inútil, nada más, y me quedo con mi voluntad, dispuesta a vivir perfectamente sola y por consiguiente totalmente libre.

—¡Desgraciada! ¡Desgraciada! —murmuró Danglars palideciendo, porque conocía por larga experiencia la solidez del obstáculo que encontraba tan repentinamente.

—¿Desgraciada? —replicó Eugéne—. ¿Desgraciada dice usted, señor? Pues, no, en verdad, y la exclamación me parece muy teatral y afectada. Dichosa, por el contrario, porque yo le pregunto, ¿qué me falta? El mundo me encuentra hermosa, es algo para ser recibida favorablemente. Amo las buenas acogidas, eso alegra las caras y aquellos que me rodean me parecen menos feos. Estoy dotada de algún talento y de cierta sensibilidad relativa que me permite sacar de la existencia general, para que entre en la mía, lo que encuentro de bueno, como hace el mono cuando parte una nuez verde para sacar su contenido. Soy rica, porque usted tiene una de esas buenas fortunas de Francia, porque soy su hija única, y porque usted no es tan tenaz ni llega al punto que los padres de la puerta de San Martín y de la Gaite, que desheredan a sus hijas porque no quieren darles nietos. Además, la ley previsora le ha quitado el derecho a desheredarme, al menos de todo, como le ha quitado el poder de contrariarme casándome con tal o cual señor. Así, pues, hermosa, espiritual, dotada de algún talento, como se dice en las óperas cómicas, y rica, no hay más que la dicha, señor. ¿Por qué me llama usted desgraciada?

Danglars, viendo a su hija sonriente y orgullosa hasta la insolencia, no pudo reprimir un movimiento de brutalidad que se manifestó en un grito solamente. Bajo la mirada interrogadora de su hija, enfrente a aquellas hermosas cejas negras, fruncidas por la interrogación, se volvió con prudencia y se calmó inmediatamente, domado por la férrea mano de la circunspección.

—En efecto, hija mía —respondió él con una sonrisa—, eres todo lo que pregonas ser, excepto en una cosa, hija; no quiero decirte bruscamente cuál, prefiero dejártela adivinar.

Eugéne miró a Danglars muy sorprendida de que la discutiesen sobre una de las flores de la corona de orgullo que acababa de ponerse tan soberbiamente en su cabeza.

—Hija mía —continuó el banquero—, me has explicado perfectamente los sentimientos que presidían las resoluciones de una hija como tú cuando ha decidido no casarse. Ahora voy a ser yo quien va a decirte los motivos de un padre como yo cuando ha resuelto que su hija se case.

Eugéne se inclinó, no como hija sumisa que escucha, sino como adversario dispuesto a discutir y que espera.

—Hija mía —continuó Danglars—, cuando un padre pide a una hija que tome esposo, siempre existe alguna razón para desear su matrimonio. Los unos tienen la manía que dijiste hace un momento, es decir, verse revivir en sus nietos. Yo no siento esa debilidad, empiezo por decirte que las alegrías de la familia me son casi indiferentes. Puedo confesar eso a una hija que sabe bastante filosofía para comprender esta indiferencia y para no considerarlo un crimen.

—Enhorabuena —dijo Eugéne—, hablemos franco, señor, me gusta eso.

—¡Oh! —dijo Danglars—. Ya ves que sin participar, en tesis general, de tu simpatía por la franqueza, me someto cuando considero que la circunstancia lo requiere. Continuaré, pues. Te he propuesto un marido, no por ti, porque en realidad no pienso en ti por nada del mundo en estos momentos. Amas la franqueza, pues aquí la tienes; lo hice porque tenía necesidad de que escogieses esposo lo más pronto posible para ciertas combinaciones comerciales que estoy a punto de establecer en estos momentos.

Eugéne hizo un movimiento.

—Es tal y como te lo digo, hija mía, y no tienes por qué enfadarte ya que tú me fuerzas a ello; es, a pesar mío, lo comprenderás bien, que entro en estas explicaciones aritméticas, con una artista como tú, que temió entrar en el despacho de un banquero para no percibir impresiones o sensaciones desagradables y antipoéticas.

»Pero en ese despacho de banquero, en el cual, no obstante, bien quisiste entrar anteayer para pedirme los mil francos que te concedo cada mes para tus caprichos; en ese despacho, sabes, mi querida señorita, se aprenden muchas cosas útiles incluso para jóvenes personas que no quieren casarse. Se aprende, por ejemplo y en miramiento a tu susceptibilidad nerviosa te lo enseño en este salón; se aprende que el crédito de un banquero es la vida física y moral, que el crédito sostiene al hombre como el aire anima el cuerpo, y el señor de Montecristo me hizo un día un discurso sobre esto que no olvidaré nunca. Se aprende que a medida que el crédito se retira el cuerpo se vuelve cadáver, y que eso debe llegar en poco tiempo al banquero que se honra en ser padre de una hija con tan buena lógica.

Pero Eugéne, en vez de curvarse, se enderezó bajo el golpe:

—¡Arruinado! —dijo.

—Tú has encontrado la expresión justa, hija mía, la expresión exacta —dijo Danglars arañando su pecho con las uñas mientras conservaba en su ruda cara la sonrisa del hombre sin corazón, pero no sin talento—. ¡Arruinado! Eso es.

—¡Ah! —exclamó Eugéne.

—Sí, arruinado. Pues bien, he aquí conocido ese secreto lleno de horror, como dijo el poeta trágico. Ahora, hija mía, aprende de mis labios como esa desgracia puede ser por ti, menos grande; y no diré que para mí, sino para ti.

—¡Oh! —exclamó Eugéne—. Es usted muy mal fisonomista, señor, si se figura que es por mí por quien deploro la catástrofe que acaba de exponerme.

»¡Arruinada yo! ¿Qué me importa? ¿Acaso no me queda mi talento? ¿No puedo yo, como la Pasta, la Malibran o la Grisi, hacerme, cosa que usted no me hubiese dado nunca a pesar de su fortuna, con cien o ciento cincuenta mil libras de renta que sólo me debería a mí misma, y que en vez de llegarme como me llegan esos pobres doce mil francos que usted me da con la mirada ceñuda y las palabras de reproche sobre mi prodigalidad, me llegarían acompañados de aclamaciones, de bravos y de flores? Y aun cuando no tuviese ese talento, del que su sonrisa me dice que lo pone en duda, todavía me quedaría este furioso amor de independencia, que vale más que todos los tesoros, y que me domina hasta el instinto de conservación.

»No, no es por mí por quien me entristezco, siempre sabré salir bien del paso; mis libros, mis lápices, mi piano, todas las cosas que tanto amo y que siempre podré procurarme, siempre me quedarán. Piensa usted que tal vez me aflijo por la señora Danglars, pues desengáñese también: o me engaño mucho o mi madre ya ha tomado todas sus precauciones contra la catástrofe que le amenaza a usted y que pasará sin alcanzarle a ella. Ella se ha puesto al abrigo, lo espero, y no ha sido vigilándome como ha podido distraerse de sus preocupaciones de fortuna, porque gracias a Dios me ha dejado toda mi independencia bajo el pretexto de que amaba mi libertad.

»¡Oh! No, señor. Desde mi infancia he visto pasar muchas cosas en torno mío; las he comprendido todas perfectamente para que la desgracia dejase en mí más impresión de la que merece desde que la conozco. No he sido amada por nadie, tanto peor; eso me conduce, naturalmente, a no amar a nadie, tanto mejor. Ahora ya tiene usted mi profesión de fe.

—Entonces —dijo Danglars, pálido de una ira que no tenía su origen en el amor paternal ofendido—, entonces, señorita, ¿persistes en querer consumar mi ruina?

—¡Su ruina! —dijo Eugéne—. ¿Yo consumar su ruina? ¿Qué quiere decir? No le comprendo.

—Tanto mejor, eso me deja un rayo de esperanza; escucha.

—Escucho —dijo Eugéne mirando con tal fijeza a su padre que éste tuvo que hacer un esfuerzo para no bajar los ojos ante la mirada de su hija.

—El señor Cavalcanti —continuó Danglars— se casa contigo, y al casarse aporta tres millones de dote que coloca en mi banca.

—¡Ah! Muy bien —dijo con soberano desprecio Eugéne alisando sus guantes uno sobre otro.

—¿Piensas que te haré un mal cogiendo esos tres millones? —dijo Danglars—. Nada de eso; esos tres millones están destinados a producir diez. He obtenido con un banquero, compadre mío, la concesión de un ferrocarril, único negocio que en nuestros días presenta esas suertes fabulosas de éxito inmediato que en otros tiempos Law aplicaba a los bonos parisienses, esos eternos papanatas de la especulación, a un Mississippi fantástico. Para mis cálculos debe poseerse una millonésima de raíl como se poseía en otros tiempos un acre de tierra en erial al borde del Ohio. Es una inversión hipotecaria, lo cual es progreso, como ves, pues se tendrá por lo menos diez, quince, veinte, cien libras de hierro a cambio de su dinero. Pues bien, de aquí a ocho días debo depositar por mi cuenta cuatro millones. Esos cuatro millones, ya te digo, producirán diez o doce.

—Pero, durante la visita que le hice a usted anteayer, señor, y si usted quiere recordarlo —replicó Eugéne—, le vi guardarse cinco millones y medio; incluso usted me enseñó la suma en dos bonos sobre el tesoro, y usted se asombraba de que un papel de tanto valor no hubiese deslumbrado mis ojos como lo haría un rayo.

—Sí, pero esos cinco millones y medio no son míos, y sólo son una prueba de la confianza que se tiene en mí; mi título de banquero popular me ha valido la confianza de los hospitales, y los cinco millones y medio les pertenecen; en otros tiempos no dudaría en utilizarlos, pero hoy se conocen las grandes pérdidas que he tenido, y, como ya te he dicho, el crédito empieza a retirarse. De un momento a otro la administración puede reclamarme el depósito, y si lo he empleado en otra cosa, me obligo a hacer una bancarrota vergonzosa. No desprecio las bancarrotas, créeme, pero las que enriquecen y no las que arruinan. Si te casas con el señor Cavalcanti, yo cojo los tres millones de la dote, o al menos se cree que voy a cogerlos, por lo que mi crédito se restablece y mi fortuna, que desde hace dos meses se hunde en un abismo abierto bajo mis pies por una fatalidad inconcebible, vuelve a consolidarse. ¿Me comprendes?

—Perfectamente, usted me empeña por tres millones, ¿no es cierto?

—Cuanto más fuerte la suma, más halagadora, pues te da una idea de tu valía.

—Gracias. Una última palabra, señor. ¿Me promete usted servirse cuanto sea de la cifra de esa dote aportada por el señor Cavalcanti, pero no tocar la cantidad? Esto no es cuestión de egoísmo, sino de delicadeza. Quiero servir para reafirmar su fortuna, pero no quiero ser la cómplice en la ruina de los demás.

—Pero, cuando te digo que con esos tres millones...

—¿Cree usted salir del apuro, señor, sin tener necesidad de tocar esos tres millones?

—Eso espero, pero a condición, siempre, de que celebrándose el matrimonio se consolide mi crédito.

—¿Podrá usted pagar al señor Cavalcanti los quinientos mil francos que usted me da por mi contrato?

—Al regresar del Ayuntamiento, los cogerá.

—¡Bien!

—¿Cómo bien? ¿Qué quieres decir?

—Quiero decir que pidiéndome mi firma, no es eso, usted me dejará absolutamente dueña de mi persona.

—Absolutamente.

—Entonces, *bien*, como le decía, señor; estoy dispuesta a casarme con el señor Cavalcanti.

—Pero ¿cuáles son tus proyectos?

—¡Ah! Ese es mi secreto. ¿Dónde estaría mi superioridad sobre usted si, teniendo el suyo, le contase el mío?

Danglars se mordió los labios.

—Así, pues —dijo—, ¿estás dispuesta a hacer algunas visitas oficiales que son absolutamente indispensables?

—Sí —respondió Eugéne.

—¿Y a firmar el contrato dentro de tres días?

—Sí.

—Entonces, a mi vez, soy yo quien dice: ¡bien!

Y Danglars tomó la mano de su hija y la estrechó entre las suyas.

Pero, cosa extraordinaria, durante aquel apretón de manos, el padre no se atrevió a decir:

—¡Gracias, hija mía!

Ni la hija tuvo una sonrisa para su padre.

—¿Se acabó la conferencia? —preguntó Eugéne levantándose.

Danglars indicó con la cabeza que no tenía nada más que añadir.

Cinco minutos más tarde el piano resonaba bajo los dedos de la señorita de Armilly, y la señorita Danglars cantaba la maldición de Brabantio sobre *Desdémona*.

Al fin del diálogo, Esteban entró y anunció a Eugéne que los caballos estaban enganchados al coche, y que la baronesa la esperaba para hacer sus visitas.

Ya hemos visto a las dos mujeres pasar por casa de Villefort, de donde salieron para continuar su recorrido.

El contrato

Tres días después de la escena que acabamos de relatar, es decir, hacia las cinco de la tarde del día fijado para la firma del contrato entre la señorita Eugéne Danglars y Andrea Cavalcanti, que el banquero se obstinaba en llamar príncipe; una fresca brisa estremecía las hojas de los árboles del jardincillo situado ante la casa del conde de Montecristo, y cuando éste se preparaba a salir, y mientras sus caballos le esperaban piafando reprimidos por el cochero, sentado desde hacía un cuarto de hora en su asiento, el elegante faetón que ya conocen nuestros lectores, vino a girar rápidamente la esquina de la puerta de entrada y arrojó, más que depositó en los escalones del pórtico, al señor Andrea Cavalcanti, tan dorado y tan pagado de sí como si fuese a casarse con una princesa.

Se informó de la salud del conde con esa familiaridad que le era tan habitual, y subiendo con ligereza al primer piso lo encontró en lo alto de la escalera.

A la vista del joven, el conde se detuvo. En cuanto a Andrea Cavalcanti, estaba lanzado y cuando se entusiasmaba nada lo detenía.

—¡Eh! Muy buenas, querido señor de Montecristo —dijo al conde.

—¡Ah, señor Andrea! —exclamó éste con su voz medio burlona—, ¿cómo se encuentra usted?

—Maravillosamente, como puede ver. Vengo a hablar con usted de muchas cosas; pero, ante todo, ¿sale usted o entra?

—Salía, señor.

—Entonces, para no entretenerle, montaré, si a usted le parece bien, en su calesa, y Tom nos seguirá conduciendo mi faetón a remolque.

—No —dijo con una imperceptible sonrisa de desprecio el conde, que no deseaba ser visto en compañía del joven—. No, prefiero darle audiencia aquí, querido señor Andrea; se habla mejor en una habitación, y así el cochero no sorprende nuestras palabras al vuelo.

El conde entró en un saloncito que formaba parte del primer piso, se sentó, e indicó, cruzando sus piernas, un asiento al joven para que lo ocupase.

Andrea adoptó su aspecto más sonriente.

—Sabe usted, querido conde —dijo—, que la ceremonia tiene lugar esta noche. A las nueve se firmará el contrato en casa de mi suegro.

—¡Ah! ¿De veras?

—¡Cómo! ¿No lo sabía usted? ¿Acaso no le ha prevenido de esta solemnidad el señor Danglars?

—Sí —dijo el conde—. Recibí una carta suya ayer; pero no creo que fuese indicada la hora.

—Es posible; el suegro habrá contado con la notoriedad pública.

—Y bien —dijo Montecristo—, ya es usted feliz, señor Cavalcanti; es una de las mejores alianzas, la que contrata; y además, la señorita Danglars es bonita.

—Pues, sí —respondió Cavalcanti con un acento lleno de modestia.

—Y sobre todo es muy rica, por lo menos según creo —dijo Montecristo.

—Muy rica, ¿cree usted? —repitió el joven.

—Sin duda; se dice que el señor Danglars esconde por lo menos la mitad de su fortuna.

—Y ha confesado quince o veinte millones —dijo Andrea con una mirada brillante de alegría.

—Sin contar —añadió Montecristo—, que está en vísperas de entrar en una clase de especulaciones ya un poco usada en los Estados Unidos y en Inglaterra, pero completamente nueva en Francia.

—Sí, sí, ya sé a lo que usted se refiere: el ferrocarril, del que trata de obtener su adjudicación, ¿no es cierto?

—Justo. Ganará por lo menos, es la opinión general, unos diez millones en este negocio.

—¡Diez millones! ¿Cree usted? ¡Es magnífico! —dijo Cavalcanti, que se emborrachaba ante el ruido metálico de las palabras doradas.

—Sin contar —añadió Montecristo—, que toda esta fortuna será para usted, y es justo, ya que la señorita Danglars es hija única. Además, su propia fortuna, su padre me lo ha dicho al menos, es casi tan grande como la de su prometida. Pero dejemos de lado estos asuntos de dinero. Sepa usted, señor Andrea, que ha llevado hábil y admirablemente todo este asunto.

—Pues, no está mal, no está mal —dijo el joven—. Había nacido para ser diplomático.

—Pues bien, le harán entrar en la diplomacia; la diplomacia, ya lo sabe, no se aprende, es algo instintivo... ¿Tiene interesado el corazón?

—Verdaderamente, eso temo —respondió Andrea en el mismo tono en que había visto en el Teatro Francés a Dorante o a Valerio responder a Alcestes.

—¿Y le ama un poco?

—Es preciso —dijo Andrea con una sonrisa de vencedor— ya que se casa. Sin embargo, no olvidemos un gran punto.

—¿Cuál?

—El que he sido ayudado singularmente en todo esto.

—¡Bah!

—Cierto.

—¿Por las circunstancias?

—No, por usted.

—¿Por mí? Déjelo ya, príncipe —dijo Montecristo recalcando con afectación este título—, ¿qué he podido hacer por usted? ¿Acaso su nombre, su posición social y sus méritos no son suficientes?

—No —dijo Andrea—, no; y por más que diga, señor conde, yo mantengo que la posición de un hombre como usted ha hecho más que mi nombre, que mi posición social y mi mérito.

—Usted se engaña completamente, señor —dijo Montecristo, que sentía la dirección pérfida del joven y que comprendió el alcance de sus palabras—, mi protección no le fue acordada más que después de conocer la influencia y la fortuna de su señor padre; porque, en fin, ¿quién me ha procurado a mí, que no había visto jamás ni a usted ni a su ilustre padre, la dicha de su conocimiento? Fueron dos buenos amigos, lord Wilmore y el abate Busoni. ¿Quién me ha animado, no a servirle de garantía, sino a patrocinarle? El nombre de su padre, tan conocido y tan honrado en Italia; personalmente, yo no le conozco.

Esta calma, este perfecto dominio hicieron comprender a Andrea que de momento estaba cogido por una mano más musculosa que la suya, y que el apretón no podía romperse fácilmente.

—¡Ah, vaya! —dijo—. ¿Mi padre tiene verdaderamente una gran fortuna, señor conde?

—Parece que así es, señor —respondió Montecristo.

—¿Sabe usted si la dote que me ha prometido ha llegado?

—Yo he recibido carta de aviso.

—Pero ¿y los tres millones?

—Los tres millones están en camino, según toda probabilidad.

—¿Los cogeré realmente?

—¡Diantre! —replicó el conde—. Me parece que hasta ahora, señor, el dinero no le ha faltado.

Andrea quedó tan sorprendido que no pudo impedir soñar por un momento.

—Entonces —dijo saliendo de su ensoñación— sólo me queda, señor, dirigirle una petición, y ésta la comprenderá aun cuando deba ser desagradable.

—Hable —dijo Montecristo.

—Me he puesto en relación, gracias a mi fortuna, con muchas personas distinguidas, y tengo, de momento, al menos, multitud de amigos. Pero casándome como lo hago y de cara a toda la sociedad parisiense, debo ser sostenido por un nombre ilustre y a falta de la mano paternal, una mano poderosa debe acompañarme al altar; ahora bien, mi padre no vendrá a París, ¿no es cierto?

—Es anciano, está cubierto de heridas y sufre, dice, a morir cada vez que viaja.

—Comprendo. Pues bien, vengo a hacerle una petición.

—¿A mí?

—Sí, a usted.

—¿Y cuál? ¡Dios mío!

—Pues bien, la de reemplazarlo.

—¡Ah, mi querido señor! ¡Cómo! Después de las numerosas relaciones que he tenido el honor de haber visto con usted, ¿me conoce usted tan mal para hacerme semejante solicitud?

»Pídame medio millón a empeñar, y aunque semejante préstamo sea bastante raro, palabra de honor, me molestaría menos. Sepa pues, y creo que ya se lo había dicho, que en su participación, moral sobre todo, en las cosas del mundo, el conde de Montecristo jamás ha dejado de tener sus escrúpulos, o más bien, diría yo, las supersticiones de un hombre oriental.

»Yo, que tengo un serrallo en El Cairo, otro en Esmirna y otro en Constantinopla, ¡presidiendo un matrimonio! ¡Nunca!

—Así, pues, ¿se niega usted?

—En redondo; y, fuese usted mi hijo, fuese usted mi hermano, seguiría negándome.

—¡Ah, vaya! —exclamó Andrea desorientado—. Entonces, ¿cómo voy a hacerlo?

—Tiene usted cien amigos, ¿no acaba de decírmelo?

—De acuerdo, pero ha sido usted quien me ha presentado en casa del señor Danglars.

—¡Alto! Restablezcamos los hechos en toda la verdad; yo fui quien le hizo cenar con él en Auteuil, y usted quien se presentó personalmente. ¡Diablos! Es muy diferente.

—Sí, pero mi matrimonio; usted me ha ayudado...

—¿Yo? En nada, le ruego que lo crea; acuérdese de lo que le respondí cuando vino a rogarme que hiciera la petición. ¡Oh! Yo no hago matrimonios, mi querido príncipe, es un principio en mí.

Andrea se mordió los labios.

—Pero, en fin —dijo—, por lo menos estará usted allí, ¿no?

—Estará todo París.

—Ciertamente.

—Pues bien, seré como todo París —dijo el conde.

—¿Firmará el contrato?

—¡Oh! No veo ningún inconveniente, y mis escrúpulos no llegan a tanto.

—En fin, ya que usted no quiere concederme más, debo conformarme con lo que usted me da. Una última palabra, conde.

—¿Cómo?

—Un consejo.

—Tenga cuidado, un consejo es peor que un favor.
—¡Oh! Este sí que puede dármelo sin comprometerse.
—Diga.
—La dote de mi esposa es de quinientas mil libras.
—Es la cantidad que el señor Danglars me indicó.
—¿Debo recibirlas o debo dejarlas en manos del notario?
—He aquí, en general, como suceden las cosas cuando se quiere que se produzcan elegantemente: los dos notarios se citan el día del contrato para el día siguiente, entonces cambian las dos dotes y se dan mutuos recibos; después, celebrado el matrimonio, ponen los millones a su disposición como jefe de la comunidad.
—Es que —dijo Andrea con cierta inquietud mal disimulada—, creí haber entendido a mi suegro que tenía la intención de colocar los fondos en ese famoso negocio del ferrocarril, del cual me hablaba usted hace un instante.
—Bien, pero —replicó Montecristo— por lo que todo el mundo asegura, es un medio de que sus capitales se tripliquen en un año. El señor barón de Danglars es un buen padre y sabe contar.
—Así, pues —dijo Andrea—, todo marcha bien, salvo su negativa, que me parte el corazón.
—No la atribuya más que a escrúpulos muy naturales en semejante circunstancia.
—Vamos —dijo Andrea—, que se haga, pues, como usted quiere; hasta esta noche a las nueve.
—Hasta esta noche.
Y a pesar de una ligera resistencia de Montecristo, cuyos labios palidecieron aunque no abandonaron su sonrisa ceremoniosa, Andrea cogió la mano del conde, la estrechó, saltó a su faetón y desapareció.
Las cuatro o cinco horas que le quedaban hasta las nueve las empleó Andrea en visitar a sus numerosos amigos, a los que habló de aparecer por casa del banquero con todo el lujo de sus comitivas, deslumbrándoles con las promesas de acciones que, después, han vuelto locos a tantos, y que en aquel momento sólo Danglars tenía la iniciativa.
En efecto, a las ocho y media de la tarde el gran salón de Danglars, la galería que conducía a este salón y otros tres salones del piso estaban llenos de una multitud perfumada, a

la que no atraía la simpatía sino esa irresistible necesidad de estar allí donde se sabe que hay algo nuevo.

Un académico diría que las veladas mundanas son colecciones de flores que atraen a mariposas inconstantes, a abejas afanosas y a zánganos zumbadores.

No hay que decir que los salones estaban resplandecientes de luz, la infinidad de bujías lanzaban oleadas sobre las molduras de oro, sobre las telas de seda y sobre todo el mal gusto de aquel mobiliario, que no tenía consigo más que la resplandeciente riqueza en toda su brillantez.

La señorita Eugéne estaba vestida con la sencillez más elegante: un vestido de seda blanca bordado en blanco, una rosa blanca medio perdida en sus cabellos, de un negro jade, componían todo su adorno sin que la más pequeña joya tuviese cabida en él.

Sólo que se podía leer en sus ojos aquella firmeza perfecta destinada a desmentir lo que aquel cándido atavío tenía de vulgarmente virginal a sus propios ojos.

La señora Danglars, a treinta pasos de ella, hablaba con Debray, Beauchamp y Chateau Renaud. Debray había vuelto a entrar en la casa para aquella gran solemnidad, pero como todo el mundo y sin ningún privilegio particular.

El señor Danglars, rodeado de diputados, de hombres de finanzas, explicaba una teoría de contribuciones nuevas que pensaba poner en ejercicio cuando la fuerza de las circunstancias obligasen al Gobierno a llamarle al Ministerio.

Andrea, dando su brazo a uno de los más fogosos aficionados a la ópera, le explicaba impertinentemente, pues se necesitaba atrevimiento para hacerlo, sus proyectos de vida futura, y los progresos de lujo que contaba hacer con sus ciento setenta y cinco mil libras de renta.

La muchedumbre en general se movía en aquellos salones como un flujo y un reflujo de turquesas, de rubíes, de esmeraldas, de ópalos y de diamantes.

Como sucede siempre, se notaba que las más viejas señoras eran las más adornadas, y las más feas las que se exhibían con mayor obstinación.

Si había algún lirio blanco, alguna rosa suave y perfumada, había que buscarlas y descubrirlas, escondidas en algún rincón por una madre con turbante o una tía cotorra.

A cada instante, en medio de aquel tumulto, de aquel murmurar, de aquellas risas, la voz de los ujieres lanzaba un nombre conocido en las finanzas, respetado en el ejército o ilustre en las letras; entonces un débil movimiento de los grupos acogía el nombre.

Pero para uno que hacía estremecer este océano de olas humanas, cuántos no pasaban acogidos por la indiferencia o la burla de desdén.

En el momento en que la aguja del reloj macizo que representaba a Endimión dormido, marcaba las nueve en el cuadrante de oro, y la campana, fiel reproductor del pensamiento maquinal, daba las nueve, el nombre del conde de Montecristo resonó a su vez, y, como impulsada por una descarga eléctrica, toda la asamblea se volvió hacia la puerta.

El conde estaba vestido de negro y con sencillez; su chaleco blanco resaltaba su amplio y noble pecho; su cuello negro parecía de una frescura singular que resaltaba la varonil palidez de su rostro; por toda alhaja llevaba una cadena de chaleco tan fina que apenas el hilillo de oro contrastaba con el piqué blanco.

Al instante se formó un círculo alrededor de la puerta.

El conde, de una sola ojeada, distinguió a la señora Danglars a un extremo del salón, al señor Danglars en el otro y a la señorita Eugéne delante de él.

Se aproximó primeramente a la baronesa, que hablaba con la señora de Villefort, que había venido sola porque Valentine aún continuaba sin restablecer; y sin desviarse de su camino, pues todos se apartaban ante él, pasó de la baronesa a Eugéne, a la que cumplimentó en términos tan rápidos y reservados que la orgullosa artista quedó sorprendida.

Junto a ella estaba la señorita Louise de Armilly, quien agradeció al conde las cartas de recomendación que tan amablemente le había entregado para los empresarios de Italia, y de las que esperaba, le dijo, hacer incesante uso.

Al abandonar a estas damas se volvió y se encontró junto a Danglars, que se había aproximado para darle la mano.

Cumplidos estos tres deberes sociales, Montecristo se detuvo, paseó su mirada firme en torno suyo con esa expresión particular a los hombres de mundo y sobre todo de cierta distinción, que parece decir:

«Ya he hecho lo que debía; ahora que los demás cumplan con su deber».

Andrea, que estaba en un salón contiguo, sintió aquella especie de estremecimiento que Montecristo había provocado en la muchedumbre, y se apresuró a saludar al conde.

Lo encontró completamente rodeado; se disputaban sus palabras, como suele ocurrir siempre con los que hablan poco y no dicen una palabra sin valor.

Los notarios hicieron su entrada en aquel momento, y fueron a instalar sus cartapacios sobre los terciopelos bordados en oro que cubrían la mesa preparada para la firma, mesa en madera dorada.

Uno de los notarios se sentó y el otro permaneció en pie.

Se iba a proceder a la lectura del contrato que medio París, presente en aquella solemnidad, debía firmar.

Cada uno ocupó su sitio, o más bien las mujeres hicieron círculo mientras que los hombres, más indiferentes para con el *estilo enérgico*, como lo llamó Boileau, hicieron sus comentarios sobre la agitación febril de Andrea, sobre la atención del señor Danglars, sobre la impasibilidad de Eugéne, y sobre la manera ligera y jovial con que la baronesa trataba este importante asunto.

El contrato fue leído en medio de un profundo silencio. Pero inmediatamente de acabada la lectura, el rumor se reanudó en los salones, aumentado al doble de lo que era antes: aquellas sumas brillantes, aquellos millones rodando en el futuro de los dos jóvenes y que acababan de completar la exposición que se había hecho, en una habitación consagrada exclusivamente a ese objeto, del ajuar de la novia y de los diamantes de la muchacha, habían resonado con todo su prestigio en la curiosa asamblea.

Los encantos de la señorita Danglars eran dobles a los ojos de los jóvenes, y por el momento eclipsaban el brillo del sol.

En cuanto a las mujeres, no hace falta decir que, aun celosas de aquellos millones, no creían tener necesidad de ellos por ser bellas.

Andrea, estrechado por sus amigos, cumplimentado, adulado, empezaba a creer en la realidad del sueño que tenía. Andrea estaba a punto de perder la cabeza.

El notario tomó solemnemente la pluma, la levantó por encima de su cabeza y dijo:

—Señores, se va a firmar el contrato.

El barón debía firmar el primero, después el apoderado del señor Cavalcanti padre, luego la baronesa, a continuación los futuros cónyuges, como se dice en ese abominable estilo que corre en el papel timbrado.

El barón tomó la pluma y firmó, luego el apoderado.

La baronesa se aproximó del brazo de la señora de Villefort.

—Amigo mío —dijo ella al coger la pluma—, ¿no es algo desesperante? Un incidente inesperado, ocurrido en ese asunto del asesinato y del robo en que el señor conde de Montecristo estuvo a punto de ser víctima, nos ha privado de tener al señor de Villefort.

—¡Oh, Dios mío! —exclamó Danglars, en el mismo tono que hubiera dicho: «A fe mía, que eso me es indiferente».

—¡Dios mío! —dijo Montecristo aproximándose—. Tengo miedo de haber sido la causa involuntaria de esa ausencia.

—¡Cómo! ¿Usted, conde? —dijo la señora Danglars firmando—. Si es así, tenga cuidado; no se lo perdonaré nunca.

Andrea tendió el oído.

—Sin embargo, no será mía la culpa —dijo el conde—. También debo aclararlo.

Se escuchaba con avidez: Montecristo, que hablaba tan raras veces, tomaba la palabra.

—Usted se acordará —dijo el conde en medio del más profundo silencio— que fue en mi casa en donde murió aquel desdichado que vino a robarme, y que, saliendo de mi casa, fue apuñalado, según se cree, por su compañero.

—Sí —dijo Danglars.

—Pues bien, para socorrerle, se le había desvestido y se echaron sus ropas en un rincón en donde las recogió la justicia; pero la justicia, al coger la chaqueta y el pantalón para depositarlos en el Juzgado, habían olvidado el chaleco.

Andrea palideció visiblemente y se dirigió suavemente hacia la puerta; veía aparecer una nube en el horizonte, y esa nube le parecía que albergaba una tempestad.

—Pues bien, ese desdichado chaleco ha sido encontrado hoy todo cubierto de sangre y con un agujero en el lugar del corazón.

Las señoras lanzaron un grito, y dos o tres se prepararon para desmayarse.

—Me lo trajeron. Nadie podía imaginarse de dónde procedía aquel pingajo, sólo yo pensé en que podría ser el chaleco de la víctima. De repente mi ayuda de cámara, registrándolo con disgusto y precaución tropezó con un papel en un bolsillo, lo extrajo, y vimos que se trataba de una carta dirigida a usted, barón.

—¿A mí? —exclamó Danglars.

—¡Oh, Dios mío! Sí, a usted. Llegué a leer su nombre a pesar de las manchas de sangre que tenía —respondió Montecristo en medio de la sorpresa general.

—Pero —preguntó la señora Danglars mirando a su marido con inquietud—, ¿cómo puede impedir eso la presencia del señor de Villefort?

—Es muy sencillo, señora —repuso Montecristo—. Ese chaleco y la carta eran piezas de convicción, por tanto envié todo al señor procurador del rey. Ya comprenderá usted, señor barón, la vía legal es la más segura en cuestiones criminales. Tal vez era aquello alguna maquinación contra usted.

Andrea miró fijamente a Montecristo y desapareció en el segundo salón.

—Es posible —dijo Danglars—. Aquel hombre asesinado, ¿no era un antiguo presidiario?

—Sí —respondió el conde—, un antiguo presidiario llamado Caderousse.

Danglars palideció ligeramente; Andrea abandonó el segundo salón y alcanzó la antesala.

—Pero, firmen, firmen —dijo Montecristo—. Me parece que mi relato ha conmocionado a todos, y pido humildemente perdón a usted, señora baronesa, y a la señorita Danglars.

La baronesa, que acababa de firmar, entregó la pluma al notario.

—Señor príncipe Cavalcanti —dijo el escribano—. Señor príncipe Cavalcanti, ¿dónde está usted?

—¡Andrea, Andrea! —repitieron varias voces de jóvenes, que ya habían llegado a tal intimidad con el italiano que le llamaban por su nombre de pila.

—¡Llame al príncipe, prevéngale que le toca firmar! —gritó Danglars a un ujier.

Pero en el mismo momento la multitud de asistentes retrocedió asustada en el salón principal, como si algún monstruo espantoso hubiese entrado en los aposentos, *quaerens quem devoret*.

Había, en efecto, motivo para retroceder, asustarse y gritar.

Un oficial de gendarmería colocó a dos gendarmes a la puerta de cada salón, y avanzó hacia Danglars, precedido de un comisario de policía, ceñido por su fajín.

La señora Danglars lanzó un grito y se desvaneció.

Danglars, que se creía amenazado (algunas conciencias nunca están tranquilas), ofreció a la vista de sus convidados un rostro descompuesto por el terror.

—¿Qué hay, señor? —preguntó Montecristo adelantándose hacia el comisario.

—¿Cuál de ustedes, señores —preguntó el magistrado sin responder al conde—, se llama Andrea Cavalcanti?

Un grito de estupor partió de todos los rincones del salón. Se buscó y se interrogó.

—Pero ¿quién es ese Andrea Cavalcanti? —preguntó Danglars casi fuera de sí.

—Un antiguo forzado escapado del presidio de Tolón.

—¿Y qué crimen ha cometido?

—Está acusado —dijo el comisario con su voz impasible— de haber asesinado al llamado Caderousse, su antiguo compañero de cadena, en el momento en que salía de casa del conde de Montecristo.

Montecristo echó una rápida mirada alrededor suyo.

Andrea había desaparecido.

El camino de Bélgica

Algunos instantes después de las escenas de confusión, producidas en los salones del señor Danglars por la inesperada aparición del brigadier de gendarmería, y por la revelación que había seguido, el inmenso palacio se había vaciado con una rapidez parecida a la que hubiese provocado el anuncio de un caso de peste o de cólera morbo entre los convidados; en pocos minutos por todas las puertas, por todas las escaleras, por todas las salidas, los invitados se apresuraron a retirarse, o más bien a huir; porque aquella era una de esas circunstancias en las cuales ni siquiera debe intentarse pronunciar inútiles consolaciones que hacen tan inoportunos a los mejores amigos en las grandes catástrofes.

No quedó en casa del banquero más que Danglars, encerrado en su despacho, y prestando declaración ante el oficial de gendarmería; la señora Danglars, aterrada, en el tocador que ya conocemos; y Eugéne, quien, con la mirada altiva y el labio desdeñoso, se había retirado a su habitación con su inseparable compañera, la señorita Louise d'Armilly.

En cuanto a los criados, más numerosos todavía en esta noche que de costumbre, porque se les habían agregado con motivo de la fiesta, los heladeros, los cocineros y los reposteros del Café de París, volvían contra sus amos la cólera de los que ellos llamaban su afrenta, y se estacionaban por grupos en los salones, en las cocinas y en las habitaciones, preocupándose muy poco del servicio que, por otro lado, se encontraba interrumpido.

En medio de tan diferentes personajes, estremecidos por diversos intereses, sólo dos merecen que nos ocupemos de ellos: la señorita Eugéne Danglars y la señorita Louise d'Armilly.

La joven novia se había retirado con la mirada altiva, el labio desdeñoso, y con el paso de una reina ultrajada, seguida por su compañera, más pálida y conmovida que ella.

Al llegar a su habitación, Eugéne cerró la puerta por dentro mientras Louise caía sobre una silla.

—¡Oh! ¡Dios mío, Dios mío! ¡Qué cosa más horrible! —dijo la joven—. ¿Y quién podía sospechar eso? El señor Andrea Cavalcanti... un asesino..., un escapado de presidio..., un presidiario.

Una sonrisa irónica crispó los labios de Eugéne.

—En verdad estaba predestinada —dijo—. No he hecho más que escapar de Morcerf para caer en los Cavalcanti.

—¡Oh! No confundamos uno con otro, Eugéne.

—¡Cállate! Todos los hombres son unos infames, y me alegra poder hacer algo más que detestarlos: ahora los desprecio.

—¿Qué vamos a hacer ahora? —preguntó Louise.

—¿Que qué vamos a hacer?

—Sí.

—Pues lo que debíamos hacer dentro de tres días... Partir.

—¡Cómo! A pesar de que no te cases, ¿aún lo quieres?

—Escucha, Louise, tengo horror a esta vida ordenada, acompasada y pautada como nuestro papel de música. Lo que yo siempre he deseado, ambicionado y querido, es la vida de artista, la vida libre, independiente, en la que no se depende más que de una y en la que no puede contarse más que con una. Quedarnos, ¿para qué? Para que traten de casarme nuevamente de aquí a un mes. ¿Con quién? Tal vez con el señor Debray, como se habló antes. No, Louise, no; los acontecimientos de esta noche me disculpan: yo no buscaba, no pedía; Dios me envía esto, pues sea bien venido.

—¡Qué fuerte y animosa eres! —dijo la rubia y frágil muchacha a su morena amiga.

—¿Aún no me conocías? Vamos, vamos, Louise, hablemos de todos nuestros asuntos. La silla de postas...

—Está comprada, afortunadamente, desde hace tres días.

—¿La has hecho conducir a donde debemos cogerla?

—Sí.

—¿Nuestro pasaporte?

—¡Aquí está!

Y Eugéne, con su aplomo habitual, desplegó un papel y leyó:

El señor Léon d'Armilly, de veinte años de edad, de profesión artista, cabellos negros, ojos negros, viajando con su hermana.

—¡De maravilla! —exclamó—. ¿Quién te ha procurado este pasaporte?

—Fui a pedir al señor de Montecristo las cartas para los directores de los teatros de Roma y Nápoles, y le expresé mis temores de viajar como mujer. Los comprendió perfectamente y se puso a mi disposición para procurarme un pasaporte de hombre; y dos días más tarde, he recibido éste, en el cual he añadido de mi mano: «Viajando con su hermana». Pues bien —dijo alegremente Eugéne—, ya no queda más que hacer nuestras maletas. Partimos la noche de la firma del contrato en vez de marchar la noche de las bodas, eso es todo.

—Reflexiónalo bien, Eugéne.

—¡Oh! Ya he hecho todas mis reflexiones. Ya estoy harta de oír hablar de sumas, de fines de mes, de alza, de baja, de fondos españoles, de papel haitiano... En vez de eso, Louise, ¿comprendes?, el aire, la libertad, el canto de los pájaros, las llanuras de Lombardía, los canales de Venecia, los palacios de Roma, la playa de Nápoles. ¿Cuánto poseemos, Louise?

La joven aludida sacó de un secreter incrustado una carterita con cerradura que abrió, y en la cual contó veintitrés billetes de Banco.

—Veintitrés mil francos —dijo.

—Y por lo menos otro tanto en perlas, diamantes y joyas —dijo Eugéne—. Somos ricas. Con cuarenta mil francos, tenemos para vivir como princesas durante dos años, o convenientemente durante cuatro. Pero antes de seis meses, tú con tu música y yo con mi voz, habremos doblado nuestro capital. Vamos, encárgate tú del dinero y yo me ocuparé del cofre de alhajas; de esta manera, si una de nosotras tiene la desgracia de perder su tesoro, la otra siempre tendrá el suyo. Ahora, la maleta; apresurémonos, ¡la maleta!

—Espera —dijo Louise yendo a escuchar a la puerta de la señora Danglars.

—¿Qué temes?

—Que nos sorprendan.

—La puerta está cerrada.
—Que nos digan que abramos.
—Que digan lo que quieran; no abriremos.
—Eres una verdadera amazona, Eugéne.

Y las dos muchachas se pusieron, con prodigiosa actividad, a almacenar en una maleta todos los objetos de viaje que creían necesitar.

—Ya está. Ahora —dijo Eugéne—, mientras voy a cambiarme de ropa, cierra la maleta.

Louise apoyó con todas sus fuerzas sus manitas blancas en la tapa de la maleta.

—Pero yo no puedo —dijo ella—, no soy bastante fuerte; ciérrala tú.

—¡Ah! Es verdad —dijo riendo Eugéne—. Olvidaba que soy Hércules y que tú eres Onfala.

Y la muchacha, apoyando la rodilla sobre la maleta, enderezó sus brazos blancos y musculosos hasta que los dos compartimientos de la maleta se juntaron, y la señorita d'Armilly pasó el cierre del candado entre las dos armellas.

Concluida esta operación, Eugéne abrió una cómoda en la cual había una llave, y sacó una manta de viaje en seda violeta guateada.

—Ten —dijo—, ya ves que pienso en todo; con esta manta no tendrás frío.

—Pero ¿y tú?

—¡Oh! Yo nunca tengo frío, ya lo sabes; además, con las ropas de hombre...

—¿Vas a vestirte aquí?

—Sin duda.

—Pero ¿tendrás tiempo?

—No tengas la menor inquietud, cobarde; todos nuestros criados están ocupados en el gran suceso. Además, ¿qué hay de asombroso en que permanezca encerrada cuando todos deben pensar que debo estar desesperada?

—No, es cierto. Me tranquilizas.

—Ven, ayúdame.

Y del mismo cajón del que había sacado la manta que acababa de entregar a la señorita d'Armilly, y con la cual ésta se había cubierto los hombros, sacó un traje de hombre completo, desde las botas hasta la levita, con una provisión de ropa blanca en la que no había nada superfluo, pero en la que se encontraba todo lo necesario.

Entonces, con una prontitud que indicaba que no era la primera vez que se había vestido las ropas de hombre, Eugéne se calzó las botas, pasó su pantalón, enlazó la corbata, abotonó hasta su cuello un chaleco subido, y se vistió con una levita que marcaba su cintura fina y arqueada.

—¡Oh! Muy bien. En verdad, estás muy bien —dijo Louise mirándola con admiración—. Pero ¿esos cabellos negros, esas magníficas trenzas que hacen suspirar de envidia a tantas mujeres, tendrán cabida bajo un sombrero de hombre como el que veo allí?

—Vas a verlo —dijo Eugéne.

Y cogiendo con su mano izquierda la espesa trenza, sobre la cual sus largos dedos apenas se cerraban, cogió con su mano derecha un par de largas tijeras e inmediatamente el acero cercenó la espléndida y abundante cabellera, que cayó completa a los pies de la muchacha, inclinada hacia atrás para aislar su levita.

Cortada la trenza superior, Eugéne pasó a las de las sienes, que cortó sucesivamente, sin dejar escapar el menor lamento; al contrario, sus ojos brillaron, más chispeantes y alegres que de costumbre, bajo sus cejas negras como el ébano.

—¡Oh! ¡Los magníficos cabellos! —dijo Louise con lástima.

—¡Eh! ¿No estoy cien veces mejor así? —exclamó Eugéne, alisando los bucles esparcidos de su peinado casi masculino—. ¿No me encuentras más bonita así?

—¡Oh! Tú eres hermosa, siempre hermosa —exclamó Louise—. Ahora, ¿adónde vamos?

—Pues a Bruselas, si quieres; es la frontera más próxima. Alcanzaremos Bruselas; Lieja, Aix la Chapelle; luego remontaremos el Rhin hasta Estrasburgo, atravesaremos Suiza y descenderemos a Italia por el San Gotardo. ¿Eso te gusta?

—Pues, sí.

—¿Qué miras?

—Te miro. En verdad, estás adorable así: se diría que me raptas.

—¡Eh, pardiez! Habría motivos.

—¡Oh! Creo que has jurado, Eugéne.

Y las dos muchachas, a las que todos podían creer anegadas en llanto, una por su cuenta y la otra por devoción a su amiga, se echaron a reír, haciendo desaparecer las señales más visibles del desorden que naturalmente había acompañado los preparativos de su evasión.

Después, habiendo apagado todas las luces, la mirada interrogadora, el oído atento y el cuello tendido, las dos fugitivas abrieron la puerta de un tocador que daba sobre una escalera de servicio que descendía hasta el patio. Eugéne marchaba la primera, sosteniendo con un brazo la maleta que, por el asa opuesta, la señorita d'Armilly apenas levantaba con las dos manos.

El patio estaba vacío. Sonaba la medianoche.

El conserje aún velaba.

Eugéne se aproximó suavemente y vio al digno suizo que dormitaba en el fondo de su cuarto, echado sobre su sillón.

Regresó junto a Louise, volvió a coger la maleta que había dejado en tierra un instante y ambas, siguiendo la sombra proyectada por la muralla, alcanzaron la bóveda.

Eugéne hizo esconder a Louise en el rincón de la puerta, de manera que el conserje, si le daba por despertarse, no viese más que a una persona.

Después, ofreciéndose por completo a la claridad de la lámpara que iluminaba el patio, gritó con su más bella voz de contralto, golpeando el cristal:

—¡La puerta!

El conserje se levantó como había previsto Eugéne, y dio algunos pasos para reconocer a la persona que salía; pero viendo a un joven que azotaba impacientemente su pantalón con el látigo, abrió inmediatamente.

Louise enseguida se deslizó como una culebra por la puerta entreabierta, y saltó ligera a la calle. Eugéne, tranquila en apariencia, aunque con toda probabilidad su corazón latía más rápido que lo acostumbrado, salió a su vez.

Un mandadero pasaba, le hicieron coger la maleta y luego las muchachas le indicaron como meta de su carrera la calle de la Victoria y el número 36, y marcharon tras aquel hombre, cuya presencia tranquilizaba a Louise; en cuanto a Eugéne, era tan fuerte como una Judith o una Dalila.

Llegaron al número indicado. Eugéne ordenó al mandadero que depositase la maleta, le dio algunas monedas y, después de haber llamado a la puerta, lo despidió.

Aquella puerta a la que había llamado Eugéne correspondía a la casa de una costurera que estaba prevenida de antemano; aún no se había acostado, y abrió.

—Señorita —dijo Eugéne—, haga sacar por el conserje la calesa y envíele a buscar los caballos a la casa de Postas. Aquí tiene cinco francos por la molestia que le causamos.

—En verdad —dijo Louise—, te admiro, y hasta casi diría que te respeto.

La costurera las miraba con asombro; pero como estaba convenido que recibiría veinte luises, no hizo la menor observación.

Un cuarto de hora después, el conserje regresaba acompañado del postillón y los caballos, que en un periquete fueron enganchados al coche, sobre el cual el conserje aseguró la maleta con ayuda de una cuerda y un torniquete.

—Aquí está el pasaporte —dijo el postillón—. ¿Qué camino tomamos, joven señor?

—El camino de Fontainebleau —respondió Eugéne con una voz casi masculina.

—¿Qué dices? —preguntó Louise.

—Doy un cambio —dijo Eugéne—. Esta mujer a quien damos veinte luises, puede traicionarnos por cuarenta. En el bulevar ya tomaremos otra dirección.

Y la muchacha se abalanzó al vehículo, acomodándose en un excelente asiento sin casi tocar el estribo.

—Tú siempre tienes razón, Eugéne —dijo la maestra de canto tomando plaza junto a su amiga.

Un cuarto de hora después el postillón, puesto ya en el camino que debía seguir, franqueaba la barrera de San Martín haciendo restallar su látigo.

—¡Ah! —exclamó Louise respirando—. ¡Ya hemos salido de París!

—Sí, querida mía; y el rapto es bello y bien consumado —respondió Eugéne.

—Sí, pero sin violencias —dijo Louise.

—Haré valer eso como circunstancia atenuante —replicó Eugéne.

Estas palabras se perdieron en el ruido que hacía el coche rodando sobre el empedrado de la Villete.

Danglars ya no tenía hija.

El Albergue de la Campana y la Botella

Y ahora dejemos a la señorita Danglars y a su amiga rodando camino de Bruselas, y volvamos al pobre Andrea Cavalcanti, tan desgraciadamente parado en el vuelo de su fortuna.

Era, a pesar de su edad poco avanzada, un muchacho muy listo y muy inteligente.

Así, pues, a los primeros rumores que penetraron en el salón, ya lo vimos aproximarse cautelosamente a la puerta, atravesar una o dos habitaciones, y al fin desaparecer.

Una circunstancia que hemos olvidado mencionar y que, sin embargo no debe ser omitida, es que en una de esas habitaciones que atravesó Cavalcanti, estaba expuesto el ajuar de la prometida, joyas de diamantes, chales de cachemira, encajes de Valenciennes, velos de Inglaterra, y todo lo que compone ese mundo de objetos tentadores, cuyo solo nombre hace saltar de gozo los corazones de las muchachas.

Ahora bien, al pasar por esta habitación, lo que prueba que no solamente Andrea era un muchacho muy listo y diestro, sino incluso previsor, es que cogió el más rico de los aderezos allí expuestos.

Provisto de esta joya, Andrea se sintió la mitad más ligero para saltar por la ventana y deslizarse entre las manos de los gendarmes.

Alto y bien formado como un luchador antiguo, musculoso como un Espartaco, Andrea corrió durante un cuarto de hora sin saber adónde iba, y con el único fin de alejarse del lugar en que estuvo a punto de ser detenido.

Partido de la calle de Mont Blanc, ya se encontraba, con ese instinto para salvar las barreras que sólo poseen los ladrones, como la liebre el de su agujero, al final de la calle Lafayette.

Allí, sofocado y anhelante, se detuvo.

Estaba completamente solo, y tenía a la izquierda el recinto de Saint Lazare, amplio desierto, y a su derecha, París en toda su profundidad.

«¿Estoy perdido? —se preguntó—. No, si puedo moverme más de lo que lo hagan mis enemigos. Mi salvación se ha convertido en cuestión de miriámetros».

En aquel momento percibió, al subir a lo alto del *faubourg* Poisonniere, un cabriolé de alquiler, cuyo cochero, apoltronado y fumando su pipa, parecía que intentaba llegar al extremo del *faubourg* de Saint Denis donde, sin duda, tenía su acostumbrado descanso.

—¡Eh, amigo! —dijo Benedetto.

—¿Qué quiere, señor? —preguntó el cochero.

—¿Está su caballo fatigado?

—¡Fatigado! ¡Ah! ¡Y tanto! No ha hecho nada en todo el día. Cuatro malas carreras y veinte sueldos de propina; siete francos en total y debo entregar diez a mi patrón.

—¿Quiere usted añadir a esos siete francos veinte como éstos?

—Con mucho gusto, señor. No es cosa de despreciar veinte francos. ¿Qué debo hacer para eso? Veamos.

—Una cosa bien fácil, si su caballo no está fatigado; claro está.

—Ya le he dicho que irá como el céfiro; no hace falta más que decir de qué lado hay que ir.

—Hacia la parte de Louvres.

—¡Ah, ah! Conocido. ¿Región de Ratafia?

—Justamente. Se trata de alcanzar a uno de mis amigos, con el cual debo cazar mañana en la Chapelle, en Serval. Debía esperarme aquí hasta las once y media con su cabriolé; ya es medianoche, y se habrá cansado de aguardar y habrá partido solo.

—Es probable.

—Pues bien, ¿quiere usted intentar darle alcance?

—No pido nada mejor.

—Pero si no le alcanzamos de aquí a Bourget, tendrá usted veinte francos; si no le alcanzamos hasta Louvres, treinta.

—¿Y si le alcanzamos?

—¡Cuarenta! —dijo Andrea que tuvo un segundo de vacilación, pero que comprendió que nada perdía con prometer.

—¡Eso está bien! —dijo el cochero—. Suba, y en camino.

Andrea subió en el cabriolé que, en una carrera rápida, atravesó el *faubourg* de Saint Denis, recorrió el de Saint Martin, atravesó la barrera y enfiló por la interminable Villette.

No se atrevía a alcanzar a ese amigo quimérico; pero de vez en cuando, a los paseantes retrasados o en las tabernas que aún velaban, Cavalcanti les preguntaba por un cabriolé verde enganchado a un caballo castaño oscuro; y como sobre el camino a los Países Bajos circulaban numerosos cabriolés y nueve de cada diez son verdes, las informaciones llovían a cada paso.

Acababan de verlo pasar; no llevaba ni quinientos, ni doscientos, ni cien pasos de ventaja; en fin, se le adelantaba, pero no era él.

En una ocasión el cabriolé fue adelantado a su vez por una calesa llevada rápidamente al galope por dos caballos de posta.

«¡Ah! —se dijo Cavalcanti—. Si tuviese esa calesa, esos dos buenos caballos, y sobre todo el pasaporte que hace falta para cogerlos».

Y suspiró profundamente.

Aquella calesa era la que llevaba a la señorita Danglars y a la señorita d'Armilly.

—¡En marcha, en marcha! —dijo Andrea—. No podemos tardar en encontrarlo.

Y el pobre caballo reemprendía el trote rabioso que había seguido desde la barrera para llegar todo sudoroso a Louvres.

—Decididamente —dijo Andrea—, veo que no alcanzaré a mi amigo y reventaré su caballo. Así pues, es mejor que me detenga. Aquí tiene sus treinta francos; me iré a acostar al Caballo Rojo, y en el primer coche que encuentre sitio proseguiré el viaje. Buenas noches, amigo mío.

Y Andrea, después de haber puesto seis piezas de cinco francos en la mano del cochero, saltó ágilmente sobre el pavimento de la carretera.

El cochero se guardó alegremente la suma y retornó al paso el camino de París; Andrea fingió ganar el albergue del Caballo Rojo, pero después de pararse un instante contra la puerta, escuchando como se alejaba el ruido del cabriolé, siguió su camino, y con paso gimnástico acelerado cubrió una carrera de dos leguas.

Allí paró y descansó; debía estar muy cerca de la Chapelle en Serval, adonde había dicho que iba.

No se detuvo por cansancio, sino por necesidad de tomar una resolución; Andrea Cavalcanti tenía necesidad de adoptar un plan.

Subir a una diligencia era imposible; tomar la posta era igualmente imposible. Para viajar en una u otra necesitaba un pasaporte.

Permanecer en el departamento de l'Oise, es decir, en una de las regiones más descubiertas y vigiladas de Francia, era cosa imposible; difícil sobre todo para un hombre experto como Andrea en materia criminal.

Andrea se sentó a la orilla de la cuneta, dejó caer su cabeza entre sus manos y reflexionó.

Diez minutos después, levantó la cabeza: había adoptado una resolución.

Cubrió de polvo un lado de su gabán, que había tenido tiempo de descolgar en la antesala y de abotonarlo encima de su traje de gala, y entrando en Chapelle en Serval fue a llamar valientemente a la puerta del único albergue de la comarca.

El posadero acudió a abrir.

—Amigo mío —dijo Andrea—, iba de Montefontaine a Senlis cuando mi caballo, que es un animal muy bravo, ha dado una sacudida y me ha tirado por los aires. Es preciso que llegue esta noche a Compiègne o causaré una gran inquietud a mi familia. ¿Tiene algún caballo para alquilarme?

—Bueno o malo, un posadero siempre tiene un caballo.

El posadero de la Chapelle en Serval llamó al mozo de cuadra, le ordenó ensillar el Blanco, y despertó a su hijo, niño de siete años, para que montase en la grupa y regresase con el caballo.

Andrea dio veinte francos al posadero, y, sacándolos de su bolsillo, dejó caer una tarjeta de visita.

Esta tarjeta de visita pertenecía a uno de sus amigos del Café de París; de esta manera el posadero, cuando Andrea se marchó y hubo recogido la tarjeta caída del bolsillo, quedó convencido de que había alquilado su caballo al señor conde de Mauleon, calle Santo Domingo, 25; nombre y dirección que figuraban en la tarjeta.

El Blanco no corría mucho, pero iba con paso igual y constante. En tres horas y media, Andrea hizo las nueve leguas que le separaban de Compiègne; las cuatro sonaban en el reloj del Ayuntamiento cuando llegó a la plaza en que se detienen las diligencias.

En Compiègne hay un excelente hotel, del cual se acuerdan hasta los que se han alojado sólo una vez.

Andrea, que había hecho un alto en uno de sus paseos por los alrededores de París, se acordó de aquel Albergue de la Campana y la Botella. Se orientó, vio a la luz de una farola la pancarta indicadora y, despidiendo al chiquillo tras darle todas las monedas sueltas que tenía, fue a llamar a la puerta, pensando con mucha justeza que tenía tres o cuatro horas por delante, y que lo mejor era prepararse con un buen sueño y una buena cena contra las fatigas futuras.

Un mozo acudió a abrirle.

—Amigo mío —dijo Andrea—, vengo de Saint Jean au Bois, en donde he cenado; contaba con coger el coche que pasa a medianoche, pero me he perdido como un imbécil y hace cuatro horas que me paseo por el bosque. Deme una de esas bonitas habitaciones que dan al patio, y hágame subir algo de comer y una botella de Burdeos.

El mozo no tuvo sospecha alguna: Andrea hablaba con la mayor tranquilidad, tenía el cigarro en la boca y las manos en los bolsillos de su gabán; sus ropas eran elegantes, su barba afeitada recientemente, sus botas irreprochables; tenía el aspecto de un ciudadano retrasado, nada más.

Mientras el mozo preparaba su habitación, la dueña se levantó; Andrea la acogió con su más encantadora sonrisa, y le pidió si no podía darle la número tres, que ya había tenido en su última estancia en Compiègne; desafortunadamente, la número tres estaba ocupada por un joven que viajaba con su hermana.

Andrea pareció desesperado; no se consoló más que cuando la dueña le aseguró que la número siete, que le preparaban, tenía absolutamente la misma disposición que la número tres; y, calentándose los pies y hablando de las últimas carreras de Chantilly, esperó a que le anunciasen que la habitación estaba lista.

Andrea no había hablado sin razón de los bonitos aposentos que daban al patio; el patio del albergue de la Campana, con su triple hilera de galerías que le daban aspecto de una sala de espectáculos, con sus jazmines y sus clemátides subiendo a lo largo de las columnas, como una decoración natural, es una de las entradas de albergue más encantadoras que existen en el mundo.

El pollo estaba bueno, el vino era añejo, y el fuego claro y chisporroteante. Andrea se sorprendió cenando así, con tan buen apetito y como si nada hubiese sucedido.

Después se acostó y se durmió casi inmediatamente con ese sueño implacable que el hombre encuentra siempre a los veinte años, incluso cuando tiene remordimientos.

Ahora bien, estamos obligados a confesar que Andrea hubiera podido tener remordimientos, pero no los tenía.

He aquí cuál era el plan de Andrea; plan que le había dado lo mejor de su seguridad.

Una vez de día, se levantaba, salía del albergue tras haber pagado religiosamente su cuenta; alcanzaba el bosque, compraba, bajo el pretexto de hacer estudios de pintura, la hospitalidad de algún campesino; se procuraba un traje de leñador y un hacha, se despojaba del traje de elegante para tomar el de obrero; luego, con las manos terrosas, los cabellos ennegrecidos por un peine de plomo, y el rostro oscurecido con un tinte cuya receta le dieron unos antiguos camaradas, iría de bosque en bosque hasta llegar a la frontera más próxima, caminando por la noche y durmiendo por el día en los bosques o en las carreteras, y no aproximándose a los lugares habitados más que para comprar un pan de vez en cuando.

Una vez cruzada la frontera, Andrea convertía en dinero sus diamantes, reunía esta suma a una decena de billetes de Banco que siempre llevaba encima para casos de accidente, y aún se encontraba con unas cincuenta mil libras, lo que le parecía, según su filosofía, no ser muy malo.

Además, contaba mucho en el interés que los Danglars tendrían en apagar el rumor de su desventura.

He aquí por qué, además de la fatiga, Andrea se durmió tan pronto y tan bien.

Por otra parte, para ser despertado más pronto, Andrea no había cerrado ventanas y sólo se contentó con echar los cerrojos de su puerta y tener listo sobre la mesilla de noche cierto cuchillo muy puntiagudo, cuyo excelente temple conocía y del cual no se separaba nunca.

A las siete de la mañana, aproximadamente, Andrea fue despertado por un rayo de sol que llegaba, tibio y brillante, a jugar sobre su rostro.

En todo cerebro bien organizado, la idea dominante, y siempre hay una, es la primera que se presenta al despertarse, porque es la última que se tiene al dormirse.

Andrea aún no había abierto bien los ojos cuando esta idea obsesionante apareció y le sopló al oído que había dormido demasiado tiempo.

Saltó de su cama y corrió a la ventana.

Un gendarme atravesaba el patio.

El gendarme es uno de los objetos más llamativos que existen en el mundo, incluso para la mirada de un hombre sin inquietudes; por tanto, para una conciencia timorata que tiene algún motivo, el amarillo, el azul y el blanco, de que se compone su uniforme, constituyen colores espantosos.

«¿Por qué un gendarme?» se preguntó Andrea.

De pronto se respondió a sí mismo, con una lógica que el lector ya ha debido notar en él:

«Un gendarme no es nada extraño en un albergue; pero vistámonos».

Y el joven se vistió con una rapidez que no le había hecho perder su ayuda de cámara durante los meses de vida elegante que había llevado en París.

«Bueno —pensó Andrea vistiéndose—, esperaré a que se haya marchado y entonces me iré».

Y diciendo estas palabras, Andrea, calzado y con la corbata, llegó suavemente hasta la ventana y levantó por segunda vez su visillo de muselina.

No solo el primer gendarme no se había ido, sino que el joven aún vio un segundo uniforme azul, amarillo y blanco, al pie de la escalera por la cual podía descender, mientras un tercero a caballo y el mosquetón en la mano, se mantenía de centinela en la gran puerta de entrada, la única por la cual podía salir.

Este último gendarme era muy significativo; porque delante de él se encontraba un semicírculo de curiosos que bloqueaba herméticamente la puerta del albergue.

«¡Me buscan! —fue el primer pensamiento de Andrea—. ¡Diablo!».

La palidez invadió el rostro del joven; miró alrededor suyo con ansiedad.

Su habitación, como todas las de aquel piso, no tenía más salida que la galería exterior, abierta a todas las miradas.

«¡Estoy perdido!», fue su segundo pensamiento.

En efecto, para un hombre en la situación de Andrea, la detención significaba: los tribunales, el juicio, la muerte, y una muerte sin misericordia y sin retraso.

Un momento oprimió convulsivamente su cabeza entre sus manos.

Durante ese momento estuvo a punto de volverse loco.

Pero inmediatamente, de ese mundo de pensamientos que entrechocaban en su cabeza, salió una idea de esperanza; una pálida sonrisa se dibujó en sus labios morados y sobre sus mejillas contraídas.

Miró en torno suyo; los objetos que buscaba se encontraban reunidos sobre el mármol de un secreter: era una pluma, tinta y papel.

Mojó la pluma en la tinta y escribió con mano que trató de ser firme las líneas siguientes sobre la primera hoja de papel:

No tengo dinero para pagar, pero como soy hombre de bien le dejo en prenda este alfiler que vale diez veces el gasto que he hecho. Me perdonará el haberme escapado al amanecer; estaba avergonzado.

Se quitó el alfiler de su corbata y lo depositó sobre el papel.

Una vez hecho esto, en lugar de dejar echados los cerrojos, los quitó e incluso entreabrió la puerta, como si fuese a salir de su habitación olvidándose cerrar, y se deslizó por la chimenea como hombre acostumbrado a estas acrobacias, aprovechando la muestra del papel representado por Aquiles en casa de Deidamia; borró con sus mismos pies las huellas en las cenizas, y empezó a escalar el hueco estrecho que le ofrecía la única salida de salvación en la que aún confiaba.

En aquel mismo momento el primer gendarme que había llamado la atención de Andrea subía la escalera precedido del comisario de policía, y apoyado por el segundo gendarme que vigilaba al pie de la escalera, el cual podía pedir refuerzos del que estaba estacionado en la puerta.

Ahora, he aquí a qué circunstancia debía Andrea esta visita que trataba de evitar con tanto esfuerzo.

Al amanecer, los telégrafos habían actuado en todas direcciones y cada población, prevenida casi inmediatamente, había despertado a las autoridades y lanzado a la fuerza pública a la búsqueda del asesino de Caderousse.

Compiègne, residencia real; Compiègne, coto de caza; Compiègne, lugar de acuartelamiento, estaba abundantemente provista de autoridades, de gendarmes y de comisarios de policía; las visitas, pues, habían empezado inmediatamente a la llegada de la orden telegráfica, y el Albergue de la Campana y la Botella era el primero de la ciudad. Naturalmente, se empezó por él.

Además, según los informes de los centinelas que habían hecho guardia toda la noche en el Ayuntamiento (éste linda con la posada), según dichos informes, varios viajeros habían descendido durante la noche delante de la posada.

El centinela que habían relevado a las seis de la mañana, se acordaba, incluso, de que nada más tomar su puesto, es decir a las cuatro y algunos minutos, había visto a un joven montando un caballo blanco, con un chiquillo a la grupa, que despidió con el caballo después de descender en la plaza, y que luego había ido a llamar al Albergue de la Campana, que se abrió para acogerlo y se cerró tras él.

Sobre este joven, tan extrañamente retrasado, se detuvieron todas las sospechas.

Ahora bien, este joven no era otro más que Andrea.

Con estos antecedentes, el comisario de policía y el gendarme, que era un sargento, se encaminaron hacia la puerta de Andrea; esta puerta estaba entreabierta.

—¡Oh, oh! —dijo el sargento, zorro viejo acostumbrado a todas las tretas del oficio—. ¡Mal indicio que una puerta esté abierta! Preferiría verla cerrada con triple cerrojo.

En efecto, la nota y el alfiler dejados sobre la mesa confirmaron, o más bien apoyaron la triste verdad. Andrea se había fugado.

Decimos apoyaron porque el sargento no era hombre que se rindiese con una sola prueba.

Miró en torno suyo, echó una ojeada bajo la cama, desdobló las cortinas, abrió los armarios y al fin se detuvo ante la chimenea.

Gracias a las precauciones de Andrea, no había ninguna huella de su paso entre las cenizas.

Sin embargo, aquella era una salida y en las circunstancias en que se encontraba, toda salida debía ser objeto de una seria investigación.

El sargento, pues, mandó traer un haz de paja; atiborró la chimenea como si fuese a hacer mortero y le prendió fuego.

El fuego hizo crujir las paredes de ladrillo; una columna opaca de humo salió por el orificio y subió hacia el cielo como la sombra del chorro de un volcán, pero no vio caer al prisionero como esperaba.

Andrea, desde su juventud en lucha con la sociedad, valía tanto como un gendarme, aunque este gendarme hubiese sido ascendido a sargento; previendo el incendio, había salido al tejado y se mantenía escondido contra el tubo.

Por un instante tuvo alguna esperanza de salvarse, porque oyó al sargento que llamaba a los dos gendarmes y les gritaba en voz alta:

—¡No está!

Pero alargando suavemente el cuello, vio que los dos gendarmes en vez de retirarse, como era lo más natural ante tal anuncio, vio, decíamos, que al contrario, los dos gendarmes redoblaban su atención.

A su vez miró en torno suyo: el Ayuntamiento, colosal edificio del siglo XVI, se elevaba como una muralla sombría a su derecha, y por las aberturas del monumento se podía echar una mirada por todos los rincones del tejado, como desde lo alto de una montaña se contempla un valle.

Andrea comprendió que inmediatamente iba a ver la cabeza del sargento asomándose por alguna de aquellas aberturas.

Al descubierto estaba perdido; una persecución por los tejados no presentaba ningún éxito favorable.

Resolvió, pues, descender, no por la misma chimenea que había subido, sino por otra parecida.

Buscó con la mirada una chimenea en la que no viese aparecer ningún humo, la alcanzó reptando por el tejado, y desapareció por su orificio sin haber sido visto por nadie.

En el mismo instante una ventanita del Ayuntamiento se abrió y dejó paso a la cabeza del sargento de gendarmería.

Por un instante esta cabeza permaneció inmóvil, como uno de los relieves de piedra que decoraban el edificio; después, con un largo suspiro de decepción, desapareció la cabeza.

El sargento, calmoso y digno como la ley que representaba, pasó sin responder a las infinitas preguntas que le dirigía la multitud apiñada en la plaza, y entró en el albergue.

—¿Y bien? —preguntaron a su vez los dos gendarmes.

—Pues bien, hijos míos —respondió el sargento—, es preciso creer que el bribón verdaderamente nos ha tomado una buena delantera; pero vamos a marchar al camino de Villers Cotterets y de Noyon, y registraremos el bosque, donde indudablemente lo encontraremos.

El honorable funcionario apenas acababa de pronunciar, con esa entonación tan peculiar en los sargentos de gendarmería, su consigna, cuando un prolongado grito de espanto, acompañado del redoblado tintineo de una campanilla, resonó en el patio de la posada.

—¡Oh, oh! ¿Qué es eso? —exclamó el sargento.

—He aquí un viajero que parece tener mucha prisa —dijo el posadero—. ¿En qué número tocan?

—En el número tres.

—¡Corra, muchacho!

En aquel momento, los gritos y el ruido de la campanilla se redoblaron.

El mozo emprendió su carrera.

—No —dijo el sargento deteniendo al criado—, el que llama no tiene aspecto de pedir un criado, y nosotros vamos a servirle un gendarme. ¿Quién ocupa el número tres?

—El jovencito llegado con su hermana esta noche en la silla de postas, y que ha pedido una habitación con dos camas.

La campanilla resonó por tercera vez con una entonación llena de angustia.

—¡A mí, señor comisario! —gritó el sargento—. ¡Sígame y apriete el paso!

—Un momento —advirtió el posadero—. En la habitación número tres hay dos escaleras: una exterior y otra interior.

—Bueno —dijo el sargento—. Cogeré la interior, es mi departamento. ¿Están cargadas las carabinas?

—Sí, sargento.

—Bien, vigilen el exterior, y si quiere huir, fuego sobre él; es un gran criminal, por lo que ha dicho el telégrafo.

El sargento, seguido del comisario, desapareció inmediatamente en la escalera interior, acompañado por el rumor que sus revelaciones sobre Andrea habían hecho nacer entre la multitud.

He aquí lo que había sucedido.

Andrea bajó muy diestramente los dos tercios de la chimenea, pero al llegar allí le faltó pie, y, a pesar del apoyo de las manos, descendió más rápido y sobre todo con más ruido del deseado. Esto no hubiese sido nada si la habitación hubiera estado desocupada; pero por desgracia no era así.

Dos mujeres dormían en una cama y este ruido las había despertado.

Sus miradas se posaron en el punto de donde procedía el ruido, y por la abertura de la chimenea vieron aparecer un hombre.

Una de estas dos mujeres, la rubia, fue la que lanzó aquel terrible grito que conmovió a toda la casa, mientras que la morena, abalanzándose al cordón de la campanilla, había dado la alarma, tirando con todas sus fuerzas.

Andrea, como se ve, jugaba la partida con desgracia.

—¡Por piedad! —imploró pálido, asustado y sin ver a las personas a las cuales se dirigía—. ¡Por piedad! No llamen; sálvenme. No quiero hacerles mal.

—¡Andrea, el asesino! —gritó una de las mujeres.

—¡Eugéne! ¡La señorita Danglars! —murmuró Cavalcanti pasando del espanto al estupor.

—¡Socorro, socorro! —gritó la señorita d'Armilly cogiendo la campanilla de las manos inertes de Eugéne, y llamando con más fuerza aún que su compañera.

—¡Sálvenme, me persiguen! —dijo Andrea juntando sus manos—. ¡Por piedad, no me entreguen!

—Ya es demasiado tarde; suben —respondió Eugéne.

—Bien, ocúlteme en algún sitio; diga usted que ha tenido miedo sin motivo; hará desaparecer las sospechas y me salvará la vida.

Las dos mujeres, abrazadas una contra otra, envueltas en los cobertores, se quedaron mudas ante la voz suplicante; todas las aprensiones, todas las repugnancias entrechocaron en sus ánimos.

—¡Bien, sea! —dijo Eugéne—. Vuelva a coger el camino por donde ha venido, desgraciado. Márchese y no diremos nada.

—¡Ahí está! ¡Ahí está! —gritó una voz en el descansillo—. ¡Ahí está! ¡Ya le veo!

En efecto, el sargento había pegado su ojo a la cerradura y había descubierto a Andrea de pie y suplicante.

Un violento golpe con la culata de un fusil hizo saltar la cerradura, otros culatazos hicieron saltar los cerrojos; la puerta forzada, cayó hacia dentro.

Andrea corrió a la otra puerta que daba sobre la galería del patio, y la abrió dispuesto a escaparse.

Los dos gendarmes estaban allí con sus carabinas empuñadas y le encañonaron.

Andrea se quedó paralizado; de pie, pálido, el cuerpo un poco echado hacia atrás, tenía su cuchillo inútil en su mano crispada.

—¡Huya! —gritó la señorita d'Armilly, en el corazón de la cual entraba la piedad a medida que salía el susto—. ¡Huya!

—¡O mátese! —dijo Eugéne con el tono y la actitud de una de esas vestales que, en el circo, ordenaban con el pulgar al gladiador victorioso que acabase con su adversario caído en tierra.

Andrea tembló y miró a la muchacha con una sonrisa de desprecio, en la que se percibía que su corrupción no comprendía esa sublime ferocidad del honor.

—¡Matarme! —dijo arrojando su cuchillo—. ¿Para qué?

—¡Pues usted lo ha dicho! —exclamó la señorita Danglars—. Se le condenará a muerte, lo ejecutarán como al último de los criminales.

—¡Bah! —replicó Cavalcanti cruzándose de brazos—. Se tienen amigos.

El sargento avanzó hacia él empuñando el sable.

—Vamos, vamos —dijo Cavalcanti—. Envaine, buen hombre; no hace falta hacer tanto alboroto, ya que me rindo.

Y alargó sus manos a las esposas.

Las dos muchachas miraban con terror aquella horrorosa metamorfosis que se operaba ante sus ojos: el hombre de mundo se despojaba de su envoltura y se convertía en el presidiario.

Andrea se volvió hacia ellas, y con la sonrisa de la imprudencia dijo:

—¿Tiene algún encargo para su señor padre, señorita Eugéne? Porque, según todas las probabilidades, regreso a París.

Eugéne escondió su cara entre sus manos.

—¡Oh, oh! —dijo Andrea—. No hay por qué avergonzarse, y yo no le reprocho haber tomado la posta para correr tras de mí... ¿No era yo casi su marido?

Y tras esta burla, Andrea salió dejando a las dos fugitivas entregadas a los sufrimientos de la vergüenza y a los comentarios de los reunidos.

Una hora más tarde, vestidas ambas con sus ropas femeninas, subieron en su calesa de viaje.

Se había cerrado la puerta del albergue para sustraerlas a las primeras miradas; pero no quedó más remedio que, una vez abierta la puerta, pasar por en medio de dos hileras de curiosos, de miradas resplandecientes y labios murmuradores.

Eugéne bajó las cortinillas; pero aunque ya no veía, sí seguía oyendo, y el rumor de las burlas llegaba hasta ella.

—¡Oh! ¿Por qué no será un desierto el mundo? —exclamó echándose en los brazos de la señorita d'Armilly, los ojos centelleantes de esa rabia que hacía desear a Nerón que el mundo romano tuviese una sola cabeza, para cortarla de un solo tajo.

Al día siguiente ellas descendían en el hotel de Flandes, en Bruselas.

Desde la víspera, Andrea estaba encarcelado en la Conserjería.

La ley

Se ha visto con qué tranquilidad la señorita Danglars y la señorita d'Armilly habían podido llevar a cabo su transformación y realizar su fuga, y es que cada cual se encontraba demasiado ocupado en sus propios asuntos para cuidarse de los demás.

Dejaremos al banquero, el sudor en la frente, alineando frente al fantasma de la bancarrota las enormes columnas de su pasivo, y seguiremos a la baronesa, quien, después de haber permanecido un instante aplastada por la violencia del golpe que acababa de recibir, se había ido al encuentro de su consejero habitual, Lucien Debray.

La baronesa había contado con que aquel matrimonio la libraría de una tutela que con una muchacha del carácter de Eugéne no dejaba de ser incómoda; porque en la especie de contrato tácito que mantienen los lazos jerárquicos de la familia, la madre no es realmente la dueña de su hija más que a condición de ser continuamente para ella un ejemplo de sabiduría y un tipo de perfección.

Ahora bien, la señora Danglars temía la perspicacia de Eugéne y los consejos de la señorita d'Armilly; había sorprendido ciertas miradas desdeñosas lanzadas por su hija a Debray, miradas que parecían significar que su hija conocía todo el misterio de sus relaciones amorosas y pecuniarias con el secretario íntimo, mientras que una interpretación más sagaz y profunda hubiese, por el contrario, demostrado a la baronesa que Eugéne detestaba a Debray, no porque él era en la casa paterna una piedra de escándalo, sino porque lo clasificaba buenamente en la categoría de los bípedos que Diógenes trataba de no llamar hombres, y que Platón designaba con la perífrasis de animales de dos pies y sin plumas.

La señora Danglars, desde su punto de vista, y desgraciadamente en este mundo todos tienen su punto de vista que impide ver el de los demás; la señora Danglars, pues, lamentaba infinitamente que el matrimonio de Eugéne hubiese fallado, no porque era un matrimonio conveniente, muy adecuado, y que debía hacer la felicidad de su hija, sino porque este matrimonio le devolvía su libertad.

Corrió, pues, como hemos dicho, a casa de Debray, quien tras haber, como todo París, asistido a la velada del contrato y al escándalo que le siguió, se había apresurado a retirarse al club, en donde, en compañía de algunos amigos, hablaba del acontecimiento que en aquellos momentos constituía el tema de conversación de tres cuartas partes de esta ciudad eminentemente murmuradora que llaman capital del mundo.

En el momento en que la señora Danglars, vestida con traje negro y oculta bajo un velo, subía la escalera que conducía al apartamento de Debray, pese a la certeza dada por el conserje de que el joven no estaba en su casa, Debray se ocupaba en rechazar las insinuaciones de un amigo que trataba de probarle que después del terrible escándalo que acababa de estallar, era su deber, como amigo de la casa, casarse con la señorita Eugéne Danglars y sus dos millones.

Debray se defendía como hombre que no pide más que ser vencido; porque con frecuencia había tenido aquella misma idea; luego, como conocía a Eugéne y su carácter independiente y altivo, adoptaba de vez en cuando una actitud completamente defensiva, diciendo que esta unión era imposible y dejándose dominar sordamente por esta mala idea que, al decir de los moralistas, preocupa incesantemente al hombre más probo y puro, velando en el fondo de su alma como Satán vela tras la cruz. El té, el juego y la conversación interesante, como se ve, puesto que se discutía de temas tan graves, duraron hasta la una de la madrugada.

Entretanto la señora Danglars, introducida por el ayuda de cámara de Lucien, esperaba, velada y palpitante, en el saloncito verde entre dos cestillos de flores que ella misma había enviado aquella mañana, y que Debray, personalmente, había cuidado y arreglado con una atención que hizo perdonar su ausencia a la pobre mujer.

A las once cuarenta y cinco minutos, la señora Danglars, cansada de esperar inútilmente, volvió a montar en un carruaje y se hizo conducir a su casa.

Las mujeres de cierto mundo tienen de común con las modistillas de cierto éxito, que corrientemente no entran en éstas pasada la medianoche. La baronesa entró en la casa con tantas precauciones como Eugéne había puesto para salir; subió ligeramente, y con el corazón encogido, la escalera de su aposento, contiguo al de Eugéne.

Temía mucho provocar algún comentario; creía tan firmemente, pobre mujer respetable en este punto, en la inocencia de su hija y en su fidelidad por el hogar paterno.

Llegada a su cuarto, escuchó en la puerta de Eugéne; después, no oyendo ningún ruido, trató de entrar, pero los cerrojos estaban echados.

La señora Danglars creyó que Eugéne, fatigada por las terribles emociones de la jornada, se había metido en cama y dormía.

Llamó a la camarera y la interrogó.

—La señorita Eugéne —respondió la sirvienta— entró en su aposento con la señorita d'Armilly; después han tomado el té juntas, tras lo cual me han despedido, diciéndome que no me necesitaban más.

Desde entonces la camarera estaba en el *office* y, como todo el mundo, creía que las dos muchachas estaban en el dormitorio.

La señora Danglars se acostó sin sospechar nada; pero, tranquila respecto a las personas, su espíritu se volcó sobre el acontecimiento.

A medida que sus ideas se aclaraban en su cabeza, las proporciones de la escena del contrato aumentaban; ya no era un escándalo, era un jaleo; no era una vergüenza, sino una ignominia.

Entonces, a pesar suyo, la baronesa se acordó que no había tenido piedad para la pobre Mercedes, herida poco ha en su esposo y en su hijo, por una desgracia tan grande.

«Eugéne —se dijo— está perdida, y nosotros también. El asunto, tal y como va a ser presentado, nos cubre de oprobio; porque en una sociedad como la nuestra, ciertos ridículos son llagas vivas, sangrantes e incurables. ¡Qué dicha que

Dios haya dado a Eugéne ese carácter extraño que tantas veces me ha hecho temblar!»

Y su mirada agradecida se levantó hacia el cielo, en donde la misteriosa Providencia dispone todo según los sucesos que deben llegar, y de un defecto, de un vicio incluso, hace algunas veces una dicha.

Luego su pensamiento franqueó el espacio, como hace extendiendo sus alas el pájaro sobre el abismo, y se detuvo en Cavalcanti.

«Ese Andrea era un miserable, un ladrón, un asesino; y sin embargo, ese Andrea poseía modales que indicaban no una cierta educación, sino una educación completa. Ese Andrea se había presentado en el mundo con la apariencia de una gran fortuna, con el apoyo de nombres honorables.»

¿Cómo ver claro en aquel dédalo? ¿A quién dirigirse para salir de aquella posición cruel?

Debray, a quien ella había corrido con el primer impulso de la mujer que busca un apoyo en el hombre que ama y que a veces la pierde; Debray no podía más que darle un consejo; era a algún otro más poderoso a quien ella debía dirigirse.

Entonces la baronesa pensó en el señor de Villefort.

Era el señor de Villefort quien había querido que arrestasen a Cavalcanti; era el citado señor quien sin piedad había llevado la turbación en medio de su familia como si ésta le fuese extraña.

Pero, no; reflexionando bien, el procurador del rey no era un hombre sin piedad; era un magistrado esclavo de sus deberes, un amigo leal y firme, quien, brutalmente, pero con mano segura, había dado el golpe de escalpelo en la corrupción. No se trataba de un verdugo, sino de un cirujano; un cirujano que había querido aislar a los ojos de todo el mundo el honor de los Danglars de la ignominia de aquel joven perdido que ellos habían presentado a la sociedad como su yerno.

Desde el momento en que el señor de Villefort, amigo de la familia Danglars, actuaba así, no había para sospechar que el procurador del rey sabía aquello con anterioridad y que se hubiera prestado a alguno de los manejos de Andrea.

La conducta de Villefort, reflexionándolo bien, aparecía, pues, a los ojos de la baronesa bajo una claridad que explicaba su ventaja común.

Pero ahí debía detenerse la inflexibilidad del procurador del rey; ella iría a buscarlo al día siguiente y obtendría, si no que faltase a sus deberes de magistrado, al menos que lo dejase todo a la latitud de la indulgencia.

La baronesa invocaría el pasado; rejuvenecería sus recuerdos, suplicaría en nombre del tiempo culpable, pero feliz; el señor de Villefort adormecería el asunto, o al menos lo daría al olvido (y, para llegar a esto no hacía falta más que volver los ojos a otro lado), o dejaría huir a Andrea, y no perseguiría al criminal más que en contumacia.

Solamente entonces se durmió más tranquila.

Al día siguiente a las nueve se levantó y, sin llamar a su camarera, sin dar señales de existencia a nadie, se vistió, y, vestida con la misma sencillez de la víspera, descendió la escalera, salió de la vivienda, caminó hasta la calle Provenza, subió a un carruaje y se hizo conducir a la casa del señor de Villefort.

Desde hacía un mes, aquella casa maldita presentaba el aspecto lúgubre de un lazareto en donde se hubiese declarado la peste; una parte de los aposentos estaban cerrados interior y exteriormente; los postigos cerrados no se abrían más que un instante para renovar el aire; entonces se veía aparecer en aquella ventana la cabeza asustada de un lacayo; luego la ventana volvía a cerrarse como la losa de una tumba cae sobre el sepulcro, y los vecinos se decían en voz baja:

—¿También hoy vamos a ver salir un ataúd de la casa del señor procurador del rey?

La señora Danglars se estremeció ante el aspecto de aquella mansión desolada; descendió del carruaje, ¡ay!, con las rodillas flaqueándole, se aproximó a la puerta cerrada. Llamó.

Hasta que no llamó tres veces al timbre, cuyo lúgubre sonido parecía participar de la tristeza general, no apareció el conserje, entreabriendo la puerta no más que lo justo para dejar paso a las palabras.

Vio a una mujer, una mujer de mundo, una mujer elegantemente vestida, y, sin embargo, la puerta continuó en su postura de casi cerrada.

—Pero, ábrame —dijo la baronesa.

—Primeramente, señora, ¿quién es usted? —preguntó el conserje.

—¿Quién soy? Pero si usted me conoce.

—Nosotros ya no conocemos a nadie, señora.

—¡Pero usted está loco, amigo mío! —exclamó la baronesa.

—¿De parte de quién viene usted?

—¡Oh! Esto es demasiado.

—Señora, es la orden, excúseme. ¿Cuál es su nombre?

—La señora baronesa Danglars. Usted me ha visto más de veinte veces.

—Es posible, señora. Ahora, ¿qué quiere usted?

—¡Oh! ¡Qué extraño! ¡Me quejaré al señor de Villefort de la impertinencia de sus criados!

—Señora, no es cuestión de impertinencia, sino de precaución. Aquí no entra nadie sin una nota del señor d'Avrigny, o sin haber hablado antes con el señor procurador del rey.

—Pues bien, es justamente con el procurador del rey con quien deseo hablar.

—¿De algo urgente?

—Ya debe apreciarlo, puesto que no he montado en mi coche. Pero concluyamos; aquí tiene mi tarjeta, llévesela a su amo.

—¿La señora esperará mi regreso?

—Sí, vaya.

El conserje cerró la puerta, dejando a la señora Danglars en la calle.

La baronesa, es cierto, no esperó mucho tiempo; un instante después se abriría la puerta lo suficiente para dejar paso a la baronesa: ella entró y la puerta volvió a cerrarse.

Una vez en el patio, el conserje, sin perder de vista un instante la puerta, sacó un silbato de su bolsillo y lo tocó.

El ayuda de cámara del señor de Villefort apareció en la escalinata.

—La señora disculpará a este buen hombre —dijo saliendo al encuentro de la baronesa—, pero sus órdenes son precisas, y el señor de Villefort me ha encargado decir a la señora que él no podía hacer otra cosa.

En el patio estaba un proveedor introducido con las mismas precauciones, y del cual examinaban las mercancías.

La baronesa subió la escalinata; se sintió profundamente impresionada por aquella tristeza que prolongaba, por así decirlo, el círculo de la suya y, siempre guiada por el ayuda de cámara, fue introducida en el despacho del magistrado sin que su guía la perdiese de vista.

Por preocupada que estuviese la señora Danglars con el motivo que la llevaba allí, la recepción que recibió de toda la servidumbre le pareció tan indigna que empezó por quejarse.

Pero Villefort levantó su cabeza inclinada por el dolor y la miró con una sonrisa tan triste que las quejas murieron en sus labios.

—Excuse a mis servidores de un terror que no puede ser un crimen; aterrados, se han vuelto recelosos.

La señora Danglars había oído hablar varias veces del terror que inspiraba el magistrado; pero jamás hubiese podido creer que ese sentimiento llegase tan lejos si no lo viera con sus propios ojos.

—¿También usted es desgraciado?
—Sí, señora —respondió el magistrado.
—Entonces, ¿me compadece?
—Sinceramente, señora.
—¿Y comprende usted lo que me trae aquí?
—Viene a hablarme de lo que le sucede, ¿no es cierto?
—Sí, señor, una espantosa desgracia.
—Es decir, una desventura.
—¡Una desventura! —exclamó la baronesa.
—¡Ay, señora! —respondió el procurador del rey con su calma imperturbable—. He llegado a no llamar desgracia más que a las cosas irreparables.

—Señor, ¿y cree que se olvidará?
—Todo se olvida, señora —dijo Villefort—. El matrimonio de su hija se celebrará mañana, si no es hoy, o dentro de ocho días, si no es mañana. Y en cuanto a lamentar el futuro de la señorita Eugéne, no creo ni que piense en ello.

La señora Danglars contempló a Villefort estupefacta al verle con aquella tranquilidad casi rígida.

—¿He venido a casa de un amigo? —preguntó ella en un tono de dolorosa dignidad.

—Sabe usted que sí, señora —respondió Villefort, cuyas mejillas se cubrieron de cierto rubor al pronunciar estas palabras.

En efecto, la firmeza de esta respuesta hacía alusión a otros acontecimientos diferentes a los que les ocupaban en aquellos instantes.

—Entonces —dijo la baronesa—, sea más afectuoso, mi querido Villefort; hábleme como amigo y no como magistrado, y cuando me encuentro profundamente desgraciada, no me diga que debo estar alegre.

Villefort se inclinó.

—Cuando oigo hablar de desgracias, señora —dijo—, desde hace tres meses he tomado la costumbre de pensar en las mías, y entonces esta operación egoísta de paralelismo surge a pesar mío. He aquí, por qué al lado de mis desdichas, las suyas me parecen una desventura; he aquí, por qué al lado de mi funesta posición, la suya me parece envidiable; pero esto la contraría, dejémoslo. ¿Decía usted, señora?

—Vengo a saber por usted, amigo mío —prosiguió la baronesa—, cómo está el asunto de ese impostor.

—¡Impostor! —repitió Villefort—. Decididamente, señora, parece que ha tomado usted la determinación de atenuar ciertas cosas y exagerar otras. ¡Impostor el señor Andrea Cavalcanti, o más bien Benedetto! Usted se equivoca, señora. Benedetto es un bello y buen asesino.

—Señor, no niego lo justo de su rectificación; pero cuanto más ataque usted a ese desgraciado, más daño hará a mi familia. Veamos, olvídelo por un momento; en vez de perseguirle, déjelo huir.

—Ya llega usted demasiado tarde, señora, las órdenes fueron dadas.

—Pues bien, si se le arresta... ¿Cree usted que se le detendrá?

—Eso espero.

—Si le arrestan (siempre he oído que las prisiones no se desocupan), pues bien, déjelo en la cárcel.

El procurador del rey hizo un movimiento negativo.

—Al menos hasta que mi hija se haya casado... —añadió la baronesa.

—Imposible, señora; la justicia tiene sus formalidades.

—¿Incluso para mí? —dijo la baronesa, medio sonriente y medio seria.

—Para todos —respondió Villefort—. Y para mí mismo, como para los demás.

—¡Ah! —exclamó la baronesa sin traducir en palabras lo que su pensamiento acababa de traicionar con aquella expresión.

Villefort la miró con esa intensidad con la cual sondeaba los pensamientos.

—Sí, ya sé lo que usted quiere decir —replicó—. Se refiere usted a esos rumores terribles que corren por ahí acerca de esas muertes que, desde hace tres meses, me visten de luto; que esa muerte, a la cual acaba de escapar Valentine casi de milagro, no son naturales.

—No pensaba en eso —dijo con viveza la señora Danglars.

—Sí, usted pensaba en ello, señora, y es justo, porque usted no puede hacer otra cosa que pensar y decirse en voz baja: «Tú, que persigues el crimen, respóndeme: ¿por qué hay alrededor tuyo tantos crímenes que permanecen impunes?».

La baronesa palideció.

—Usted se decía eso, ¿no es cierto, señora?

—Pues bien, lo confieso.

—Voy a responderla.

Villefort aproximó su sillón a la silla de la señora Danglars; después, apoyando sus manos sobre su escritorio, y adoptando una entonación más sorda que de costumbre, dijo:

—Hay crímenes que quedan impunes porque no se conoce a los criminales, y por temor a herir una cabeza inocente, pero cuando esos criminales sean conocidos —Villefort alargó la mano hacia un crucifijo colocado frente al escritorio—, cuando esos criminales sean conocidos —repitió—, por Dios vivo, señora, morirán sean quienes fueren. Ahora, tras este juramento que acabo de hacer y que mantendré, señora, ¿se atreve usted a pedirme gracia para ese miserable?

—¡Oh, señor! —replicó la señora Danglars—. ¿Está usted seguro de que es culpable de lo que se le imputa?

—Escuche, aquí está su ficha: Benedetto, condenado primeramente a cinco años de galeras por falsificador a los dieciséis años; el joven prometía, como usted ve; luego evadido y después asesino.

—¿Y quién es ese desventurado?

—¿Quién lo sabe? Un vagabundo, un corso.

—¿Y no lo ha reclamado nadie?

—Nadie. No se conoce a sus padres.

—Pero ¿y aquel hombre que vino de Luca?

—Otro bribón como él; tal vez su cómplice.

La baronesa juntó las manos.

—¡Villefort! —exclamó en el tono más dulce y cariñoso.

—¡Por Dios, señora! —respondió el procurador del rey con una firmeza que no estaba exenta de sequedad—. ¡Por Dios! No me pida gracia para un culpable. ¿Quién soy yo? La ley, ¿y acaso la ley tiene ojos para ver su tristeza? ¿Acaso la ley tiene oídos para escuchar sus súplicas? ¿Acaso la ley tiene memoria para comprender la delicadeza de sus pensamientos? No, señora, la ley ordena y cuando la ley ordena, hiere.

»Usted me dirá que soy un ser viviente y no un código; un hombre y no un libro. Míreme, señora, mire en torno mío. ¿Me han tratado los hombres como hermano? ¿Me han amado? ¿Me han perdonado? ¿Alguien ha pedido clemencia para el señor de Villefort, y han acordado alguna gracia al señor de Villefort? ¡No, no, no! ¡Han pegado, siempre han pegado!

»Usted insiste, mujer, es decir que es sincera, hablándome con ese mirar encantador y expresivo que me recuerda lo que debe avergonzarme. Pues bien, sea, sí, avergüénceme con lo que sabe, y tal vez, tal vez con algo más.

»Pero, en fin, desde que he sido culpable, y tal vez más culpable que otros, ¡pues bien!, desde entonces, he sacudido las vestiduras del otro para encontrar la úlcera y siempre la encontré, y diré más, encontré con alegría, con gozo, que es el sello de la debilidad o de la perversidad humana.

»Porque cada hombre que yo reconocía culpable y cada culpable que yo sentenciaba, me parecían una prueba viviente, una nueva prueba, de que yo no era una repugnante excepción. ¡Ay, ay! Todo el mundo es dañino, señora; probémoslo y castiguemos al malo.

Villefort pronuncia estas últimas palabras con una rabia febril que daba a su lenguaje una feroz elocuencia.

—Pero —añadió la señora Danglars tratando de realizar un último esfuerzo—, usted dice que ese joven es un vagabundo, un huérfano, un abandonado de todos.

—Tanto peor, tanto peor, o más bien, tanto mejor; la Providencia ha hecho que nadie pueda llorarle.

—Eso es encarnizarse con el débil, señor.

—¡Un débil que asesina!

—Su deshonor recaerá sobre mi casa.

—¿No tengo yo la muerte en la mía?

—¡Oh, señor! —exclamó la baronesa—. No tiene usted piedad para los otros. Pues bien, se lo digo, no tendrán piedad con usted.

—¡Sea! —dijo Villefort, que levantó su brazo al cielo con gesto amenazador.

—Deje, al menos, la causa de ese desventurado, si lo cogen, para las próximas audiencias; eso nos concederá seis meses de olvido.

—No —dijo Villefort—, aún tengo cinco días para terminar la instrucción; cinco días es demasiado tiempo para el que necesito. Además, ¿no comprende usted, señora, que yo también necesito olvidar? Pues bien, cuando trabajo, y lo hago noche y día, cuando yo trabajo, hay momentos en los que no me acuerdo de nada, y cuando no pienso en nada soy feliz como los muertos; pero esto vale más que sufrir.

—Señor, si se ha escapado, déjelo huir; la inercia es una fácil clemencia.

—Pero ya le he dicho que es demasiado tarde. Al amanecer actuó el telégrafo, y a estas horas...

—Señor —anunció el ayuda de cámara entrando—, un correo trae este despacho del Ministerio del Interior.

Villefort cogió la carta y la abrió con viveza. La señora Danglars se estremeció de terror; Villefort suspiró de gozo.

—¡Detenido! —exclamó Villefort—. ¡Lo han detenido en Compiègne! Se acabó.

La señora Danglars se levantó, fría y pálida.

—Adiós, señor —dijo.

—Adiós, señora —respondió el procurador del rey, casi contento mientras la acompañaba hasta la puerta.

Después, cuando regresó a su escritorio, dijo golpeando sobre la carta con la mano derecha:

—¡Vamos! Tenía una falsificación, tres robos, tres incendios y no me faltaba más que un asesinato. ¡Aquí está! La sesión será sonada.

La aparición

Como había dicho el procurador del rey a la señora Danglars, Valentine aún no se había recobrado.

Quebrantada por la fatiga, guardaba cama, y sólo fue en su habitación y por boca de la señora de Villefort como se enteró de los acontecimientos que acabamos de contar, es decir, la huida de Eugéne y la detención de Andrea Cavalcanti, o más bien de Benedetto, y la acusación de asesinato que se seguía contra él.

Pero Valentine se encontraba tan débil que este relato no causó el efecto que, tal vez, le hubiese producido de hallarse en su habitual estado.

En efecto, no tuvo más que algunas ideas vagas, algunas formas indecisas que se mezclaban a pensamientos extraños y fantasmas fugitivos que nacían en su cerebro enfermo o que pasaban ante ella y que desaparecían inmediatamente, para dejar recuperar todas sus fuerzas a las sensaciones personales.

Durante el día, Valentine aún se mantenía en la realidad por la presencia de Noirtier, quien se hacía llevar al cuarto de nieta y permanecía en él, protegiendo a Valentine con su mira paternal; luego, cuando regresaba de los tribunales, era Villefort quien a su vez se pasaba dos o tres horas con su hija.

A las seis se retiraba Villefort a su despacho; a las ocho llegaba el señor d'Avrigny, quien traía personalmente la medicina nocturna que se tomaba la muchacha; luego se llevaban a Noirtier.

Una enfermera escogida por el doctor reemplazaba a todo el mundo y no se retiraba hasta las diez o las once en que Valentine se dormía.

Al descender entregaba las llaves de la habitación de Valentine al señor de Villefort en persona, de manera que no se podía entrar en el cuarto de la enferma más que atravesando el aposento de la señora de Villefort y el dormitorio del pequeño Edouard.

Todas las mañanas, Morrel acudía junto a Noirtier para enterarse sobre el estado de Valentine; pero Morrel, cosa extraordinaria, parecía que cada día estaba menos inquieto.

Lo primero, porque a cada día que pasaba, Valentine, presa de una violenta exaltación de nervios, iba mucho mejor; después, ¿no le había dicho Montecristo, cuando corrió a su casa a prevenirle, que si Valentine no moría en cosa de dos hora ésta estaría salvada?

Ahora bien, Valentine aún seguía viviendo y habían pasado cuatro días.

Esta exaltación nerviosa perseguía a Valentine hasta en sueños o más bien en el estado de somnolencia que seguía a su vigilia; entonces era cuando en el silencio de la noche y en la semioscuridad que dejaba la lamparilla colocada sobre la chimenea, veía pasar esas sombras que acuden a poblar la habitación de los enfermos y que sacude la fiebre con sus alas estremecedoras.

Entonces le parecía ver a su madrastra que la amenazaba, a Morrel que le tendía los brazos como a seres extraños a su vida habitual, como el conde de Montecristo; hasta los muebles parecían animarse en aquellos momentos que duraban hasta la dos o las tres de la madrugada en que un sueño de plomo se apoderaba de ella y la dormía hasta el nuevo día.

La noche que siguió a aquella mañana en que Valentine supo de la huida de Eugéne y del arresto de Benedetto, y en que después de mezclarse a las sensaciones de su existencia, estos acontecimientos empezaban a borrarse, tras la retirada sucesiva de Villefort, de d'Avrigny y de Noirtier, mientras que sonaban las once en San Felipe de Roule, y la enfermera, habiendo colocado al alcance de la mano de la enferma la medicina preparada por el doctor, se retiraba cerrando la puerta de su dormitorio, para escuchar estremeciéndose los comentarios de los criados en el *office*, historias lúgubres que poblaban su memoria desde hacía tres meses, ocurrió una escena inesperada en aquella habitación tan cuidadosamente cerrada.

Hacía ya unos diez minutos aproximadamente que la enfermera se había retirado.

Valentine, presa de aquella fiebre que le aparecía cada noche durante una hora, dejó su cabeza, rebelde a su voluntad, continuar en aquel trabajo activo, monótono e implacable de un cerebro que reproduce incesantemente los mismos pensamientos o crea las mismas imágenes.

De la mecha de la lamparilla se escapaban infinidad de rayos, todos llenos de significaciones extrañas, cuando de repente, a su incierto reflejo, Valentine creyó ver su biblioteca, colocada al lado de la chimenea, en un rincón de la pared, que se abría lentamente, sin que los goznes sobre los que parecía girar produjesen el menor ruido.

En otro momento, Valentine hubiese cogido el cordón de la campanilla y llamado; pero ya nada le asombraba en la situación en que se encontraba. Tenía conciencia de que todas estas visiones que le rodeaban eran hijas de su delirio, y esta convicción le llegó cuando por la mañana no encontraba ningún rastro de todos aquellos fantasmas nocturnos, que desaparecían con el día.

Tras la puerta aparecía una figura humana.

Valentine estaba, gracias a su fiebre, muy familiarizada con esta clase de apariciones para espantarse; sólo abría mucho los ojos esperando reconocer a Morrel.

La figura continuó avanzando hacia su cama, luego se detuvo, y pareció escuchar con una atención profunda.

En aquel momento un reflejo de la lamparilla dio de lleno en el rostro del visitante nocturno.

—No es él —murmuró ella.

Y esperó, convencida de que soñaba, a que aquel hombre, como sucede en los sueños, desapareciese o se cambiase por otra persona.

Sólo que se tomó el pulso, y sintiéndolo latir violentamente, se acordó que lo mejor para que desapareciesen las inoportunas visiones era beber; la frescura de la bebida, compuesta por otro lado para calmar sus agitaciones, renovaba las sensaciones del cerebro, a la vez que hacía disminuir la fiebre; después de beber siempre se sentía más sosegada.

Valentine extendió la mano con ánimo de coger el vaso que se hallaba junto a la cama; pero mientras ella alargaba su brazo tembloroso fuera de la cama, la aparición aún dio dos pasos hacia ella con más viveza, y llegó junto a la joven, quien pareció oír su respiración y hasta creyó sentir la presión de su mano.

Esta vez la ilusión, o más bien la realidad, sobrepasaba todo lo que Valentine había experimentado hasta entonces; empezó a creer que estaba bien despierta y muy viva; tuvo conciencia de que gozaba de todos sus sentidos y se estremeció.

La presión que Valentine había sentido tenía por fin detener el movimiento de su brazo.

Valentine lo retiró lentamente hacia sí.

Entonces aquella figura, de la que no podía apartar la vista, y que más bien parecía protegerla que amenazarla, tomó el vaso, se aproximó a la lamparilla y examinó la bebida, como si quisiese juzgarla por la transparencia y la nitidez.

Pero aquella primera prueba no bastó.

Aquel hombre, o más bien aquel fantasma, porque caminaba suavemente sobre la alfombra ahogando el ruido de sus pasos, aquel hombre tomó una cucharada de la medicina y la bebió. Valentine miraba lo que sucedía ante sus ojos con un profundo sentimiento de estupor.

Creía que todo aquello iba a desaparecer para dar paso a otra cosa; pero el hombre, en vez de desvanecerse como una sombra, se aproximaba a ella y, tendiéndole el vaso, le decía con una voz llena de emoción:

—Ahora, beba.

Valentine tembló.

Era la primera vez que una de aquellas visiones le hablaba en aquel tono tan vivo.

Abrió la boca para lanzar un grito.

El hombre posó un dedo sobre sus labios.

—¡El conde de Montecristo! —murmuró ella.

Por el miedo que se pintó en los ojos de la muchacha, por el temblor de sus manos y el gesto rápido que hizo para protegerse bajo sus sábanas, se podía reconocer la última lucha entre la duda y la convicción; sin embargo, la presencia de Montecristo en su cuarto a semejante hora, su entrada misteriosa, fantástica, inexplicable, por una pared, parecían imposibles a la quebrantada razón de Valentine.

—No llame ni se asuste —dijo el conde—, no tenga el menor recelo ni la más ligera inquietud; el hombre que tiene ante usted, porque esta vez usted tiene razón, Valentine, y no soy una ilusión, el hombre que usted tiene ante sus ojos, es el padre más tierno y más respetuoso que usted pueda imaginar.

Valentine no encontró palabras para responder; tenía tanto miedo a aquella voz que le revelaba la presencia real de aquel que hablaba, que dudaba de asociarla a la suya; pero su mirada asustada quería decir: «¿Si sus intenciones son buenas, por qué se encuentra aquí?».

Con su maravillosa sagacidad, el conde comprendió todo lo que pasaba por el ánimo de la joven.

—Escúcheme —dijo—, o más bien míreme; vea mis ojos enrojecidos y mi rostro más pálido que de costumbre. Desde hace cuatro noches, no he pegado un ojo un solo instante; desde hace cuatro noches, velo por usted, la protejo y la conservo para nuestro amigo Maximilien.

Una oleada de sangre alegre ascendió rápidamente a las mejillas de la enferma; porque el nombre que acababa de pronunciar el conde, deshacía el resto de desconfianza que la había inspirado.

—¡Maximilien! —repitió Valentine, tan dulce le resultaba pronunciarlo—. ¡Maximilien! ¿Lo ha confesado todo?

—Todo. Me ha dicho que su vida era la suya, y le he prometido que usted vivirá.

—¿Le ha prometido usted que yo viviré?

—Sí.

—En efecto, señor, usted acaba de hablar de vigilancia y protección. ¿Acaso es médico?

—Sí, y el mejor que el cielo puede enviarle en este momento, créame.

—¿Dice usted que ha estado velando? —preguntó Valentine inquieta—. ¿Dónde? Yo no le he visto.

El conde extendió la mano en dirección a la biblioteca.

—Estaba escondido tras esa puerta —dijo—. Esa puerta da a la casa contigua, que tengo alquilada.

Valentine, por un movimiento de orgullo púdico, apartó los ojos y con un enorme terror dijo:

—Señor, lo que usted ha hecho es una locura sin cuento, y esa protección que me ha concedido se parece mucho a un insulto.

—Valentine —dijo—, durante mi guardia he aquí lo único que he visto: las personas que venían a su cuarto, los alimentos que le preparaban y las bebidas que le servían; después, cuando esas bebidas me parecían peligrosas, entraba como acabo de hacerlo, vaciaba su vaso y sustituía el veneno por una bebida tonificante que, en vez de la muerte que le preparaban, hacía circular la vida en sus venas.

—¡El veneno! ¡La muerte! —exclamó Valentine, creyéndose de nuevo bajo el imperio de alguna alucinación febril—. ¿Qué está diciendo, señor?

—¡Chist! Hija mía —dijo Montecristo llevándose de nuevo su dedo a los labios—. He dicho el veneno; sí, he dicho la muerte, y repito la muerte, pero beba antes esto —el conde sacó de su bolsillo un frasquito conteniendo un licor rojo del que vertió unas gotas en el vaso—. Y cuando haya bebido esto, no tome nada más durante la noche.

Valentine adelantó la mano; pero la retiró apenas hubo tocado el vaso.

Montecristo tomó el vaso, bebió la mitad y lo presentó a Valentine, que se bebió el resto del contenido sonriendo.

—¡Oh, sí! —dijo ella—. Reconozco el gusto de mis bebidas nocturnas de ese agua que da un poco de frescor a mi pecho, un poco de tranquilidad a mi cerebro. Gracias, señor, gracias.

—He aquí cómo ha vivido usted estas cuatro noches, Valentine —dijo el conde—. Pero yo, ¿cómo vivía? ¡Oh! Qué horas más crueles me ha hecho pasar. ¡Oh, qué espantosas torturas me ha hecho padecer! Cuando veía verter en su vaso el veneno mortal, cómo temblaba de que fuese bebido antes de que yo lo tirase a la chimenea.

—Dice usted, señor —agregó Valentine en el colmo del espanto—, que ha sufrido todas las torturas al ver verter en mi vaso el veneno mortal. Pero si usted ha visto derramar en mi vaso el veneno, ha tenido que ver a la persona que lo echaba.

—Sí.

Valentine se incorporó sobre su cabecera, y atrayendo sobre su pecho más pálido que la nieve la batista bordada, aún húmeda del sudor frío del delirio, al que se mezclaba ahora el del terror, repitió:

—¿La ha visto usted?

—Sí —dijo por segunda vez el conde.

—Lo que usted me dice es horrible, señor. ¿Quiere hacerme creer en algo infernal? ¡Cómo! ¡En la casa de mi padre! ¡En mi cuarto! ¿En el lecho del dolor aún continúan asesinándome? ¡Oh! Retírese usted, señor, está tentando mi conciencia; usted blasfema de la bondad divina; es imposible, eso no puede ser.

—¿Acaso es usted la primera a quien esa mano hiere, Valentine? ¿No ha visto caer alrededor suyo al señor de Saint-Méran, a Barrois, no habría visto caer al señor Noirtier si el tratamiento que sigue desde hace tres años no le hubiese protegido, combatiendo el veneno por la costumbre del veneno?

—¡Oh, Dios mío! —exclamó Valentine—. Por eso exigía mi abuelo desde hace un mes que yo compartiese sus bebidas.

—Y esas bebidas —indicó Montecristo—, tienen un sabor como el de una cáscara de naranja medio seca, ¿no es cierto?

—¡Sí, Dios mío, sí!

—¡Oh! Eso lo explica todo —dijo Montecristo—. Él también sabe que aquí se envenena, y tal vez sabe quién lo hace. Ha querido preservarla a usted, su nieta amada, contra la sustancia mortal, y ésta ha venido a estrellarse contra ese principio de costumbre. He aquí por lo que aún vive, lo cual yo no me explicaba, tras haber sido envenenada hace cuatro días por un veneno que generalmente no perdona nunca.

—Pero ¿quién es el asesino?

—Yo le preguntaré a mi vez: ¿no ha visto entrar nunca a alguien durante la noche en su habitación?

—Sí. A menudo he creído ver como sombras; sombras que se aproximaban, se alejaban y desaparecían; pero las tomaba por alucinaciones febriles, y hace un momento, cuando usted entró, también creí, o que deliraba o que estaba soñando.

—Así, pues, no conoce usted a la persona que atenta contra su vida, ¿verdad?

—No —respondió Valentine—. ¿Por qué deseará mi muerte?

—Pues entonces va a conocerla —dijo Montecristo aguzando el oído.

—¿Cómo puede ser? —preguntó Valentine, mirando con terror en torno suyo.

—Porque esta noche usted no tiene fiebre ni delira; porque esta noche está usted bien despierta; porque ya es medianoche y esta es la hora de los asesinos.

—¡Dios mío, Dios mío! —dijo Valentine enjugándose con la mano el sudor de su frente.

En efecto, daban las doce lenta y tristemente; se podía decir que cada campanada del martillo de bronce caía sobre el corazón de la muchacha.

—Valentine —continuó el conde—, llame a todas sus fuerzas en su ayuda; contenga su corazón en su pecho; detenga su voz en su garganta; finja dormir y ya verá.

Valentine cogió la mano del conde.

—Me parece que oigo ruido —dijo ella—. Retírese.

—Adiós, o más bien hasta la vista —respondió el conde.

Después, con una sonrisa tan dulce y tan paternal que llenó de reconocimiento el corazón de la joven, regresó de puntillas a la puerta de la biblioteca.

Pero volviéndose antes de cerrar tras de sí, dijo:

—Ni un gesto, ni una palabra; que le crean dormida, si no, tal vez la matarían antes de que yo pudiese socorrerla.

Y tras esta espantosa advertencia, el conde desapareció tras la puerta, que se cerró silenciosamente tras él.

Locusta

Valentine se quedó sola; otros dos relojes, retrasados respecto al de San Felipe de Roule, aún dieron las doce a intervalos diferentes.

Después, aparte del ruido de algunos carruajes lejanos, todo volvió a caer en el silencio.

Entonces, toda la atención de Valentine se centró en el reloj de su habitación, cuya aguja marcaba los segundos.

Se puso a contar aquellos segundos y percibió que eran más lentos que los latidos de su corazón. Y sin embargo aún dudaba; la inofensiva Valentine no podía figurarse que alguien deseas su muerte. ¿Por qué? ¿Con qué objeto? ¿Qué mal había cometido ella que pudiese suscitarle un enemigo?

No había miedo a que se durmiese.

Una sola idea, un pensamiento terrible mantenía su espíritu despierto: y es que había una persona en el mundo que había intentado asesinarla y aún iba a repetirlo.

Si esta vez aquella persona, cansada de ver la ineficacia del veneno, iba, como lo insinuó Montecristo, a recurrir al hierro. Si el conde no tenía tiempo para socorrerla. Si le llegaba su último momento. Si no podía ver más a Morrel.

Ante este pensamiento, que la cubrió a la vez de una palidez lívida y de un sudor helado, Valentine estuvo a punto de coger el cordón de la campanilla y llamar en su ayuda.

Pero le parecía que a través de la puerta de la biblioteca veía brillar el ojo del conde, aquella mirada que velaba sobre su recuerdo y que, cuando pensaba en ella, le aplastaba con tal vergüenza que se preguntaba si alguna vez la gratitud llegaría a borrar este penoso efecto de la indiscreta amistad del conde.

Veinte minutos, veinte eternidades, transcurrieron así, y luego otros diez más; por fin el reloj, rechinando un segundo antes, acabó por dar el golpe sobre el timbre sonoro.

En aquel mismo instante, un roce imperceptible de unas uñas sobre la madera de la biblioteca indicó a Valentine que el conde velaba y la recomendaba vigilar.

En efecto, del lado opuesto, es decir, de la habitación de Edouard, le pareció a Valentine que oía crujir el pavimento; aguzó el oído, contuvo la respiración hasta casi ahogarse; el pestillo de la cerradura sonó y la puerta giró sobre sus goznes.

Después, temblando, agitada, con el corazón oprimido por un indecible terror, esperó.

Alguien se aproximaba a su cama y rozaba las cortinas.

Valentine reunió todas sus fuerzas y dejó oír ese murmullo regular de la respiración que anuncia un sueño apacible.

—¡Valentine! —dijo una voz en tono bajo.

La muchacha se estremeció hasta el fondo de su corazón, pero no respondió.

—¡Valentine! —repitió la misma voz.

El mismo silencio: Valentine había prometido no despertarse.

Después, todo permaneció inmóvil.

Sólo Valentine oyó el ruido casi imperceptible de un líquido que caía en el vaso que acababa de vaciar.

Entonces se atrevió a abrir los párpados bajo la muralla que ofrecía su brazo extendido.

Entonces vio a una mujer en peinador blanco que vaciaba en su vaso un líquido preparado de antemano en un frasquito.

Durante aquel corto instante, Valentine tal vez contuvo su respiración o hizo algún movimiento, porque la mujer, inquieta, se detuvo y se inclinó sobre su cama para ver mejor si realmente dormía: era la señora de Villefort.

Valentine, al reconocer a su madrastra, tuvo tal estremecimiento que imprimió un movimiento a su cama.

La señora de Villefort se escondió inmediatamente, pegándose a lo largo de la pared y allí, oculta tras la cortina del lecho, espió, muda y atenta, hasta el menor movimiento de Valentine.

Ésta se acordó de las terribles palabras de Montecristo; le había parecido que, en la mano en que sostenía el frasquito, veía brillar una especie de cuchillo largo y afilado. Entonces, Valentine, haciendo un extraordinario esfuerzo, procuró cerrar los ojos; pero esta operación tan sencilla para el más temeroso de nuestros sentidos, esta función resultaba difícil de cumplir, tales esfuerzos hacía la ávida curiosidad por rechazar aquellos párpados y ver la verdad.

Entretanto, asegurada por el silencio en el cual había vuelto a hacerse rítmico el sonido de la respiración de Valentine, como si ésta durmiese, la señora de Villefort extendió de nuevo el brazo y, permaneciendo medio oculta por los cortinajes recogidos a la cabecera de la cama, concluyó de vaciar en el vaso de Valentine el contenido de su frasquito.

Después se retiró sin que el menor ruido advirtiese a Valentine que se había marchado.

Había visto desaparecer el brazo y nada más, aquel brazo lozano y torneado de una mujer de veinticinco años, joven y hermosa, que derramaba la muerte.

Es imposible expresar lo que Valentine había experimentado durante aquel minuto y medio en que la señora de Villefort permaneció en su habitación.

El arañar de la uña en la biblioteca llamó la atención de la muchacha y la sacó del torpor en que había caído.

Levantó la cabeza con esfuerzo.

La puerta, siempre silenciosa, giró por segunda vez sobre sus goznes, y reapareció el conde de Montecristo.

—¿Y bien —preguntó el conde—, aún duda?

—¡Oh, Dios mío! —murmuró la muchacha.

—¿Ha visto usted?

—¡Ay!

—¿Ha reconocido usted?

Valentine lanzó un gemido.

—Sí —dijo—, pero no podía creerlo.

—Entonces, usted prefiere morir y que también muera Maximilien, ¿no es eso?

—¡Dios mío, Dios mío! —repitió la muchacha casi fuera de sí—. Pero ¿no puedo abandonar la casa, salvarme?

—Valentine, la mano que le persigue irá por todas partes; a fuerza de dinero seducirá a sus criados, y le ofrecerán la muerte disfrazada bajo todos los aspectos: en el agua que beba de la fuente, en el fruto que coja del árbol...

—Pero ¿no ha dicho usted que la precaución de mi abuelo me ha inmunizado contra el veneno?

—Contra un veneno, y que no ha sido empleado en grandes dosis. Se cambiará de veneno o se aumentará la dosis.

Tomó el vaso y humedeció sus labios con el líquido.

—Mire —dijo—, ya lo han hecho. Ya no se trata de la simple brucina, sino de un narcótico con lo que la envenenan. Reconozco el gusto del alcohol en el cual lo han disuelto. Si hubiese bebido lo que la señora de Villefort acaba de verter en este vaso, Valentine, estaría perdida.

—Pero, Dios mío —exclamó la muchacha—. ¿Por qué me persigue así?

—¡Cómo! ¿Es usted tan dulce, tan buena y tan incapaz de mal que no lo ha comprendido, Valentine?

—No —respondió la muchacha—. Jamás le he hecho mal alguno.

—Pero usted es rica, Valentine; usted tiene doscientas mil libras de renta, y esto se lo quita a su hijo.

—¿Cómo es eso? Mi fortuna no es la suya y procede de mis abuelos.

—Sin duda, y he aquí por qué el señor y la señora de Saint-Méran han muerto: era para que usted heredase a sus abuelos; he ahí por qué el día en que el señor Noirtier la nombró su heredera, quedó condenado, y usted, a su vez, debía morir, Valentine, a fin de que su padre heredase de usted, y su hijo, convertido en hijo único, heredaría de su padre.

—¡Edouard! ¡Pobre chiquillo! ¿Y por él se cometen tantos crímenes?

—¡Ah! Al fin comprende.

—¡Oh, Dios mío! Con tal de que todo eso no caiga sobre él...

—Usted es un ángel, Valentine.

—Pero ¿entonces ha renunciado a matar a mi abuelo?

—Han reflexionado que muerta usted, a menos que la desheredara, la fortuna pasaría naturalmente a su hermano, y han pensado que el crimen, a fin de cuentas, era inútil y demasiado peligroso si se cometía.

—¿Y ha nacido en la cabeza de una mujer semejante combinación? ¡Oh, Dios mío! ¡Dios mío!

—¿Se acuerda usted de Perusia, en el jardincillo del hostal de la Posta, del hombre de la capa oscura a quien su madrastra interrogaba acerca del agua tofana? Pues bien, desde entonces, todo este infernal proyecto maduraba en su cerebro.

—¡Oh, señor! —exclamó la muchacha sollozando—. Ya veo que, si es así, estoy condenada a morir.

—No, Valentine, no, porque he previsto todos los complots; no, porque nuestra enemiga ha sido vencida, ya que está descubierta. No, usted vivirá. Valentine, vivirá para amar y ser amada, vivirá para ser feliz y hacer a un noble corazón dichoso; pero para vivir, Valentine, es preciso que tenga confianza en mí.

—Ordene, señor, ¿qué debo hacer?

—Tiene que tomar ciegamente lo que yo le dé.

—¡Oh! Dios es testigo —exclamó Valentine— que si estuviese sola, preferiría dejarme morir.

—No se confiará a nadie, ni siquiera a su padre.

—Mi padre no estará en este espantoso complot, ¿verdad? —dijo Valentine juntando sus manos.

—No, y sin embargo su padre, el hombre acostumbrado a las acusaciones jurídicas, su padre debe pensar que todas esas muertes que se abaten sobre su casa no tienen nada de naturales. Su padre es quien debía velar por usted, él es quien debía ocupar el puesto que yo desempeño en este momento; él es quien ya debía haber vaciado ese vaso y él es quien ya debería estar levantado contra el asesino. Espectro contra espectro —murmuró concluyendo su frase en voz alta.

—Señor —dijo Valentine—, haré todo para vivir, porque existen dos personas en el mundo que me aman a morir si yo muriese: mi abuelo y Maximilien.

—Velaré por ellos como he velado por usted.

—Pues bien, señor, disponga de mí —dijo Valentine y añadió en voz baja—: ¡Oh, Dios mío! ¡Dios mío! ¿Qué va a sucederme?

—Cualquier cosa que le suceda, Valentine, no se asuste; si sufre, si pierde la vista, el oído, el tacto, no tema nada; si se despierta sin saber en dónde se encuentra, no tenga miedo; aunque se encuentre, al despertarse, en un sepulcro o encerrada en un ataúd, acuérdese enseguida y dígase: en este momento, un amigo, un padre, un hombre que desea mi felicidad y la de Maximilien, ese hombre vela por mí.

—¡Ay, ay! ¡Qué calamidad tan terrible!
—Valentine, ¿prefiere usted denunciar a su madrastra?
—¡Preferiría morir cien veces! ¡Oh, sí! ¡Morir!
—No, usted no morirá, y cualquier cosa que le suceda, prométamelo, no se quejará y esperará.
—Pensaré en Maximilien.
—Usted es mi hija bienamada, Valentine; sólo yo puedo salvarla y la salvaré.

Valentine, en el colmo del terror, juntó las manos (porque sentía que había llegado el momento de pedir a Dios fuerzas), y se incorporó para orar, murmurando palabras sin ilación, y olvidándose de que sus blancos hombros no tenían otro velo que su larga cabellera, y que se veía latir su corazón bajo el fino encaje de su salto de cama.

El conde apoyó dulcemente la mano sobre el brazo de la muchacha, tiró de la colcha de terciopelo hasta cubrirle el cuello, y con una sonrisa paternal, dijo:

—Hija mía, crea en mis promesas y mi afecto, como cree en la bondad de Dios y en el amor de Maximilien.

Valentine posó en él una mirada llena de gratitud, y permaneció sumisa como un niño bajo su manto.

Entonces el conde extrajo del bolsillo de su chaleco su gran esmeralda, levantó la tapita de oro, y depositó en la mano derecha de Valentine una pastillita redonda del grosor de un guisante.

Valentine la tomó con la otra mano, y miró al conde atentamente. Había en los rasgos de este intrépido protector un reflejo de la majestad y el poder divino. Era evidente que Valentine le interrogaba con la mirada.

—Sí —respondió éste.

Valentine llevó la pastilla a su boca y la tragó.

—Y ahora, hasta la vista, pequeña —dijo—. Voy a tratar de dormir, porque usted ya está salvada.

—Vaya —dijo Valentine—. Cualquier cosa que me suceda, prometo no tener miedo.

Montecristo mantuvo largo tiempo sus ojos puestos en la muchacha que se dormía poco a poco, vencida por la potencia del narcótico que el conde acababa de darle.

Entonces tomó el vaso, vació las tres cuartas partes en la chimenea para que pudiesen creer que Valentine había bebido lo que faltaba, volvió a llevarlo a la mesilla de noche, y luego se dirigió a la puerta de la biblioteca, por donde desapareció tras haber echado una última mirada a Valentine, que se dormía con la confianza y el candor de un ángel acostado a los pies del señor.

Valentine

La lamparilla continuaba ardiendo sobre la chimenea de Valentine, apurando las últimas gotas de aceite que flotaban encima del agua. Ya un círculo rojo coloreaba el alabastro del globo, ya la llama más viva dejaba escapar aquellos últimos reflejos que en los seres inanimados constituyen las últimas convulsiones de la agonía, que tan a menudo han sido comparadas a las de las pobres criaturas humanas; una claridad tenue y siniestra acababa de teñir con un reflejo opaco las cortinas blancas y las sábanas de la cama de la muchacha.

Habían cesado todos los ruidos de la calle, y el silencio interior era espantoso.

La puerta de la habitación de Edouard se abrió, y apareció una cabeza que ya hemos visto en el espejo opuesto a la puerta: era la señora de Villefort que acudía a ver el efecto del brebaje.

Se detuvo en el umbral, escuchó el chisporroteo de la lamparilla, único ruido perceptible en aquel dormitorio que se hubiese creído desierto, después avanzó suavemente hacia la mesilla de noche para ver si el vaso de Valentine estaba vacío.

Aún contenía un cuarto, como ya hemos dicho.

La señora de Villefort lo cogió y fue a vaciarlo en las cenizas, que removió para facilitar la absorción del líquido; luego secó cuidadosamente el cristal, lo enjugó con su propio pañuelo, y lo volvió a colocar en su sitio de la mesilla de noche.

Cualquiera que hubiese podido hundir su mirada en el interior de la habitación, hubiese podido ver entonces la vacilación de la señora de Villefort a posar sus ojos sobre Valentine y a aproximarse al lecho.

Esta penumbra lúgubre, este silencio, esta terrible poesía de la noche, sin duda, acababa de compenetrarse con la espantosa tragedia de su conciencia, y la envenenadora tenía miedo de su obra.

Al fin se decidió, apartó la cortina, se apoyó en la cabecera de la cama y contempló a Valentine.

La muchacha ya no respiraba, sus dientes entreabiertos no dejaban escapar ningún átomo de aliento que denotase vida; sus labios blancuzcos habían dejado de temblar; sus ojos, anegados en un vapor violeta que parecía tener bajo la piel, formaban como un punto blanco en el sitio en que el glóbulo resaltaba el párpado, y sus largas cejas negras rayaban una piel ya mate como la cera.

La señora de Villefort contempló este rostro con una expresión muy elocuente en su inmovilidad; entonces, enardecida, y levantando la colcha, apoyó su mano sobre el corazón de la muchacha.

Estaba mudo y helado.

Lo que latía bajo su mano era la arteria de sus dedos: retiró la mano con un estremecimiento.

El brazo de Valentine colgaba fuera de la cama; este brazo, en toda la parte que se extendía desde el hombro hasta la muñeca, parecía modelado sobre una de las Gracias de Germain Pilon; pero el antebrazo estaba ligeramente deformado por una crispación, y el puño, de una forma tan pura, se apoyaba un poco rígido y con los dedos separados sobre la colcha.

El nacimiento de las uñas estaba azulado.

Para la señora de Villefort no cabía duda alguna: todo había concluido, la obra terrible, la última que tuvo que cumplir, al fin estaba consumada.

La envenenadora ya no tenía nada que hacer en aquella habitación; retrocedió con tanta precaución que era evidente que temía el ruido de sus pasos sobre la alfombra; pero, aun retrocediendo, mantuvo la cortina levantada absorta en aquel espectáculo de la muerte, que tiene su irresistible atracción en tanto no es descomposición, sino inmovilidad, en tanto es el misterio y aún no es la repugnancia.

Los minutos transcurrían; la señora de Villefort no podía soltar aquella cortina que cogía para que cayese como una mortaja sobre la cabeza de Valentine. Pagaba su tributo a la ensoñación: la ensoñación del crimen debe ser el remordimiento.

En aquel momento el chisporroteo de la lamparilla redobló.

La señora de Villefort, a este ruido, se estremeció y dejó caer la cortina.

En el mismo instante se apagó la lamparilla y la habitación quedó sumergida en una espantosa oscuridad.

En medio de esta penumbra, el reloj se despertó y dio las cuatro y media de la madrugada.

La envenenadora, espantada por esta conmoción sucesiva, alcanzó a tientas la puerta, y penetró en su cuarto con el sudor de la angustia en su frente.

La oscuridad aún continuó durante dos horas.

Después, poco a poco, la claridad blancuzca fue invadiendo la habitación, al filtrarse a través de las hojas de las persianas; luego aún aumentó gradualmente hasta que llegó a dar un color y una forma a los objetos y los cuerpos.

En ese momento resonó la tos de la enfermera subiendo la escalera, y luego entró esta mujer en el cuarto de Valentine con una taza en la mano.

Para un padre, para un amante, la primera mirada hubiese sido decisiva: Valentine estaba muerta; para aquella enfermera, Valentine estaba dormida.

—Bueno —dijo ella aproximándose a la mesilla de noche—. Se ha bebido una parte de su medicina; el vaso estaba dos tercios vacíos.

Luego fue a la chimenea, reavivó el fuego, se instaló en su sillón, y, aunque salía de su cama, aprovechó el sueño de Valentine para dormir un poco más.

El reloj la despertó dando las ocho de la mañana.

Entonces extrañada de aquel sueño obstinado en el cual parecía sumergida la muchacha, espantada por aquel brazo colgando fuera del lecho, y que la durmiente aún no se hubiese movido, avanzó hacia la cama y sólo entonces fue cuando percibió aquellos labios fríos y aquel pecho helado.

Quiso volver a poner el brazo junto al cuerpo, pero éste no obedeció más que a la rigidez espantosa, la cual no podía engañar a una enfermera.

Lanzó un horrible grito.

Luego, corrió a la puerta y chilló:

—¡Socorro! ¡Ayuda!

—¿Cómo ayuda? —respondió al pie de la escalera la voz del señor d'Avrigny.

Era la hora en que el doctor tenía la costumbre de pasar su visita.

—¿Quién grita socorro? —exclamó la voz de Villefort saliendo precipitadamente de su despacho—. ¿Doctor, no ha oído usted pedir socorro?

—Sí, sí; subamos —replicó d'Avrigny—. Subamos pronto junto a Valentine.

Pero antes de que el médico y el padre hubiesen entrado, los criados que se encontraban en el mismo piso, ya lo habían hecho, y, viendo a Valentine pálida e inmóvil sobre su lecho, levantaron las manos al cielo y temblaron como estremecidos por el vértigo.

—¡Llame a la señora de Villefort! ¡Despierten a la señora de Villefort! —gritó el procurador del rey, desde la puerta de la habitación, en la cual parecía no atreverse a entrar.

Pero los criados en lugar de responder, miraban al señor d'Avrigny, que había entrado, y corrido junto a Valentine, y la levantaba en sus brazos.

—¡Ésta también! —murmuró dejándola caer—. ¡Oh, Dios mío! ¡Dios mío! ¿Cuándo terminaréis?

Villefort se abalanzó al aposento.

—¿Qué dice usted, Dios mío? —exclamó levantando las manos al cielo—. ¡Doctor...! ¡Doctor!

—¡Digo que Valentine está muerta! —respondió d'Avrigny con voz solemne y terrible.

El señor de Villefort se abatió como si sus piernas estuviesen rotas, y hundió la cabeza en la cama de Valentine.

A las palabras del doctor, a los gritos del padre, los criados, aterrados, huyeron con tordas imprecaciones; se oyeron por las escaleras y los pasillos pasos precipitados, luego un gran movimiento en los patios, y al poco tiempo se extinguió todo ruido: desde el primero al último, habían abandonado aquella casa maldita.

En aquel momento la señora de Villefort, el brazo a medio meter en su peinador, se presentó, asomándose en las cortinas; permaneció un instante en el umbral de la puerta antes de interrogar a los asistentes y llamando en ayuda suya a algunas lágrimas rebeldes.

De pronto dio un paso, o más bien un salto hacia adelante y con los brazos extendidos hacia la mesilla de noche.

Acababa de ver a d'Avrigny inclinarse curioso sobre la mesilla y coger el vaso que ella estaba segura de haber vaciado durante la noche.

El vaso se encontraba lleno hasta la tercera parte, justo como estaba cuando ella había vertido el contenido en las cenizas.

El espectro de Valentine erguido ante la envenenadora no la hubiese producido mayor efecto.

En efecto, tenía el color del preparado que había vertido en el vaso de Valentine, y que ésta había bebido; era exactamente el veneno que no podía engañar al señor d'Avrigny, que lo examinaba atentamente; era un milagro que Dios hacía, sin duda para que quedase, a pesar de las precauciones del asesino, una huella, una prueba, una denuncia del crimen.

Entretanto, mientras la señora de Villefort permanecía inmóvil como una estatua del terror, mientras que Villefort, la cabeza hundida en las ropas de la cama mortuoria, no veía nada de lo que sucedía alrededor suyo, d'Avrigny se aproximaba a la ventana para examinar mejor el contenido del vaso, y probar una gota cogida en la yema del dedo.

—¡Ah! —murmuró—. Ya no se trata de la brucina. Veamos qué es.

Entonces se dirigió a uno de los armarios de la habitación de Valentine que se había convertido en botiquín, y sacó de una caja de plata un frasquito de ácido nítrico, dejó caer algunas gotas en el ópalo del líquido que inmediatamente se convirtió en un medio vaso de sangre bermeja.

—¡Ah! —exclamó d'Avrigny con el horror del juez a quien revelan la verdad, mezclado con la alegría del sabio que descubre un problema.

La señora de Villefort giró un instante sobre sí, sus ojos lanzaban llamaradas que luego se extinguieron; buscó vacilante la puerta con la mano, y desapareció.

Un instante después se oía el ruido alejado de un cuerpo que caía al suelo.

Pero nadie prestó atención. La enfermera estaba ocupada en mirar el análisis químico, Villefort continuaba anonadado.

El señor d'Avrigny fue el único que siguió con la vista a la señora de Villefort y notó su salida precipitada. Levantó las cortinas de la habitación de Valentine y su mirada, a través de la de Edouard, pudo pasearla por el aposento de la señora de Villefort, a la que vio tendida sin movimiento en el suelo.

—Vaya a socorrer a la señora de Villefort —dijo a la enfermera—. La señora de Villefort se encuentra mal.

—Pero ¿y la señorita Valentine? —balbució ésta.

—La señorita Valentine no tiene necesidad de ayuda —dijo d'Avrigny—, puesto que está muerta.

—¡Muerta! ¡Muerta! —suspiró Villefort en el paroxismo de un dolor tanto más agudo cuanto que era nuevo, desconocido e inesperado para aquel corazón de bronce.

—¿Muerta, dice usted? —exclamó una tercera voz—. ¿Quién ha dicho que Valentine estaba muerta?

Los dos hombres se volvieron, y en la puerta percibieron a Morrel en pie, pálido, transtornado y terrible.

He aquí lo que había sucedido:

Morrel se había presentado a la hora acostumbrada y por la puertecita escondida en el aposento de Noirtier. Contra la costumbre halló la puerta abierta y no tuvo necesidad de llamar para entrar. En el vestíbulo se detuvo un instante para llamar a un criado que le introdujera en el cuarto de Noirtier; pero nadie había respondido: los criados, como se sabe, habían abandonado la casa.

Este día Morrel no tenía ningún motivo particular de inquietud; Montecristo le había prometido que Valentine viviría, y hasta entonces la promesa había sido cumplida fielmente. Cada noche el conde le daba buenas noticias que confirmaba al día siguiente Noirtier.

Sin embargo, aquella soledad le pareció extraña; llamó una segunda vez, y la tercera, pero todo era silencio.

Entonces se decidió a subir.

La puerta de Noirtier estaba abierta como las demás.

La primera cosa que vio fue al anciano en su sillón en su sitio acostumbrado; sus ojos dilatados parecían expresar un espanto interior que confirmaba más la palidez extraña aparecida en su fisonomía.

—¿Cómo está usted, señor? —preguntó el joven, no sin cierto encogimiento de corazón.

—Bien —indicó el anciano con su guiño de ojos—. Bien.

Pero su semblante expresaba un aumento de inquietud.

—¿Está usted preocupado —continuó Morrel—, tiene necesidad de alguna cosa? ¿Quiere que llame a alguno de sus criados?

—Sí —indicó Noirtier.

Morrel se colgó del cordón de la campanilla; pero estuvo a punto de romperlo sin que nadie acudiese.

Se volvió hacia Noirtier; la palidez y la angustia crecían en el semblante del anciano.

—¡Dios mío! ¡Dios mío! —dijo Morrel—. Pero ¿por qué no vienen? ¿Es que hay algún enfermo en la casa?

Los ojos de Noirtier parecieron dispuestos a escaparse de sus órbitas.

—Pero ¿qué tiene usted? —continuó Morrel—. Usted me asusta. ¡Valentine, Valentine!

—Sí —indicó Noirtier.

Maximilien abrió la boca para hablar, pero su lengua no pudo articular ningún sonido; vaciló y se sostuvo con el dintel, luego señaló la misma puerta.

—Sí, sí, sí —prosiguió el anciano.

Maximilien se lanzó por la escalerita, que franqueó en dos saltos, mientras le parecía que Noirtier le gritaba con los ojos:

—¡Más rápido! ¡Más rápido!

Bastó un minuto al joven para atravesar varias habitaciones, solitarias como el resto de la casa, y llegar hasta la de Valentine.

No tuvo necesidad de empujar la puerta, estaba completamente abierta.

Un sollozo fue lo primero que percibió. Vio como a través de una nube, una figura negra arrodillada y medio oculta entre la ropa blanca. El temor, el espanto, le clavaron en el umbral.

—¡Valentine está muerta!

Y una segunda voz que como un eco repetía:

—¡Muerta! ¡Muerta!

Maximilien

Villefort se levantó casi avergonzado de haber sido sorprendido en el acceso de dolor.

La terrible posición que ejercía desde hacía veinticinco años, había llegado a hacer de él más que un hombre, o tal vez menos.

Su mirada, extraviada por un instante, se posó en Morrel.

—¿Quién es usted, señor? —dijo—, que se olvida que no se entra así en una casa en que está la muerte. ¡Salga, señor, salga!

Pero Morrel permaneció inmóvil, no podía apartar sus ojos del espectáculo horrible del lecho en desorden y de la pálida figura que estaba acostada en él.

—Salga, ¿oye usted? —gritó Villefort, mientras que d'Avrigny avanzaba por su lado para hacerle salir.

Morrel miraba con aire espantado a aquel cadáver, a aquellos dos hombres y a toda la habitación; pareció dudar un instante, abrió la boca y al fin, no encontrando palabras para responder, pese a las innumerables ideas que se agolpaban en su cerebro, dio media vuelta y deshizo el camino echándose las manos a la cabeza. Tal fue su gesto que Villefort y d'Avrigny, distraídos un instante de sus preocupaciones, cambiaron entre sí una mirada que parecía decir:

«¡Está loco!».

Pero antes de que hubiesen transcurrido cinco minutos, se oyó crujir la escalera bajo un peso considerable y vieron a Morrel que, con un esfuerzo sobrehumano, levantaba el sillón de Noirtier entre sus brazos y llevaba al anciano al primer piso de la casa.

Llegado a lo alto de la escalera depositó la silla en el suelo y la empujó rápidamente hasta la habitación de Valentine.

Toda esta maniobra la ejecutó con una fuerza triplicada por la exaltación febril del muchacho.

Pero lo que más espantaba de todo aquello, era el rostro de Noirtier avanzando hacia la cama de Valentine, empujado por Morrel; la cara de aquel anciano, en la que la inteligencia desplegaba todos sus recursos, cuyos ojos reunían todo el poder del alma para suplir las demás facultades; la aparición de aquel pálido semblante y de aquella mirada ardiente, constituyó una visión aterradora para Villefort.

—¡Vea lo que han hecho! —gritó Morrel con una mano todavía apoyada en el respaldo del sillón que acababa de empujar hasta la cama, y la otra extendida hacia Valentine—. ¡Véalo, padre mío, véalo!

Villefort retrocedió y miró con asombro a aquel joven que le era casi desconocido y que llamaba padre a Noirtier.

En aquel momento todo el alma del anciano parecía salir a través de sus ojos, inyectándolos en sangre; después se le hincharon las venas del cuello, una tonalidad azulada, como la que invade la piel de los epilépticos, cubrió sus sienes y sus mejillas; no faltaba a aquella explosión interior más que un grito.

Este grito salió, por así decirlo, por todos los poros, espantando con su mutismo y desgarrando con su silencio.

D'Avrigny se precipitó hacia el anciano y le hizo respirar un violento revulsivo.

—¡Señor! —exclamó entonces Morrel cogiendo la mano inerte del paralítico—. Me preguntan quién soy y qué derecho tengo para entrar aquí. ¡Ah! Usted lo sabe, dígalo.

Y la voz del joven se extinguió entre sollozos.

La respiración fuerte y anhelante del anciano sacudía todo su pecho. Se hubiese dicho que padecía una de aquellas convulsiones que preceden a la agonía.

Finalmente las lágrimas invadieron los ojos de Noirtier, más feliz que el joven que sollozaba sin llorar. No pudiendo inclinar su cabeza, cerró los ojos.

—Dígales —continuó Morrel con voz ahogada—. ¡Dígales que yo era su prometido! Dígales que era mi noble amiga, mi único amor en la tierra. ¡Dígales, dígales que ese cadáver me pertenece!

Y el joven, dando el terrible espectáculo de una gran fuerza que se rompe, cayó pesadamente de rodillas ante aquel lecho, que sus dedos crispados aferraron con violencia.

Aquel dolor era tan punzante que d'Avrigny se volvió para ocultar su emoción, y Villefort, sin pedir más explicaciones, atraído por el magnetismo que nos empuja hacia aquellos que aman lo que lloramos, alargó su mano al joven.

Pero Morrel no veía nada; había cogido la mano helada de Valentine, y no pudiendo llorar, mordía las sábanas entre rugidos.

Durante algunos minutos no se oyó en aquella habitación más que un conjunto de sollozos, imprecaciones y plegarias. Y sin embargo un ruido dominaba a todos, era la respiración ronca y desgarrada que parecía que, a cada toma de aire, rompería uno de los resortes de la vida en el pecho de Noirtier.

Al fin Villefort, el más dueño de todos, tras haber cedido algunos instantes, por así decirlo, su puesto a Maximilien, tomó la palabra y dijo:

—Señor, usted amaba a Valentine y dice que era su prometido; ignoraba ese amor, desconocía ese compromiso; y sin embargo, yo, su padre, se lo perdono porque veo que su dolor es grande y verdadero.

»Por otra parte, en mí también es demasiado grande el dolor para que me quede un sitio para la cólera. Pero ya lo ve usted, el ángel que usted esperaba ha abandonado la tierra; ya no está para las adoraciones de los hombres, ella que en estos momentos adora al Señor; diga, pues, adiós, señor, a esos tristes despojos; coja por última vez la mano que usted esperaba y sepárese de ella para siempre. Ahora Valentine no tiene necesidad más que de un sacerdote para que la bendiga.

—Usted se equivoca, señor —exclamó Morrel incorporándose sobre una rodilla, el corazón atravesado por el dolor más agudo de cuantos había sentido—. Usted se engaña, habiendo muerto Valentine como ha muerto, no sólo necesita a un sacerdote, sino también a un vengador. Señor de Villefort, envíe a buscar al sacerdote que yo seré el vengador.

—¿Qué pretende decir, señor? —murmuró Villefort temblando ante esta nueva inspiración del delirio de Morrel.

—Quiero decir —continuó el joven—, que hay dos hombres en usted. El padre ya ha llorado bastante; que el procurador del rey empiece su oficio.

Los ojos de Noirtier relampaguearon, d'Avrigny se aproximó.

—Señor —continuó el joven recorriendo con la mirada los sentimientos que se pintaban en todos los rostros—, sé lo que digo, y usted también sabe lo que quiero decir. ¡Valentine ha muerto asesinada!

Villefort bajó la cabeza; d'Avrigny aún avanzó un paso; Noirtier dijo sí con los ojos.

—Ahora bien —prosiguió Morrel—, en el tiempo en que vivimos, una criatura, aunque no fuese joven, bella, adorable como era Valentine, una criatura no desaparece violentamente del mundo sin que se pida cuentas de su desaparición. Vamos, señor procurador del rey —añadió Morrel con creciente vehemencia—. Nada de piedad. Le denuncio un crimen, ¡busque al asesino!

Y su mirada implacable interrogó a Villefort quien por su parte solicitaba con la mirada a Noirtier y a d'Avrigny; pero en vez de encontrar ayuda en su padre y en el doctor, Villefort no halló más que otras miradas tan inflexibles como la de Morrel.

—Sí —indicó el anciano.

—¡Cierto! —dijo d'Avrigny.

—Señor —replicó Villefort, tratando de luchar contra aquella triple voluntad y contra la suya—, señor, usted se engaña: no se cometen asesinatos en mi casa; la fatalidad me hiere, Dios me prueba; es horrible pensarlo, pero no se asesina a nadie.

Los ojos de Noirtier relampaguearon, d'Avrigny abrió la boca para hablar.

Morrel extendió el brazo pidiendo silencio.

—Y yo, yo le digo que aquí se asesina —gritó Morrel con voz ahogada que no perdió nada de su terrible vibración—. Le digo que ésta es la cuarta víctima que cae desde hace cuatro meses. Le aseguro que hace cuatro días ya intentaron envenenar a Valentine, y que escapó gracias a las precauciones que había adoptado el señor Noirtier. Le digo que han doblado la dosis o han cambiado la naturaleza del veneno y que esta vez lo han conseguido. Le aseguro que usted sabe todo esto tan bien como yo, en fin, porque el señor que está presente le previno como médico y como amigo.

—¡Oh! Usted está delirando —dijo Villefort, tratando vanamente de debatirse en el círculo en que se sentía cogido.

—¡Que yo deliro! —exclamó Morrel—. Pues bien, dígaselo al señor d'Avrigny en persona. Pregúntele, señor, si aún se acuerda de las palabras que pronunció en su jardín, en el jardín de esta casa, la misma noche de la muerte de la señora de Saint-Méran, cuando los dos, creyéndose solos, se ocupaban de aquella trágica muerte, en la cual esa fatalidad de la cual usted habla y Dios, a quien usted acusa injustamente, no pueden ser contados más que para una cosa: encontrar al asesino de Valentine.

Villefort y d'Avrigny se miraron.

—Sí, sí, recuérdelo usted —dijo Morrel—. Porque aquellas palabras que usted creía pronunciadas al silencio y a la soledad, cayeron en mis oídos. Cierto que aquella noche, al ver la culpable complacencia del señor de Villefort por los suyos, debí descubrir todo a las autoridades; no sería cómplice, como lo soy ahora de tu muerte, Valentine, ¡mi Valentine querida! Pero el cómplice será el vengador; esta cuarta muerte es flagrante y visible ante todos, y si tu padre te abandona. Valentine, seré yo, yo, te lo juro, quien perseguirá al asesino.

Y esta vez, como si la naturaleza no tuviese piedad de aquella vigorosa organización lista para desmoronarse por su propia fuerza, las últimas palabras de Morrel se extinguieron en su garganta; su pecho estalló en sollozos, las lágrimas, tanto tiempo rebeldes, inundaron sus ojos, y él mismo se hundió, cayendo de rodillas, para llorar amargamente junto al lecho de Valentine.

Entonces llegó el turno a d'Avrigny.

—Y yo también —dijo con voz fuerte—, yo también me uno al señor Morrel para pedir justicia contra el crimen; porque mi corazón se subleva ante la idea de que mi cobarde complacencia ha animado al asesino.

—¡Oh, Dios mío! ¡Dios mío! —murmuró Villefort anonadado.

Morrel levantó la cabeza y leyó en los ojos del anciano, que lanzaban un fuego sobrenatural.

—Miren —dijo—, miren, el señor Noirtier quiere hablar.

—Sí —indicó Noirtier con una expresión tanto más terrible, cuanto que todas las facultades del anciano impotente se concentraban en su mirada.

—¿Conoce usted al asesino? —preguntó Morrel.

—Sí —replicó Noirtier.

—¿Y usted nos guiará? —exclamó el joven—. Escuchémosle. ¡Señor d'Avrigny, escuchémosle!

Noirtier dirigió al desdichado Morrel una sonrisa melancólica, una de esas dulces sonrisas de ojos que tantas veces habían hecho feliz a Valentine, y llamó su atención.

Luego, habiendo fijado en él los ojos de su interlocutor, los volvió a la puerta.

—¿Quiere usted que salga, señor? —preguntó dolorosamente Morrel.

—Sí.

—¿Debo salir solo?

—No.

—¿A quién debo llevar conmigo? ¿Al señor procurador del rey?

—No.

—¿Al doctor?

—Sí.

—¿Quiere usted quedarse a solas con el señor de Villefort?

—Sí.

—Pero ¿podrá él comprenderle?

—Sí.

—¡Oh! —dijo Villefort casi contento de que la encuesta fuese entre ellos dos—. ¡Oh! Esté tranquilo, comprendo muy bien a mi padre.

Y diciendo esto con esa expresión de alegría que hemos indicado, los dientes del procurador del rey rechinaron con violencia.

D'Avrigny tomó del brazo a Morrel y se llevó al joven a la estancia contigua.

Entonces se hizo un silencio en toda la casa más profundo que el de la muerte.

Por fin, al cabo de un cuarto de hora, se oyó un paso vacilante y Villefort apareció en el umbral del salón en que se encontraban d'Avrigny y Morrel, el uno absorto y el otro sofocado.

—Vengan —dijo.

Y les condujo junto al sillón de Noirtier.

Morrel, entonces, miró atentamente a Villefort.

El rostro del procurador del rey estaba lívido; anchas manchas de color rojo surcaban su frente; entre sus dedos, una pluma retorcida en mil pedazos, crujía al romperse.

—Señores —dijo con voz ahogada e insegura a d'Avrigny y Morrel—, señores, su palabra de honor de que el horrible secreto permanecerá sepultado entre nosotros.

Los dos hombres hicieron un movimiento.

—Se lo suplico... —continuó Villefort.

—Pero —dijo Morrel—, el culpable..., el matador..., el asesino.

—Esté tranquilo, señor, se hará justicia —dijo Villefort—. Mi padre me ha revelado el nombre del culpable; mi padre tiene sed de venganza como usted, y sin embargo mi padre le ruega, como yo, guardar el secreto del crimen. ¿No es cierto, padre?

—Sí —indicó resueltamente Noirtier.

Morrel no pudo evitar un movimiento de horror y de incredulidad.

—¡Oh! —exclamó Villefort deteniendo a Maximilien por el brazo—. ¡Oh! Señor, si mi padre, el hombre inflexible que usted conoce, le hace este ruego, es porque sabe que Valentine será vengada. ¿No es así, padre mío?

El anciano hizo señas de que sí.

Villefort continuó:

—Él me conoce, y él ha sido quien me ha cogido la palabra. Tranquilícense ustedes, señores; tres días, sólo les pido tres días, es menos de lo que pediría la justicia, y en tres días la venganza que tome de la muerte de mi hija, hará temblar hasta lo íntimo del corazón al más indiferente de los hombres. ¿No es cierto, padre mío?

Y diciendo estas palabras, rechinó los dientes y sacudió la mano paralítica del anciano.

—¿Todo lo que ha prometido será cumplido, señor Noirtier? —preguntó Morrel mientras que d'Avrigny interrogaba con la mirada.

—Sí —indicó Noirtier con una mirada siniestra.

—Juren, pues, señores —dijo Villefort juntando las manos de Morrel y d'Avrigny—, juren que tendrán piedad del honor de mi casa, y que me dejarán al cuidado de la venganza.

D'Avrigny se volvió y murmuró un sí muy débil, pero Morrel arrancó su mano del magistrado, se precipitó al lecho, puso sus labios sobre los helados de Valentine, y se escapó con el profundo gemido de un alma que se consume en la desesperación.

Hemos dicho que los criados habían desaparecido.

El señor de Villefort se vio obligado a rogar a d'Avrigny que se encargase de los trámites, tan numerosos y delicados, como lleva la muerte en nuestras grandes ciudades, y sobre todo la muerte acompañada de circunstancias tan sospechosas.

Resultaba terrible ver aquel dolor sin movimiento de Noirtier, aquella desesperación sin gestos y aquellas lágrimas sin voz.

Villefort regresó a su despacho; d'Avrigny fue en busca del médico del municipio que desempeñaba las funciones de inspector de decesos y que se llamaba con bastante carácter el médico de los muertos.

Noirtier no quiso abandonar a su nieta.

Al cabo de una media hora el señor d'Avrigny regresó con su compañero; habían cerrado las puertas de la calle, y como el conserje había desaparecido con los demás sirvientes, Villefort se vio obligado a ir a abrir la puerta. Pero se detuvo en el descansillo; no tenía más fuerzas para volver a entrar en la habitación de la muerta.

Los dos doctores penetraron solos hasta el dormitorio de Valentine.

Noirtier estaba junto al lecho, pálido como la muerte, inmóvil y mudo como ella.

El médico de los muertos se aproximó con la indiferencia del hombre que ha pasado la mitad de su vida con cadáveres, levantó la sábana que cubría a la muchacha, y entreabrió solamente los labios.

—¡Oh! —dijo d'Avrigny suspirando—. Pobre muchacha. Está bien muerta, vamos.

—Sí —respondió lacónicamente el médico dejando caer la sábana que cubría el rostro de Valentine.

Noirtier hizo oír un sordo estertor.

D'Avrigny se volvió, los ojos del anciano relucían. El buen doctor comprendió que Noirtier reclamaba ver a su nieta; lo acercó a la cama y, mientras el médico de los muertos se enjuagaba los dedos que habían tocado los labios de la difunta en agua clorurada, descubrió aquel sereno y pálido rostro que parecía el de un ángel dormido.

Una lágrima que reapareció en los ojos de Noirtier fueron las gracias que recibió el doctor.

El médico de los muertos redactó su acta en la esquina de una mesa, en la misma habitación de Valentine, y, cumplida esta suprema formalidad, salió acompañado del doctor.

Villefort les oyó descender y reapareció a la puerta de su despacho.

En pocas palabras dio las gracias al médico, y volviéndose hacia d'Avrigny.

—Y ahora —dijo— el sacerdote.

—¿Tiene algún sacerdote a quien desee encargar con preferencia que se ocupe de orar junto a Valentine? —preguntó d'Avrigny.

—No —respondió Villefort—. Vaya al más cercano.

—El más cercano —dijo el médico—, es un buen abate italiano que ha venido a vivir a la casa contigua a la suya. ¿Quiere que le avise al pasar?

—D'Avrigny —dijo Villefort—, tenga la bondad, se lo ruego, de acompañar a este señor. Aquí tiene la llave para que pueda entrar y salir a su antojo. Traiga al sacerdote, y usted se encargará de instalarlo en la habitación de mi pobre hija.

—¿Quiere usted hablarle, amigo mío?

—Desearía estar solo. Usted me disculpará, ¿no es cierto? Un sacerdote debe comprender todos los sufrimientos, incluso el paternal.

Y el señor de Villefort, dando carta blanca a d'Avrigny, saludó por última vez al doctor extraño y entró en su despacho, en donde se puso a trabajar.

Para ciertos organismos, el trabajo es remedio contra todos los sufrimientos.

En el momento en que ellos descendían a la calle, percibieron a un hombre vestido con sotana, que permanecía en el umbral de la puerta vecina.

—He aquí el eclesiástico de quien le hablaba —dijo el médico de los muertos a d'Avrigny.

D'Avrigny abordó al sacerdote.

—Señor —le dijo—, ¿estaría usted dispuesto a prestar un gran servicio a un desdichado padre que acaba de perder a su hija, al procurador del rey, Villefort?

—¡Ah, señor! —respondió el eclesiástico con un marcado acento italiano—. Sí, ya sé, la muerta está en esa casa.

—Entonces, no tengo necesidad de indicarle qué clase de servicio se espera de usted.

—Iba a ofrecerme, señor —dijo el sacerdote—. Nuestra misión es salir al encuentro de nuestros deberes.

—Es una muchacha.

—Sí, ya lo sé; lo he sabido por los criados que he visto salir huyendo de la casa. Supe que se llamaba Valentine, y ya he rogado por ella.

—Gracias, gracias, señor —dijo d'Avrigny—, y ya que usted ha empezado a ejercer su santo ministerio, dígnese continuar. Venga a sentarse junto a la muerta, y toda una familia le quedará reconocida.

—Voy, señor —respondió el abate—, y me atrevo a decir que nunca unas plegarias serán más ardientes que las mías.

D'Avrigny cogió al abate de la mano, y sin encontrarse con Villefort, encerrado en su despacho, lo condujo hasta la habitación de Valentine, a quien los enterradores no recogerían hasta la noche siguiente.

Al entrar en la estancia la mirada de Noirtier se encontró con la del abate, y sin duda creyó leer en ella algo particular, porque ya no le abandonó.

D'Avrigny recomendó al sacerdote no sólo la muerta, sino también el vivo, y el sacerdote prometió a d'Avrigny rogar por una y cuidar del otro.

El abate se comprometió tan solemnemente, y sin duda para que no le molestasen en sus oraciones y a Noirtier en su dolor, que fue, cuando el señor d'Avrigny hubo abandonado la habitación, a cerrar con cerrojos no sólo la puerta por donde había salido el doctor, sino también la puerta que comunicaba con la habitación de la señora de Villefort.

La firma Danglars

El día siguiente amaneció triste y nublado.

Los sepultureros habían cumplido su fúnebre oficio durante la noche, y cosido el cuerpo de la joven en el sudario que envuelve a los que dejaron de existir para darles lo que llaman la igualdad de la muerte, pero que es un testimonio del lujo que amaron durante su vida.

Este sudario no era más que una magnífica pieza de batista que la muchacha había comprado quince días antes.

Al anochecer hombres, llamados al efecto, llevaron a Noirtier del cuarto de Valentine al suyo, y contra todo lo que se esperaba, el anciano no puso ningún reparo a alejarse del cadáver de su nieta.

El abate Busoni, que había velado hasta el amanecer, se retiró poco después a su casa sin llamar a nadie.

Hacia las ocho de la mañana d'Avrigny regresó; había encontrado a Villefort que pasaba al cuarto de Noirtier, y le acompañó para saber como había pasado la noche el anciano.

Le hallaron en el gran sillón que le servía de cama, descansando con un sueño apacible y casi sonriente.

Ambos se quedaron asombrados en el mismo umbral.

—Vea —dijo d'Avrigny a Villefort, que miraba como dormía su padre— mire, mire, cómo la naturaleza sabe calmar los más vivos dolores; ciertamente no podrán decir que el señor Noirtier no ama a su nieta, y sin embargo, duerme.

—Sí, tiene usted razón —respondió Villefort con sorpresa—. Duerme y es bien extraño, porque la menor contrariedad le tiene despierto noches enteras.

—El sufrimiento lo ha deshecho —replicó d'Avrigny.

Y ambos regresaron pensativos al despacho del procurador del rey.

—Mire, yo no he dormido —dijo Villefort mostrando su lecho intacto al médico—. El sufrimiento me ha deshecho; hace dos noches que no me he acostado, pero, en cambio, vea mi escritorio. He escrito, ¡Dios mío!, durante dos días y dos noches... He anotado esa causa, he redactado el acta de acusación del asesino Benedetto... ¡Oh, trabajo, trabajo! Mi pasión, mi alegría, mi rabia, tú sí deshaces todos mis sufrimientos.

Y estrechó convulsivamente la mano del doctor.

—¿Tiene usted necesidad de mí? —le preguntó éste.

—No —dijo Villefort—, sólo le ruego que vuelva hacia las once; a mediodía tendrá lugar... la partida... ¡Dios mío! ¡Mi pobre hija, mi pobre hija!

Y el procurador del rey, volviendo a recobrarse, levantó los ojos al cielo y lanzó un suspiro.

—¿Estará usted, entonces, en el salón de recepción?

—No, tengo un primo que se encargará de este triste honor. Yo trabajaré, doctor; cuando trabajo, lo olvido todo.

En efecto, el doctor aún no estaba en la escalinata de entrada cuando el procurador del rey ya estaba en su trabajo.

En la escalinata, d'Avrigny encontró a aquel pariente del que le había hablado Villefort, personaje insignificante en esta historia como en la familia, uno de esos seres destinados desde su nacimiento a representar el papel de útiles en el mundo.

Era puntual, vestía de negro, llevaba un crespón en el brazo, y se dirigía junto a su primo con un rostro tan compuesto para las circunstancias que esperaba mantenerlo en tanto fuese necesario, y luego dejarlo.

A las once rodaron los coches fúnebres por el patio, y la calle del *faubourg* de Saint Honoré se llenó de murmullos de una muchedumbre tan ávida de las alegrías como de los duelos de los ricos, y que corría a un entierro pomposo con la misma rapidez que a la boda de una duquesa.

Poco a poco fue llenándose el salón mortuorio y se vio llegar a una parte de nuestros antiguos conocidos, es decir, a Debray, a Chateau Renaud, a Beauchamp, y luego a todas las notabilidades de la curia, de la literatura y del ejército; porque el señor de Villefort ocupaba, menos por su posición social que por su mérito personal, uno de los primeros puestos en el mundo parisiense.

El primo estaba a la puerta del salón y hacía entrar a todo el mundo, lo cual resultaba un alivio para los despreocupados, pues veían un rostro indiferente que no exigía a sus convidados una fisonomía engañosa, o falsas lágrimas, como hubiese hecho un padre, un hermano o un prometido.

Aquellos que se conocían se llamaron con la mirada y se reunieron en grupos. Uno de estos grupos estaba compuesto por Debray, Chateau Renaud y Beauchamp.

—¡Pobre muchacha! —dijo Debray, pagando como todos los demás, a pesar suyo, un tributo al doloroso acontecimiento—. ¡Pobre muchacha! ¡Tan rica y tan hermosa! ¿Hubieses pensado esto, Chateau Renaud, cuando estuvimos aquí hace... cuánto tiempo? Tres semanas o un mes a lo sumo, para firmar aquel contrato que nunca fue firmado.

—A fe mía, que no —respondió Chateau Renaud.

—¿La conocías?

—Había hablado una vez o dos con ella en el baile de la señora de Morcerf; me había parecido encantadora, aunque un tanto melancólica. ¿Dónde está la madrastra? ¿Lo sabes?

—Se ha ido a pasar el día con la mujer de ese digno señor que nos ha recibido.

—¿Y quién es ése?

—¿Quién?

—El señor que nos ha recibido. ¿Un diputado?

—No —dijo Beauchamp—, estoy condenado a ver a todas nuestras celebridades cada día, y su cara me resulta desconocida.

—¿Has hablado de esta muerte en tu periódico?

—El artículo no es mío, pero se ha hablado de ello; dudo que haya sido agradable al señor de Villefort. Se dice, según creo, que si cuatro muertes sucesivas tuviesen lugar en cualquier otra parte, en vez de en casa del procurador del rey, a éste ya le hubieran llamado la atención.

—Por otra parte —dijo Chateau Renaud—, el doctor d'Avrigny, que es el médico de mi madre, afirma que está muy desesperado.

—Pero ¿a quién buscas tanto, Debray?

—Busco al señor de Montecristo —respondió el joven.

—Lo he encontrado en el bulevar al venir para aquí. Creo que está a punto de marcharse; iba a casa de su banquero —dijo Beauchamp.

—¿A casa de su banquero? Su banquero, ¿no es Danglars? —preguntó Chateau Renaud a Debray.

—Creo que sí —respondió el secretario íntimo con ligera turbación—. Pero el señor de Montecristo no es el único que falta aquí. No veo al señor Morrel.

—¡Morrel! ¿Acaso los conocía? —preguntó Chateau Renaud.

—Creo que fue presentado a la señora de Villefort solamente.

—No importa, debió venir —dijo Debray—. ¿De qué hablará esta noche? Este entierro es la noticia del día; pero, callemos, aquí está el señor ministro de Justicia y Cultos; se creerá obligado a soltar su pequeño discurso al primo lacrimoso.

Y los tres jóvenes se acercaron a la puerta para escuchar el pequeño discurso del señor ministro de Justicia y Cultos.

Beauchamp había dicho la verdad; al dirigirse al entierro había encontrado a Montecristo que se dirigía a casa de Danglars, en la calle de Chaussée d'Antin.

El banquero había visto desde su ventana el coche del conde que entraba en el patio, y le salió al encuentro con un semblante triste, pero afable.

—¡Y bien, conde! —dijo alargando la mano a Montecristo—. ¿Viene a presentarme su condolencia? Realmente la desgracia está en mi casa; a tal punto, que cuando la he percibido yo mismo me interrogaba si es que no habría deseado la desgracia de los pobres Morcerf, lo cual justificaría el proverbio: «El que mal desea, mal recibe». Pues bien, le doy mi palabra de que no; no he deseado mal alguno a Morcerf. Tal vez fuese un poco orgulloso para un hombre salido de la nada, como yo; todo se lo debía a su trabajo, como yo; pero cada uno tiene sus defectos. ¡Ah, cuídese bien, conde, las personas de nuestra generación...! Pero, perdón, usted no es de nuestra generación, usted es más joven... Las gentes de mi generación no son felices este año; testigo, nuestro puritano procurador del rey; testigo, Villefort, que ahora acaba de perder a su hija. Vea, recapitulemos: Villefort, como decíamos, perdiendo a toda su familia de una manera extraña; Morcerf deshonrado y muerto; yo cubierto de ridículo por el desgraciado ese de Benedetto, y además...

—¿Además, qué? —preguntó el conde.

—¡Ay! ¿Aún lo ignora?
—¿Alguna nueva desgracia?
—Mi hija.
—¿La señorita Danglars?
—Eugéne nos abandona.
—¡Oh, Dios mío! ¿Qué me dice?
—La verdad, señor conde. ¡Dios mío! Qué feliz es usted no teniendo esposa ni hija.
—¿Cree usted?
—¡Ah, Dios!
—Y dice usted que la señorita Eugéne...
—No ha podido soportar la afrenta que nos ha hecho ese miserable, y me ha pedido permiso para viajar.
—¿Y se ha marchado?
—La otra noche.
—¿Con la señora Danglars?
—No, con una parienta... Pero no por eso dejamos de perder a nuestra querida Eugéne; porque dudo de que con el carácter que le conozco, consienta en volver a Francia.
—¡Qué se le va a hacer, mi querido barón! —dijo Montecristo—. Disgustos de familia, pesares que serían fatales para un pobre diablo cuya hija fuese toda su fortuna, pero soportables para un millonario. Por más que digan los filósofos sobre esto, los hombres prácticos lo desmentirán: el dinero consuela de muchas cosas, y usted debe consolarse mucho más pronto que otro cualquiera si admite la virtud de ese bálsamo soberano. Usted, el rey de las finanzas, punto de intersección de todos los poderes.

Danglars le lanzó una mirada de reojo para ver si el conde hablaba en serio o se burlaba.

—Sí —replicó—, es cierto que si la fortuna consuela, debo consolarme: soy rico.

—Tan rico, mi querido barón, que su fortuna se parece a las pirámides: quisieran demolerlas y no se atreven, y si lo intentasen, no podrían.

Danglars se sonrió de aquella confiada honradez del conde.

—Eso me recuerda que cuando usted entró, estaba haciendo cinco bonos; ya había firmado dos. ¿Me permite que prepare los otros tres?

—Hágalo, mi querido barón, hágalos.

Hubo un instante de silencio durante el cual se oyó el rechinar de la pluma del banquero, mientras Montecristo contemplaba las molduras doradas del techo.

—¿Son bonos de España, de Haití o de Nápoles?

—No —respondió Danglars sonriendo con suficiencia—, son bonos al portador, bonos contra el Banco de Francia. Fíjese, señor conde, usted que es el emperador de las finanzas, como yo soy el rey, ¿ha visto muchos pedazos de papel de este tamaño que valgan cada uno un millón?

Montecristo tomó en su mano, como para pesarlos, los cinco pedazos de papel que le presentaba orgullosamente Danglars, y leyó:

Se ruega al señor regente de la Banca que pague a mi orden, y sobre los fondos depositados por mí, la suma de un millón, valor en cuenta.

BARÓN DANGLARS

—¡Uno, dos, tres, cuatro y cinco! —exclamó Montecristo—. ¡Cinco millones! ¡Peste! ¡Cómo anda usted, señor Creso!

—Así es como hago yo mis negocios —dijo Danglars.

—Es maravilloso, y sobre todo si, como no dudo, esta cantidad se paga al contado.

—Así se hará —dijo Danglars.

—Es hermoso tener semejante crédito; en verdad, no existe nada como Francia para ver semejantes cosas. ¡Cinco pedazos de papel que valen cinco millones! ¡Hay que verlo para creerlo!

—¿Duda usted?

—No.

—Dice eso con un acento... Mire, dese ese gusto: acompañe a mi dependiente a la Banca, y lo verá salir con bonos sobre el Tesoro por igual cantidad.

—No —dijo Montecristo doblando los cinco billetes—. A fe mía que la cosa es muy curiosa, y haré la experiencia personalmente. Mi crédito en su casa era de seis millones, llevo tomados novecientos mil francos, así es que restan cinco millones cien mil francos. Tomo sus cinco pedazos de papel, que acepto como bonos a la vista de su firma, y he aquí un recibo general de seis millones que regulariza nuestra cuenta. Lo había preparado de antemano, porque debo decirle que hoy necesito mucho dinero.

Y con una mano, Montecristo puso los cinco billetes en su bolsillo, y con la otra alargó su recibo al banquero.

Un rayo, cayendo a los pies de Danglars, no le hubiera aterrorizado tanto.

—¡Qué! —balbució—. ¡Qué! Señor conde, ¿toma usted ese dinero? Pero perdón, perdón, es el dinero que debo a los hospicios, un depósito, y había prometido pagarlo esta mañana.

—¡Ah! —dijo Montecristo—. Me da lo mismo. No tengo empeño, precisamente, en estos billetes; págueme en otros valores; sólo los tomé por curiosidad, para poder decir en todas partes que, sin aviso alguno, sin perder ni cinco minutos de tiempo, la casa Danglars me había pagado cinco millones contantes. ¡Hubiera sido algo notable! Pero aquí tiene sus valores; se lo repito, deme otros.

Y alargó los cinco efectos a Danglars quien, lívido, tendió la mano, como el buitre alarga la garra por entre los barrotes de su jaula para retener la carne que le arrebatan. De repente se contuvo, hizo un violento esfuerzo y la retiró.

Luego apareció su sonrisa, redondeando poco a poco los rasgos de su rostro transmudado.

—El hecho —dijo—, es que su recibo constituye dinero.

—¡Oh, Dios mío! Sí. Y si usted estuviese en Roma, con mi recibo, la casa Thomson y French no le pondría la menor dificultad en pagarle como usted mismo hace.

—Perdón, señor conde, perdón.

—Entonces, ¿puedo guardarme este dinero?

—Sí —dijo Danglars enjugándose el sudor que perlaba la raíz de sus cabellos—. Guárdelo, guárdelo.

Montecristo volvió a colocar los cinco billetes en su bolsillo con ese intraducible movimiento de fisonomía que quiere decir:

«¡Diantre! Reflexione, si los quiere aún está a tiempo».

—No —dijo Danglars—, no. Decididamente, guárdese mis firmas. Pero ya sabe usted que nadie es más formalista que un hombre de dinero; destinaba ese dinero a los hospicios y hubiese creído robarles no dándoles ése, precisamente, como si un escudo no valiese lo que otro. ¡Excúseme!

Y se echó a reír escandalosamente, pero de nervios.

—Le disculpo —respondió amablemente Montecristo—, y me los guardo.

Y colocó los bonos en su cartera.

—Pero —dijo Danglars—, aún tenemos una suma de cien mil francos.

—¡Oh, bagatelas! —dijo Montecristo—. El agio debe ascender poco más o menos a esa suma, guardadla y estamos en paz.

—Conde —dijo Danglars—, ¿habla usted en serio?

—Jamás bromeo con los banqueros —replicó Montecristo con una seriedad que rayaba en la impertinencia.

Y se encaminó hacia la puerta en el preciso momento en que un ayuda de cámara anunciaba:

—El señor de Boville, receptor general de hospicios.

—A fe mía —dijo Montecristo—, parece que llegué a tiempo para disfrutar de sus firmas: se las disputan.

Danglars palideció por segunda vez, y se apresuró a despedirse del conde.

Montecristo cambió un ceremonioso saludo con el señor de Boville, que permanecía de pie en el salón de espera, y quien, una vez pasó Montecristo, fue introducido inmediatamente en el despacho del señor Danglars.

Se hubiese podido ver el rostro tan serio del conde iluminarse con una efímera sonrisa ante el aspecto de la cartera en la mano del receptor de los hospicios.

A la puerta encontró su coche, y se hizo conducir inmediatamente a la Banca.

Mientras tanto Danglars, conteniendo toda su emoción, salió al encuentro del receptor general.

No hace falta decir que la sonrisa y el semblante más halagüeños estaban pintados en él.

—Buenos días —dijo—, mi querido acreedor, porque me parece que hoy es el acreedor quien llega.

—Lo ha adivinado, señor barón —replicó el señor de Boville—, los hospicios se presentan a usted en mi persona; las viudas y los huérfanos vienen por mis manos a pedirle una limosna de cinco millones.

—¡Y dicen que los huérfanos son dignos de lástima! —dijo Danglars prolongando la broma—. ¡Pobres chiquillos!

—Pues heme aquí en su nombre —dijo el señor de Boville—. Ha debido recibir mi carta ayer, ¿no?

—Sí.

—Aquí me tiene con mi recibo.

—Mi querido señor Boville —dijo Danglars—, sus viudas y sus huérfanos, si usted quiere, tendrán la bondad de esperar veinticuatro horas, ya que el señor de Montecristo, a quien usted acaba de ver salir de aquí... Lo ha visto usted, ¿no es cierto?

—Sí. ¿Y qué?

—Pues bien, el señor de Montecristo se lleva sus millones.

—¿Cómo es eso?

—El conde tenía un crédito ilimitado sobre mí, crédito abierto por la casa Thomson y French, de Roma. Ha venido a pedirme una suma de cinco millones de una vez; le he dado un bono sobre la Banca, donde tengo depositados mis fondos; y usted comprenderá que tema, retirando de manos del señor regente diez millones en el mismo día, que le parezca algo muy extraño. En dos días —añadió sonriendo—, ya no dice nada.

—Vamos, ya —exclamó el señor de Boville con el tono de la más completa incredulidad—. Cinco millones a ese señor que salía hace un instante, y que me saludó sin conocerme...

—Tal vez le conozca a usted sin que por ello usted le conozca; el conde de Montecristo conoce a todo el mundo.

—¡Cinco millones!

—Aquí tiene su recibo. Haga como Santo Tomás, vea y toque. El señor de Boville tomó el papel que le presentaba Danglars y leyó:

Recibo del señor barón Danglars la cantidad de cinco millones cien mil francos, los cuales se reembolsará a su gusto sobre la casa Thomson y French, de Roma.

—¡Es verdad!

—¿Conoce usted la casa Thomson y French?

—Sí —dijo el señor de Boville—, en otra época tuve un asunto de doscientos mil francos con ella; pero ya no oí hablar más de esa firma.

—Es una de las mejores casas de Europa —dijo Danglars echando negligentemente sobre su escritorio el recibo que acababa de coger de manos del señor de Boville.

—¿Y tenía nada menos que cinco millones sobre usted? ¡Ah, vaya! Pues sabe que ese conde de Montecristo es un nabab.

—¡Y tanto! Yo no sé lo que es, pero tenía tres créditos ilimitados: uno sobre mí, otro sobre Rothschild y el tercero sobre Laffitte —y añadió con negligencia Danglars—: Como ve, me ha dado la preferencia, dejándome cien mil francos por el agio.

El señor de Boville dio todas las muestras de una gran admiración.

—Será preciso que vaya a visitarle, tal vez obtenga alguna piadosa donación para nosotros.

—¡Oh! Es como si la tuviese; sus limosnas sólo ascienden a más de veinte mil francos al mes.

—¡Eso es magnífico! Además, le citaré el ejemplo de la señora de Morcerf y de su hijo.

—¿Qué ejemplo?

—Han dado toda su fortuna a los hospicios.

—¿Qué fortuna?

—Su fortuna, la del difunto general Morcerf.

—¿Y a propósito de qué?

—Debido a que no quieren bienes adquiridos tan miserablemente.

—¿Y de qué van a vivir?

—La madre se retira a una provincia y el hijo es militar.

—¡Vaya, vaya! —exclamó Danglars—. ¡Ésos sí que son escrúpulos!

—He hecho registrar el acta de donación ayer.

—¿Y cuánto poseían?

—¡Oh! No gran cosa: un millón doscientos o trescientos mil francos. Pero volvamos a nuestros millones.

—Con mucho gusto —dijo Danglars del modo más natural del mundo—. ¿Le urge mucho ese dinero?

—Pues, sí; la verificación de nuestras cajas se hace mañana.

—¡Mañana! ¿Cómo no me ha dicho eso enseguida? Pero si hay un siglo de aquí a mañana. ¿A qué hora es la verificación?

—A las dos.

—Envíe por ello a mediodía —dijo Danglars con su sonrisa.

El señor de Boville no respondió, hizo sí con la cabeza y dio vueltas a su cartera.

—¡Eh! Pero ahora que pienso —dijo Danglars—. Haga algo mejor.

—¿Qué quiere que haga?

—El recibo del señor de Montecristo es dinero; páselo a Rothschild o a Laffitte, se lo tomarán al instante.

—¿Aunque sea pagadero en Roma?

—Ciertamente; sólo le costará un descuento de cinco o seis mil francos.

El receptor dio un salto hacia atrás.

—¡Por vida mía! No, prefiero más esperar a mañana. ¡Cuando usted diga!

—Creí por un momento, usted perdone —dijo Danglars con una impudencia sin cuento—, creí que usted tenía algún déficit que llenar.

—¡Ah! —exclamó el receptor.

—Escuche, eso ya se ha visto, y en ese caso se hace un sacrificio.

—¡Gracias a Dios, no! —dijo el señor de Boville.

—Entonces, hasta mañana, ¿no es eso, mi querido señor?

—Sí, hasta mañana. ¡Pero, sin falta!

—¡Ah, vaya! ¡Usted bromea! Envíe a mediodía y la Banca estará prevenida.

—Vendré yo mismo.

—Mejor aún, porque eso me proporcionará el placer de verle. Se estrecharon la mano.

—A propósito —dijo el señor de Boville—, ¿no va usted al entierro de esa pobre señorita de Villefort, que he encontrado en el bulevar?

—No —dijo el banquero—, aún pesa sobre mí un poco el ridículo del asunto de Benedetto, y no salgo.

—¡Bah! Usted se equivoca. ¿Acaso tiene alguna culpa de eso?

—Escuche, mi querido receptor, cuando se lleva un nombre sin tacha como el mío, siempre se es susceptible.

—Todo el mundo os compadece, esté persuadido de ello, y sobre todo a su hija.

—¡Pobre Eugéne! —exclamó Danglars con un profundo suspiro—. ¿Sabe usted que entra en un convento?

—No.

—¡Ay! Desgraciadamente es cierto. Al día siguiente del acontecimiento ha decidido partir con una religiosa, amiga suya; va a buscar un convento severo en Italia o España.

—¡Oh! Eso es terrible.

Y el señor de Boville se retiró tras esta exclamación, haciendo al padre mil cumplidos de condolencia.

Pero no hizo más que estar fuera y Danglars, con un gesto enérgico que comprenderán sólo quienes han visto representar *Robert Macaire*, por Frederick, exclamó:

—¡Imbécil!

Y guardando el recibo de Montecristo en una carterita, añadió:

—¡Ven a mediodía, que yo ya estaré bien lejos!

Después se encerró con llave en su despacho, vació todos los cajones de su caja, reunió unos cincuenta mil francos en billetes de Banco, quemó diversos papeles, puso otros a la vista, y empezó a escribir una carta, que cerró en un sobre, y sobre el cual escribió:

A la señora baronesa Danglars.

—Esta noche —murmuró—, la colocaré personalmente sobre su tocador.

Luego, extrayendo un pasaporte de un cajón del escritorio, dijo:

—Bueno, aún es válido por dos meses.

El cementerio de Père Lachaise

El señor de Boville, en efecto, había encontrado la comitiva fúnebre que conducía a Valentine a su última morada.

El tiempo estaba sombrío y nublado; un viento aún tibio pero ya mortal para las hojas amarillas, las arrancaba de las ramas y las hacía revolotear en torno a la inmensa muchedumbre que abarrotaba los bulevares.

El señor de Villefort, parisiense puro, consideraba el cementerio de Père Lachaise como el único digno de recibir los restos mortales de una familia de París; los otros le parecían cementerios de pueblo, hoteles amueblados de la muerte. En Père Lachaise sólo un difunto de buena familia podía ser alojado allí.

Había comprado, como ya hemos visto, la concesión a perpetuidad sobre la cual se elevaba el monumento abarrotado tan prontamente por todos los miembros de su primera familia.

Se leía sobre el frontispicio del mausoleo: FAMILIA SAINT-MÉRAN Y VILLEFORT; porque tal había sido el último deseo de la pobre Renée, madre de Valentine.

Hacia Père Lachaise, pues, se encaminaba el pomposo entierro que partiera del *faubourg* de Saint Honoré. Atravesó todo París, tomó por el *faubourg* del Temple, luego por los bulevares exteriores hasta el cementerio. Más de cincuenta coches de particulares seguían a otros veinte de duelo, y tras estos cincuenta coches, aún marchaban más de quinientas personas a pie.

Casi todos eran jóvenes a quienes la muerte de Valentine había azotado como un rayo, y que a pesar del espíritu glacial del siglo y el prosaísmo de la época, sentían vivamente la influencia poética de esta hermosa, casta y adorable muchacha arrebatada en la flor de su vida.

A la salida de París se vio llegar un rápido carruaje de cuatro caballos que se detuvieron de pronto enderezando sus corvejones como resortes de acero: era el señor de Montecristo.

El conde descendió de su calesa y fue a mezclarse a la multitud que seguía a pie el carruaje fúnebre.

Chateau Renaud lo descubrió e inmediatamente descendió de su cupé para ir a reunirse con él. Beauchamp también abandonó su cabriolé de alquiler para unírsele.

El conde miraba atentamente por entre todos los huecos que había entre la muchedumbre; buscaba con mucho interés a alguien. Al fin no pudo más y preguntó:

—¿Dónde está Morrel? ¿Alguno de ustedes sabe en dónde se encuentra?

—Nosotros ya nos hemos hecho esa misma pregunta en la casa mortuoria —dijo Chateau Renaud—, porque ninguno de nosotros lo ha visto.

El conde guardó silencio, pero continuó observando en torno suyo.

Al fin llegaron al cementerio.

El ojo perspicaz de Montecristo sondeó de pronto los bosquecillos de tejos y de pinos, y enseguida le desapareció la inquietud: una sombra acababa de deslizarse bajo las oscuras alamedas, y Montecristo, sin duda, acababa de reconocer a quien buscaba.

Ya se sabe lo que es un entierro en esta magnífica necrópolis: grupos negros diseminados por las blancas avenidas, el silencio del cielo y la tierra, turbado por el estallido de algunas ramas rotas, de los setos hundidos alrededor de una tumba; luego el canto melancólico de los sacerdotes, al cual se une algún que otro sollozo escapado de un manojo de flores bajo el cual se ve a una mujer, arrodillada y con las manos juntas.

La sombra que había percibido Montecristo atravesó rápidamente el césped situado en la tumba de Eloise y Abelardo, para colocarse con los criados de la muerte, a la cabeza de los caballos que arrastraban el cuerpo, y a su mismo paso llegó al lugar escogido para sepultura.

Todos miraban algo.

Montecristo sólo contemplaba aquella sombra apenas percibida por los que la rodeaban.

Por dos veces el conde se separó de las filas para ver si las manos de aquel hombre no buscaban algún arma escondida bajo sus ropas.

Aquella sombra, cuando el cortejo se detuvo, fue reconocida por Morrel, quien, con su levita negra abotonada hasta el cuello, su frente lívida, sus mejillas hundidas, su sombrero retorcido en sus manos convulsas, se había arrimado a un árbol situado en un cerro que dominaba el mausoleo, de manera que no se perdía ninguno de los detalles de la ceremonia fúnebre que iba a celebrarse.

Todo sucedió como es costumbre. Algunos hombres, los menos impresionados, como siempre, pronunciaron los discursos. Unos lamentaban aquella muerte prematura; otros se extendían sobre el dolor del padre; alguno tuvo el suficiente ingenio para comentar que aquella infortunada joven había solicitado del señor de Villefort un poco de misericordia para los culpables sobre cuya cabeza estaba suspendida la espada de la justicia; al fin se apuraron las metáforas floridas y los períodos sentimentales y se comentaron de todas maneras las estancias de Malherbe a Duperier.

Montecristo no escuchaba ni veía nada, o más bien, sólo veía a Morrel, cuya calma e inmovilidad constituían un espectáculo espantoso para aquél que pudiese leer lo que sucedía en el fondo del corazón del joven oficial.

—Fíjate —dijo de pronto Beauchamp a Debray—, ahí está Morrel. ¿Cómo diablos se habrá metido allí?

Y se lo hicieron notar a Chateau Renaud.

—¡Qué pálido está! —dijo éste estremeciéndose.

—Tendrá frío —replicó Debray.

—No —dijo lentamente Chateau Renaud—, yo creo que está conmovido. Este Maximilien es un joven muy impresionable.

—¡Bah! —exclamó Debray—. Apenas si conoce a la señorita de Villefort, según has dicho tú mismo.

—Es cierto. Sin embargo, recuerdo que en el baile de la señora de Morcerf bailó tres veces con ella; ya sabe usted, conde, aquel baile donde usted causó tanta impresión.

—No, yo no sé nada —respondió Montecristo sin saber siquiera a qué respondía, ocupado como estaba en vigilar a

Morrel, cuyas mejillas se animaban, como sucede a los que contienen su respiración.

—Los discursos se han acabado; adiós, señores —dijo bruscamente el conde.

Y dio la señal de partir, desapareciendo sin que se supiese por dónde se había ido.

La ceremonia había concluido y todos los asistentes tomaron el camino de París.

Sólo Chateau Renaud buscó por un instante a Morrel con la vista; pero mientras había seguido con la mirada el alejamiento del conde, Morrel había abandonado su sitio, y Chateau Renaud, tras buscar inútilmente, siguió a Debray y a Beauchamp.

Montecristo se había metido entre unos setos y escondido tras una amplia tumba para espiar hasta el menor movimiento de Morrel, que poco a poco se había aproximado al mausoleo abandonado de curiosos y luego por los obreros.

Morrel miró alrededor suyo lentamente; pero en el instante en que su mirada abarcaba la porción de círculo opuesta a la suya, Montecristo aún avanzó una decena de pasos sin haber sido descubierto.

El joven se arrodilló.

El conde, alargando el cuello, la vista dilatada y fija, los músculos flexibles para lanzarse a la primera señal, continuaba aproximándose a Morrel.

Morrel inclinó su frente hasta tocar la piedra, abrazó la verja con sus manos y murmuró:

—¡Oh, Valentine!

El corazón del conde saltó con la explosión de estas dos palabras; aún dio un paso más y, tocando en el hombro de Morrel, le dijo:

—Es usted, mi querido amigo; le buscaba.

Montecristo esperaba un estallido de reproches y recriminaciones, pero se engañaba. Morrel se volvió hacia él y, con apariencia de calma, le dijo:

—Ya ve, rezaba.

Su mirada escrutadora recorrió al joven de pies a cabeza, y tras este examen pareció más tranquilo.

—¿Quiere que le acompañe a París? —dijo.

—No, gracias.

—En fin, ¿desea alguna cosa?

—Déjeme rezar.

El conde se alejó sin hacer una sola objeción, pero sólo fue para ocupar un nuevo sitio desde donde no perdía un solo gesto de Morrel, quien al fin se levantó, se limpió las rodilleras blanqueadas por la piedra, y emprendió el camino de París sin volverse ni una sola vez.

Descendió lentamente la calle de la Roquette.

El conde envió su coche, que estacionaba en Père Lachaise, y le siguió a cien pasos. Maximilien atravesó el canal y entró en la calle Meslay por los bulevares.

Cinco minutos después de que la puerta se cerrase tras Morrel, se volvió a abrir para Montecristo.

Julie se encontraba a la entrada del jardín, en donde ella contemplaba con la mayor atención a maese Penelón que, tomando su profesión de jardinero en serio, se dedicaba a arreglar unos rosales de Bengala.

—¡Ah! Señor conde de Montecristo —exclamó ella con una alegría que se manifestaba corrientemente en cada miembro de la familia cada vez que Montecristo hacía una visita a la calle Meslay.

—Maximilien acaba de entrar, ¿no es cierto, señora? —preguntó el conde.

—Creo que lo he visto pasar, sí —replicó la joven—, pero llame a Emmanuel, se lo ruego.

—Perdone, señora; pero es preciso que suba inmediatamente a ver a Maximilien —replicó Montecristo—. Debo decirle algo muy importante.

—Vaya, pues —dijo ella acompañándole con su encantadora sonrisa, hasta que desapareció en lo alto de la escalera.

Montecristo, enseguida, franqueó los dos pisos que separan la planta baja de los aposentos de Maximilien. Llegado al rellano, escuchó; no se oía ningún ruido.

Como en la mayoría de las antiguas casas habitadas por un único dueño, el rellano no estaba cerrado más que por una puerta acristalada. Sólo que esta puerta estaba sin llave. Maximilien se había encerrado por dentro y las cortinas de seda roja no dejaban ver lo que hacía.

La ansiedad del conde se traducía por un vivo sonrojo, síntoma de una emoción poco corriente en aquel hombre impasible.

—¿Qué hago? —murmuró.

Y se puso a reflexionar un instante.

—¿Llamar? —prosiguió murmurando—. ¡Oh, no! Con frecuencia el ruido de una campanilla, anunciando una visita, acelera la resolución de los que están en la situación en que debe encontrarse Maximilien en estos momentos, y entonces a ese ruido le sigue otro.

Montecristo se estremeció de pies a cabeza, y como en él las decisiones tenían la rapidez del rayo, dio un golpe con el codo en uno de los cristales de la puerta y lo hizo añicos; luego levantó la cortinilla y vio a Morrel que, delante de su escritorio, pluma en mano, acababa de saltar sobre su silla ante el estrépito de la rotura.

—No ha sido nada. Perdón, mi querido amigo. He resbalado y al caer he dado un codazo al cristal. Ya que está roto, aprovecharé para entrar; no se moleste, no se mueva.

Y pasando el brazo a través del vidrio roto, el conde abrió la puerta.

Morrel se puso en pie, evidentemente contrariado, y salió al encuentro de Montecristo, más para cerrarle el paso que para recibirle.

—La falta es de sus criados —dijo Montecristo frotándose el brazo—, sus suelos están tan lustrosos como espejos.

—¿Se ha herido, señor? —preguntó con frialdad Morrel.

—No sé. Pero ¿qué hace usted? ¿Escribía?

—¿Yo?

—Tiene los dedos manchados de tinta.

—Es cierto —respondió Morrel—. Escribía; eso me sucede muchas veces a pesar de ser militar.

Montecristo dio algunos pasos por el aposento. Maximilien se vio forzado a dejarle pasar, pero le siguió.

—¿Escribía usted? —repitió Montecristo con una mirada fija.

—Ya he tenido el honor de decirle que sí —replicó Morrel.

El conde echó un vistazo alrededor suyo.

—¡Dos pistolas al lado del escritorio! —dijo señalando con el dedo las armas.

—Parto de viaje —respondió Maximilien.

—¡Amigo mío! —dijo Montecristo con una voz de una dulzura indecible.

—¡Señor!

—Amigo mío, mi querido Maximilien, nada de resoluciones extremas, se lo ruego.

—Yo, resoluciones extremas —dijo Morrel encogiéndose de hombros—. ¿Y en qué, se lo ruego, considera anormal la resolución de emprender un viaje?

—Maximilien —dijo Montecristo—, pongamos a un lado la máscara que llevamos; usted no me engaña con esa fingida calma, como yo tampoco le engaño con mi frívola solicitud. Lo comprende bien, ¿no es cierto? Para hacer lo que he hecho, para romper uno de los cristales, violar el secreto de la habitación de un amigo, usted lo comprende, digo, que para hacer algo semejante, me hace falta tener una inquietud real, o más bien una convicción terrible. Morrel, usted quiere matarse.

—¡Bueno! —dijo el joven estremeciéndose—. ¿De dónde saca usted esas ideas, señor conde?

—Yo digo que usted quiere matarse —continuó el conde con el mismo tono de voz—, y aquí está la prueba.

Y, aproximándose al escritorio, levantó la hoja en blanco que ocultaba una carta empezada a escribir por el joven, y la cogió.

Morrel se abalanzó para arrebatársela de las manos.

Pero Montecristo, adivinando el movimiento, cogió a Maximilien de la muñeca y lo retuvo como una cadena de acero detiene un resorte en medio de su evolución.

—¡Lo ve cómo quería matarse, Morrel! —dijo Montecristo—. Está escrito.

—¿Y bien? —exclamó Morrel pasando sin transición de la apariencia de calma a la expresión de la violencia—. ¡Y bien! Aunque así fuese, aun cuando volviese contra mí el cañón de una pistola, ¿quién me lo impediría? ¿Quién tendría el valor de impedírmelo? Cuando le diga que todas mis esperanzas se han concluido, que mi corazón está destrozado, que la vida me es odiosa, y que no hay más que duelo y disgusto en torno mío; que la tierra se ha vuelto cenizas y toda voz humana me desgarra. Cuando diga: es piadoso dejarme morir, porque si usted no me deja perderé la razón, me volveré loco. Vamos, diga, señor, cuando le diga esto, cuando vean que lo expreso con las angustias y lágrimas del corazón, me responderán: ¿Está equivocado? ¿Me impedirán el ser más desgraciado? Dígalo, señor, diga: ¿tendrá usted ese valor?

—Sí, Morrel —dijo Montecristo con voz en la que la calma contrastaba extrañamente con la exaltación del joven—. Sí, seré yo.

—¿Usted? —exclamó Morrel con una expresión creciente de cólera y desprecio—. Usted, que me ha alimentado de falsas esperanzas, que me ha mecido en vanas promesas, cuando yo hubiese podido por algún estallido, por alguna resolución extrema, salvarla o al menos verla morir en mis brazos; usted, que afecta poseer todas las fuentes de la inteligencia, todo el poder de la materia; usted, que juega o más bien hace cara de interpretar el papel de la Providencia, y que no ha podido dar un contraveneno a la muchacha envenenada. ¡Ah, en verdad, señor, me causaría lástima si no me produjese horror!

—Morrel...

—Sí; usted me ha dicho que tirase la máscara; pues bien, quede satisfecho: me la quito. Sí, cuando usted me siguió al cementerio, aún le respondí, porque mi corazón es bueno; cuando usted entró, aún le dejé venir hasta aquí... Pero, ya que usted abusa, ya que viene a desafiarme hasta en este cuarto en donde me he retirado como en mi tumba; ya que me trae un nuevo tormento cuando creía haberlos apurado todos, conde de Montecristo, mi pretendido bienhechor; conde de Montecristo, mi salvador universal, quedará satisfecho; va a ver morir a su amigo...

Y Morrel, con la risa de la locura en sus labios, se abalanzó una segunda vez hacia las pistolas.

Montecristo, pálido como un espectro, pero con los ojos despidiendo relámpagos, alargó las manos sobre las armas y dijo al insensato:

—Y yo le repito que no se matará.

—¡Impídamelo, pues! —replicó Morrel con un nuevo impulso que, como el anterior, se anuló ante el brazo de acero del conde.

—¡Yo se lo impediré!

—Pero, en fin, ¿quién es usted para arrogarse ese tiránico derecho sobre las criaturas libres y razonadoras? —exclamó Maximilien.

—¿Quién soy? —añadió el conde—. Escuche, soy el único hombre en el mundo que tiene el derecho de decirle: Morrel, no quiero que el hijo de tu padre muera hoy.

Y Montecristo, majestuoso, transfigurado, sublime, se cruzó de brazos y avanzó hacia el joven que, palpitante y vencido a su pesar por la casi divinidad de aquel hombre, retrocedió un paso.

—¿Por qué habla usted de mi padre? —balbució—. ¿Por qué mezcla el recuerdo de mi padre a lo que me sucede hoy?

—Porque soy aquel que salvó la vida a tu padre, un día en que quiso matarse como tú quieres matarte hoy; porque soy el hombre que envió la bolsa a tu hermana y el *Faraón* al viejo Morrel; porque soy Edmond Dantés, que de niño te hizo jugar sobre sus rodillas.

Morrel aún dio un paso atrás, vacilante, sofocado y aplastado; luego le abandonaron todas sus fuerzas y con un gran grito cayó postergado a los pies de Montecristo.

De pronto, en aquella admirable naturaleza, hubo un movimiento de regeneración espontánea y completa; se levantó, saltó fuera de la estancia y se precipitó a la escalera gritando con toda su voz:

—¡Julie, Julie! ¡Emmanuel, Emmanuel!

Montecristo quiso abalanzarse a su vez, pero Maximilien se hubiese dejado matar antes de abandonar la puerta que sujetaba para no dejar salir al conde.

A los gritos de Maximilien subieron Julie, Emmanuel, Penelón y algunos criados que se asustaron.

Morrel les cogió de las manos y, volviendo a abrir la puerta, exclamó con voz ahogada por los sollozos:

—¡De rodillas! ¡De rodillas! Es el bienhechor, es el salvador de nuestro padre, es...

Iba a decir, es Edmond Dantés, pero el conde le detuvo cogiéndole del brazo.

Julie se abalanzó sobre la mano del conde; Emmanuel se la besó como a un Dios tutelar; Morrel cayó por segunda vez de rodillas y golpeó el suelo con su frente.

Entonces el hombre de bronce sintió dilatarse su corazón en su pecho; una abrasadora llama subió de su garganta a sus ojos, inclinó la cabeza y lloró.

En aquella estancia durante unos instantes todo fueron llantos y lágrimas sublimes que debieron parecer hermosas incluso a los ángeles más queridos del Señor.

Julie, apenas se había recobrado de la emoción tan profunda que acababa de experimentar, cuando salió fuera del cuarto, descendió un piso, corrió al salón con una alegría infantil, y levantó el globo de cristal que protegía la bolsa dada por el desconocido de la avenida de Meilhan.

Entretanto Emmanuel, con la voz entrecortada, dijo al conde:

—¡Oh! Señor conde, ¿cómo oyéndonos hablar tantas veces de nuestro bienhechor desconocido, cómo viéndonos acatar su memoria con tanto reconocimiento y adoración, cómo ha esperado hasta hoy para hacérnoslo saber? ¡Oh! Eso ha sido una crueldad para con nosotros, y hasta me atrevería a decirle que para con usted mismo.

—Escuche, amigo mío —dijo el conde—, y puedo llamarle así porque sin que usted lo dude es amigo mío desde hace once años; el descubrir este secreto se debe a un gran acontecimiento que usted debe ignorar. Usted es testigo de que pensaba guardar eso durante toda mi vida en el fondo de mi alma; su hermano Maximilien me lo ha arrancado por violencias de las cuales se arrepiente, estoy seguro.

Luego, viendo que Maximilien se había recostado contra un sillón permaneciendo aún de rodillas, añadió en voz baja, y presionando de manera significativa la mano de Emmanuel:

—Vele por él.

—¿Por qué? —preguntó el joven, maravillado.

—No puedo decírselo, pero vele por él.

Emmanuel abarcó la habitación con una mirada circular y descubrió las dos pistolas de Morrel.

Sus ojos se posaron espantados en las armas, que señaló a Montecristo con el dedo levantado a su altura.

Montecristo inclinó la cabeza.

Emmanuel dio un paso hacia las pistolas.

—Déjelo —indicó el conde.

Luego, yendo a Morrel, le tomó de la mano; los movimientos tumultuosos que agitaron el corazón del joven habían dejado paso a una estupefacción profunda.

Julie subió, traía en la mano la bolsa de seda y dos lágrimas brillantes y alegres rodaban sobre sus mejillas como dos gotas de rocío matinal.

—He aquí la reliquia —dijo—. No crea que me es menos querida desde que he conocido al salvador.

—Hija mía —repuso Montecristo ruborizándose—, permítame recoger esa bolsa; desde que conoce los rasgos de mi cara, quiero ser recordado en su memoria por el afecto que le suplico me conceda.

—¡Oh! —dijo Julie apretando la bolsa contra su pecho—. No, no, se lo ruego, porque un día puede abandonarnos; porque un día desventurado nos abandonará, ¿no es cierto?

—Usted lo ha adivinado, señora —respondió Montecristo sonriendo—. Dentro de ocho días habré dejado este país, en el que tantas personas que merecían la venganza del cielo vivían contentas y dichosas, mientras mi padre expiraba de hambre y de dolor.

Al anunciar su próxima partida, Montecristo tenía los ojos puestos en Morrel, y notó que las palabras *habré dejado este país,* pasaron sin arrancarle de su letargo; comprendió que hacía falta sostener una última lucha con el dolor de su amigo, y cogiendo de las manos a Julie y a Emmanuel, les dijo con la dulce autoridad de un padre:

—Mis buenos amigos, déjenme solo, se lo ruego, con Maximilien.

Era la ocasión para Julie de llevarse aquella preciosa reliquia de la que se había olvidado hablar Montecristo.

Arrastró con viveza a su marido.

—Dejémosles —dijo.

El conde se quedó con Morrel, que permanecía inmóvil como una estatua.

—Vamos —dijo el conde tocándole en el hombro con el dedo—. Vuelve en ti, hombre.

—Sí, porque empiezo a sufrir de nuevo.

La frente del conde se contrajo; parecía entregado a una profunda meditación.

—Maximilien, Maximilien —dijo—. Las ideas en que te sumerges son indignas de un cristiano.

—¡Oh! Tranquilícese usted, amigo mío —dijo Morrel levantando la cabeza y mostrando al conde una sonrisa llena de una inefable tristeza—, ya no seré yo quien busque la muerte.

—Así, pues —dijo Montecristo—, nada de armas ni de desesperación.

—No, porque tengo algo mejor para curarme de mi dolor que el cañón de una pistola o la punta de una espada.

—¡Pobre loco! ¿Qué tienes, entonces?

—Tengo mi dolor, que él mismo me matará.

—Amigo —dijo Montecristo con una melancolía igual a la suya—. Escúchame. Un día, en un momento de desesperación igual al tuyo, puesto que me conducía una resolución parecida, también quise matarme; un día, tu padre, igualmente desesperado, quiso matarse también. Si le hubiesen dicho a tu padre, en el momento en que dirigía el cañón de la pistola a su frente; si me hubiesen dicho a mí, en el momento en que yo apartaba de mi lecho el pan del prisionero, al que no había tocado en tres días, si a los dos nos hubieran dicho en aquel momento supremo: «¡Vivid! Un día llegará en que seáis dichosos y bendigáis la vida». Viniese de donde viniera esa voz, la hubiésemos acogido con la sonrisa de la duda o con la angustia de la incredulidad, y, sin embargo, cuántas veces, abrazándote tu padre, bendijo la vida, y cuántas veces yo mismo...

—¡Ah! —exclamó Morrel interrumpiendo al conde—, usted no había perdido más que la libertad; mi padre no había perdido más que su fortuna; y yo he perdido a Valentine.

—¡Mírame, Morrel! —dijo Montecristo con esa solemnidad que, en ciertas ocasiones, le hacían tan grande y tan persuasivo—. Mírame, yo no tengo ni lágrimas en los ojos ni fiebre en las venas, ni latidos fúnebres en el corazón; sin embargo te veo sufrir a ti, Maximilien, a ti, a quien quiero como amaría a un hijo. Pues bien, ¿eso no te dice, Morrel, que la vida es como el dolor, y que siempre hay algo desconocido más allá? Ahora bien, si yo te lo ruego, si yo te ordeno vivir, Morrel, es porque tengo la convicción de que un día me agradecerás haberte conservado la vida.

—¡Dios mío! —exclamó el joven—. ¡Dios mío! ¿Qué me dice usted ahora, conde? ¡Tenga cuidado! ¿Es que no ha amado usted nunca, conde?

—¡Muchacho! —respondió el conde.

—De amor —añadió Morrel—. Yo me entiendo. Yo soy soldado desde que fui hombre, y he llegado a los veintinueve años sin amar, porque ninguna de las pasiones que he sentido antes merecen tal nombre. Pues bien, a los veintinueve años vi a Valentine; desde hace cerca de dos años la amo, y durante ese tiempo he podido leer las virtudes de joven y de la mujer escritas por la mano del Señor en ese corazón abierto para mí como un libro. Conde, mi dicha con Valentine era infinita, inmensa, desconocida, demasiado grande, demasiado completa, demasiado divina para este mundo; puesto que este mundo no me la ha dado, conde, puedo decirle que sin Valentine no hay para mí en la tierra más que desesperación y tristeza.

—Ya te he dicho que esperes, Morrel —repitió el conde.

—Tenga cuidado entonces, también insistiré yo —dijo Morrel—, porque usted trata de persuadirme, y si usted me convence, me hará perder la razón, porque me hará creer que puedo volver a ver a Valentine.

El conde sonrió.

—Amigo mío, padre mío —exclamó Morrel exaltado—, tenga cuidado, se lo diré por tercera vez, porque el ascendiente que tiene usted sobre mí me espanta; tenga cuidado con el sentido de sus palabras, porque vea que mis ojos se reaniman, mi corazón que renace a la esperanza; tenga cuidado, porque me haría creer en las cosas sobrenaturales. Obedeceré si me manda levantar la piedra del sepulcro que cubre la hija de Jairo; marcharé sobre las olas, como el apóstol, si me hace señas con la mano para que vaya sobre ellas; tenga cuidado, porque obedeceré.

—Espera, amigo mío —repitió el conde.

—¡Ah! —exclamó Morrel, pasando del extremo de la exaltación al abismo de la tristeza—. ¡Ah! Usted juega conmigo; hace lo que esas buenas madres que calman con palabras dulces a los chicos, porque sus gritos las molestan. No, amigo mío, me equivocaba al decirle que tuviese cuidado; no, no temo nada, enterraré mi dolor con tanto cuidado en lo más profundo de mi corazón, lo volveré tan oscuro, tan secreto, que ni aún usted me verá sentirlo. Adiós, amigo mío, adiós.

—Al contrario, Maximilien —dijo el conde—. A partir de este momento, tú vivirás conmigo, no me abandonarás un instante, y en ocho días habremos dejado tras de nosotros Francia.

—¿Y aún me dice usted que espere?

—Te digo que esperes, porque sé un medio para curarte.

—Conde, usted aún me entristece más. Usted no ve más que un dolor vulgar, y cree consolarme con un remedio simple, el viaje.

Y Morrel sacudió la cabeza con desdeñosa incredulidad.

—¿Qué quieres que te diga? —replicó Montecristo—. Tengo fe en mis promesas, déjame hacer la experiencia.

—Conde, usted prolonga mi agonía, nada más.

—Así, pues —dijo el conde—, tu débil corazón no tiene la fuerza de dar a tu amigo algunos días para la prueba que intenta, ¿no es eso? Veamos, ¿sabes de lo que es capaz el conde de Montecristo? ¿Sabes que manda a muchos poderosos de la tierra? ¿Sabes que tiene la suficiente fe en Dios para obtener milagros de Aquel que ha dicho que con la fe el hombre puede mover montañas? Pues bien, ese milagro que espero, espéralo también, o...

—O... —repitió Morrel.

—O bien, ten cuidado, Morrel, porque te llamaría ingrato.

—Tenga piedad de mí, conde.

—Tengo tal piedad de ti, Maximilien, escúchame, tanta piedad, que si no te curase en un mes, día a día, hora a hora, fíjate bien en mis palabras, Morrel, yo mismo te colocaría delante de esas pistolas cargadas y de una copa del veneno más seguro de Italia, de un veneno más seguro y más rápido que el que ha matado a Valentine.

—¿Me lo promete?

—Sí, porque soy hombre, porque yo también, como ya te he dicho, he querido morir; y porque muchas veces, desde que la desgracia se ha alejado de mí, he soñado con las delicias del sueño eterno.

—¡Oh! ¿Me promete usted eso, conde? —exclamó Maximilien embriagado.

—No te lo prometo, te lo juro —dijo Montecristo extendiendo la mano.

—¿Dentro de un mes, bajo su palabra, si no me he consolado, me deja en libertad de disponer de mi vida, y haga lo que haga, usted no me llamará ingrato?

—Dentro de un mes, día por día, Maximilien; dentro de un mes, hora por hora, y la fecha es sagrada, Maximilien; no sé si has pensado en ello, pero hoy estamos a cinco de septiembre. Tal día como hoy, hace diez años, salvé a tu padre, que también quería morir.

Morrel cogió las manos del conde y las besó; el conde le dejó hacer, como si comprendiese que esta adoración se le debiese.

—Dentro de un mes —continuó Montecristo—, tendrás sobre la mesa, delante de la cual estemos sentados ambos, buenas armas y una dulce muerte; pero, mientras tanto, ¿me prometes esperar hasta entonces y vivir?

—¡Oh! A mi vez —exclamó Morrel—, se lo juro.

Montecristo atrajo hacia sí al joven y lo abrazó largo rato.

—Y ahora —le dijo—, a partir de hoy, vas a venir a vivir a mi casa; cogerás los aposentos de Haydée, y mi hija por lo menos estará reemplazada por mi hijo.

—¡Haydée! —dijo Morrel—. ¿Qué ha sido de Haydée?

—Se ha ido esta noche.

—¿Para abandonarle?

—Para esperarme... Disponte a venir a mi casa de los Campos Elíseos, y ahora hazme salir de aquí sin que me vean.

Maximilien inclinó la cabeza y obedeció como un niño o como un apóstol.

El reparto

En la vivienda de la calle de Saint-Germain des Prés que había escogido Alberto de Morcerf para él y su madre, todo el primer piso, compuesto por un pequeño apartamento amueblado, estaba alquilado a un personaje muy misterioso.

Este personaje era un hombre al que jamás el mismo conserje había podido ver la cara, bien al entrar o al salir; porque en invierno se envolvía la barbilla con una de esas bufandas rojas que suelen usar los cocheros de las casas bien cuando esperan a sus amos a las salidas de los espectáculos, y en verano se sonaba la nariz siempre precisamente en el momento en que pasaba por delante de la portería. Es preciso añadir que, contra las costumbres establecidas, aquel habitante no era espiado por nadie, y el rumor que corría de que su incógnito ocultaba a un personaje muy bien situado, y *con brazo largo*, había hecho respetar sus misteriosas apariciones.

Sus visitas eran ordinariamente fijas, aunque algunas veces se adelantaban o retrasaban; pero casi siempre, en invierno o verano, era sobre las cuatro cuando tomaba posesión de su aposento, en el cual nunca pasaba la noche.

A las tres y media, en invierno, se encendía la chimenea por la discreta criada que estaba al cuidado del apartamento; y a las tres y media, en verano, la misma sirvienta subía helados y refrescos.

A las cuatro, como ya hemos dicho, llegaba el misterioso personaje.

Veinte minutos después de él, se detenía un coche delante de la casa; una mujer vestida de negro o de azul oscuro, pero siempre envuelta en un gran velo, pasaba como una sombra por delante de la portería, y subía la escalera sin que se oyese rechinar un solo peldaño bajo su pie ligero.

Jamás se dio el caso de que la preguntasen adónde iba.

Su rostro, como el del desconocido, era una perfecta incógnita para los dos guardianes de la puerta; aquellos conserjes modelos, los únicos, tal vez, en la inmensa cofradía de porteros de la capital capaces de tamaña discreción.

Es inútil decir que ella jamás pasaba del primer piso. Llamaba a la puerta de una manera peculiar; la puerta se abría, luego se cerraba herméticamente y todo concluido.

Para abandonar la vivienda se tomaban las mismas precauciones que para entrar.

La desconocida salía la primera, siempre velada, y volvía a montar en su coche, que inmediatamente desaparecía por un extremo de la calle o por otro; luego, veinte minutos más tarde, salía a su vez, envuelto en su bufanda o escondido en su pañuelo, el desconocido, y desaparecía del mismo modo.

Al día siguiente del que el conde de Montecristo había estado a visitar a Danglars, día del entierro de Valentine, el habitante misterioso entró hacia las diez de la mañana, en vez de hacerlo como acostumbraba a las cuatro de la tarde.

Casi inmediatamente, y sin guardar el intervalo reglamentario, un coche de punto llegó, y la señora velada subió rápidamente la escalera.

La puerta se abrió y se cerró.

Pero antes de cerrarse la puerta, la dama había gritado:

—¡Oh, Lucien, amigo mío!

De este modo el portero que, sin quererlo, había oído la exclamación, supo por primera vez que su inquilino se llamaba Lucien; pero como era un portero modelo, se prometió no decirlo a su mujer.

—Y bien, ¿qué sucede, mi querida amiga? —preguntó aquel a quien la turbación o el apresuramiento de la dama velada había revelado el nombre—. Hable, diga.

—Amigo mío, ¿puedo contar con usted?

—Ciertamente, y ya lo sabe. Pero ¿qué sucede? Su nota de esta mañana me ha dejado completamente perplejo. Esa precipitación, ese desorden en su escritura; veamos, tranquilíceme o espánteme enseguida.

—¡Lucien, un gran acontecimiento! —dijo la dama lanzando sobre Lucien una mirada interrogadora—. El señor Danglars se ha marchado esta noche.

—¡Danglars se ha ido! ¿Adónde se ha marchado?
—Lo ignoro.
—¿Cómo, lo ignora? Así, pues, se ha marchado para no volver.
—Sin duda. A las diez de la noche, sus caballos lo han conducido a la barrera de Charenton; allí ha encontrado una berlina de posta ya lista, y ha subido en ella con su ayuda de cámara, diciendo al cochero que iba a Fontainebleau.
—Y bien, ¿qué dice usted?
—Espere, amigo mío. Me había dejado una carta.
—¿Una carta?
—Sí, lea.
Y la baronesa sacó de su bolsillo una carta abierta que presentó a Debray.
Éste, antes de leerla, dudó un instante, como si tratase de adivinar lo que contenía, o más bien, como si algo de su contenido le decidiese a tomar una resolución de antemano.
He aquí lo que contenía aquella nota que había producido tan gran turbación en el corazón de la señora Danglars:

Señora y muy fiel esposa:

Sin pensarlo, Debray se detuvo y miró a la baronesa, que se sonrojó hasta la raíz del cabello.
—Lea —dijo ella.
Debray continuó:

Cuando reciba esta carta, ya no tendrá más marido. ¡Oh! No tome muy cálidamente esta alarma; no tendrá marido como no tiene hija, es decir, que estaré por una de las treinta o cuarenta carreteras que conducen fuera de Francia.
Le debo estas explicaciones, y como usted es mujer, las comprenderá perfectamente; voy a dárselas.
Escuche, pues:
Esta mañana me ha venido un reembolso de cinco millones, que he pagado; otro por la misma cantidad le siguió casi inmediatamente, y lo he pospuesto para mañana; hoy parto para evitar ese mañana que me sería muy desagradable soportar.
Comprende usted esto, ¿no es cierto, señora y cara esposa?

Digo que lo comprende, porque usted conoce tan bien como yo mis negocios; usted los conoce incluso mejor que yo, dado que si tratara de decir adónde ha pasado una buena mitad de mi fortuna, en otros tiempos tan bella, sería incapaz de hacerlo; mientras que usted, por el contrario, estoy seguro de que lo sabe perfectamente.

Porque las mujeres tienen unos instintos de seguridad infalible, y explican por un álgebra de su invención hasta lo maravilloso. Yo, que no conozco más que mis cifras, no sé ni el día en que mis cifras me engañaron.

¿Ha admirado usted alguna vez la rapidez de mi caída, señora? ¿Se ha sentido un poco deslumbrada por esa incandescente fusión de mis lingotes? Yo, lo confieso, no he visto más que el fuego; esperemos que usted haya encontrado algo de oro en las cenizas.

Me alejo, señora y muy prudente esposa, con esa consoladora esperanza, y sin tener el menor remordimiento de conciencia al abandonarla; le quedan los amigos, las cenizas en cuestión, y, para colmo de dichas, la libertad que me apresuro a devolverle.

Sin embargo, señora, ha llegado el momento de colocar en este párrafo unas palabras de explicación íntima.

Mientras he esperado que usted trabajase por el bienestar de nuestra casa y por la fortuna de nuestra hija, he cerrado los ojos filosóficamente; pero como ha hecho usted de la casa una vasta ruina, no quiero servir de cimiento a la fortuna de otro.

La he tomado rica, pero poco honrada.

Perdóneme por hablarle con esta franqueza; pero como yo no hablo más que para nosotros dos probablemente, no tengo por qué tragarme mis palabras.

He aumentado nuestra fortuna, que durante quince años ha estado creciendo hasta el momento en que, catástrofes desconocidas e incomprensibles aún para mí, han venido a destrozarla sin que yo pueda decir que tenga alguna culpa.

La dejo, pues, como la tomé: rica, pero con poca honra.

Adiós. Yo también me voy; a partir de hoy trabajaré por mi cuenta. Crea en todo mi reconocimiento por el ejemplo que me ha dado y que voy a seguir.

Su marido muy devoto,

BARÓN DANGLARS

La baronesa había seguido con la vista a Debray durante esta larga y penosa lectura; había visto, a pesar del conocido dominio que tenía sobre sí, cómo el joven cambiaba de color una o dos veces.

Cuando hubo acabado, plegó lentamente el papel y adoptó su actitud pensativa.

—¿Y bien? —preguntó la señora Danglars con una ansiedad fácil de comprender.

—¿Y bien, señora? —repitió maquinalmente Debray.

—¿Qué ideas le inspiran esa carta?

—Es muy sencillo, señora; me da la idea de que el señor Danglars se ha marchado con sospechas.

—Sin duda; pero ¿es eso todo lo que tiene que decirme?

—No comprendo —dijo Debray con una frialdad glacial.

—¡Se ha marchado! ¡Ya está hecho! ¡Marchó para no volver más!

—¡Oh! —exclamó Debray—. No crea eso, baronesa.

—No, se lo digo: no volverá más. Le conozco, es un hombre inquebrantable en todas sus resoluciones que redundan en su interés. Si me hubiese considerado útil para algo, me hubiese llevado. Me deja en París, luego nuestra separación puede servir a sus proyectos: es irrevocable, «soy libre para siempre» —añadió la señora Danglars con la misma expresión de súplica.

Pero Debray, en vez de responder, la dejó en aquella ansiosa interrogación de la mirada y el pensamiento.

—¡Qué! —dijo ella—. ¿Aún no me responde usted, señor?

—Pero yo no tengo más que una pregunta: ¿qué piensa hacer usted?

—Iba a preguntárselo —respondió la baronesa con el corazón palpitante.

—¡Ah! —exclamó Debray—. ¿Es un consejo lo que usted quiere?

—Sí, es un consejo lo que le pido —dijo la baronesa con el corazón encogido.

—Entonces, si es un consejo lo que usted me pide —respondió fríamente el joven—, lo mejor es que viaje.

—¡Viajar! —murmuró la señora Danglars.

—Ciertamente. Como ha dicho el señor Danglars, usted es rica y perfectamente libre. Será absolutamente necesaria una ausencia de París, según creo, después del doble escándalo del deshecho matrimonio de la señorita Eugéne y de la desaparición del señor Danglars. Sólo importa que todo el mundo la crea abandonada y pobre; porque nunca se perdona a la mujer del banquero en bancarrota su opulencia y su buena vida. Para el primer caso, basta con que permanezca usted sola durante quince días en París, repitiendo a todo el mundo que la han abandonado y contándoselo a sus mejores amigas para que cuenten en todas partes cómo la abandonaron. Luego abandona su casa, deja sus alhajas, su dinero, sus muebles y cuanto hay en ella, y todos pregonaran su desinterés y contarán sus bondades. Entonces la sabrán abandonada y la creerán pobre; porque sólo yo conozco su posición financiera y estoy dispuesto a rendirle mis cuentas en leal sociedad.

La baronesa, pálida y aterrada, había escuchado este discurso con tanto espanto como desesperación como Debray había puesto calma e indiferencia en pronunciarlo.

—¡Abandonada! —repitió ella—. ¡Oh! Bien abandonada. Sí, usted tiene razón, señor, y nadie dudará de mi soledad.

Estas fueron las únicas palabras que aquella mujer, tan orgullosa y tan violentamente enamorada, pudo responder a Debray.

—Pero rica, pero muy rica —añadió Debray sacando su cartera y colocando sobre la mesa algunos papeles que contenía.

La señora Danglars le dejó hacer, ocupada como estaba en contener los latidos de su corazón y retener las lágrimas que pugnaban por asomarse a sus ojos. Pero al fin el sentimiento de la dignidad venció en la baronesa, y si no pudo contener su corazón, al menos logró no derramar ni una lágrima.

—Señora —dijo Debray—, hace seis meses aproximadamente que nos asociamos. Usted puso un capital de cien mil francos. Fue en el mes de abril de este año cuando tuvo lugar nuestra asociación. En mayo empezaron nuestras operaciones; y en ese mes ganamos cuatrocientos cincuenta mil francos. En junio el beneficio ascendió a novecientos mil. En julio, añadimos un millón setecientos mil francos; fue, ya lo sabe usted, con los bonos de España. En agosto perdimos al principio de mes trescientos mil francos; pero el 15 los recuperamos y a finales habíamos tomado nuestra revancha;

porque nuestras cuentas, puestas al día desde el momento de nuestra asociación hasta ayer, en que las detuve, nos dan un activo de dos millones cuatrocientos mil francos, es decir, un millón doscientos mil francos para cada uno de nosotros. Ahora —continuó Debray comprobando su libreta con el método y la tranquilidad de un agente de cambio— nos encontramos con ochenta mil francos por los intereses compuestos de esta suma.

—Pero —interrumpió la baronesa—, ¿qué quieren decir esos intereses, ya que usted nunca me ha hecho valer ese dinero?

—Le pido perdón, señora —dijo fríamente Debray—, tenía sus poderes para ello y he hecho uso de ellos. Así, pues, tenemos cuarenta mil francos de intereses para su mitad, más los cien mil francos de la primera remesa de fondos, es decir, un millón trescientos cuarenta mil francos por su parte. Ahora bien, señora —continuó Debray—, he tenido la precaución de movilizar su dinero anteayer; no hace mucho, como usted ve, y se hubiese dicho que estaba destinado a rendirle cuentas. Su dinero está aquí, la mitad en billetes de Banco y la mitad en bonos al portador. Digo esto y es cierto; porque no juzgando mi casa lo bastante segura, como no encontraba notarios lo bastante discretos, ni propiedades que hablasen menos alto que los notarios; como, en fin, usted no tiene el derecho de comprar ni poseer nada fuera de su comunidad conyugal, guardé toda esta cantidad, hoy su única fortuna, en un cofre encerrado en el fondo de este armario y, para mayor seguridad, he hecho de albañil yo mismo.

»Ahora —prosiguió Debray abriendo el armario primeramente y luego la caja—, ahora, señora, aquí están ochocientos billetes de mil francos, que se parecen, como usted ve, a un gran álbum encuadernado en hierro; le uno un cupón de renta de veinticinco mil francos; luego, por los intereses, que hacen algo, un bono a la vista de ciento diez mil francos contra mi banquero, y como éste no es el señor Danglars, el bono será pagado y podrá estar tranquila.

La señora Danglars cogió maquinalmente el bono a la vista, el cupón de renta y el fajo de billetes de Banco.

Esta fortuna parecía bien poca cosa puesta sobre la mesa.

La señora Danglars, los ojos secos, pero con el pecho oprimido de sollozos, encerró en su bolso los billetes de Banco, puso en su cartera el cupón y el bono a la vista, y en pie, pálida y muda, esperó una dulce palabra que la consolase de ser rica.

Pero esperó en vano.

—Ahora, señora —dijo Debray—, tiene usted una existencia magnífica, algo así como unas sesenta mil libras de renta, lo que es una cantidad enorme para una mujer que no podrá tener casa, por lo menos de aquí a un año. Es un privilegio para satisfacer todos los caprichos, sin contar con que si encuentra su parte insuficiente, a la vista del pasado que se le escapa, puede tomar de la mía, señora, y estoy dispuesto a ofrecérsela, ¡oh!, a título de préstamo, claro está.

—Gracias, señor —respondió la baronesa—, gracias. Ya comprenderá usted que me entrega aquí mucho más de lo que necesita una pobre mujer que no cuenta, de aquí a mucho tiempo, por lo menos, en reaparecer en el mundo.

Debray quedó asombrado de pronto, pero enseguida se rehizo, e hizo un gesto que podría traducirse por la fórmula más cortés que expresa esta idea: «Como usted guste».

La señora Danglars había esperado hasta entonces alguna cosa; pero cuando vio el gesto que acababa de hacer Debray y la mirada de reojo con que lo acompañó, al igual que la profunda reverencia y el silencio significativo que les siguieron, irguió la cabeza, abrió la puerta, y sin furor, sin sacudidas, pero también sin vacilación, salió a la escalera, desdeñando dirigir un último saludo a quien la dejaba partir de aquella manera.

—¡Bah! —dijo Debray cuando hubo marchado—. Proyectos y nada más. Se quedará en su casa, leerá novelas y jugará al sacanete al no poder hacerlo a la Bolsa.

Y recogió su libreta, señalando con sumo cuidado las cantidades que acababa de pagar.

—Me queda un millón sesenta mil francos —dijo—. ¡Qué mala suerte que haya muerto la señorita de Villefort! Esa mujer me convenía en todos los aspectos, y me hubiera casado con ella.

Y flemáticamente, según su costumbre, esperó a que la señora Danglars llevase veinte minutos de delantera para salir a su vez.

Durante esos veinte minutos Debray hizo números con el reloj junto a él.

Asmodeo, este personaje diabólico que cualquier imaginación aventurera hubiese creado mejor o peor si Le Sage no hubiese adquirido la prioridad con su obra maestra; Asmodeo, quien levantaba el tejado de las casas para ver el interior, hubiese gozado de un espectáculo singular si hubiera levantado, en el momento en que Debray hacía sus cuentas, el tejado de la casita de la calle Saint-Germain des Prés.

Encima de aquella habitación en que Debray acababa de repartir con la señora Danglars dos millones y medio, había otra estancia poblada por personajes conocidos, que han jugado un papel bastante importante en los acontecimientos que acabamos de contar.

En esa estancia estaban Mercedes y Alberto.

Mercedes había cambiado mucho en pocos días, no porque en los tiempos de su gran esplendor hubiese ostentado el fasto orgulloso que separa todas las condiciones, y hace que no se reconozca la misma mujer cuando aparece con vestidos más sencillos; no porque hubiese llegado a aquel estado de depresión en que debe vestirse la librea de la miseria; no, Mercedes había cambiado porque su mirada no brillaba más, porque sus labios ya no sonreían, y porque, en fin, un continuo embarazo retenía en sus labios aquellas palabras rápidas que lanzaban en otros tiempos una mente siempre preparada.

No era la pobreza la que había marchitado el espíritu de Mercedes, ni era la falta de coraje la que hacía pesada esta pobreza.

Mercedes, habiendo descendido de la altura en que vivía, perdida en la nueva esfera que había escogido, como esas personas que salen de un salón espléndidamente iluminado para pasar a otro en tinieblas; Mercedes parecía una reina salida de su palacio para entrar en una cabaña, y que, reducida a lo estrictamente necesario, no se reconocía ni en la vajilla de arcilla que ella misma colocaba en la mesa, ni en el catre que sustituía a su cama.

En efecto, la bella catalana, o la noble condesa, ya no tenía ni su mirada altiva ni su sonrisa encantadora, porque deteniendo sus ojos en cuanto la rodeaba sólo veía objetos de tristeza: un cuarto tapizado con papel gris sobre gris, de los que los propietarios ahorrativos buscan como más duraderos; suelos sin alfombras, muebles que llamaban la atención con la pobreza de su falso lujo; cosas todas que con sus tonos chillones rompían la armonía tan necesaria a los ojos acostumbrados al conjunto elegante.

La señora de Morcerf vivía allí desde que había abandonado su mansión; la cabeza le daba vueltas ante aquel silencio eterno como le marea al viajero el abismo al borde del cual ha llegado; y percibiendo que a cada momento Alberto la miraba de reojo para juzgar el estado de su ánimo, por lo que se esforzaba en sonreír con los labios, ya que le faltaba el dulce fuego de la sonrisa de los ojos, que produce el efecto de una sencilla reverberación de luz, es decir, de una claridad sin calor.

Por su parte, Alberto estaba preocupado, a disgusto, molesto por un resto de lujo que le impedía mostrarse en su condición actual: quería salir sin guantes y encontraba sus manos demasiado blancas; deseaba recorrer la ciudad a pie, y notaba sus botas demasiado relucientes.

Sin embargo, estas dos criaturas tan nobles y tan inteligentes, reunidas indisolublemente con los lazos del amor maternal y filial, habían llegado a comprenderse sin hablar y a economizar todas las preparaciones que se usan entre amigos para establecer esa verdad material de la que depende la vida.

Alberto, en fin, había logrado decir a su madre sin hacerla palidecer:

—Madre mía, ya no tenemos más dinero.

Mercedes jamás había conocido la miseria tan crudamente; muchas veces en su juventud había hablado ella misma de pobreza, pero no es lo mismo necesidad que pobreza; ambos son sinónimos entre los que media un gran abismo.

En los Catalanes, Mercedes tenía necesidad de muchísimas cosas, pero ella nunca carecía de otras. Mientras las redes eran buenas, se cogía pescado; mientras se vendía el pescado, había hilo para remendar las redes.

Y después, aislada de amistad, no teniendo más que un amor que no contaba para los detalles materiales de la situación, sólo pensaba en sí y nada más que en ella.

Mercedes, con lo poco que poseía, hacía su parte tan generosamente como era posible; hoy eran dos partes las que debía hacer, y esto con nada.

El invierno se aproximaba. Mercedes, en aquella habitación desnuda y ya fría, no tenía fuego, cuando un calorífero, del que salían muchos ramales, calentaba otras veces su casa desde la antecámara hasta el tocador; no tenía ni una flor, cuando antes disponía de un invernadero lleno de ellas a precio de oro.

Pero tenía a su hijo...

La exaltación de un deber, tal vez exagerado, les había sostenido hasta entonces en las esferas superiores.

La exaltación es casi el entusiasmo, y el entusiasmo hace insensibles a las cosas de la tierra.

Pero se había calmado el entusiasmo, y era preciso descender poco a poco del país de los sueños al mundo de las realidades.

Había que hablar positivamente después de haber apurado el ideal.

—Madre mía —decía Alberto en el momento en que la señora Danglars descendía la escalera—, contemos nuestras riquezas, por favor; tengo necesidad de conocer el total para madurar mis planes.

—Total, nada —dijo Mercedes con una dolorosa sonrisa.

—Sí, madre mía; total, tres mil francos en principio, y tengo la pretensión de que con esos tres mil francos ambos llevemos una vida adorable.

—¡Hijo! —suspiró Mercedes.

—¡Ay! Mi buena madre —dijo el joven—. Desgraciadamente, he gastado mucho dinero y ahora conozco su valor. Es enorme, sabe usted, tres mil francos, y he construido sobre esa suma un futuro milagroso de eterna seguridad.

—Dices eso, amigo mío —continuó la pobre madre—, para que en principio aceptemos esos tres mil francos.

—Pero ya quedó convenido, eso me parece —dijo Alberto en tono firme—. Los aceptamos, cuanto que no los tenemos, porque están, como ya sabe, enterrados en el jardín de esa casita de la avenida de Meilhan, en Marsella. Con doscientos francos, iremos los dos a Marsella.

—¡Con doscientos francos! —dijo Mercedes—. Pero ¿lo has pensado, Alberto?

—¡Oh! En cuanto a ese punto, me he informado perfectamente en las diligencias y en los barcos de vapor, y ya están hechos mis cálculos. Retiene usted su plaza para Chalon en el cupé; ve usted, madre, como la trato a cuerpo de reina: treinta y cinco francos.

Alberto cogió una pluma y escribió:

Cupé, treinta y cinco francos	35	francos
De Chalon a Lyon, el barco de vapor	6	»
De Lyon a Avignon, el barco de vapor	16	»
De Avignon a Marsella, siete francos	7	»
Gastos en camino, cincuenta francos	50	»
Total	114	francos

—Pongamos ciento veinte —añadió Alberto, sonriendo—. Ya ve que soy generoso, ¿no es cierto, madre mía?

—Pero ¿y tú, hijo mío?

—¡Yo! ¿No ha visto que me reservo ochenta francos? Un joven, madre mía, no tiene necesidad de todos esos cuidados; además, ya sé lo que es viajar.

—Con tu silla de postas y tu ayuda de cámara.

—De todas maneras, madre mía.

—Bien, sea —dijo Mercedes—. Pero ¿y esos doscientos francos?

—Esos doscientos francos están aquí, y otros doscientos más. Tenga, he vendido mi reloj en cien francos y los dijes en trescientos. ¡Qué contento estoy! Los dijes valían tres veces más que mi reloj. Siempre la famosa historia de lo superfluo. Así, pues, ya somos ricos, y así, en vez de los ciento catorce francos para su viaje, dispondrá de doscientos cincuenta.

—Pero debemos alguna cosa en esta casa.

—Treinta francos, pero ya los he pagado sobre mis ciento cincuenta. Esto ya está convenido, y puesto que no necesito más que ochenta francos para hacer el camino, ya ve que nado en el lujo. Pero esto no es todo. ¿Qué dice usted de esto, madre mía?

Y Alberto sacó una cartera pequeña con cierre de oro, resto de su antigua opulencia o tal vez tierno regalo de alguna de aquellas mujeres misteriosas y veladas que llamaban a la puertecita; Alberto sacó de la carterita un billete de mil francos.

—¿Qué es eso? —preguntó Mercedes.

—Mil francos, madre mía. ¡Oh! Es perfectamente bueno.

—Pero ¿de dónde te vienen esos mil francos?

—Escuche esto, madre mía, y no se emocione demasiado.

Y Alberto se puso en pie para ir a besar a su madre en las dos mejillas, luego se detuvo a mirarla.

—No se puede imaginar, madre mía, lo bella que la encuentro —dijo el joven con un profundo sentimiento de amor filial—. En verdad es la más hermosa, como es la más noble de las mujeres que he conocido.

—¡Hijo querido! —dijo Mercedes tratando de retener en vano una lágrima que trataba de asomar a sus párpados.

—En verdad, ya no le faltaba más que ser desgraciada para cambiar mi amor en adoración.

—Yo no soy desgraciada mientras tenga a mi hijo —dijo Mercedes—. No seré desgraciada mientras lo tenga.

—¡Ah! ¡Justamente! —dijo Alberto—. Pero he aquí donde empieza la prueba, madre mía. Ya sabe que es cosa convenida.

—¿Hemos convenido algo? —preguntó Mercedes.

—Sí, queda aceptado que usted habitará en Marsella y que yo partiré para África, en donde, en lugar del nombre que he abandonado, me haré uno.

Mercedes lanzó un suspiro.

—Pues bien, madre mía, desde ayer estoy enrolado en los *spahis* —añadió el joven bajando los ojos con cierta vergüenza, porque ignoraba cuán sublime era aquel humillarse—, o más bien he creído que mi cuerpo era mío y podía venderlo; desde ayer reemplazo a uno. Me vendí, como se dice —añadió tratando de sonreír—, más caro de lo que creía valer, es decir, por dos mil francos.

—Así, pues, esos mil francos... —dijo estremeciéndose Mercedes.

—Es la mitad de la suma, madre mía; la otra llegará dentro de un año.

Mercedes levantó los ojos al cielo con una expresión que nada sería capaz de pintar, y las dos lágrimas detenidas en sus párpados, desbordaron la emoción y rodaron silenciosamente a lo largo de sus mejillas.

—¡El precio de la sangre! —murmuró ella.

—Sí, si me matan —dijo riendo Morcerf—, pero le aseguro, madre mía, que tengo la intención de defenderla cruelmente; jamás he sentido tantos deseos de vivir como ahora.

—¡Dios mío, Dios mío! —exclamó Mercedes.

—Además, ¿cómo quiere que me maten, madre mía? ¿Acaso Lamoricier, ese Ney del Mediodía, fue muerto? ¿Acaso lo fue Changarnier? ¿Mataron a Bedeau? ¿O ha muerto Morrel, a quien nosotros conocemos? Piense, pues, en su alegría, madre mía, cuando me vea regresar con mi uniforme bordado. Le declaro que pienso estar soberbio bajo él, pues he escogido ese regimiento por coquetería.

Mercedes suspiró tratando de sonreír; comprendía aquella santa madre que no estaba bien dejar a su hijo cargando con todo el peso del sacrificio.

—Pues bien —añadió Alberto—, me comprende, madre mía. Ahora ya tiene cuatro mil francos asegurados para usted; con esos cuatro mil francos vivirá sus buenos dos años.

—¿Crees tú? —dijo Mercedes.

Estas palabras se escaparon de la condesa con un dolor tan verdadero que su sentido no escapó a Alberto; sintió oprimírsele el corazón y, tomando de la mano a su madre, la apretó tiernamente entre las suyas.

—Sí, vivirá —dijo.

—¡Viviré! —exclamó Mercedes—. Pero tú no partirás, ¿no es cierto, hijo mío?

—Madre mía, partiré —dijo Alberto con voz tranquila y firme—. Usted me quiere demasiado para dejarme junto a usted ocioso e inútil; además, he firmado.

—Tú harás según tu voluntad, hijo mío; yo haré según la de Dios.

—No según mi voluntad, madre, sino según la razón y la necesidad. Somos dos criaturas desesperadas, ¿no es cierto? ¿Qué es hoy la vida para usted? Nada. ¿Qué es para mí? Bien poca cosa sin usted, madre mía, créalo; porque sin usted esta vida, se lo juro, hubiese cesado el día que dudé de mi padre y renegué de mi nombre. En fin, vivo si usted me promete esperar aún; si me deja el cuidado de su dicha futura, duplica mi fuerza. Entonces, allá iré a ver al gobernador de Argelia, cuyo corazón es leal y enteramente de soldado; le contaré mi lúgubre historia, y le rogaré que vuelva de vez en cuando sus ojos hacia mi lado; y si me cumple su palabra y observa mis acciones, antes de seis meses seré oficial o habré muerto. Si soy oficial, ya tendrá asegurada su suerte, madre mía, porque tendré dinero para ambos; además un nuevo nombre que llevaremos con orgullo, porque será el suyo. Si muero... Bien, si muero, entonces, mi querida madre, puede morir, si le place, y nuestras desgracias tendrán un término a base de su propio exceso.

—Está bien —respondió Mercedes con su noble y elocuente mirada—; tienes razón, hijo mío; probemos a ciertas personas que nos miran y esperan nuestros actos para juzgarlos, probémosles que no somos menos dignos de compasión.

—Pero nada de ideas fúnebres, madre mía —exclamó el joven—. Le juro que somos, o al menos podemos ser muy felices. Usted es a la vez una mujer llena de talento y resignación; yo he simplificado mis gustos y pasiones, lo espero. Una vez en el servicio, seré rico; una vez en la casa del señor Dantés, usted estará tranquila. Intentémoslo, se lo ruego, madre mía, probémoslo.

—Sí, intentémoslo, hijo mío, porque debes vivir y porque debes ser feliz —respondió Mercedes.

—Así, pues, madre mía, ya está hecho nuestro reparto —añadió el joven adoptando una gran confianza—. Podemos partir hoy mismo. Vamos, retengo, como he dicho, su asiento.

—Pero ¿y el tuyo, hijo mío?

—Yo aún debo permanecer dos o tres días, madre mía; es un principio de separación y debemos acostumbrarnos. Necesito algunas recomendaciones y algunos informes acerca de África; nos reuniremos en Marsella.

—Bien, sea, partamos —dijo Mercedes envolviéndose en el único chal que se había llevado y que por casualidad era un cachemira negro de gran precio—. Partamos.

Alberto recogió sus papeles rápidamente, llamó para pagar los treinta francos que debía al dueño de la casa y, ofreciendo su brazo a su madre, descendió la escalera.

Alguien bajaba ante ellos; este alguien, al oír el roce de una falda de seda, volvió la cabeza.

—¡Debray! —murmuró Alberto.

—¿Usted, Morcerf? —respondió el secretario del ministro deteniéndose en el escalón en que se encontraba.

La curiosidad pudo más en Debray que el deseo de guardar el incógnito; por otra parte, ya había sido reconocido.

Resultaba curioso, en efecto, encontrar en aquella casa ignorada al joven cuya desgraciada aventura había producido tanto escándalo en París.

—¡Morcerf! —repitió Debray.

Luego, percibiendo en la semioscuridad el talle aún joven y el velo negro de la señora de Morcerf, añadió con una sonrisa:

—¡Oh! Perdón, le dejo, Alberto.

Alberto comprendió el pensamiento de Debray.

—Madre mía —dijo volviéndose a Mercedes—, es el señor Debray, secretario del ministro del Interior y antiguo amigo mío.

—¡Cómo antiguo! —balbució Debray—. ¿Qué pretende decir?

—Digo eso, señor Debray —prosiguió Alberto—, porque hoy no tengo amigos, y no debo tenerlos. Le agradezco mucho que haya tenido a bien reconocerme, señor.

Debray ascendió dos escalones y acudió a dar un enérgico apretón de manos a su interlocutor.

—Créame, mi querido Alberto —dijo con toda la emoción de que era capaz—, créame que he tomado parte profunda en la desgracia que le afecta, y que, para cualquier cosa, me pongo a su entera disposición.

—Gracias, señor —dijo sonriendo Alberto—, pero en medio de esa desgracia, aún somos bastante ricos para no tener necesidad de recurrir a nadie; abandonamos París y, pagado nuestro viaje, aún nos quedan cinco mil francos.

El rubor apareció en el rostro de Debray, que tenía un millón en su cartera, y, por poco poético que fuese su espíritu exacto, no pudo evitar la idea de que la misma casa contuvo unos momentos antes a dos mujeres, una, justamente deshonrada, se marchó pobre con su millón y medio bajo los pliegues de su abrigo, y la otra, injustamente herida, pero sublime en su desdicha, se encontraba rica con poco dinero.

Este paralelismo echó por tierra sus combinaciones de cortesía; la filosofía del ejemplo le aplastó, balbució algunas palabras de urbanidad general y descendió rápidamente.

Ese día los empleados del Ministerio, sus subordinados, tuvieron que soportar su mal humor.

Pero por la tarde se convirtió en comprador de una gran casa situada en el bulevar de la Madeleine, que le reportaría cincuenta mil libras de renta.

Al día siguiente, a la hora en que Debray debía firmar el acta, es decir, a las cinco de la tarde, la señora de Morcerf, tras haber abrazado cariñosamente a su hijo, subió en el cupé de la diligencia.

Un hombre estaba oculto en el patio de las mensajerías Laffitte, detrás de una de esas ventanas abovedadas del entresuelo que coronan cada despacho; vio a Mercedes subiendo al carruaje, vio partir la diligencia, y vio alejarse a Alberto.

Entonces se pasó la mano por su frente cargada de dudas y dijo:

—¡Ay! ¿Cómo haré para devolver a esos dos inocentes la dicha que les he quitado? Dios me ayudará.

El lago de los leones

Uno de los departamentos de la Force, aquel que encierra a los detenidos más comprometidos y los más peligrosos, se llama el patio de San Bernardo.

Los prisioneros, en su lenguaje bronco, lo han apodado el lago de los leones, probablemente porque los cautivos tienen dientes que a menudo muerden los barrotes y hasta a los guardianes.

Es una prisión dentro de otra; los muros son de doble espesor que los demás de la cárcel. Todos los días un carcelero examina con cuidado las rejas macizas, y es fácil reconocer por su hercúlea estatura y sus miradas frías e investigadoras, que han sido escogidos para reinar sobre su pueblo por el terror y la actividad de la inteligencia.

El patio de aquel recinto está encuadrado por unos muros enormes sobre los cuales se desliza oblicuamente el sol cuando éste se decide a penetrar en aquel abismo de fealdades morales y físicas. Allí es donde, desde la hora de levantarse, vagan pensativos, espantados y palideciendo como sombras los hombres que la justicia tiene sometidos bajo su afilada cuchilla.

Se les ve arrimarse, pegarse a lo largo del muro que absorbe y retiene más calor. Permanecen allí hablando de dos en dos, o más frecuentemente aislados, la mirada constantemente fija en la puerta que se abre para llamar a alguno de aquella lúgubre morada, o para arrojar en el hoyo otra nueva escoria rechazada del seno de la sociedad.

El patio de San Bernardo tiene su locutorio particular; es un alargado cuadrilátero dividido en dos partes por dos rejas colocadas paralelamente a tres pies una de otra, de manera que el visitante no pueda estrechar la mano del prisionero ni pasarle alguna cosa. Este locutorio es sombrío, húmedo y completamente horrible, sobre todo cuando se piensa en las espantosas confidencias que se deslizan a través de aquellas enmohecidas rejas.

Sin embargo, este lugar, por espantoso que sea, es el paraíso a donde acuden a gozar de una compañía esperada, y saboreada, aquellos hombres que tienen los días contados; pues rara vez se sale del lago de los leones a no ser para ir a la barrera de Saint Jacques, al presidio o a la jaula celular.

En este patio que acabamos de describir, y que rezumaba un frío húmedo, se paseaba con las manos en los bolsillos de su traje un joven considerado con mucha curiosidad por todos los habitantes del lago.

Hubiese pasado por un hombre elegante, gracias al corte de sus ropas, si tales ropas no hubiesen estado hechas jirones; no obstante, estaban poco usadas: la tela, fina y sedosa en los lugares intactos, recobraba su brillo al pasarle la mano el prisionero, que trataba de hacer una levita nueva.

Ponía el mismo cuidado en cerrar su camisa de batista considerablemente descolorida desde su entrada en la cárcel, y sobre sus botas barnizadas pasaba el extremo de un pañuelo bordado con iniciales bajo una corona heráldica.

Algunos pensionistas del lago de los leones consideraron con marcado interés los manejos embellecedores del prisionero.

—Fíjate, ahí está el príncipe poniéndose guapo —dijo uno de los ladrones.

—Es muy guapo de por sí —dijo otro—, y si solamente tuviese un peine y pomada eclipsaría a todos los señores de guante blanco.

—Su frac debió ser muy nuevo, y sus botas relucen bonitamente. Es halagador para nosotros que haya compañeros de tan buen tono; y esos bribones de gendarmes son bien ruines. ¡Los envidiosos! ¡Destrozar un traje tan hermoso como ése!

—Parece que es un famoso —dijo otro—. Ha hecho de todo... y en gran clase... Viene de allá, ¡tan joven! ¡Oh! Es soberbio.

Y el objeto de esta admiración vergonzosa parecía saborear los elogios o el valor de éstos, porque no oía las palabras.

Concluido su acicalamiento, se aproximó al ventanucho enrejado sobre el cual se apoyaba un guardián.

—Veamos, señor —le dijo—, préstame veinte francos, enseguida se los devolveré; conmigo no corre ningún riesgo. Piense que tengo padres con más millones que usted dinero. Vamos, veinte francos, se lo ruego, a fin de comprarme algunas ropas. Sufro horriblemente al estar siempre con frac y botas. ¡Qué frac, señor, para un príncipe Cavalcanti!

El guardián le dio la espalda y se encogió de hombros. No se rió de aquellas palabras que hubiesen hecho gracia a cualquiera; porque era un hombre que había oído muchas semejantes o siempre la misma cosa.

—Vaya —dijo Andrea—, es usted un hombre sin entrañas, y voy a hacer que pierda su puesto.

Estas palabras hicieron volver al guardián, que esta vez dejó escapar una sonora carcajada.

Entonces los prisioneros se aproximaron y formaron círculo.

—Le digo que con esa miserable suma —continuó Andrea—, podría procurarme un traje y una habitación, a fin de recibir de una manera más decente al ilustre visitante que espero de un día a otro.

—¡Tiene razón! ¡Tiene razón! —dijeron los prisioneros—. Pardiez, se ve que es un hombre de importancia.

—Pues bien, prestadle vosotros los veinte francos —dijo el guardián apoyándose sobre su otro colosal hombro—. ¿Acaso no debéis eso a un camarada?

—Yo no soy el camarada de estas gentes —dijo altivamente el joven—. No me insulte, no tiene derecho a eso.

Los ladrones se miraron con un murmullo sordo, y una tempestad, levantada por la provocación del guardián más que por las palabras de Andrea, empezó a formarse contra el preso aristócrata.

El guardián, seguro de poder hacer el *quos ego* cuando las olas fuesen más tumultuosas, las dejó crecer poco a poco para escarmentar al solicitante inoportuno y divertirse un rato durante la larga guardia de jornada.

Los ladrones ya se acercaban a Andrea; unos decían:

—¡La chancleta, la chancleta!

Cruel operación que consiste en apalear, no con una chancleta, sino con un zapato herrado, a un compañero caído en desgracia de aquellos señores.

Otros proponían la anguila; otra clase de diversión que consistía en llenar de arena, de piedras y de monedas grandes, cuando se tienen, un pañuelo retorcido, que los verdugos descargan como un mazo sobre las espaldas y cabeza del paciente.

—¡Azotemos al guapo señor! —dijeron algunos—. ¡Al honrado hombre!

Pero Andrea, volviéndose hacia ellos, guiñó el ojo, hinchó la mejilla con la lengua y emitió un sonido con los labios que equivale a mil signos de entendimiento entre los bandidos condenados a callarse.

Éste era un signo masónico que le había enseñado Caderousse.

Ellos reconocieron a uno de los suyos.

Inmediatamente cayeron los pañuelos; el zapato herrado volvió al pie del principal verdugo, y se oyeron algunas voces que proclamaron que el señor tenía razón, que el señor podía ser honrado a su gusto, y que los prisioneros querían dar el ejemplo de la libertad de conciencia.

La tempestad se serenó. El guardián se quedó tan estupefacto que cogió a Andrea por las manos y se puso a registrarlo, atribuyendo a algunas manifestaciones más significativas que la fascinación aquel súbito cambio de los habitantes del lago de los leones.

Andrea se dejó hacer, no sin protestar.

De pronto una voz resonó en la ventanilla.

—¡Benedetto! —gritó un inspector.

El guardián dejó su presa.

—¿Me llaman? —dijo Andrea.

—¡Al locutorio! —dijo la voz.

—Ve usted, ya vienen a verme. ¡Ah! Mi querido señor, va usted a ver si se puede tratar a un Cavalcanti como a un hombre cualquiera.

Y Andrea, deslizándose por el patio como una sombra negra, se precipitó por la ventanilla entreabierta, dejando admirados a sus compañeros y hasta al mismo guardián.

Le llamaban, efectivamente, al locutorio, y no hay que maravillarse menos que Andrea; porque el tuno, desde su entrada en la Force, en vez de usar, como todos los detenidos, del beneficio de escribir para hacerse reclamar, había guardado el más estoico silencio.

«Soy —se decía— el protegido de algún poderoso; todo me lo demuestra: esta fortuna repentina, esta facilidad con la cual he allanado todos los obstáculos, una familia improvisada, un nombre ilustre, el oro lloviendo en mi casa, las alianzas más preciosas prometidas a mi ambición. Un desgraciado olvido de mi suerte, una ausencia de mi protector me ha perdido, sí, pero no absolutamente, no para siempre. La mano se ha retirado por un instante, debe tenderse hacia mí y recogerme de nuevo en el momento en que me creía dispuesto a caer en el abismo. ¿Por qué arriesgaría un paso imprudente? Tal vez me enajenaría a mi protector. Hay dos medios para que él me saque de aquí: la evasión misteriosa pagada a precio de oro, y la mano forzada a los jueces para obtener una absolución. Esperemos para hablar y para obrar que me haya probado que me ha abandonado por completo, y entonces...»

Andrea había fraguado un plan que podía creerse hábil; el miserable era intrépido en el ataque y rudo en la defensa. La miseria de la prisión común, las privaciones de toda clase, las había soportado; sin embargo, poco a poco la naturaleza o más bien la costumbre había florecido. Andrea no soportaba estar desnudo, estar sucio, sentirse hambriento; el tiempo le parecía eterno.

En aquel momento de hastío, la voz del inspector le llamó al locutorio.

El corazón de Andrea saltó de alegría. Era demasiado pronto para que fuese la visita del juez de instrucción, y demasiado tarde para que lo llamase el director de la cárcel o el médico; era, pues, la visita insospechada.

Tras la verja del locutorio en que fue introducido Andrea, descubrió, con los ojos dilatados por una curiosidad ávida, la figura sombría e inteligente del señor Bertuccio, que también miraba, con un asombro doloroso, las rejas, las puertas llenas de cerrojos y la sombra que se agitaba tras los barrotes entrecruzados.

—¡Ah! —exclamó Andrea conteniendo su emoción.
—Buenos días, Benedetto —dijo Bertuccio con su voz profunda y sonora.
—¡Usted, usted! —dijo el joven mirando con espanto alrededor suyo.
—No me reconoces —dijo Bertuccio—, joven desgraciado.
—¡Silencio, pero silencio! —indicó Andrea, que conocía el fino oído de las paredes—. ¡Dios mío, Dios mío! No hable tan alto.
—Querrás hablar conmigo, ¿no es cierto? —dijo Bertuccio—. A solas.
—¡Oh, sí! —replicó Andrea.
—Está bien.
Y Bertuccio, metiendo la mano en el bolsillo, hizo señas a un guardián que se veía tras el cristal de la ventanilla.
—Lea —dijo.
—¿Qué es eso? —preguntó Andrea.
—La orden de conducirte a una habitación, de instalarte y de dejarme comunicar contigo.
—¡Oh! —exclamó Andrea saltando de alegría.
E inmediatamente, concentrándose en sí, se dijo:
«Otra vez el protector desconocido. No me olvida. Se busca el secreto, ya que se pretende hablar en una habitación aislada. Ya los tengo... Bertuccio ha sido enviado por el protector».

El guardián conversó un momento con un superior, luego abrió las dos puertas enrejadas y condujo a una habitación del primer piso que daba sobre el patio a Andrea, que se sentía lleno de alegría.

La habitación estaba blanqueada con cal, como se utiliza en las cárceles. Tenía un aspecto casi lujoso, que pareció radiante al prisionero: una estufa, una cama, una silla y una mesa constituían el suntuoso mobiliario.

Bertuccio se sentó en la silla, Andrea se echó sobre la cama. El guardián se retiró.

—Veamos —dijo el intendente—, ¿qué tienes que decirme?
—¿Y usted? —dijo Andrea.
—Habla tú primero.
—¡Oh, no! Es usted quien tiene mucho que contarme, puesto que usted ha venido a buscarme.

—Bien, sea. Tú has continuado tu carrera de fechorías: has robado, has asesinado.

—¡Bueno! Si ha venido para decirme eso, no hacía falta que me hiciesen pasar a una habitación particular. Ya conozco todas esas cosas. Hay otras que, por el contrario, no sé. Hablemos de ellas, si le parece. ¿Quién le envía?

—¡Oh, oh! Vas muy rápido, señor Benedetto.

—¿No es cierto? Y ése es el fin, pues quitémosle todas las palabras inútiles. ¿Quién le envía?

—Nadie.

—¿Cómo sabía usted que yo estaba en la cárcel?

—Hace tiempo que te he reconocido en la fastuosa insolencia que te empujaba tan graciosamente a caballo por los Campos Elíseos.

—Los Campos Elíseos... ¡Ah, ah! Nos quemamos, como se dice en el juego... Los Campos Elíseos... Vaya, hablemos un poco de mi padre, ¿quiere usted?

—Que soy yo.

—Usted, mi buen señor, es mi padre adoptivo... Pero no ha sido usted, supongo, quien ha dispuesto en mi favor una centena de miles de francos que he devorado en cuatro o cinco meses; no ha sido usted quien me ha forjado un padre italiano ni gentilhombre; no ha sido usted quien me ha hecho entrar en el gran mundo e invitado a cierta cena que aún me parece saborear ahora, en Auteuil, con la mejor compañía del todo París, con cierto procurador del rey cuya amistad he cometido el error de no cultivar porque ahora me sería muy útil; no ha sido usted, en fin, quien me ha garantizado por uno o dos millones cuando me llegó el fatal accidente de descubrir el tarro de la mermelada... Vamos, hable, estimado corso, hable.

—¿Qué quieres que te diga?

—Le ayudaré. Hace un momento hablaba de los Campos Elíseos, mi digno padre nutricio.

—¿Y bien?

—Pues bien, en los Campos Elíseos habita un señor muy rico, muy rico.

—En casa del cual has robado y asesinado, ¿no es cierto?

—Creo que sí.

—¿El señor conde de Montecristo?

—Es usted quien lo ha nombrado, como dice el señor Racine. Pues bien, ¿debo arrojarme entre sus brazos, estrecharle contra mi corazón gritando: «¡Padre mío, padre mío!», como dijo el señor Pixerecurt?

—No bromeemos —respondió seriamente Bertuccio—, y que semejante nombre no sea nombrado aquí como te atreves a pronunciarlo.

—¡Bah! —exclamó Andrea un poco aturdido por la solemnidad de la actitud de Bertuccio—. ¿Por qué no?

—Porque quien lleva ese nombre está demasiado favorecido por el cielo para ser padre de un miserable como tú.

—¡Oh! ¡Qué grandes palabras!

—¡Y qué grandes efectos, si no te cuidas!

—¡Amenazas! No las temo... Diré...

—¿Crees que tienes negocios con pigmeos de tu calaña? —dijo Bertuccio en un tono tan calmoso y con una mirada tan firme que Andrea fue sacudido hasta el fondo de las entrañas—. ¿Crees estar tratando con tus bribones compañeros de presidio, con tus imbéciles del gran mundo? Benedetto, estás en una mano terrible, y esta mano quiere abrirse por ti, aprovéchalo. No juegues con el rayo que brilla un instante, pero que volverá a tronar si tratase de molestar su libre movimiento.

—Mi padre... quiero saber quién es mi padre —dijo el empecinado—. Pereceré, si es preciso, pero lo sabré. ¿Qué me importa el escándalo? Bien..., reputación..., reclamos..., como dijo Beauchamp el periodista. Pero ustedes, gentes del gran mundo, ustedes siempre tienen algo que perder con el escándalo, a pesar de sus millones y de sus blasones... Vaya, ¿quién es mi padre?

—He venido para decírtelo.

—¡Ah! —exclamó Benedetto con los ojos brillando de alegría.

En ese momento se abrió la puerta y el carcelero se dirigió a Bertuccio diciendo:

—Perdón, señor, pero el juez de instrucción espera al prisionero.

—Es el final de mi interrogatorio —dijo Andrea al digno intendente—. ¡Al diablo el inoportuno!

—Volveré mañana —dijo Bertuccio.

—¡Bien! —exclamó Andrea—. Señores gendarmes, soy de ustedes... ¡Ah! Mi querido señor, deje una decena de escudos al escribano para que aquí me den lo que necesito.

—Lo haré —replicó Bertuccio.

Andrea le tendió la mano. Bertuccio guardó la suya en su bolsillo, y solamente hizo sonar algunas monedas.

—Eso es lo que quería decir —indicó Andrea esbozando una sonrisa, pero subyugado por la extraña tranquilidad de Bertuccio.

«¿Me habré engañado?», se dijo subiendo en el carruaje oblongo y enrejado que llamaban la *ensaladera*—. «¡Veremos!»

—Así, pues, hasta mañana —añadió volviéndose hacia Bertuccio.

—Hasta mañana —respondió el intendente.

El juez

Se recordará que el abate Busoni se había quedado solo con Noirtier en la habitación mortuoria, y que el anciano y el sacerdote se habían constituido en guardianes del cuerpo de la muchacha.

Tal vez las exhortaciones cristianas del abate, tal vez la dulce caridad, o quizá su palabra persuasiva habían devuelto el ánimo al anciano; porque desde el momento en que había podido conversar con el sacerdote, en vez de la desesperación que en un principio se apoderó de él, Noirtier hizo gala de una gran resignación, una calma bien sorprendente para todos los que recordaban la afección profunda que profesaba a Valentine.

El señor de Villefort no había vuelto a ver al anciano desde la mañana de la muerte. Toda la casa había sido renovada: otro ayuda de cámara había entrado para él, otro servidor para Noirtier; dos mujeres entraron al servicio de la señora de Villefort; todos, desde el conserje hasta el cochero, ofrecían un nuevo rostro que se levantaba, por así decirlo, entre los diferentes dueños de aquella casa maldita, interponiéndose entre las frías relaciones que ya existían entre ellos. Por otra parte, las audiencias se abrían dentro de tres días y Villefort se había encerrado en su despacho persiguiendo con febril actividad los procedimientos contra el asesino de Caderousse. Este asunto, como en todos aquellos en que se hallaba mezclado el conde de Montecristo, había causado mucho ruido en el mundo parisiense. Las pruebas no eran convincentes, ya que se basaban en algunas palabras escritas por un presidiario moribundo, antiguo compañero de reclusión de un hombre al que podía acusar por odio o por venganza; el convencimiento sólo existía en la conciencia del magistrado; el procurador del rey había acabado por convencerse de que Benedetto era culpable, y debía sacar de esta victoria difícil una de esas satisfacciones del amor propio que sólo conmovían un poco las fibras de su corazón helado.

El proceso se instruía, pues, gracias al trabajo incesante de Villefort, que quería presentarse en las próximas audiencias; también se veía obligado a acelerarlo más que nunca para evitar responder a las cuantiosas peticiones que le dirigían con intención de obtener un puesto en la audiencia.

Y además hacía tan poco tiempo que la pobre Valentine había sido depositada en el sepulcro, y el dolor de la casa era tan reciente, que nadie se extrañaba al ver al padre sumamente absorbido en sus deberes, es decir, en la única distracción que podía hallar a sus pesares.

Sólo una vez, era al día siguiente del que Benedetto había recibido por segunda vez la visita de Bertuccio, en la cual éste debió darle el nombre de su padre, el día siguiente de esa fecha, que era domingo, una sola vez, decíamos, Villefort percibió a su padre; fue en el momento en que el magistrado, cansado y fatigado, había descendido al jardín de su casa, y sombrío, inclinado bajo un implacable pensamiento, al igual que Tarquino abatiendo con su bastón las cabezas de las adormideras más altas, el señor de Villefort abatía con el suyo los largos y macilentos tallos de las rosas trepadoras que crecían a lo largo de las alamedas como los espectros de esas flores tan brillantes en la sesión que acababa de pasar.

Más de una vez había llegado al fondo del jardín, es decir, hasta la famosa verja que daba sobre el huerto abandonado, regresando siempre por la misma alameda, reemprendiendo su paseo con el mismo paso y con el mismo gesto, cuando sus ojos se posaron maquinalmente en la casa, en donde se oía jugar ruidosamente a su hijo, regresado del pensionado para pasar el domingo y el lunes junto a su madre.

En ese momento vio en una de las ventanas abiertas a Noirtier, que había hecho llevar su silla hasta ella para gozar de los últimos rayos de un sol todavía cálido, que acudía a saludar a las flores moribundas de las enredaderas y las hojas encarnadas de las parras vírgenes que tapizaban el balcón.

El ojo del anciano estaba posado en un punto que Villefort, por así decirlo, no percibía perfectamente. Aquella mirada de Noirtier era tan acuciante, tan salvaje, tan ardiente de impaciencia, que el procurador del rey, hábil para captar todas las impresiones de aquel rostro que conocía tan bien, se apartó de la línea que recorría para ver sobre quién caía aquella pesada mirada.

Entonces vio, bajo un macizo de tilos cuyas ramas estaban casi deshojadas, a la señora de Villefort quien, sentada, un libro en la mano, interrumpía de vez en cuando su lectura para sonreír a su hijo o enviarle su pelota de goma que él lanzaba obstinadamente del salón al jardín.

Villefort palideció, porque comprendió lo que quería el anciano.

Noirtier miraba siempre el mismo objeto; pero de pronto su mirada pasó de la mujer al marido, y fue el mismo Villefort quien debió sufrir el ataque de aquellos ojos espantosos que, al cambiar de objeto, también habían cambiado de lenguaje, sin perder nada de su amenazante expresión.

La señora de Villefort, extraña a todas estas pasiones cuyos fuegos cruzados pasaban por encima de su cabeza, retenía en aquel momento la pelota de su hijo, y le hacía señas de acudir a buscarla con un beso; pero Edouard se hizo rogar mucho tiempo; la caricia maternal no le parecía, probablemente, una recompensa elevada para molestarse en ir a recogerla. Al fin se decidió, saltó de la ventana al centro del macizo de heliotropos y corrió junto a la señora de Villefort con la frente cubierta de sudor. La señora de Villefort enjugó su frente, posó sus labios sobre ella y envió al niño con la pelota en una mano y unos caramelos en la otra.

Villefort, captado por una invisible atracción, como el pájaro es atraído por la serpiente, se aproximó a la casa; a medida que lo hacía la mirada de Noirtier descendía siguiéndole y el fuego de sus pupilas parecía tomar tal grado de incandescencia que Villefort se sentía devorado por ella hasta en el fondo de su corazón. En efecto, se leía en aquella mirada un sangriento reproche al mismo tiempo que una terrible amenaza. Entonces las pupilas y los ojos de Noirtier se levantaron al cielo como si recordase a su hijo el juramento olvidado.

—¡Está bien, señor! —replicó Villefort abajo en el patio—. ¡Está bien! Tenga paciencia un día más. Lo que he dicho, está dicho.

Noirtier pareció calmarse con estas palabras, y sus ojos se volvieron con indiferencia a otro lado.

Villefort desabotonó con violencia su levita, que le ahogaba, pasó una mano lívida por su frente y entró en su despacho.

La noche transcurrió fría y tranquila; todo el mundo se acostó y durmió como de costumbre en aquella casa. Sólo, como de costumbre, Villefort no se acostó al mismo tiempo que los demás, y trabajó hasta las cinco de la madrugada, revisando los últimos interrogatorios hechos la víspera por los magistrados instructores, y compulsando las deposiciones de los testigos que debían esclarecer una de las actas de acusación más difíciles y mejor combinadas que hubiese dirigido.

Al día siguiente, lunes, debía celebrarse la primera sesión de la audiencia. Ese día, Villefort lo vio amanecer nublado y siniestro; y su azulada luz reflejó sobre el papel y las líneas que había trazado con tinta roja. El magistrado se había adormecido un instante mientras su lámpara daba los últimos suspiros: se despertó a estos chisporroteos, los dedos húmedos y empurpurados, como si los tuviese mojados en sangre.

Abrió su ventana; una gran faja anaranjada atravesaba a lo lejos el cielo y cortaba en dos los delgados álamos que se perfilaban en negro sobre el horizonte. En el huerto de alfalfa, al otro lado de la verja, de los castaños, una alondra ascendía al cielo dejando oír su canto claro y mañanero.

El aire húmedo del alba inundó la cabeza de Villefort y refrescó su memoria.

—Eso será para hoy —dijo con esfuerzo—. El hombre que va a tener la espada de la justicia, la hará caer en todas partes en que estén los culpables.

Sus miradas fueron entonces, a pesar suyo, en busca de la ventana de Noirtier, en donde le había visto la víspera.

La cortina estaba echada.

Y sin embargo, la imagen de su padre estaba tan presente que se dirigió a aquella ventana cerrada como si estuviese abierta, y por dicha abertura aún viese al anciano amenazante.

—Sí —murmuró—, sí, esté tranquilo.

Su cabeza volvió a inclinarse sobre su pecho, y en esta postura dio varias vueltas a la habitación hasta que al fin se echó vestido sobre el diván, menos para dormir que para descansar sus miembros rígidos por la fatiga y el frío del trabajo, que penetra hasta la médula de los huesos.

Poco a poco se fue levantando todo el mundo. Villefort, desde su despacho, oyó los sucesivos ruidos que constituyen, por así decirlo, la vida de una casa: las puertas en movimiento, el tintineo de la campanilla de la señora de Villefort llamando a su camarera, los primeros gritos del niño, que se levantaba alegre, como se acostumbra a levantarse a esa edad.

Villefort llamó a su vez. Su nuevo ayuda de cámara entró en su cuarto y le entregó los periódicos.

Al mismo tiempo que los diarios, le trajo una taza de chocolate.

—¿Qué me trae usted ahí? —preguntó Villefort.

—Una taza de chocolate.

—No la he pedido. ¿Quién se ha tomado esa molestia por mí?

—La señora; ella me ha dicho que el señor sin duda hablaría mucho hoy en ese asunto del asesinato y que tenía necesidad de tomar fuerzas.

Y el ayuda de cámara depositó sobre la mesa que estaba junto al diván, y como todas las otras mesas, cargada de papeles, la taza de plata.

El criado salió.

Villefort miró un instante la taza con aire sombrío, luego, de pronto, la tomó con un movimiento nervioso y de un solo trago se bebió el líquido que contenía. Se hubiese dicho que esperaba que aquel brebaje fuese mortal y que llamaba a la muerte para librarse de un deber que le ordenaba una de las cosas más difíciles que morir. Luego se puso en pie y se paseó por su despacho con una especie de sonrisa que hubiese sido terrible ver si alguien la hubiese contemplado.

El chocolate era inofensivo, y el señor de Villefort no experimentó nada.

Llegó la hora del desayuno, y el señor de Villefort no apareció en la mesa. El ayuda de cámara entró en el despacho.

—La señora me manda prevenir al señor —dijo—, de que son las once y la audiencia es para las doce.
—Bien —dijo Villefort—. ¿Qué más?
—La señora se arregla; está preparada, y pregunta si acompañará al señor.
—¿Adónde?
—Al Palacio.
—¿Para hacer qué?
—La señora dice que le gustaría mucho asistir a esa reunión.
—¡Ah! —dijo Villefort con un acento casi aterrador—. Ella desea eso.

El criado retrocedió un paso y dijo:
—Si el señor desea salir solo, iré a decírselo a la señora.

Villefort permaneció un instante silencioso; con sus uñas rascaba su pálida mejilla y retorcía su barba negra.
—Diga a la señora —respondió al fin— que deseo hablarle, y que le ruego que me espere en su habitación.
—Sí, señor.
—Luego venga a afeitarme y a vestirme.
—Al instante.

El criado desapareció para reaparecer al poco rato, afeitó a Villefort y le vistió solemnemente de negro.

Después, cuando hubo concluido, dijo:
—La señora ha dicho que esperaba al señor tan pronto acabase de arreglarse.
—Ya voy.

Y Villefort, las carpetas bajo el brazo, su sombrero en la mano, se dirigió hacia el aposento de su esposa.

Se detuvo un instante a la puerta y se enjugó con un pañuelo el sudor que corría por su frente lívida.

Luego empujó la puerta.

La señora de Villefort se encontraba sentada en una otomana, hojeando con impaciencia los periódicos y las revistas que el joven Edouard se divertía en hacer pedazos antes de que su madre tuviese tiempo de acabar su lectura. Ella estaba completamente vestida para salir; su sombrero le esperaba colocado sobre una silla; tenía puestos los guantes.

—¡Ah, ya está aquí, señor! —dijo ella con su voz natural y calmosa—. ¡Dios mío! Está usted bastante pálido, señor. ¿Ha vuelto a trabajar toda la noche? ¿Por qué no ha venido a desayunar con nosotros? Bien, ¿me lleva usted o iré sola con Edouard?

La señora de Villefort había, como se ve, multiplicado sus preguntas para obtener una respuesta; pero ante todas estas preguntas Villefort se quedó frío y mudo como una estatua.

—Edouard —dijo Villefort posando sobre el muchacho una mirada imperiosa—, vete a jugar al salón, amigo mío, es preciso que hable con tu madre.

La señora de Villefort, viendo esta fría continencia, este tono resuelto y todos aquellos extraños preliminares, se estremeció.

Edouard había levantado la cabeza, había mirado a su madre; luego, viendo que ella no confirmaba la orden del señor de Villefort, se puso a cortar la cabeza de sus soldados de plomo.

—¡Edouard! —gritó Villefort tan rudamente que el niño saltó sobre la alfombra—. ¿Me has oído? ¡Vete!

El niño, a quien este trato no le resultaba corriente, se puso en pie y palideció; hubiese sido difícil decir si era de cólera o de miedo.

Su padre se acercó a él, le cogió del brazo, y le besó en la frente.

—Márchate —dijo—, hijo mío, vete.

Edouard salió.

El señor de Villefort fue a la puerta y la cerró tras de sí con cerrojo.

—¡Oh, Dios mío! —exclamó la mujer mirando a su marido hasta el fondo del alma y esbozando una sonrisa que heló la impasibilidad de Villefort—. ¿Qué sucede?

—Señora, ¿dónde pone usted el veneno de que se sirve habitualmente? —pronunció claramente y sin preámbulos el magistrado, colocado entre la puerta y su esposa.

La señora de Villefort experimentó lo que debe sentir una alondra cuando ve al milano cernirse sobre su cabeza en círculos mortales.

Un sonido ronco, roto, que no era ni un grito ni un suspiro, se escapó del pecho de la señora de Villefort, quien palideció hasta la lividez.

—Señor —dijo ella—, no... no comprendo.

Y como ella se había levantado en su paroxismo de terror, en un segundo acceso más fuerte sin duda que el primero, se dejó caer sobre los almohadones del sofá.

—Le preguntaba —continuó Villefort con voz perfectamente calmosa— en qué lugar oculta el veneno con ayuda del cual ha matado a mi suegro, el señor de Saint-Méran a mi suegra, a Barrois, y a mi hija Valentine.

—¡Ah, señor! —exclamó la señora de Villefort juntando las manos—. ¿Qué dice usted?

—No le toca preguntar, sino responder.

—¿Al juez o al marido? —balbució la señora de Villefort.

—¡Al juez, señora, al juez!

Era espantoso el espectáculo de la palidez de aquella mujer, la angustia de su mirada, el temblor de todo su cuerpo.

—¡Ah, señor! —murmuró ella—. ¡Ah, señor...!

Y no pudo continuar.

—¡No responde, señora! —exclamó el terrible interrogador, y luego añadió con una sonrisa más espantosa que su cólera—. ¡Es cierto que no niega!

Ella hizo un movimiento.

—Y no podrá negar —añadió Villefort, extendiendo la mano hacia ella como para cogerla en nombre de la justicia—. Ha consumado todos esos crímenes con una imprudente destreza, pero que sin embargo no puede engañar más que a las personas cegadas por el afecto hacia usted. Desde el momento de la muerte de la señora de Saint-Méran he sabido que existía un envenenador en mi casa; el señor d'Avrigny me había prevenido. Después de la muerte de Barrois, ¡Dios me perdone!, mis sospechas cayeron sobre un ángel; mis sospechas que, aun sin necesidad de crimen, siempre están alerta en el fondo de mi alma; pero después de la muerte de Valentine ya no hay duda para mí, señora, y no sólo para mí, sino también para otros; sí, su crimen, conocido ahora por dos personas, sospechado por varias, va a convertirse en algo público, y como le decía antes, señora, no es el marido quien le habla, sino el juez.

La mujer escondió su rostro entre sus manos.

—¡Oh, señor! —balbució ella—. Le suplico que no crea en las apariencias.

—¿Sería tan cobarde? —gritó Villefort con voz despreciativa—. En efecto, siempre he notado que los envenenadores son unos cobardes. ¿Sería tan cobarde, repito, usted que ha tenido el espantoso coraje de ver expirar delante suyo a dos viejos y a una joven asesinados por usted?

—¡Señor, señor!

—Sería usted tan cobarde —continuó Villefort con una exaltación creciente—, usted que ha contado uno a uno los minutos de cuatro agonías, usted que ha combinado sus planes infernales y removido esos brebajes infames con una habilidad y una precisión tan milagrosas? Usted que ha combinado tan bien todo, ¿habrá olvidado calcular una sola cosa, es decir, adónde podía conducirle la revelación de sus crímenes? ¡Oh! Es imposible, y usted habrá guardado algún veneno dulce, sutil y más eficaz que los otros para escapar al castigo que merece... Usted habrá hecho eso, al menos eso espero.

La señora de Villefort se retorció las manos y cayó de rodillas.

—Sé bien..., sé bien —dijo él—, lo confiesa; pero la confesión hecha a los jueces, la confesión hecha en el último momento, la confesión hecha cuando no se puede negar, es una cosa que en nada disminuye el castigo que se inflige a los culpables.

—¡El castigo! —exclamó la señora de Villefort—. ¡El castigo! Señor, ya son dos las veces que ha pronunciado esa palabra.

—Sin duda. ¿Cree usted que escapará por haber sido culpable cuatro veces? ¿Piensa que por ser la mujer del que impone ese castigo usted ha creído que éste no la alcanzaría? ¡No, señora, no! Sea quien sea, el cadalso aguarda al envenenador, sobre todo, como le decía hace un instante, si ese envenenador no ha tenido la precaución de conservar para sí algunas gotas de su veneno más activo.

La señora de Villefort lanzó un grito salvaje, y el terror vergonzoso e indomable invadió sus facciones descompuestas.

—¡Oh! No tema el cadalso, señora —dijo el magistrado—. No quiero deshonrarla, porque eso sería deshonrarme; no, al contrario, si me ha entendido, debe comprender que no puede morir en el cadalso.

—No, no he comprendido. ¿Qué quiere decirme? —balbució la desgraciada mujer completamente aterrada.

—Quiero decir que la mujer del primer magistrado de la capital no cargará de infamia un nombre que ha permanecido sin mancha, y no deshonrará de un golpe a su marido y a su hijo.

—No, ¡oh, no!

—Pues bien, señora. Eso será una buena acción por su parte, y esta decisión se la agradeceré.

—Me agradecerá, ¿el qué?

—Lo que acaba de decirme.

—¿Qué he dicho? Tengo la cabeza perdida; no comprendo nada. ¡Dios mío, Dios mío!

Y se levantó con el cabello suelto, los labios espumantes.

—Ha respondido, señora, a esa pregunta que le hice al entrar aquí: ¿en dónde está el veneno de que se ha servido corrientemente?

La señora de Villefort levantó los brazos al cielo y cerró convulsivamente las manos.

—No, no —vociferó—, no. Usted no querrá eso.

—Lo que no deseo, señora, es que usted perezca en un cadalso, ¿entiende? —respondió Villefort.

—¡Oh! Señor, piedad.

—Lo que quiero, es que se haga justicia. Estoy en la tierra para castigar, señora —añadió con una mirada encendida—; a cualquiera otra mujer, aunque fuese una reina, la enviaría al verdugo; pero con usted seré misericordioso. A usted le digo: ¿no es cierto, señora, que ha conservado algunas gotas de su veneno más dulce, más rápido y más eficaz?

—¡Oh! Perdóneme, señor, déjeme vivir.

—¡Es cobarde! —dijo Villefort.

—Piense que soy su mujer.

—¡Es una envenenadora!

—¡En nombre del cielo!

—No.

—¡En nombre del amor que ha sentido por mí!

—¡No, no!

—¡En nombre de nuestro hijo! ¡Ah! Por nuestro hijo, déjeme vivir.

—¡No, no, no! Le digo; cualquier día, si la dejase vivir, tal vez también lo envenenaría como a los demás.

—¡Yo! ¿Matar a mi hijo? —exclamó aquella madre salvaje lanzándose hacia Villefort—. ¿Yo, matar a mi Edouard? ¡Ah, ah!

Y una risa espantosa, una risa demoníaca, una risa de loca concluyó la frase y se perdió en un suspiro ronco.

La señora de Villefort había caído a los pies de su marido. Villefort se aproximó a ella.

—Piénselo, señora —dijo—, si a mi regreso no se ha hecho justicia la denunciaré con mi propia boca y la arrestaré con mis propias manos.

Ella escuchaba temblando, abatida, aplastada; sólo había vida en sus ojos, que incubaban un fuego terrible.

—Me entiende —dijo Villefort—. Voy a requerir la pena de muerte contra un asesino... Si la encuentro viva, esta noche dormirá en la conserjería.

La señora de Villefort lanzó un suspiro, sus nervios se distendieron, y se aplastó contra la alfombra.

El procurador del rey pareció experimentar un sentimiento de piedad, la miró con menos severidad, y se inclinó ligeramente sobre ella.

—Adiós, señora —dijo lentamente—. Adiós.

Este adiós cayó como el cuchillo mortal sobre la señora de Villefort, que se desmayó.

El procurador del rey salió, y al salir, cerró la puerta con doble vuelta de llave.

La audiencia

El asunto Benedetto, como se decía entonces en el Palacio de Justicia y en la sociedad, había producido enorme sensación. Parroquiano del Café de París, del bulevar de Gand y del Bosque de Bolonia, el falso Cavalcanti, mientras permaneció en París y durante los dos o tres meses que duró su esplendor, había hecho numerosas amistades. Los periódicos ya habían contado diversas anécdotas del detenido en su vida elegante como en el presidio; y esto despertaba la más viva curiosidad, sobre todo entre aquellos que habían conocido personalmente al príncipe Andrea Cavalcanti; y también éstos estaban decididos a no perder medio para ver en el banco de los acusados al señor Benedetto, el asesino de su camarada de cadena.

Para muchas personas, Benedetto era, si no una víctima, al menos un error de la justicia: habían visto al señor Cavalcanti padre en París, y se esperaba verlo aparecer nuevamente para reclamar a su ilustre vástago. Buen número de personas que jamás habían oído hablar de la famosa polaca con que había llegado a casa del conde de Montecristo, se sentían atraídos por la dignidad, la nobleza y los conocimientos que había mostrado el viejo patricio, el cual, hay que decirlo, parecía un gran señor siempre que no hablaba ni se ocupaba de números.

En cuanto al propio acusado, muchas personas se acordaban de haberle visto tan amable, tan guapo y tan pródigo que preferían creer en cualquier maquinación por parte de un enemigo de esos que encuentran en el mundo las personas de grandes fortunas, que poseen los medios de hacer el bien o el mal de un modo maravilloso.

Todos se dieron prisa en asistir a la sesión de la sala del crimen: unos para saborear el espectáculo, otros para comentarlo. Desde las siete de la mañana se hacía cola a la verja, y una hora antes de la apertura de la sesión, la sala ya estaba completamente llena de privilegiados.

Antes de la entrada del tribunal y aun con frecuencia después, una sala de audiencia en los días de grandes procesos se parece mucho a un salón en el cual muchas personas se reconocen, se saludan cuando están lo bastante cerca unos de otros para no perder sus sitios, y se hacen señas cuando están separados por gran número de público, de abogados y de gendarmes.

Hacía uno de esos magníficos días de otoño, que varias veces vienen a consolarnos de la ausencia del estío; las nubes que había visto aquella mañana el señor de Villefort al salir el sol ya se habían disipado como por encanto y dejaban lucir en toda su pureza uno de los últimos y más dulces días de septiembre.

Beauchamp, uno de los reyes de la Prensa y por consecuencia teniendo su trono en todas partes, miraba a derecha e izquierda. Descubrió a Chateau Renaud y a Debray que acababan de alcanzar unos puestos gracias a un guardia municipal, que había decidido colocarse tras ellos en vez de cubrirlos como era su derecho. El digno agente había reconocido al secretario del ministro y al millonario, y se mostró lleno de cortesía para con sus nobles vecinos, e incluso les permitió ir a visitar a Beauchamp, prometiéndoles guardarles sus sitios.

—¿Y bien? —dijo Beauchamp—. ¿Hemos venido a ver a nuestro amigo?

—¡Ah, Dios mío! Pues claro —respondió Debray—. Ese digno príncipe. ¡Qué el diablo cargue con los príncipes italianos!

—Un hombre que había tenido a Dante por genealogista, y se remonta a la *Divina Comedia*.

—Nobleza de cuerda —dijo flemático Chateau Renaud.

—Será condenado, ¿no es cierto? —preguntó Debray a Beauchamp.

—¡Eh! Querido amigo —respondió el periodista—, es a ti, me parece, a quien debemos preguntar eso: conoces mejor la atmósfera de los despachos, ¿no has visto al presidente en la última velada del ministro?

—Sí.

—¿Y qué te ha dicho?

—Una cosa que va a asombraros.

—¡Ah! Habla pronto, mi querido amigo; hace mucho tiempo que no me dicen nada de ese género.

—Pues bien, me dijo que Benedetto, a quien se mira como un fénix de sutileza, como un gigante de la astucia, no es más que un pillo de clase subalterna, muy ingenuo, y totalmente indigno de las experiencias frenológicas que se harán con su cabeza después de muerto.

—¡Bah! —exclamó Beauchamp—. Sin embargo, no representaba mal su papel de príncipe.

—Para ti, Beauchamp, que detestas a los príncipes y estás encantado cuando les encuentras malos modales; pero para mí que descubro a la legua un noble y que levanto una familia aristocrática, sea cual sea, como perro rastrero de la nobleza...

—Así, pues, ¿jamás has creído en ese principado?

—¿En su principado? Sí... En que era príncipe, no.

—No está mal —dijo Debray—. Sin embargo, te aseguro que para cualquier otro podía pasar... Lo he visto en casa de los ministros.

—¡Ah! Sí —dijo Chateau Renaud—. ¡Como si vuestros ministros conociesen a los príncipes!

—Hay mucho bueno en lo que acabas de decir, Chateau Renaud —replicó Beauchamp echándose a reír—. La frase es corta, pero agradable. Te pido permiso para usarla por mi cuenta.

—Cógela, mi querido Beauchamp —dijo Chateau Renaud—. Cógela, te doy mi frase por lo que vale.

—Pero —dijo Debray a Beauchamp—, si yo he hablado con el presidente, tú has debido hablar con el procurador del rey, ¿no?

—Imposible. Desde hace ocho días el señor de Villefort se oculta; es muy natural. Esa encadenación de extraños disgustos domésticos coronados por la extraña muerte de su hija...

—¡La extraña muerte! ¿Qué estás diciendo de eso, Beauchamp?

—¡Oh, sí! Haceros los ignorantes bajo el pretexto de que todo eso pasa en casa de la nobleza de la toga —dijo Beauchamp aplicando su anteojo a la vista y calibrándolo para apreciar a alguien.

—Mi querido amigo —dijo Chateau Renaud—, permíteme decirte que para el anteojo no hay nadie como Debray. Vamos, Debray dale una lección al señor Beauchamp.

—Fijaos —dijo Beauchamp—, no me engaño.

—¿Qué es, pues?

—Es ella.

—¿Quién es ella?

—Decían que se había marchado.

—¿La señorita Eugéne? —preguntó Chateau Renaud—. ¿Habrá vuelto ya?

—No, pero su madre.

—¿La señora Danglars?

—¡Vamos ya! —exclamó Chateau Renaud—. Imposible. Diez días después de la fuga de su hija, y tres después de la bancarrota de su marido.

Debray enrojeció ligeramente y siguió la dirección de la mirada de Beauchamp.

—¡Vamos ya! —dijo—. Es una mujer velada, una señora desconocida, cualquier princesa extranjera, tal vez la madre del príncipe Cavalcanti; pero ibas a decirnos cosas más interesantes, Beauchamp, me parece.

—¿Yo?

—Sí. Hablabas de la muerte extraña de Valentine.

—¡Ah, sí! Es cierto. Pero ¿por qué la señora de Villefort no está aquí?

—¡Pobre mujer! —dijo Debray—. Sin duda está ocupada en destilar agua de melisa, para los hospitales y componiendo cosméticos para ella y sus amigas. ¿Sabéis que gasta en esta diversión dos o tres mil escudos anuales, según se afirma? Pero lo cierto es que tienes razón, ¿por qué no está aquí la señora de Villefort? La hubiese visto con mucho gusto; me gusta mucho esa mujer.

—Y yo —dijo Chateau Renaud—, la detesto.

—¿Por qué?

—No lo sé. ¿Por qué se ama? ¿Por qué se detesta? La detesto por antipatía.

—O por instinto.

—Tal vez... Pero volvamos a lo que nos decía Beauchamp.

—Pues bien —prosiguió el aludido—, ¿no sentís curiosidad, señores, por saber, por qué mueren tan frecuentemente en casa de Villefort?

—Es bonito eso de frecuente —dijo Chateau Renaud.

—Querido amigo, la palabra se encuentra en Saint Simon.

—Pero el hecho se encuentra en casa del señor de Villefort; volvamos a ello.

—¡Diablos! —dijo Debray—. Confieso que no pierdo de vista esa casa cubierta de luto desde hace tres meses, y aún anteayer, a propósito de Valentine, la señora me hablaba...

—¿Quién es esa señora? —preguntó Chateau Renaud.

—La mujer del ministro, ¡diantre!

—¡Ah! Perdón —se excusó Chateau Renaud—. Yo no voy a casa de los ministros, dejo eso para los príncipes.

—Eras magnífico, pero te haces divino, barón; ten piedad de nosotros o nos abrasarás como otro Júpiter.

—No diría nada —replicó Chateau Renaud—, pero qué diablos, compadeceos de mí y no me repliquéis.

—Veamos, tratemos de llegar al fin de nuestro diálogo, Beauchamp. Os decía que la señora me preguntaba anteayer noticias sobre lo dicho; infórmame y yo se lo diré.

—Pues bien, señores, si se muere tan frecuentemente, y mantengo la palabra, en casa de Villefort, es porque hay un asesino en la casa.

Los dos jóvenes se estremecieron, porque ya más de una vez se les había ocurrido la misma idea.

—¿Y quién es ese asesino? —preguntaron.

—El joven Edouard.

Una carcajada de ambos no desconcertó en nada al orador, que continuó diciendo:

—Sí, señores, el joven Edouard, un niño fenómeno que ya mata como cualquiera.

—¿Es una broma?

—En absoluto. Ayer contraté a un criado que salió de casa del señor de Villefort; escuchad bien esto.

—Escuchamos.

—Y que voy a despedir mañana porque come una enormidad para resarcirse del ayuno de terror que se impuso allá. Pues bien, al parecer ese querido niño ha puesto la mano sobre algún frasco de droga que usa de vez en cuando contra aquellos que le disgustan. Primeramente fue su abuelo y abuela de Saint-Méran, y les vertió tres gotas de ese elixir: tres gotas bastan. Luego fue el bueno de Barrois, viejo servidor del abuelo Noirtier, el cual le regañaba de vez en cuando. Y el amable retoño le vertió tres gotas de su preparado. Así fue como, la pobre Valentine, que no lo reñía, pero de quien estaba celoso, recibió sus tres gotas de elixir y se acabó como los demás.

—Pero ¿qué diablo de cuento nos están haciendo? —dijo Chateau Renaud.

—Sí —dijo Beauchamp—, un cuento de otros mundos, ¿no es cierto?

—Eso es absurdo —indicó Debray.

—¡Ah! —prosiguió Beauchamp—. Ya estáis buscando medios dilatorios. ¡Qué diablos! Preguntad a mi criado, o más bien al que mañana no será mi criado, qué rumores hay en la casa.

—Pero ese elixir, ¿dónde está? ¿Qué es?

—¡Diantre! El chico lo oculta.

—¿Dónde lo ha cogido?

—En el laboratorio de su señora madre.

—¿Tiene su madre esos venenos en su laboratorio?

—¡Qué sé yo! Me estáis haciendo preguntas del procurador del rey. Repito lo que me han dicho, eso es todo; os cito a mi autor, no puedo hacer más. El pobre diablo no comía del miedo que tenía.

—¡Eso es increíble!

—Pues no, mi querido, no es increíble del todo; ya viste el año pasado a ese niño de la calle Richelieu que se divertía matando a sus hermanos y hermanas hundiéndoles una aguja en el oído mientras dormían. La generación que nos sigue es muy precoz, querido.

—¡Apuesto a que no crees una sola palabra de lo que acabas de contarnos! —dijo Chateau Renaud—. Pero, no veo al conde de Montecristo. ¿Cómo es que no está aquí?

—Está hastiado —indicó Debray—, y además no querrá aparecer ante todo el mundo, después de ser engañado por todos los Cavalcanti, que se le presentaron, según parece, con falsas cartas de crédito; de manera que tiene unos cien mil francos hipotecados sobre el principado.

—A propósito, Chateau Renaud —preguntó Beauchamp—, ¿cómo se encuentra Morrel?

—A fe mía —dijo el hidalgo—, que hace tres días que voy a su casa y no encuentro a Morrel. Sin embargo, su hermana no me ha parecido inquieta, y me ha dicho con muy buena cara que tampoco le había visto desde hacía dos días, pero que estaba segura de que se encontraba bien.

—¡Ah! Ahora que me acuerdo —dijo Beauchamp—, el conde de Montecristo no puede venir a la sala.

—¿Por qué?

—Porque es actor en el drama.

—¿Es que ha asesinado a alguien? —preguntó Debray.

—No, pero él, por el contrario, era a quien querían asesinar. Ya sabéis que fue a la salida de su casa cuando ese bueno de Caderousse cayó asesinado por su amiguito Benedetto. También sabéis que fue en su casa en donde se encontró ese famoso chaleco en el cual estaba la carta que vino a turbar la firma del contrato. ¿Veis el famoso chaleco? Está allá, todo ensangrentado, sobre la mesa, como pieza de convicción.

—¡Ah! Muy bien.

—Silencio, señores, aquí está el tribunal. ¡A nuestros sitios!

En efecto, un gran ruido se dejó oír en el pretorio; el sargento municipal llamó a sus dos protegidos con un *¡hem!* enérgico, y el ujier apareció en el umbral de la sala de deliberaciones, desde donde gritó con esa voz chillona que ya tenían los ujieres en tiempos de Beaumarchais:

—¡Señores, el tribunal!

La acusación

Los jueces entraron en sesión en medio del más profundo silencio; los jurados se sentaron en sus sitios; el señor de Villefort, objeto de la atención, y diremos casi de la admiración general, se sentó cubierto en su sillón, paseando una mirada tranquila alrededor suyo.

Todos miraban con asombro aquel rostro grave y severo, sobre cuya impasibilidad no parecían dominar los dolores paternales, y se le miraba con una especie de terror por ser un hombre extraño a las emociones de la humanidad.

—¡Gendarmes! —dijo el presidente—. Traigan al acusado.

A estas palabras la atención del público se avivó y todas las miradas se posaron sobre la puerta que debía dejar paso a Benedetto.

Enseguida se abrió esta puerta y apareció el acusado.

La impresión fue la misma sobre todo el mundo, y nadie se engañó ante la expresión de su rostro.

Sus rasgos no tenían la huella de esa emoción profunda que detiene la circulación de la sangre y destiñe las mejillas y la frente. Sus manos, graciosamente colocadas, una sobre su sombrero y la otra en la abertura de su chaleco, no estaban agitadas por ningún temblor; su mirada era tranquila y brillante. Apenas en la sala, la mirada del joven se puso a recorrer todas las filas de los jueces y de los asistentes, y se detuvo más tiempo sobre el presidente y sobre todo sobre el procurador del rey.

Al lado de Andrea se colocó su abogado, nombrado de oficio porque Andrea no quiso ocuparse de esos detalles, a los cuales no parecía conceder ninguna importancia: joven de cabellos rubios y rostro enrojecido por la emoción, y más sensible que el detenido.

El presidente pidió la lectura de la acusación, redactada, como se sabe, por la pluma tan hábil y tan implacable de Villefort.

Durante esta lectura, que fue larga y que para cualquier otro hubiese sido agotadora, la atención del público no dejó de recaer sobre Andrea, que sostuvo el peso con la desenvoltura de un espartano.

Villefort jamás había sido tan conciso ni tan elocuente; el crimen estaba presente bajo los colores más vivos, los antecedentes del detenido, su transformación, el relato de sus actos desde su tierna infancia, estaban redactados con el talento que la práctica de la vida y el conocimiento del corazón humano podían dar a una mente tan elevada como la del procurador del rey.

Con ese solo preámbulo, Benedetto estaba perdido para siempre en la opinión pública, mientras esperaba que fuese castigado más materialmente por la ley.

Andrea no prestó la menor atención a los sucesivos cargos que se levantaban y caían sobre él. El señor de Villefort, que le examinaba con frecuencia y que sin duda continuaba haciendo estudios en su fisonomía como solía hacer con sus acusados, no pudo hacerle bajar la vista ni una sola vez, a pesar de la fijeza y profundidad de su mirada.

Por fin concluyó la lectura.

—Acusado —dijo el presidente—. Su nombre y sus apellidos —Andrea se puso en pie.

—Perdóneme, señor presidente —dijo con voz bien timbrada y perfectamente clara—, pero veo que va a interrogarme en un orden que no puedo seguir. Tengo la pretensión de justificar más tarde el por qué soy una excepción de los acusados corrientes. ¿Quiere, pues, se lo ruego, permitirme contestar siguiendo un orden diferente; o al menos no responder a todo?

El presidente, sorprendido, miró a los jurados que miraron, a su vez, al procurador del rey.

Una gran sorpresa se manifestó en toda la asamblea. Pero Andrea no parecía conmoverse por nada.

—¿Su edad? —preguntó el presidente—. ¿Responderá usted a esta pregunta?

—A ésa como a las otras, responderé, señor presidente, pero a su debido tiempo.

—¿Su edad? —repitió el magistrado.

—Tengo veintiún años, o más bien, los tendré dentro de unos días porque he nacido la noche del 27 al 28 de septiembre de 1817.

El señor de Villefort que iba a tomar nota, levantó la cabeza al oír esta fecha.

—¿Dónde nació usted? —continuó el presidente.

—En Auteuil, cerca de París —respondió Benedetto.

El señor de Villefort levantó la cabeza por segunda vez, miró a Benedetto como si mirase a la cabeza de Medusa y se puso lívido.

En cuanto a Benedetto se pasó graciosamente sobre sus labios la punta bordada de un pañuelo de fina batista.

—¿Su profesión? —preguntó el presidente.

—En principio fui falsario —dijo Andrea con la mayor tranquilidad del mundo—, luego me convertí en ladrón, y muy recientemente hice de asesino.

Un murmullo, o más bien una tempestad de indignación y de sorpresa estalló en todas las partes de la sala; los mismos jueces se miraron estupefactos, los jurados manifestaron el máximo desagrado por el cinismo que no esperaban de un hombre elegante.

El señor de Villefort apoyó una mano sobre su frente, que primero fue pálida y ahora se volvía roja y encendida; de pronto se levantó, mirando a su alrededor como un hombre espantado: parecía ahogarse.

—¿Busca usted algo, señor procurador del rey? —preguntó Benedetto con su más obsequiosa sonrisa.

El señor de Villefort no respondió nada, y se volvió a sentar, o más bien cayó sobre su sillón.

—¿Ahora, detenido, es cuando consiente en decirnos su nombre? —preguntó el presidente—. La afectación brutal que ha puesto en enumerar sus diferentes crímenes, que califica de profesión, la especie de pundonor que pone en ello, en nombre de la moral y del respeto humano, este tribunal debe reprenderos severamente; he aquí, tal vez, la causa que le ha hecho ocultar su nombre. ¿Quiere resaltar ese nombre con los títulos que le preceden?

—Es increíble, señor presidente —dijo Benedetto en el tono de voz más gracioso y con los ademanes más corteses—, cómo ha leído usted en el fondo de mi pensamiento. En efecto, ha sido con esa intención que le he rogado que invirtiese el orden de las preguntas.

El estupor llegó a su colmo; en las palabras del acusado no había altanería ni cinismo; el auditorio, conmovido, presentía algún terrible rayo estallando en el fondo de aquella oscura nube.

—¡Y bien! —dijo el presidente—. ¿Su nombre?

—No puedo darle mi nombre, porque no lo sé; pero conozco el de mi padre, y puedo decírselo.

Un desvanecimiento doloroso cegó a Villefort; se vieron caer de sus mejillas varias gotas de sudor sobre los papeles que removía con mano convulsa y perdida.

—Diga entonces el nombre de su padre —añadió el presidente.

Ni un soplo, ni una respiración turbaban el silencio de aquella inmensa asamblea; todo el mundo esperaba.

—Mi padre es procurador del rey —respondió tranquilamente Andrea.

—¡Procurador del rey! —exclamó con estupefacción el presidente, sin notar la turbación que se operaba en el rostro de Villefort—. ¡Procurador del rey!

—Sí, y ya que usted desea saber su nombre, se lo diré: se llama Villefort.

La explosión, tanto tiempo contenida por el respeto a la sesión o a la justicia, estalló como una tormenta desde el fondo de todos los pechos; el mismo tribunal no se privó ni de contener aquella expansión de la multitud. Las interjecciones, las injurias dirigidas a Benedetto que permanecía impasible, los gestos enérgicos, el movimiento de los gendarmes, la burla de esa parte fangosa que, en toda asamblea sale a la superficie en los momentos de turbación y escándalo, todo eso duró cinco minutos antes de que los magistrados y los ujieres consiguiesen restablecer el silencio.

En medio de todo ese ruido, se oía la voz del presidente que gritaba:

—¿Pretende jugar con la justicia, acusado, se atreve a dar a sus conciudadanos el espectáculo de una corrupción que, en una época que no obstante no deja nada que desear bajo ese aspecto, aún no ha visto nada igual?

Diez personas se apresuraron a acercarse al procurador del rey, medio deshecho en su asiento, y le ofrecieron consuelos, ánimos y protestas de celo y simpatía.

La calma se restableció en la sala, a excepción, sin embargo, de un punto en que un grupo bastante numeroso se agitaba y susurraba.

Una mujer, decían, acababa de desmayarse: le habían hecho respirar sales y se había repuesto.

Andrea, durante este tumulto, había girado su rostro sonriente hacia la asamblea; luego, se apoyó con una mano sobre la barandilla de madera de su banco, y adoptó una actitud de lo más graciosa.

—Señores —dijo—, a Dios no le agrada que trate de insultar a este tribunal y provocar, en presencia de esta honorable asamblea, un escándalo inútil. Se me ha preguntado la edad que tenía, la he dicho; se me preguntó dónde había nacido, respondí; se me pregunta mi nombre, yo no puedo decirlo, pues mis padres me abandonaron. Pero puedo, sin decir mi nombre, puesto que no lo tengo, decir el nombre de mi padre; ahora bien, lo repito, mi padre se llama Villefort, y estoy dispuesto a probarlo.

Existía en el acento del joven tanta certeza, tal convicción y tal energía que redujeron el tumulto a silencio. Las miradas se volvieron un instante sobre el procurador del rey, que conservaba en su asiento la inmovilidad de un hombre al que un rayo acaba de convertir en cadáver.

—Señores —continuó Andrea pidiendo silencio con el gesto y la voz—, les debo la prueba y la explicación de mis palabras.

—Pero —exclamó el presidente irritado—, usted ha declarado en la instrucción que se llama Benedetto, ha dicho usted ser huérfano, y ha dado Córcega como su patria.

—He dicho en la instrucción lo que me convino decir en ella, porque no quería que se debilitase o se detuviese, lo que no podía dejar de suceder: el eco solemne que quiero dar a mis palabras. Ahora les repito que he nacido en Auteuil, en la noche del 27 al 28 de septiembre de 1817, y que soy hijo del procurador del rey, señor de Villefort. Ahora, ¿quieren ustedes más detalles? Voy a dárselos. Nací en el primer piso de la casa número 28 de la calle de la Fontaine, en una habitación forrada de damasco rojo. Mi padre me cogió en sus brazos diciendo a mi madre que estaba muerto; me envolvió en una mantilla marcada con una H y una N, y me llevó al jardín en donde me enterró vivo.

Un estremecimiento recorrió a todos los asistentes, cuando vieron que crecía la seguridad del detenido con el espanto del señor de Villefort.

—Pero ¿cómo sabe usted esos detalles? —preguntó el presidente.

—Voy a decírselo, señor presidente. En el jardín en que mi padre acababa de enterrarme, estaba esa misma noche un hombre que quería matarlo y que le espiaba desde hacía tiempo para cumplir una venganza corsa. El hombre estaba oculto en un macizo; vio a mi padre enterrar un cofre en el suelo, y le atacó con un cuchillo en medio de aquella operación; luego, creyendo que el cofre encerraba algún tesoro, abrió la fosa y me encontró vivo. Este hombre me llevó al hospicio de los Niños Encontrados, en donde fui inscrito con el número 57. Tres meses más tarde, su hermana hizo el viaje de Rogliano a París, para venir a reclamarme como su hijo y llevarme con ella. He aquí como, nacido en Auteuil, fui criado en Córcega.

Hubo un instante de silencio, pero de un silencio tan profundo que, sin la ansiedad que parecían respirar los mil pechos, se hubiese creído la sala vacía.

—Continúe —dijo la voz del presidente.

—Cierto —prosiguió Benedetto—, yo podía ser feliz en casa de aquellas buenas personas que me adoraban; pero mi natural perverso barrió todas las virtudes que trató de verter en mi corazón mi madre adoptiva. Crecí en el mal y he llegado al crimen. En fin, un día que maldecía a Dios por haberme hecho tan malo y haberme dado tan odiosa existencia, mi padre adoptivo vino a decirme:

»—No blasfemes, desgraciado; porque Dios te ha dado el día sin cólera. El crimen procede de tu padre y no de ti; tu padre, que te ha condenado al infierno si morías, y a la miseria si un milagro te salvaba.

»Desde entonces he dejado de blasfemar, pero he maldecido a mi padre; he aquí por qué he pronunciado las palabras que me ha echado en cara, señor presidente; he aquí por qué he causado el escándalo que aún conmueve a la asamblea. Si esto es un crimen más, castígueme; pero si le he convencido de que desde el día de mi nacimiento mi destino era fatal, doloroso, amargo y lamentable, compadézcame.

—Pero ¿y su madre? —preguntó el presidente.

—Mi madre me creía muerto; mi madre no es culpable. No he querido saber el nombre de mi madre; no la conozco.

En aquel instante un agudo grito, que concluyó en un sollozo, resonó en medio del grupo que rodeaba, como hemos dicho, a una mujer.

Esta mujer cayó en un violento ataque de nervios y fue sacada del pretorio; mientras se la llevaban el velo espeso que ocultaba su rostro se cayó y se reconoció a la señora Danglars.

Pese a la postración, pese al murmullo que llenaba sus oídos, pese a la especie de locura que transtornaba su cerebro, Villefort la reconoció y se puso en pie.

—¡Las pruebas, las pruebas! —dijo el presidente—. Detenido, acuérdese de que ese cúmulo de horrores necesita ser sostenido por las pruebas más contundentes.

—¿Las pruebas? —dijo Benedetto riendo—. ¿Quiere usted las pruebas?

—Sí.

—Pues bien, mire al señor de Villefort, y pregúnteme después por las pruebas.

Todos se volvieron hacia el procurador del rey, quien, bajo el peso de aquellas infinitas miradas posadas sobre él avanzó hasta el estrado del tribunal, vacilante, los cabellos en desorden y el rostro enrojecido por los arañazos de sus uñas.

Toda la asamblea lanzó un largo murmullo de asombro.

—Me piden las pruebas, padre mío —dijo Benedetto—. ¿Quiere usted que las dé?

—No, no —balbució el señor de Villefort con voz estrangulada—. No, es inútil.

—¿Cómo inútil? —exclamó el presidente—. Pero ¿qué quiere decir?

—Quiero decir —exclamó el procurador del rey— que me debatiría inútilmente bajo el abrazo mortal que me aplasta, señores, yo soy, lo reconozco en la mano vengadora de Dios. Nada de pruebas; no se necesitan; todo lo que acaba de decir ese joven es cierto.

Un silencio sombrío y pesado como el que precede a las catástrofes de la naturaleza, envolvió en su manto de plomo a todos los asistentes, cuyos cabellos se erizaron.

—¿Y bien, señor de Villefort? —exclamó el presidente—. ¿No está cediendo ante una alucinación? ¡Qué! ¿Goza usted de la plenitud de sus facultades? Se concebiría que una acusación tan extraña, tan imprevista y tan terrible turbase su ánimo. Veamos, vuelva en sí.

El procurador del rey sacudió la cabeza. Sus dientes entrechocaban con violencia como los de un hombre devorado por la fiebre, y sin embargo tenía una palidez mortal.

—Gozo de todas mis facultades, señor —dijo—, sólo sufre el cuerpo y eso se concibe. Me reconozco culpable de todo lo que ese joven acaba de decir contra mí, y permaneceré en mi casa a la disposición del señor procurador del rey, mi sucesor.

Y al pronunciar estas palabras con voz sorda y casi ahogada, el señor de Villefort se dirigió vacilante hacia la puerta, que le abrió con un movimiento maquinal el ujier de servicio.

Toda la asamblea permaneció muda y consternada ante aquella revelación y por aquella confesión, que daban un desenlace tan terrible a las diferentes peripecias que, desde hacía quince días, habían agitado a la alta sociedad parisiense.

—¡Y bien! —dijo Beauchamp—. ¡Que vengan a decirnos ahora que el drama no está en la naturaleza!

—A fe mía —dijo Chateau Renaud—, que preferiría más acabar como el señor de Morcerf: un disparo parece lo más dulce ante semejante catástrofe.

—Y además mata —añadió Beauchamp.

—Y yo que por un instante tuve la ocurrencia de casarme con su hija —dijo Debray—. Ha hecho bien en morir. ¡Dios mío, pobre chiquilla!

—¡Se levanta la sesión, señores! —dijo el presidente—. La causa se aplaza para la próxima sesión. El caso debe instruirse nuevamente y confiarse a un nuevo magistrado.

Andrea, siempre tan tranquilo y mucho más interesante, abandonó la sala escoltado por los gendarmes, que involuntariamente le testimoniaron su consideración.

—¡Y bien! ¿Qué piensa usted de todo esto, mi buen hombre? —preguntó Debray al sargento municipal dándole un luis.

—Habrá circunstancias atenuantes —respondió éste.

Expiación

El señor de Villefort había visto abrirse ante sí las filas de la multitud, tan compacta como era. Los grandes dolores son tan venerables que, no hay ejemplos en contra ni en los tiempos más desgraciados: el primer movimiento de la muchedumbre reunida siempre ha sido de simpatía hacia una gran catástrofe. Muchas gentes odiadas han sido asesinadas en un gran tumulto, pero raramente lo ha sido un desgraciado, aunque sea un criminal y haya sido insultado por los hombres que asisten a su condenación a muerte.

Villefort, pues, atravesó la fila de espectadores, de guardias, de personal del Palacio, y se alejó, reconocido culpable con su confesión, pero protegido por su dolor.

Es de las situaciones que los hombres comprenden por instinto, pero que no pueden comentar con su inteligencia; el poeta más grande en ese caso, es el que lanza el grito más vehemente y más natural. La multitud coge ese grito por un relato completo, y tiene razón al contentarse con él, y más razón todavía al encontrarlo sublime cuando es verdadero.

Además, será difícil explicar el estado de estupor en que se encontraba Villefort al salir de Palacio; describir esa fiebre que hacía latir cada arteria, atiesar cada fibra, hinchar hasta reventarlas cada vena, y disecar cada punto del cuerpo mortal en millares de sufrimientos.

Villefort se arrastró a lo largo de los corredores, guiado solamente por la costumbre; arrojó de sus hombros la toga magistral, no porque pensase quitársela por conveniencia, sino porque era un fardo insoportable, una túnica de Neso fecunda en torturas.

Llegó vacilante hasta el patio Dauphine, descubrió su coche, despertó al cochero abriendo la puerta personalmente, y se dejó caer sobre los almohadones, señalando con el dedo la dirección del *faubourg* de Saint Honoré. El cochero partió.

Todo el peso de su fama hundida acababa de caer sobre su cabeza; este peso aplastaba; no sabía las consecuencias; no las había calculado; las sentía y no razonaba su código como el frío asesino que comenta un artículo conocido.

Tenía a Dios en el fondo de su corazón.

—¡Dios! —murmuraba sin saber siquiera lo que decía—. ¡Dios, Dios!

No veía más que a Dios en medio del desmoronamiento que acababa de producirse.

El coche rodaba con rapidez; Villefort, agitándose sobre sus almohadones, sentía que algo le molestaba.

Llevó la mano al objeto: era un abanico olvidado por la señora de Villefort entre el almohadón y el respaldo del coche; aquel abanico despertó un recuerdo y ese recuerdo fue un rayo en medio de la noche.

Villefort pensó en su mujer.

—¡Oh! —exclamó como si un hierro candente le atravesase el corazón.

En efecto, desde hacía una hora no tenía a la vista más que una cara de su miseria, y he aquí que de repente se ofrecía otra a su espíritu, y ésta no era menos terrible.

Esa mujer, acababa de ser con ella un juez inexorable, acababa de condenarla a muerte; y ella, aterrada, aplastada por los remordimientos, hundida bajo la vergüenza que acababa de hacerle con la elocuencia de su irreprochable virtud, ella, pobre mujer débil y sin defensa contra un poder absoluto y supremo. Tal vez ella se preparaba a morir en aquel instante.

Ya había transcurrido una hora desde su condenación; sin duda en aquel momento repasaba todos sus crímenes de memoria, pedía perdón a Dios y escribía una carta para implorar de rodillas el perdón de su virtuoso marido; perdón que ella compraba con su muerte.

Villefort lanzó un segundo rugido de dolor y rabia.

—¡Ah! —exclamó moviéndose sobre el raso de la carroza—. ¡Esta mujer no es criminal más que por haberme tocado! Yo soy el criminal, yo; y ha adquirido el crimen como se coge el tifus, el cólera o la peste... ¡Y yo la castigo!... Me he atrevido a decirle: ¡Arrepiéntete, muere!... ¡Yo! ¡Oh, no, no!

Ella vivirá..., me seguirá, huiremos..., dejaremos Francia y correremos por la tierra mientras nos sostenga. Le hablaba del cadalso... ¡Gran Dios! ¿Cómo he podido pronunciar esa palabra? Pero, a mí también, a mí me espera el cadalso... Huiremos... Sí, me confesaré a ella. Sí, todos los días le diré, humillándome, que he cometido un crimen... ¡Oh, alianza del tigre y la serpiente! ¡Oh, digna mujer de un hombre como yo!... Es preciso que viva, es necesario que mi infamia haga palidecer la suya.

Y Villefort hundió más que bajó el cristal de delante de su cupé.

—¡Rápido, más rápido! —exclamó con voz que hizo saltar al cochero en su asiento.

Los caballos, azuzados por el miedo, volaron hasta la casa.

—Sí, sí —se repetía Villefort a medida que se aproximaba a su casa—. Sí, es necesario que esa mujer viva, es preciso que se arrepienta y que eduque a mi hijo, mi pobre hijo, el único que con el indestructible viejo ha sobrevivido a la destrucción de la familia. Ella lo ama; por él ha hecho todo esto. No se puede culpar nunca a una mujer que ama tanto a su hijo; ella se arrepentirá; nadie sabrá que ella fue culpable; esos crímenes cometidos en mi casa y que empiezan a inquietar a todos, se olvidarán con el tiempo, y si algún enemigo se acuerda, ¡pues bien!, lo tomaré en mi lista de crímenes. Uno, dos, tres más, poco importan. Mi mujer se salvará llevándose el oro, y sobre todo llevándose a su hijo lejos del abismo en el que me parece que el mundo va a hundirse conmigo. Ella vivirá, será feliz todavía, puesto que todo su amor está en su hijo, y su hijo no la abandonará. Habré hecho una buena acción; esto alivia mi corazón.

Y el procurador del rey respiró más libremente de lo que había hecho en mucho tiempo.

El coche se detuvo en el patio de la vivienda.

Villefort se abalanzó del estribo a la escalinata; vio a los criados sorprendidos por verle regresar tan pronto. No leyó otra cosa en sus rostros; ninguno le dirigió la palabra; sólo se detuvieron delante suyo, como tenían por costumbre, para dejarle pasar.

Pasó ante la habitación de Noirtier, y por la puerta entreabierta percibió como dos sombras, pero no se inquietó por la persona que estaba con su padre; era a otro sitio a donde le llevaba su inquietud.

—Veamos —dijo subiendo la escalerita que conducía al rellano en que estaban los aposentos de su mujer y la habitación vacía de Valentine—. Veamos, aquí no ha cambiado nada.

Ante todo cerró la puerta del rellano.

—Es preciso que nadie nos moleste —dijo—, es necesario que pueda hablarle libremente, acusarme delante de ella, decirle todo...

Se aproximó a la puerta, puso la mano en el botón de cristal, la puerta cedió.

—¡No está cerrada! Oh, bien, muy bien —murmuró.

Y entró en el saloncito en el que por las noches se hacía el lecho para Edouard; porque aunque estaba en un pensionado, Edouard dormía en casa: su madre nunca quiso separarse de él.

Abarcó de una mirada todo el saloncito.

—Nadie —dijo—, sin duda estará en su dormitorio —se abalanzó hacia la puerta. Allí estaba echado el cerrojo. Se detuvo aterrado—. ¡Eloise! —gritó.

Le pareció que se movía un mueble.

—¡Eloise! —repitió.

—¿Quién está ahí? —preguntó la voz de la aludida.

Le pareció que aquella voz era más débil que de costumbre.

—¡Abre, abre! —exclamó Villefort—. ¡Soy yo!

Pero a pesar de esta orden, no obstante el tono angustioso con que fue dada, no abrió.

Villefort hundió la puerta de un puntapié.

A la entrada de la habitación que daba con su tocador, la señora de Villefort permanecía en pie, pálida, las facciones contraídas y mirándole con unos ojos de una fijeza espantosa.

—¡Eloise, Eloise! —dijo—. ¿Qué tienes? ¡Habla!

La joven mujer tendió hacia él su mano rígida y lívida.

—Está hecho, señor —dijo ella con un ronquido que parecía rasgar su garganta—. ¿Qué más quiere usted?

Y cayó desde su altura sobre la alfombra.

Villefort corrió a ella, le cogió la mano. Aquella mano cerraba convulsivamente un frasquito de cristal con cierre de oro.

La señora de Villefort estaba muerta.

Villefort, borracho de horror, retrocedió hasta el umbral de la habitación y miró el cadáver.

—¡Hijo mío! —gritó de pronto—. ¿Dónde está mi hijo? ¡Edouard, Edouard!

Se precipitó fuera del aposento gritando:

—¡Edouard, Edouard!

Este nombre era pronunciado con tal acento de angustia que todos los criados corrieron a él.

—¡Mi hijo! ¿Dónde está mi hijo? —preguntó Villefort—. Que le alejen de la casa, que no vea...

—El señorito Edouard no está abajo, señor —respondió el ayuda de cámara.

—Sin duda juega en el jardín, véalo, véalo.

—No, señor. La señora llamó a su hijo hace una media hora; el señorito Edouard entró en el cuarto de la señora y aún no ha descendido desde entonces.

Un sudor helado inundó la frente de Villefort, sus pies tropezaron en las baldosas, sus ideas empezaron a darle vueltas en la cabeza, como las ruedas desordenadas de un reloj que se rompe.

—¡Con la señora! —murmuró—. ¡Con la señora!

Y regresó lentamente sobre sus pasos, enjugándose la frente con la mano, apoyándose de una a otra pared.

Al entrar en la habitación tenía que ver el cuerpo de la desgraciada mujer.

Para llamar a Edouard había que despertar el eco de aquel aposento convertido en ataúd; hablar era violar el silencio de la tumba.

Villefort sintió la lengua paralizada en su garganta.

—Edouard, Edouard —balbució.

El niño no respondía. ¿En dónde se encontraba aquel niño que, según los criados había entrado en el cuarto de su madre y aún no había salido?

Villefort dio un paso hacia adelante.

El cadáver de la señora de Villefort estaba caído de través en la puerta del tocador, en el cual se encontraría necesariamente Edouard; aquel cadáver parecía velar en el umbral con sus ojos fijos y abiertos, con una espantosa y misteriosa ironía sobre sus labios.

Tras el cuerpo, la cortina levantada, dejaba ver una parte del tocador, un piano de pie y el extremo de un sillón de satén azul.

Villefort dio dos o tres pasos más y sobre el diván vio a su hijo acostado.

Sin duda el niño dormía.

El desdichado tuvo un rapto de alegría; un rayo de pura luz descendió en aquel infierno en que se debatía.

No se trataba más que de pasar por encima de aquel cadáver, entrar en el tocador, coger el niño en sus brazos y huir con él, lejos, bien lejos.

Villefort ya no era el hombre cuya corrección le hacía el tipo del hombre civilizado; era un tigre herido de muerte que dejaba sus dientes rotos en la última herida.

No temía los prejuicios, pero sí a los fantasmas. Tomó impulso y saltó por encima del cadáver, como si se tratase de franquear un brasero ardiendo.

Levantó a su hijo en sus brazos, lo estrechó, lo sacudió, lo llamó; el niño no respondía. Pegó sus labios ávidos a sus mejillas, y las encontró heladas y lívidas; palpó sus miembros rígidos; apoyó su mano sobre su corazón, pero éste no latía ya.

El niño estaba muerto.

Un papel plegado en cuatro cayó del pecho de Edouard.

Villefort, espantado, se dejó caer de rodillas; el niño escapó de sus brazos inertes y rodó al lado de su madre.

Villefort recogió el papel, reconoció la escritura de su esposa y lo leyó ávidamente:

He aquí lo que contenía:

Usted sabía que era una buena madre, pues por mi hijo me hice criminal.

Una buena madre no se marcha sin su hijo.

Villefort no podía dar crédito a sus ojos; no podía creer en su razón. Se arrastró hacia el cuerpo de Edouard, que examinó una vez más con esa atención minuciosa que pone la leona al mirar a su cachorro muerto.

Luego, un grito desgarrador escapó de su pecho.

—¡Dios! —murmuró—. ¡Siempre Dios!

Estas dos víctimas le espantaban, sentía crecer en él el horror de aquella soledad poblada de dos cadáveres.

Hacía poco estaba sostenido por la rabia, esa inmensa facultad de los hombres fuertes; por la desesperación, esa virtud suprema de la agonía, que empujaba a los Titanes a escalar el cielo, y a Ajax a mostrar el puño a los dioses.

Villefort, ahora, inclinó su cabeza bajo el peso de los dolores, se levantó sobre sus rodillas, sacudió los cabellos húmedos de sudor, erizados de espanto, y aquel que no había tenido piedad de nadie, se fue en busca del anciano, su padre, para tener, en su debilidad, a alguien a quien contar su desgracia, a alguien cerca para llorar.

Descendió la escalera que ya conocemos y entró en el cuarto de Noirtier.

Cuando Villefort entró, Noirtier parecía dispuesto a escuchar, tan afectuosamente como le permitía su inmovilidad, al abate Busoni, siempre tan sereno y tan frío como de costumbre.

Villefort, al descubrir al abate, se llevó la mano a la frente. El pasado volvió a su memoria como una de esas olas en que la violencia levanta más espuma que en las otras.

Se acordó de la visita que había hecho al abate dos días después de la cena de Auteuil, y de la visita que le hizo el mismo abate el día de la muerte de Valentine.

—¡Usted aquí, señor! —dijo—. Pero usted no se me aparece más que para escoltar la muerte.

Busoni se incorporó; al ver la alteración del rostro del magistrado comprendió que la escena de la Audiencia ya se había cumplido; ignoraba el resto.

—Había venido para rezar sobre el cuerpo de su hija —respondió Busoni.

—Y hoy, ¿qué viene a hacer?

—Vengo a decirle que usted me ha pagado su deuda, y que a partir de este momento voy a rogar a Dios que se conforme como yo.

—¡Dios mío! —exclamó Villefort retrocediendo con el espanto pintado en su rostro—. Esa voz, esa voz no es la del abate Busoni.

—No.

El abate se arrancó la falsa tonsura, sacudió la cabeza, y sus largos cabellos dejaron de estar comprimidos, cayeron sobre sus hombros y encuadraron su pálido rostro.

—Es el rostro del señor de Montecristo —exclamó Villefort con ojos aterrados.

—Incluso no soy ése, señor procurador del rey; busque mejor y más lejos.

—¡Esa voz, esa voz! ¿Dónde he oído esa voz por primera vez?

—La oyó por primera vez en Marsella, hace veintitrés años, el día de su boda con la señorita de Saint-Méran. Busque en sus legajos.

—¿No es usted Busoni? ¿No es usted Montecristo? Dios mío, es ese enemigo oculto, implacable, mortal. He hecho algo contra usted en Marsella. ¡Oh, desgraciado de mí!

—Sí, tienes razón; eso está bien —dijo el conde cruzándose de brazos sobre su ancho pecho—. Busca, busca.

—Pero ¿qué te he hecho? —exclamó Villefort cuya mente ya flotaba en el límite de la razón y la demencia, en esa niebla que no es sueño y que aún no es despertar—. ¿Qué te he hecho? ¡Di, habla!

—Me ha condenado a una muerte lenta y odiosa; ha matado mi padre; me ha arrebatado el amor con la libertad, y la fortuna con el amor.

—¿Quién eres? ¿Quién eres? ¡Dios mío!

—Soy el espectro de un desgraciado a quien enterraste en los calabozos del castillo de If. A ese espectro salido al fin de su tumba, Dios le puso la máscara del conde de Montecristo, y le cubrió de diamantes y de oro para que no le reconocieses hoy.

—¡Ah! Te reconozco, te reconozco —dijo el procurador del rey—. Tú eres...

—¡Soy Edmond Dantés!

—Tú eres Edmond Dantés —exclamó el procurador del rey cogiendo al conde por la muñeca—. Entonces, ven.

Y lo arrastró por la escalera, por la cual le siguió Montecristo asombrado, ignorante de adonde le llevaba el procurador del rey, y presintiendo alguna nueva catástrofe.

—Mira, Edmond Dantés —dijo enseñando al conde el cadáver de su esposa y el cuerpo de su hijo—. ¡Mira, ahí tienes! ¿Estás bien vengado?

Montecristo palideció ante aquel espantoso espectáculo; comprendió que acababa de sobrepasar los derechos de la venganza; supo que ya no podía decir: «Dios está por mí y conmigo».

Lanzose con un sentimiento de angustia inexplicable sobre el cuerpo del niño, abrió sus ojos, tanteó su pulso, y pasó con él a la habitación de Valentine que cerró con doble vuelta de llave.

—¡Hijo mío! —exclamó Villefort—. ¡Se lleva el cadáver de mi hijo! ¡Oh, maldición! ¡Desgracia! ¡Muerte para ti!

Y quiso lanzarse tras de Montecristo; pero como en un sueño, se sintió clavado por los pies, sus ojos se dilataron hasta salirse de sus órbitas, sus dedos, engarfiados sobre la carne de su pecho, se hundieron en él hasta que la sangre enrojeció sus uñas; las venas de sus sienes se hincharon de líquidos ardientes, que fueron a levantar la bóveda demasiado estrecha de su cráneo y ahogaron su cerebro en un diluvio de fuego.

Esta situación duró varios minutos, justo hasta que el trastorno de la razón se completó.

Entonces lanzó un grito seguido de una espantosa carcajada, y se precipitó por la escalera.

Un cuarto de hora después la habitación de Valentine se volvió a abrir, y el conde de Montecristo reapareció.

Pálido, mortecina la mirada, el pecho oprimido, todos los rasgos de su cara, corrientemente tan serenos y nobles, se habían trastornado con el dolor.

Tenía en sus brazos al niño, al cual ningún socorro había podido devolverle la vida.

Puso una rodilla en tierra y lo depositó religiosamente cerca de su madre, la cabeza apoyada sobre su pecho.

Luego, levantándose, salió, y al encontrar a un criado en la escalera, le preguntó:

—¿Dónde está el señor de Villefort?

El criado, sin responderle, alargó la mano hacia la parte del jardín.

Montecristo descendió la escalinata, avanzó hacia el lugar señalado, y vio, en medio de sus criados, haciendo círculo alrededor suyo, a Villefort con una azada en la mano y removiendo la tierra con una especie de rabia.

—Aún no es aquí —decía—. ¡Aún no es aquí!

Y cavaba en otra parte.

Montecristo se aproximó a él, y en un tono casi humilde, le dijo:

—Señor, acaba de perder un hijo, pero...

Villefort le interrumpió; no le había escuchado ni entendido.

—¡Oh! Ya lo encontraré —dijo—. Usted pretende que no está aquí, pues lo encontraré aunque tenga que buscar hasta el día del Juicio.

Montecristo retrocedió espantado.

—¡Oh! —exclamó—. ¡Se ha vuelto loco!

Y como si temiese que los muros de aquella casa maldita se desplomasen sobre él, se lanzó a la calle, dudando por primera vez del derecho que tenía de hacer lo que hacía.

—¡Oh! Basta, basta con esto —dijo—. ¡Salvemos al último!

Al entrar en su casa, Montecristo encontró a Morrel, que vagaba por la mansión de los Campos Elíseos, silencioso como una sombra que espera el momento fijado por Dios para entrar en su tumba.

—Prepárese, Maximilien —le dijo con una sonrisa—. Mañana abandonamos París.

—¿No tiene usted nada más que hacer? —preguntó Morrel.

—No —respondió Montecristo—. Y Dios quiera que no haya hecho demasiado.

La partida

Los acontecimientos que acababan de pasar preocupaban a todo París.

Emmanuel y su mujer se los referían con gran sorpresa en su saloncito de la calle Meslay; relacionaron aquellas tres catástrofes tan repentinas como inesperadas, de Morcerf, de Danglars y de Villefort.

Maximilien que había acudido a hacerles una visita, les escuchaba o más bien asistía a su conversación, hundido en su insensibilidad habitual.

—En verdad —decía Julie—, no dirán, Emmanuel, que todas esas gentes ricas, tan dichosas ayer, habían olvidado en el cálculo sobre el que establecieron su fortuna, su dicha y su consideración, la parte del genio malo, y éste, como en los cuentos de hadas de Perrault, a quienes se olvida invitar a una boda o un bautizo, se presentó de repente para vengarse de tan fatal olvido.

—¡Cuántos desastres! —decía Emmanuel pensando en Morcerf y en Danglars.

—¡Cuántos sufrimientos! —decía Julie, acordándose de Valentine, que por instinto de mujer no quería nombrar delante de su hermano.

—Si es Dios quien los ha castigado —decía Emmanuel— es que Dios que es la suprema bondad, no ha encontrado nada en el pasado de esas personas que merezca la atenuación de la pena; es porque esas gentes estaban malditas.

—¿No eres más bien temerario en tus juicios, Emmanuel? —dijo Julie—. Cuando mi padre, la pistola en la mano, estaba dispuesto a saltarse la tapa de los sesos, si alguno hubiese dicho como tú dices ahora: «Ese hombre merece su castigo», ¿ese alguien no se habría engañado?

—Sí, pero Dios no permitió que nuestro padre sucumbiese, como no permitió que Abraham sacrificase a su hijo. Al patriarca, como a nosotros, le envió un ángel que cortó a medio camino las alas de la muerte.

Apenas acababa de pronunciar estas palabras cuando se oyó el sonido de la campanilla.

Era la señal por la que advertía el conserje que llegaba una visita.

Casi al mismo tiempo se abrió la puerta del salón y el conde de Montecristo apareció en el umbral.

Un doble grito de alegría partió de los dos jóvenes.

Maximilien levantó la cabeza y volvió a dejarla caer.

—Maximilien —dijo el conde sin demostrar que notase las diferentes expresiones que su presencia causaba en sus huéspedes—, vengo a buscarlo.

—¿A buscarme? —dijo Morrel como saliendo de un sueño.

—Sí —replicó Montecristo—, ¿no hemos quedado en que le llevo conmigo, y no le he prevenido que estuviese listo?

—Aquí me tiene —dijo Maximilien—, había venido a decir adiós.

—¿Y adónde va usted, señor conde? —preguntó Julie.

—A Marsella, primero, señora.

—¿A Marsella? —repitieron a coro los dos jóvenes.

—Sí, y les cojo a su hermano.

—¡Ay! Señor conde —exclamó Julie—, devuélvanoslo curado.

Morrel se volvió para ocultar su rubor.

—Entonces, ¿se ha dado usted cuenta de que sufría? —preguntó el conde.

—Sí —respondió la joven—, y tengo miedo de que se aburra con nosotros.

—Yo le distraeré —añadió el conde.

—Estoy listo, señor —indicó Maximilien—. ¡Adiós, mis buenos amigos! ¡Adiós, Emmanuel, adiós, Julie!

—¿Cómo adiós? —exclamó la muchacha—. ¿Se marcha así de repente, sin preparativos, sin pasaportes?

—Esas son las dilaciones que aumentan el pesar de las separaciones —dijo Montecristo—, y Maximilien, estoy seguro, ha debido prevenirse de todo; yo se lo había recomendado.

—Tengo mi pasaporte, y mis maletas están hechas —dijo Morrel con su monótona tranquilidad.

—Muy bien —comentó Montecristo, sonriendo—. Se reconoce la exactitud del buen soldado.

—¿Y usted nos abandona así, al instante? —inquirió Julie—. ¿No nos da usted un día, ni siquiera una hora?

—Mi coche está a la puerta, señora; es preciso que esté en Roma dentro de cinco días.

—Pero Maximilien no va a Roma —dijo Emmanuel.

—Voy adonde le guste llevarme al conde —dijo Morrel con una triste sonrisa—. Aún le pertenezco por un mes.

—¡Oh, Dios mío! ¿Cómo dice eso, señor conde?

—Maximilien me acompaña —indicó el conde con su persuasiva afabilidad—. Tranquilícense ustedes acerca de su hermano.

—¡Adiós, hermana! —repitió Morrel—. ¡Adiós, Emmanuel!

—Me lacera el corazón con su indiferencia —señaló Julie—. ¡Oh, Maximilien, Maximilien, nos ocultas algo!

—¡Bah! —dijo Montecristo—. Ya lo verá regresar alegre, risueño y dichoso.

Maximilien lanzó a Montecristo una mirada casi desdeñosa y casi irritada.

—¡Partamos! —indicó el conde.

—Antes de que usted se marche, señor conde —dijo Julie—, me permitirá decirle todo lo que el otro día...

—Señora —repuso el conde, cogiéndole las dos manos—, todo lo que va a decirme no vale lo que yo leo en sus ojos, lo que su corazón piensa, lo que el mío siente. Como los bienhechores de las novelas, yo hubiese debido partir sin volver a verla, pero esta virtud está por encima de mis fuerzas, porque yo soy un hombre débil y vanidoso, porque la mirada húmeda, alegre y tierna de mis semejantes me causa bien. Ahora me marcho, y llevo mi egoísmo hasta decir: no me olviden, mis buenos amigos, porque probablemente ya no me verán más.

—¡No le veremos más! —exclamó Emmanuel, mientras que dos gruesas lágrimas rodaban sobre las mejillas de Julie—. ¡No verle más! Pero no es un hombre, es un Dios quien nos deja, y ese Dios va a remontarse al cielo después de haber aparecido sobre la tierra para hacer el bien.

—No diga eso —repuso con viveza Montecristo—. No diga eso nunca, amigo mío; los dioses nunca hacen el mal, los dioses se quedan en donde ellos quieren detenerse; el azar no es más fuerte que ellos, y son ellos, por el contrario, quienes dominan al azar. No, yo soy un hombre, Emmanuel, y su admiración es tan injusta que sus palabras son sacrílegas.

Y aplicando sus labios a la mano de Julie, que se echó en sus brazos, alargó la otra mano a Emmanuel; luego, arrancándose de aquella casa, dulce nido en el que la dicha era su huésped, arrastró tras de sí a Maximilien, pasivo, insensible y consternado como lo estaba desde la muerte de Valentine.

—¡Devuelva la alegría a mi hermano! —dijo Julie al oído de Montecristo.

Montecristo le estrechó la mano como se lo había hecho once años antes en la escalera que conducía al despacho de Morrel.

—¿Se fía usted aún de Simbad el Marino? —le preguntó sonriendo.

—¡Oh, sí!

—Pues bien, duerma en la paz y en la confianza del Señor.

Como ya hemos dicho, la silla de posta esperaba; cuatro vigorosos caballos erizaban sus crines y patearon el suelo con impaciencia.

Al pie de la escalinata esperaba Alí, el rostro reluciente de sudor; parecía llegar de una larga carrera.

—¿Y bien? —le preguntó el conde en árabe—. ¿Has estado en casa del anciano?

Alí hizo signo de que sí.

—¿Y le has desplegado la carta ante sus ojos, así, como te había ordenado?

—Sí —indicó aún respetuosamente el esclavo.

—¿Y qué ha dicho, o más bien, qué ha hecho?

Alí se colocó bajo la luz, de manera que su amo pudiese verle, e imitando con su inteligencia tan fiel, la fisonomía del anciano, cerró los ojos como hacia Noirtier cuando quería decir: Sí.

—Bien, acepta —dijo Montecristo—. ¡Partamos!

Apenas había dejado escapar esta palabra cuando ya el coche rodaba y los caballos hacían saltar del empedrado una nube de chispas. Maximilien se acomodó en su rincón sin decir una sola palabra.

Transcurrió una media hora; la calesa se detuvo de pronto; el conde acababa de tirar del cordoncito de seda que correspondía a un dedo de Alí.

El nubio descendió y abrió la puerta.

La noche brillaba llena de estrellas. Estaban en lo alto del monte de Villejuif, sobre la planicie de París, que parecía un sombrío mar, agitado de millones de lucecitas que semejaban olas fosforescentes; olas, en efecto, olas más ruidosas, más apasionadas, más móviles, más ávidas y más furiosas que las del océano irritado; olas que no conocían la calma como las del vasto mar; olas que chocaban siempre, que espumean siempre y tragan sin cesar.

El conde permaneció solo, y a una señal de su mano el coche avanzó unos pasos.

Entonces consideró durante mucho tiempo, con los brazos cruzados, aquella fragua en la que se funden, se tuercen y se moldean todas las ideas que se lanzan desde el abismo hirviente para ir a agitar al mundo. Después, cuando hubo detenido bastante su mirada poderosa sobre aquella Babilonia que hacía soñar a los poetas religiosos igual que a los atiesados materialistas, murmuró inclinando la cabeza y juntando las manos como si estuviese orando:

—¡Gran ciudad! Hace seis meses que franqueé tus puertas. Creo que el espíritu de Dios me había conducido y me lleva triunfante; el secreto de mi presencia en tus muros lo he confiado a ese Dios que únicamente ha podido leer en mi corazón; sólo Él sabe que me retiro sin odio y sin orgullo, pero no sin pesar; sólo Él sabe que no he hecho uso, ni para mí ni para causas inútiles, del poder que me había confiado. ¡Oh, gran ciudad! En tu seno palpitante he encontrado lo que buscaba; minero paciente, he removido tus entrañas para extraerte el mal; ahora mi obra está cumplida, mi misión terminada; ahora ya no puedes ofrecerme gozos ni dolores. ¡Adiós, París! ¡Adiós!

Su mirada se paseó una vez más sobre la vasta planicie, como la de un genio nocturno; después, pasando la mano sobre su frente, volvió a subir en su coche, que cerró tras de sí, y que desapareció enseguida por el otro lado de la montaña entre un remolino de polvo y ruido.

Hicieron dos leguas sin pronunciar una sola palabra. Morrel soñaba. Montecristo le contemplaba curioso.

—Morrel —le dijo el conde—, ¿se arrepentirá de haberme seguido?

—No, señor conde; pero abandonar París...

—Si hubiese creído que la dicha le aguardaba en París, Morrel, le hubiese dejado.

—En París es en donde reposa Valentine, y abandonar París es perderla por segunda vez.

—Maximilien —dijo el conde—, los amigos que hemos perdido no reposan en la tierra: están encerrados en nuestro corazón, y Dios ha sido quien lo ha dispuesto así para que siempre estemos acompañados. Yo tengo dos amigos que siempre me acompañan así: uno es aquel que me dio la vida y el otro es quien me dio la inteligencia. El espíritu de ambos viven en mí. Los consulto en las dudas, y si he hecho algún bien se lo debo a sus consejos. Consulte la voz de su corazón, Morrel, y pregúntele si debe continuar poniéndome esa mala cara.

—Amigo mío —respondió Maximilien—, la voz de mi corazón está muy triste y no me promete más que desdichas.

—Es propio de los espíritus débiles ver todas esas cosas a través de un velo; el alma es la que se forma a sí misma sus horizontes; su alma es sombría y le presenta un cielo tormentoso.

—Eso tal vez sea cierto —admitió Maximilien. Y volvió a caer en su ensoñación.

El viaje se hizo con esa maravillosa rapidez que era uno de los poderes del conde; las ciudades pasaban como sombras en su camino; los árboles, sacudidos por los primeros vientos del otoño, parecían salir a su encuentro como gigantes desgreñados que huían rápidamente al ser alcanzados. Al día siguiente por la mañana llegaron a Chalon, donde les esperaba el barco a vapor del conde; sin perder un momento el coche fue trasladado a bordo; los dos viajeros ya estaban embarcados.

El barco estaba construido para correr y se hubiese dicho que era una piragua india; sus dos ruedas parecían dos alas con las cuales cortaba el agua como un pájaro viajero; el mismo Morrel experimentó esa especie de borrachera de la velocidad; y a veces, el viento que hacía flotar sus cabellos parecía dispuesto por un instante a borrar las nubes de su ceño.

En cuanto al conde, a medida que se alejaba de París una serenidad casi sobrehumana parecía envolverle en una aureola. Se hubiese creído en un exiliado que volvía a su patria.

Enseguida apareció Marsella, blanca, tibia, viviente; Marsella, hermana menor de Tiro y de Cartago, y que las sucedió en el imperio del Mediterráneo; Marsella, siempre más joven a medida que envejece, apareció ante sus ojos. Para ambos eran objeto de fecundos recuerdos aquella torre redonda, aquel fuerte de San Nicolás, aquel Ayuntamiento de Puget, aquel puerto de muelles de ladrillo en donde ambos habían jugado de niño.

También, de común acuerdo, ambos se detuvieron sobre la Canebière.

Un barco partía para Argelia; los paquetes, los pasajeros, agolpados en cubierta, la muchedumbre de padres, de amigos que decían adiós, que gritaban y lloraban, espectáculo siempre conmovedor incluso para aquellos que asisten a él todos los días; este movimiento no pudo distraer a Maximilien de una idea que se le había ocurrido desde el instante en que posó sus pies en las anchas baldosas del muelle.

—Fíjese —dijo cogiendo el brazo de Montecristo—, he aquí el lugar en que se detuvo mi padre cuando el *Faraón* entró en el puerto; aquí el buen hombre que usted salvó de la muerte y del deshonor se arrojó en mis brazos; aún siento la impresión de sus lágrimas sobre mi rostro, y él no lloraba solo, muchas personas también lloraban al verle.

Montecristo sonrió.

—Yo estaba allí —dijo señalando a Morrel la esquina de una calle.

Cuando decía esto, y en la dirección que indicaba el conde, se oyó un sollozo de dolor y se vio a una mujer que hacía señas a un pasajero del navío que partía. Aquella mujer estaba velada; Montecristo la siguió con la vista con una emoción que Morrel hubiese notado fácilmente si sus ojos, al contrario de los del conde, no estuviesen posados en el barco.

—¡Oh, Dios mío! —exclamó Morrel—. No me engaño, ese joven que saluda con su sombrero, ese joven de uniforme es Alberto de Morcerf.

—Sí —dijo Montecristo—, ya le había reconocido.

—¿Cómo puede ser eso? Usted miraba al lado opuesto.

El conde sonrió, como hacía cuando no quería responder. Y sus ojos se posaron sobre la mujer velada, que desapareció por la esquina de la calle. Entonces se giró.

—Mi querido amigo —dijo a Maximilien—, ¿no tiene alguna cosa que hacer en esta tierra?

—Ir a llorar a la tumba de mi padre —respondió sordamente Morrel.

—Está bien, vaya entonces, y espéreme allá; iré a buscarle.

—¿Me deja?

—Sí... yo también tengo que hacer una visita piadosa.

Morrel dejó caer su mano en la mano que le tendía el conde; después, con un movimiento de cabeza, cuya melancolía sería imposible describir, dejó al conde y se dirigió hacia el este de la ciudad.

Montecristo dejó que se alejase Maximilien, permaneciendo en el mismo lugar hasta que hubo desaparecido, entonces se encaminó hacia las Avenidas de Meilhan, a fin de encontrar la casita que al principio de esta historia debió ser familiar a nuestros lectores.

Esta casa aún se erigía a la sombra de la gran alameda de tilos que sirve de paseo a los marselleses ociosos, tapizada de amplios emparrados que crecen sobre la piedra amarilleada por el ardiente sol del Mediodía, con sus troncos ennegrecidos y descarnados por la edad. Dos escalones de piedra, desgastados por el roce de las pisadas, conducían a la puerta de entrada, puerta hecha con tres planchas de madera que jamás, pese a sus reparaciones anuales, había conocido el empaste y la pintura, esperando pacientemente que la humedad volviese para juntarlas.

Esta casa, encantadora a pesar de su vetustez, alegre pese a su apariencia mísera, era exactamente la misma que habitara en otros tiempos el padre de Dantés. El anciano sólo ocupaba el piso superior, y el conde puso toda la casa a disposición de Mercedes.

Aquí fue donde entró aquella mujer de gran velo que Montecristo había visto alejarse del navío que partía; cerraba la puerta en el momento en que él aparecía por la esquina de una calle, de manera que la vio desaparecer justo en el momento en que la encontraba.

Para él los escalones gastados eran viejos conocidos; sabía mejor que nadie cómo se abría aquella puerta, a la que un clavo de gran cabeza levantaba el picaporte interior.

Así, pues, entró sin llamar, sin prevenir, como un amigo, como un dueño.

Al extremo de una alameda pavimentada de ladrillo se abría, rico en calor, en sol y en luz, un jardincito, el mismo en que, en el lugar señalado, Mercedes encontró la cantidad que la delicadeza del conde hizo aparecer como depositada hacía veinticuatro años; desde el umbral de la puerta se descubrían los primeros árboles de aquel jardín.

Llegado al umbral, Montecristo oyó un suspiro que se parecía a un sollozo; este suspiro guió su mirada, y bajo un macizo de jazmines de Virginia de espeso follaje y con grandes flores púrpura, percibió a Mercedes, sentada, inclinada y llorando.

Se había levantado el velo, y sola, de cara al cielo, el rostro oculto entre sus manos, daba libre salida a sus suspiros y a sus sollozos, tan largo tiempo contenidos por la presencia de su hijo.

Montecristo avanzó algunos pasos; la arena rechinó bajo sus pies.

Mercedes levantó la cabeza y lanzó un grito de espanto al ver un hombre ante ella.

—Señora —dijo el conde—, no está en mis manos traerle la felicidad, pero le ofrezco el consuelo: ¿desdeñaría aceptarlo como procedente de un amigo?

—Soy, en efecto, muy desgraciada, —respondió Mercedes—, sola en el mundo... No tenía más que un hijo, y me ha abandonado.

—Ha hecho bien, señora —replicó el conde—, y tiene un noble corazón. Ha comprendido que todo hombre debe un tributo a la patria: unos con su talento, otros con su trabajo; éstos con sus vigilias y aquéllos con su sangre. Quedándose con usted, habría consumido su vida de una manera casi inútil, no se hubiese podido acostumbrar a su sufrimiento. Se volvería rencoroso en su impotencia, y así se volverá grande y fuerte luchando contra su adversidad que transformará en suerte. Déjele reconstruir un futuro para ambos, señora; me atrevo a decirle que lo tiene seguro en sus manos.

—¡Oh! —exclamó la pobre mujer, sacudiendo tristemente la cabeza—. Esa fortuna de que me habla, y que ruego a Dios le conceda desde el fondo de mi alma, no la gozaré. Se han roto tantas cosas en mí y alrededor mío, que ya me siento cerca de mi tumba. Ha hecho usted bien, señor conde, en acercarme al lugar en que he sido feliz: es allí, donde se ha sido dichosa, donde se debe morir.

—¡Ay! —dijo Montecristo—. Todas sus palabras, señora, caen amargas y abrasadoras sobre mi corazón, tanto más amargas y abrumadoras, cuanto que usted tiene motivos para odiarme; yo he sido quien ha causado todos sus males. ¿No me compadecerá en vez de acusarme? Aún me haría más desgraciado.

—¿Odiarle, acusarle, a usted, Edmond...? Odiar al hombre que ha salvado la vida de mi hijo, porque su intención fatal y sangrienta, ¿no es cierto?, la de matar al señor de Morcerf, ese hijo del que estaba tan orgulloso... ¡Oh, mírame, y verá que no hay en mí la apariencia de un reproche!

El conde levantó la vista y la posó sobre Mercedes, quien, medio en pie, alargaba hacia él sus manos.

—¡Oh! Mírame —prosiguió ella, con un sentimiento de profunda melancolía—. Se puede resistir hoy el brillo de mis ojos, ya no son los tiempos en que venía a sonreír a Edmond Dantés, que me esperaba allá arriba, en la ventana de esa buhardilla que habitaba su anciano padre... Desde aquella época han transcurrido muchos días dolorosos, que han cavado con un gran abismo entre mí y aquel tiempo. ¡Acusarle, Edmond, odiarle, amigo mío! No, no soy yo quien acusa y quien odia. ¡Oh, miserable de mí! —exclamó juntando sus manos y levantando los ojos al cielo—. He sido castigada... Tenía la religión, la inocencia y el amor, esas tres dichas que hacen los ángeles, y, ¡miserable de mí!, dudé de Dios.

Montecristo dio un paso hacia ella y silenciosamente le tendió la mano.

—No —dijo ella retirando dulcemente la suya—, no, amigo mío, no me toque. Me ha perdonado y, sin embargo, de cuantos ha herido yo era la más culpable. Todos los demás actuaron por odio, por avaricia, por egoísmo; yo actué por cobardía. Ellos ambicionaban, yo tenía miedo. No, no me estreche la mano. Edmond, usted piensa en alguna palabra afectuosa, lo siento, pero no la diga; guárdela para otra, porque yo no soy digna. Vea... —descubrió por completo su rostro—, vea, la desgracia ha tornado grises mis cabellos; mis ojos han vertido tantas lágrimas que están rodeados de venas violáceas; mi frente está arrugada. Usted, por el contrario, sigue siendo joven, apuesto y hermoso, Edmond. Usted ha sido quien tuvo fe; quien ha tenido la fuerza; quien ha descansado en Dios y a quien Dios ha sostenido. Yo he sido cobarde y he renegado; Dios me abandonó, y aquí estoy.

Mercedes se deshizo en lágrimas; el corazón de la mujer se destrozó ante el choque con los recuerdos.

Montecristo tomó su mano y la besó respetuosamente; pero hasta ella sintió que aquel beso no tenía fuego, como el que hubiese depositado el conde sobre la mano de mármol de una estatua de una santa.

—Hay —continuó ella—, existencias predestinadas cuya primera falta destroza todo el porvenir. Le creía muerto y debí morir; porque, ¿para qué ha servido que haya llevado eternamente luto por usted en mi corazón? Para hacer de una mujer de treinta y nueve años una mujer de cincuenta, y nada más. ¿De qué ha servido que, sola entre todos, le haya reconocido y sólo salvara a mi hijo? ¿No debía también salvar al hombre que, aunque culpable como era, había aceptado por esposo? Sin embargo, le he dejado morir; qué digo yo, Dios mío, he contribuido a su muerte con mi cobarde insensibilidad, con mi desprecio, no recordando, no queriendo pensar que por mí se había hecho perjuro y traidor. ¿De qué sirve, en fin, el que haya acompañado hasta aquí a mi hijo, puesto que aquí lo abandono, puesto que aquí lo dejo irse solo, puesto que lo entrego a esa tierra devoradora de África? ¡Oh! He sido cobarde, se lo digo; he renegado de mi amor y, como los renegados, llevo mi desgracia a cuantos me rodean.

—No, Mercedes —dijo Montecristo—, no; hágase mejor opinión de usted. No, usted es una noble y santa mujer, usted me ha desarmado con su dolor; pero, tras de mí, invisible, desconocido e irritado estaba Dios, de quien yo no era más que el mandatario y quien no ha querido retener el rayo que yo había lanzado. ¡Oh! Conjuro a ese Dios, a los pies del cual me postro cada día desde hace diez años; conjuro a ese

Dios, al que había sacrificado mi vida y con mi vida los proyectos que a ella había encadenado. Pero lo digo con orgullo, Mercedes, Dios tenía necesidad de mí, y yo he vivido. Examine el pasado, examine el presente y trate de adivinar el porvenir, y vea si no puedo ser el instrumento del Señor; las más espantosas desgracias, los más crueles sufrimientos, el abandono de todos aquellos que me amaban, la persecución de quienes no conocía, esa es la primera parte de mi vida; luego, de repente, tras la cautividad, la soledad, la miseria, el aire, la libertad, una fortuna tan sorprendente, tan prestigiosa, tan desmesurada que, a menos de estar ciego, he debido pensar que Dios me la enviaba para grandes fines. Desde entonces, esa fortuna me ha parecido ser un sacerdocio; desde entonces, más de un pensamiento mío iba tras esa vida en la que usted, pobre mujer, había, a veces, saboreado su dulzura; y no tenía ni una hora de calma: sintiéndome empujado como las nubes de fuego pasan por el cielo para ir a arrasar las ciudades malditas. Como esos capitanes aventureros que se embarcan para un viaje peligroso, que preparan una expedición arriesgada, dispuse los víveres, reuní las armas, amontoné los medios de ataque y defensa, acostumbrando mi cuerpo a los ejercicios más violentos, mi alma a los choques más rudos, enseñando a mi brazo a matar, a mis ojos a ver sufrir y a mi boca a sonreír bajo las apariencias más terribles; de bueno, confiado y obediente como era, me hice vengativo, disimulado, malo, o más bien impasible como la sorda y ciega fatalidad. Entonces me lancé por el sendero que me estaba abierto, he franqueado el espacio, he alcanzado la meta, ¡desgraciados aquellos que encontré en mi camino!

—¡Basta! —dijo Mercedes—. ¡Basta, Edmond! Crea que si sola he podido reconocerle, también he podido comprenderle sola. Ahora bien, Edmond, aquella que ha podido reconocerle, aquella que ha podido comprenderlo, la que ha podido ser encontrada en su camino y haber sido destrozada como un vaso, ésa ha debido admirarle, Edmond. ¡Como hay un abismo entre mí y el pasado, existe un abismo entre usted y los demás hombres; y mi mayor tormento, le digo, es comparar; porque no hay nadie en el mundo que le iguale, nadie que se le parezca! Ahora, dígame adiós, Edmond, y separémonos.

—Antes de abandonarla, ¿qué desearía usted, Mercedes? —preguntó Montecristo.

—No ansío más que una cosa, que mi hijo sea feliz.

—Ruegue al Señor, que sólo Él tiene su existencia entre sus manos, que lo libre de la muerte; yo me encargaré del resto.

—Gracias, Edmond.

—Pero ¿y usted, Mercedes?

—¿Yo? Yo no tengo necesidad de nada, yo vivo entre dos tumbas: una es la de Edmond Dantés, muerto hace tanto tiempo... ¡Lo amaba! Esta palabra no sienta bien a mis labios marchitos, pero mi corazón aún se acuerda, y por nada del mundo quisiera borrar ese recuerdo de mi corazón. La otra, es la de un hombre que Edmond Dantés ha matado; apruebo al matador, pero debo rogar por el muerto.

—Su hijo será feliz, señora —repitió el conde.

—Entonces, yo también seré tan dichosa como pueda serlo él.

—Pero..., en fin..., ¿qué hará usted?

Mercedes sonrió tristemente.

—Decirle que viviré en esta tierra como la Mercedes de otros tiempos, es decir, trabajando, no lo creerá; no sé más que rezar, pero tengo necesidad de trabajar; el pequeño tesoro ocultado por usted ha sido encontrado en la plaza indicada; se indagará quién soy, se preguntará qué hago, se ignorará cómo vivo, ¡qué importa! Es un asunto entre Dios, usted y yo.

—Mercedes —dijo el conde—, no le hago una reconvención, pero ha exagerado el sacrificio abandonando toda esa fortuna amasada por el señor de Morcerf, y cuya mitad le correspondía de derecho por su economía y desvelos.

—Ya veo lo que quiere proponerme; pero no puedo aceptar, Edmond, mi hijo me lo prohibiría.

—Así, pues, me guardaré bien de no hacer nada por usted sin que tenga la aprobación de Alberto de Morcerf. Está bien, conoceré sus intenciones y me someteré. Pero ¿si acepta lo que quiero hacer, le imitará sin repugnancia?

—Bien sabe, Edmond, que no soy una criatura juiciosa; la resolución que hay en mí es la de no determinarme nunca. Dios me ha sacudido tanto en sus borrascas que he perdido la voluntad. Estoy entre sus manos como un pajarillo en las garras de un águila. No quiere que muera, ya que vivo. Si me envía socorro, es que desea que los coja.

—Tenga cuidado, señora —dijo Montecristo—, no es así como se adora a Dios. Él quiere que se comprenda y se crea en su poder; para eso nos ha dado el libre albedrío.

—¡Desgraciado! —exclamó Mercedes—. No me hable así; si creyese que Dios me ha dado el libre albedrío, ¿qué me quedaría entonces para salvarme de la desesperación?

Montecristo palideció ligeramente y bajó la cabeza, aplastado por esa vehemencia del dolor.

—¿No quiere decirme adiós? —murmuró tendiéndole la mano.

—Al contrario, quiero decirle adiós —replicó Mercedes enseñándole el cielo con solemnidad—. Eso le probará que aún espero.

Y después de haber tocado la mano del conde con su mano temblorosa, Mercedes se precipitó a la escalera y desapareció a los ojos del conde.

Montecristo salió de la casa y tomó el camino del puerto.

Pero Mercedes no le vio alejarse, aunque fue a la ventana de la habitación del padre de Dantés. Sus ojos buscaban en la lejanía el barco que se llevaba a su hijo hacia el ancho mar.

Es cierto que su voz, a pesar suyo, murmuraba en voz baja:

—¡Edmond, Edmond, Edmond!

El pasado

El conde salió de esta casa con el alma afligida porque dejaba a Mercedes para no volverla a ver más, según todas las probabilidades.

Desde la muerte del pequeño Edouard, se había operado un gran cambio en Montecristo. Llegado a la cima de su venganza por la pendiente lenta y tortuosa que había seguido, había visto al otro lado de la montaña el abismo de la duda.

Había más: esta conversación que acababa de tener con Mercedes había despertado tantos recuerdos en su corazón que esos mismos recuerdos tenían que ser combatidos.

Un hombre del temple del conde no podía flotar mucho tiempo en esta melancolía que permite vivir a los espíritus vulgares incluso dándoles una originalidad aparente, pues mata a las almas superiores. El conde se dijo que para haber llegado a vituperarse él mismo, tenía que haberse producido un error en sus cálculos.

—Miro mal el pasado —murmuró—, y no puedo haberme engañado de esta manera. Quizá el objetivo que me había propuesto era un plan insensato. ¿Habré hecho un camino errado durante diez años? ¿Una hora habrá bastado para probar al arquitecto que la obra de sus esperanzas era, si no imposible, al menos sacrílega? No quiero hacerme a esta idea, me volvería loco. Lo que falta a mis razonamientos de hoy es la apreciación exacta del pasado, porque sólo veo ese pasado al otro lado del horizonte. En efecto, a medida que se avanza, el pasado se parece al paisaje a través del cual se pasó, que se borra a medida que se aleja. Me sucede lo mismo que a las personas que han sido heridas en sueños, miran y sienten su herida, y no se acuerdan de haberla recibido.

»Entonces, pues, hombre regenerado; entonces, rico extravagante; entonces, dormilón despierto; entonces, visionario todopoderoso; entonces, millonario invencible, vuelve a coger por un instante esa funesta perspectiva de la vida miserable y hambrienta; vuelve a pasar por los caminos a que la fatalidad te ha empujado, a que la desdicha te ha conducido, y en donde la desesperación te recibió; demasiados diamantes, demasiado oro y felicidad empañan hoy los cristales de ese espejo en que Montecristo contempla a Dantés; oculta esos diamantes, entierra ese oro, borra esos rayos; rico, encuentra al pobre; libre, busca al prisionero; resucita, halla el cadáver.

Y murmurando esto, Montecristo seguía la calle de la Caisserie. Era la misma por la cual, veinticuatro años antes, había sido conducido por una guardia silenciosa y nocturna; aquellas casas de aspecto riente y animado, estaban aquella noche sombrías, mudas y cerradas.

—Sin embargo, son las mismas —murmuró Montecristo—. Sólo que entonces era de noche, hoy es de día; es el sol el que ilumina todo esto y lo hace alegre.

Descendió hacia el muelle por la calle Saint Laurent, y avanzó hacia la Consigna; era el lugar del puerto en que fue embarcado. Un barco de paseo avanzaba con su dosel de dril; Montecristo llamó al patrón, que viró inmediatamente hacia él con ese apresuramiento que ponen en este ejercicio los barqueros que presienten una buena ganancia.

El tiempo era magnífico, el viaje fue una fiesta. En el horizonte descendía el sol, rojo y ardiente, sobre unas olas que lo abrazaban en su proximidad; el mar, terso como un espejo, se rizaba a veces bajo saltos de los peces, los que, perseguidos por algún enemigo oculto, se lanzaban fuera del agua para pedir vida a otro elemento; finalmente, en el horizonte, se veían pasar, graciosas y blancas como gaviotas viajeras, las barcas de pescadores que se dirigían a las Martigues, o los barcos mercantes con destino a Córcega o España.

Pese a este hermoso cielo, pese a estas barcas de graciosos contornos, pese a esta luz dorada que inundaba el paisaje, el conde, envuelto en su capa, se acordaba, uno a uno, de todos los detalles del terrible viaje; aquella luz única y aislada, luciendo en los Catalanes, aquella visión del castillo de

If que le enseñó adonde le llevaban, aquella lucha con los gendarmes cuando quiso arrojarse al mar, desesperación cuando se sintió vencido, y aquella sensación fría de la punta del cañón del fusil que le apoyaron en la sien como un anillo de hielo.

Y poco a poco, como esas fuentes secas por el verano que cuando se amontonan las nubes del otoño se humedecen lentamente y empiezan a manar gota a gota, el conde de Montecristo sintió surgir poco a poco en su pecho aquella vieja hiel que en otros tiempos inundaba el corazón de Edmond Dantés.

Desde entonces ya no hubo para él más cielo hermoso, más barcas graciosas ni más ardiente luz; el cielo se veló de fúnebres crespones y la visión del negro gigante que se llama el castillo de If le hizo estremecer, como si fuese la aparición repentina del fantasma de un enemigo mortal.

Llegaron.

Instintivamente el conde retrocedió hasta el extremo de la barca. El patrón tuvo que decirle con su voz más tranquilizadora:

—Abordamos, señor.

Montecristo se acordó que en el mismo lugar, sobre aquella misma roca, había sido violentamente arrastrado por sus guardianes, y que le habían hecho subir aquella rampa pinchándole los riñones con la punta de una bayoneta.

El camino le había parecido en otros tiempos muy largo a Dantés. Montecristo lo encontró muy corto; cada golpe de remo le había hecho brotar, con la salpicadura del mar, un millón de pensamientos y de recuerdos.

Después de la revolución de julio, ya no hubo más prisioneros en el castillo de If; un puesto destinado a impedir el contrabando ocupaba sólo sus cuerpos de guardia; un conserje esperaba a los curiosos a la puerta para enseñarles esta prisión de terror convertida en monumento de curiosidad.

Y sin embargo, aunque ya conocía todos aquellos detalles, cuando entró bajo la bóveda, cuando descendió la negra escalera, cuando fue conducido a los calabozos que había pedido ver, una palidez fría invadió su frente, en la que el sudor helado refluyó hasta su corazón.

El conde preguntó si aún quedaba algún antiguo carcelero del tiempo de la Restauración; todos habían recibido el retiro o pasado a otros empleos. El conserje que le conducía estaba allí desde 1830 solamente.

Le acompañó a su propio calabozo.

Volvió a ver el día que se filtraba a través del estrecho respiradero; volvió a recordar el sitio en que estaba la cama, movida después, y tras ella, aunque cegado, pero aún visible por sus piedras nuevas, la abertura hecha por el abate Faria.

Montecristo sintió que le flaqueaban las piernas; tomó un taburete de madera y se sentó.

—¿Se cuentan algunas historias sobre este castillo además del encarcelamiento de Mirabeau? —preguntó el conde—. ¿Hay alguna tradición sobre estas lúgubres mansiones, en las que es imposible creer que los hombres hayan encerrado alguna vez a seres vivientes?

—Sí, señor —dijo el conserje—, y de este mismo calabozo me contó una el carcelero Antoine.

Montecristo se estremeció. Ese carcelero Antoine era el suyo. Casi había olvidado su nombre y su rostro; pero al ser pronunciado su nombre, le vio tal cual era, con su cara cercada por la barba, su chaqueta marrón y su manojo de llaves, de las que aún le parecía oír el tintineo.

El conde se volvió y creyó verlo en la oscuridad del corredor, vuelto más negro por la luz de la antorcha que ardía en manos del conserje.

—¿Quiere que se la cuente, señor? —preguntó el conserje.

—Sí —dijo Montecristo—. Cuéntemela.

Y puso la mano en su pecho para contener el violento latir de su corazón, espantado por escuchar su propia historia.

—Hable —repitió.

—Este calabozo —empezó el conserje— estaba habitado por un prisionero, hace tiempo de esto, un hombre muy peligroso, según parece, y mucho más peligroso, ya que era muy hábil. Otro hombre habitaba en el castillo al mismo tiempo que él; pero éste no era malo, sino un pobre sacerdote que estaba loco.

—¡Ah! Sí, loco —repitió Montecristo—. ¿Qué clase de locura?

—Ofrecía millones si querían ponerle en libertad.

Montecristo levantó los ojos al cielo, pero no lo vio: existía un velo de piedra entre él y el firmamento. Pensó que había habido un velo mucho más espeso entre los ojos de aquellos a quienes el abate Faria ofrecía sus tesoros y la realidad.

—¿Podían verse los prisioneros? —preguntó Montecristo.

—¡Oh, no, señor! Eso estaba expresamente prohibido; pero ellos eludieron la prohibición abriendo una galería que iba de un calabozo al otro.

—¿Y quién de los dos abrió esa galería?

—¡Oh! Eso lo hizo el joven, claro está —dijo el conserje—. El joven era hábil y fuerte, mientras que el pobre abate era viejo y débil; además, tenía el espíritu muy vacilante para seguir una idea.

—¡Cielos! —murmuró Montecristo.

—Tanto es así —continuó el conserje—, que el joven abrió una galería, ¿con qué?, no se sabe nada; pero la abrió, y la prueba aún está a la vista en esa huella. Fíjese, ¿la ve?

Y acercó su antorcha a la pared.

—¡Ah, sí, es cierto! —comentó el conde con voz ahogada por la emoción.

—Resultó que los dos prisioneros se comunicaron. ¿Cuánto tiempo duró esta comunicación? No se sabe nada. Ahora bien, cierto día el viejo prisionero cayó enfermo y murió. ¿Adivina lo que hizo el joven? —exclamó el conserje interrumpiéndose.

—Hable.

—Se llevó al difunto, que acostó en su propia cama, la cara vuelta a la pared, luego volvió al calabozo vacío, cerró el agujero y se metió en el saco del muerto. ¿Ha visto usted alguna vez semejante idea?

Montecristo cerró los ojos y se sintió pasar por todas aquellas impresiones que había experimentado cuando aquella tela grosera, aún helada por la frialdad del cadáver, le rozó el rostro.

El conserje continuó:

—Vea usted, fíjese cuál era su proyecto: él creía que se enterraba a los muertos en el castillo de If, y como dudaba mucho de que se hiciesen gastos en ataúdes para los prisioneros, esperaba levantar la tierra con sus hombros; pero desgraciadamente no había contado con una costumbre del castillo que desbarataba su proyecto: no se enterraba a los muertos, se contentaban con atarles una bala a los pies y arrojarlos al mar, y eso se hizo. Nuestro hombre fue arrojado al agua desde lo alto de la galería; al día siguiente se encontró al verdadero muerto en su cama, y se adivinó todo, porque los enterradores dijeron lo que no se habían atrevido a decir hasta entonces: que en el momento en que el cuerpo fue arrojado al vacío, habían oído un espantoso grito, ahogado inmediatamente por el agua en que fue a desaparecer.

El conde respiró penosamente, el sudor corría por su frente, la angustia oprimía su corazón.

«No —murmuró para sí—, no. He experimentado la duda en un principio de olvido; pero aquí el corazón se abre de nuevo y vuelve sediento de venganza.»

Y añadió en voz alta:

—¿Y del prisionero no se ha vuelto a saber nada?

—Nunca, jamás; usted comprenderá una de estas cosas: o cayó plano, y como caía de una altura de cincuenta pies, se mató del golpe...

—Usted dijo que le habían atado una bala a los pies, y habrá caído derecho.

—O si ha caído de pie —continuó el conserje—, entonces el peso de la bala lo habrá arrastrado al fondo, en donde estará el pobre hombre.

—¿Lo llora?

—A fe mía que sí, aunque estuviese así en su elemento.

—¿Qué quiere decir?

—Que corría el rumor de que ese desdichado era, en su tiempo, un oficial de marina detenido por bonapartista.

«Verdaderamente —murmuró el conde para sí—, Dios te hizo para nadar por encima de olas y de llamas. Así, pues, el pobre marino vive en el recuerdo de algunos copleros; se cuenta su terrible historia al amor de la lumbre, y se estremecen en el momento en que debió cruzar el espacio para hundirse en la profundidad del mar».

Se volvió al hombre y le preguntó en voz alta:

—¿Se ha sabido alguna vez su nombre?

—¡Ah! Sí —dijo el guardián—. ¿Cómo? Sólo era conocido por el número 34.

«¡Villefort, Villefort! —pensó Montecristo—. He aquí lo que cientos de veces has debido decirte cuando mi espectro te importunaba en tus insomnios».

—¿El señor quiere continuar la visita? —preguntó el conserje.

—Sí, sobre todo si quiere enseñarme la celda del pobre abate.

—¡Ah! ¿La del número 27?

—Sí, el número 27 —repitió Montecristo.

Y aún le pareció escuchar la voz del abate Faria cuando le había preguntado su nombre y éste le había gritado su número a través de la pared.

—Venga.

—Espere —dijo Montecristo— que eche un último vistazo a estas paredes del calabozo.

—Está bien —dijo el guía—. He olvidado la llave del otro.

—Vaya a buscarla.

—Le dejaré la antorcha.

—No, llévesela.

—Pero usted se quedará sin luz.

—Yo veo en la oscuridad.

—¡Vaya! Igual que él.

—¿Que quién?

—El número 34. Se dice que estaba tan acostumbrado a la oscuridad, que hubiese podido ver una espina en el rincón más oscuro de su calabozo.

—Necesitó diez años para acostumbrarse a ello —murmuró el conde.

El guía se alejó llevándose la antorcha.

El conde había dicho la verdad; apenas estuvo unos segundos en la oscuridad, distinguió todo como en pleno día.

Entonces miró alrededor suyo, y reconoció realmente su calabozo.

—Sí —murmuró—, aquí está la piedra sobre la cual me sentaba. Aquí las huellas de mis hombros, que han dejado su hueco en la pared. Aquí está el rastro de sangre que salió de mi frente el día que quise romperme la cabeza contra la pared... ¡Oh! Estas cifras... las recuerdo... Las hice un día en que calculaba la edad de mi padre, para saber si lo encontraría vivo, y la edad de Mercedes, para saber si aún estaría libre... Tuve un instante de esperanza tras haber concluido el cálculo... ¡No contaba con el hambre y la infidelidad!

Y una risa amarga se escapó de la boca del conde. Acababa de ver como en un sueño a su padre conducido a la tumba... Mercedes caminando hacia el altar.

Sobre la otra pared de la muralla, una inscripción le atrajo. Se destacaba, aún blanca, sobre el muro verdoso.

—¡DIOS MÍO! —leyó Montecristo—. CONSÉRVAME LA MEMORIA. ¡Oh! ¡Sí! —exclamó—. He aquí la única plegaria de mis últimos tiempos. No pedía la libertad, sólo la memoria; temía volverme loco y olvidar. ¡Dios mío! Me has conservado la memoria y yo me he acordado. ¡Gracias, gracias, Dios mío!

En aquel momento la luz de la antorcha se reflejó en las paredes; era el guía que descendía.

Montecristo salió a su encuentro.

—Sígame —dijo.

Y sin tener necesidad de salir a la superficie, le hizo seguir un pasillo subterráneo que le conducía a otra entrada.

Allí Montecristo aún fue sacudido por un mundo de pensamientos.

La primera cosa que llamó su atención fue el meridiano trazado en la pared, con la ayuda del cual el abate Faria contaba las horas; luego los restos de la cama sobre la cual había muerto el pobre prisionero.

Ante esta visión, en vez de la angustia que el conde había experimentado en su calabozo, un sentimiento dulce y tierno, un sentimiento de gratitud hinchó su corazón, y dos lágrimas rodaron por sus mejillas.

—Aquí es —dijo el guía— donde estaba el abate loco; por allí es por donde el joven venía a su encuentro —y señaló a Montecristo la abertura de la galería que, de este lado, permanecía abierta—. Por el color de la piedra, un sabio ha reconocido que debía hacer diez años, poco más o menos, que se comunicaban los dos prisioneros. ¡Pobres gentes, debieron aburrirse bastante durante ese tiempo!

Dantés sacó algunos luises de su bolsillo y alargó la mano hacia este hombre que, por segunda vez, le compadecía sin conocerle.

El conserje los aceptó creyendo recibir algunas monedas, pero a la luz de la antorcha reconoció el valor de la suma que le entregaba el visitante.

—Señor —le dijo—, usted se ha engañado.

—Cómo es eso.

—Es oro lo que usted me ha dado.

—Ya lo sé.

—¡Cómo! ¿Lo sabe?

—Sí.

—¿Era su intención la de darme ese oro?

—Sí.

—¿Y puedo guardármelo tranquilamente?

—Sí.

El conserje miró a Montecristo con asombro.

—Y *honrosamente* —añadió el conde, como Hamlet.

—Señor —insistió el conserje que no se atrevía a creer en su dicha—, señor, no comprendo su generosidad.

—Sin embargo, es fácil de comprender, amigo mío —dijo el conde—. Yo he sido marino y su historia ha debido conmoverme más que otras.

—Entonces, señor —dijo el guía—, ya que usted es tan generoso, merece que le ofrezca alguna cosa.

—¿Qué va a ofrecerme, amigo mío? ¿Conchas, trabajos en paja? Gracias.

—No, señor, no; algo que se relaciona con la historia que le conté.

—¿De veras? —exclamó el conde con viveza—. ¿De qué se trata?

—Escuche —dijo el conserje—, le diré lo que pasó. Yo me dije: «Siempre se encuentra algo en una morada que ocupó diez años un prisionero», y me puse a registrar las paredes.

—¡Ah! —exclamó Montecristo acordándose del doble escondite del abate—. Buena cosa.

—A fuerza de buscar —continuó el conserje—, llegué a descubrir que sonaba a hueco en la cabecera del lecho y sobre el atrio de la chimenea.

—Sí —dijo Montecristo—, sí.

—Levanté las piedras y encontré...

—Una escala de cuerda y útiles —exclamó Montecristo.

—¿Cómo sabe usted eso? —preguntó el conserje con asombro.

—No lo sé, lo adivino —dijo el conde—, son cosas que corrientemente se encuentran en los escondites de los prisioneros.

—Sí, señor —dijo el guía—, una escala de cuerda y útiles.

—¿Y aún los tiene? —preguntó Montecristo.

—No, señor; he vendido esos diversos objetos, que resultaban muy curiosos, a los visitantes, pero me queda otra cosa.

—¿Qué es? —inquirió el conde con impaciencia.

—Me queda una especie de libro escrito sobre tiras de tela.

—¡Oh! —exclamó Montecristo—. ¿Le queda ese libro?

—No sé si es un libro —dijo el conserje—, pero me queda eso que le digo.

—Vaya a buscarlo, amigo mío, vaya —dijo el conde—; y si es lo que supongo, esté tranquilo.

—Voy corriendo, señor. Y el guía salió.

Entonces él fue a arrodillarse ante los restos de aquella cama que la muerte convirtió para él en altar.

—¡Oh, mi segundo padre! —dijo—. Tú que me diste la libertad, la ciencia y la riqueza; tú que, semejante a las criaturas de una esencia superior a la nuestra, tenías la ciencia del bien y del mal; si en el fondo de la tumba queda de nosotros alguna cosa que se levante a la voz de los que moran en la tierra, si en la transfiguración que sufre el cadáver alguna cosa animada flota en los lugares en donde hemos amado o sufrido mucho, noble corazón, espíritu supremo, alma profunda, por una palabra, por una seña, por una revelación cualquiera, te conjuro, en nombre de ese amor paternal que me concedías y de ese amor filial que yo te confesé, líbrame del resto de duda que, si no se cambia en convicción, se convertirá en remordimiento.

El conde bajó la cabeza y juntó las manos.

—Tenga, señor —dijo una voz detrás de él.

Montecristo se estremeció y se volvió.

El conserje le alargaba las tiras de tela sobre las cuales el abate Faria había depositado todos los tesoros de su ciencia. Este manuscrito era la gran obra del abate Faria sobre la realeza en Italia.

El conde lo cogió con apresuramiento, y sus ojos cayeron inmediatamente sobre un epígrafe; leyó:

Arrancarás los dientes del dragón y pisarás a los leones, ha dicho el Señor.

—¡Ah! —exclamó—. He aquí la respuesta. Gracias, padre mío, gracias.

Y sacando de su bolsillo una carterita que contenía diez billetes de Banco de mil francos cada uno, dijo:

—Tenga, coja esta cartera
—¿Me la da?
—Sí, pero a condición de que no mirará su interior hasta que me haya marchado.

Y metiendo en su pecho la reliquia que acababa de encontrar, y que para él tenía el valor de un inmenso tesoro, se precipitó fuera del subterráneo y, subiendo a la barca, dijo:

—¡A Marsella!

Luego, alejándose y con la mirada puesta en la sombría prisión, añadió:

—¡Ay de aquellos que me encerraron en esta sombría prisión, y de aquellos que han olvidado que estaba encerrado!

Al pasar ante los Catalanes, el conde se volvió y, envolviéndose la cabeza en su abrigo, murmuró el nombre de una mujer.

La victoria era completa; el conde había vencido la duda dos veces.

Ese nombre que pronunciaba con una expresión de ternura que casi era amor, era el de Haydée.

Poniendo pie en tierra, Montecristo se encaminó hacia el cementerio, en donde sabía que hallaría a Morrel.

Él también, diez años antes, había buscado piadosamente una tumba en aquel cementerio, y la buscó inútilmente. Él, que regresaba a Francia con millones, no había podido encontrar la tumba de su padre, muerto de hambre.

Morrel había hecho poner una cruz en ella, pero la cruz se había caído y el enterrador la prendió fuego como hacen todos los enterradores con las viejas maderas que encuentran caídas por los cementerios.

El digno negociante había sido más feliz; muerto en los brazos de sus hijos, fue conducido por ellos a reposar junto a su esposa, que se le había adelantado dos años hacia la eternidad.

Dos amplias lápidas de mármol, sobre las cuales estaban inscritos los nombres de uno y otra, se extendían parejas en un pequeño recinto encerrado con una balaustrada de hierro y sombreado por cuatro cipreses.

Maximilien estaba apoyado en uno de los árboles, y tenía clavados en ambas tumbas sus ojos abstraídos.

Su dolor era profundo, casi le trastornaba.

—Maximilien —le dijo el conde—, no es ahí a donde hace falta mirar, sino allí.

Y le señaló el cielo.

—Los muertos están en todas partes —dijo Morrel—. ¿No fue usted quien me dijo eso al hacerme abandonar París?

—Maximilien, usted me pidió durante el viaje detenerse algunos días en Marsella, ¿sigue siendo ése su deseo?

—Ya no tengo deseo, conde; pero me parece que esperaré aquí menos penosamente que en otra parte.

—Tanto mejor, Maximilien, porque voy a abandonarle llevándome su palabra, ¿no es así?

—¡Ah! La olvidaré, conde —dijo Morrel—. La olvidaré.

—¡No! No la olvidará, porque usted es hombre de honor ante todo, Morrel, porque ha jurado y porque va a jurar nuevamente.

—¡Oh, conde, tenga piedad de mí! ¡Conde, soy tan desgraciado!

—He conocido a un hombre más desgraciado todavía, Morrel.

—Imposible.

—¡Ay! —dijo Montecristo—. Ese es uno de los orgullos de nuestra pobre humanidad: cada hombre se cree más desgraciado que cualquier otro infeliz que llora y gime a su lado.

—¿Quién hay más desgraciado que el hombre que ha perdido el único bien que amaba y deseaba en el mundo?

—Escuche, Morrel —dijo Montecristo—, y ponga atención un instante en lo que voy a contarle. He conocido a un hombre que, como usted, había hecho reposar todas sus esperanzas de dicha en una mujer. Ese hombre era joven, tenía un padre anciano al que quería, una prometida a la que adoraba; iba a casarse con ella cuando uno de esos caprichos de la suerte que harán dudar de la bondad de Dios, si Dios no se hubiese revelado más tarde mostrándole que todo sirve como medio para guiar a su infinita unidad; cuando un repentino capricho de la suerte le quitó su libertad, su amada, el futuro que le hacía soñar y que ya consideraba suyo (porque, ciego como estaba, no podía leer más que el presente), para hundirlo en el fondo de un calabozo.

—¡Ah! —exclamó Morrel—. Se sale de un calabozo al cabo de ocho días, de un mes o de un año.

—Él permaneció catorce años, Morrel —dijo el conde poniendo una mano sobre el hombro del joven.

Maximilien se estremeció.

—¡Catorce años! —murmuró.

—Catorce años —repitió el conde—. También él, durante esos catorce años, tuvo momentos de desesperación; como usted, Morrel, se creía el más desgraciado de los hombres, y quiso matarse.

—¿Y bien? —preguntó Morrel.

—Pues bien, en el momento supremo, Dios se reveló a él por medio humano; porque Dios no hace más que milagros; acaso en el primer momento no comprendió la misericordia infinita del Señor porque tenía los ojos llenos de lágrimas; pero al fin tuvo paciencia y esperó. Un día salió milagrosamente de la tumba, transfigurado, rico, poderoso, casi un dios; su primer grito fue para su padre, pero había muerto de hambre.

—¡Y mi padre también está muerto! —dijo Morrel.

—Sí, pero su padre murió en sus brazos, amado, feliz, honrado, rico y lleno de vida. Ese otro padre había muerto pobre, desesperado, dudando de Dios; y cuando diez años después de su muerte, su hijo buscaba su tumba, hasta ésta había desaparecido, y en ningún sitio pudo leer: «Aquí reposa en el Señor el corazón que tanto te ha amado».

—¡Oh! —murmuró Morrel.

—Éste era, pues, un hijo más desgraciado que usted, Morrel, porque éste no sabía dónde encontrar la tumba de su padre.

—Pero —dijo Morrel—, al menos le quedaba la mujer que había amado.

—Se equivoca, Morrel; esa mujer...

—¿Estaba muerta? —inquirió Maximilien.

—Peor que eso: había sido infiel. Se había casado con uno de los perseguidores de su prometido. Ya ve, Morrel, como ese hombre era un amante más desgraciado que usted.

—¿Y a ese hombre —preguntó Morrel— le ha enviado Dios consuelo?

—Al menos le ha concedido la calma.

—¿Y ese hombre podrá ser feliz algún día?

—Eso espera, Maximilien.

El joven dejó caer su cabeza sobre su pecho.

—Usted tiene mi promesa —dijo después de un instante de silencio y tendiendo la mano a Montecristo—. Solamente, recuerde...

—El 5 de octubre, Morrel, le espero en la isla de Montecristo. El 4 un yate le esperará en el puerto de Bastia; ese yate se llama *Eurus*; usted se dará a conocer al patrón, que le conducirá junto a mí. ¿Queda convenido, no es cierto, Maximilien?

—Sí, conde, haré lo que está dicho; pero recuerde que el 5 de octubre...

—Niño, que no sabe todavía lo que es una promesa de hombre... Se lo tengo dicho muchas veces, ese día, si aún desea morir, yo le ayudaré, Morrel. Adiós.

—¿Me abandona?

—Sí, tengo que hacer en Italia; le dejo solo, solo en lucha con su desgracia, solo con esa águila de poderosas alas que el Señor envía a sus elegidos para transportarlos a sus pies; la historia de Ganímedes no es ninguna fábula, Maximilien, sino una alegoría.

—¿Cuándo se marcha usted?

—Inmediatamente; el barco de vapor me espera, dentro de una hora me encontraré lejos de usted. ¿Me acompañará hasta el puerto, Morrel?

—Soy todo suyo, conde.

—Abráceme.

Morrel acompañó al conde hasta el puerto; el humo ya salía como un penacho inmenso del tubo negro que lo lanzaba fuera. Inmediatamente partió el buque, y una hora después, como había dicho Montecristo, esa misma nubecilla de humo blanquecino rayaba, apenas visible, el horizonte oriental, ensombrecido con las primeras tinieblas de la noche.

Peppino

En el mismo momento en que el vapor del conde desaparecía tras el cabo Morgion, un hombre, que corría en posta por el camino de Florencia a Roma, acababa de pasar la población de Aquapendente. Marchaba bastante rápido para hacer mucho camino, pero sin hacerse sospechoso.

Vestido con una levita o más bien con un abrigo de viaje que había estropeado bastante, pero que aún dejaba ver brillante y fresca una cinta de la Legión de Honor cosida a su traje; este hombre, no sólo por ese aspecto, sino también por su acento, cuando hablaba al postillón, era reconocido como francés. Una prueba más de que había nacido en el país del idioma universal, es que no sabía más palabras italianas que las de música que pueden, como el *goddam* de Fígaro, reemplazar todas las finezas de una lengua particular.

—*Allegro!* —decía al postillón a cada subida.

—*Moderato!* —repetía a cada bajada.

Y Dios sabe que hay subidas y bajadas yendo de Florencia a Roma por la carretera de Aquapendente.

Estas dos palabras, por lo demás, hacían reír mucho a las buenas personas a quienes iban dirigidas.

En presencia de la ciudad eterna, es decir llegando a Storta, lugar desde donde se distingue Roma, el viajero no experimentó ese sentimiento de curiosidad entusiasta que lanza cada extraño al levantarse sobre su asiento para tratar de percibir la famosa cúpula de San Pierre que ya se distingue mucho antes de ver otra cosa. No, él sólo sacó su cartera del bolsillo y de su cartera un papel doblado en cuatro, que desdobló y volvió a doblar con sumo cuidado, contentándose con decir:

—Bueno, aún lo tengo.

El coche franqueó la puerta del Popolo, tomó a la izquierda y se detuvo en el Hotel España.

Maese Pastrini, nuestro antiguo conocido, recibió al viajero en el umbral de su casa con el sombrero en la mano.

El viajero descendió, solicitó una buena comida y se informó por la dirección de la casa Thomson y French, que le fue indicada inmediatamente, pues era una casa de las más conocidas de Roma.

Estaba situada en la calle del Banchi, cerca de San Pierre.

En Roma, como en todas partes, la llegada de una silla de postas constituye un acontecimiento. Diez jóvenes descendientes de Mario y de los Gracos, pies descalzos, codos rotos, con la mano en la cadera y el brazo pintorescamente doblado por encima de la cabeza, miraban al viajero, a la silla de postas y a los caballos; a estos mocosos de la ciudad se unieron una cincuentena de papanatas de los estados de Su Santidad, de esos que allí hacen la ronda escupiendo al Tíber desde lo alto del puente de San Angelo cuando el Tíber lleva agua.

Ahora bien, como los mocosos y los papanatas de Roma, más felices que los de París, comprenden todos los idiomas, y sobre todo la lengua francesa, oyeron al viajero preguntar por un aposento, por una comida y por último la dirección de la casa Thomson y French.

Resultó que cuando el recién llegado salió del hotel con el cicerone de rigor, un hombre se destacó del grupo de curiosos, y sin ser notado por el viajero, sin parecer ser visto por su guía, marchó a corta distancia del extranjero, siguiéndole con tanta destreza como hubiera podido hacerlo un agente de la policía francesa.

El francés estaba tan deseoso de hacer su visita a la casa Thomson y French que no se había tomado el tiempo de esperar a que enganchasen los caballos; el coche debía recogerle en el camino o esperar a la puerta del banquero.

Llegó sin que el coche le alcanzase.

El francés entró, dejando en la antesala al guía, que inmediatamente se puso a conversar con dos o tres de aquellos trabajadores sin trabajo, o más bien de mil oficios, que se encuentran en Roma a la puerta de los banqueros, de las iglesias, de las ruinas, de los museos y de los teatros.

Al mismo tiempo que el francés, el hombre que se había destacado del grupo de curiosos entró en el mismo sitio; el francés llamó a una de las ventanillas de las oficinas y entró en la primera sala; su sombra hizo otro tanto.

—¿Los señores Thomson y French? —preguntó el extranjero.

Una especie de lacayo se levantó a la señal de un empleado de confianza, guardián solemne del primer despacho.

—¿A quién anunciaré? —preguntó el lacayo, disponiéndose a marchar delante del extranjero.

—Al señor barón Danglars —respondió el viajero.

—Venga —dijo el lacayo.

Se abrió una puerta; el lacayo y el barón desaparecieron por ella. El hombre que había entrado detrás de Danglars se sentó en un banco de espera.

El empleado siguió escribiendo durante cinco minutos aproximadamente; durante ese tiempo el hombre sentado guardó el más profundo silencio y la más estricta inmovilidad.

Luego, la pluma del empleado dejó de rasguear sobre el papel; levantó la cabeza, miró atentamente alrededor suyo, y después de asegurarse de que estaban solos, dijo:

—¡Ah, ah! ¿Tú aquí, Peppino?

—Sí —respondió lacónicamente el aludido.

—¿Has olfateado algo bueno en ese hombre gordo?

—No hay gran mérito en ello; ya estábamos advertidos.

—Así que sabes lo que viene a hacer aquí, curioso.

—¡Pardiez! Viene a cobrar; sólo que hace falta saber cuál es la cantidad.

—Te lo van a decir dentro de poco, amigo.

—Muy bien; pero no vayas a darme, como el otro día, una información falsa.

—¿Qué dices, y de qué quieres hablar? ¿Acaso es de ese inglés que se llevó de aquí tres mil escudos el otro día?

—No, ése, efectivamente, llevaba los tres mil escudos, y se los encontramos. Quiero hablar del príncipe ruso.

—¿Y qué?

—Pues que tú nos habías hablado de treinta mil libras y no le encontramos más que veintidós.

—Habréis buscado mal.

—Fue Luigi Vampa quien hizo el registro personalmente.
—En ese caso, habría pagado sus deudas...
—¿Un ruso?
—O gastado su dinero.
—Es posible, después de todo.
—Es seguro; pero déjame ir a mi observatorio, o el francés hará su negocio sin que yo pueda saber la cantidad exacta.

Peppino hizo una seña afirmativa y, sacando un rosario de su bolsillo, se puso a murmurar unas plegarias, mientras que el empleado desaparecía por la misma puerta que dejó pasar al lacayo y al barón.

Al cabo de diez minutos aproximadamente, el empleado regresó satisfecho.

—¿Y bien? —preguntó Peppino a su amigo.
—¡Alerta, alerta! —dijo el empleado—. La suma es redonda.
—Cinco o seis millones, ¿no es cierto?
—Sí, ¿conoces la cifra?
—Con un recibo de Su Excelencia el conde de Montecristo.
—¿Conoces al conde?
—Y se lo acredita sobre Roma, Venecia y Viena.
—¡Eso es! —exclamó el empleado—. ¿Cómo estás tan informado?
—Ya te he dicho que nos habían prevenido de antemano.
—Entonces, ¿por qué te diriges a mí?
—Para estar seguro de que es el hombre que nos interesa.
—Claro que es él... Cinco millones. Una bonita suma, ¿eh, Peppino?
—Sí.
—Nunca tendremos nada semejante.
—Pero al menos —respondió filosóficamente Peppino—, recogeremos algunas migajas.
—¡Silencio! Aquí está nuestro hombre.

El empleado volvió a tomar su pluma, y Peppino su rosario; uno escribía y el otro rezaba cuando la puerta volvió a abrirse.

Danglars apareció gozoso, acompañado por el banquero que le conducía hasta la puerta.

Detrás de Danglars, descendió Peppino.

Según lo convenido, el coche que debía recoger a Danglars esperaba ante la puerta de la casa Thomson y French.

El cicerone tenía la puerta abierta: el guía es un ser muy complaciente que se puede emplear para todo.

Danglars saltó al coche, ligero como un joven de veinte años.

El cicerone cerró la puerta y subió junto al cochero.

Peppino montó sobre el asiento trasero.

—¿Su Excelencia quiere visitar San Pierre? —preguntó el cicerone.

—¿Para qué? —respondió el barón.

—¡Diantre! Para verlo.

—Yo no he venido a Roma para ver —dijo en voz alta Danglars, y añadió en voz baja con una sonrisa de avaricia—: He venido para cobrar.

Y tocó su cartera, en la cual acababa de encerrar una letra.

—Entonces, ¿Su Excelencia va...?

—Al hotel.

—Casa Pastrini —dijo el guía al cochero.

Y el coche partió rápido como un carruaje particular.

Diez minutos más tarde el barón había entrado en su aposento, y Peppino se instalaba en el banco situado delante de la fonda, después de haber dicho unas palabras a uno de esos descendientes de Mario y los Gracos que ya señalamos al principio del capítulo, el cual descendió a todo correr por el camino del Capitolio.

Danglars estaba cansado, satisfecho y tenía sueño. Se acostó, puso su cartera bajo el colchón y se quedó dormido.

Peppino tenía tiempo de más; jugó a la *morra* con los faquines, perdió tres escudos, y para consolarse se bebió un frasco de vino de Orvietto.

Al día siguiente, Danglars se despertó tarde, a pesar de acostarse temprano; hacía cinco o seis noches que dormía mal, eso cuando dormía.

Almorzó copiosamente, y poco deseoso, como había dicho, de visitar las bellezas de la Ciudad Eterna, pidió los caballos de posta para el mediodía.

Pero Danglars no había contado con las formalidades de la policía ni la pereza del maestro de postas.

Sólo los caballos no llegaron hasta las dos, y el cicerone no regresó con su pasaporte visado hasta las tres.

Todos estos preparativos habían congregado ante la puerta de maese Pastrini a gran número de papanatas.

Los descendientes de los Gracos y de Mario no escaseaban.

El barón atravesó triunfalmente estos grupos, que le llamaban Excelencia para obtener unos céntimos.

Como Danglars era hombre muy popular, como ya sabemos, que se había contentado hasta entonces con hacerse llamar barón, y nunca había sido tratado de Excelencia, se sintió sumamente halagado y distribuyó una docena de monedas entre la chiquillada, y preparó otro tanto por si le llamaban Alteza.

—¿Qué camino? —preguntó el postillón en italiano.

—Carretera de Ancona —respondió el barón.

Maese Pastrini tradujo la pregunta y la respuesta, y el coche partió a galope.

Danglars quería, efectivamente, ir a Venecia a coger una parte de su fortuna, y luego a Viena, en donde recogería el resto.

Su intención era la de afincarse en esta última ciudad, que le habían asegurado era una capital de placeres.

Apenas hubo hecho unas tres leguas en la campiña romana, empezó a anochecer; Danglars no hubiese creído que había salido tan tarde, si no se hubiera quedado; preguntó al postillón cuánto faltaba para llegar a la próxima ciudad.

—*Non capisco* —respondió el postillón.

Danglars hizo un movimiento con la cabeza que quería decir: «¡Muy bien!».

El coche continuó su camino.

«En la primera posta —se dijo Danglars—, me detendré».

Danglars aún experimentaba un poco del bienestar que había disfrutado la víspera, y que le había proporcionado tan buena noche. Estaba extendido muellemente en una buena calesa inglesa con dobles muelles; se sentía arrastrar al galope por dos buenos caballos; el relevo era a siete leguas, lo sabía. ¿Qué hacer cuando se es banquero y se ha hecho una feliz bancarrota?

Danglars pensó durante diez minutos en su mujer, abandonada en París; otros diez minutos en su hija, recorriendo el mundo con la señorita de Armilly; concedió otros diez a sus créditos y a la manera en que emplearía su dinero; luego, no teniendo nada más en qué pensar, cerró los ojos y se durmió.

A veces, sin embargo, sacudido por algún guijarro más grande que los otros, Danglars abría los ojos un instante; entonces, siempre se sentía llevado a la misma velocidad por esa campiña romana sembrada de acueductos destrozados, que parecen gigantes de granito petrificados en medio de su carrera. Pero la noche era fría, sombría, lluviosa, y era mucho mejor para un hombre medio dormido permanecer en el fondo de su silla con los ojos cerrados que asomar la cabeza por la ventanilla para preguntar en dónde estaban a un postillón que sólo sabía responder: *Non capisco*.

Danglars, pues, continuó durmiendo, diciéndose que ya tendría ocasión de despertarse en el relevo.

El coche se detuvo; Danglars pensó que al fin llegaban al destino tan deseado.

Abrió los ojos, miró a través del cristal, esperando encontrarse en medio de alguna población, o por lo menos en algún pueblo; pero no vio más que una especie de granja aislada, y tres o cuatro hombres que iban y venían como sombras.

Danglars esperó un instante a que el postillón, que acababa de terminar su recorrido, acudiese a pedirle el dinero de la posta; contaba con aprovechar la ocasión para preguntarle algunos informes a su nuevo conductor; pero los caballos fueron desenganchados y reemplazados sin que nadie fuese a pedir dinero al viajero. Danglars, asombrado, abrió la portezuela; pero una mano vigorosa la empujó inmediatamente y la silla rodó.

El barón, estupefacto, se despertó por completo.

—¡Eh! —dijo al postillón—. ¡Eh! *Mio caro!*

Aún seguía con el italiano de opereta que Danglars había aprendido cuando su hija cantaba sus dúos con el príncipe Cavalcanti.

Pero *mio caro* no respondió nada.

Danglars se contentó entonces con abrir el cristal.

—¡Eh, amigo! ¿Adónde vamos? —dijo asomando la cabeza por la abertura.

—*Dentro la testa!* —gritó una voz grave e imperiosa, acompañada de un gesto amenazador.

Danglars comprendió que *dentro la testa* quería decir: meta la cabeza. Hacía, como se ve, rápidos progresos en italiano.

Obedeció, no sin temor; y como esta inquietud aumentaba a cada minuto, al cabo de unos instantes su espíritu, en vez del vacío que señalamos en el momento en que se puso en marcha y que le condujo al sueño, su espíritu, decíamos, se llenó de gran cantidad de pensamientos muy apropiados para mantener despierto el interés de un viajero, y sobre todo de un viajero en la situación de Danglars.

Sus ojos cogieron en las tinieblas ese grado de temor que comunican en el primer momento las emociones fuertes, y que más tarde se van ampliando demasiado. Antes de tener miedo, es lo justo; mientras se tiene miedo, se ve doble; y después, cuando se ha tenido temor, se ve turbio.

Danglars vio a un hombre envuelto en un abrigo, que galopaba junto a la puerta de la derecha.

—Algún gendarme —comentó—. ¿Habré sido denunciado por los telégrafos franceses a las autoridades pontificias?

Resolvió salir de esta ansiedad.

—¿Adónde me llevan? —preguntó.

—*Dentro la testa!* —repitió la misma voz, con el mismo acento de amenaza.

Danglars se giró hacia la puerta de la izquierda.

Otro hombre galopaba junto a la puerta de la izquierda.

—Decididamente —murmuró Danglars con el sudor en la frente—, decididamente, voy a ser detenido.

Y se echó en el fondo de su calesa; esta vez, no para dormir, pero sí para pensar.

Un instante después apareció la luna.

Del fondo de la calesa lanzó su mirada a la campiña; entonces pensó en aquellos grandes acueductos, fantasmas de piedra que había notado al pasar; sólo que en vez de verlos a la derecha, ahora los tenía a la izquierda.

Comprendió que le habían hecho dar media vuelta, y que volvían el coche a Roma.

—¡Oh, desdichado! —murmuró—. ¡Habrán obtenido la extradición!

El coche continuaba corriendo con una espantosa velocidad. Pasó una hora terrible, porque a cada nuevo indicio que le salía al paso, el fugitivo reconocía que le volvían atrás. Al fin vio una masa sombría contra la cual parecía que iba a estrellarse el carruaje, pero éste la esquivó y se puso a rodar a lo largo de ella, que no era otra cosa que el cinturón de murallas que rodean a Roma.

—¡Oh, oh! —murmuró Danglars—. No entramos en la ciudad, así pues, no es la justicia quien me detiene. ¡Santo Dios! Otra idea, será posible...

Sus cabellos se erizaron.

Se acordó de las interesantes historias de bandidos romanos, tan poco creídas en París, y que Alberto de Morcerf había contado a la señora Danglars y a Eugéne.

—¡Ladrones posiblemente! —murmuró.

De pronto el coche rodó sobre algo más duro que el piso de un sendero enarenado. Danglars aventuró una mirada a ambos lados del camino; descubrió monumentos de formas extrañas, y su pensamiento, preocupado por el relato de Morcerf, que ahora se presentaba a él con todos sus detalles, le dijo que debía estar sobre la vía Apia.

A la izquierda del coche, en una especie de vallado, se veía una excavación circular.

Era el circo de Caracalla.

A una palabra del hombre que galopaba junto a la puertecilla de la derecha, se detuvo el carruaje.

Al mismo tiempo se abrió la puertecilla de la izquierda.

—*Scendi!* —ordenó una voz.

Danglars descendió inmediatamente; aún no hablaba el italiano, pero ya lo entendía.

Más muerto que vivo, el barón miró en derredor suyo. Cuatro hombres lo rodeaban, sin contar el postillón.

—*Di quá* —dijo uno de los cuatro hombres descendiendo un senderito que conducía de la vía Apia al centro de esas desigualdades dibujadas en la campiña de Roma.

Danglars siguió a su guía sin discusión, y no tuvo necesidad de volverse para saber que era seguido por otros tres hombres.

Sin embargo, le pareció que estos hombres se detenían como centinelas a distancias casi iguales.

Tras diez minutos de marcha aproximadamente, durante los cuales Danglars no cambió ni una sola palabra con su guía, se encontró entre un cerro y un matorral de altas hierbas; tres hombres, en pie y mudos, formaban triángulo del cual era el centro.

Quiso hablar; su lengua se atascó.

—*Avanti* —dijo la misma voz de acento breve e imperioso.

Esta vez Danglars comprendió doblemente: por la palabra y por el gesto, porque el hombre que marchaba tras él le empujó tan rudamente que estuvo a punto de chocar con su guía.

Este guía era nuestro amigo Peppino, quien se hundió en las altas hierbas por una sinuosidad que sólo los garduñas y los lagartos podían considerar camino abierto.

Peppino se detuvo ante una roca coronada por un espeso matorral; esta roca, entreabierta como un párpado, dejó paso al joven, que desapareció cual si fuese el diablo por la trampa en algunas de nuestras comedias de magia.

La voz y el gesto de aquel que seguía a Danglars, obligaron al banquero a hacer otro tanto. No había más que dudar, el francés se las tenía con los bandidos romanos.

Danglars actuó como un hombre situado entre dos grandes peligros y a quien el miedo hace valiente. Pese a su vientre bastante mal dispuesto para penetrar entre las cavernas de la campiña de Roma, se infiltró detrás de Peppino, y se dejó deslizar cerrando los ojos, para caer de pie.

Al tocar tierra abrió los ojos.

El camino era largo, pero oscuro. Peppino, poco cuidadoso en ocultarse ahora, hizo lumbre con el chisquero y encendió una antorcha.

Los otros dos hombres descendieron detrás de Danglars, formando la retaguardia y empujando al banquero cuando por casualidad se detenía; así le hicieron llegar por una suave pendiente al centro de una encrucijada de siniestra apariencia.

En efecto, las paredes de la muralla, abiertas en nichos superpuestos parecían, en medio de piedras blancas, abrir esos ojos negros y profundos que se aprecian en las cabezas de los muertos.

Un centinela hizo sonar contra su mano izquierda la culata de su carabina.

—¿Quién vive? —exclamó el centinela.

—Amigo, amigo —dijo Peppino—. ¿Dónde está el capitán?

—Allí —indicó el centinela señalando por encima de su hombro una especie de gran sala vaciada en la roca y en la cual se reflejaba la luz del corredor por las grandes aberturas abovedadas.

—Buena presa, capitán, buena presa —dijo Peppino en italiano.

Y cogiendo a Danglars por el cuello de su levita, lo condujo hacia una abertura semejante a una puerta, y por la cual se penetraba en la sala en donde el capitán parecía tener su alojamiento.

—¿Es el hombre? —preguntó éste, que leía muy atento la *Vida de Alejandro*, de Plutarco.

—El mismo, capitán, el mismo.

—Muy bien; muéstramelo.

A esta orden, bastante impertinente, Peppino aproximó tan bruscamente su antorcha al rostro de Danglars que éste retrocedió con viveza para no quemarse las cejas.

Este rostro trastornado ofrecía todos los síntomas de un pálido y repulsivo terror.

—Este hombre está cansado —dijo el capitán—, que lo conduzcan a su cama.

—¡Oh! —murmuró Danglars—, esa cama es probablemente uno de los nichos de la muralla; ese sueño es la muerte que uno de los puñales que veo relucir en la penumbra va a asestarme.

En efecto, en las profundas sombras de la inmensa sala se veía levantarse, sobre sus capas de hierba seca o de pieles de lobo, a los compañeros de ese hombre que Alberto de Morcerf había encontrado leyendo los *Comentarios de César*, y que Danglars veía leyendo la *Vida de Alejandro*.

El banquero lanzó un sordo gemido y siguió a su guía; no trató de rogar ni de gritar. No tenía más fuerzas, ni voluntad, ni poder, ni sentimiento; iba porque lo arrastraban.

Tropezó con un escalón y comprendiendo que tenía delante de sí una escalera se inclinó instintivamente para no destrozarse la cabeza y se encontró en una celda excavada en plena roca.

Esta celda estaba limpia, pero desnuda; seca, aunque situada bajo tierra a una profundidad inconmensurable.

Una cama hecha de hierbas secas, recubierta de pieles de cabra, estaba tendida en un rincón de la celda. Danglars, al verla, creyó hallar el símbolo radiante de su salvación.

—¡Oh! Dios sea loado —murmuró—. ¡Es una verdadera cama! Por segunda vez en media hora, invocaba el nombre de Dios; eso no le había sucedido desde hacía diez años.

—*Ecco* —señaló el guía.

Y empujando a Danglars en la celda, cerró la puerta tras de sí.

Rechinó un cerrojo; Danglars estaba prisionero.

Por otra parte, aunque no hubiese cerrojo, hacía falta ser San Pierre y tener por guía a un ángel del cielo para pasar por entre medio de la guarnición que habitaba las catacumbas de San Sebastián, y que acampaba alrededor de su jefe, en el cual nuestros lectores ya habrán reconocido al famoso Luigi Vampa.

Danglars también había reconocido a este bandido, en la existencia del cual no había querido creer cuando Morcerf trató de naturalizarlo en Francia. No sólo lo había reconocido, sino que también reconoció la celda en la cual había sido encerrado Morcerf y que, según toda probabilidad, era el alojamiento de los extraños.

Estos recuerdos, sobre los cuales Danglars se extendía con cierta complacencia, le devolvieron algo de su tranquilidad. Desde el momento en que no le habían matado enseguida, los bandidos no tenían intención de hacerlo.

Se le había detenido para robarle, y como no tenía encima más que algunos luises, se le pediría rescate.

Se acordó que Morcerf había sido tasado en algo así como cuatro mil escudos; como se concedía una apariencia de más importancia que la de Morcerf, se fijó para sí un rescate de ocho mil escudos.

Ocho mil escudos hacían cuarenta y ocho mil libras.

Aún le quedaban algo así como cinco millones quinientos mil francos.

Con eso aún se sale a flote en cualquier sitio.

Así, pues, estaba casi seguro de salir bien ya que no había ejemplo de que se hubiese tasado nunca a un hombre en cinco millones cincuenta mil libras. Danglars se acostó en su lecho, en el que después de dar dos o tres vueltas, se durmió con la tranquilidad del héroe cuya historia leía Luigi Vampa.

El menú de Luigi Vampa

Todo sueño, como el que echaba Danglars, tiene su despertar.

Danglars se despertó.

Para un parisiense acostumbrado a cortinajes de seda, a paredes adamascadas, al perfume que sale de las maderas que arden en la chimenea y que desciende de los abovedados de satén, el despertar en una gruta de piedra debe ser como un mal sueño.

En lo tocante a sus cortinas de piel de macho cabrío, Danglars debía pensar que se hallaba entre lapones. Pero en semejante circunstancia un segundo basta para cambiar la duda más fuerte en certeza.

—Sí, sí —murmuró—, estoy en manos de los bandidos de que nos habló Alberto de Morcerf.

Su primer movimiento consistió en respirar, a fin de asegurarse de que no estaba herido: era un procedimiento que había encontrado en *Don Quijote*, el único libro, no que hubiese leído, sino que recordase algo.

—No —dijo—, no me han matado ni herido, pero tal vez me hayan robado.

Y llevó rápidamente sus manos a los bolsillos. Estaban intactos los cien luises que se había reservado para hacer su viaje de Roma a Venecia, y la cartera que contenía la carta de crédito de cinco millones cincuenta mil francos también estaba en el bolsillo de su levita.

—¡Extraños bandidos que me han dejado mi bolsa y mi cartera! —murmuró—. Como me decía ayer al acostarme, van a ponerme precio. ¡Vaya, también tengo mi reloj! Veamos qué hora puede ser.

El reloj de Danglars, obra maestra de Breguet, al que había dado cuerda la víspera antes de ponerse en camino, dio las cinco y media de la mañana. Sin esto, Danglars hubiese estado completamente inseguro sobre la hora, pues no penetraba claridad alguna en aquella celda.

¿Necesitaría provocar una explicación de los bandidos? ¿Convendría esperar pacientemente a que le preguntasen? Esta última alternativa era la más prudente. Danglars esperó.

Aguardó hasta el mediodía.

Durante todo ese tiempo había guardado su puerta un centinela. A las ocho de la mañana, el guardián había sido relevado.

Entonces Danglars tuvo deseos de conocer a quien le vigilaba.

Había notado que los rayos de luz, no del día, sino de una lámpara, se filtraban a través de las junturas de la puerta; se aproximó a una de estas aberturas en el momento preciso en que el bandido bebía unos tragos de aguardiente, el cual, gracias a la piel que lo contenía, despedía un olor que repugnó mucho a Danglars.

—¡Puaf! —exclamó retrocediendo hasta el fondo de su celda.

A mediodía el hombre del aguardiente fue sustituido por otro funcionario. Danglars tuvo la curiosidad de ver a su nuevo guardián; se acercó nuevamente a la abertura.

Este era un bandido atlético, un Goliat de grandes ojos, de labios gruesos y nariz aplastada; su cabellera rojiza colgaba hasta los hombros en mechones retorcidos como culebras.

—¡Oh, oh! —murmuró Danglars—. Éste se parece más a un ogro que a una criatura humana; en todo caso, soy viejo y bastante correoso; un gran blanco duro de mascar.

Como se ve, Danglars aún tenía ánimos para bromear.

En aquel mismo instante, como para demostrarle que no era un ogro, su guardián se sentó frente a la puerta de la celda, sacó de su macuto pan negro, cebollas y queso, y se puso a devorarlas.

—¡El diablo me lleve! —dijo Danglars echando a través de la hendidura de su puerta una mirada sobre la comida del bandido—. ¡Qué el diablo me lleve si comprendo cómo puede comer semejantes basuras!

Y fue a sentarse sobre sus pieles de macho cabrío, que le recordaron el olor del aguardiente del primer centinela.

Pero Danglars tenía algo más que hacer, y los secretos de la naturaleza son incomprensibles; hay en ellos harta elocuencia en ciertas invitaciones materiales que dirigen las más groseras sustancias a los estómagos vacíos.

Danglars sintió repentinamente que el suyo estaba vacío en aquellos momentos, y vio al hombre menos feo, al pan menos negro y al queso más fresco.

Por último, aquellas cebollas crudas, espantosa alimentación del salvaje, le recordaron ciertas salsas Robert y cierta ropavieja que su cocinero le preparaba cuando Danglars le decía: «Señor Deniseau, hágame para hoy un buen platito canalla».

Se levantó y fue a llamar a la puerta.

El bandido alzó la cabeza.

Danglars vio que había sido oído y redobló.

—*Che cosa?* —preguntó el bandido.

—¡Escuche, escuche, amigo! —dijo Danglars tamborileando con sus dedos en la puerta—. Me parece que ya es hora de que piensen en alimentarme a mí también.

Pero bien porque no entendiese, bien porque careciese de órdenes respecto a la comida de Danglars, el gigante se ocupó nuevamente de su comida.

Danglars sintió su orgullo humillado y, no queriendo dar más ventajas a aquel bruto, volvió a acostarse sobre sus pieles de macho cabrío, y no soltó una palabra.

Transcurrieron cuatro horas; el gigante fue reemplazado por otro bandido. Danglars, que experimentaba la espantosa tirantez del estómago, se levantó suavemente, aplicó su oído a las junturas de la puerta, y reconoció el rostro inteligente de su guía.

Era en efecto Peppino que se disponía a montar la guardia de la manera más grata, sentándose frente a la puerta y colocando entre sus piernas una cacerola de barro, la cual contenía, calientes y aromáticos garbanzos guisados con tocino.

Junto a estos garbanzos, Peppino colocó un bonito racimo de Velletri y una botella de vino de Orvietto.

Decididamente, Peppino era un gourmet.

Viendo estos preparativos gastronómicos, a Danglars se le hizo la boca agua.

Y llamó suavemente a su puerta.

—Ya va —dijo el bandido, que al frecuentar tanto la casa de maese Pastrini, acabó por aprender el francés hasta en sus idioteces.

En efecto, fue a abrir.

Danglars le reconoció por aquel que había gritado de manera furiosa: «¡Meta la cabeza!». Pero ahora no era la ocasión de recriminaciones. Al contrario, puso su cara más sonriente y con grata sonrisa preguntó:

—Perdón, señor, pero ¿acaso no me darán también de comer?

—¡Cómo no! —exclamó Peppino—. ¿Su Excelencia tiene hambre por casualidad?

—¿Por casualidad? ¡Eso es estupendo! —murmuró Danglars—. Hace exactamente veinticuatro horas que no he comido. Pues sí, señor —añadió subiendo la voz—. Tengo hambre, y bastante.

—¿Y Su Excelencia quiere comer?

—Inmediatamente, si es posible.

—Nada más acertado —dijo Peppino—. Aquí se proporciona todo lo que se desea, pagando, claro está, como se hace en casa de todos los buenos cristianos.

—¡Eso no hace falta decirlo! —exclamó Danglars—. Aunque, en verdad, las gentes que detienen y encarcelan a uno, por lo menos deberían alimentar a sus prisioneros.

—¡Ah! Excelencia —replicó Peppino—, eso no está en uso.

—No es mala razón —repuso Danglars, que contaba amansar a su guardián con su amabilidad—, y sin embargo me conformo. Veamos, que me sirvan de comer.

—Inmediatamente, Excelencia. ¿Qué desea usted?

Y Peppino depositó su escudilla en el suelo, de manera que el aroma subió directamente a las narices de Danglars.

—Ordene —insistió Peppino.

—¿Tienen ustedes cocinas aquí? —preguntó el banquero.

—¡Cómo! ¿Que si tenemos cocinas? ¡Las tenemos, y perfectas!

—¿Y cocineros?

—¡Excelentes!

—Pues bien, un pollo, un pescado, algo de caza, cualquier cosa con tal de que coma.

—Como guste Su Excelencia. Pedimos un pollo, ¿no es eso?

—Sí, un pollo.

Peppino se incorporó y gritó con todas sus fuerzas:

—¡Un pollo para Su Excelencia!

La voz de Peppino aún vibraba bajo las bóvedas cuando un joven apuesto, esbelto y medio desnudo, como los antiguos porteadores de pescado, apareció; traía el pollo sobre una bandeja de plata.

—¡Ni que fuese el Café de París! —murmuró Danglars.

—¡Helo aquí, Excelencia! —dijo Peppino tomando la bandeja de manos del joven bandido y colocándola sobre una mesa carcomida que constituía, con un taburete y el lecho de piel de cabra, la totalidad del mobiliario de la celda.

Danglars pidió un cuchillo y un tenedor.

—Aquí están, Excelencia —dijo Peppino ofreciendo un cuchillito romo y un tenedor de madera.

Danglars cogió ambas cosas en cada mano y se dispuso a trinchar el ave.

—Perdón, Excelencia —dijo Peppino posando una mano sobre el hombro del banquero—. Aquí se paga antes de comer; podría ser que no se estuviese contento al salir...

—¡Ah, ah! —exclamó Danglars—. Esto no es como en París, sin contar que probablemente querrán desollarme; pero hagamos las cosas a lo grande. Veamos, he oído decir que la vida está barata en Italia; un pollo debe costar doce sueldos en Roma. Aquí tiene —dijo arrojando un luis a Peppino.

Peppino recogió la moneda y Danglars acercó el cuchillo al pollo.

—Un momento, Excelencia —dijo Peppino levantándose—, un momento. Su Excelencia aún me debe algo.

—Cuando yo decía que me desollarían —murmuró Danglars, y luego, resuelto a sacar partido de esta extorsión, preguntó—: Veamos, ¿cuánto le debo por esta ave flaca?

—Su Excelencia me ha dado un luis a cuenta.

—¿Un luis a cuenta de un pollo?

—Sin duda, a cuenta.

—Bien... ¡Venga, venga!

—Así que sólo faltan cuatro mil novecientos noventa y nueve luises por pagar a Su Excelencia.

Danglars abrió enormemente los ojos ante el anuncio de esta gigantesca broma.

—¡Ah! Muy divertido —murmuró—. De veras —y volvió a ponerse a trinchar el pollo; pero Peppino le detuvo la mano derecha con la izquierda y alargó la otra.

—Vamos —dijo.

—¡Cómo! ¿No está bromeando? —dijo Danglars.

—Nosotros no bromeamos nunca. Excelencia —replicó Peppino serio como un cuáquero.

—¡Cómo, cien mil francos por este pollo!

—Excelencia, es increíble cómo cuesta criar las aves en estas malditas cuevas.

—¡Vamos, vamos! —dijo Danglars—. Encuentro eso muy chistoso, muy divertido, en verdad; pero como tengo hambre, déjeme comer. Aquí tiene otro luis para usted, amigo mío.

—Entonces, con esto, sólo serán cuatro mil novecientos noventa y ocho luises —dijo Peppino conservando la misma sangre fría—. Con paciencia, ya llegaremos.

—¡Oh! En cuanto a eso —dijo Danglars revolviéndose contra tan perseverante burla—. En cuanto a eso, jamás. ¡Váyase al diablo! No sabe con quién se las tiene.

Peppino hizo una seña, el joven alargó sus dos manos y se llevó rápidamente el pollo. Danglars se echó sobre su cama de piel de cabra, Peppino cerró la puerta y se puso a comer sus garbanzos con tocino.

Danglars no podía ver lo que hacía Peppino, pero el ruido de sus dientes no podía dejarle lugar a dudas. Estaba claro que comía, incluso que masticaba ruidosamente, como hombre mal educado.

—¡Cernícalo! —dijo Danglars.

Peppino hizo como que no entendía y, sin volver la cabeza, continuó comiendo con su sabia lentitud.

A Danglars le parecía que su estómago estaba agujereado como el tonel de las Danaides; no podía creer que llegase a llenarlo nunca.

Sin embargo, aún se armó de paciencia durante media hora; aunque es justo afirmar que esta media hora le pareció un siglo. Al fin se levantó y fue a la puerta.

—Veamos, señor —dijo—, no me haga desfallecer más tiempo, y dígame enseguida qué es lo que quieren de mí.

—Pero, Excelencia, diga mejor, ¿qué quiere usted de nosotros? Denos sus órdenes y las ejecutaremos.

—Entonces, ábrame primero. Peppino abrió.

—Quiero —dijo Danglars—. ¡Pardiez, quiero comer!

—¿Tiene usted hambre?

—Usted ya lo sabe.

—¿Qué desea comer Su Excelencia?

—Un trozo de pan seco, ya que los pollos están tan caros en estas malditas cuevas.

—¡Pan! Sea —dijo Peppino y gritó—: ¡Traigan pan! —el joven apareció con un panecillo—. ¡Aquí está! —dijo Peppino.

—¿Cuánto? —preguntó Danglars.

—Cuatro mil novecientos noventa y ocho luises, pues ya ha pagado dos antes.

—¡Cómo! ¿Un pan cien mil francos?

—Cien mil francos —dijo Peppino.

—Pero usted me pedía antes cien mil francos por un pollo.

—Nosotros no servimos a la carta, sino a precio fijo. Que se coma mucho o poco, que se pidan diez platos o uno solo, siempre es el mismo precio.

—¡Aún más bromas! Mi querido amigo, le declaro que esto es absurdo, que es estúpido. Dígame enseguida, ¿es que quiere que me muera de hambre? Eso es más fácil.

—Pues no, Excelencia; es usted quien quiere suicidarse. Pague y coma.

—¡Con qué voy a pagar, grandísimo animal! —dijo Danglars exasperado—. ¿Acaso crees que tengo cien mil francos en el bolsillo?

—Tiene usted cinco millones cincuenta mil francos, Excelencia —dijo Peppino—. Eso hacen cincuenta pollos a cien mil francos y un medio pollo a cincuenta mil.

Danglars se estremeció; la venda se le cayó de los ojos; la broma continuaba, pero ahora la comprendía. También es justo decir que ya no la encontraba tan vulgar como un momento antes.

—Veamos —dijo—, veamos. ¿Dando esos cien mil francos no me agobiará más y por lo menos podré comer a mi gusto?

—Sin duda —dijo Peppino.

—Pero ¿cómo voy a dárselos? —preguntó Danglars respirando más libremente.

—Eso es muy fácil; usted tiene un crédito abierto en casa de los señores Thomson y French, calle del Banchi, en Roma; deme un bono por cuatro mil novecientos noventa y ocho luises contra esos señores; nuestro banquero los cobrará.

Danglars quiso darse el mérito de la buena voluntad; cogió pluma y papel, que Peppino le presentó, y escribió la letra y la firmó.

—Tenga —dijo—. Aquí está su bono al portador.

—Y aquí tiene usted su pollo.

Danglars trinchó el volátil suspirando; le parecía demasiado delgado para un coste tan elevado.

En cuanto a Peppino, leyó atentamente el papel, lo metió en su bolsillo y continuó comiendo sus garbanzos con tocino.

El perdón

Al día siguiente, Danglars aún tuvo hambre, el aire de aquella cueva no podía ser mejor aperitivo; el prisionero creyó que para ese día no tendría que hacer ningún gasto; como hombre ahorrativo había ocultado la mitad de su pollo y un trozo de su pan en el rincón de su celda.

Pero aún no hacía mucho que había comido aquello cuando tuvo sed; no había contado con aquello.

Luchó contra la sed hasta el momento en que sintió su lengua seca pegársele al paladar.

Entonces, no pudiendo resistir el fuego que le devoraba, llamó.

El centinela abrió la puerta; era un rostro nuevo.

Pensó que era mejor entenderse con una cara conocida, y llamó a Peppino.

—Aquí estoy, Excelencia —dijo el bandido presentándose con un apresuramiento que parecía de buen augurio a Danglars—. ¿Qué desea?

—Quisiera beber —dijo el prisionero.

—Excelencia —dijo Peppino—, ya sabe usted que el vino no tiene precio fuera de los alrededores de Roma.

—Entonces, deme agua —dijo Danglars tratando de parar el golpe.

—¡Oh, Excelencia! El agua es más cara que el vino; existe una gran sequía.

—Vamos —dijo Danglars—, ya volvemos a empezar.

Y, a pesar de poner cara de bromas, el desgraciado sentía el sudor empapándole las sienes.

—Veamos, amigo mío —añadió Danglars, viendo que Peppino permanecía impasible—. Le pido un vaso de vino, ¿me lo negará?

—Ya le he dicho, excelencia —respondió gravemente Peppino—, que no vendemos al detalle.

—Pues bien, veamos entonces, deme una botella.

—¿De cuál?

—Del más barato.

—Todos son del mismo precio.

—¿Y cuál es el precio?

—Veinticinco mil francos la botella.

—Dígame —exclamó Danglars, con una amargura que sólo Harpagon hubiese podido notar en el diapasón de la voz humana—. Diga que quiere despojarme y eso se puede hacer más fácilmente que devorarme así, poco a poco.

—Es posible —dijo Peppino—, que ése sea el proyecto del amo.

—El amo, ¿quién es?

—Aquel a quien se le presentó anteayer.

—¿Y dónde está?

—Aquí.

—Haga que lo vea.

—Eso es fácil.

Un instante después, Luigi Vampa se encontraba ante Danglars.

—¿Me llamaba? —preguntó al prisionero.

—¿Es usted, señor, el jefe de las personas que me han traído aquí?

—Sí, excelencia.

—¿Qué desea de mí como rescate? Hable.

—Pues, sencillamente, los cinco millones que lleva encima.

Danglars sintió un espantoso espasmo que paralizó su corazón.

—No tengo más que eso en el mundo, señor, y es lo que me queda de mi inmensa fortuna. Si usted me lo arrebata, quíteme la vida.

—Nos está prohibido derramar su sangre, excelencia.

—¿Y quién se lo prohibe?

—Aquel a quien obedecemos.

—¿Obedecen a alguien?

—Sí, a un jefe.

—¡Creí que usted era el jefe!

—Soy el jefe de estos hombres, pero otro hombre es jefe mío.

—¿Y ese jefe obedece a alguien?
—Sí.
—¿A quién?
—A Dios.
Danglars se quedó un instante pensativo.
—No le comprendo —dijo.
—Eso es posible.
—¿Y ese jefe, ha sido quien le dijo que me tratase así?
—Sí.
—¿Cuál es su propósito?
—No sé nada.
—Pero mi bolsa desaparecerá.
—Es probable.
—Veamos —dijo Danglars—. ¿Quiere usted un millón?
—No.
—¿Dos millones?
—No.
—¿Tres millones? ¿Cuatro?... Veamos, ¿cuatro? Se los doy a condición de que me deje ir.
—¿Por qué me ofrece cuatro millones por lo que vale cinco? —dijo Vampa—. Eso es usura, señor banquero, o no entiendo una palabra.
—¡Cójalo todo, cójalo todo, le digo! —exclamó Danglars—. ¡Y máteme!
—Vamos, vamos, cálmese, Excelencia, va a alterarse la sangre y eso le dará apetito para comerse un millón diario. Sea más económico, ¡pardiez!
—Pero cuando no tenga más dinero para pagar... —exclamó Danglars exasperado.
—Entonces tendrá hambre.
—¿Tendré hambre? —dijo Danglars temblando.
—Es probable —respondió flemáticamente Vampa.
—Pero usted dice que no quiere matarme.
—No.
—¿Y quiere dejarme morir de hambre?
—Eso no es la misma cosa.
—Pues bien, miserables —exclamó Danglars—. Desbarataré sus infames planes; morir por morir, prefiero acabar inmediatamente; hágame sufrir, tortúreme, máteme, pero no tendrá mi firma.

—Como guste, Excelencia —dijo Vampa.

Y salió de la celda.

Danglars se echó rabiando sobre las pieles de cabra.

¿Quiénes eran aquellos hombres? ¿Quién era aquel jefe invisible? ¿Qué proyectos perseguían contra él? ¿Y cuando todo el mundo podía rescatarse, por qué él no?

¡Oh! Cierto, la muerte, una muerte rápida y violenta era el único medio de burlar a sus encarnizados enemigos, que parecían perseguir en él una incomprensible venganza.

Sí, pero morir...

Por primera vez en su carrera tan larga, Danglars pensó en la muerte con el deseo y el temor, a la vez, de morir; pero había llegado el momento de detener su vista sobre el espectro implacable que vive dentro de cada criatura y que a cada pulsación del corazón le dice: «¡Morirás!».

Danglars se parecía a una de esas bestias feroces que acosa la caza, desesperada después y que, a fuerza de desesperarse, a veces logran escaparse.

Danglars pensó en escaparse.

Pero las paredes eran la misma roca; en la única salida que conducía fuera de la celda estaba un hombre leyendo y tras él se veía pasar y volver a pasar hombres armados de fusiles.

Su decisión de no firmar duró dos días, tras los cuales pidió alimentos y ofreció un millón.

Le sirvieron una magnífica comida y le cogieron el millón.

Desde entonces la vida del desdichado prisionero fue una divagación continua. Había sufrido tanto que no quería exponerse a padecer más, y cedía a todas las exigencias; al cabo de doce días, una tarde en que había comido como en sus buenos días de fortuna, hizo sus cuentas y comprobó que había extendido tantos pagarés al portador que ya sólo le quedaban cincuenta mil francos.

Entonces tuvo una reacción extraña; después de haber cedido cinco millones, trató de salvar aquellos cincuenta mil francos que le quedaban; antes que dar aquellos cincuenta mil francos, decidió emprender una vida de privaciones y tuvo visiones de esperanza que rayaban en la locura. Él, que desde hacía tiempo había olvidado a Dios, pensó que Él a veces hace milagros; que la caverna podía hundirse, que los carabineros pontificios podían descubrir aquel escondite maldito y acudir en su ayuda; que entonces le quedarían cincuenta mil francos y que con esa suma bastaba para impedir que un hombre muriese de hambre; y rogó a Dios para que le conservase esos cincuenta mil francos, y rezando lloró.

Así pasó tres días, durante los cuales el nombre de Dios fue pronunciado constantemente, si no en su corazón, al menos por sus labios; por intervalos tenía instantes de delirio durante los cuales creía ver, a través de las ventanas, una pobre habitación con un anciano agonizando sobre un camastro.

Este anciano también se moría de hambre.

Al cuarto día, ya no era un hombre, sino un cadáver viviente; había recogido del suelo hasta las últimas migajas de sus antiguas comidas, y hasta empezó a devorar la estera que cubría el piso.

Entonces suplicó a Peppino, como se suplica al ángel guardián, que le diese algo de comer; le ofreció mil francos por un bocado de pan.

Peppino no respondió.

El quinto día se arrastró hasta la entrada de la celda.

—Pero usted no es cristiano —dijo incorporándose sobre sus rodillas—. Usted quiere asesinar a un hombre que es su hermano ante Dios. ¡Oh! ¡Mis amigos de otro tiempo, mis amigos de otro tiempo!

Y se cayó de bruces sobre el suelo.

Luego se levantó con una especie de desesperación.

—¡El jefe! —gritó—. ¡El jefe!

—¡Aquí estoy! —dijo Vampa apareciendo de repente—. ¿Qué desea ahora?

—Tome mi último oro —balbució Danglars entregándole su cartera—, y déjeme vivir aquí, en esta caverna. No quiero la libertad, sólo quiero vivir.

—¿Así, pues, está sufriendo? —preguntó Vampa.

—¡Oh, sí! Sufro, y cruelmente.

—Sin embargo, hay hombres que aún han sufrido más que usted.

—No lo creo.

—Sí. Los que han muerto de hambre.

Danglars pensó en ese anciano que, durante sus horas de alucinación, a través de las ventanas de su pobre habitación, gemía sobre su lecho.

Golpeó con la frente en tierra lanzando un gemido.

—Sí, es cierto; hay quienes han sufrido más que yo, pero al menos ésos han sido mártires.

—¿Se arrepiente usted, por lo menos? —dijo una voz sombría y solemne que hizo erizarse los cabellos en la cabeza de Danglars.

—¿De qué tengo que arrepentirme? —balbució Danglars.

—Del mal que ha hecho usted —dijo la misma voz.

—¡Oh! Sí, me arrepiento. ¡Me arrepiento! —exclamó Danglars.

Y se golpeó su pecho con su puño escuálido.

—Entonces, le perdono —dijo el hombre arrojando su abrigo y dando un paso para situarse en la luz.

—¡El conde de Montecristo! —dijo Danglars, más pálido de terror de lo que estaba un instante antes por el hambre y la miseria.

—Usted se equivoca; no soy el conde de Montecristo.

—¿Quién es, entonces?

—Soy aquel que usted vendió, entregó y deshonró; soy aquel cuya prometida ha prostituido; soy aquel sobre quien usted caminó para alzarse hasta su fortuna; soy aquel a quien usted hizo morir al padre de hambre, y que, sin embargo, le perdona, porque también tiene necesidad de que le perdonen. Soy Edmond Dantés.

Danglars lanzó un grito y cayó de rodillas.

—Levántese —dijo el conde—, tiene la vida salvada; semejante suerte no le ha tocado a sus otros cómplices: uno está loco y el otro muerto. Guárdese esos cincuenta mil francos que le quedan, se los regalo; en cuanto a los cinco millones robados a los hospicios, ya han sido restituidos por una mano desconocida. Y ahora, coma y beba; esta noche es usted mi invitado. Vampa, en cuanto este hombre esté satisfecho, quedará libre.

Danglars permaneció posternado mientras se alejaba el conde; cuando levantó la cabeza no vio más que una especie de sombra que desaparecía por el corredor y ante la cual se inclinaban los bandidos.

Como lo había ordenado el conde, Danglars fue servido por Vampa, que le hizo llevar el mejor vino y los más hermosos frutos de Italia, y que, haciéndole subir en su silla de postas, lo abandonó en la carretera pegado a un árbol.

Permaneció allí hasta que se hizo de día, pues ignoraba dónde estaba.

Al amanecer se dio cuenta de que se hallaba junto a un arroyo; como tenía sed, se arrastró hasta él.

Al bajarse para beber, descubrió que sus cabellos se habían vuelto blancos.

El 5 de octubre

Eran las seis de la tarde aproximadamente; un día de color ópalo en el cual un hermoso sol de otoño matizaba sus rayos de oro mientras caía del cielo sobre un mar azulado.

El calor del día se había apagado gradualmente, y se empezaba a sentir esa ligera brisa que parece la respiración de la naturaleza despertándose tras la siesta abrasadora del mediodía; soplo delicioso que refresca las costas del Mediterráneo y que lleva de orilla en orilla el perfume de los árboles mezclado con el acre olor del mar.

Sobre este inmenso lago que se extiende de Gibraltar a los Dardanelos y de Túnez a Venecia, un ligero yate, puro y elegante de forma, se deslizaba entre las primeras brumas de la noche. Su movimiento era el de un cisne que abre sus alas al viento y que parece deslizarse sobre el agua. Avanzaba rápido y gracioso a la vez, dejando tras de sí una estela fosforescente.

Poco a poco el sol fue desapareciendo en el horizonte occidental; pero, como para dar razón a los sueños brillantes de la mitología, esos fuegos indiscretos reaparecieron en la cima de cada ola, pareciendo que el dios de la luz acababa de esconderse en el seno de Anfitrite, que trataba inútilmente de ocultar a su amante en los pliegues de su manto azulado.

El yate avanzaba rápidamente, aunque en apariencia apenas hubiese viento para hacer flotar la cabellera rizada de una muchacha.

De pie sobre la proa se encontraba un hombre de alta estatura, de tez bronceada, de ojo dilatado, que veía acercarse la tierra bajo la forma de una masa sombría dispuesta en cono, y saliendo de en medio de las olas como un inmenso gorro de catalán.

—¿Es eso Montecristo? —preguntó con voz grave, impregnada de profunda tristeza, el viajero a las órdenes del cual parecía estar el yate en aquellos momentos.

—Sí, Excelencia —respondió el patrón—. Ya llegamos.

—Llegamos —murmuró el viajero con un indefinible acento de melancolía. Luego añadió en voz baja—: Sí, ése será el puerto.

Y volvió a sumirse en su pensamiento, que se traducía por una sonrisa más triste de lo que hubiesen sido las lágrimas.

Unos minutos más tarde se percibió en tierra la luz de una llama que se extinguió inmediatamente, y el estampido de un arma de fuego llegó hasta el yate.

—Excelencia —dijo el patrón—, he ahí la señal de tierra. ¿Quiere responder usted mismo?

—¿Qué señal? —preguntó.

El patrón extendió la mano hacia la isla, en la orilla de la cual subía, aislado y blanquecino, un ancho penacho de humo que se desvanecía al alargarse.

—¡Ah, sí! —dijo como saliendo de un sueño—. Deme.

El patrón le alargó la carabina cargada; el viajero la cogió, la levantó lentamente e hizo fuego al aire.

Diez minutos después se cargaba la vela y se echaba el ancla a quinientos pasos de un puertecito.

La canoa ya estaba en el mar con cuatro remeros y un piloto cuando el viajero descendió y, en vez de sentarse en la popa, adornada para él con una alfombra azul, se mantuvo de pie y los brazos cruzados.

Los remeros esperaron con sus remos medio levantados, como los pájaros que ponen a secar sus alas.

—¡Vamos! —dijo el viajero.

Los ocho remos cayeron en el agua de un solo golpe y sin salpicar ni una gota; luego la barca, cediendo al impulso, se deslizó rápidamente.

En un instante estuvieron en una pequeña cala formada por una abertura natural; la barca tocó fondo en la fina arena.

—Excelencia —dijo el piloto—. Suba a hombros de dos de nuestros hombres y podrá tomar tierra.

El joven respondió a esta invitación con un gesto de completa indiferencia, sacó las piernas de la barca y se dejó deslizar en el agua, que le alcanzaba hasta la cintura.

—¡Ah, Excelencia! —murmuró el piloto—. Está mal lo que hace, y hará que nos riña el señor.

El joven continuó avanzando hacia la orilla, siguiendo a dos marineros que escogían el mejor fondo.

Al cabo de unos treinta pasos llegaron a la orilla; el joven sacudió sus pies sobre un terreno seco y buscó con la mirada alrededor suyo el camino probable que se le indicaba en medio de las tinieblas de la noche.

En el momento en que volvía la cabeza, una mano se posó en su hombro y una voz le hizo estremecerse.

—Buenas noches, Maximilien —decía la voz—. Es usted exacto, gracias.

—Es usted, conde —exclamó el joven con un movimiento de alegría estrechando entre sus manos la de Montecristo.

—Sí, ya lo ve, tan puntual como usted. Pero está usted empapado, mi querido amigo; tiene que cambiarse, como diría Calipso a Telémaco. Venga, pues, aquí hay una habitación preparada para usted, y en la cual olvidará sus fatigas y el frío.

Montecristo se dio cuenta de que Morrel se volvía; esperó.

El joven, en efecto, veía con sorpresa que ni una sola palabra había sido pronunciada por aquellos que le habían conducido, que no habían sido pagados y que, sin embargo, se habían marchado. Incluso se escuchaba el batir de los remos de la barca que regresaba hacia el yate.

—¡Ah, sí! —dijo el conde—. ¿Busca a sus marineros?

—Sin duda; no les he dado nada y, sin embargo, se han marchado.

—No se ocupe de eso, Maximilien —dijo riendo Montecristo—. Tengo un contrato con la marina para que el acceso a mi isla quede libre de todo gasto. Soy un abonado, como se dice en los países civilizados.

Morrel miró al conde con asombro.

—Conde —le dijo—. Usted no es el mismo que en París.

—¿Cómo es eso?

—Sí, aquí se ríe usted.

La frente de Montescristo se ensombreció de repente.

—Tiene usted razón en recordármelo, Maximilien —dijo—. Volver a verle era una dicha para mí, y olvidaba que toda dicha es pasajera.

—¡Oh! No, no, conde —exclamó Morrel, cogiendo de nuevo las dos manos de su amigo—. Ría, por el contrario; sea dichoso y pruebe con su indiferencia que la vida sólo es mala para quienes sufren. ¡Oh! Usted es caritativo, es bueno, es grande, amigo mío, y para darme ánimo usted afecta esa alegría.

—Se engaña, Morrel —dijo Montecristo—. Es que, en efecto, era feliz.

—Entonces es que me olvidaba. ¡Tanto mejor!

—¿Cómo es eso?

—Sí, porque usted sabe, amigo, lo que decían los gladiadores al entrar en el circo al sublime emperador: «El que va a morir, te saluda».

—¿Aún no se ha consolado? —preguntó Montecristo con una extraña mirada.

—¡Oh! —exclamó Morrel, con una mirada llena de amargura—. ¿Ha creído que podría estarlo?

—Escuche —le dijo el conde—, usted comprende bien el sentido de mis palabras, ¿no es así, Maximilien? No me tomará por un hombre vulgar, por una urraca que emite sonidos vagos y carentes de sentido. Cuando le pregunto si se ha consolado, le hablo como hombre para el cual no existen secretos en el corazón humano. Pues bien, Morrel, descendamos juntos al fondo de su corazón y estudiémosle. ¿Aún siente esa fogosa impaciencia que el dolor hace saltar el cuerpo como salta el león picado por el mosquito? ¿Aún hay esa sed devoradora que sólo se extingue con el agua de la tumba? ¿Es esa idealización del recuerdo que lanza al vivo fuera de la vida a perseguir la muerte? ¿O sólo es la postración del ánimo agotado, del aburrimiento que ahoga el rayo de esperanza que quisiera lucir? ¿Es la pérdida de la memoria, aparejando la impotencia de las lágrimas? ¡Oh! Mi querido amigo, si es eso, si usted no puede llorar, si usted cree muerto su corazón hinchado, si no tiene más fuerza que en Dios, más miradas que para el cielo, amigo, dejemos de lado las palabras demasiado insignificantes para los sentimientos de nuestra alma. Maximilien, está consolado, ya no se queja más.

—Conde —dijo Morrel con su voz suave y firme al mismo tiempo—, escúcheme, como se atiende a un hombre que habla con el dedo extendido hacia la tierra, los ojos levantados al cielo: he venido junto a usted para morir en manos de un amigo. Cierto, hay personas que amo: amo a mi hermana Julie y a su marido Emmanuel; pero tengo necesidad de que me abran unos brazos fuertes y me sonrían en los últimos instantes; mi hermana se desharía en lágrimas y se desvanecería; la vería sufrir y yo ya he sufrido bastante; Emmanuel me arrancaría el arma de las manos y llenaría la casa con sus gritos. Usted, conde, de quien tengo la palabra, usted que es más que un hombre, usted, a quien llamaría un dios si no fuese mortal, usted me conducirá dulce y tiernamente, ¿no es cierto?, hasta las puertas de la muerte.

—Amigo —dijo el conde—, aún me queda una duda. ¿Tendrá tan poca fuerza que pondrá su orgullo para exhalar su dolor?

—Sí, mire, soy sincero —dijo Morrel tendiendo la mano al conde—, y mi pulso no late más rápido que de costumbre. No, me siento al término del camino; no, no iré más lejos. Me ha hablado de aguardar, de esperar. ¿Sabe usted lo que ha hecho, desventurado sabio? He esperado un mes, es decir que he sufrido un mes más. He esperado (el hombre es una pobre y miserable criatura), he esperado, ¿qué? No sé nada, cualquier cosa desconocida, absurda, insensata, un milagro... ¿Cuál? Sólo Dios sabría decirlo, Él que ha mezclado a nuestra razón esa locura que llaman esperanza. Sí, he esperado, conde, y desde hace un cuarto de hora que estamos hablando, me ha roto, sin saber, cien veces el corazón, porque cada una de sus palabras me ha probado que no hay ninguna esperanza para mí. ¡Oh, conde! ¡Qué dulce y voluptuosamente reposaré en la muerte!

Morrel pronunció estas últimas palabras con una explosión de energía que estremeció al conde.

—Amigo mío —continuó Morrel viendo que el conde se callaba—, usted me señaló el 5 de octubre como el término del plazo que me pedía... Amigo mío, hoy es el 5 de octubre.

Morrel sacó su reloj.

—Aún son las nueve, todavía tengo tres horas de vida.

—Sea —respondió Montecristo—. Venga.

Morrel siguió maquinalmente al conde, y estaba ya en la gruta sin que Maximilien lo hubiese notado. Encontró las alfombras bajo sus pies; una puerta se abrió, los perfumes le envolvieron, y una viva luz hirió sus ojos.

Morrel se detuvo dudando en avanzar; desconfiaba de las enervantes delicias que lo rodeaban.

Montecristo lo atrajo suavemente.

—¿No convendría —dijo— que empleásemos las tres horas que nos quedan como aquellos antiguos romanos que, condenados por Nerón, su emperador y heredero, se sentaban a la mesa coronados de flores y aspiraban la muerte con el perfume de los heliotropos y las rosas?

Morrel sonrió.

—Como usted quiera —dijo—, la muerte siempre es la muerte, es decir, el olvido, el reposo, la ausencia de vida y, por consiguiente, de dolor.

Se sentó. Montecristo tomó asiento frente a él.

Estaban en ese maravilloso comedor que ya describimos, y en donde las estatuas de mármol llevaban a la cabeza cestas llenas de flores y de frutas.

Morrel había mirado todo aquello vagamente, y era probable que no hubiese visto nada.

—Hablemos como hombres —dijo mirando fijamente al conde.

—Hable —respondió éste.

—Conde —añadió Morrel—, usted es el resumen de todos los conocimientos humanos, y usted me causa el efecto de un ser descendido de un mundo más adelantado y sabio que el nuestro.

—Hay algo de cierto en eso, Morrel —convino el conde con su sonrisa melancólica que le hacía tan agradable—. He descendido de un planeta que se llama dolor.

—Creo todo lo que usted me dice sin esforzarme en profundizar en su sentido, conde; y la prueba es que usted me ha dicho que viviese, y he vivido; me dijo que esperase, y he esperado. Me atrevería a decir, conde, como si usted ya hubiese muerto alguna vez: ¿conde, eso hace mucho mal?

Montecristo miraba a Morrel con una indefinible expresión de ternura.

—Sí —dijo—, sí, sin duda; eso hace mucho mal si se rompe brutalmente esa envoltura mortal que reclama obstinadamente la vida. Si hace gritar su carne bajo los dientes imperceptibles de un puñal; si abre con una bala estúpida, y siempre dispuesta a ponerse en su camino, su cerebro, sensible al más simple dolor, seguro que sufrirá, y abandonará odiosamente la vida, encontrándola, en medio de su agonía desesperada, mejor que un reposo comprado tan caro.

—Sí, comprendo —dijo Morrel—, la muerte como la vida tiene sus secretos de dolor y voluptuosidad; la cuestión está en conocerlos.

—Justo, Maximilien, y acaba de decir la gran palabra. La muerte, según el cuidado que pongamos en ponernos bien o mal con ella, es una amiga que nos mece tan dulcemente como una nodriza. Un día, cuando nuestro mundo haya vivido aún un millar de años, cuando se sea dueño de todas las fuerzas destructoras de la naturaleza para hacerlas servir en el bienestar general de la humanidad; cuando el hombre sepa, como usted decía hace un instante, los secretos de la muerte, la muerte constituirá algo tan dulce y voluptuoso como el sueño disfrutado en brazos de nuestra bienamada.

—¿Y si usted quisiese morir, conde, sabría usted morir así?

—Sí.

Morrel le tendió la mano.

—Ahora comprendo —dijo— por qué me ha citado usted aquí, en esta isla desolada, en medio del océano, en este palacio subterráneo, sepulcro que envidiaría un faraón: es porque me ama, ¿no es así, conde? ¿Es que me ama usted lo bastante para darme una de esas muertes de que me hablaba hace un instante, una muerte sin agonía, una muerte que me permita tenderme pronunciando el nombre de Valentine y estrechándole la mano?

—Sí, lo ha adivinado, Morrel —dijo el conde con sencillez—, y así es como lo entiendo.

—Gracias; la idea de que mañana no sufriré más es dulce para mi pobre corazón.

—¿No lamenta nada? —preguntó Montecristo.

—No —respondió Morrel.

—¿Ni siquiera dejarme a mí? —preguntó el conde con una emoción profunda.

Morrel se detuvo, su mirada tan pura se enterneció de pronto, luego brilló con un reflejo desacostumbrado; una gran lágrima apareció y rodó con surco de plata sobre su mejilla.

—¡Cómo! —dijo el conde—. ¿Aún le queda un pesar en la tierra y muere?

—¡Oh! Se lo suplico —exclamó Morrel con voz débil—. Ni una palabra más, conde, no prolongue mi suplicio.

El conde creyó que Morrel aflojaba.

Esta creencia de un instante resucitó en él la duda sepultada ya una vez en el castillo de If.

«Me ocupo —pensaba— en hacer feliz a este hombre; contemplo esta restitución como un peso echado en la balanza en el platillo en que he dejado caer el mal. Ahora, si me engaño, si este hombre no es lo bastante desgraciado para merecer la felicidad. ¡Ay! ¿Qué me sucederá que no puedo olvidar el mal cuando me refiero al bien?».

—Escuche, Morrel —dijo en voz alta—, su dolor es inmenso, ya lo veo; pero a pesar de ello usted cree en Dios, y no querrá arriesgar la salvación de su alma.

Morrel sonrió tristemente.

—Conde —dijo—, ya sabe usted que no hago poesía del frío; pero le juro que mi alma ya no es mía.

—Escuche, Morrel, no tengo ningún pariente en el mundo, ya lo sabe. Me he acostumbrado a mirarle como a mi hijo; pues bien, para salvar a mi hijo, sacrificaría mi vida, y con mayor razón mi fortuna.

—¿Qué pretende decir?

—Quiero decirle, Morrel, que desea abandonar la vida porque aún no conoce todos los goces que la vida permite a una gran fortuna. Morrel, yo poseo casi cien millones, se los doy; con semejante fortuna puede alcanzar los resultados que se proponga. ¿Es ambicioso? Todas las carreras se le abrirán. Remueva el mundo, cambie su cara, dedíquese a las prácticas insensatas, sea criminal si es preciso, pero viva.

—Conde, tengo su palabra —respondió fríamente Morrel, y añadió sacando su reloj—, ya son las once y media.

—¡Morrel! ¿Ha pensado hacerlo ante mí, en mi casa?

—Entonces, déjeme marchar —dijo Maximilien poniéndose sombrío— o creeré que usted no me ama por mí, sino por usted.

Y se levantó.

—Está bien —dijo Montecristo cuyo rostro se iluminó al oír estas palabras—. Ya que lo desea, Morrel, y es usted tan inflexible; si es usted profundamente desgraciado, y lo ha dicho, sólo un milagro podría curarle. Siéntese, Morrel y espere.

Morrel obedeció. Montecristo se levantó a su vez y fue a buscar en un armario cuidadosamente cerrado, y del cual llevaba la llave colgada en una cadena de oro, un cofrecito de plata maravillosamente esculpida y cincelada, en las esquinas del cual aparecían cuatro figuras arqueadas, semejantes a esas cariátides de esfuerzos desolados, figuras de mujer, símbolos de ángeles que aspiran al cielo.

Puso el cofrecito sobre la mesa.

Luego lo abrió, sacó una cajita de oro, cuya tapa se abrió por la presión de un resorte secreto.

Esta cajita contenía una sustancia gelatinosa medio sólida, cuyo color era indefinible gracias al reflejo del oro bruñido, de los zafiros, de los rubíes y de las esmeraldas que adornaban la caja.

Era como un tornasolado de azul, púrpura y oro.

El conde tomó una pequeña cantidad de esta sustancia con una cuchara de plata, y la ofreció a Morrel mirándole largamente.

Entonces se pudo ver que esta sustancia era verdosa.

—Aquí está lo que ha pedido —dijo—. Aquí está lo que le prometí.

—Viviendo aún —dijo el joven cogiendo la cuchara de manos de Montecristo—, le doy las gracias desde el fondo de mi corazón.

El conde cogió una segunda cuchara, y la llenó también de la caja de oro.

—¿Qué va a hacer, amigo? —preguntó Morrel deteniéndole la mano.

—A fe mía, Morrel —le respondió sonriendo—, creo que estoy tan cansado de la vida como usted, y ya que la ocasión se presenta...

—¡Deténgase! —exclamó el joven—. Usted, que ama, a quien ama, que a la vez tiene fe y esperanza. ¡Oh! No haga lo que yo voy a hacer; por que por su parte sería un crimen. Adiós, mi noble y generoso amigo, voy a decir a Valentine todo lo que ha hecho por mí.

Lentamente, sin ninguna vacilación, Morrel tragó o más bien saboreó la misteriosa sustancia ofrecida por Montecristo.

Entonces se callaron ambos. Alí, silencioso y atento, aportó el tabaco y las pipas, sirvió el café y desapareció.

Poco a poco las lámparas palidecieron en manos de las estatuas de mármol que las sostenían, y el perfume de las cazoletas pareció menos penetrante a Morrel.

Sentado frente a frente, Montecristo le contemplaba desde el fondo sombrío, y Morrel no veía brillar más que los ojos del conde.

Un inmenso dolor se apoderó del joven; sintió que se le escapaba la pipa de las manos; los objetos perdían insensiblemente su forma y su color; sus ojos turbios veían abrirse como puertas y cortinas en las paredes.

—Amigo —dijo—, noto que me muero; gracias.

Hizo un esfuerzo por alargarle una última vez la mano, pero su mano cayó sin fuerza junto a él.

Entonces le pareció que Montecristo sonreía, no con su sonrisa extraña e imponente que le había dejado entrever algunas veces los misterios de su alma profunda, sino con la compasiva bondad de los padres para con los hijos extraviados.

Al mismo tiempo el conde crecía a sus ojos; su talla, casi doble, se delineaba sobre las colgaduras rojas, había echado hacia atrás sus negros cabellos y se presentaba de pie y arrogante como uno de esos ángeles con los que se amenaza a los malos el día del Juicio Final.

Morrel, abatido, desconcertado, se volvió sobre su diván; una torpe voluptuosidad se insinuó en sus venas. Un cambio de ideas pobló su cabeza como cuando una nueva disposición de dibujo puebla un caleidoscopio.

Tendido, anhelante, enervado, Morrel no se sentía nada de sí más que el sueño; le parecía entrar decididamente en el vago delirio que precede al estado desconocido que se llama muerte.

Aún trató de alargar la mano al conde, pero esta vez ni su mano se movió; quiso articular un supremo adiós, su lengua rodó pesadamente en su garganta, como la losa al cerrar el sepulcro.

Sus ojos, llenos de languidez, se cerraron a pesar suyo; sin embargo, tras sus pupilas, se agitaba una imagen que reconoció a pesar de aquella oscuridad en que se creía envuelto.

Era el conde que acababa de abrir una puerta.

Inmediatamente una inmensa claridad saliendo de una habitación contigua, o más bien de un palacio maravilloso, inundó la sala en que Morrel se dejaba conducir en su dulce agonía.

Entonces vio ir hacia el umbral de esa sala, y sobre el límite de las dos habitaciones, una mujer de una maravillosa belleza.

Pálida y dulcemente sonriente, se parecía al ángel de la misericordia conjurando al ángel de las venganzas.

«¿Es el cielo que está abriéndose para mí? —pensaba el moribundo—. Ese ángel se parece al que he perdido».

Montecristo señaló con el dedo a la joven, el sofá en que se hallaba Morrel.

Ella avanzó hacia él con las manos juntas y la sonrisa en los labios.

—¡Valentine, Valentine! —gritó Morrel desde el fondo de su alma.

Pero su boca no articuló ningún sonido; y como si todas sus fuerzas estuviesen unidas en esta emoción interior; lanzó un suspiro y cerró los ojos.

Valentine se precipitó a él.

Los labios de Morrel aún hicieron algún movimiento.

—Él la llama —le dijo el conde—, la llama desde el fondo de su sueño, aquel a quien había confiado su destino y la muerte quería arrebatarla; pero yo estaba aquí para vuestro bien, y he vencido a la muerte. Valentine, de ahora en adelante, no debe de separarse más sobre la tierra, porque para encontrarse tendría que arrojarse a la tumba. Sin mí, hubiesen muerto ambos; devuelvo uno al otro, para que Dios me tenga en cuenta estas dos existencias que salvo.

Valentine cogió la mano de Montecristo, y en un impulso de irresistible gozo, se la llevó a los labios.

—¡Oh! Agradézcamelo —dijo el conde—. ¡Oh! Repítame, sin cansarse de hacerlo, repítame que la he hecho dichosa. No sabe cuánto necesito esa certeza.

—¡Oh! Sí, sí, se lo agradezco con todo el alma —dijo Valentine— y si duda de que mi agradecimiento no sea sincero, pregúntele a Haydée, interrogue a mi hermana, a mi querida Haydée, que desde nuestra salida de Francia, me ha hecho esperar pacientemente; hablándome de usted, del feliz día de hoy.

—¿Ama usted a Haydée? —preguntó Montecristo con una emoción que se esforzaba inútilmente en disimular.

—¡Oh! Con toda mi alma.

—Pues bien, escuche, Valentine —dijo el conde—, tengo un favor que pedirle.

—¿A mí? ¡Gran Dios! ¿Soy tan feliz como para eso?

—Sí, usted ha llamado a Haydée hermana suya; que ella sea, en efecto, su hermana, Valentine. Dele a ella lo que crea deberme a mí. Protéjala, Morrel y usted, porque —la voz del conde pareció ahogarse en su garganta—, porque desde hoy estará sola en el mundo.

—¡Sola en el mundo! —repitió una voz detrás del conde—, ¿por qué?

Montecristo se volvió.

Haydée estaba de pie, pálida y helada, contemplando al conde con gesto de mortal estupor.

—Porque mañana, hija mía, serás libre —respondió el conde—. Porque recobrarás en el mundo el puesto que te es debido, porque no quiero que mi destino oscurezca el tuyo. ¡Hija de príncipe, te devuelvo las riquezas y el nombre de tu padre!

Haydée palideció, abrió sus manos diáfanas, como hace la virgen que se encomienda a Dios, y con voz ronca, dijo:

—Así pues, mi señor, me abandonas.

—¡Haydée, Haydée! Eres joven, eres bella; olvida hasta mi nombre y sé feliz.

—Está bien —dijo Haydée—, tus órdenes serán ejecutadas, mi señor. Olvidaré hasta tu nombre y seré feliz.

Y dio un paso hacia atrás para retirarse.

—¡Oh, Dios mío! —exclamó Valentine sin dejar de apoyar la cabeza adormecida de Morrel sobre su hombro—. ¿No ve usted qué pálida está, no comprende que sufre?

Haydée le dijo con una expresión desgarradora:

—¿Por qué quieres tú que me comprenda, hermana mía? Es mi dueño y soy su esclava; tiene el derecho de no ver nada.

El conde se estremeció ante el acento de aquella voz que fue a despertar hasta las fibras más secretas de su corazón; sus ojos encontraron los de la muchacha y no pudieron soportar su resplandor.

—¡Dios mío, Dios mío! —dijo Montecristo—. ¡Lo que me dejas sospechar será cierto! Haydée, ¿serías feliz no abandonándome?

—Soy joven —respondió dulcemente—, amo la vida que siempre me has hecho tan venturosa, y lamentaría morir.

—Eso quiere decir que si yo te abandonase, Haydée...

—Moriría, mi señor; sí.

—¿Me amas, pues?

—¡Oh, Valentine! Me pregunta si le amo. Valentine, dile si tú amas a Maximilien.

El conde sintió dilatársele el corazón; abrió sus brazos, Haydée se lanzó a ellos, gritando:

—¡Oh! Sí, yo te amo. Te amo como se ama a un padre, a un hermano, a un marido. Te amo como se ama a la vida, como se ama a Dios, porque tú eres para mí más hermoso, el mejor y el más grande de los seres creados.

—¡Sea como tú quieras, ángel querido! —dijo el conde—. Dios me levantó contra mis enemigos y me dio la victoria, Dios, lo ves bien, no quiere que sea el arrepentimiento el término de mi triunfo. Quería castigarme, Dios quiere perdonarme. Ámame, pues, Haydée. ¿Quién sabe? Tal vez tu amor me haga olvidar lo que necesito.

—Pero ¿qué dices, mi señor? —preguntó la muchacha.

—Digo que una palabra tuya, Haydée, me ha iluminado más que veinte años de lenta experiencia. No tengo más que a ti en el mundo, Haydée; por ti vuelvo a la vida, por ti puedo sufrir y por ti puedo ser dichoso.

—¿Lo escuchas, Valentine? —exclamó Haydée—. Dice que puede sufrir por mí. Por mí, que daría mi vida por él.

El conde se recogió un instante.

—¿Habré entrevisto la verdad? —dijo—. ¡Oh, Dios mío! No importa. Recompensa o castigo, acepto este destino. Ven, Haydée, ven...

Y echando su brazo alrededor del talle de la joven, estrechó la mano de Valentine y desapareció.

Transcurrió una hora, durante la cual, muda, anhelante, con los ojos fijos, Valentine permaneció junto a Morrel. Al fin sintió que palpitaba su corazón, que un soplo imperceptible abría sus labios, y advirtió el estremecimiento que anunciaba la vuelta a la vida corriendo por todo el cuerpo del joven.

Por fin se abrieron sus ojos, pero fijos y como insensatos primero; luego recobró la vista, clara y real; con la vista, el sentimiento, con el sentimiento el dolor.

—¡Oh! —exclamó con acento de desesperación—. Aún vivo, el conde me ha engañado.

Y su mano se tendió hacia la mesa, y cogió un cuchillo.

—Amigo —dijo Valentine con su adorable sonrisa—, despiértate ya, y mira hacia mí.

Morrel lanzó un gran grito, y delirando, lleno de duda, desvanecido como por una visión celeste, cayó sobre sus rodillas.

Al día siguiente, al despertar la aurora, Morrel y Valentine se paseaban cogidos del brazo por la orilla. Valentine contaba a Morrel cómo Montecristo había aparecido en su habitación, cómo le había descubierto todo, cómo le había mostrado el crimen con el dedo, y en fin, cómo la había salvado milagrosamente de la muerte, mientras le dejaba creer que ella estaba muerta.

Había encontrado la puerta de la gruta abierta, y habían salido; el cielo dejaba lucir en su azul matinal las últimas estrellas de la noche.

Entonces Morrel descubrió en la penumbra de un grupo de rocas un hombre que esperaba una señal para adelantarse; indicó ese hombre a Valentine.

—¡Ah! Es Jacopo —dijo ella—, el capitán del yate.

Y con un gesto le llamó.

—¿Tiene algo que decirnos? —le preguntó Morrel.

—Tengo que darles esta carta de parte del conde.

—¡Del conde! —murmuraron a la vez los dos jóvenes.

—Sí, lean.

Morrel abrió la carta y leyó:

Mi querido Maximilien:

Hay una falúa anclada. Jacopo les conducirá a Liorna, en donde el señor Noirtier espera a su nieta para bendecirla antes de que suba al altar. Todo cuanto hay en esa gruta, amigo mío, mi casa de los Campos Elíseos y mi pequeño castillo de Treport son el regalo de boda que Edmond Dantés hace al hijo de su patrón Morrel. La señorita de Villefort hará bien en tomar la mitad, porque le ruego que entregue a los pobres de París toda la fortuna que le llega por parte de su padre, que se ha vuelto loco, y por parte de su hermano, muerto en diciembre último con su madrastra.

Diga a ese ángel que va a velar por su vida, Morrel, que rece alguna vez por un hombre que, parecido a Satanás, se creyó un instante igual a Dios, y que ha reconocido, con toda la humildad de un cristiano, que sólo en las manos de Dios está el supremo poder y la sabiduría infinita. Estas oraciones suavizarán, tal vez, el remordimiento que lleva en el fondo de su corazón.

En cuanto a usted, Morrel, he aquí el secreto de mi conducta respecto a usted. No hay ventura ni desgracia en el mundo, sino la comparación de un estado con el otro, nada más. Sólo el que ha probado el extremo del infortunio puede sentir la felicidad suprema. Es preciso haber querido morir, Maximilien, para saber cuán buena es la vida.

Vivan, pues, y sean felices, hijos quedos de mi corazón, y no olviden nunca que, hasta el día en que Dios se digne desvelar el futuro del hombre, toda la sabiduría humana estará en estas dos palabras.

Esperar y confiar. Su amigo,

EDMOND DANTÉS, conde de Montecristo

Durante la lectura de esta carta, que revelaba la locura de su padre y la muerte de su hermano, muerte y locura que ignoraba, Valentine palideció. Un doloroso suspiro se escapó de su pecho, y lágrimas, que no eran menos amargas por ser silenciosas, rodaron por sus mejillas; su felicidad le costaba bien cara.

Morrel miró alrededor suyo con inquietud.

—Pero —dijo—, realmente el conde exagera su generosidad Valentine se conformará con mi modesta fortuna. ¿En dónde está el conde, amigo mío? Condúzcame junto a él.

Jacopo extendió la mano hacia el horizonte.

—¡Cómo! ¿Qué quiere decir? —preguntó Valentine—. ¿Dónde está el conde? ¿Dónde está Haydée?

—Miren —indicó Jacopo.

Los ojos de ambos se fijaron en la línea indicada por el marino, y sobre el horizonte de un azul oscuro en donde el cielo tocaba el Mediterráneo, percibieron una vela blanca, grande como el ala de una gaviota.

—¡Partió! —exclamó Morrel—. Partió. Adiós, amigo mío, padre mío.

—¡Partió! —murmuró Valentine—. Adiós, amiga mía, adiós hermana mía.

—¿Quién sabe si volveremos a vernos algún día? —dijo Morrel enjugando una lágrima.

—Amigo mío —dijo Valentine—, el conde acaba de decirnos que la sabiduría humana está contenida en estas dos palabras *Esperar y confiar*.

Este libro se terminó de
imprimir en los talleres gráficos
de Mateu Cromo, S. A., Pinto, Madrid, España,
en el mes de abril de 2004